本书受浙江大学教育基金会钟子逸基金资助

Supported by the Zhong Ziyi Funds of Zhejiang University Education Foundation

华人文学与文化研究 第一辑
Studies of Global Chinese Literature and Culture

华语文学与人类命运共同体

理论建构与批评实践的新方向

金 进 ［美］罗柏松 ◎ 主编

复旦大学出版社

编委会名单

主编
金　进（浙江大学文学院）
罗柏松（哈佛大学东亚系）

副主编
黄晓燕（浙江科技学院人文学院）
宋炳辉（上海外国语大学文学研究院）

编委名单（以姓氏汉语拼音字母为序）
陈思和（复旦大学中文系）
陈靝沅（牛津大学亚洲与中东研究系教授）
陈晓明（北京大学中文系）
陈志锐（新加坡南洋理工大学教育学院）
高　玉（浙江师范大学人文学院）
郜元宝（复旦大学中文系）
洪治纲（杭州师范大学人文学院）
胡亚敏（华中师范大学文学院）
黄万华（山东大学文学院）
黄心村（香港大学比较文学系）
蒋述卓（暨南大学中文系）
李继凯（陕西师范大学文学院）
廖咸浩（台湾大学外国语文学系）
刘　宏（新加坡南洋理工大学公共管理学院）
刘　俊（南京大学文学院）

刘　勇（北京师范大学文学院）
聂珍钊（浙江大学外语学院）
潘碧华（马来亚大学中文系）
千野拓政（早稻田大学文学学术院）
容世诚（新加坡国立大学中文系）
苏　晖（华中师范大学文学院）
孙　郁（中国人民大学文学院）
唐丽园（哈佛大学东亚系）
唐小兵（香港中文大学文学院）
王昌伟（新加坡国立大学中文系）
王德威（哈佛大学东亚系）
王列耀（暨南大学文学院）
王　确（东北师范大学文学院）
文贵良（华东师范大学中文系）
吴晓东（北京大学中文系）
许齐雄（新加坡国立大学中文系）
游俊豪（新加坡南洋理工大学中文系）
袁勇麟（福建师范大学文学院）
张东天（高丽大学中文系）
张福贵（吉林大学文学院）
张　羽（厦门大学台湾研究院）
赵稀方（中国社会科学院文学所）
周　敏（美国加州大学洛杉矶分校社会学系）
朱寿桐（澳门大学中文系）
朱双一（厦门大学台湾研究院）

主编的话

"国有成均,在浙之滨",浙江大学渊源创建于1897年的求是学院,百余年来文科文脉绵延。1952年6月开始的全国高等学校的院系调整,浙江大学文学院的一部分与之江大学的文理学院、浙江师范专科学校合并建成浙江师范学院,1958年又与新建的杭州大学合并,定名为杭州大学。1998年9月15日,源出一脉的浙江大学、杭州大学、浙江农业大学、浙江医科大学合并组建为新的浙江大学,浙江大学文科文脉再次重聚西溪校区,现又聚集在紫金港校区,浙大中文人秉着"求是创新"的校训,共同努力在人文社科领域再铸学术辉煌。

最初创办一份华人研究学术辑刊的念头源于去年跟陈思和老师的一次电话,思和老师觉得我主持的浙江大学文学院海外华人文学与文化研究中心活动很多,已经拥有"世界汉学名家演讲系列""浙大-新国大研究生中文学术论坛"和"浙大-哈佛世界顶尖大学合作计划"三个学术品牌,拥有了比较丰富的学术资料和学术资源,他建议我能够有计划地整理以前的讲座内容,有计划地将每年的学术会议论文尽快结集,让中国现代文学研究界尽快了解全球华人文学与文化的历史脉络和发展现状。

除了恩师的敦促,心中的华人情结也是重要原因。2016年我辞去新加坡国立大学(NUS)中文系的教职回国发展,虽然离开NUS已经八年了,但在东南亚高校任职九年的经历让我看到了华人世界内涵的丰富与精彩。全球华人目前已经超过6000万人,无论是本就与中文隔膜的"娘惹峇峇""海峡华人",还是已经不谙中文的"第三代、第四代海外华人",抑或是与祖国有着千丝万缕关系的"新移民",他们用自己的文学创作和学术研究承载了无数关于华人离散历史的珍贵记忆,这是中华民族命运共同体、华人文学与文化命运共同体的重要组成部分,更是"共同构建人类命运共同体"(习近平语)的重要组成部分。

感谢浙江大学的大力支持,还记得参加刊物评审答辩会时,浙大人文社科诸位资深先生对这份期刊语重深长的鼓励和期待。先生们的首肯让我办刊的梦想成真,这份期刊最终得到浙江大学教育基金会钟子逸基金的资助,也忝列浙江大学2023—2025年高水平学术期刊建设资助项目。我将心存感恩之心,鞭策自己不懈努力,希望不负众位先生所望,能够在华人研究领域保有一块高水平的学术园地。

"华人文学与文化研究"将坚持"百花齐放,百家争鸣"的宗旨,坚持马克思主义理论指导,密切关注现实,把握时代脉搏,注重专业特点,以较大的篇幅发表全球文史研究者长期的专门的研究成果,关注华人文学和文化领域的重大问题,积极推进华人研究,总结全球华人的历史经验与现实状况,不拘一格扶持青年学人,形成鲜明的辑刊特色。

最后,特别感谢哈佛大学东亚系资深学者罗柏松(James Robson)教授,非常荣幸跟他一道主编"华人文学与文化研究"辑刊。罗柏松教授为人谦和,学术扎实,也是我们文学院的老朋友。从疫情中的两次线上会议,到去年杭州线下会议,他对"浙大-哈佛东亚、东南亚汉学研究计划"一直都非常支持。去年10月线下会议,他亲临浙大文学院,会议主题发言、文学院学术演讲都非常精彩,与一众新朋老友相聚甚欢,这是缘分。下一步,我们正在积极筹备"浙大-哈佛东南亚文史田野调查计划",希望通过大家的努力发现一些珍贵的史料,期待浙大-哈佛世界汉学研究的项目永远继续下去。

2023年12月2日

目　录

一、华语文学与人类命运共同体的理论建构

从文学伦理批判到史与诗的结合：当代华语文学与影视作品中
　　南京大屠杀书写论析 …………………………………… 金　进 / 3
论灾难：忧患叙事与幽暗叙事 ………………………………… 王德威 / 15
全球化疗愈：医学人文与世界华文文学 ……………………… 唐丽园 / 23
整合与策略：通向世界文学的世界华文文学 ………………… 蒋述卓 / 41
人类命运共同体与中国文学文化自信 ………………………… 张福贵 / 54
文学伦理学批评：基本理论与术语 …………………………… 聂珍钊 / 76
早期海外华文/华裔文学与中华文化的传播
　　——兼谈华文/华裔文学的区域形态和个体形态 ……… 黄万华 / 91
海外华文文学与中国当代文学叙述的兼容性问题
　　——以严歌苓、张翎、陈河研究为例 ………………… 刘　艳 / 111
普实克与夏志清中国现代诗学形象权力关系论 ……………… 赵小琪 / 125
灾难的意义与转化
　　——解读后灾难文学中的生命叙事 ………… 翁丽嘉　袁勇麟 / 146
当代文学灾害书写的人性考察 ………………………………… 张堂会 / 159

二、华语文学与人类命运共同体的批评实践:各地区华文文学研究

对话的启示:程抱一的思想和写作 …………………………………… 张重岗 / 173

骆以军近作《匡超人》灾难叙事与故事新编研究 …… 张 羽 刘 畅 / 192

台湾话剧的美学建构 ………………………………………………… 梁燕丽 / 213

《掬水月在手》:"写给未来时代的备忘录" ………………………… 白 杨 / 229

论消失考现文学 ……………………………………………………… 凌 逾 / 236

虹膜中的至暗时刻
　　——张纯如《南京大屠杀》备忘录 ……………………………… 杨际岚 / 248

当代中国小说中的"人类命运共同体"表达
　　——从 70 后作家朱山坡谈起 …………………………………… 曾 攀 / 254

谈泰华《小诗磨坊(14 辑)》的疫情叙事
　　——以阿多诺的"在奥斯维辛之后,写诗是野蛮的"为线索
………………………………………………………………………… 陆卓宁 / 256

德国华文传媒"一报一刊"的前世今生 …………………………… 计红芳 / 268

新时期(1978—1984)香港文艺期刊中的内地与港台文学互动
　　——以《开卷》《海洋文艺》《八方》为考察对象 ………………… 陈庆妃 / 285

建构人类命运共同体:疫情时代的文学转向与精神反思
　　——以 2021 年海外年度华语小说为例 ………………………… 张 娟 / 301

论北美新移民文学的抗战书写 ……………………………………… 彭贵昌 / 312

三、华语文学与人类命运共同体的创作实践:华文作家圆桌发言

也许乌云没有银边:我对创伤书写的一点思考 …………………… 张 翎 / 325

静默中书写内心的波涛汹涌 ………………………………………… 虹 影 / 328

目录

时间是层厚玻璃 …………………………………… 陈　河 / 331

从《曼哈顿的中国女人》到《亲吻世界》 ………… 周　励 / 336

进入移民书写的陌生地 …………………………… 曾晓文 / 338

拓宽创作主题，关注人类共同命运 ……………… 黄宗之 / 341

在历史与现实之间寻找写作者的位置 …………… 叶　周 / 346

关注人类生存困境，应是当代小说存在的理由 … 陈　谦 / 350

写作是对我生存想象和精神欲望的成全 ………… 亦　夫 / 352

没有人是一座孤岛的沉思 ………………………… 朵　拉 / 355

一、华语文学与人类命运共同体的理论建构

从文学伦理批判到史与诗的结合：
当代华语文学与影视作品中南京大屠杀书写论析

金 进

(浙江大学)

20世纪80年代，随着日本经济大国地位的确立，日本右翼势力愈发膨胀，日本政界不断传出聒噪的声音，大肆否定以南京大屠杀为代表的战争罪行。同时，随着对抗日战争历史和国民党历史研究的深入，南京大屠杀这个极具话题性的历史事件更多地进入了文学视野。2014年2月27日十二届全国人大常委会第七次会议以国家立法的形式通过决议，确定每年9月3日为"中国人民抗日战争胜利纪念日"以及每年12月13日为"南京大屠杀死难者国家公祭日"，并于当年隆重举行两场纪念活动。2015年，《南京大屠杀档案》申报世界记忆遗产项目取得重大成功。以上这些举措为恢复民族记忆、弘扬中华民族精神、铭记历史教训、保障世界和平等方面起到一定的作用。同时，也为以南京大屠杀为话题的文学发展创造了良好的条件。在文学上，有以张纯如所著《南京大屠杀——第二次世界大战中被遗忘的大浩劫》(1997)为代表的纪实文学，有以哈金所著《南京安魂曲》(2011)为代表的小说；在影视上，有以比尔·古登泰格和丹·斯图曼执导的《南京》(2007)为代表的纪录片，有以陆川执导的《南京！南京！》(2009)为代表的故事片。以南京大屠杀为话题的文学及影视作品大量涌现，在多个领域开拓着我们的视野，震撼着我们的心灵。以南京大屠杀为话题的文学影视作品虽然发展迅速，且收获了不错的反响，但是实际上，关于这一文学领域的文学批评、文学理论研究与文学本身的发展却出现了脱节。简而言之，这一文学领域因其话题的特殊性而具有严肃性，因此如何写出符合时代要求、符合文学要求且不失严肃性的作品尤为关键；然而由于缺少相关理论的支撑和规范，大多数以南京大屠杀为话题的文学影视作品出现了不少的弊端。其中一部分在文学立意上出现偏差,过分沉溺于宣扬民族仇恨等消极情绪;一部分在传播性的考量上出现失衡,画面过于血腥暴力,让观众、读者感到不适;更有甚者,以商业价值为出发点,用低俗、博人眼球的方式进行所谓文学创作,严重污染了文学环境。因此,通过对以南京大屠杀为话题的影视文学作品进行分析,从中总结出错误的教训以及成功的经验,最终形成一套关于"如何规范和梳理以南京大屠杀为创作主题的文学创作"的文学伦理学批评的范式,能为今后有关文学影视创作活动提供规范和指导,成为批评界的首要任务。

一、国家与民族之痛:文学伦理视野的灾难书写

1997年华裔作家张纯如的英文历史著作 The Rape of Nanking: The Forgotten Holocaust of World War Ⅱ(中译版名为《被遗忘的大屠杀——1937南京浩劫》①,或者《南京暴行——被遗忘的大屠杀》②)引发了大量关于南京大屠杀题材的创作,大量的作品都以张纯如挖掘的史料来重新建构南京大屠杀的历史记忆。在张纯如之前(我们称之为"前张纯如时期")的中国当代文学中,作家、导演、编剧们的视野都依循着文学伦理学的范畴,把南京大屠杀视为一场民族灾难,强调文学的教诲功能,同时尝试着在艺术表现的审美过程中去实现文学的教诲功能。哲学家、诗人乔治·桑塔亚纳(George Santayana)曾经说过"那些不记得过去的人注定要重蹈覆辙"③,因此,在某种程度上,正如《华盛顿邮报》专栏作家乔治·威尔(George Will)所说:"由于张纯如的这本书,类似的悲剧正在走向终结。"④张纯如的著作对于南京大屠杀的文学书写和影像建构而言,都具有划时代的意义。尤其当张纯如于2004年

---

① 张纯如:《被遗忘的大屠杀——1937南京浩劫》,萧富元译,台北天下文化出版公司1997年版。
② 张纯如:《南京暴行——被遗忘的大屠杀》,孙英春等译,东方出版社1998年版。
③ 原文是"Those who cannot remember the past are condemned to repeat it"。Iris Chang, The Rape of Nanking: The Forgotten Holocaust of World War Ⅱ, Basic Books, 1997, p.16. 中文由笔者翻译。
④ 原文是:"Something beautiful, an act of justice, is occurring in America today concerning something ugly that happened long ago……Because of Chang's book, the second rape of Nanking is ending"。Iris Chang, The Rape of Nanking: The Forgotten Holocaust of World War Ⅱ, p.1. 中文由笔者翻译。

去世之后,每年的南京大屠杀纪念日,她的名字更是被一再提起。她的著作是对南京大屠杀的一次历史性的"祛蔽",使这场"第二次世界大战中被遗忘的大浩劫"从被遮蔽的国族恩怨进入世界性的视野,并将二战中发生在欧洲的奥斯维辛与发生在亚洲的南京大屠杀联系在一起,探讨南京大屠杀本身及日本对大屠杀的掩饰,直接或间接地推动了此后的文学与影片的创作。

文学伦理学认为人的一生需要通过伦理选择解决人性与兽性的程度差异。"在伦理选择中,人需要通过理性约束动物本性,强化人的道德性,同时对动物性保持警觉,将其管控在伦理允许的范围之内。……自然选择是形式的选择,人长成什么模样不是由自己决定的,而是自然选择的结果。伦理选择是本质的选择、做人的选择。用什么样的规范要求自己,按照什么标准塑造自己,做什么样的人,都不是由自然选择决定,而是由伦理选择决定。伦理选择按照某种社会要求和道德规范进行选择,按照做人的道德目标在特定的伦理环境和语境中选择,而且这种选择是在教诲和学习过程中进行的。"①在"前张纯如时代",南京大屠杀被遮蔽多年。1945年11月25日,上海《申报》发表了一篇以《南京大屠杀罪行将公布》为题的文章,"南京大屠杀"这一概念由此得到广泛传播。在抗战胜利后,中国军事法庭和远东国际军事法庭对日本战犯进行审判时,就将"南京大屠杀"定为专案进行审理。远东国际军事法庭在其判决书中,还专门列有"南京大屠杀"一节。1985年8月,"侵华日军南京大屠杀遇难同胞纪念馆"建成。1997年8月于南京召开了首次以"南京大屠杀史"为专题的国际学术讨论会,并出版了一批以"南京大屠杀"命名的学术专著、史料集、证言集、档案集、图片集。1997年12月,在中国台湾和日本东京、大阪同时举行了南京大屠杀60周年纪念会和学术研讨会。在美国,很早就成立了"纪念南京大屠杀受难同胞联合会",并出版了第一部中英文对照画册《南京大屠杀》。在文学创作界,除了抗战初期的拉贝日记、魏特琳日记以及郭岐《陷都血泪录》(1938年8月连载于西安《西京平报》)、黄谷柳《干妈》(1939年3月发表在《文艺阵地》第3卷第15期)等亲历者的纪实文学,从受害者角度出发的创作大部分时间处于沉默的状态,直到20世纪80年代日本文部省修改教科书,才不断发声抗议。海笑的《燃烧的石头城》(1982)、林长

---

① 聂珍钊:《文学伦理学批评的价值选择与理论建构》,《中国社会科学》2020年第10期,第75页。

生的《千古浩劫》(1986)、周而复的《南京的陷落》(1987)等长篇小说都是从国族叙事的角度控诉日军的滔天罪行,但往往逃不出非黑即白的本质性叙事以及勿忘国耻的座右铭话语的窠臼。1990年代,王久辛的长诗《狂雪》(1990)、白灵的散文诗《蕨之复仇》(1991)、张烨的组诗《世纪之屠》(1992)和须兰的中篇小说《纪念乐师良宵——"南京大屠杀"惨案五十八年祭》(1995)都以私人化的笔触,借情感的宿命写出了历史的宿命,在文学表现手法上有了许多创新,扩大了南京大屠杀的文学艺术空间。有关"南京大屠杀"的第一部电影是1987年罗冠群导演的故事片《屠城血证》,该片讲述了1937年南京大屠杀期间,中国医生展涛不顾个人安危,千方百计将证明日军屠城罪行的照片送出南京的故事。随后涌现出了牟敦芾执导的《黑太阳:南京大屠杀》(1995)、吴子牛执导的《南京1937》(又名《南京大屠杀》,1995)。《屠城血证》与《黑太阳:南京大屠杀》都侧重于展现血腥的场面,控诉日本人犯下的滔天罪行,正如《黑太阳:南京大屠杀》结尾部分所云:"这不是战争。是有预谋、有计划、有组织的'大屠杀'。"《南京1937》立足历史,循着历史的线索建构故事,展示着日军的无耻兽行和国军的无力抵抗。电影真实地展示了留在南京的红十字会工作人员的历史贡献,其中有南京安全区国际委员会主席、德国人约翰・H. D. 拉贝(John H. D. Rabe)、国际红十字会南京委员会委员、美国人明妮・魏特琳(Minnie Vautrin)、国际红十字会南京委员会主席、美国圣公会牧师约翰・梅奇(John Magee)。整部电影满怀历史想象性的虚构,甚至浪漫化的想象。在惨烈的战争中人的情感故事铺陈了很多,除了邓天远和刘书琴的军民爱情、日本士兵塞到中国小孩手里的手榴弹之外,中国医生成贤娶了日本女人理慧子,因着妻子的身份引起一串事件,如成贤老友从误解到理解的过程,影片最后理慧子产下一子,似乎有着中日和解的隐喻。还有埋尸人将一些小孩送出南京城,似乎又成了民族希望和为中华民族保种的象征。电影中还设置了一名在日军中服役的台湾籍士兵石松君,他因为放走犯人,被日本人砍死,杀人者一句"杀了个支那人",将海峡两岸一家亲的关系进行了升华。电影中日军司令官松井石根的一句"全部消灭掉",以及日本人闯入国际安全区强奸妇女,特别是女教师刘书琴那一段,以及红十字区里的冲突场面长达十分钟,成为影片抗日情绪的又一高潮。总体而言,在"前张纯如时代",南京大屠杀的书写主要聚焦于国族恩怨的控诉与民族情绪的宣泄,而到了"后张纯如时代",宏大的国族叙事渐渐式微,人性话语成了南京大屠杀的文学书写与影像建构的主要切入点,同时又在文化消费语境里陷入了一种国族的主体悖论。

二、史与诗的结合:南京大屠杀历史的再书写

张纯如的《南京大屠杀》是一部全方位介绍日军于1937年12月13日到1938年1月肆虐南京的历史著作。"《南京大屠杀》从三个不同角度讲述了南京大屠杀的故事。第一个是日本人视角。这是一个有计划的侵略的故事——日本军队被告知要做什么,怎么做,以及为什么。第二个是受害方中国人的视角,这是一个关于城市的命运的故事,一个政府不再能够保护其国民免受外部侵略者侮辱的故事。这一部分包括中国人自己的个人故事,包括失败、绝望、背叛和生存的故事。第三个是美国人和欧洲人的视角。这些局外人,至少在中国历史的某一时刻,扮演了英雄的角色。现场的少数西方人冒着生命危险帮助中国平民,并用在他们眼前发生的暴行来警示世界其他国家。接下来的第二部分处理的是战后时期,我们将谈到美国人和欧洲人对自己的国民在现场所记录的暴行,是多么的漠不关心。"①

美国哈佛大学教授柯伟林(William Kirby)评述张纯如作品时说:"我们可能永远无法确切知道是什么原因促使日本指挥官和部队采取了这些野蛮行为。但是张纯如的分析,比过去任何人都要透彻清晰。为了更深入了解整个事件,她大量地利用各种资料,包括第三者不容怀疑的证词。所谓第三者是指当日本进入南京时,还留在这座毫无抵御能力之城的外国传教士与商人。张纯如从中发现了一份真实的档案——拉贝的日记。拉贝是德国商人兼民族社会主义(纳粹)者,他领导了一场国际合作,为南京的民众提供了避难之所。透过拉贝的眼睛,我们看到手无寸铁的南京居民,在面临日本人猛烈的攻击时,是何等恐惧又勇敢。通过张纯如的诉说,我们感激拉贝与其他人的英勇事迹,他们在城市被摧毁,市民被攻击,医院纷纷关门,停尸房中装

---

① Iris Chang, *The Rape of Nanking: The Forgotten Holocaust of World War II*, introduction, pp.14-15.中文由笔者翻译。

满了尸体等混乱场面之中,仍试图有所作为。我们同时也读到,有些日本人了解正在发生的事情并感到羞耻。"①

张纯如在"目击证人"一章中这样说:"决定在南京市区成立安全区,是一种自动自发的行为,就在上海沦陷后几个星期内成立。1937年11月,法国神父饶家驹(Jacquinot de Besange)在上海设立中立区,保护45万名在日军入侵时家园被毁的中国难民。当长老会传教士 W. 普卢默·米尔斯(W. Plumer Mills)得知饶家驹神奇的计划后,便向友人建议,在南京也设立一个同样的中立区。米尔斯和其他二十几个人(大多数是美国人,也有德国人、丹麦人、苏联人与中国人)最后指定一块在市中心西边的区域,作为安全区。金陵大学、金陵女子文理学院、美国大使馆,以及一些中国政府办公厅都坐落在这个安全区之内。委员会设立安全区主要是为中日部队交战下的平民提供避难所。外国人希望,等到南京平安过渡到日本人手上之后,就把安全区关闭起来。"

佛罗瑞·加仑伯格(Florian Gallenberger)执导的电影《拉贝日记》(2009)是唯一一部得到中国官方授权的、由外国导演拍摄的南京屠杀题材影片,于2009年4月29日在中国内地上映。影片取材自拉贝撰写的战时日记,通过这位"中国版辛德勒"的传奇故事,再现了南京那段惊心动魄的惨烈记忆。影片从亲历者角度记录了南京大屠杀始末,是证实"南京"事件信息最为完整翔实的史料。曾对纳粹主义深信不疑的拉贝,在战争的残酷现实中挺身而出,在南京大屠杀期间一手组建起"国际安全区",挽救了20万名中国百姓的生命。在电影中,拉贝被塑造成一个"活菩萨"的救世主形象。拉贝是在南京沦陷前匆匆从秦皇岛结束休假赶回南京的,他认为自己在中国工作了几十年,对南京有着自己的感情,希望凭借自己的努力帮助自己热爱的南京。他以德国纳粹党员、西门子公司驻南京负责人等身份争取到粮食,建立安全区,保护了600多位中国难民。电影中,他自己因为战时物资短缺的影响,糖尿病发作,不断寻找救他性命的胰岛素。同时,他还冒着生命危险用照相机拍摄日军屠杀手无寸铁的军民的照片,并把这些重要的资料交到了德国驻日大使馆情报分析员佐尔格的手上,希望能够通过他的关系将这些文件交到德国政府

---

① Iris Chang, *The Rape of Nanking: The Forgotten Holocaust of World War II*, foreword, p. x. 中文由笔者翻译。

从文学伦理批判到史与诗的结合：当代华语文学与影视作品中南京大屠杀书写论析

高层以及日本朝野,希望两国政府可以制止这些残酷的暴行。1938年2月,他被与日本军国主义一丘之貉的德国政府调回德国。这部影片的结尾部分着力于描绘拉贝回国之后的遭遇。回国后不久,拉贝被党部的人调查,与外界隔绝了一切联系,最后被盖世太保逮捕入狱。二战结束后,拉贝也没有重获自由,因为他是纳粹党元老。最终,借助来自中国方面的担保信件以及大量的证据,拉贝才被暂时释放。1950年,拉贝因病逝世。拉贝的晚年生活拮据,处境艰难,逝世的时候无人知晓,也没有任何形式的悼念活动。直到张纯如重新发现他的日记,才为我们还原了这位伟大的国际友人的形象以及这段德国友人眼中的屠杀灾难。

陆川导演的电影《南京!南京!》(2009)延续着南京大屠杀题材一贯的灾难叙事策略,电影开头展现了国民政府的无能,国民党宋希濂部军官陆剑雄组织官兵留守,与南京城共存亡。片头突然开火的坦克、团结一心的五百名国军,以及被伏击的日军,让观众在电影开场的时候对中国军队的英雄行为感到兴奋。这部电影揭露了南京这段痛史中最大的现实,那就是国民政府的无能和中国军队的勇敢。另一方面影片以日本宪兵队长角川正雄的视角,展示一名日本普通士兵眼里的南京大屠杀。这个视角明显受启发于《东史郎日记》中东史郎忏悔的叙事角度。[①] 电影中,日本士兵角川对日本籍慰安妇百合子、中国籍慰安妇江香君怀有感情,并将可能被拉去充当慰安妇的红十字会女工作人员姜淑云一枪打死。影片的最后,当得知百合子已经去世了的时候,角川嘴里不断重复"百合子,曾经是我的妻子",这句话显示出此时的角川的精神已经到了崩溃的边缘。电影开始从日军内部建构反思人性的反战主题。电影中关于日军抢劫财物、任意枪杀居民、强暴妇女、在江边枪杀俘虏、城中活埋俘虏等场面不断出现。还有亡国之下国人的卑微无助,如几百名国军被枪杀的一幕,处处宣告着国民政府的腐败无能。这部电影的后半部分,

---

① 东史郎(1912—2006),生于日本京都府竹野郡丹后町。1937年8月,25岁的东史郎应征入伍,系日军第十六师团步兵第二十联队上等兵,曾参加攻占天津、上海、南京、徐州、武汉、襄阳等战役,1939年9月因病回国。1944年3月,再次应召参加侵华战争。1945年8月,在上海向中国军队投降。1946年1月回日本。东史郎有记笔记的习惯,在侵华战争期间,他的日记共有37万字。"我在战场上目睹了老百姓的一切悲惨的情景、战争的罪恶。由于我受过很深的触动,有过非同寻常的经历,因而如实地写下了善和恶。"东史郎:《东史郎日记》,张仁国等译,江苏教育出版社1999年版,"序",第1页。

以拉贝所建立的国际安全区为圆心,刻画了一些小人物。其中陆川渲染了大量的强奸场面,一如张纯如《南京大屠杀》的英文书名"The Rape of Nanking"的主题,大量的强奸场面集中在慰安妇这一群体的塑造上,不过慰安妇中涉及日本籍的女子百合子,当角川将糖果、羊羹、清酒带给百合子的时候,"还有家乡的味道",把南京大屠杀的反战主题升华到人类悲剧的层面。另外,电影中助纣为虐的拉贝秘书兼翻译唐天祥最后得到了惩罚——女儿被日本兵扔下楼,小姨子周晓梅被枪杀,妻子被送走,自己也被日本人枪毙,得到了应得的报应——这延续着中国现代文学国民性批判的传统。

张艺谋执导的电影《金陵十三钗》(2011)一开场是长达二十分钟的中日军队巷战场面,三个日本兵一边用刺刀捅入藏人的草垛,一边骂着"支那猪",将日本兵对中国人的蔑视展露无遗。国军与日本兵的正面交锋中,国军没有坦克,没有飞机,只能带着炸药包,用一种原始的爆破方法去跟武装到牙齿的日本侵略者拼命。电影中,美国人约翰本是一个做殡葬生意的小混混,无意之中假冒被日军飞机炸死的英格曼神父,成为电影中的救世主。电影中那个彬彬有礼、会用钢琴弹奏日本童谣的长谷川大佐的形象,还有那请柬上面"昭和十三年十二月二十日第一一四师团师团长中松茂雄"这个瞎编的日本军官,再加上从钓鱼巷来的十三个妓女……电影版《金陵十三钗》的精彩程度绝不亚于同题材电影《南京1937》《南京!南京!》。但在揭示人物心理和构造人物形象等方面,张艺谋的电影少了严歌苓小说叙事的细腻。相比起电影版(严歌苓也参与了电影剧本写作),严歌苓的中篇小说《金陵十三钗》充满人道主义精神。就小说而言,严歌苓的叙事节奏缓慢细腻,让我们读故事的同时,能够感受到文本的内在美。可以说,虽然在历史真实的追求上,严歌苓的这部小说不如张纯如的纪实性作品,但从文学艺术成就的角度,《金陵十三钗》堪称一部完美的史与诗结合的灾难题材的小说。

约翰·耶勒(John Ealer)和张浩合作导演的纪录片《南京之殇》(*Scars of Nanking*)由江苏省广播电视总台(集团)与A+E美国电视网络合作拍摄完成,美国版于2017年12月13日上午在美国历史频道首播,这是南京大屠杀题材的纪录片首次在西方主流媒体播出。导演用故事化的结构形式,讲述了一群外国友好人士,冒着生命危险救助南京受难时期的中国人的故事。《南京之殇》在美国历史频道的成功播出,在南京大屠杀惨案发生80周年这一重要的时刻,从国际层面向海外更广泛地传播了这一历史惨案的真相,让更多的西方观众认识到二战期间发生在中国南京的这一人类浩劫。《南京之殇》导演约翰·耶勒曾执导过讲述两次世界大战的纪录片《世界大战》,被誉为"纪录片界的斯皮尔伯格"①。在耶勒看来,"南京大屠杀是古罗马时期之后最为暴虐的屠杀惨案之一。尽管如此,在这段历史之中依然有一群外国人,勇于奉献自己救助他人,丝毫不担心自己的安危。他们在战乱之中所体现出的对受难者的同情,暴力危险之下所展现的勇气,都是人性中的闪光点,这段历史值得被人记住"②。纪录片中的历史证人亚历克西斯·杜登(Alexis Dudden)则直接指出:"南京事件的独特之处在于,我们有很多证据,而且我们的证据,来自选择留下的外国人。"③

三、超越国族与宗教:关于人类命运共同体的思考

哈金的《南京安魂曲》是向张纯如《南京大屠杀》的致敬之作,故事背景是南京金陵女子文理学院。不同于严歌苓小说《金陵十三钗》中女性牺牲精神的渲染,也不同于陆川电影《南京!南京!》里对中日参战人员形象的塑造和精神状态的刻画,它更接近于1997年出版的张纯如的历史著作《南京大屠杀》。在接受《南方周末》采访的时候,哈金谈起张纯如对他的影响:"张纯如的书算一个起因,但在她之前华人一直在纪念,从来没有停过,现在也是,在每年12月份和每年日本投降日。严歌苓也说非常吃惊。我出来以后接触到一些当地华人,对中国抗日战争历史的研究,他们还一直在做。每年都去看纪念会,慢慢地就成一块心病了,老想这些事。但是看张纯如的书以后知道有一批美国传教士也介入这个事情,又读了胡华玲女士写的一本魏特琳传记。真正开始想小说怎么写,大概在2007年底,以后就真正地做研究。关于她(魏特琳)的书、她的日记得读一些,动笔是2008年夏天。"④可以说,哈金在

---

① 吴乐珺:《南京大屠杀题材纪录片首次在美国主流媒体播出"希望有更多人知道并铭记这段历史"》,《人民日报》2017年12月16日,第3版。
② 同上。
③ 语出江苏省广播电视总台(集团)与A+E美国电视网络联合摄制的《南京之殇》中的人物谈话,2017年。
④ 哈金、朱又可:《你的过去在你脸上——哈金访谈录》,《青年作家》2021年第1期,第9页。

正式写作之前对张纯如的历史著作《南京大屠杀》以及魏特琳的相关研究有着深入的了解。

《南京安魂曲》讲述的是美国女传教士明妮·魏特琳（小说中简称为"明妮"）在南京大屠杀期间留守金陵女子文理学院，保护中国一万多名妇女儿童的真实历史故事。魏特琳因为受战争创伤而精神崩溃，回到美国疗养时开枪自杀。因为她是美国人，中国这边极少有人关注她，也因为教会传统认为基督徒不能自杀，否则会被教会认为不尊重上帝、违背教义，美国研究界对她也了解甚少，所以无论在中国还是美国，她都是几乎被历史遗忘的人物。小说中的叙事者是"我"——高安玲，50岁的武昌人，因为会英语，又受过良好的教育，受金陵女子文理学院吴校长之托，留下来协助明妮·魏特琳。小说通过高的视角讲述明妮·魏特琳在南京大屠杀前后的故事，赞扬魏特琳这位用自己的生命来保护一万多名妇女和儿童的英雄行为。小说以第一人称的日记体建构全文，展示了以明妮·魏特琳为首的金陵女子文理学院教职员工们如何护校、如何保护安全区妇孺的英雄行为。小说塑造了大量学校工作人员的形象，大刘（明妮·魏特琳的中文秘书）、白路海（学校的后勤负责人）、老廖（园艺工）、本顺（送信员）、茹莲（家禽饲养员）等等，他们共同点燃了南京浩劫之下人性的光亮。小说从高安玲这一形象入手，涉及与她相关的一系列故事，从各个侧面辅助着魏特琳的形象塑造。另外一方面，小说结尾部分展示的是美国护工艾丽斯的书信。艾丽斯看护着晚年的明妮·魏特琳，并且定期写信向金陵女子文理学院报告她的情况。小说的呈现方式是从每封信中摘录一段，通过这种方式来推动故事的发展，进一步丰满了我们对明妮·魏特琳这一人物形象的认知。

哈金《南京安魂曲》中的很多情节都是化用自张纯如的原著，如关于明妮·魏特琳返回美国之后的遭遇，明显借鉴了原著中"迟来的受难者""心力交瘁，英年早逝""屠杀梦魇挥之不去"这几节，如"魏特琳则付出生命代价。南京大屠杀对她的精神打击，比安全区其他成员和难民当时所了解的情况，还要严重。很少人觉察到，在她神话色彩日增的传奇之下，是一个容易受伤、筋疲力尽的女性，每天暴露在日本人的暴力中，不论是在身体还是心灵上都永远无法复原。她在一九四〇年四月十四日最后的一则日记中，揭露了自己的心境：'我的精力即将枯竭告罄，不能再冲锋陷阵、计划工作，手上每件事似乎都有障碍。我多希望能够立刻休假,但是谁可以分担这些永远做不完的工作呢?'……她的侄女回忆,魏特琳的同事送她回美国接受医疗照顾,但是在太平洋上的旅程,她竟数度尝试要自杀。陪同魏特琳的友人,几乎无法制止她从船上跳海。到了美国之后,魏特琳进了爱荷华州的精神病院,接受电击治疗。出院后,魏特琳又为美国基督教传教士协会到印第安那波利斯工作。……一九四一年五月十四日,在她离开南京一年后,魏特琳把家中门窗用胶带封紧,开瓦斯自杀"①。另外,哈金的《南京安魂曲》也参考了张纯如关于南京沦陷的一些史实考证,如唐生智留守及临阵撤军造成的悲剧,还有日军在南京的活埋、砍伤身体、活活烧死、冻死、狗咬、强暴等凌虐行为,特别是中国妇女被日军强暴怀孕这一敏感议题也被写入小说,还涉及日本侵略军故意滋生事端,将外国人诱离难民营,以便轻而易举地绑架中国妇女的情节。可以说,《南京安魂曲》文学艺术上的成功是站在张纯如《南京大屠杀》的坚实和丰富的史料基础上的,是一次完美的历史与文学、史与诗的结合。

当有人问起哈金,为什么以"安魂曲"作为书名的时候,他这样回答:"故事写出来,是对主人公和受难者灵魂上的安慰,这是直接的作用。魏特琳也很冤屈,实际上美国传教士一直留到很晚,有的等中华人民共和国成立以后才走,这些人回去以后还得受审查。……《南京安魂曲》中宗教精神超过了个人恩怨,日本平民也受苦,他们的儿子孙子没了父亲爷爷,战争给人造成的无奈和损害太大了。我们到最后还是应该超越种族的经验。"②对于魏特琳这一人物形象,哈金从一个外国女传教士的观点来写《南京大屠杀》,力图"创造一个心灵",他认为:"创造一个心灵对我来说很重要。我觉得我还没有完全做到,但是愿意努力去做。有些东西要靠想象,像写南京大屠杀,现在四处都是白骨了,最重要的是把一个早成骷髅的人的可信性、复杂性、心灵,甚至感情各方面都表现出来,整部小说就算成功了,这也是我觉得最难的事情。"③我们处处都可以看到哈金在超越国族、共同记忆方面的努力,他警醒着世人不忘过去的人类所经历的痛苦。《南京安魂曲》是一次在人类命运共同体层次上的文学超越。

---
① 张纯如:《被遗忘的大屠杀——1937南京浩劫》,萧富元译,第239—240页。
② 哈金、朱又可:《你的过去在你脸上——哈金访谈录》,第12页。
③ 哈金:《历史事件中的个人故事》,《华文文学》2011年第2期,第59页。

结语

　　哈金曾说南京大屠杀"确实是中华民族的一个重大创伤,而这件事情要是不说清楚,就像一道久不愈合的伤口,老在发作。虽然一本书、两本书也不可能就使伤口愈合,但是总得做,总得想办法"[1]。他也对南京陷落背后蒋介石国民政府的无能表达了愤懑:"窝囊,很窝囊。其实南京他们就不应该防。除了面子,还有各种各样的因素。那个地方没法防。不防的话,财力、物力和人力可以用于保护平民。开战早期政府官员都跑了,市长也跑了,拉贝就被称为'市长'。当然日军本身侵略就是罪恶,但是在紫金山打的时候日军伤亡不少;他们本来以为上海一打就破的,结果打了三个月死伤不少。他们就来报复。中国没有必要在南京那么去拼,完全可以想别的办法,当时李宗仁就对蒋介石说,你要打咱们拉出来,在野外打,不要在市里打。"[2]我相信哈金的《南京安魂曲》不只是让大义凛然、后被栽赃精神崩溃的明妮·魏特琳女士——这位中国人民的活菩萨——安魂,也是让三十万名惨被日本侵略军屠杀的中国军民安魂,"目极千里兮,伤春心。魂兮归来,哀江南!"前事不忘后事之师,愿惨痛的历史不再重演。

---

[1] 单德兴、哈金:《战争下的文学——哈金与单德兴对谈》,《华文文学》2012年第4期,第21页。
[2] 哈金、朱又可:《就是把事情讲清楚——〈南京安魂曲〉的逻辑》,《南方周末》2011年12月5日。

论灾难：忧患叙事与幽暗叙事[*]

王德威
（哈佛大学）

很荣幸能够参与今天的讨论，灾难与文学是一个非常沉重的题目，但是的确和我们目前所生存的环境息息相关。今天的主题是论灾难，我在事前也请教过金进教授此次会议对于灾难的定义，在这个意义上我可以做不同的发挥。刚才两位同事也都谈到了，当我们谈灾难的时候，谈的不只是天灾，也可能是人祸。人和自然环境以及我们所实践、所信仰的各种各样生活里的状态，或者各种各样的叙事行为息息相关。那么，在文学领域里如何认知灾难，如何叙述灾难，甚至想象灾难，这是大家都关心的话题。

当我们谈到灾难的时候，也许首先想到的，诚如刚才两位同事所说的，有环境的污染、疾病、各种各样病毒的入侵和气候的变化等等，这些都是生活中不断遇到的挑战。但是从文学的角度，我们如何来叙述灾难，如何让我们的叙事变成一种见证、记忆，甚至变成想象力的再一次发挥？我想这里不只是有叙事本身的一种伦理意义，同时也对于我们怎么想象人之所以为人，在这个星球上，或是在宇宙之间所形成的一种公理的论述，也带有它特别的色彩。如何想象灾难是一个很大的话题，在今天的有限时间里，我想以我所熟知的当代文学，尤其是小说这个文类所呈现的最新的一些叙事方法，或者题材的延伸来向大家做一个报告。

回到刚才我所说的，当我们谈到灾难的时候，可能先想到的是所谓的天灾，是所谓自然界生态环境逆袭而来所给予人类最大的震撼以及所造成最

---

[*] 本文由王德威教授发表于第二届浙江大学-哈佛大学世界文学工作坊的演讲稿整理而成。

的痛苦。无论是张翎的《余震》、阿来的《云中记》，或者是今年宁夏的作家石舒清所写的《地动》，都是谈论20世纪到21世纪影响中国的大地震经验所带来的无可挽回的创伤，灾后的恐惧，以及种种症状的延伸。或者是像刘震云在《温故一九四二》里讨论的1942年发生在河南的大灾荒，曾经有300万人因此而丧命。或者是像迟子建在《白雪乌鸦》里面所提到的在1910年前后发生在中国东北的鼠疫。这场鼠疫延续了半年左右，造成了数以万计人员的死亡和无可挽回的各种各样的生命悲剧。这些对于人类所承受的自然灾害的描写，都是大家耳熟能详的。

但是谈到灾难的时候，我们也承认，文学最大的能量不只是在记述或是回忆或是见证。同时，它也能够想象人类面临未来可能的各种各样的灾难所带来的后果和教训。像台湾的作家伊格言在2013年所写的《零地点》，就是想象了台湾的核能电厂爆炸之后所带给台湾毁灭性的灾难。或者像是我们所熟知的大陆作家陈楸帆在2013年所写的《荒潮》，以一个虚构的硅岛来讨论曾经的一段时间，中国作为全世界电子废料最大集散地所带来的对于一个地区人民健康最惨重的一种影响，以及在生命之外整个伦理世界的崩塌。这些都代表了文学家在延伸他们对于灾难的认知，形成了一种新的想象的境界。而在这个想象的境界里，他们也提醒了我们，灾难的发生不只是在过去、在现在，也可能在未来。

在今天余下的时间里，我希望就这两种论述，行之于叙事，尤其是小说这样一个文类里。通过这两种相互交错形成辩证关系的论述来显现当代的作家如何就灾难的想象来进一步延伸他们个人无论是在伦理、知识论，还是在意识形态上的各种各样的承担、辩证和实践。

"忧患意识"是我要介绍的第一个关键词，因为有更好的英文翻译，所以我用crisis consciousness来作为它的对等词；而"幽暗叙事"，我把它翻译成为dark consciousness。这个部分与罗柏松教授刚刚谈到的宗教问题和形而上的这些问题是有一些关联的。"忧患意识"，我想在中文的语境里面大家都是熟悉的，因为这是一个源远流长的历史以及思想上的论述。它最早可能可以追溯到《易·系辞下》："作《易》者，其有忧患乎？"更熟悉的可能是在《孟子·告子下》："入则无法家拂士，出则无敌国外患者，国恒亡。然后知生于忧患而死于安乐也。"换句话说，忧患是我们无从规避的生活的一个最大的威胁，以及很可能造成无所遁逃的困境。所以我们必须随时随地保有忧患意识,让我们的生命和生活能够延续。"死于安乐",就是说如果我们有一天忘了忧患所可能有的威胁,也许我们反而没有办法从容地来暂时享受我们得之不易的安乐。

　　整个的忧患论述建立在一个以人为中心的基础上,相对于历史以及自然环境困境带给我们各种的挑战,它是一种偏向道德反省的一种论述,有着强烈的道德上的告知性。王安石《离北山寄平甫》诗云:"少年忧患伤豪气,老去经纶误半生。"也就是说,劝勉少年人不要过于担心未来可能发生的幸与不幸,只管勇往直前,而老去的这一辈也许可以不要再刻意地引经论典来蹉跎已经所剩无多的日子。所以,"忧患意识"在中国历史上,尤其是有关历史与道德之间相互关联的论述上一直层出不穷。我在这里所引的龚自珍是清末最重要的一位大思想家以及文学家,尤其是在诗这一文类上的一位作者。在他的《赋忧患》这首诗里面有一个对忧患非常独特的看法:忧患不再只是一个环境或道德上一种黑暗的、压迫的力量,它甚至可以成为一种浪漫的、想象的寄托,而这种寄托形成了强烈的反讽张力。"故物人寰少,犹蒙忧患俱。春深恒作伴,宵梦亦先驱。不逐年华改,难同逝水徂。多情谁似汝?未忍托襟巫。"在这里,忧患拟人化成为作者的一种浪漫的、想象的寄托,但是这个浪漫的寄托却含有一种凶险。徐复观先生是20世纪新儒家最重要的代言人之一,1963年在他的《中国人性论史·先秦篇》里特别提出"忧患意识"是对中国古典的,对于人或是人文主义,还有人与社会与环境交互为用的关系中一个最重要的关键词。所以忧患意识和儒家的传统,尤其是海外新儒家所谓"多难兴邦"的政治以及伦理的寄托是有密切关联的。

　　我相信"忧患"这个词。也许今天在座或在线上的来宾并不陌生。但相对于此的"幽暗意识"可能大家不是特别熟悉。这个关键词我是借用于张灏教授在1980年代的一本重要的著作《幽暗意识与民主传统》所来。对于张灏教授来讲,所谓"幽暗意识"是发自对人性中与宇宙中与始俱来的种种黑暗势力的正视和省悟:因为这些黑暗势力根深蒂固,这个世界才有缺陷,才不能圆满,而人的生命才有种种丑恶,种种遗憾。所以,在这里,我们今天会议的主题——灾难,和有关灾难的观点,现在从生态以及环境的部分延伸到了我所谓的人的幽暗面或人所造成的祸害这个层次上。

　　在张灏先生的看法里,他认为"幽暗意识"攸关中国现代性发生、民主论述或正或反的一个最关键的时刻。他认为西方历史上一直存在一种对人性之恶警醒的"幽暗意识",所以,才慢慢孕育了西方的民主传统,而中国的以儒家为主的这样一个重"教"的论述,虽然也有这方面的洞察,但其怀抱的是"乐观的人性论",所以才诉诸"圣贤之治"。换句话说,中国这种"乐观的人性论"一直主导着我们对于政治、民生,甚至整个生民建设的看法。张灏先生的"幽暗意识"的论述基础其实有很多的部分来自马克斯·韦伯的《新教伦理与资本主义精神》,这本书特别强调基督教以人性的沉沦和隐匿为出发点,着眼于生命的救赎。在这个意义上,民主的发生是以某一种层次的人性,是以"人性本恶"这样的基准点所形成的一种政治基础;而儒家的思想则以"成德"的需要作为基点,对于正面的人生不断地加以肯定。所以张灏先生认为,西方的民主宪政是从客观的制度着眼,对权力加以防范,而儒家的抗议精神则着重主观德性的培养,以期待一个理想的人格主政,由内在的德性对权力加以净化,着重一种新的人性的养成。我个人觉得,张灏先生的"幽暗意识"有他绝对的论述上的启发性,但是,也许他在论述的过程或逻辑里面仍然过于偏重以民主、现代性以及韦伯所为基础的宗教性的思考来作为他辩证的一个出发点。

在20世纪五六十年代以后"幽暗意识"的延续,其实可能有更多不同思想的源头,来作为我们进一步看待幽暗意识的一种可能性的借镜。比方说马丁·海德格尔(Martin Heidegger),对他而言,幽暗、黑暗不同于昏暗。昏暗是一种赤裸裸的完全的光明的缺失。幽暗却是光明的隐藏之处,它保存住了这光明,光明就属于此黑暗。这里面当然有非常微妙的辩证。海德格尔的幽暗意识其实是受到了老子"知其白,守其黑"论述,或者是庄子的一些对于明和暗的玄学思考的影响。或者像西方后学的一些领军人物,无论是德里达或是阿甘本,他们在不同的时间点,以不同的论述基础,都曾提出我们所谓的黑暗其实是人在有限的视觉、思维以及意识形态范围里面所规划的一种简单的光与黑暗之间的一种辩证逻辑。事实上,我们一旦离开了狭义的人为准的,一种对于人性、光以及黑暗的辩证,说不定我们能看到更多的黑暗,也从黑暗之中可能看到更多的不知道光源从哪里射出来的光明。不止如此,1940年代之后,在西方的天体物理学界,不论是对暗物质的发现,尤其是2019年诺贝尔物理学奖得主詹姆斯·皮布尔斯(James Peebles)对于"dark material"或"dark materiality"的发现,还是我们在回顾整个20世纪的过程里所发现的所谓"暗能量"这样一种思考的可能——所谓的暗能量是一种遍布宇宙空间,具有排斥性的万有引力,是导致宇宙时空结构膨胀的看不见的能量,占宇宙总质量/能量的68%——都能反映光与暗的辩证。它就像暗物质所占据的宇宙空间里的大的百分比,是我们所不能够察之,甚至无从习之的一个领域或者一种动能,而仅能从猜测的方式,从数理方法的推算、推演来形成的一种观点。这种观点整个汇合了所谓"暗流体"的一种大的对于天体物理的反思。这里因为时间的关系,而且也是由于我个人知识的局限,我们就不再多说。

总之,我们在这里必须承认人在他的知觉以及理性范围之外,更存在着广阔无垠的宇宙上的、不可知的、未曾被探知的一个领域以及那种能量。在什么样的情况之下,我们必须从人的立场来面对这样一种永恒的、不可知的、流动的、黑暗的力量?这是一个非常艰深的话题。所以,我们在这里说,我们的历史,无论是科学的历史或者是哲学的历史或是宗教的历史,千变万化,我们无从以先验或后设的方法化约其动因和结果。当此之际,文学却以虚构的力量,以叙事的能量揭露理性不可思议的悖反,理想始料未及的虚妄,从而见证历史"俱分进化"的现象——这个当然引自章太炎的《俱分进化论》的观点。这种文学的虚构力量所激发的"幽暗意识",也许是起自个别的、异端的想象,却成为文学批判公理世界的重要契机。无论这个公理世界是来自我们对于伦理秩序的重组,或是来自我们对于天理世界的假设,又或是来自我们对物理世界的实验以及观察,种种的理性世界都有各种可能的动因,却往往不能够自圆其说。文学的力量却正是在于在看似毋庸置疑的理念、社会秩序、政治理想以及道德的平台上,我们所发现的各种不可思议的裂缝以及有待弥补的各种各样的欲望,还有欲望本身的悖反。用鲁迅的话说,"爱夜的人要有听夜的耳朵和看夜的眼睛,自在暗中,看一切暗"。那么,怎样去训练我们拥有这种非人的、超人的洞察力,在黑暗中看到一切的暗,甚至能从这样的暗中找到那个不可思议的光源?我觉得这是中国作家对于西方在过去一个世纪关于黑暗的论述所形成的回应。鲁迅曾经以"无物之阵"来说明"幽暗意识"可能的一种具象的表征。无物之阵不能仅以道德或知识的虚无来对待,对鲁迅来讲,在无物之阵里"没有爱憎,没有哀乐,也没有颜色和声音"。无物之阵超越夏济安先生以革命牺牲为前提的"黑暗的闸门",或张灏先生以道德坎陷为出发点的"幽暗意识"。这样的一种鲁迅式的幽暗意识是一种"失掉的好地狱"以外的另类空间,也许是地狱之外的地狱,也许是地狱之外的天堂。这就正像是天体物理学者定义的"暗物质",涌动无限可见而不可见、可测又不可测的物质能量;或人类学者所定义的"暗物质",酝酿着无限默会致知的潜力。

在这些意义上,我以为现代中国文学所形成的一种"幽暗意识"的论述,从各方面都值得我们重新加以思考。不论是张爱玲式的"一级一级,走进没有光的所在",或者是顾城式的"黑夜给了我黑色的眼睛,我却用它寻找光明",我想这里所提到的黑暗已经不再是简单的政治或是道德论述所能够局限的。这些作家督促着我们继续在各种人性的不可见的层次上,或者是自然环境所退隐的、遮蔽的层次上,再一次找寻黑暗/光明的另外一种辩证。

在阎连科著名的卡夫卡文学奖获奖致辞里,曾经提到过一个寓言,他说他想到他们村庄那个活了70岁的盲人,每天在太阳出来的时候,都会面对东山,望着朝日,默默自语地说:"日光原来是黑色的——倒也好!"一个从没看过日光的盲人,他却想象着什么是日光。更为奇异的是,这个盲人从年轻的时候起就有很多不同的手电筒。每天走夜路,他都要在手里拿着打开的手电筒。天色越黑,他手里的手电筒越长,灯光也就越发明亮。于是,他在夜晚漆黑的村街上走着,人们很远就看见了他,就不会撞在他的身上,而且在与他擦肩而过的时候,他居然还会用手电筒照着你前面的道路,让你顺利地走出很远、很远。一个盲人居然用手电筒指引着不盲的人在暗夜里找寻着光明的路。当这个盲人过世时,为了感念他和他手里的灯光,他的家人和村人为他致哀送礼,给他送了无数装满了电池的各种手电筒。在他入殓下葬的棺材里,几乎都是人们送的可以发光的手电筒。阎连科的故事到底是意有所指的一个道德的甚至是政治的寓言呢,还是这个故事启迪着我们,在所可见的、在人类以理性辩证所可及的范畴之外,幽暗意识无时无刻不在影响着我们?所以,阎连科说:"我感悟到了一种写作——它愈是黑暗,也愈为光明;愈是寒凉,也愈为温暖。它存在的全部意义,就是为了让人们躲避它的存在。"这是我以为在"幽暗意识"的辩论上,的确是超过了我们刚才所提到的"忧患意识"的一个层面。

但是重复我要讲的,"忧患意识"和"幽暗意识"两者之间其实形成了辩证的关系。"忧患意识"指引着人在历史的环境里,在历史的生态里,如何达到趋吉避凶、未雨绸缪和预知未来各种可能而事先所做的一种准备。但是,"幽暗意识"却远远超过了理性的逻辑,或是道德上的一种自信,甚至于生态环保上各种各样的政策和措施。像是在韩松的作品《医院》里面,这样的一种幽暗意识,不仅止于一种政治的、道德上的寓言或批判,也更引领着我们重新思考人生之为人,在这样一个宇宙星空里面,我们所担负的疾病,我们所担负的各种各样的恐惧和牺牲,有没有超越和获得自我救赎的可能。这一部小说其实是包裹在一个佛教的广大语境里面的,我们可以看得出来韩松个人的用心。

最后,我们来看台湾作家骆以军的《明朝》(2019),还有大陆作家刘慈欣的《三体》(2008)。这本《明朝》也许今天在线的来宾所知不多,它其实是受到了刘慈欣《三体》的启发,重新打造了一个关于明朝灭亡的历史。明朝无限的奢华颓靡,最后难逃覆亡的命运。在明朝灭亡的时候,它最精致的文化,最优秀的人文的结晶,居然能够经过一个电脑或人工智慧的重新运作和包装,射向了银河系以外的另一个星空的轨道,期待在不同的宇宙时空里,也许明朝最后的辉煌能够得到保存,再一次回到人们的眼前。但另外的可能是,这样的明朝将永远堕入宇宙的黑洞之中。所以骆以军的作品在某一个意义上,其实是对刘慈欣的《三体》重新改写,而骆的态度可能更为悲观。正是因为《明朝》这部作品对于台湾政治的影射可能有过于悲观的嫌疑,所以在台湾出版的时候引起了相当大的争议。但是,我今天却要提醒,骆以军的野心应该是投射到了我所谓的幽暗意识的层面上,去想象当已经不再是简单的定义的人之后,在所谓后人类的时代里,我们怎么再去重新找寻人之所以为人的定位?这两位作家之间的对话,我个人认为是发人深省的。

我引用本雅明(Walter Benjamin)的话结束今天的报告——"大难不止,救赎(的希望)端赖其间的缝隙"。各种各样的灾难,无论是天灾还是人祸,似乎定义了我们存在的本质。救赎的各种各样的希望,不论是宗教的、道德的、意识形态的还是文学的,它们所投注的希望其实都是在各种各样的灾难此起彼落之间的缝隙里面。我们怎么去捉住那灵光一现的可能呢?怎么在绝望和希望之间找到某一种平衡点,延续我们的故事?在讲故事的时候重新体认人之所以为人的各种各样的不堪,以及人之所以为人的各种各样的期望?——我想这里面有许多本雅明式的论述,但是回到鲁迅所告诉我们的,我们至少能够在文学的论述里面锻炼我们"自在暗中,看一切暗"的洞察力。这是一种后人类式的境况的描写,一种超人类的洞察力,还是人的一种本质?

不论如何,在黑暗的各种各样的压力之下和灾难之中,我们找寻一种救赎,找寻天堂。但是,鲁迅在《影的告别》里却告诉我们:"有我所不乐意的在天堂里,我不愿去;有我所不乐意的在地狱里,我不愿去;有我所不乐意的在你们将来的黄金世界里,我不愿去。"换句话说,也许他宁愿活在灾难中,活在幽暗中,"自在暗中,看一切暗"。所以我个人觉得鲁迅的话到今天依然发人深省,也的确给我们提供了对于灾难论述在思想的层次上以及文学理论的层次上的一个更新思考的可能性。谢谢大家。

全球化疗愈:医学人文与世界华文文学*

唐丽园
(哈佛大学)

数千年来,全球不同地区的叙述总会涉及各种疾病和其他严重的健康状况。在最近几十年里,这些叙述的一个显著分支主张利用同理心、同情心和尊重的关怀促进疗愈和提升患者的幸福感。本文观点主要来自我的新书《全球化疗愈:文学、宣传与关怀》,书中讨论了来自中国和世界其他地区的文章。这些文章恳求社会打破毁灭性的社会污名,而这些污名阻碍了数十亿人获得有效的(医疗)关怀,恳求社会提高以人为本的优质医疗保健的可用性,并恳求社会优先考虑促进疗愈和提升患者及其亲近之人的幸福感之间的关系。我还将从医学人文学科和健康人文学科这两个领域出发,探讨文学工作者在这个流行病时代及未来可以作出的贡献。

COVID-19(新冠病毒)大流行近三年来,已有近6.1亿例确诊病例和650万例已知死亡病例。由于许多社区缺乏检测,实际数字可能比这要高得多。这些数字(在各地)远非平均分布。COVID-19大流行正在蔓延,许多其他不良健康状况也在出现。奥克塔维·路易斯·莫塔·费拉兹(Octávio Luiz Motta Ferraz)在2020年4月提出的观点至今仍然适用:"大流行不是机会均等的事件。在发病率和死亡率方面,穷人承受着不成比例的负担,这可以用由贫困造成的三个相互重叠且强化的不利因素来解释:暴露差异、易感性差

---

* 本文由浙江大学文学院中国现当代文学与文化研究所博士生赵芷萱、李扬帆翻译。

异和获得医疗保健差异。"①在获得疫苗方面的差异尤为明显。有效的疫苗已经存在了近两年,但疫苗接种率差别很大:在一些(大多数是富裕的)国家,几乎每个人都接种了第一剂疫苗,而在其他(贫穷的)国家,几乎没有人接种。这并不是因为这些疫苗尚未生产或无法生产,而是因为,正如《纽约时报》在2021年4月报道的那样,疫苗一进入临床试验阶段,富裕国家就开始囤积疫苗,确保本国居民能率先接种疫苗,而不是先考虑最脆弱的那部分人群。随着疫苗进入市场,一些疫苗制造商坚持全面的责任性保护,这进一步妨碍了较贫穷国家对疫苗的获取。②

囤积仍在继续,2021年10月,无国界医生组织(Médecins Sans Frontières)在推特上发文称,高收入国家超量囤积了8.7亿剂COVID-19疫苗,到2021年底,仅G7(七国集团)和欧盟国家就可能浪费2.41亿剂疫苗。简而言之,"数百万人已经死亡,还有数百万人面临死于疫苗不公平现象的风险"③。正如阿格尼斯·比纳格瓦霍(Agnes Binagwaho)等人所断言的那样,"问题的核心是,低收入国家人群的生命价值低于北方国家(包括欧洲、北美和亚洲发达地区的一些国家)"④,以及在富裕国家中,低收入和其他边缘化社区人群的生命价值也较低。

环境种族主义和其他形式的环境不公正现象加重了发病率和死亡率不成比例的负担,大多数贫穷地区和其他边缘化社区受到环境危机和其他形式的人为的环境恶化的影响。可以肯定的是,COVID-19大流行的确切起源尚未确定。然而,它很可能是一种人畜共患疾病——一种可从脊椎动物传播给人类的疾病。近几十年来人畜共患疾病的显著增多并非偶然。长期以来,科学家和其他专家一直在就生物多样性丧失,尤其是森林砍伐造成的生物多样

---

① Octávio Luiz Motta Ferraz, "Pandemic Inequality: The Two Worlds of Social Distancing", *The Yale Review* online, April 3, 2020.
② Editorial Board, "The World Needs Many More Coronavirus Vaccines", *New York Times* online, April 24, 2021.
③ @MSF_access. "MSF Access Campaign", Twitter, October 8, 2021.
④ Agnes Binagwaho et al., "Equitable and Effective Distribution of the COVID-19 Vaccines—A Scientific and Moral Obligation", *International Journal of Health Policy and Management* 10, 2021:1.

性丧失与新出现的疾病之间的关联发出警报①。尽管遏制森林砍伐和规范野生动物贸易的成本,要比在病原体出现后才采取应对措施低得多,但很少有人认真对待这些担忧②。

人文学科,特别是医学人文学科在应对这些和类似的全球挑战中处于怎样的位置?下面我先简单介绍一下医学人文学科,然后重点介绍几部引发人们对这一领域关注的中国文学作品。正如我在《全球化疗愈:文学、宣传与关怀》中所讨论的:医学人文学科一词于1947年第一次被提出,并在20世纪70年代被正式定义。今天,英国医学人文协会将这一研究领域确定为"持续对明确关注医学的人文方面进行医学实践、教育和研究的跨学科研究"③。同样,托马斯·R.科尔(Thomas R. Cole)等将医学人文学科定义为"一个跨学科和多学科的领域,探索医学和医疗保健中的背景、经验以及关键和概念性的课题……"④医学人文学科从许多学科中汲取知识,研究医学和医疗保健机构的发展和实践相关问题。就其本身而言,健康人文学科将范围从医疗保健和医患关系扩展到患者、家庭关爱人员、各级健康专业人员、社会乃至地球之间的关系。顾名思义,与医学人文学科相比,健康人文学科更倾向于以人类健康为中心,但这两个领域之间的界限经常是模糊的。医学和健康人文学科的一项主要任务是将艺术和人文学科纳入医学培训和实践。和这些临床方面的内容一样,医学和健康人文学科也有以下学术组成部分:医学史、文学与医学、医学人类学、医学伦理学、科学技术研究等领域。许多学生、学者和从

---

① Jeff Tollefson, "Why Deforestation and Extinctions Make Pandemics More Likely", *Nature* 584, August 13, 2020: 175 – 176.

② Andrew P. Dobson et al., "Ecology and Economics for Pandemic Prevention", *Science* 369, no. 6502, July 24, 2020: 379.《全球化疗愈:医学人文与世界华文文学》一文前三段内容来自唐丽园的论文(Karen Thornber, "Environmental Humanities, Medical Humanities, and Pandemic Futures", *Contagion Narratives: The Society, Culture, and Ecology of the Global South*, edited by R. Sreejith Varma and Ajanta Sircar, New York: Routledge, 2023, pp.22 – 38),其他部分来自唐丽园的专著《全球化疗愈:文学、宣传与关怀》(Karen Laura Thornber, *Global Healing: Literature, Advocacy, Care*, Boston: Brill, 2020)。

③ Brian Hurwitz & Paul Dakin, "Welcome Developments in UK Medical Humanities", *Journal of the Royal Society of Medicine* 102, no.3, March 2009: 84 – 85.

④ Thomas R. Cole et al., *Medical Humanities: An Introduction*, New York: Cambridge University Press, 2015, pp.ix, 7.

业者正将目光投向这些领域,寻求他们自己独到的见解,发展出新的方法来推进整个疗愈过程,而这些新方法远远超过原本的医疗保健范围。

尤其是文学可以展现对人类苦难的深刻见解。正如美国海地裔作家爱德维奇·丹蒂卡特(Edwidge Danticat)阅读了日本小说家村上春树的短篇小说集《神的孩子全跳舞》(该书写于1995年1月17日日本阪神大地震之后)后,在2010年海地大地震发生三周后前往海地时所说的那样,"诗歌、散文、回忆录和小说可以帮助填补(震后人们精神世界的)深度空白,这是数字和统计数据所不能做到的"[①]。就文学批评而言,它特别有价值,因为它能够引出、明确和重构疾病经历的无数潜在动态,以及阐明更广泛的思想和行为模式,这些模式往往更普遍地阻碍了疗愈和幸福感的提升。在分析讨论不良健康状况的叙述时,文学批评可以——至少在一定程度上应该,让我们重新思考我们对这些状况和受其折磨的人的假设。对于患者、医生及其他医疗保健专业人员、看护人员、家人、朋友和社会等经常被强加或步步紧逼的、不切实际的、矛盾的和可笑的期望尤其如此。这是一个很大的挑战,因为我们的期望可能会助长错觉、误解、污名、歧视和偏见,从而严重阻碍疗愈,或者至少对个人或社区的幸福感(提升)产生有害影响。

事实上,人们不仅因疾病本身而受到身体上的伤害,社会、医学和健康专业人员,甚至是与他们最亲近的人对待他们的方式也会对病人造成巨大的痛苦。健康状况不佳的个人远未被纳入以促进疗愈和提升幸福感的方式提供治疗的关怀型社区中,虽然这些方式离治愈仍然遥不可及。不仅如此,他们还经常受到污名化、非人化和沉默的对待。对于那些由于年龄、阶级、种族、性别、人种、宗教、性取向或其他因素而已经遭受结构性暴力的人来说,情况尤其如此,其中结构性暴力被理解为——

> 使个人和群体处于危险境地的社会安排。这些安排是结构性的,因为它们植根于我们社会的政治和经济组织中;它们之所以是暴力的,是因为它们会对人们(通常不是指那些对这种长期不平等

---

① Edwidge Danticat, *The Art of Death: Writing the Final Story*. Minneapolis: Graywolf Press, 2017, p.50.

现象负责的人们)造成伤害……在获得资源、政治权力、教育、医疗保健和法律地位方面的差异只是一小部分例子,结构性暴力的概念与社会不公正和社会压迫机制密切相关。①

结构性暴力增加了地方、区域和全球健康危机的严重性和普遍性。毁灭性的态度、观念、行为、政策和社会结构几乎确保了在一些社区中,情况严重的病患的家人和亲密朋友也会遭受相当大的、不必要的痛苦。即使一些患者已经在身体上被治愈,结构性暴力也会不断地妨碍他们精神上的疗愈,阻碍他们提升幸福感。

减轻与不良健康状况相关的痛苦,不仅涉及新的医疗手段的开发(如诊断技术、药物、外科手术)和在患者和医生之间建立新的人际互动形式,还需要从我们如何在家庭、医疗保健环境里建立起与亲近之人和陌生人的互动,到我们支持的领导人和政策的类型,以及我们拥护的对象和内容等方面,从根本上改变人们对待自己、对待他人和对待地球的方式。

近几十年来,关于疾病和病痛经历的全球文学大量涌现,这些文学强调了改变我们对待自己、对待他人和对待地球的方式的紧迫性。我理解的全球文学,是指应对具有全球影响力或同等影响范围的挑战和危机的文学。无数种语言和体裁的书写呼吁个人、家庭、社区、社会和国家,在面对疾病和其他不良健康状况(包括那些不治之症)时要倡导一种同理心、同情心和尊重的关怀,来促进疗愈和提升幸福感。这些叙述对于应对和预防治疗不当所造成的巨大痛苦提供了至关重要的学术支撑,这种痛苦往往比健康状况本身的物理过程所造成的痛苦更加强烈。这些叙述强调,鉴于世界上大多数人在金融、社会、身体和心理上的固有脆弱性,很少有人能免受这种痛苦。

文学一直是最响亮和最持久的声音之一,它揭示了改变治疗方式和创建关怀型社区的紧迫性和可能性。文学作品强调,不知道有多少伴随着某些健康状况的痛苦,是由对这些状况的社会反应以及产生这些反应的社会结构直

---

① 参见 Paul Farmer et al., "Structural Violence and Clinical Medicine", *PLOS Medicine*, October 24, 2006, https://doi.org/10.1371/journal.pmed.0030449. 该文认为"结构性暴力"一词是约翰·加尔东(Johan Galtung)和解放神学家在20世纪60年代创造的,用于描述"阻止个人、团体和社会充分发挥潜力的社会结构,这种结构可能是经济的、政治的、法律的、宗教的和文化的"。

接或间接引起的。更重要的是,文学作品生动地描绘了这种痛苦的强度,并强调了疗愈和关怀的必要性。文学经常关注更广泛的经济和社会动态中的个人痛苦,这使它独特地揭示了当前做法造成的深刻伤害,以及如何为了准备和应对健康危机而改变社会的迫切需要。文学揭露了人们对那些已经在处理这些不良健康状况的生理过程的人造成的无端痛苦,这有可能激励普通公民、健康专业人员和政策制定者做出改变,而且更有效和持久地工作,以实施有利于疗愈和提升幸福感的做法。就其本身而言,通过汇集和分析来自不同角度的关于不同病痛经历的作品,关于这些文学的学术研究就可以确定特别紧迫的关键领域,为改变提供更有力的理由,并激发跨越国界的宣传和行动主义。可以肯定的是,疗愈和幸福感问题的形式变化往往发生在政策层面,政策制定者、议员、官僚、说客以及制药和医疗保健方面的管理人员都发挥着重要力量。但与其说文学和文学批评能够直接与当权者建立对话——尽管理想情况下应该如此,在某些情况下也确实如此——不如说文学和文学批评激发了包括医学专业人士在内的广大公众对转型变革的倡导。正如历史学家萨拉·刘易斯(Sarah Lewis)最近所说:"文化工作改变了我们的观念……它将我们与司法工作联系起来。当一件艺术作品,当文化,如此彻底地改变了我们对世界的看法,以至于我们不得不重新认识它时,有多少运动已经开始了。我想比我们能想象到的还要多。"①

《全球化疗愈》强调了文学的必要性,它对于在人们最常患病的三个紧密交织的空间内减少痛苦、促进疗愈和增强幸福感至关重要:(1)社会/社区,(2)医疗保健机构,(3)家庭/朋友之间。本书的第一部分"粉碎污名",重点关注社会和社区经常对疾病患者施加的严重污名,分析了倡导消除顽固且具毁灭性的社会污名的文学,这些污名阻止数十亿人获得有效的治疗和关怀。第二部分关于"人性化的医疗保健"叙述的讨论,敦促在医疗保健环境中加强以人为本的优质关怀的可用性,即为患者着想的关怀,有同理心、同情心,把患

---

① 刘易斯长期研究艺术和文化在创造有色人种叙事中的作用,他在2019年4月于哈佛大学举办的"视觉与正义"会议上发表了上述言论。主讲人布莱恩·史蒂文森(Bryan Stevenson)同样认为,"我们的艺术家、讲故事的人和历史学家对这场斗争至关重要。没有诗歌、舞蹈、音乐、美术、雕塑,没有正在寻找改变这种叙事方式的领导人,我们就无法获得正义"。参见 John Laidler & Edward Mason, "The Work of Culture Alters Our Perceptions", Harvard Gazette online, April 29, 2019.

者作为人来尊重,并承认人的能动性和自主性。第三部分"优先考虑关系",考察了将焦点放在疾病对家庭和朋友影响上的书写。这些书写清楚地表明,需要促进患者及其亲近之人的关系,即使在健康状况无法治愈的情况下也能促进(精神上的)疗愈。

《全球化疗愈》的首要目标是帮助我们更好地了解在准备和应对不良健康状况方面,我们可以和必须做些什么来改变这一切。我所讨论的文学作品并不是简单地揭示事情应该成为的样貌,它们同时也是行动的号召,为行动提供灵感,有时还提供明确的指导。①《全球化疗愈》揭示了文学作品单独和集体地强调改变我们对待自己、对待他人和对待地球的方式的紧迫性。这本书分析了这些来自不同社区的书写如何与各种严重的健康状况作斗争,呼吁我们所有人一起倡导具有同理心、同情心和尊重的关怀,以促进疗愈和提升幸福感。本书从具体和更广泛的角度关注、理解和分析这些迫切的呼吁,创造了新的知识,对激励变革和向"关怀"转变至关重要。《全球化疗愈》的每一章都集中在一组精选的文本上,同时参考了许多其他相关的作品,希望提供更广泛的背景,并启发未来的阅读和研究。

在《最好的告别》的后记中,美国外科医生兼畅销书作家阿图·葛文德(Atul Gawande)表示:"我们对医学工作的认识一直是错误的。我们认为我们的工作是确保健康和生存。但实际上它的范围比这更大。它是为了提升幸福感。"②葛文德的主张不仅适用于医疗专业人员。通过改变治疗方式和创建关怀型社区,倡导提升受不良健康状况影响的人的幸福感这件事需要成为所有社会成员更加重要的任务,无论他们是什么职业。减少健康状况带来的痛苦的关键,不仅仅是减少这些状况的物理过程的实例和严重程度,即葛文德所提到的"健康和生存"。

---

① 这一说法来自伊丽莎白·阿蒙斯,她在《勇敢的新世界:文学将如何拯救地球》一书开篇中斩钉截铁地认为,人文学科的巨大价值,尤其是文学研究,"存在于文本的力量中,它教会我们关于自己,无论是个人还是集体,包括我们作为人类创造的不公正制度。但人文学科的价值也存在于文字的力量中——它激励我们,改变我们,给我们力量和勇气来完成重建世界的艰巨任务"。她鼓励人文主义者将自己视为变革的推动者。尽管伊丽莎白·阿蒙斯关注的是美国激进主义文学,但她的见解适用于全球许多文学。参见 Elizabeth Ammons, *Brave New Words: How Literature Will Save the Planet*, Iowa City: University of Iowa Press, 2010, p.14.

② Atul Gawande, *Being Mortal: Medicine and What Matters in the End*, New York: Henry Holt, 2014, p.259.

痛苦的减少和幸福感的提升，包括对毁灭性污名的否认，这些污名往往比健康状况本身造成更大的痛苦，包括对社会、健康专业人员及患者亲近之人应如何对待病患的狭隘成见的摒弃，包括对人们应该如何照顾彼此、应该如何生活和应该如何死亡的僵化期望的放弃。最终，改变治疗方式和创建能够提升幸福感的关怀型社区意味着用理解、实践和政策取代围绕不良健康状况的过时的、破坏性的观念和行为，这些理解、实践和政策通过肯定具有严重健康状况的人的持续的人性和重要性来促进疗愈，无论容貌损毁多少，无论他们的疾病多么致残、致命。

《全球化疗愈》包含了几个中国文学的案例研究，包括李师江的短篇小说《医院》(2006)，小说聚焦于拒绝医疗干预的权利。在《全球化疗愈》一书中，我将这篇小说与英国剧作家布莱恩·克拉克(Brian Clark)的《这究竟是谁的生命？》(Whose Life Is It Anyway?)(1978)放在一起讨论，还有美国内科医生泰伦斯·霍尔特(Terrence Holt)博士的回忆录《内科医学：一个医生的故事》(Internal Medicine: A Doctor's Story)(2014)，以及日本医生濑户上健二郎的回忆录《濑户上博士的离岛诊疗所日记》(Dr. 瀬戸上の離島診療所日記)(2006)。《全球化疗愈》中另一个著名的中国叙述是王晋康的小说《四级恐慌》(2015)，我结合日本作家有吉佐和子的《华冈青洲之妻》(華岡青洲の妻)(1967)和印度作家阿米塔夫·戈什(Amitav Ghosh)的《加尔各答染色体：一部关于发烧、谵妄和发现的小说》(The Calcutta Chromosome: A Novel of Fevers, Delirium and Discovery)(1996)来考察这本书。

李师江的短篇小说《医院》开启了我对"拒绝延长死亡的关怀之权利"的讨论，这种关怀指的是生命末期不必要的关怀，这种关怀只是延长了痛苦，是21世纪死亡的标志之一。霍尔特、濑户上健二郎和克拉克的叙述探讨了医生在延长生命的本能和考虑到患者的愿望之间的斗争，即使这些患者是那些想没有痛苦地进入死亡的人；而李师江的叙述则讽刺了过度的医疗干预和一些健康专业人员所要求的谄媚。

《医院》以第一人称叙述者的口吻开始，一个中年男人在浴室滑倒，磕破头皮。在第108人民医院，他先打了破伤风针，然后打了狂犬疫苗，因为值班医生彭医生没有别的事可做。当叙述者抗议说他没有被狗咬时，彭医生开玩笑地回答说，他可能过去被狗咬过，也可能将来被狗咬。第二天，叙述者要求出院,但他的要求被拒绝了。彭医生警告他,他没有艾滋病,但血糖太高,血液太稠,有脑栓塞的危险。当叙述者抗议说他还没有准备好死亡时,彭医生把他带到停尸房,给他看一排排的尸体,这些尸体一起警告他:"一定要听医生的话,要不然就要跟我们混在一起啦。"①叙述者承诺,他的余生都将按照医生说的去做。当他感觉自己的心脏要从胸腔里爆开时,他发现自己被安排进行心脏移植、肾脏移植和胆囊移植,以及整容和将脸上的痣移植到胸部的手术,这些手术加起来需要他在医院度过整整一年。最终,叙述者认为他已经受够了,于是请求让他出院。但彭医生拒绝了这个请求,并声称他没有时间处理出院手续。只有在一个老年患者点燃大楼时,叙述者才有机会逃离医院。在揭示彭医生对人类和非人类的痛苦都有同情心,并且理解健康专业人员既需要道德,也需要技能的同时,李师江的讽刺作品《医院》描绘的医生不仅提倡无休止的无用治疗和程序,而且要求患者完全服从。换句话说,患者想要什么并不重要。②

那么这究竟是谁的生命呢? 对于肯·哈里森(Ken Harrison)来说,答案是明确的。他是英国剧作家和电视剧编剧布莱恩·克拉克的戏剧《这究竟是谁的生命?》③中的主角,四肢瘫痪,正在住院治疗。其中"对安乐死论点的影响比任何其他文学作品都要大"④。对于照顾哈里森的健康专业人员来说,答案并不那么明显。《这究竟是谁的生命?》将哈里森和健康专业人员的坚定信

---

① 李师江:《医院》,《花城》2006年第4期,第62页。
② 当叙述者、彭医生和医院的一名护士在马尔代夫试图治愈叙述者(他声称自己想死)时,彭医生对受伤的动植物感到难过。小说《医院》还描写了一只鳄鱼,它斥责他们污染了海水,并提醒他们,它在这样的环境中会难以生存。《医院》的叙述者还批评外科医生不小心把手术物品留在病人体内。参见李师江:《医院》,《花城》2006年第4期,第68页。

    在这种情况下,同样有趣的是越南作家梅金玉(Mai Kim Ngoc,本名 Vũ Đình Minh)的《在康复室》(1994年),小说由一名患有终末期疾病的男子作独白讲述。在短篇小说的结尾,叙述者抱怨医院院长的行为不端,然后问,"我床上的老人是谁? 他在昏迷中,胸部被包扎住了。他们给他打针,朝他的嘴里吹气,他们把呼吸机器推到他身上[……]他们把电注入他的体内[……]他们推按钮;他感到震惊,像登革热的人一样向上弯曲身体;现在他把自己扔了下来[……]这就像美国电影中的急诊室场景[……]有人的眼睛里亮了一盏灯,摇了摇头[……]该死,[病人]就是我。"这是文学作品从患者角度描述长期治疗努力的少有的几个场景之一,并指向桌子上身体的对象化。方括号是原始文本所加。参见 Mai Kim Ngoc, "In the Recovery Room", *In Night Again: Contemporary Fiction from Vietnam*, edited by Linh Dinh, New York: Seven Stories Press, 1996, p.107。
③ Brian Clark, *Whose Life Is It Anyway?*, New York: Dodd, Mead, 1978.
④ Derek Humphry, *Jean's Way*, New York: Harper and Row, 1986, p.141.

念做了对比,对哈里森来说,是否继续维持生命的关怀是他的选择,而健康专业人员则坚持认为他们有责任让他活着,无论他想要什么,即使这意味着错误地宣布他精神不健全并违背他的意愿拘留他。与此同时,在法官确定选择权在哈里森之后,那些尽最大努力让患者使用生命维持设备的健康专业人员现在愿意在他最后的日子里照顾他,让他在医院安详地死去。可以肯定的是,这些人声称他们想要留在那里,是因为如果他们的患者改变主意并决定要活下去,患者会希望他们留在那里。然而,他们迅速接受了法官的裁决,这表明他们对违背哈里森的意愿让他活着这件事感到不舒服,尽管他们是无意识地这样做,但在一个医生被期望尽可能长时间地阻止患者死亡的社会中,尽管患者有自己的意愿,他们也别无选择只能这样做。《这究竟是谁的生命?》描述了健康专业人员在某种意义上几乎和他们的患者一样受到限制:即使他们想遵从患者的意愿,但他们的职责和社会的期望却阻止他们这样做。

在上文分析的文本中,患者和健康专业人员面临着一项重大挑战:患者的健康状况几乎没有改善的希望,更不用说治愈了。这些叙述讨论了那些认为自己拥有或即将拥有不值得过的生活的患有严重健康问题的人可以获得的关怀类型。其他与死亡干预有关的叙述更仔细地研究了致命或潜在致命疾病的治疗方法是如何被发现的,以及实施这些方法的潜在和实际后果。治愈不一定等同于疗愈。詹姆斯·卡罗尔(James Carroll)是众多捕捉到差异的人之一,他把这种差异总结为:"治愈就是消除疾病。疗愈就是使人完整,而完整可以属于弱者,也可以属于健康者。"①但治愈显然是疗愈的重要组成部分,且通常但绝不总是如此。受某种疾病影响的人越多,病情越严重,对治愈的需求就越大。

因此,找到治愈疾病的方法并治疗疾病,这件事在许多情况下已经成为一种痴迷。有时候,这种痴迷会致命。在不道德的人类研究中最令人震惊和广为人知的例子是纳粹犯下的暴行,其中一些是以治愈疾病的名义进行的。不太为人所知的是许多妥协和牺牲,这当中包括人类和非人类,这一直困扰着

---

① James Carroll, "Who Am I to Judge: A Radical Pope's First Year", *New Yorker*, December 23-30, 2013:91.

许多医学研究。如上所述，有三部小说阐明了这一现象，分别是日本作家有吉佐和子的《华冈青洲之妻》、印度作家阿米塔夫·戈什的《加尔各答染色体：一部关于发烧、谵妄和发现的小说》和中国作家王晋康的小说《四级恐慌》。这些文本揭示了治愈的潜在高昂代价，并警告人们不要一心一意地追求治愈。有吉佐和子、阿米塔夫·戈什、王晋康的小说绝不是主张不把资源用于治愈人类的致命疾病。但它们确实提醒读者，不加控制地痴迷于治愈的潜在致命性。

中国著名科幻小说家、前工程师王晋康的《四级恐慌》更强烈地暗示了人类和非人类毁灭中的治愈。这部小说关注的是一个治愈了天花的世界。天花是历史上最致命的疾病之一，在数千年的时间里，它已经杀死了超过10亿人，并改变了更多人的外貌①。除此之外，天花和牛瘟一样，是仅有的两种被人类根除的疾病。天花是由天花病毒引起的一种传染病，一般通过面对面接触传播，并通过呼吸道进入人体。早期症状是感觉疲劳和发高烧，随后在面部、手臂和腿部出现明显的皮疹，这些斑点充满了透明的液体，然后是脓液，形成外壳，最终变干并脱落②。天花的确切起源是未知的，但人们普遍认为，埃及法老拉美西斯五世（卒于公元前1157年）患上了这种疾病。③ 人们认为它从非洲传播到印度，再由印度传播到中国（中国的治疗师在10世纪发现将少量天花脓液注入皮肤可以使被注射者对此免疫），又在6世纪传播到日本，在十字军东征时传播到欧洲。④ 16世纪初，欧洲殖民地将天花传播到美洲。⑤ 正如阿拉斯代尔·格迪斯（Alasdair Geddes）所观察到的，到18世纪中

---

① Michael Osterholm & Mark Olshaker, *Deadliest Enemy: Our War Against Killer Germs*, Boston: Little, Brown, 2017, p.132.
② World Health Organization, "Frequently Asked Questions and Answers on Smallpox", 2016. Accessed July 1, 2019. http://www.who.int/csr/disease/smallpox/faq/en/.
③ 参见格林关于天花起源和早期传播的其他假设(Ian Glynn & Jenifer Glynn, *The Life and Death of Smallpox*, London: Profile Books, 2004, pp.6-13)，以及霍普金斯关于古代埃及、印度和中国天花证据的更详细讨论（Donald R. Hopkins, *The Greatest Killer: Smallpox in History*, Chicago: University of Chicago Press, 1983, pp.1-21)。
④ 霍普金斯写道，天花可能在公元前就从东北非传入欧洲，但欧洲天花最早的实质性证据是安东尼瘟疫，参见 Donald R. Hopkins, *The Greatest Killer: Smallpox in History*, pp.22-26。中国治疗师的事例参见 Michael Osterholm & Mark Olshaker, *Deadliest Enemy: Our War Against Killer Germs*, p.80。
⑤ 仅在佛罗里达州，天花病毒就使蒂穆坎印第安人的人口从1519年的约72万人减少到1524年的36万人。同样由欧洲人带到美洲的麻疹疫情再次使该地人口减半。参见 Michael Osterholm & Mark Olshaker, *Deadliest Enemy: Our War Against Killer Germs*, p.66。

叶,它已成为"除澳大利亚外世界各地的主要地方病"①。尽管英国医生爱德华·詹纳(Edward Jenner)在18世纪末研制出了天花疫苗,并且在接种方面不断取得进展,但这种疾病仍然猖獗。自1948年世界卫生组织成立以来,天花一直是世界卫生组织的重点工作,1967年1月(这一年全球有200万人死于天花,有1000万例病例),世界卫生组织依靠对大规模疫苗接种的严密监控以及后续其他的监督和遏制,加强了根除工作,并最终取得了成功。最后一个已知的自然天花病例发生在1977年的索马里,世界卫生组织于1980年宣布该病已被根除。②

毫无疑问,这些努力挽救了数百万人的生命。但人类也自相矛盾地将数百万人,甚至数十亿人置于危险之中:天花病毒很容易成为一种大规模杀伤性生物武器,考虑到病毒在美国和俄罗斯的持续储存,以及古巴、印度、伊朗、伊拉克、以色列、朝鲜、巴基斯坦等地的许多非公开储存,更不用说人们不再接种这种疾病的疫苗,疫苗剂量已不足以保护所有人类,并且多年来,包括苏联在冷战期间和冷战后开发出的天花毒株疫苗也很少。③ 此外,迈克尔·奥斯特霍尔姆(Michael Osterholm)和马克·奥尔沙克(Mark

---

① Alasdair M. Geddes, "The History of Smallpox", *Clinics in Dermatology* 24, no.3, May-June, 2006:152.
② 有关根除天花历史的更多信息,请参见 World Health Organization, "Statue Commemorates Smallpox Eradication", 2010. Accessed July 1, 2019. https://www.who.int/mediacentre/news/notes/2010/small. 更多关于中国天花根除的信息,请参见 Xinzhong Yu, "Epidemics and Public Health in Twentieth-Century China: Plague, Smallpox, and AIDS", *Medical Transitions in Twentieth-Century China*, edited by Mary Brown Bullock and Bridie Andrews, Bloomington: Indiana University Press, 2014, pp.91 – 105。
③ 已知的第一个天花被用作生物武器的例子发生在七年战争期间(1756—1763),当时英国人通过毯子和手帕将疾病传播给为法国而战的美洲原住民,这些毯子和手帕上有受感染的英国军人的脓和痂。爱尔兰作家保罗·马尔登在诗作《会见英国人》(Meeting the British, 1987)中简明扼要地捕捉到了这一情节。天花也可能在美国独立战争(1775—1783)期间被英国人用来对抗美国军队。两个世纪后,在苏联积极参与的全球根除天花运动中,苏联还将毒力特别强的天花菌株武器化,完善了大规模生产天花病毒的技术,并开发了在弹道导弹弹头和航空炸弹中传播天花病毒的方法。正如苏联的叛变者肯·阿利别克(Ken Alibek)所总结的,克里姆林宫"清楚地认识到,如果天花被根除,疫苗接种终止,那么这种病毒就会成为有史以来'消灭人类生命最强大、最有效的武器'",参见 Colette Flight, "Silent Weapon: Smallpox and Biological Warfare", *BBC*, 2011. Accessed July 1, 2019. http://www.bbc.co.uk/history/worldwars/coldwar/pox_weapon_01.shtml. 同见 Ian Glynn & Jenifer Glynn, *The Life and Death of Smallpox*, London: Profile Books, 2004, pp.228 – 245。

Olshaker)指出,在实验室中重现天花病毒比制造和引爆核装置容易得多①。

王晋康的恐怖小说《四级恐慌》开始于1997年俄罗斯新西伯利亚州,俄罗斯病毒学家柯里亚·斯捷布什金(Kolya Stebushkin)会见美国华裔科学家梅茵(Mei Yin),并给了她三瓶天花病毒。梅茵对这种病毒的计划最初尚不清楚。这与默罕默德·艾哈迈德阿·塞古姆(Mohammad Ahmed Segum,一名来自北非,负责运送生物武器的男子)、阿布·法拉杰·哈姆扎(Abu Faraj Hamza,基地组织的三把手)和齐亚·巴杰(Zia Baj,杜克大学培养的病毒学家)——小说中介绍的第二组人物形成鲜明对比。2001年9月11日之后的几天,在阿富汗举行会议,默罕默德·艾哈迈德阿·塞古姆递给阿布·法拉杰·哈姆扎几瓶拉沙病毒(拉沙热)、埃博拉病毒(埃博拉出血热)和天花病毒,阿布·法拉杰·哈姆扎把它们交给了齐亚·巴杰,接着宣称:"(诸如此类的)生物武器的军事力量相当可观。它们绝不亚于原子武器……对我们来说,它们确实是最完美的武器。"②齐亚·巴杰打算充分利用病毒作为武器的潜能。《四级恐慌》把叙述转移到了中国中部的河南和湖北两省交界处,2002年9月,在那里,梅茵开始建立一个由她的养父沃尔特·迪克森(Walt Dickerson)资助的高科技实验室;2002年秋末,又转移到爱达荷州帕耶特国家森林公园,齐亚·巴杰刚刚在那里买了一个农场。2016年9月初叙述随梅茵回到豫鄂边境,然后去了旧金山,在那里梅茵看望了她生病的父亲,然后去了旧金山的一所医学院,在那里她参加了齐亚·巴杰关于美国对土著人民暴行的演讲。原来,齐亚·巴杰是她父亲的学生之一,现在受雇于爱达荷州大学。此后不久,齐亚·巴杰辞去职务返回阿富汗,但叙述者透露,在此之前,他用天花病毒在爱达荷州策划了一场小规模的生物袭击。

此次生物袭击造成的疫情得到了相对迅速的控制。超过10万人被感染,近3.5万人确诊,但袭击发生在农村地区,并且足够迅速地分发了足够的疫

---

① Michael Osterholm & Mark Olshaker, *Deadliest Enemy: Our War Against Killer Germs*, p.134. 奥斯特霍姆和奥尔沙克于2003年首次描述了伊利诺伊州一例猴痘(类似于天花,但致命性要低得多)引发的混乱,他们预测天花袭击将导致社会的彻底解体,并详细阐述了可能发生的情况。参见 Michael Osterholm & Mark Olshaker, *Deadliest Enemy: Our War Against Killer Germs*, pp. 137-140。

② 王晋康:《四级恐慌》,江苏凤凰文艺出版社2015年版,第54页。

苗,因此只有143人死亡,远远低于如果没有现成的疫苗和人口不被控制的情况下可能死亡的人数。与此同时,据说有一万多人"永远长着一张麻子脸",总损失超过500亿美元①。《四级恐慌》引用了梅茵读到的一篇关于袭击的文章,这篇文章明确地说明了一个没有天花的世界的自相矛盾的不稳定性:"天花的彻底消灭创造了一个危险的真空。"这种类型的真空可以"以最小的成本被破坏,造成巨大的损失"②。这个信息在王晋康的小说中被多次重复,几乎是一个副歌,尤其是在梅茵把天花传染给她捐助的孤儿院之后。这种病毒感染了小雪,一个和她关系密切的孩子。在确认此次疫情为天花后,流行病学专家杨纪村对天花的历史进行了思考,并将天花的消灭铭记为"人类在与病原体的战争中取得的最大胜利"。但杨纪村也质疑"胜利的代价是否太大"。他认识到,鉴于中国防疫基础设施的不足,尽管国家最近将重点放在传染病预防上,但再加上几十年来一直存在的"天花真空",中国将无力应对天花暴发③。

　　但值得注意的是,梅茵并没有像大家最初认为的那样,把病毒从美国带回来。相反,这种病毒来自她自己在中国的实验室,在过去的十年里,她一直致力于通过创造一种温和的病毒株来缓解天花真空,从而保护人们,使人免受这种疾病的侵害。而且,小说最终揭露了她故意在孤儿院散布病毒的事实。梅茵向批评者解释,她保存天花病毒是受父亲和所谓"十字组织"的理念所引导,也就是说,"经过40亿年的无情试验和错误,今天生存的所有生物都是赢家,是自然界不可替代的宝藏。它们共同构成了地球的生物圈,所有人都有权继续生活在生物圈内,包括土狼、鬣狗、蚊子……当然也必然包括病毒和细菌。人类只是生物圈的一部分,而且是迟到的,我们有什么权利宣布其他形式的生命的死刑?"④换句话说,天花疫苗不仅通过制造天花真空将人类置于危险之中,同时也是一种破坏生物圈重要部分的企图,正如王晋康在其他小说中所论证的那样,这可能会阻止艾滋病病毒的传播。

　　审判结束后,梅茵被判处八年徒刑,《四级恐慌》一下子来到了2023年(小

---

① 王晋康:《四级恐慌》,第141页。
② 同上书,第128—129页。
③ 同上书,第155页。
④ 同上书,第190—191页。

说里的时间),梅茵获释。小雪现在已经成年了,她开始了迟来的教育,她开始附和梅茵,就像梅茵附和她自己的父亲一样,哀叹科学的悖论。梅茵断言:"科学发明了抗生素——这导致了具有耐药性的超级细菌的出现,它们的进化速度比人们开发新药的速度还要快;科学根除了天花——这导致了危险的天花真空……科学甚至能让有遗传病的人活到老年——但这意味着坏基因会繁殖,为未来埋下定时炸弹……人类需要与自然和谐相处。他们不能与之抗争。"①与戈什的《加尔各答染色体》相反,在《加尔各答染色体》中,根除疟疾的努力被描述为对环境有潜在的危害,因为这些医学上的努力将改善人类健康,从而使人们能够更有效地破坏环境。王晋康的《四级恐慌》则认为,错误地试图根除或至少改善疾病已经使生物圈失衡,对人类和非人类社区都造成了伤害。②

中国小说更倾向于提倡物种之间的和谐共处和平衡。1979年,梅茵的父亲带着女儿前往非洲,在那里他们目睹了埃博拉疫情的暴发,并为生病的人类和繁荣的动物种群之间的鲜明对比所震惊,梅茵的父亲确定:

> 生物界经过亿万年的进化,已经自然达到了最稳定的平衡态。过度强烈的干扰可能导致灾难。事实上,影响人类的流行性疾病都是由社会剧烈变化引发的。科学引发的灾难和它给人类带来的好处几乎是同样巨大的……人类只能继续走自己的路,这就是进化的命运。但在改变自然的过程中,我们至少要保持一颗敬畏的心,我们必须尽最大努力维持原有的平衡态,学会与自然和谐共处。③

同样,在2012年对梅茵的审判中,她的律师宣读了十字组织准备的一份文件,他们在文件中声明:"所有生物都是全球生物圈的合法成员,都有生存的权利……人类应尽量保持自然的原有平衡态……[根除天花]创造了一个极其危险的天花真空。"④梅茵本人也在2029年呼应了这些情绪,因为她的团

---

① 王晋康:《四级恐慌》,第263—264页。
② 许多健康状况可以追溯到人类的野蛮扩张和野心勃勃。"大多数流行病……不是无缘无故发生的。它们是人们对自然所做的事情的结果。"参见 Jim Robbins, "The Ecology of Disease", *New York Times* online, July 14, 2012.
③ 王晋康:《四级恐慌》,第234页。
④ 同上书,第211—212页。

队正在青藏地区喷洒鼠疫抗原(一种低毒性鼠疫杆菌),鼠疫已成为继天花之后中国最可怕的疾病之一,鼠疫抗原有望在中国西部地区永久控制该疾病。当被问及为什么她不像大多数科学家所倡导的那样,采取更直接的措施来阻止病原体时,梅茵解释说,这样做只不过是一种"美好的愿望"。事实上,由于天花、瘟疫、西班牙流感、埃博拉病毒、黄热病、拉沙热、梅毒、艾滋病和历史上其他全球性的大瘟疫,人类和病原体很快将在"新的高度上达到平衡",这一过程无法逆转,因此科学家所能做的就是创造条件,使所有生命形式都能在同一生物圈内和谐地生活①。这并不意味着人类流行病会消失,只是发生的疫情对人类的影响很小。当再次被问及如果科学家像根除天花一样根除所有病原体是否会更好时,梅茵解释说,成本太高了。似乎是为了证明她的观点,《四级恐慌》在不久之后的 2030 年以巴杰在东京上空释放天花病毒并试图在该市引发埃博拉疫情为结尾。② 王晋康的小说明确地强调了人与病原体之间的和谐,并一再重申为了人类和非人类的整体健康和幸福感而试图消除病原体的危险。

但是个人的健康和幸福感呢? 除了揭示一个自认为天花已被治愈的世界的自相矛盾的不稳定性外,《四级恐慌》发出警示,认为应该关注更大的社区的固有危险,而不是考虑个体成员。事实上,王晋康的小说公开批判了小说中所谓的"西方医学观"的个人主义基础,换句话说,以牺牲群体为代价关注个体。相反,十字组织认为群体和个人两者的重要性都应该注重,但它强调,当两者的利益发生冲突时,群体的利益必须占上风。③ 尽管这种方法有时

---

① 王晋康:《四级恐慌》,第 291 页。
② 《四级恐慌》于 2015 年 5 月出版,当时正值 2014—2016 年埃博拉疫情暴发,影响了西非多个国家。有关埃博拉疫情的年表,请参见 Centers for Disease Control and Prevention, "Years of Ebola Virus Disease Out-breaks", 2019. Accessed July 1, 2019. https://www.cdc.gov/vhf/ebola/history/chronology.html?CDC_AA_refVal = https%3A%2F%2Fwww.cdc.gov%2Fvhf%2Febola%2Foutbreaks%2Fhistory%2Fchronology.html. 同见 Michael Osterholm & Mark Olshaker: *Deadliest Enemy: Our War Against Killer Germs*, pp.144 - 158。保罗·法默将埃博拉病毒称为"护理人员疾病",因为它给专业和家庭护理人员带来了巨大的损失。参见 Paul Farmer, "The Caregivers' Disease", *London Review of Books* 37, no.10, May 21, 2015:25 - 28。
③ 尽管王晋康的小说只简短地提到了这一现象,但最广为人知的例子可能是为病毒引起的疾病使用抗生素。服用抗生素可以帮助人们暂时放松(即他们相信自己正在做一些事情来帮助缓解流感),但过量的抗生素不仅使人们面临过敏反应和潜在致命的细菌感染以及其他有害疾病的风险,还会引发抗生素耐药性细菌增殖,使整个社会处于危险之中。

很严厉(包括有目的地感染小到社区大到广大地区的一切事物),但这种方法往往最终挽救了最多的人。与此同时,小说揭示了一个可能的意外后果——忽视个人需求,即使这些需求并不影响他人的幸福感。

在这方面最能说明问题的是小雪做的去除痘印的手术。当她向外科医生咨询她的手术时,医生并不关注她的疤痕,因为这很容易用当前的技术解决。相反,他谈到了她面部结构的"缺陷"。当她抗议说,她只关心她的痘印修复时,医生回答说:"不可能!一旦你上了我的海盗船,就不是你的事了。你的身体素质这么好,一定能尽善尽美。"回答医生的不是小雪,而是她的丈夫,他向医生保证,他们会照医生说的做,他的妻子身上也有伤疤必须修复,确实,一切都必须尽善尽美。于是医生上下打量小雪,确定自己给她做手术,一定会达到尽善尽美①。当小雪说话时,她只是确认她会按照医生说的去做。在这里,人们对达到"尽善尽美",对完全"治愈"小雪的重视远远超过了对小雪需求的满足,更不用说仔细倾听她的意见,并与她一起决定如何用最好的方式进行下去。

《四级恐慌》欣然承认,它所颂扬的平衡态与平衡并非没有人类和非人类的伤亡,尽管小说有时过分简化了想象中没有人类侵犯的"自然"所享有的"和谐",但王晋康的叙述最终加入了本章分析的其他文学作品,与这些文本一样,迫切需要人们认识到试图延长人的生命可能产生的后果,以及对人类和非人类的个人和社区更多地关注治愈而不是疗愈和幸福感(提升)可能会产生的后果。《四级恐慌》大量提到艾滋病、埃博拉、非典(SARS)和其他传染病,尽管它的主要焦点是天花,但它毫不掩饰许多潜在的致命疾病继续威胁着地球。在跨越大陆的过程中,它提醒读者世界长期以来是如何相互联系的,并且肯定会继续存在,以及由此产生的危险和人类及非人类健康的可能性,无论规模如何。

对健康和关怀危机的文学描述经常被视为寓言。例如,在《为什么小说在当代中国很重要》(*Why Fiction Matters in Contemporary China*)一书中,王德威认为,中国作家韩松的三部曲《医院》(2016)、《驱魔》(2017)和《亡灵》

---

① 王晋康:《四级恐慌》,第 250 页。

(2018)是政治和社会的寓言①。李师江的《医院》和王晋康的《四级恐慌》也可以作类似的解读。与此同时,正如韩松的叙述揭示了医学中的巨大滥用和治愈机会的重大空白,李师江和王晋康的书写也揭露了科学和医学中的猖獗剥削,以及现在比以往任何时候都更需要疗愈关怀机制。

---

① David Wang, *Why Fiction Matters in Contemporary China*, Waltham: Brandeis University Press, 2020, pp. 169 - 177.

整合与策略:通向世界文学的世界华文文学

蒋述卓
(暨南大学)

一

1996年,国内著名的海外华文文学研究学者饶芃子先生在《海外华文文学的命名意义》中指出:"'海外华文文学'的命名以'区域'与'语言'为最基本的界定,自有它合理的依据,但在实际的运作中,所面对的是流动的、富有情感与思想的作家个体或族群,是不同时空的复杂背景,因而,它应当谨慎地被协商地、有限度地使用。"[①]后来,学术界又出现了"世界华文文学""世界华人文学""华语语系文学""汉语新文学"等概念,其中"世界华文文学"隐含将世界各区域华文文学整合与超越的意味,并有通向"世界文学"或者"总体文学"的指向[②],目前在学界被广泛使用。本着"被协商地""有限度地"的谨慎态度,"海外华文文学"这样的概念,就指中国本土以外的用华文写作的文学,可以包含如"马华文学""泰华文学""美华文学""欧华文学"等等,以区别于"中国文学",也区别于"美国华裔文学""法国华裔文学"等用非华语写作的文学。它的限定性是从语言、地域和中国本土出发的,是一种专指。"世界华文

---

① 饶芃子、费勇:《海外华文文学的命名意义》,《文学评论》1996年第1期。文章收入饶芃子:《比较文学与海外华文文学》,复旦大学出版社2011年版。
② 福建社会科学院的刘小新在访谈时说过这个意思,说"世界华文文学"概念的提出,隐含整合意味,将世界各区域华文文学做整体观,有点类似歌德当年提出的"世界文学"概念,有一种"总体文学"的概念。见刘小新:《文化视域、批评介入与华人文化诗学——答陈韦瞱先生问》,《学术评论》2015年第4期。其实,1986年,秦牧提出"世界华文文学"的概念,以及后来香港作家曾敏之、刘以鬯等人提出成立"世界华文文学联盟"以及内地成立"中国世界华文文学学会"都有整合的意思在内。

学"就显得广泛得多,既可包含世界各地华人包括海峡两岸暨香港、澳门作家用华文写作的文学,又将不用华语写作的华裔文学尤其是被翻译成华语在华人圈内用华语阅读的作品包含在内。当然,在"世界华文文学"中,中国大陆的华文作家可以包括在内,但并不是研究的重点,因为它属于中国当代文学的研究范围,是中国文学的重要组成部分。实际上,任何概念的界定必然是有它的缺陷的,正如研究世界文学的专家说过的,任何将作家划定为某国某种族的都是愚蠢的,"世界华文文学"不能将中国文学中的少数民族用少数民族语言写作的文学涵括在内,却又可以将中国少数民族作家用汉语写作的作品包括在内,正是这个概念难以畅通无阻得到普遍认同的原因之一。反过来想,"世界华文文学"不包括中国大陆的华文作家及其作品,那又是难以说得过去的。

从跨文化角度、比较文学的角度,世界华文文学将"美国华裔文学""法国华裔文学"等也纳入"世界华文文学"范围内来研究,就包含着一种整合与整体的意味。尽管华裔英语文学或华裔法语文学已经被所在国当作少数族裔文学来看待,如美国的汤亭亭、谭恩美、赵健秀等作家在当地被视为亚裔文学。"海外华文文学"与华裔文学有关联,但从狭义的角度上却难以将它们包括在内。"海外华文文学"是"本土以外"的世界各地的华文写作,就无法处理港澳台文学,而"世界华文文学"则可包括"本土以内"(含港澳台文学)和"本土以外"的华文写作,还延伸到被翻译成汉语的华裔文学,概念上就会更周全一些。为了清晰表达"世界华文文学"与"中国文学""世界各国各语种文学"的交叉叠合关系,我这里以图标示:

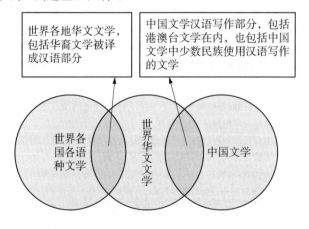

实际上,"世界华文文学"与"中国文学""海外华文文学""世界各国各语种文学"形成了"你中有我""我中有你"的交叠局面。

我们还可以举出学术界出现的"世界华语电影"的概念来加以对照,"世界华语电影"也是在包含"本土"以及"本土以外"的范围内讨论的。华人学者张英进认为华语电影就是指以中国内地及香港台湾地区为主、在世界各地用汉语以及汉语语系内的方言创作的电影,当然也包括主要用汉语、兼用其他外语所创作的电影。① 中国学者饶曙光认为这一概念在一定程度上打破了1949年之后对中国电影以地域(内地、台湾、香港)研究为主的思路,有了一种贯通海峡两岸暨香港、澳门乃至全球华语电影的视野,"试图超越意识形态、国家、体制、地区的差别,代表了一种开放的视野,体现了一种包容的胸怀"②。这对我们进一步坚定使用"世界华文文学"的概念是有启发的。

饶芃子先生在上面提到的那篇文章的结尾说道:"要把华文文学研究扩大开去,很需要建立一种更为博大的世界性文学观念,即从世界文学的格局来审视、研究各国、各地的华文文学。正是在这样的背景下,'海外华文文学'的命名被赋予了强烈的学术生机。"③她当时是看到了"海外华文文学"的未来生长点的。正是出于这样具有前瞻性的学术生机的呼唤,从"海外华文文学"发展到"世界华文文学",不仅是一个概念的演变与推进,是从世界性文学观念出发的必然,也是华文文学研究的一种新的美学策略和文化策略。

二

自从歌德提出"世界文学"的概念,时间已经过去近200年了,那时候的歌德就提倡这一观点,无疑是具有远大眼光和开阔心胸的,正如比较文学学者张隆溪所说:"歌德站在一个普世主义者的立场,主张打开头脑和心胸向外

---

① 张英进:《华语电影:把电影制造成"电影事件"》,《羊城晚报》2010年6月26日。
② 饶曙光:《华语电影:新的美学策略与文化战略》,陈旭光主编:《华语电影:新媒介、新美学、新思维》,北京大学出版社2012年版,第57页。
③ 饶芃子、费勇:《海外华文文学的命名意义》,见饶芃子:《比较文学与海外华文文学》,第187页。

看,同时也批评欧洲人故步自封的孤陋。"①因为歌德当时不仅认同古希腊传统,也阅读中国、印度和波斯的作品。世界文学经过若干比较文学学者的推广和重视,其意义和内涵也在不断延伸。到 20 世纪下半期,围绕它的讨论越来越热烈,也越来越深入,最著名的有纪廉、弗兰科·莫瑞蒂以及大卫·丹穆若什(有的学者将其译为"达姆罗什")等人。尤其是丹穆若什从"流通"和"阅读模式"以及翻译的角度揭示了世界文学不是一成不变的固定模式,而是一个动态的过程。丹穆若什指出:"世界文学时常以一种或几种方式被看待:作为获得认可的经典(classics),作为正在成型中的杰作(masterpieces),作为看世界的多重窗口(windows)。"②经典是古代的,有奠基性价值的作品;杰作,可以是古代的,也可以是现代的,而不需要具有奠基性的文化力量;窗口则是了解,比如"歌德对中国小说和塞尔维亚诗歌的喜好,显示把这些作品当作'窗口'的兴趣正在上升,它们可以用来了解陌生的世界,而这种做法,不再关心这些作品是否可以算是杰作,也无论这些不同的世界彼此之间是否存有清楚的关联"③。丹穆若什认为经典、杰作和窗口这三个概念并非相互排斥,歌德就是将三种概念融合为一体的。

世界华文文学进入中国大陆文学研究者的视野,最早也是从"窗口"这样的性质出发的。这是由世界华文文学具有的"在地性"所决定的。20 世纪八九十年代,中国国内先是介绍像聂华苓、於梨华、赵淑侠、林海音、白先勇等人的作品,继之是《北京人在纽约》《曼哈顿的中国女人》《丛林下的冰河》《曾在天涯》《移民岁月》等移民和留学生的作品出版。国门初开的时节,这些作品表现的无疑都是非常新奇而带有异样的生活,是那些曾经生活在国外的华文作家"在地经验"的书写,曾激发起不少人的异域想象。到 21 世纪初,世界华文文学呈现出井喷的局面,并出现了一大批优秀且在中国大陆也能刮起文学旋风的作家,许多文学刊物的头条和年度优秀之作以及小说排行榜单都有他们的身影,如严歌苓、张翎、虹影、陈河、薛忆沩、陈永和、陈谦、陈九、亦夫、李彦等等,严歌苓、张翎的小说被改编成电影更是吸引了一大批粉丝。可以这

---

① 张隆溪:《什么是世界文学》,生活·读书·新知三联书店 2021 年版,第 4 页。
② 大卫·丹穆若什:《什么是世界文学》,查明建、宋明炜等译,北京大学出版社 2014 年版,第 18 页。
③ 同上。

么说,世界华文文学的出现改变了世界文学尤其是华语写作的文学版图。进入21世纪的世界华文文学,已经不再以新奇和异样的生活来吸引国内外读者,而是靠对生活包括本土经验与居住国生活的别样观察与思考、靠文学表达技术和想象的实力展示在世人面前。

如果说莫言2012年获得诺贝尔文学奖是中国文学进入世界文学并初步改变了世界文学版图的话,那么,下一步,世界华文文学包括莫言在内的华文文学作者该以什么样的文化策略进入并扩大世界文学版图呢?

首先就是以平等的方式成为展示世界各地华文文学的窗口。

平等的方式,就是说世界华文文学是出现在各地域的,如美华文学、欧华文学、马华文学、泰华文学等等,可以与中国文学一样同是世界文学的窗口。它们一旦进入世界文学,也可以重构世界文学的版图,这当然要凭借翻译进入世界文学的流通模式和阅读模式。

之所以强调平等方式,是因为我们许多人把世界华文文学视为边缘,就连世界华文文学的作者也会产生这种误识。因此,在研究上,研究者往往会把它们当作"流散文学"(diaspora literature)来研究,仿佛它们是远离中心的文学,这其实还是站在"族裔文学",也就是"民族文学"的角度上去审视问题的。从世界文学的视域上看,进入20世纪后期,文学的边缘与中心的边界已经是模糊的了。作为带有跨文化、跨区域性质的世界华文文学,它呈现出跨界、交叠、混杂的特性,既是一种特殊的文学空间,又可以是国内外读者"想象的共同体"。① 随着全球化的深入和互联网技术的强大,边缘与中心随时可以相互转换,实际上边界已经消失。在作家那里,中心就应该在他心里。2006年获得诺贝尔文学奖的土耳其作家帕慕克在他的演讲词《父亲的手提箱》里提到,他早先的感觉是自己并没有处于世界的中心,那个文学世界的中心也离他很远,但他凭着自己的文学自信和文化自信,在伊斯坦布尔的书房里创

---

① "想象的共同体"是美国社会学家本尼迪克特·安德森在其名著《想象的共同体——民族主义的起源与散布》中提出来的,他认为,这个共同体的成员是分散的,相互之间没有个人联系,但他们能够通过各种媒介"想象"出一种把他们联系在一起的整体。虽然这个共同体在空间上有边界,但也有基于想象的"主权"。"想象的共同体"是一种想象内部"平等的社群"。参见本尼迪克特·安德森:《想象的共同体——民族主义的起源与散布》,吴叡人译,上海人民出版社2003年版。

造了"一个不设置中心的世界"。① 他看到的伊斯坦布尔,"一个清真寺与宣礼塔之城,一个混杂着房屋、街巷、山丘、桥梁、坡道的世界",就是整个世界,"如今对我而言,世界的中心在伊斯坦布尔"。② 这怎么是边缘呢?帕慕克以他的文学成就平等地进入世界文学而为世界瞩目。

其次,作为跨界、交叠、混杂的"第三空间"③,世界华文文学以独特的美学和文化面貌进入世界文学。霍米·巴巴在其文化批评理论中认为,文化是不断地处于变动与混杂过程之中的,因而杂合生成"第三空间",并在文化差异的书写当中形成文化的"杂合性"。世界华文文学何尝不是一种"第三空间"呢?它具有族群的混杂、身份的跨界和跨文化性质,故而不少人用"流散文学"或者"交错美学""流动诗学"去定义它。马华旅台作家李永平始终忘不了的是他在英属婆罗洲的童年往事,他的《雨雪霏霏》和《大河尽头》之中充满着文化的杂合性:中国大陆人的后裔与中国台湾人以及马来人、日本人、西方神父和西方姑妈等打交道的各种经历。他在20岁时到台湾求学,毕业后留在台大外文系任教。后来又赴美留学,在美国获得硕士与博士学位,再回到台湾教书。他自己说,他自到台湾求学之后,只回家两次,探视父母,"而每次总是来去匆匆,鬼赶似的"④。别人不知原因,亲友们也指责他无情和不孝,其实他自己心里清楚,他是在"害怕他的童年世界——那苍苍莽莽的热带雨林、那猩红如血的一轮赤道落日、那梦境般耸立的高山,还有还有,那一条条巨蟒也似、盘蜷在丛林中四处流窜的黄色大河"⑤。他用他的笔去超度那"成堆成捆的鬼月丛林意象","将它们蜕化成一个个永恒、晶亮的方块字"⑥,创造出一个

---

① 帕慕克:《父亲的手提箱》,《别样的色彩:关于生活、艺术、书籍与城市》,宗笑飞、林边水译,上海人民出版社2011年版,第482—483页。
② 同上。
③ "第三空间"概念的直接来源是马克思主义理论家列斐伏尔,他在跨学科立场上把握日常生活和空间生产的辩证法,提出"第三空间"概念,就是在真实和想象之外,又融构了真实和想象的"差异空间",一种"第三化"以及"他者化"的空间。后来,美国学者爱德华·W.索亚将词概念用于跨学科批评中。霍米·巴巴在文化批评理论中进一步阐发"第三空间"概念,并从文化差异的书写当中,引出"杂合性"。
④ 李永平:《河流之语》(简体版序),《雨雪霏霏:婆罗洲童年纪事》,上海人民出版社2014年版,第8页。
⑤ 同上。
⑥ 李永平:《文朱鸰:缘是何物?——大河之旅,中途寄语》(下卷序),《大河尽头·山》(下卷),上海人民出版社2012年版,第25页。

他独有的"第三空间"。李永平的身份是混杂的,出身在英属婆罗洲沙捞越古晋,到中国台湾和美国求学,后来一直在台湾任教,但写作还是以他童年的经历为多,这决定了他的文学具有交叠和杂合性质。

类似的还有张翎、虹影、陈河、穆紫荆等人的作品,也都带有这样的特色。张翎笔下的主人公多在中国与加拿大之间来来往往,中西人物之间彼此交缠,虽然他们经常要回望故乡的温情与爱情,但一旦迈出国门走进他乡,就不得不跟更多的西方人打交道,其行为做派也都打上了西方的烙印。她的《望月》与《交错的彼岸》中有着许多的中外婚姻和恋情的纠缠,《向北方》更是书写到了中国藏族妇女与加拿大印第安人之间跨国婚姻的种种文化杂合。《劳燕》写中国的抗战故事也要将其置于一种国际合作与交流的背景下来展开。虹影的《K:英国情人》用的是西方式的视角而又杂合起中国古代房中术的玄秘,写出的是中西文化的碰撞和交织。陈河出国之后走南闯北经历丰富,他的《天空之镜》《碉堡》《寒冬停电夜》《丹河峡谷》等,展示了不同文化之间的交叠和误读。那个玻利维亚女导游背上的鬼脸天蛾图案连通着五百年前古印加国献祭少女的神秘,阿尔巴尼亚地拉那黛替山上的碉堡与中国人阿礼有着隐喻的意义,他和他具有吉普赛人血统的儿子有着割不断的情缘。穆紫荆的《活在纳粹之后》(又名《战后》)写出了二战期间中国人和德国人以及犹太人的命运,其中有上海犹太人的混血私生子和他的两个中国妈妈以及与犹太商人的交集和抛弃,有二战结束后德国纳粹老兵和法国女人之间的感情纠葛,人物命运的发展呈现出多种文化的交叠与杂合。她的新作《醉太平》更是采用西方式的亡灵视角将其父母时代的中国北平、苏州拉到德国一个小镇的面包房的环境中去展开。这便是文化的杂合和文学叙事的杂合。

顺便说一下,诺贝尔文学奖委员会给莫言的颁奖词中也提到了他的作品的"杂和性"问题,这自然不仅是指他的写作技巧,也包含着他的内容所表达出来的文化杂合性。"梦幻现实主义"(hallucinatory realism)是颁奖词中专门针对莫言提出来的,莫言的写作个性正在以它而赢得读者和诺奖评委的青睐。他虽然受到拉美魔幻现实主义作家的影响,但他更受到中国古典文学、民间戏曲的营养浇灌。莫言曾说戏曲是他最早接受的艺术熏陶,家乡戏曲茂腔就对他产生了深刻的影响。他写作剧本《锦衣》的素材就来自他童年时期母亲给他讲的一个公鸡变人的故事。《檀香刑》是最典型的小说文本与戏曲文本的交融。他在《红高粱》中采用的叙述方式,"叙事者在讲述故事的过程当中,不断地跳进跳出,这应该就是从戏曲舞台上所受的影响"①。他自己说:"这种时空处理的手段,实际上也许很简单。你说我受了西方影响也可以,你说我受了二人转和民间戏曲影响可能更准确。"②正是这种民族文学观念与西方包括拉美魔幻现实主义文学观念的融合,造就了他作品的审美张力,从而以一种"杂合"的特性通向世界文学。

  我在此处强调世界华文文学的杂合性,并非要抹杀它的中华性,恰恰相反,中华性是它的底色,也是它作为华文文学最重要的特性,因为用华文写作就注定了它无法摆脱它的民族语言特点和文化基因,它正是在中华文化底色的基础上面向世界、融入世界,与世界各民族人民相处相融,才表现出文化的杂合,并且在这种杂合中依然保留着它的文化根性。正如陈河的小说《丹河峡谷》里写到,李加入了加拿大籍,并且要到加国的军队里去服务,成为一名海军,他第一次登上加拿大军舰启航,作为电报员他可以与远在太平洋的美国航母舰队交换信号,但他同时可以想到北洋水师,想到邓世昌,并幻想着"自己所在的军舰挂满旗在军乐队伴奏下缓缓靠上了黄埔江岸,码头上有成群的孩子们挥舞着鲜花迎接着客人"③。在《寒冬停电夜》,"我"(中国大陆移民,英文名斯蒂芬)在多伦多的邻居泰勒夫人是法国人,她丈夫是德国人,他们移民到了加拿大,其做人做事有他们的原则。面对中国台湾的新移民做违法违纪的事,一定是按章办事,劝阻加报警,而"我"显然也适应了泰勒夫人的原则,该按法律申报的一定要报,即使是紧急情况下先斩后奏也要请泰勒夫人来作证。就是在这样的杂合性中,"我"显然还是一个旁观者,不会去干涉邻居的事,抱的还是中国人那种"多一事不如少一事"的态度。这些华文写作不仅是讲中国故事,而且是要在世界背景下来讲中国故事。就如陈河的《天空之镜》里写的那样,中国人不仅在 18 世纪就有到秘鲁、玻利维亚的劳工,其后裔参加过格瓦拉游击队并是其中的领导人之一,而且现在中国工程队又远赴玻利维亚,开始对那里的盐沼湖进行大机器的开采和加工。

  1980 年以来,非洲国家有五位作家获得了诺贝尔文学奖。他们用的不是

---

① 莫言、张清华:《在限制的刀锋上舞蹈——莫言访谈》,《小说评论》2018 年第 2 期。
② 同上。
③ 陈河:《丹河峡谷》,《天空之镜》,人民文学出版社 2022 年版,第 156 页。

他们民族的语言,而是他们国家的殖民语言如英语或法语等,南非前总统曼德拉曾称赞获得诺贝尔文学奖的尼日利亚作家阿契贝是把非洲领入世界的作家。2021年,坦桑尼亚裔英国移民作家阿卜杜勒扎克·古尔纳又摘得诺贝尔文学奖桂冠,瑞典皇家文学院给他的颁奖词就称赞他让人看到了陌生而文化多元的东非社会。他们所使用的英语、法语自然是通向世界的窗口,但更重要的还是他们作品所表现出来的文化杂合性,这才是他们向世界展示文化"窗口"的关键。有学者指出:"从全球视角出发,打破文学生产中的中心与边缘的界限,也就是一开始就应在跨国族的架构中思考文化生产的发生和形成。语言多样性和更换国家(居住地)对写作产生深刻影响;并且,由此产生的文学分布于世界上的不同语言、文化和地域。就文学生产而言,国族文学的界限尤其在西方国家不断被消解,新的文学形式不时出现,很难再用惯常的范畴来归纳。在欧美国家,我们几乎到处可以看到杂合文学,也就是不只是属于一个国家的文学。"[①]将文化包括文学在内看作是杂合的、交叠的经验和意义以及价值的融合体,是20世纪80年代以来的世界文学观念的鲜明特征。正是在这样的意义上,我们看到了世界华文文学作者在迁徙当中(也是更换居住国当中)有着走向世界文学的可能与条件,虽然他们没有使用居住国的语言写作。

第三,世界华文文学运用新的视角,关注人类共同的话题,表现世界文明及其中西方文明的交流互鉴,也是它走向世界文学的重要策略。

世界华文文学具有强烈的"流动性"。世界华文作家在世界内到处流动,迁徙到他国之后有了新的生活体验,有的外语能力强,可以直接阅读欧美国家或者居住国家的文学作品,有快速获取国外优秀文学经验的条件,这些对他们的写作都有无形的帮助。在他们的写作中,他们可以采用一种兼而有之的身份观察世界和写作,而不是简单地以"他者"身份看问题。事实上他们也并非"他者",往往是站在"之间"来观察生活、透视生活,视角不同,所表达出来的生活图景也带有别样的色彩。

张翎的写作格外关注灾难、人性、创伤、救赎这些人类共同的话题,描写

[①] 方维规:《叙言:何谓世界文学?》,方维规主编:《思想与方法:地方性与普世性之间的世界文学》,北京大学出版社2018年版,第24页。

地震和战争让她的小说充满艺术张力。如《余震》,据作者自己说,那是她在机场候机楼看到唐山大地震纪实类的书,结合自己做听力康复师的专业所做的艺术想象,重点刻画了小灯在经历过唐山大地震后的心理创伤以及最后康复的过程。2019年,非洲裔美国作家纳迪亚·奥乌苏(Nadia Owusu)出版了她的回忆录《余震》(*Aftershocks: A Memoir*),讲述的是她童年坎坷的经历。她出生在坦桑尼亚,与在联合国工作的父亲一起在欧洲和非洲长大。两岁时遭母亲遗弃,13岁时父亲去世,她成了孤儿。她去过许多城市如罗马、亚的斯亚贝巴、坎帕拉、达累斯萨拉姆、库马西、伦敦,最后到达纽约。她没有国籍,无法找到她的身份。书中不断出现地震及其后果的影响,家庭的破裂更是地震的隐喻,心理的挣扎与自救贯串全书。纳迪亚·奥乌苏曾经获得怀特奖。张翎写的是小说,纳迪亚·奥乌苏写的是非虚构,但她们所关注的都是世界文学中共同的话题。

张翎还关注战争带给人的伤害:身体的和心灵的伤害。在《劳燕》中,她通过三个"死魂灵"男性的叙事,开始了多视角、多声部的复调叙事,揭示了战争的残酷与死亡以及非人性的顽固,同时又是在呼唤世界和平的人类命运共同体。张翎在与研究者对谈时说道:"从《余震》到《金山》,到《阵痛》,到今天的《劳燕》,题材和写作方法似乎很不相同,但灾难、疼痛、创伤与救赎的主题,似乎都是一脉相承的。这些话题里自然包含了女性的命运,但更多的还是在探讨人类共同的命运。"①

施雨的长篇小说《下城急诊室》里,以何小寒这个新移民华人女医生的形象,表达了在"911"这种人类性灾难面前华人所具有的人类大爱情怀。何小寒在多元文化的激烈冲突中最后走向了多元融合,主动选择了为了拯救他人而死。陈河的《天空之镜》,以一种国际主义的视角去追寻格瓦拉游击队中秘鲁华工后裔奇诺的历史,将笔墨引向历史的纵深处,并将中国人在南美的前世今生联系起来,使历史闪现出一种形而上学的光芒。穆紫荆的《醉太平》不仅关注在德国的华人的日常生活,更关注着东西德统一时和统一后德国普通民众的喜怒哀乐及其生老病死。"被称为'世界文学'的文学作品绝不能仅仅局限于狭窄的精英文学圈,它必须关注整个世界以及生活在这个世界上的每

---

① 王红旗:《灵魂在场——世界华文女作家与文本研究》,现代出版社2019年版,第90页。

个民族的人们。"①

实际上,中国大陆的华文作家现在也开始关注域外题材,展开其对人类命运共同体的文学想象,如朱山坡近期的小说《索马里骆驼》《萨赫勒荒原》,就跨出了相当大的步子。他对奈保尔、马尔克斯、博尔赫斯、福克纳的汲取与他在南方小镇近于巫和师公的文化经历杂合在一起,曾经创造了他特有的写作风格,而他现在对非洲世界的文学想象正是基于人类共同面对的问题出发,从共同人性的普遍价值出发的。

在一种更为广阔的视野和胸怀中,世界华文文学大步融入世界文明和中西文明交流互鉴的进程里去。

三

丹穆若什在论述世界文学的时候,十分强调作品的阅读与流通,他指出:"一个作品进入世界文学,会通过两重步骤:首先,被当作'文学'来阅读;其次,从原有的语言和文化流通进入更广阔的世界之中。"②他很重视一个文学作品在国外以不同于国内的方式展现出来,这就必须通过翻译。翻译质量的好坏直接影响到作品的阅读和在世界范围内的流通。"世界文学是从翻译中获益的文学。"③海外华文文学的作者虽然身处国外,但作品的出版和流通重点还放在国内,即使在国外以华文出版(且多是华文机构印刷出版),也还是以同于国内的方式在展现自己,其流通范围也仅仅限于国外的华文文化圈内。但如果有了翻译,以另一种语言的面貌展现给国外读者包括所居住国的读者,那就有了不同于国内方式的流通,那它进入世界文学的渠道就打通了。比较文学专家王宁在讨论到世界文学时根据丹穆若什的观点继续延伸说道:"被称为世界文学的作品必定有着广泛的传播和广大的读者群体,尤其是要为母语之外的广大读者所诵读。这应该是衡量一部作品是否堪称世界文学的一个标准。"④他还指出:"因为任何一位学者都不可能掌握全世界所有的主

---

① 王宁:《世界文学与中国当代小说的世界性》,《粤港澳大湾区文学评论》2022年第5期。
② 大卫·丹穆若什:《什么是世界文学?》,查明建、宋明炜等译,北京大学出版社2014年版,第7页。
③ 同上书,第309页。
④ 王宁:《世界文学与中国当代小说的世界性》。

要语言,他不得不在大多数情况下依靠翻译来了解世界文学,而就文学的世界性传播和影响而言也是如此,未经过翻译的文学是不能称为世界文学的,而仅仅被译成另一种语言而未在目标语的语境中得到批评性讨论的作品也不能算作具有世界性意义和影响的文学作品。"①

然而,世界华文文学作者似乎没有一种强烈的翻译欲和流通欲,他们更重视在国内的阅读市场。有的作品本来很优秀,在国内都能冲上年度小说排行榜,但因为没有翻译,在国际上也缺乏影响。有的作者本来外语能力很强,但并不重视自己作品的翻译,也没有文学经纪人来做翻译的桥梁。这在一定程度上限制了他们作品的传播和在世界范围内的流通。

当然,某些海外华人作家在此方面却颇有优势,他们不用非华语写作而是用其居住国语言写作,其作品往往能得到更加广泛的传播,受到世界文学的重视。这里可以分为三种类型。一类是华裔作家,像谭恩美、汤亭亭、赵健秀等出生在美国的作家,从小就将英语当作母语,华文及其文化只是作为他们的文化背景,由于写作题材涉及华人,在美国被当作少数族裔文学看待。由于作品被重视,被翻译成中文在国内流通,而成为世界文学的一部分。另一类是新移民作家,像哈金、李彦等作家。哈金在国内就是英语专业毕业,有国内的英语文学学士和硕士学位,1985年到美国攻读英语文学博士,擅长用英语写作。李彦在国内是英语采编专业毕业,到加拿大后从事英语和汉语双语写作。值得高兴的是,像张翎这样在国内是英语专业毕业且有英语写作能力的作家,也对用英文写作的事重视起来,计划用英文写作。在这一类新移民(而不是华裔作家)的双语写作背景下,总有一天会出现一个进入世界文学的高峰。还有一类则是像山飒那样的旅法作家,父亲精通法语,17岁留学法国,学习艺术史,她还在日本待过两年,回到法国后开始用法语创作小说,其作品受到法国读者的欢迎。哈金、李彦、山飒的部分作品也都相继被译成汉语在国内出版和流通。按照丹穆若什强调流通和阅读的标准,他们的作品进入世界文学的通道会更为顺畅。

哈金尝试将自己的作品译成汉语,但并不成功。这也导致有的华文作家对将自己的华语作品翻译成英文不敢贸然行事,尽管他们在国内都是英文专

---

① 王宁:《世界文学与中国当代小说的世界性》。

业毕业。因为翻译文学作品毕竟是一件吃力不讨好的事,也是一件非常专业的事。王宁在谈到中国作家贾平凹的作品翻译时指出:"越是具有民族特色的作品,越是有可能走向世界,但它必须得到优秀的翻译的帮助。如果翻译得不好,不但不可能有效地走向世界,甚至很可能会使原本写得很好的作品黯然失色。随着葛浩文助力贾平凹作品的翻译,而且翻译的国外语种越来越多,贾的价值和意义也将越来越受到重视。"①他还提到:"莫言的获奖也可以说在很大程度上基于他的作品被英译的数量、质量和影响力。"②正因为翻译这件事意义重大,就更应该有人去做,这也是助推世界华文文学走向世界文学的必由之路。

---

① 王宁:《世界文学与中国当代小说的世界性》。
② 王宁:《诺贝尔文学奖、世界文学与中国当代文学》,《当代作家评论》2015年第6期。

人类命运共同体与中国文学文化自信

张福贵
(吉林大学)

"文化自信"与"人类命运共同体"是当下中国思想文化领域和媒体中最为热门的两个关键词,分别包含了民族文化和人类文化发展的丰富内涵。但是,将这两个关键词连接在一起进行思考和辨析却不多见,而这种连续的思考和辨析又是中国当下思想文化建设中必须面对的任务。如何通过理解当下中国文学和文化态势,将这两个关键词丰富而深刻的内涵及其关系充分阐释出来,是中国文学研究面对的重要课题。这里既包括内容上的理解,也包括逻辑上的思辨。

对一个时代的价值判断和理解方式可以有不同的视角,而不同视角的差异往往体现为不同学科专业的分野。如何从百余年来中国文学发展过程和文学研究入手,在历史与逻辑层面寻找人类命运共同体与文化自信两个重大命题之间的内在联系,是当下学术研究的社会功能的体现。

经过不断阐释与传播,人类命运共同体得到世界上越来越多国家和人民的认同,进而成为一种具有前瞻性的关于世界发展和人类文明进步的新理念,同时也是理解中国文化建设与人类文化关系的重要内容和不可或缺的价值尺度。以此为出发点去理解文化自信的内容构成和价值属性及其在百余年来中国新文学中的体现,是我们要探讨的主要问题。在充分认同古代优秀文化与文学固有的文化自信价值的同时,我们还应强调百余年来中国新文学的现代文化价值,增强对文化自信内涵的理解,从而进一步完善中国文化和文学价值体系的建构。

近年来,学界从国际关系和外交思想的角度,对人类命运共同体进行了深入研究,并取得了丰硕成果。其中,对人类命运共同体与全球治理关系的探讨,值得格外重视。在此基础上,还应将人类命运共同体作为世界发展与人类文明进步的重大理论建构与创新实践加以深入理解。此外,在对中国文学文化自信的研究中,学界较多关注中国古代文学固有的民族精神和审美价值,而相对忽视新文化运动以来新文学所彰显的现代文化自信。在理论和实践层面将人类命运共同体与文化自信之间的关系进行逻辑辨析,并发掘其在中国文学中的表现,则更少有人探究。

一、中国文学文化自信的核心内容

文化立场和价值判断是中国文学文化自信的核心内容。从当下的文学态势来看,文学中的文化自信似乎是一个很简单的问题,并且好像有了基本的既定答案。但是,不同于人们对一首诗或一幅画的艺术感受,判断文学的文化自信有着比较复杂的选项和因素,需要从民族文化和人类文化的大视野中去考辨探究。因此,文化自信包含艺术审美的判断,但更多是指向文学的思想内容判断。做出这样的评判并不只是一种个人的学术见解,也是在反思当下人类思想文化发展态势和长久存在的文化价值观的基础上,对文学发展实践做出的一种历史总结和未来期盼。

第一,当下人类思想文化的分化态势主要来自对立的文化立场和价值观。

文学的文化自信最直接的判断首先可能是对其艺术价值的评价,这是由其艺术属性所决定的。但值得注意的是,在一个文化冲突剧烈和思想观念复杂的时代,立场与价值观的判断自然成为首要问题。因此,当下讨论中国文学的文化自信问题主要不是艺术判断,而是文化立场和价值观判断。文学审美价值的文化自信是一个没有太大歧义的判断,从古至今,无论是山水抒情、庄禅境界、志怪传奇,还是比兴留白、格律章回等文学的审美风格和文体形式,都形成了鲜明的民族特色,具有普遍的艺术价值。中国文学,特别是古典文学通过长期的传播和接受,许多作品已成为世界文学的经典,足以证明其具有文学审美价值。关于中国古典文学审美价值及其域外传播与接受问题的研究,已经十分丰富。中国古典文学在向域外传播过程中可能面临一个问题,即其独特的文学表达方式与审美情韵能否被他国读者理解和接受。在这些方面存在好评与差评、接受与不接受、见仁见智的差异问题,人们也都习以为常。不同的审美判断构不成本质性的矛盾冲突,大多表现为文化交流中审美风貌的差异。因为审美本来就是十分个性化、多样化的,而个性化和差异性恰恰是构成审美价值多义性的重要因素,独特的美学风格使中国文学在世界文学发展史中独树一帜,充满魅力。

中国文学与社会思想文化密切关联,这一历史传统和当下人类文化冲突的现实,使我们必然会注重文学的思想文化价值。中国文学,特别是新文学的文化价值观,始终影响着此后文学的整体发展和评价标准,将其思想诉求与审美风尚相剥离并不可取。一旦真的实现了剥离或切割,也就疏离了中国文学的本真。中国古代文学在"文以载道"的文学观支配之下,无论是"诗言志"还是"诗缘情",其"志"与"情"都主要是一种思想感受。入世则建功立业,出世则纵情山水。经世致用和寄情山水好像是两种人生、两种文学,但究其根本,都是一种政治化了的自身体验和社会感受。因此,从文学的文化自信来说,根本问题是文化立场和文化价值观的判断。特别是在当下人类社会思想文化剧烈分化的时刻,立场和价值观的判断及其差异自然成为思想文化中的首要问题。从中国到世界,从现实社会到网络社会,思想的差异与交锋从来没有像今天这样剧烈。大到对世界大势、国际关系、历史人物的评价,小到社会事件、新闻热点,都能造成思想观念的交锋和对立。从根本上说,这是文化立场和价值观的冲突,有时候甚至和利益、情感没有直接关系。虽然这些对立在一定程度上表明当下人类思想的多元化趋向和社会个体自我意识的确立,但其中所充满的暴戾之气也让人感到忧虑甚至恐惧。因此,考察和辨析文学的文化自信离不开对历史和当下文化冲突事实的判断。在这样一种历史传统和当下现实面前,中国的文艺家必然要首先站在国家的立场上做出自己的选择,发出时代的声音。冲突愈激烈、立场愈鲜明、声音愈响亮,那种纯艺术的价值判断也就愈让位其后。这在中外文学发展史上几乎是一种定律。

第二,文化立场和价值观的问题,是现代中国文化论争的基本着眼点。

如果要选择最能概括一百多年来中国文学乃至社会思想文化发展过程的关键词的话,"传统与现代的冲突"可能会得到最大限度的认同。这种冲突表现在中国一百多年来的政治、经济、教育、学术甚至道德等各个方面。在现代中国的历次文化论争中,各家各派的观点有很大差异,但他们均是从文化立场和价值观的角度着眼的。

1915年《青年杂志》创刊后,陈独秀就在其上连续发表多篇文章,将中西方民族与文化差异视为一种天然的对立:"五方风土不同,而思想遂因以各异。世界民族多矣:以人种言,略分黄白;以地理言,略分东西两洋。东西洋民族不同,而根本思想亦各成一系,若南北之不相并,水火之不相容也。"①这种二元对立的文化观在当时的"东西文化论战"中占据主流地位,虽说论战双方的文化立场针锋相对,但其思维方式并无二致。像陈独秀一样,新文化运动的先驱者看到了新旧文化之间的本质差异:"吾国自发生新旧问题以来,迄无人焉对于新旧二语,下一明确之定义","今日之弊,固在新旧之旗帜未能鲜明。而其原因,则在新旧之观念与界说未能明了。夫新旧乃比较之词,本无标准。吾国人之惝恍未有定见者,正以无所标准,导其趋舍之途耳。今为之界说曰:所谓新者无他,即外来之西洋文化也;所谓旧者无他,即中国固有之文化也"。② 于是,"新旧"的性质绝不相同,且断无妥协调和的可能。

在新文化运动的先驱者看来,这种文化差异既是时间性的,也是空间性的。李大钊由北京街景和交通工具联想到中西文化差异的物化并立:"我常走在前门一带通衢,觉得那样狭隘的一条道路,其间竟能容纳数多时代的器物:也有骆驼轿,也有上贴'借光二哥'的一轮车,也有骡车、马车、人力车、自转车、汽车等,把二十世纪的东西同十五世纪以前的汇在一处。轮蹄轧轧,汽笛鸣鸣,车声马声,人力车夫互相唾骂声,纷纭错综,复杂万状,稍不加意,即遭冲轧,一般走路的人,精神很觉不安。"他认为:"中国今日生活现象矛盾的原因,全在新旧的性质相差太远,活动又相邻太近。换句话说,就是新旧之间……时间的性质差的太多,空间的接触逼的太紧。同时同地不容并存的人物、事实、思想、议论,走来走去,竟不能不走在一路来碰头,呈出两两配映、两两对立的奇观。"③1927年,胡适在哈尔滨看到道里和道外摩托车与人力车的区别时,产生出和李大钊相同的感受:"这不是东方文明与西方文明的交界点吗? 东西洋文明的界线只是人力车文明与摩托车文明的界线——这是我的

---

① 陈独秀:《东西民族根本思想之差异》,《青年杂志》1915年第1卷第4号。
② 汪叔潜:《新旧问题》,《青年杂志》1915年第1卷第1号。
③ 李大钊:《新的! 旧的!》,《新青年》1918年第4卷第5号。"二十世纪"原文为"念世纪"。

一大发现。"①

可贵的是,李大钊在承认新旧文化时间性和空间性差异的基础上,进一步辨析了二者之间的辩证关系:"宇宙的进化,全仗新旧二种思潮,互相挽进,互相推演,仿佛像两个轮子运着一辆车一样;又像一个鸟仗着两翼,向天空飞翔一般。我确信这两种思潮,都是人群进化必要的,缺一不可。我确信这两种思潮,都应知道须和他反对的一方面并存同进,不可妄想灭尽反对的势力,以求独自横行的道理。我确信万一有一方面若存这种妄想,断断乎不能如愿,徒得一个与人无伤、适以自败的结果。我又确信这二种思潮,一面要有容人并存的雅量,一面更要有自信独守的坚操。"②李大钊力主以两者"本身之觉醒"为前提的"真正之调和",来创造"第三新文明"③。李大钊在新旧文化撞击和交替的大时代里,能有这样一种理性的文化价值观实在难能可贵。这不仅超越了东西方文化对立的二元论,而且超越了近代以来被视为圭臬的体用之说。在对立、结合的基础上形成了共存互融同进的人类文化整体价值观。

新文化运动落幕之后,以传统与现代、中国与西方为范畴的文化论战并未停息。从20世纪30年代到40年代,无论是西化派还是复古派,都加强了自己的理论深度和情绪烈度。胡适、陈序经等提倡"充分世界化""全盘西化",而守旧阵营则反思和拒绝西方现代文化思潮。1935年,王新命等十位教授发表《中国本位的文化建设宣言》(以下简称《宣言》),引起了一场旷日持久的有关"中国文化的出路"的大论战。从观点上看,十位教授的《宣言》似乎主张文化的兼容并包,但从他们的发布动机以及其后与西化派的论战中可看到,强调传统文化本位、抵御西方文化冲击才是其主要文化立场。但无论东西方二元论还是东西方一元论,都是从文化立场和价值观着眼的。

第三,新文化运动是辛亥革命的继续与深化,延续了中国文化和文学发展过程中"政治为先""以德为上"的价值判断。

无论是在新文化运动之中还是其后,将其看作辛亥革命的继续与深化已

---

① 胡适:《漫游的感想》,欧阳哲生编:《胡适文集》第4册,北京大学出版社1998年版,第29页。
② 李大钊:《新旧思潮之激战》,《每周评论》1919年第12号。
③ 李大钊:《东西文明根本之异点》,杨琥编:《中国近代思想家文库·李大钊卷》,中国人民大学出版社2014年版,第213页。

成为学界的一种基本共识。这种共识来自新文学与新文化从一开始就与政治变革和社会革命血脉相连的事实。这里既有历史内容的联系,也有思想逻辑的关系。近代以来,中国新旧文明冲突以理论的或实践的、和平的或斗争的方式不断上演,这些冲突均与时代变化休戚相关,只不过在政治、经济、文化和社会各个领域中新旧之争具有不同的表现形态而已。

新文化运动的先驱者总结辛亥革命的经验教训,认为"吾国之维新也,复古也,共和也,帝政也,皆政府党与在野党之所主张抗斗,而国民若观对岸之火,熟视而无所容心,其结果也,不过党派之胜负,于国民根本之进步,必无与焉"[①]。他们将国民的不觉悟看作辛亥革命失败的根本原因,并由此认定:为了建立名副其实的共和国,必须从根本上来改造国民性。陈独秀认为"伦理问题不解决,则政治学术,皆枝叶问题"[②],"不但共和政治不能进行,就是这块共和招牌,也是挂不住的"[③]。这和鲁迅的观点如出一辙:"此后最要紧的是改革国民性,否则,无论是专制,是共和,是什么什么,招牌虽换,货色照旧,全不行的。"[④]面对复古思潮,文化先驱者高扬"民主"和"科学"大旗,以一种破坏与创造的青春文化精神追求个性自由,在制度革命之后继续进行思想革命,进而引发了新文化运动。

新文化运动刚刚兴起之际,许多新文化先驱者就把辛亥革命和新文化运动视为一个完整的过程来思考。《新青年》撰稿人高一涵认为,"往岁之革命为形式,今岁之革命在精神。政治制度之革命,国人已明知而实行之矣;惟政治精神与教育主义之革命,国人犹未能实行"[⑤]。实质上,他把政治革命与思想文化革命加以区分,同时将二者视为一个不应中断的连续过程。以德为上,政治为先,新文化阵营中很多人如胡适、李大钊、蒋梦麟、傅斯年等,都持这一观点。青年毛泽东在高度肯定政治革命的基础上,认为思想文化革命尤为重要:"当今之世,宜有大气量人,从哲学、伦理学入手,改造哲学,改造伦理

---

① 陈独秀:《一九一六年》,《青年杂志》1916年第1卷第5号。
② 陈独秀:《宪法与孔教》,《新青年》1916年第2卷第3号。
③ 陈独秀:《旧思想与国体问题》,《新青年》1917年第3卷第3号。
④ 鲁迅:《两地书·八》,《鲁迅全集》第11卷,人民文学出版社2005年版,第32页。
⑤ 高一涵:《一九一七年豫想之革命》,郭双林、高波编:《中国近代思想家文库·高一涵卷》,中国人民大学出版社2015年版,第87页。

学,根本上变换全国之思想。"① 社会发展以政治革命为先,以道德变革为上,这是对一百多年来文学史最本质的把握。既然用文学手段变革中国社会和文化的最终目的是"使民"与"化民",那么文学的重点必然就是思想而非艺术了。

1917 年 2 月,陈独秀发表《文学革命论》②一文,将新文化价值观转化为文学改革的具体主张,成为中国文学发展史中的重要转折点。从该文倡导文学改革的"三大主义"来看,几乎都是思想内容方面的主张。其后,鲁迅、周作人、刘半农、钱玄同等人的文学变革主张也多从文学的思想内容着眼。可以说,新文化运动是政治时势与文化变革相互作用的结果。从反思辛亥革命出发,进行思想和文化革命,是新文化运动的基本宗旨。对这种关系的理解,决定了一百多年来的中国文化与文学变革中,始终贯穿着"政治为先""道德为上"的价值取向,也决定了中国文学主题的基本走向。

近代以来,中国"传统与现代"的冲突始终没有停歇。从辛亥革命前夕的"立宪与保皇"论战和五四时期的"文学革命"论争、"国语运动"及"东西方文化论战",经"科学与玄学"问题论争、反"尊孔读经"运动、"中国文化的出路"论战,到当代诸多思想文化论争,再到新时期的"文化观大讨论""人文精神大讨论""国学复兴"等,都折射出如何看待传统与现代的问题,在一定程度上都可看作新文化运动以来新旧文化冲突的继续。

这种"传统与现代"的冲突,在中国现当代文学发展过程中有集中而形象的体现。纵观一百多年来的中国文学史,几乎所有重大的论争及其讨论的问题都不是文学审美问题,而是文学的思想文化问题。新文学中的"问题小说"和"乡土文学"、20 世纪 30 年代之后的各种文艺论争及文艺运动,几乎都是关于文学观念、作家思想和作品内容等问题的讨论。无论是文艺政策、作家创作,还是文艺批评,基本上都着眼于文学的思想主题和社会功能。这表明社会政治对文学功能的要求,也表明文学自身积极参与社会进程的努力。一百多年来,围绕新与旧、西方与东方、外来与本土、精英与大众、乡村与都市等多

---

① 毛泽东:《致黎锦熙信》,中共中央文献研究室、中共湖南省委《毛泽东早期文稿》编辑组编:《毛泽东早期文稿》,湖南人民出版社 2008 年版,第 73 页。
② 陈独秀:《文学革命论》,《新青年》1917 年第 2 卷第 6 号。

个层面展开的文化论争与文化实践,表现出几代中国知识分子对民族文化与人类文化建构的深入思考与价值选择。这些讨论和论争在中国文学发展史中有鲜明的体现,可视为对中国文学文化自信的理解和表达过程。

二、现代性价值判断与中国文学文化自信

确立文化自信,首先要考察文化本身,亦即自信的文化是什么,在对文化本身有充分理解的基础之上,才会阐释为什么自信。笔者认为,现代性价值判断是理解中国文学文化自信的关键。过去我们往往对中国文学的文化自信做单一的传统性理解,言必称汉唐气象,或李白、杜甫,或四大名著。虽说这是我们文学文化自信的根基,但不是全部。文化自信要做继承传统的考量,还要做发展传统的考量,不单纯是对传统文化本身的自信而已。

无论是文学,还是文化,现代中国自信的文化必须包括"五四"以来的现代文化。这种现代文化对中国社会的政治制度、经济形态、教育体制、学术体系,乃至道德观念等诸方面的建设不可或缺,没有现代文化就没有现代中国。我们在这里探讨中国文学的文化自信,主要不是指古代文学,而是指现当代文学。因为前者已被世界文学史认同,《诗经》、《楚辞》、《史记》、唐诗、宋词、元曲、明清小说等都已成为人类文学的经典。与此不同的是,"五四"以来的中国新文学却被文化保守主义思潮视为背离传统的文化异类。

对现当代文学价值的质疑,主要在于其对传统文化的批判和对时代政治的强力介入,因此而招致来自不同立场的否定,于是其文化自信也就成为一个问题。相当普遍的一种观点认为,新文学和新文化割裂了中国文学与文化的传统,而且鲁迅及其传人要承担今天文化断裂甚至道德滑坡的责任。鲁迅和新文学、新文化反叛传统,似乎已成为文学史的常识和文学批评的焦点,但除去对事实的梳理和证伪之外,我们有必要从逻辑和思维的角度对此进行深入辨析。

首先,中国文学的文化自信自然体现为思想与艺术上的"中国作风和中国气派";同时在此基础上,我们还必须在对"中国作风和中国气派"的理解中引入"现代"概念,因为"中国"是传统的,也是现代的。此外,对传承与创新也必须做双向的辩证思考。传承必须包括创新,而创新本身既包含对古代文化

与文学的传承,也包括对其的反思和批判,容不得反思和批判的文化不是真正自信的文化。在中国现当代文学中,对传统的反思与批判实质上就是一种现代文化的自信,因为其中有对传统延续的关切,又有反思和发展传统的渴望。我们必须意识到这样一个逻辑:反传统并不是简单的传统断裂,而是对传统的传承与创新。

其次,没有一成不变的传统,文化传统一直处于更新和演变之中。一百多年来,现代文化和文学已成为中国文化和文学的新传统,融入了中国文化大传统之中。这也正如中国传统文化一样,不是一成不变的,而是在吸收外来文化中不断获得活力和生机的。以现代汉语词汇发展演变的历史为例,在古代汉语基本词汇的基础上,日语词汇的大量输入成为现代汉语词汇系统的重要构成。同样,现代欧美文明也融合了古希腊和古罗马文明、近代工业文明及东方文明元素。

最后,中国新文学最重要的"现代文化"属性就是"人的解放"的主题。其实,新文化运动不仅仅强调民主与科学,它从一开始就明确包含人权与科学并重的思想。陈独秀在《青年杂志》创刊伊始,就强调"国人而欲脱蒙昧时代,羞为浅化之民也,则急起直追,当以科学与人权并重"①。应该说,在那样一种历史情境中,把"人的问题"理解为"民主"的本质,不能不说是一种前沿的思想。"顺人性之自然","不能反乎人性以立言"②。茅盾认为,"人的发现,即发展个性,即个人主义,成为'五四'期新文学运动的主要目标","而'五四'新文学运动的历史的意义,亦即在此"③。由于"文学革命者的要求是人性的解放"④,于是新文学便是表现"人的解放"主题的文学。鲁迅在20世纪初强调"立人""致人性于全"⑤,从《狂人日记》开始,他在创作中深入表现"人的解放"和"个性解放"的主题。这也是为什么多数现代文学研究者和教科书,没有把早于《狂人日记》一年的陈衡哲的《一日》作为中国现代文学史上"第一篇现代白话小说"的重要原因。

---

① 陈独秀:《敬告青年》,《青年杂志》1915年第1卷第1号。
② 李亦民:《人生唯一之目的》,《青年杂志》1915年第1卷第2号。
③ 茅盾:《关于"创作"》,《茅盾全集》第19卷,人民文学出版社1991年版,第266页。
④ 鲁迅:《且介亭杂文·〈草鞋脚〉小引》,《鲁迅全集》第6卷,人民文学出版社2005年版,第21页。
⑤ 鲁迅:《坟·科学史教篇》,《鲁迅全集》第1卷,人民文学出版社2005年版,第35页。

中国现当代文学文化自信主要体现在"人的主题"的确立上。通过对比古代文学与现代文学中的爱情主题，可看到不同爱情观背后人物自我意识的差异。王实甫的《西厢记》与鲁迅的《伤逝》叙述的都是爱情故事，但张生和崔莺莺的爱情观与涓生和子君的爱情观却有着本质差异。受制于古代社会的生活环境，崔莺莺的爱情是在一个封闭的家庭环境中偶遇异性的一见钟情；而子君则是在一个相对开放的社会环境中，与涓生从相识、相知到相爱。崔莺莺的爱情觉醒主要是生命的觉醒，而子君的爱情追求则包含思想的觉醒。这种思想的觉醒极为重要，是主人公确立自我意识的重要标志，从中可看到两个爱情故事中爱情观的传统性与现代性的本质差异。在崔莺莺的思想观念中，父权和夫权意识仍占据主导地位，她最多是在生命力量的支持下在传统内反传统，其婚姻理想最后还是要通过传统方式即父母之命来实现。类似的情况在中国古代文学的爱情故事中普遍存在。子君则直接宣告："我是我自己的，他们谁也没有干涉我的权利！"对她而言，思想觉醒支撑着生命欲求，是一种双重的觉醒。与崔莺莺在传统之内反传统不同，因为受现代西方个性解放思潮影响，子君是在传统之外反传统。而且，这种觉醒已经不是子君一个人的觉醒，而是一代人的觉醒。所以说，崔莺莺和子君的思想与人生差异，是两个文化时代不同人生价值观的差异。

20世纪70年代末相继出现的"伤痕文学"和"反思文学"，标志着新时期文学通过批判和反思，重新接续了鲁迅及新文学的"人的解放"主题。其中戴厚英的小说《人啊，人！》通过一群知识分子在共同的人生境遇中表现出的不同人性，来呼唤人道主义的回归。雨煤的小说《啊，人……》中肖淑兰和罗顺昌的爱情婚姻因政治风云的变幻而分分合合，也同样表达出对尊重人的生命权利和社会权利的吁求。这些作品形成了一种文学潮流，其主题都是以"人的解放"为旨归的。

前面说过，因为"传统与现代的冲突"最能概括一百多年来中国文学乃至中国社会思想文化发展过程，所以在中国现当代文学中既有"反传统"的激进主义文化价值观，也存在"反现代"的保守主义文化价值观。1985年，航鹰的小说《东方女性》塑造了一个贤淑容忍的职业女性林清芬的形象。作为妻子和妇产科医生，她不仅宽容了丈夫的出轨，而且为丈夫的情人接生，并将母子二人带回家中照料。这里有崇高的职业道德和人性美，但其中中国女性逆来顺受的传统品德和性格特征更值得关注。林清芬的悲剧人生既有外部社会的原因，也有自身传统观念束缚的原因，其中甚至有一种传统的道德自我完善诉求。人们对林清芬的委屈生活和道德人格亦即所谓"东方美德"的肯定，则表明传统伦理观和人生观对中国女性及民众的持续影响。1992年张炜创作的小说《九月寓言》，以梦幻般的忧伤笔调描绘了传统乡村生活的消逝，而造成这一切的根源在于现代工业文明对乡下人的侵蚀和土地的占有。作者对使人失去童年野地和乡村静美生活的现代工业文明进程，表现出一种决绝的保守主义态度，呼吁人们要坚守住内心那一片"精神的野地"。

新文学表达的"人的解放"主题与中国社会转型进程是一致的，其目的就是要使中国人走出鲁迅所说的"想做奴隶而不得"和"暂时做稳了奴隶"这两种"非人"的时代，去争取"'人'的价格"。① 这是中国现代文学对中国社会转型和人的现代化的最独特贡献，应成为中国文学文化自信的重要思想指标之一。

积极参与社会进程是中国现当代文学的重要特征，文学从不同角度和不同程度上促进了中国社会的转型与发展。中国现当代文学创作和批评与中国社会进程同步甚或超前发展，将文学作品的社会功能发挥到了极致，极大地影响了中国社会发展。

现当代文学与社会的这种关系构成了一种"政治-历史"逻辑：以政治立场为普遍标准，以阶级和民族意识作为历史阐释逻辑，将实践过程与思想逻辑一体化，并贯穿于整个社会历史发展过程中。当这一逻辑落实到具体的文学创作和文学研究实践中时，就表现出高度重视文学内容、强调其政治功能的特点，从而使文学创作和文学批评话语具有鲜明的意识形态属性。这种文学话语与中国社会历史和中国人的生存体验相适应，促使文学充分发挥其社会功能，使文学在中国革命和建设中产生了重要影响。一百多年来的中国文学对社会进程的参与，实质上是对社会和人的现代转换在某种程度和某些层面的促进，符合历史的真实性与逻辑的合理性，并成为文学创作和学术批评的共同标准。这一逻辑对于引导文学实践、振奋民众精神具有不可替代的作用。

政治逻辑极大地影响和制约着作家的立场和文学倾向。政治逻辑与族

---

① 鲁迅：《坟·灯下漫笔》，《鲁迅全集》第1卷，第224—225页。

群、个人的自身利益相关,但并不完全一致,很多时候主要表现为一种思想和精神的诉求。这种逻辑在革命文学和抗战文学中表现得最为集中。在蒋光慈1930年完成的小说《咆哮了的土地》中,地主家庭出身的知识分子李杰因恋爱问题而与家庭决裂,从而走上革命道路。当他回到家乡搞土地革命时,最后要面对火烧自己家的艰难决定。他虽说对恶霸地主父亲毫无眷恋,但是面对生病在床的母亲和年幼的妹妹还是不忍决断。然而在农民自卫队小队长李木匠的一再催促和逼问下,出于政治信仰和现实斗争的需要,不得不同意自卫队烧掉李家老楼。在杨沫1958年出版的小说《青春之歌》中,林道静的人生历程也很具代表性。她是地主父亲与女仆母亲所生的女儿,所以身上"有白骨头也有黑骨头"。林道静因反抗包办婚姻逃出家门后陷于绝境,恰好被北京大学学生余永泽所救,两人于是组成一个浪漫温馨的小家庭,但后来因思想观念甚或阶级意识不合而分手。这不是一般的恋人分手和夫妻反目,而是不同政治道路的分歧。在自己爱慕的"朋友加兄长"卢嘉川牺牲以后,她最终与工人出身的"大哥加同志"共产党人江华结婚。林道静的情感历程反映了知识分子思想变迁的过程,在经历了几次曲折之后,个人情感日渐淡化,政治意识日渐强化,最终情感和思想都站到了无产阶级的立场上。应该指出的是,这种革命者形象与新文学中追求自我觉醒者的形象有一定差异,但是,这是那个时代知识分子普遍的人生道路和思想历程的真实写照。就像20世纪30年代革命小说中的"革命加恋爱"模式一样,表面看是艺术创作公式化的问题,其实本质上反映了作家及一代青年的普遍人生经历和共同感受。当我们把政治救亡与思想启蒙视为一个连续的历史过程,而政治启蒙同样是人的觉醒的一部分时,就会在逻辑和现实中找到其中的相通性。李杰和林道静们在政治逻辑和传统伦理之间做出的选择,既是激进主义反传统的历史承接,又是最前沿的政治思想信仰的确立。选择过程虽说有些简单化,但在当时的革命知识分子之中这是普遍、正当的选择。政治逻辑在中国社会转型和人的解放过程中,起到了较为明显的作用。

历史逻辑亦即作家和文学在面临抉择的关头做出符合历史潮流的选择,本质上是一种大势所趋的发展机制,其中也包含理性的政治逻辑。在日军发动全面侵华战争之际,民族危亡,国将不国。团结御敌,人人参战,是当时中国一种大势所趋的历史潮流。这种建立在具有普遍性的民族意识基础上的历史逻辑,使当时的文学创作产生了很多共同之处:旧文学与新文学、国统区文学和解放区文学都呈现出相同的主题、人物、风格和形式,而作家队伍的统一更体现为前所未有的立场一致的作家组织——"中华全国文艺界抗敌协会"的成立。同样,后来建立在阶级意识基础上的文学共同主题的形成,也是历史逻辑的一种真实再现。歌剧《白毛女》中"旧社会把人变成鬼,新社会把鬼变成人"、长篇叙事诗《王贵与李香香》中"不是闹革命穷人翻不了身,不是闹革命咱俩也结不了婚"的朴素逻辑,是翻身农民的切身感受和对中国社会政治变革的共鸣。东北解放区通过"诉苦运动"——"谁养活谁"的阶级意识启蒙,使这一历史逻辑通过个人体验和切身利益诉求得以实现。佚名的战地通讯《永北前线担架队速写》描写的是一天时间组织起来的八百余人的担架大队奋勇支援前线的故事。作者经过和担架队员交谈,感受到新解放区人民的觉悟:"你们这次出来抬担架,怕不怕?"大家回答道:"不怕!""为什么不怕?""不怕,这是为了自己。""胜利是我们的,土地才是我们的。"语言的质朴透射出政治启蒙亦即阶级教育所产生的普遍的思想意识,以及这种精神变革所带来的巨大力量。小说《红日》中关于战争与人民的关系描写,更显示出"历史的选择"的真实性,社会的演进和文学的叙述在同一历史逻辑作用下达成了一致。作为道德逻辑、人道主义、个性主义的人文情怀,也是中国文学文化自信的现代表征。应该说,中国帝制社会千百年来一切悲剧的根源就是对人的不尊重。受古代文人心忧天下的情怀和西方人道主义、个性主义思想的影响,中国近现代作家针对"非人"的历史,提出"新民"说和"立人"说,从国家和个人的双重视角来表达"改造国民性"的主题。鲁迅"哀其不幸,怒其不争",努力为底层民众争取做人的资格,是真正的"人的文学",这是人们的一种共识。"人的文学"符合道德逻辑,表现善或使人向善。人性本身就包含着向善的努力和作恶的可能,"人的文学"就是要肯定向善而批判作恶。这是"人的解放"的重要主题。鲁迅"哀其不幸,怒其不争"的悲悯情怀极具现代意义。他对阿Q、祥林嫂们丧失人的地位和权利的生存境遇表示深切的同情,对其缺乏自我意识,甚至施暴于更弱者、参与对觉醒者的剿杀表现出极大的悲愤。鲁迅在作品中所表现出来的这种双重思想情感,是无比深刻和沉重的。这种现代"人"的意识,实质上是一种现代文化的思想建构。对文学中的文化自信问题的探讨,需要一种开放的和连续的理解。文学要推动社会的发展,除了需要对社会进程加以正面肯定外,还应秉持直面人生的正义伦理去观照现实。20世纪70年代末以来,"伤痕文学""反思文学""改革文学""寻根文学"等文学作品和思潮,在社会变革、文化转型过程中所起到的作用不容忽视。在一百多年来中国表现"善"的文学中,无论是启蒙还是救亡,其最大的价值体现就是这种具有现代意义的悲悯情怀。这种道德情怀有时可能是居高临下俯视众生的,但是在觉醒者极少的社会和文化转型时期,这种"化大众"的视角是必然的。因为这不仅是为他的,而且是有效的。不可否认的是,今天的中国文学之所以有边缘化的局限,在某种程度上失去了介入社会进程、获得大众关注的能力,大部分原因要归结于文学本身缺少悲悯情怀,不能仅仅归咎于网络媒介冲击、市场化机制等外在因素。当前,有些文学,特别是影视作品中最突出的问题,就在于其所呈现的往往不是普通人的生活,讲述的不是现实而是想象,不是真实而是装饰,缺少人性正义伦理的表达。缺少同情与悲悯的文学,不是真的"人的文学",而是"非人的文学",必须将其排除在自信的文化之外。文化价值观的核心是人的价值、人的发展,文学表达人性和"人的解放"主题,就是实现对这种现代文化的自信。

中国社会的变革受到了政治逻辑、历史逻辑和道德逻辑的深刻影响,也包含了"人的解放"的全部过程和具体内容。这也是百余年来中国文学文化自信的现实根基。

三、文化自信、共信与构建人类命运共同体

说到文化自信,如果简单对其进行名词解释,或者将其作为一种命题作文的话,可能就会变成一个预设的单选试题,答案不证自明。

这种共识可能是一种事实和常识,但是作为学术研究并不能到此为止,而应由此出发,继续做出一种基于事实的深度阐释。这种阐释最终通过逻辑和实践进一步论证与确认这一概念,并且力图获得更为普遍的共识。这是思想或思维发展的需要,也是专业知识分子的义务与责任。通过这种学理性、逻辑性的阐释,进一步扩大这一命题的影响力,进而扩大人类思想容量和提升民族思想质量。这也是文学创作和人文学术研究的根本价值所在。

从文化自信到人类命运共同体,是民族文化和人类文明的发展过程与未

来方向,具有一种思想逻辑的自洽和历史逻辑的可能,存在着一种起点与终点的发展关系。我们对于自信文化内涵的理解,需要做一种完整的思考。从构建人类命运共同体的目的出发,去阐释和传播自信的文化,进而被异文化认同而获得他信,通过交流和交融取得互信,最终实现共信。这是一种思想关系,更是一种人类文明形成和发展的真实过程。就中国文学来说,文化自信是基础,是文学之根,离开这个根基不仅会使中国文学失去自己的特色,也会使中国文学失去融入世界文学的价值。但是,仅有根而没有枝叶和花朵,是不能结出果实的。文学的文化自信应包含个人的、族群的和人类的文化自信,除民族优秀传统文化外,人类文化和中国现代文化元素也是构成文化互信和共信的基础。表现人性、人类意识也是实现世界性的文学境界的重要内容和必要途径。

从人类文明的发展历史来看,人性即使不是相同的也是相通的,人类对相似的生存环境的应对,产生了相似的文化。这是一种文明原点的共同性,也成为后来人类文化发展中存在相通性的内在原因,构成了人类文化他信、互信和共信的基础。文化自信存在于人类文化互信之中,因为互信既来自共同性的相通,也来自差异性的交流。不能把文化的差异性看作文化交流、文化互信的障碍和保持自身文化特色的依据,文化的差异性恰恰是构成文化交流和传播的基础与前提,互通有无是文化交流的重要功能与发展动力。

从当下关于人类命运共同体的相关论述中可看到,文化自信自然包含对文化的人类性的认同,中国文学的文化自信不可缺少人类性主题。在具体表达内容上,当代中国文学的文化自信首先需明确如何以个人性、民族性和人类性为标准"讲好中国故事"。"中国故事"无疑具有中国特色,但同时也应是符合人性和人类性的文学。"讲好中国故事"首先是讲中国的"好故事",歌唱美丽中国,歌唱美好人性。理解了"中国故事"和"讲好"之间的这种构成关系,才能真正"讲好中国故事",让"中国故事"具有充分的文化自信,进而在传播中形成他信——异文化对于中国思想和文化的认同。

文化自信是我们进行文化建设和交流的重要基础,如果没有这种自信,就构不成一种对等的文化交流和理性的文化建设,构不成人类文化的多样性和丰富性。"文明差异不应该成为世界冲突的根源,而应该成为人类文明进步的动力。""每种文明都有其独特魅力和深厚底蕴,都是人类的精神瑰宝。"①但是文化自信只是文化建构和文学创作的起点,而不是终点。从个人性、民族性到人类性,也是从文化自信到他信、互信、共信的过程。其中,任何一种封闭性的理解都是单一的理解,不能从个人性到个人性、从民族性到民族性,也不能从人类性到人类性,否则就不能真正实现从文化自信到文化共信。

面对当今世界百年未有之大变局,进一步强化和阐释近年来中国一直积极倡导的人类命运共同体理念及其世界性价值,是十分必要和紧迫的。

2013年以来,习近平总书记在各种场合的讲话和文章中多次提到人类命运共同体这一理念。时至今日,随着世界局势的发展,这一理念已成为推动全球化发展的中国方案,体现出整体文明观视野。我们相信,随着时间的推移,这一重要理念必将得到世界上越来越多人的认可。构建人类命运共同体最大限度地适应了世界发展与人类文明进步的需要,成为协调、引导人类社会未来走向的前瞻性思想。从文明发生发展的逻辑过程来讲,人类的生命构成及生存境遇无疑具有普遍的共同性。恩格斯说:"我们越是深入地追溯历史,同出一源的各个民族之间的差异之点,也就越来越消失。"②近代以来中国社会的文化抵御心理的形成,既反映出人类文化存在差异性,也是对近代西方文明进入东方世界做出的回应。尽管如此,如果过分强调人类文化的差异性而忽略其共同性,很容易把差异性视为人类文化的唯一属性,并由此演化为一种二元对立的文化思维定式。③这种二元对立的思维方式往往最终导致文化价值判断走向两个极端:或者成为保守性的"复古派",将西方文化与本土文化理解为敌对关系,视西方文明为入侵者乃至毁灭者;或者成为颠覆性的"全盘西化"派,认为整体西化是治疗本土文化弊病的唯一选择。其实,这两种观点都只关注了人类文明发展进程的一个侧面,即不同文化之间的差异和冲突,却忽视了其内在的融合性和趋同性。习近平总书记指出:"对人类社会创造的各种文明,无论是古代的中华文明、希腊文明、罗马文明、埃及文明、两河文明、印度文明等,还是现在的亚洲文明、非洲文明、欧洲文明、美洲文

---

① 习近平:《共同构建人类命运共同体——在联合国日内瓦总部的演讲(2017年1月18日)》,《人民日报》2017年1月20日,第2版。
② 恩格斯:《爱尔兰史》,《马克思恩格斯全集》第16卷,人民出版社1964年版,第570页。
③ 参见张福贵:《人类命运共同体意识与"新全球化"理念》,《学习与探索》2020年第12期。

明、大洋洲文明等,我们都应该采取学习借鉴的态度,都应该积极吸纳其中的有益成分,使人类创造的一切文明中的优秀文化基因与当代文化相适应、与现代社会相协调,把跨越时空、超越国度、富有永恒魅力、具有当代价值的优秀文化精神弘扬起来。"①这种人类文明价值观和当代文化发展观,是融合传统文化与现代文化、外来文化与本土文化、东方文化与西方文化的思想基础,也是建设和发展中国文化的有效途径。在新冠疫情之后加剧的反全球化浪潮中,人类社会必须坚守政治理性、文化理性和社会理性,反思全球化弊端的目的是要改变全球化的单一价值观和现有功能结构,而不是改变全球化的趋势。越是在分化和分裂加剧的今天,越要珍视和强调人类命运共同体意识。从完整的意义上说,中国古代"大同"理想、马克思和恩格斯的"世界"意识都表现出一种具有共同特征的社会理想。《礼记·礼运》中写道:"大道之行也,天下为公……故人不独亲其亲,不独子其子,使老有所终,壮有所用,幼有所长,矜寡孤独废疾者,皆有所养。男有分,女有归。货恶其弃于地也,不必藏于己;力恶其不出于身也,不必为己。"马克思从人类物质生产和精神生产的关系出发,提出了"世界历史"这一重要概念,认为随着环球航行的发展和世界市场的产生,世界历史真正得以形成。世界各民族在各方面建立起密切的往来沟通,并逐渐互相依赖,进而取代了以往那种地方和民族封闭自守、自给自足的历史状态。马克思对民族和国家冲突问题的思考也是站在人类和世界立场上的。他认为民族的责任与世界的责任并无二致:"凡是民族作为民族所做的事情,都是他们为人类社会而做的事情,他们的全部价值仅仅在于:每个民族都为其他民族完成了人类从中经历了自己发展的一个主要的使命(主要的方面)。"②马克思以真正的世界主义立场对狭隘民族主义进行批判,并把各国具体事务的民族性与世界性看作内在一致的。所以,马克思不是简单地肯定世界主义和批判民族主义,而是辩证看待世界与民族的关系。

中国文学的文化自信来自中华优秀传统文化的资源优势,而传统文化的链条中必须包含一百多年来现代文化的一环,古代文化、现代文化共同构成

---

① 习近平:《在纪念孔子诞辰 2565 周年国际学术研讨会暨国际儒学联合会第五届会员大会开幕会上的讲话(2014 年 9 月 24 日)》,《人民日报》2014 年 9 月 25 日,第 2 版。
② 马克思:《评弗里德里希·李斯特的著作〈政治经济学的国民体系〉》,《马克思恩格斯全集》第 42 卷,人民出版社 1979 年版,第 257 页。

了中国源远流长的文化传统。与此同时,中国文学的文化自信不只来自这种纵向的文化精神资源,也来自横向的人类优秀文化的精神资源。人类命运共同体是当代人类共同的文明发展观。优秀的现代文明不是西方的专利,而应成为人类的共同财富。同样,中国传统文化和当代文化对世界的影响,也表明它们属于人类共同的精神财富。①

四、中国文学的民族特色、人类意识与世界价值

人类文明在漫长的历史演进中,从物质形态到精神形态都形成了各自民族和地域独有的传统特征。在文明交流过程中,人们最初关注的往往是差异性而非同一性,20世纪初中国许多知识分子都注意到中西方文明的差异性甚至对立性。陈独秀提出:"西洋民族以战争为本位,东洋民族以安息为本位……西洋民族以个人为本位,东洋民族以家族为本位……西洋民族以法治为本位,以实利为本位,东洋民族以感情为本位,以虚文为本位"。② 林语堂称:"中国重实践,西方重推理。中国重近情,西人重逻辑。中国哲学重立身安命,西人重客观的了解与剖析。西人重分析,中国重直感。西洋人重求知,求客观的真理。中国人重求道,求可行之道。这些都是基于思想法之不同。"③严复认为:"中国最重三纲,而西人首明平等;中国亲亲,而西人尚贤;中国以孝治天下,而西人以公治天下;中国尊主,而西人隆民。"④他们看到的这种文化的差异性,无疑有简单化的倾向。但这是两种文化相遇之后从彼此不了解到互相认识的必然过程,而且是人类文明多样性的自然反映。

文化的同一性不应否定文化的多样性和特殊性,否则就会使人类文明趋于单一化,最后也会阻碍文化同一性的进程,进而使人类文明进程失去更多动力。"维护世界文明多样性"是构建人类命运共同体不可或缺的文化价值取向。习近平总书记指出:"维护世界文明多样性。'物之不齐,物之情也。'和而不同是一切事物发生发展的规律。世界万物万事总是千差万别、异彩纷

---

① 参见张福贵:《人类命运共同体意识与"新全球化"理念》,《学习与探索》2020年第12期。
② 陈独秀:《东西民族根本思想之差异》,《青年杂志》1915年第1卷第4号。
③ 林语堂:《林语堂自传》,江苏文艺出版社1995年版,第173页。
④ 严复:《论世变之亟》,王栻主编:《严复集》第1册,中华书局1986年版,第3页。

呈的,如果万物万事都清一色了,事物的发展、世界的进步也就停止了。"①国家、民族、地域各有其特殊性,这种特殊性使文明之间互通有无取长补短;如果不同国家、民族、地域之间只存在单纯的同一性,陈陈相因大同小异,也就没有了交流的价值和动力。因此,在人类文明进程中,必须坚持文化的共同性与特殊性不可分割、辩证统一的原则。

在中国文学和文化转型的关键时刻,人们将鲁迅谈木刻艺术时的一句话——"现在的文学也一样,有地方色彩的,倒容易成为世界的,即为别国所注意。打出世界上去,即于中国之活动有利"②——简化为"越是地方的就越是世界的"或"越是民族的就越是世界的"经典命题。在近百年来中国新文学发展过程中,这个观点产生了巨大影响和具体作用。从世界文学的发展来看,任何文学创作或多或少、或浓或淡都具有个人性、民族性和人类性的特征,而文学的民族特色在其加入和丰富世界文学的过程中往往最引人关注。沈从文的小说以湘西乡村社会美好人性与秀丽风光为书写内容,这些作品之所以引人关注,除去艺术描写手法的成功外,其内容的民族特色与地域特征也是重要因素,这些因素使他的作品具有了世界性价值。林语堂的《京华烟云》即使最初是用英语写作,但由于其包含着丰富的中华传统文化信息,因而成为西方读者了解传统中国的经典文本。这一规律在中国古典文学的域外传播与接受过程中表现得更为明显,而且成为鲁迅等人强调文学艺术"越是民族的就越是世界的"的历史依据。然而,无论如何一个现代民族的文学与世界文学是脱离不了关系的,单一的地方性、民族性文学是不能成为真正的世界性文学经典的。因而要在"越是民族的就越是世界的"基本命题中,再适当加入一个补充性的命题"越是世界的也就越是民族的",因为世界意识再也不是民族意识之外的意识了。两个命题的融合互补,也恰好体现了文化共同性与特殊性在文学创作、传播和接受过程中的辩证关系。

对"世界"的现代认知,是中国现代文学有别于古代文学的最突出特点。这种现代意识是伴随着人本主义和世界主义等思潮进入中国的,最初与康有

---

① 习近平:《在纪念孔子诞辰 2565 周年国际学术研讨会暨国际儒学联合会第五届会员大会开幕会上的讲话(2014 年 9 月 24 日)》。
② 鲁迅:《致陈烟桥》,《鲁迅全集》第 13 卷,人民文学出版社 2005 年,第 81 页。

为等人的引介、阐发和倡导密切相关。政治乌托邦性质是西方世界主义思潮与中国大同社会理想的共同价值取向，也是世界主义思潮能够进入中国并产生影响的思想基础。

在世界主义思潮和康有为、梁启超思想的影响下，鲁迅等新文化运动先驱者也不同程度地形成了具有强烈民族危机感的世界意识。"想在现今的世界上，协同生长，挣一地位，即须有相当的进步的智识，道德，品格，思想，才能够站得住脚：这事极须劳力费心。而'国粹'多的国民……便难与种种人协同生长，挣得地位。""许多人所怕的，是'中国人'这名目要消灭；我所怕的，是中国人要从'世界人'中挤出。"①十分明显，鲁迅的世界意识立足于国民性改造的诉求之上。"协同生长，挣一地位"之说体现了鲁迅对世界意识与民族意识关系的理解。获得世界意识是为了改造国民性、重构民族精神。

近代以来，中国文学与世界文学发生大范围接触，古典主义、浪漫主义、批判现实主义和现代主义各种文学潮流，都在新文学发生发展过程中匆匆走了一遍。新文学"人的解放"主题的构成，包含了文艺复兴以来世界文学中的现代意识对中国文学的具体影响。中国现当代文学与世界文学的关联性是中国历史上任何时代的文学都不能与之相比的。现当代文学要解决的一个重要问题是如何在个人、阶级、民族的主题之上增添和升华人类性的主题，以"中国作风和中国气派"为起点，寻求人类精神文明的共鸣点，建构具有世界意义的中国文学。在世界视野下，一种具有民族特色的文学要产生世界影响，必然要经过自信、他信、互信和共信的过程，这也是构建人类命运共同体的重要途径。人类命运共同体视角下的人类意识不仅是文学创作的主题，也应成为文学创作和文学批评的一个新尺度。在这一尺度下，需要我们对文学史进行重新认识和解读。

一百多年来，中国文学始终不乏阶级意识和民族意识，新文化运动发生之后，个人意识也得到了初步彰显。但在我们的作品中却鲜见人类意识，文学创作对人类意识尚未表现出足够的关注和理解。

中国20世纪50年代之后出现的国际题材写作，表现出一种国际视野，描写也往往使人耳目一新，成为当代文学中具有特色的创作现象。这些作品的

---

① 鲁迅：《热风·随感录三十六》，《鲁迅全集》第1卷，第323页。

思想情感基础主要是昂扬的民族主义和崇高的国际主义。在冷战时期,这种政治立场与思想情感是极其自然和正当的,体现出人类意识中不可缺少理性的民族主义和国际主义情怀。20世纪五六十年代杨朔的国际题材散文和鄂华的国际题材小说,是当代文学史中较有影响的具有国际视野的文学创作,在特定时期起到了联合亚非拉国家人民和塑造、宣传新中国形象的作用。但是,受国际政治环境限制,这些创作具有鲜明的政治意识形态色彩,作品主题仍属于扩大了的阶级意识的范畴,这使其国际传播和接受范围受到一定制约。这种特色和局限在海外华文文学中表现得更为明显。

从作家属地来说,海外华文文学属于离乡写作。中国文学和文化面对世界时产生的诸多问题和现象,都集中表现在海外华文文学创作中。可以说,海外华文文学鲜明体现了中国文学民族性、地域性、现代性和世界性的融合过程。异文化的生存境遇为海外华文作家提供了不同于本土的人生体验,他们更多感受到了中国文化的域外传播及其变异过程。海外华文文学的异域创作可以扩大作品的视野,升华文学的人类意识,但其中也出现了表现文化对抗意识的作品,如王小平的小说《刮痧》。

人类命运共同体意识不仅表现出整体性的世界观念,也显示出中国在世界发展中的责任担当与道德情怀,而文学作品对人类意识的表达和呈现也应该达到这样的高度。改革开放40多年来,中国文学的创作和批评在表达人类意识这一方面已有显著的变化和提高,生态意识、性别意识、未来意识等一些具有人类性的观念,都进入了文艺创作和批评中,使中国文学无论在创作,还是在理论方面都达到了前所未有的新高度,其世界影响力也进一步扩大。新时代文学中的人类性主题应是建立在人类命运共同体意识上的世界意识,它可容纳此前的国际主义精神,并将其精神加以扩大和升华。

公木是一位融入历史并且评价历史的诗人,他从激情走向理性,从理性走向智慧,晚年的诗更是从对外宇宙的记叙逐渐转化为关于内宇宙的探寻。这来自他对人生的整体感受。公木在20世纪80年代发表的长诗《人类万岁》,就通过人生哲学的反思,领悟人类生命的高贵和宇宙意识的宏大,礼赞人类文明,这是中国新诗发展史上值得珍视的一页。在新时期文学中,最早与当代人类意识共鸣的诗人徐刚,则成为我国生态报告文学创作中引人注目的作家。他奔走于武夷山、海南岛、西双版纳、天目山等几大林区,以诗人的敏感和细腻去观察，以学者的深刻去思考，发表了生态报告文学《伐木者，醒来！》。徐刚不但让自己的长篇报告文学成为环保文学的经典，而且直接影响了中国林业政策的改变。其后，徐刚放弃卓有成就的诗歌和散文创作，完全执着于生态文学创作，连续发表了《中国：另一种危机》《绿色宣言》《沉沦的国土》《中国风沙线》《国难》《长江传》《黄河传》等作品。这些作品从反映国土保护到描写民族母亲河的哀叹，视野开阔，立意高远。他以一种前所未有的生态史观来观察世界，思考人类命运。其作品应在中国当代文学史上占据一席之地，是中国文学中充分表达人类意识的一类作品。此外，值得一提的是，诗人李松涛的长诗《拒绝末日》一改中国诗人寄情于山水、陶醉于田园风光的诗歌传统，超越一般表象的景物描写和个人情怀咏叹，显示出宏阔的视野、博大的胸怀和深刻的思想锋芒："超载的地球迅速疲倦着，/忧郁的地球急剧苍老着，/地球，几乎可以看作是——/漂浮宇宙的一口悬棺了！"诗中表现出的沉痛、焦虑之感具有震撼人心的力量。

20世纪90年代以来，中国文学的生态意识得到了显著加强，从环境保护到对全人类和地球未来命运的思考，在文学创作上出现了越来越多的"世界性"因素。刘慈欣的科幻小说被改编成同名电影《流浪地球》，获得了观众的广泛认可。除了拍摄技术和科学幻想的创新外，最可贵的是在鲜明的民族主义畅想背景下加入的人类意识。

需要说明的是，所谓"人类意识"并不只是以世界和人类整体为本位的一般思想逻辑，也包括影响世界的具体思想潮流和观点。前者具有恒定性，后者具有时代性。在这样一种理解下，从人道主义、个性主义到幼者本位、残疾人保障、种族和性别平等意识等思想潮流，也都属于人类意识的范畴。因此，就世界性的思想潮流来说，中国文学的民族意识不断提升，人类主题也已有了具体而深刻的表达。如今，在人类命运共同体理念指引下，中国文学应进一步将人类意识作为文学创作的重要主题和文学批评的重要尺度。同时在人类意识和现代意识的价值尺度下，无论是文学史观还是文学史的具体论述，都需要一种新的变革。

文学伦理学批评:基本理论与术语

聂珍钊
(浙江大学)

一

改革开放以来,大量西方的文学批评方法被介绍引入中国,如强调意识形态的政治批评、以社会和历史为出发点的审美批评、在心理学基础上发展起来的精神分析批评、在人类学基础上产生的原型-神话批评、在语言学基础上产生的形式主义批评、在文体学基础上产生的叙事学批评,还有接受反应批评、后现代后殖民批评、女性主义批评、新历史主义批评、文化批评等。这些批评是我国文学研究中经常使用的批评方法,形成我国文学批评中西融合、多元共存的局面,推动着我国文学批评的发展。对翻译介绍进入中国的西方文学批评方法进行考察,可以大致把它们分为三个大类。一是强调形式价值的形式主义批评,如20世纪在中国大行其道的以俄国形式主义、英美新批评和结构主义为代表的形式主义批评。二是注重分析在具体的社会关系和环境中文化是如何表现自身和受制于社会与政治制度的文化批评。在文学研究领域,这种批评方法强调从文化的角度研究文学,如文化与权力、文化与意识形态霸权等之间的关系,是20世纪末我国文学研究中主要的批评方法之一。三是采用政治和社会角度研究文学的批评方法,如女性主义批评、生态批评、新历史主义批评、后殖民主义批评等。尽管上述批评用于文学研究时也展开对文学与政治、道德、性别、种族等关系的研究,展开对当代社会文化的"道德评价"或批判,但最后都还是回到了各自批评的基础,如形式、文化、性别或环境的原点上,都表现出伦理缺场的总体特征。

从总体上看，改革开放以来的中国文学批评界，几乎是西方文学批评理论和方法一统天下。尽管我们应该对西方批评方法在中国发挥的作用做出积极和肯定的评价，但是我们在享受西方文学批评方法带来的成果的同时，也不能忽视我们在文学批评领域留下的遗憾。这种遗憾首先表现在文学批评方法的原创权总是归于西方人。我们不否认把西方的文学批评理论和方法介绍进来为我们所用的贡献，也不否认我们在文学批评理论和方法中采用西方的标准（如名词、术语、概念及思想）方便了我们同西方在文学研究中的对话、交流与沟通，但是我们不能不作严肃认真的思考，为什么在文学批评方法原创权及话语权方面缺少我们的参与？为什么在文学批评方法与理论的成果中缺少我们自己的创新和贡献？尤其是在国家强调创新战略的今天，这更是需要我们思考和认真对待的问题。

　　在文学批评多元化的时代，往往新的流行方法大行其道，但是旧有的或是传统的方法也不时显示出新的力量，在文学批评中发挥重要作用。纵观文学批评方法运用的历史，文学批评方法并不完全遵守新旧交替的自然进化规律，往往是新旧并存，中西融合，相互借鉴，并在多元并存和跨学科的基础上推陈出新，催生出新的批评方法，从而为文学批评增添新的活力。21世纪初在我国迅速发展起来的文学伦理学批评，就是在西方多种批评方法相互碰撞并借鉴吸收伦理学方法的基础上形成的一种新的用于研究文学的批评方法。文学伦理学批评的出现在西方批评话语中增加了我们自己的声音，为我们的文学研究方法提供了新的选择，尤其是它对文学伦理价值的关注，更使这一方法显露出新的魅力。

　　文学伦理学批评是一种文学批评方法，主要用于从伦理的立场解读、分析和阐释文学作品，研究作家以及与文学有关的问题。文学伦理学批评同传统的道德批评不同，它不是从今天的道德立场简单地对历史的文学进行好与坏的道德价值判断，而是强调回到历史的伦理现场，站在当时的伦理立场上解读和阐释文学作品，寻找文学产生的客观伦理原因并解释其何以成立，分析作品中导致社会事件发生和影响人物命运转变的伦理因素，用伦理的观点对事件、人物、文学问题等给以解释，并从历史的角度作出道德评价。传统的道德批评似乎也强调以一定的道德意识和在这种道德意识的基础上形成的伦理关系批评文学，但是这种评价文学的善恶标准是以批评家或批评家所代表的时代价值取向为基础的,因此批评家个人的道德立场、时代的道德标准就必然影响到对文学的评价,文学往往被用来诠释批评家的道德观念。实际上,这种批评在很大程度上不是批评家阐释文学,而成了文学阐释批评家,即文学阐释批评家所代表的一个时代的道德观念。因此,文学伦理学批评同道德批评的根本区别就在于它的历史客观性,即文学批评不能超越文学历史。客观的伦理环境或历史环境是理解、阐释和评价的文学的基础,文学的现实价值就是历史价值的新发现。

文学伦理学批评与目前流行的其他文学批评方法的不同,首先在于它有着不同的理论基础。文学伦理学批评从起源上把文学看成道德的产物,认为文学是特定历史阶段伦理观念和道德生活的独特表达形式,文学在本质上是伦理的艺术。关于文艺起源的问题,古今中外有许多学者作过多方面的探讨:有人主张起源于对自然和社会人生的模仿,有人主张起源于人与生俱来的游戏本能或冲动,有人主张起源于原始先民带有宗教性质的原始巫术,有人认为起源于人的情感表现的需要,凡此种种,不一而足。关于文学的起源,目前看法并不一致,然而其中影响最大的观点,则是艺术起源于劳动。"劳动说"被认为是马克思主义的观点,在中国影响最大。劳动只是一种生产活动方式,它只能是文艺起源的条件,却不能互为因果。文艺可以借助劳动产生,但不能由劳动转变而来,即文艺不能起源于劳动。那么文学是如何起源的呢?按照文学伦理学批评的观点,文学的产生源于人类伦理表达的需要,它从人类伦理观念的文本转换而来,其动力来源于人类共享道德经验的渴望。恩格斯指出:"劳动的发展必然促使社会成员更紧密地互相结合起来,因为它使互相帮助和共同协作的场合增多了,并且使每个人都清楚地意识到这种共同协作的好处。"[①]原始人类对相互帮助和共同协作的认识,就是对如何处理个人与集体、个人与个人之间关系的理解,以及对如何建立人类秩序的理解。这实质上就是人类最初的伦理观念。由于人与人之间的关系是伦理性质的,因此以相互帮助和共同协作的形式建立的集体或社会秩序就是伦理秩序。人类最初的互相帮助和共同协作,实际上就是人类社会最早的伦理秩序和伦理关系的体现,是一种伦理表现形式,而人类对互相帮助和共同协作的好处

---

① 恩格斯:《马克思恩格斯选集》第3卷,人民出版社1972年版,第510—511页。

的认识,就是人类社会最早的伦理意识。文学伦理学批评认为,人类为了表达自己的伦理意识,逐渐在实践中创造了文字,然后借助文字记载互相帮助和共同协作的事例,阐释人类对这种关系的理解,从而把抽象的和随着记忆消失的生活故事变成了由文字组成的文本,用于人类生活的参考或生活指南。这些文本就是最初的文学,它们的产生过程就是文学的产生过程。

从文学的起源看,文学概念的产生是建立在文本的基础之上的,文学是文本的艺术。没有文字就没有文本,没有文本则没有文学。由于单个的文字在没有组成文本之前,只是能够表意的符号,所以由文字组成的文本才是文学的载体。但是,目前其他有关文学的理论则不这样认为。例如,目前大多数文学理论认为,文学是语言的艺术,"文学与社会经济基础的区别在于它是一种社会意识形态,与其他社会意识形态的区别在于它是一种审美艺术,而与其他种类艺术的区别则在于它是一种语言艺术。语言的媒介性质,为文学艺术的生成提供了物质符号基础"[①];或者认为,"文学作为具有审美属性的语言艺术,是特定社会语境中人与人之间从事沟通的话语行为或话语实践"[②]。上述观点显然混淆了语言同文字的区别,更是忽视了作为文学存在的文本基础。语言就其性质而言,可以为文学的出现创造条件,例如利用语言讲述的故事可以成为文学的来源。但是,在电子技术出现以前,以声音形式出现的语言只能凭借记忆保存,不能转换为可见的物质形态,因此借助语言讲述的故事并不能真正凭借记忆保存下来。正是语言的这一特性,决定了语言本身不能成为文学。直到文字出现以后,语言才能借助文字被转化成文本。当时的文字并非仅仅为记录语言而创造的,它既可以记录语言,也可以记录以非语言形态存在的意识和思想,把它们转化为物质形态。无论语言还是意识和思想,只有当它们借助文字记载下来以后,抽象的思想和借助声音表现的语言才能转变成固定的物质形态,才能形成可视、可读的文本,从而留传下来,并且能够借助视觉和发音器官得以再现。因此,简单地把文学称为语言艺术显然混淆了不同艺术之间的区别,例如以语言为主要表现手段的演说和戏剧表演就只属于表演艺术,而不是文学。文字是语言的物质形态,是构成文本

---

① 《文学理论》编写组:《文学理论》,高等教育出版社、人民出版社2009年版,第79页。
② 童庆炳主编:《文学理论教程》,高等教育出版社2004年版,第69页。

的基本材料。文本既是语言的物质形态,也是思想的物质形态,因此只有文本才能构成文学,而语言不能直接构成文学。语言只有经过文字到文本的转化才有成为文学的可能,因为只有当语言转换为文字的形式以后,作为语言表意符号的文字才能组成文本。文本是语言或思想的可视、可读形式,是文学赖以存在的基础。正是这一点,决定了文学是文本的艺术,或者是文字和文本的艺术,但不是语言的艺术。

在录音技术出现之前,由文字组成的文本是文学作品的唯一形式,具有物质的特性。因此,文学作品不是抽象的,不是精神的,不是观念的,不是语言的,更不是一种意识形态或审美意识形态,而是一种借助文本存在的物质形态。但是,目前文学理论界似乎还未能接受这样的观点。例如有人认为,"按照历史唯物主义的观点,文学和其他艺术一样,都属于社会意识形态,是客观世界在人类观念领域的反映",认为"文学作为一种社会意识形态,是作家依据一定的立场、观点和方法对社会生活进行的艺术创造,具有认识性、倾向性和实践性"。[①] 也有人给文学的"意识形态"加上限定词,把文学看成是"审美的意识形态"[②]。这种观点认为:"作为意识形态,文学具有普遍的属性,也具有特殊的属性。文学的普遍属性在于,它是一般意识形态;文学的特殊属性在于它是审美意识形态。"[③]在现代世界,"文学的通行含义"是"文学的审美含义:文学主要被视为审美的语言作品"。[④] 并且认为:"在中国,把文学看成审美意识形态,主要是 20 世纪 80 年代以来马克思主义文艺理论研究的成果。"[⑤]"意识形态"和"审美意识形态"的概念也出现在西方文学理论中,例如在《批评与意识形态》(*Criticism and Ideology*)一书中,英国新左派马克思主义文艺理论家伊格尔顿就明确提出了一般意识形态、美学意识形态、作者意识形态、文本意识形态等一批意识形态范畴。他在《二十世纪西方文学理论》一书中说:"文学,就我们所继承的这一词的含义来说,就是一种意识形态。"[⑥]佛克马和易布思也在他们合著的《二十世纪文学理论》中说:"显然,马克思主义批

[①] 《文学理论》编写组:《文学理论》,第 75 页。

[②] 同上。

[③] 童庆炳主编:《文学理论教程》,第 57 页。

[④] 同上书,第 53 页。

[⑤] 同上书,第 58 页。

[⑥] 伊格尔顿:《二十世纪西方文学理论》,伍晓明译,陕西师范大学出版社 1986 年版,第 27 页。

评家认为文学根本上是一种意识形态,必须从历史唯物主义的角度来加以研究。"①在我国,新时期文学理论界关于"文学是审美意识形态"的文学本质观的提出,被看成是20世纪马克思主义文学理论的基本命题,似乎已经成为大多数人认同和接受的主流观点。

  无论是"意识形态"还是"审美意识形态",它们在本质上都是抽象的思想观念,而我们讨论的文学,却是文本形式的物质存在,因此我们绝不能说文学就是思想观念。实际上,把文学看成"意识形态"的观点从根本上说也同马克思主义的观点相反。此前已经有学者指出,意识形态的概念首先由法国学者特拉西提出,因此文学是社会意识形态的命题不是马克思主义的观点。这并没有指出问题的关键所在。问题的关键在于,文学的意识形态(ideology)是指一种观念或者意识的集合,而文学如荷马史诗,希腊悲剧,歌德的诗歌,中国的《诗经》、儒家经典、《楚辞》、元曲等首先是以物质形态存在的文学文本,因此有关文学的意识形态则是在文学文本基础上形成的抽象的文学观念,并不能等同于文学。按照马克思主义的认识论看问题,文学无论如何不能等同于文学的意识形态。那么,文学同意识形态或者审美意识形态的关系是什么?是文学决定文学的意识形态。"实践决定认识","客体决定主体",这是马克思主义认识论的基本原理,也是马克思主义哲学的基本原理。马克思主义哲学认为,哲学的首要问题是意识和物质哪一个是第一性的问题,也就是物质决定意识,还是意识决定物质的问题。文学同样如此。马克思主义的文学观首先应该是文学文本决定意识形态还是意识形态决定文学文本的问题,即文学文本还是意识形态第一性的问题。只要解决了这个问题,文学的本质特征就不难认识了。

  把文学看成是"审美的艺术"也是值得商榷的。目前有一种通行的观点认为,"文学是审美的艺术"②。这种观点认为:"文学的审美意识形态属性,是指文学的审美表现过程与意识形态相互浸染、彼此渗透的状况,表明审美中浸透了意识形态,意识形态巧借审美传达出来……具体地说,文学的审美意

---

① 佛克马、易布思:《二十世纪文学理论》,林书武等译,生活·读书·新知三联书店1988年版,第92页。
② 《文学理论》编写组:《文学理论》,第86页。

识形态属性表现在,文学成为具有无功利性、形象性和情感性的话语与社会权力结构之间的多重关联域,其直接的无功利性、形象性、情感性总是与深层的功利性、理性和认识性等交织在一起。如果从目的、方式和态度三方面来看,文学的审美意识形态属性表现为无功利性与功利性、形象性与理性、情感性与认识性的相互渗透状况。"①什么是审美意识形态属性?这是一个含糊不清的命题。且不论"文学成为具有无功利性、形象性和情感性的话语与社会权力结构之间的多重关联域"的表述不知所云,仅就"文学的审美意识形态属性表现为无功利性"的观点,就是一个需要讨论的问题。

从文学的审美意识形态属性论证文学的无功利性,实际上是自相矛盾的,因为只要是审美,就必然带有功利性。可以说,在现实世界里,根本不存在不带功利性的审美。按照无功利论者的观点,不仅审美是无功利的,而且"文学往往是无功利的"②。"无功利(disinterested,又译无利害),指人的活动不寻求实际利益的满足。而审美的无功利性(disinterestedness)表现在,审美并不寻求直接的实际利益满足。也就是说,在文学活动中,无论作家还是读者在创作或接受的状况中都没有直接的实际目的,并不企求直接得到现实利益。"③显然,这一论断是不符合实际的,因为无论作家还是读者,只要参与文学活动,就必然存在参与文学活动的动机,只要存在动机,就有了功利性。而且,文学无功利的观点同前面文学的"意识形态"属性也是相互矛盾的,因为意识形态必然带有功利性倾向。审美无功利的观点似乎强调的是文学的审美属性,但实际上是对文学的审美价值的否定。在已知的文学中,我们找不到不带功利性的文学作品,在阅读文学作品的过程中,审美感受又始终同教诲(功利)结合在一起。因此,文学的功利性是其主要特点之一。

文学伦理学批评认为,审美不是文学的属性,而是文学的功能,是文学功利实现的媒介。正是这一点,决定了文学审美的功利性特征。任何文学作品都带有功利性,这种功利性就是教诲。无论是古代荷马的史诗、屈原的辞赋,还是现代人的诗歌、戏剧或者小说,它们的价值都是由其教诲功能决定的。例如,荷马史诗教人生活准则,赫西俄德的《神谱》教人理解世界,希腊的悲剧

---

① 童庆炳主编:《文学理论教程》,第61页。
② 同上。
③ 同上。

教人遵守道德规范和维护伦理秩序，儒家经典教人为人之道，屈原的辞赋教人探索真理和追求理想。这就是文学的教诲功能，也是文学的功利性特点。我们通过阅读和理解文学作品而得到教诲的过程，就是审美的过程，教诲的实现就是审美的结果，因此，教诲是文学的本质属性，而审美只是我们阅读文学作品、感受文学作品、理解文学作品而获取教诲的一种方式，一种手段、媒介。

但是，文学的审美功能不能脱离教诲功能单独存在，它必须同文学的教诲功能结合在一起。审美是认识美、理解美和欣赏美的一个心理接受过程，伦理价值是审美的前提。审美是文学教诲价值的发现和实现，是文学体现伦理价值的方法和实现伦理目标的途径。审美是为文学的教诲功能服务的，是文学的第二功能。实际上，文学教诲的实现过程就是文学的审美过程，教诲是文学审美的目的和结果。文学的根本目的不在于为人类提供娱乐，而在于为人类提供从伦理角度认识社会和生活的道德范例，为人类的物质生活和精神生活提供道德指引，为人类的自我完善提供道德经验。因此，文学的审美只有同文学的教诲功能结合在一起才有价值。

二

无论从起源上、本质上还是从功能上讨论文学，文学的伦理性质都是客观存在的，这不仅是文学伦理学批评的理论基础，也是文学伦理学批评术语的运用前提。在文学伦理学批评的理论体系和术语使用中，伦理的基本涵义同伦理学中伦理的涵义有所不同，它主要指社会体系以及人与社会和人之间客观存在的伦理关系和伦理秩序。在现代观念中，伦理还包括了人与自然、人与宇宙之间的伦理关系和道德秩序。道德秩序也可称为伦理秩序。在具体的文学作品中，伦理的核心内容是人与人、人与社会以及人与自然之间形成的被接受和认可的伦理秩序，以及在这种秩序的基础上形成的道德观念和维护这种秩序的各种规范。文学的任务就是描写这种伦理秩序的变化及其变化所引发的道德问题和导致的结果，为人类的文明进步提供经验和教诲。从伦理的意义上说，在人类制度真正产生之前，体现伦理秩序的形式是文学，如希腊的史诗和悲剧。即使在人类的社会制度形成以及有了成文法以后，文学仍然是社会制度以及不成文法的文学表现形式(我们现在往往称其为艺术表现形式)。因此,文学的教诲功能是从文学产生之初就有的,尽管后来这种功能发生了变化,但是文学的伦理性质并没有改变。文学伦理学批评从本质上阐释文学的伦理特性,从伦理的视角解释文学中描写的不同生活现象及其存在的道德原因,并对其作出价值判断,因此,伦理、乱伦、伦理禁忌、伦理蒙昧、伦理意识、伦理环境、伦理身份、伦理选择等等,都是文学伦理学批评的核心术语。

按照文学伦理学批评的理解,由于理性的成熟,人类的伦理意识开始产生,人才逐渐从兽变为人,进化成为独立的高级物种。把人同兽区别开来的本质特征,就是人具有理性,而理性的核心是伦理意识。关于这一点,古代希腊人借助文学形式通过斯芬克斯之谜以及俄狄浦斯对斯芬克斯之谜的破解作了描述。斯芬克斯提出的是一个关于人的谜语,实际上是一个关于如何把人同兽区别开来的哲学命题。这个对于我们今天的人类来说也许已经不成为一个问题,而对于当时的人类来说,他们还无法对人为什么是人的问题做出回答。俄狄浦斯之所以能够回答这个问题,在于他的理性的成熟。他的理性成熟的标志,则在于他的强烈的伦理意识。他的伦理意识,则在于他能够遵守伦理禁忌,即当时存在的伦理秩序。索福克勒斯在他的悲剧《俄狄浦斯王》里,通过一个杀父娶母的伦理预言,巧妙地演绎了人类理性成熟的过程。在古代文学中,禁忌往往是作品价值的核心构成。禁忌是人类力图控制自由本能即原始欲望而形成的伦理规范,禁忌的形成是人类努力摆脱蒙昧的结果。在人类成为理性的人之前,本能和在本能驱使下产生的欲望得到最大尊重,并任其自由发展,这就导致乱伦的产生。我们把这种本能和原始欲望称为蒙昧或者混沌(chaos)。在我们今天看来,无论人类最初的伦理意识多么幼稚,人类都知道他们必须从伦理蒙昧中走出来,知道遵守道德规范和建立伦理秩序对于人类生存和繁衍是多么重要。俄狄浦斯之所以是一个有理性的人,就在于他能够遵守最基本的伦理规则如禁忌,能够为避免命中注定的杀父娶母的乱伦犯罪做出努力。悲剧《俄狄浦斯王》的意义就在于作者运用文学的形式,讲述一个骇人听闻的伦理故事以警示后人。在大量文学作品中,我们都可以找到这类文学范例,如埃斯库罗斯的《俄瑞斯忒斯》,莎士比亚的《哈姆雷特》《麦克白》,劳伦斯的《儿子与情人》,巴金的《家》《憩园》,曹禺的

《雷雨》，茅盾的农村三部曲（《春蚕》《秋收》《残冬》），庐隐的《父亲》，何一公的《爸爸的儿子》等，都典型地表现了人的原始兽欲与理性通过伦理展现出来的激烈交锋。按照文学伦理学批评的逻辑，人类由于理性而导致伦理意识的产生，这种伦理意识最初表现为对建立在血缘和亲属关系上的乱伦禁忌的遵守，对建立在禁忌基础之上的伦理秩序的理解与接受。伦理意识导致人类渴望用固定的形式把自己的伦理经验保存下来，以便能够留传给后代并与人类分享。正是人类的伦理意识和保存伦理经验的渴望，才导致人类文明史上文字的产生和文学的出现。

在人类文明之初，维护伦理秩序的核心因素是禁忌。禁忌是古代人类伦理秩序形成的基础，也是伦理秩序的保障。在古代社会，人类通过禁忌对有违公认道德规范的行为加以约束，因此禁忌也是道德的起源。禁忌最初只是借助习惯存在、流传和发挥作用。自从文字产生以后，文字就被用来记录与禁忌相关的人类活动，从而导致禁忌的文本化。这些文字记录，就是历史上最初的文学。自从禁忌文本化以后，以习惯和风俗为媒介的不成文禁忌就变为成文禁忌。在人类文明发展过程中，禁忌转化为道德或是道德的表现形式之一。因此，人类社会的伦理秩序的形成与变化从制度上说都是以禁忌为前提的。文学最初的目的就是将禁忌文字化，使不成文禁忌变为成文禁忌。成文禁忌在中国最早的文本形式是卜辞，在欧洲则往往通过神谕（oracle）加以体现。在成文禁忌的基础上，禁忌被制度化，形成秩序，即伦理秩序。从文学伦理学批评的角度看，文学是由于人类最初表达伦理的需要而产生的。由于文字最初的用途是记载与禁忌相关的人类活动，即使在文学的分类如史诗、抒情诗、戏剧产生以后，禁忌仍然是文学的基本构成。因此，文学从起源上说是人类文明进步的标志。在古代西方社会中，神谕往往导致文学的产生，如埃斯库罗斯的《俄瑞斯忒斯》、索福克勒斯的《俄狄浦斯王》。在中国，类似于西方神谕的卜辞可以看成是古老的伦理表达形式。中国的卜辞还缺乏从文学的角度来研究，但无论从形式上还是内容上考察，卜辞都应该被看作是中国最早的文学。中国的卜辞、古希腊的史诗和悲剧，它们在本质上都是当时社会的伦理教科书。

文学作品在描写禁忌的同时，也真实充分地描写了人的自由本能和原始欲望。正是在作家对人的自由本能和原始欲望的揭示中，我们看到了自由本能和原始欲望对于人的命运的影响。例如在福楼拜的小说《包法利夫人》中,我们看到由于本能的作用而从爱玛身上流泻出来的原始欲望。爱玛缺乏对原始欲望的理性控制,其行为和意识全凭本能的驱使,原始欲望最终取代了理性,结果导致她背叛了丈夫,先后同罗道尔弗、赖昂私通。社会的伦理规则是伦理秩序的保障,一个人只要生活在这个社会里,就必然要受到伦理规则的制约,否则就会受到惩罚。爱玛由于欲望脱离了理性的控制,其行为破坏了当时的伦理秩序,最后受到惩罚,自杀身亡。在19世纪俄国作家托尔斯泰的小说《安娜·卡列尼娜》里,人的本能和原始欲望怎样影响人的生活和命运也得到了细致的描写。安娜是莫斯科上流社会的宠儿,美貌、聪明与妩媚集于一身,成为众多纨绔子弟的追求对象。在这样一种特殊的伦理环境中,安娜忘记了自己作为妻子和母亲的伦理身份,听任在原始本能推动下产生的强烈原始欲望的支配,背叛丈夫卡列宁而毫无顾忌地同伏伦斯基恋爱、同居。安娜放弃自己的伦理身份,就意味着她放弃了自己的伦理责任和义务,意味着对当时业已形成和为社会认同的伦理秩序的破坏,因此她要遭受惩罚也就不足为怪了。人的本能和理性的冲突还在劳伦斯的小说《查特雷夫人的情人》中得到充分的描写和刻画。在一些批评家眼中,查特雷夫人被看成是人性大展露的典型,她的背叛和纵欲不仅没有被看成对伦理秩序的破坏,相反被看成是对人性赞赏和肯定。然而从文学伦理学批评的角度看,查特雷夫人的自我放纵只是说明一个人一旦听凭原始本能的驱使,在理性基础上建立起来的各种道德规范就会被摧毁,人又将回到兽的时代,这不仅不是人性的解放,而且是人性的迷失。在现代和当代文学作品的描写里,人仍然是现代社会中由理性和兽性结合而成的斯芬克斯怪兽,但是现代人似乎没有像俄狄浦斯一样破解斯芬克斯的谜语,往往不能通过理性控制兽性而真正使自己从兽中解放出来,没有让自己变成有理性的人。在现在的一些文学创作和文学批评里,人的本能和人性被混淆了,人的本能往往被当成人性加以颂扬和肯定,由于人的本能被当成了人性,因此人的本能或被肯定,或被歌颂。显然这是一种需要注意的倾向。

  文学伦理学批评重视对文学的伦理环境的分析。伦理环境就是文学产生和存在的历史条件。文学伦理学批评要求文学批评必须回到历史现场,即在特定的伦理环境中批评文学。从人类文明发展的历史观点看,文学只是人类历史的一部分,它不能超越历史,不能脱离历史,而只能构成历史。不同历史时期的文学有其固定的属于特定历史的伦理环境和伦理语境,对文学的理解必须让文学回归属于它的伦理环境和伦理语境,这是理解文学的一个前提。由于文学是历史的产物,因此改变其伦理环境就会导致文学的误读及误判。如果我们把历史的文学放在今天的伦理环境和伦理语境中阅读,就有可能出现评价文学的伦理对立,也可称之为道德判断的悖论,即合乎历史道德的文学不合今天的道德,合乎今天道德的文学不合历史的道德;历史上给以否定的文学恰好是今天应该肯定的文学,历史上肯定的文学恰好是今天需要否定的文学。文学伦理学批评不是对文学进行道德批判,而是从历史发展的观点考察文学,用伦理的观点解释处于不同时间段上的文学,从而避免在不同伦理环境和伦理语境中理解文学时可能出现的巨大差异性。

　　同众多的批评方法相比,文学伦理学批评重在对文学作品本身进行客观的伦理阐释,而不是进行抽象或者主观的道德评价。也就是说,文学伦理学批评带有阐释批评的特点,它的主要任务是利用自己的独特方法对文学中各种社会生活现象进行客观的伦理分析、归纳和总结,而不是简单地进行好坏和善恶评价。因此,文学伦理学批评要求批评家能够进入文学的历史现场,而不是在远离历史现场的假自治环境(false autonomy situation)里评价文学。文学伦理学批评甚至要求批评家自己充当文学作品中某个人物的代理人,做他们的辩护律师,从而做到理解他们。例如莎士比亚笔下的哈姆雷特,只有我们同他站在了一起,才会发现他在我们的评价中所受的委屈,即他在复仇过程中表现出来的犹豫和软弱并不是他的性格弱点所致,而是因为他无法解决在复仇过程中所遭遇的伦理困境,因为如果复仇他就可能犯下弑父、弑君和弑母的乱伦大罪,而如果放弃复仇则又不能履行他为父复仇的伦理义务与责任。几百年来,由于我们在一个假自治环境里讨论哈姆雷特,所以一直误读了他那句可以用我国通俗话语"如何是好"去理解的表达其两难处境的著名独白:"To be, or not to be, that is the question."我们在自设的一个现场里,就这样把哈姆雷特苦苦思考的有关行为正当或者错误的伦理两难的问题,简化成了一个生死的问题。显然,只有回到哈姆雷特的伦理现场,我们才能真正理解哈姆雷特。中国的众多小说也是如此。例如《水浒传》中关于武松打虎的描写,只有在那个特定的伦理环境中,武松才能成为打虎英雄。如果把武松放在今天的伦理环境中解读,按照我们今天的伦理观念,武松只能是一个虐杀动物的罪犯。《红楼梦》也是如此,作者把贾宝玉置于一个大家族的特定伦理环境中,通过他的性意识的觉醒表现他的理性成熟过程。《水浒传》和《三国演义》的伟大与不朽,在于通过一系列英雄人物表达了特定的伦理环境中的忠义道德观念。《西游记》表面上似乎表达的是一种自由和反叛精神,但实际上通过孙悟空和唐僧的师徒关系表达了特定伦理环境中人类对自由意志与伦理秩序之间关系的认识和理解。

用文学伦理学批评的方法分析作品,寻找和解构文学作品中的伦理线与伦理结是十分重要的。伦理线和伦理结是文学的伦理结构的基本成分。从文学伦理学批评的观点看,几乎所有的文学文本都是对人的道德经验的记述,几乎在所有的文学文本的伦理结构中,都存在一条或数条伦理线(ethical line),一个或数个伦理结(ethical knot or ethical complex)。在文学文本中,伦理线同伦理结是紧密相连的,伦理线可以看成是文学文本的纵向伦理结构,伦理结可以看成是文学文本的横向伦理结构。在对文本的分析中,可以发现伦理结被一条或数条伦理线串联或并连在一起,构成文学文本的多种多样的伦理结构。文学文本伦理结构的复杂程度主要是由伦理结的数量及形成或解构过程中的难度决定的。文学伦理学批评的任务就是通过对文学文本的解读发现伦理线上伦理结的形成过程,或者是对已经形成的伦理结进行解构。在大多数情况下,伦理结的形成或解开(untying)的不同过程,则形成对文学文本的不同理解。

在文学文本中,有时候伦理结是预设的,例如在荷马史诗《伊利亚特》中,特洛伊王子帕里斯"诱拐"斯巴达王后海伦这个导致冲突的伦理原因就是预设的。海伦没有直接出现在文学文本中,而是在后来的叙述者的叙述中出现。在悲剧《俄狄浦斯王》中,有关俄狄浦斯杀父娶母的预言这个伦理结也是预设的。在悲剧《俄瑞斯特斯》里,阿伽门农因为杀死女儿伊菲革涅亚献祭给神而给自己造成的祸因也是预设的。预设的伦理结需要解构。俄狄浦斯努力躲避杀父娶母的行动就是对杀父娶母这个预设的伦理结的解构。就文学伦理学批评而言,这个解构的过程就是批评的过程:解构得到的结果,就是批评得到的结果。

但是,有的伦理结是在故事的发展中逐渐形成的,它的形成过程就是一个伦理活动过程。例如在《威尼斯商人》里，因为安东尼奥写下的一磅肉的借据而形成的伦理结是在文本的阅读过程中形成的。在《哈姆雷特》中，至少有两条伦理主线，一条是哈姆雷特复仇的主线，一条是克劳狄斯掩盖真相的主线。在每条伦理主线上，逐渐生出无数个伦理结。在哈姆雷特的复仇主线上，父亲鬼魂揭露的秘密、哈姆雷特导演的戏中戏、哈姆雷特同奥菲莉娅的情感纠纷、哈姆雷特刺杀波隆涅斯而同雷欧提斯及奥菲莉娅结下的仇恨、哈姆雷特出使英国、哈姆雷特同雷欧提斯比剑等，都是在他复仇线上生成的一个个伦理结。生成的伦理结有生成的过程，也有解构的过程。如戏中戏这个伦理结，其生成的过程是在哈姆雷特追求父亲死亡真相的过程中自然生成的。戏中戏的目的是追求真相，真相就是戏中戏的伦理结，因此戏中戏也是解构真相的过程。这个真相的解构又集中体现在哈姆雷特在去见母亲途中的那一长段内心独白中，即他如何极力说服自己不要失去理性，以避免自己像尼禄那样犯下弑母的乱伦大罪。另外，哈姆雷特杀死波隆涅斯也是一个生成的伦理结，而哈姆雷特同雷欧提斯的比剑则是这个伦理结的解构方式，并通过比剑导致的死亡使这个伦理结被消解。有时候，伦理结是在文本的形成过程中产生的。在《哈姆雷特》中，哈姆雷特的母亲嫁给克劳狄斯而因伦理禁忌构成的伦理结是整个悲剧中的主导伦理结，因为它自始至终主导着哈姆雷特的思想和行动。哈姆雷特那段最著名的内心独白——"To be, or not to be"，就集中表现了解构伦理结的艰难过程。文学伦理学批评就是通过对文学文本中伦理结的生成过程进行描述，对生成或预设的伦理结进行解构，从而接近文学文本、理解文本和批评文本。

在文学批评中，文学伦理学批评注重对人物伦理身份的分析。在阅读文学作品的过程中，我们会发现几乎所有伦理问题的产生往往都同伦理身份相关。在众多文学文本里，伦理线、伦理结、伦理禁忌等都同伦理身份联系在一起。例如，哈姆雷特在其母亲嫁给克劳狄斯之后，他的伦理身份就发生了很大变化，即他变成克劳狄斯的儿子和王子。这种伦理身份的改变，导致了哈姆雷特复仇过程中的伦理障碍，即他必须避免的弑父和弑君的伦理禁忌。哈姆雷特对他同克劳狄斯父子关系的伦理身份的认同，是哈姆雷特在复仇过程中出现犹豫的根本原因。再如《麦克白》中篡位者麦克白的臣子和国王的身份、《汤姆·琼斯》中汤姆的私生子身份等，都是构成文学文本最基本的伦理因素。

在文学作品中,伦理身份的变化往往直接导致伦理混乱。在某些文学文本中,伦理结表现为伦理混乱(ethical confusion)或秩序重构(reconstruction of ethical order),前者如莎士比亚的喜剧《第十二夜》中薇奥拉的易装,后者如托尔斯泰的小说《安娜·卡列尼娜》中安娜对传统道德的背叛及伦理秩序的自我建构。伦理混乱最初来源于对伦理禁忌形成之前的人类社会生活的描述。在文学作品中,伦理混乱表现为理性的缺乏以及对禁忌的漠视或破坏。在大多数文学文本中,所有的伦理结几乎都是在伦理混乱中形成的。伦理混乱无法归于秩序或者不能重构秩序,则形成悲剧文本,如《哈姆雷特》《李尔王》《安娜·卡列尼娜》等。如果伦理混乱最后归于秩序或重建了秩序,则形成喜剧文本或悲喜剧文本,如《第十二夜》《威尼斯商人》《罗密欧与朱丽叶》《汤姆·琼斯》《复活》等。

总之,文学伦理学批评的目的不在于从伦理的立场简单地对文学作出好或坏的价值判断,而是通过伦理的解释去发现文学客观存在的伦理价值,寻找文学作品描写的生活事实的真相。文学作品的伦理价值是历史的、客观的,它不以我们今天的道德意志为转移。例如关于俄狄浦斯的悲剧,文学伦理学批评的重点不在于对他所接受的伦理观念下定义,而在于解释为什么杀父娶母的神谕会导致他的悲剧;不在于对在无意中犯罪的俄狄浦斯作出好与坏的道德判断,而在于解释他在无意中杀死父亲和娶了母亲为什么会被看成最严重的犯罪;不在于总结俄狄浦斯或索福克勒斯的伦理倾向或道德立场,而在于探讨究竟是什么导致了俄狄浦斯的悲剧。文学伦理学批评目的在于通过对文学文本的阅读与分析,从而获取新的认识与理解。文学批评不是批评的重复,而是追求新的理解与新的解释,并从对文学作品的阅读中获得新的理解和启示。文学批评不是静止的,而是一个不断向前的运动。文学伦理学批评的价值不在于维护已经形成的观点或看法,而在于努力获取新的认识和理解以超越前人,从而把前人的批评向前推动。

早期海外华文/华裔文学与中华文化的传播
——兼谈华文/华裔文学的区域形态和个体形态

黄万华

（山东大学）

华文文学和华裔文学是海外与中华文化有血脉关系的两大文学形态，前者看重的是语种写作，后者依据种族血缘。以往华裔有着非中国的国别身份，而华裔文学与华文文学的相遇、交汇引起学术界的关注，是来自全球化语境中双语写作的新趋势——旅居海外的华文作家采用居住国"国语"创作，而出生于海外、习于非汉语写作的华裔作家则开始用中文创作。联系两者的中华文化血脉沟通了华裔文学研究与华文文学研究的重要问题，诸如身份认同、跨文化传播、语言选择、中国叙事等。对于华文文学研究而言，引进"华裔文学"这一参照视角，会大大深化华文文学在理论、文本、文学史等层面的认识；对于华裔文学研究而言，估计也会如此。两者的汇合，无疑将拓展我们对中华文化的海外血缘传播的认识。

一、华文文学与华裔文学"相遇"中的早期欧华文学

华文/华裔文学从发生之日起，就一直处于历史变动之中。华裔文学往往以其所在国"国语"创作而区分于华文文学，但两者的差别，如同陈思和教授所说，"不仅仅在于语言的不同，更主要的差别是，移民第二代以后的华人（华裔）的创作已经使用了在地国的语言，他们的创作里或许有中国元素，但是其主要影响是发生在在地国，或者说它已经融入了在地国的文学多元组合"[①]。

[①] 陈思和：《比较文学视野下的马华文学》，《杭州师范大学学报（社会科学版）》2012年第5期。

不过在早期的海外华裔/华文文学中①,情况又有所不同。早期旅外的中国作家,虽长期旅居国外,但都始终持有中国国籍,即便有的作家加入了居住国国籍,最终也往往"回归"中国。这些作家在海外语境中创作的非母语(法文、英文、世界语等)作品②在欧美国家产生了重要影响,华裔文学的三个最重要的因素——使用外语进行创作、主要在海外读者中产生影响、接受了所在国的文化熏染——也成为这些中国作家异域写作的重要因素。不少东南亚国家、地区,包括华裔在内的华人早已进入双语/多语(汉语、所在国其他民族语、原殖民宗主国语言等)创作,如华文作家选择外文创作,华裔作家采用华文创作。这种语言的选择,出自其身份认同和文化传播的需要,往往有着因果的联系。

在关注华文文学与华裔文学"相遇"的问题时,我们还应该充分注意到华文/华裔文学的不同形态。由于各地区华人移民历史有很大不同,也就有了华文/华裔文学的区域形态,如欧洲形态、北美形态、东南亚形态等。历史上,早期华人在欧洲和东南亚都要面对"欧洲",但情况有很大不同。华人在欧洲时所面对的欧洲,既是他们从晚清到"五四"汲取变革学说的仿效对象,也往往是祖国(中国)的外来殖民入侵者;而在东南亚,欧洲国家与当地华人尤其是华商的关系,却非殖民者与被殖民者的关系③。这种不同,不但影响了欧洲华人和东南亚华人的身份,甚至影响并产生了欧洲和东南亚不同的华文/华裔文学形态。(诸如此类的不同,有助于我们去建立华文/华裔文学的欧洲形态学、北美形态学、东南亚形态学。)

与东南亚地区不同,欧洲"土生华人"作为华裔身份的创作较少,而第一代中国移民(加入了所在国国籍)创作较多,他们以"少数族裔"身份进入欧洲国别文学,例如在当代法国文学中占有一席之地的程抱一、高行健等。他们也从事华文创作(包括其作品在外文和中文间的互译),或者说,他们具有双

---

① 海外华文文学的"早期"可以指20世纪50年代之前,即旅居海外的华人大多还是"华侨"身份,作为居住国少数族裔文学的国别华人文学尚未形成格局。本文论及的凌叔华的《古韵》虽出版于1953年,但其创作开始于20世纪30年代,整个经过也是早期海外华人创作的语境。
② 仅就旅欧作家而言,就有陈季同的《黄衫客传奇》、盛成的《我的母亲》、熊式一的《王宝川》、蒋彝的《哑行者游记》、叶君健的《山村》、凌叔华的《古韵》等多部重要作品。
③ 详见孔飞力:《他者中的华人:中国近现代移民史》,李明欢译,黄鸣奋校,江苏人民出版社2016年版。

栖身份。事实上,他们在外国文学研究和华文文学研究中都被当作重要的对象,华裔文学和华文文学的研究范式也都得以运用。两者(第一代移民中的华裔和华文作家)的重要分界,仍然在于出自其身份认同和文化传播需要的语言选择。这对于我们思考当下中国海外新移民文学不无启发。这里,我们就以两个个案为例,讨论海外华文/华裔文学与中华文化的传播。

1953年,旅英的凌叔华①出版了英文自传体小说《古韵》(Ancient Melodies)(英国霍加斯书屋版),很快成为畅销书,此后又多次再版(1969年和1988年英文版再版,1991年和2005年分别出版了中文繁体字、简体字译本),这位当年与冰心、林徽因并称为"民国文坛三大才女"的旅外女作家也由此被称为"第一位征服欧洲的中国女作家"。但《古韵》在当年就遭到了严厉的批评。年龄与凌叔华相近,却早于凌叔华旅英的熊式一②首先表达了强烈不满。为此,他将自己出版于1943年的英文长篇小说《天桥》译写成中文,先连载于香港《星洲晚报》,随即出版单行本③。在这部在英语和华文文学界都颇有影响的作品的中文版序中,熊式一明确指出,他之所以将《天桥》从英文改译成中文,就是针对凌叔华这位"老牌的女作家"所写的一部"英文的自传"《古韵》④。

《古韵》和《天桥》,无论在英语国家还是回归中文世界,都受到读者广泛而热烈的欢迎。它们皆有前述华裔文学的三个最重要的因素(使用外语进行创作、主要在海外读者中产生影响、接受了所在国的文化熏染),两部小说所写内容的时空也大致相同(都描述从晚清到民国初年中国近现代社会的变

---

① 凌叔华(1900—1990),1946年随丈夫陈西滢寓居伦敦,之后除20世纪50年代曾任教于新加坡、60年代曾任教于加拿大外,其余大部分时间都在英国,并加入了英国国籍,属于少数在英国度过后半生的华文(华裔)作家。
② 熊式一(1902—1991),1932年留学英国,之后旅居于欧洲、中国香港等地。1934年用英文写成四幕剧本《王宝川》,由伦敦麦勋书局出版,"极得佳评"。该剧随后在英、美等国编排演出,大受欢迎。长篇小说《天桥》是熊式一继《王宝川》后又一次轰动全英的作品,出版当月即告罄而重印,最终重印达十余次,也很快有了法文、德文、西班牙文、瑞典文、捷克文、荷兰文等各种译本。西方文化界曾有"东林西熊"的说法,主要源于林语堂的《京华烟云》在美国享有盛誉,熊式一的英文版《天桥》则在英国广受青睐,而两部小说都诞生于第二次世界大战期间。
③ 《天桥》英文版出版之际,陈寅恪在伦敦治疗眼疾,听读《天桥》后,即作两首七绝、一首七律"赠诗",七绝其一首句便是"海外林熊各擅场"。参见熊式一:《天桥》,香港高原出版社1960年版,"序"。也可见多种版本的陈寅恪诗集。
④ 熊式一:《天桥》,"序"。熊式一虽未直接点名凌叔华,但所述及的内容毫无疑问是指凌叔华和她所写的《古韵》。但《古韵》却并非熊式一所言的"自传",而是自传体小说。

化),并都取得了向海外读者传播中华文化的成功效果,为什么会出现如此大的分歧乃至对峙呢?

二、《天桥》和《古韵》:"对峙"中让西方了解中国的"真貌"

《天桥》1943 年初版的"代序"是英国桂冠诗人约翰·梅斯菲尔德(John Masefield)的诗作《读〈天桥〉有感》。这位当年英国诗坛的骄子对《天桥》十分喜爱,借他对《天桥》的解读,我们看到了欧洲人所感受到的中国。在由梅斯菲尔德读《天桥》而引发的想象中,主人公李大同,从一个在明月下"只想在绿草庭院内/种植李树或白玫瑰"的少年,成长为"有钢铁的志愿……砍伐、斩断/那乱成一团的野草"的战士,因为"在宽广/寥阔的中国土地上,/找不到任何僻壤——/可用来种树的地方",最终,"李大同准定能觅得/他心灵安宁的寓所;/盛开的李树将绽放/白花像雪花般飘扬,/上面有宁静的月亮/在静海一般的天上"。这些诗意的想象,将国家前途与个人命运结合在一起,而《天桥》所描绘的正是这样一幅"完整的、动人心弦的、呼之欲出的图画",从而对西方读者而言,《天桥》是一本比"任何关于目前中国趋势的论著式报告"更具启发的小说[①]。小说讲述主人公李大同 32 年的人生经历,他出身于打鱼人家,但因父母无力抚育而被当地财主李明"收养",其间受尽歧视、苦难,成年后投身于晚清维新到民国成立的社会变革活动中,与国家一起获得新生。真实的历史人物、事件和虚构的小说情节,在作者擅长的戏剧冲突结构中,被完美地融汇在一起,生动地呈现了近代以来中国这个古老国度的巨大变化;而小说的讽刺手法、喜剧色彩和幽默笔调,在反省历史的同时也写活了李大同周围的人物,凸显了李大同在人生抉择中的成长。全书共 17 章,皆以中国成语、谚语、诗语等为题,如《种瓜得瓜,种豆得豆,天网恢恢,疏而不漏》《千算万算,不如老天爷一算》《天下兴亡,匹夫有责》《射人先射马,擒贼先擒王》等等,以中国传统的智慧、信仰、伦理等概括故事情节、暗示人物命运,传达出作者极为自觉的"让西方了解中国"的创作动机[②]。

[①] 此为 20 世纪 40 年代英国大文豪赫伯特·乔治·威尔斯在其所著《近年回忆录》中的评价,引自熊式一:《天桥》,外语教学与研究出版社 2016 年版,"香港版序"。
[②] 熊式一在 1960 年香港高原出版社《天桥》"序"中清楚表明了这一创作动机。

《古韵》完成的中国叙事,正如弗吉尼亚·伍尔夫当年建议凌叔华的,"在形式和意蕴上写得更贴近中国……只当是写给中国读者的。然后,就英文文法略加润色"①。《古韵》中甚至有三章(《搬家》《一件喜事》②《樱花节》)来自凌叔华的中文同名原作。这表明,《古韵》"征服欧洲"的因素在于它向欧洲人展示了一个"古韵犹存,不绝于耳"的中国人的情感世界。小说的第一部分为《凌叔华的画簿》,收有凌叔华 17 幅水墨画,正文中也有凌叔华配合小说情节所画的插图。凌叔华自小习画,无论工笔还是写意皆为画界名家所称道。《古韵》由水墨画所展示的雅风秀韵,恰与《古韵》叙事相呼应,将欧洲读者领入一个诗意的古老文明的国度。正文中的 8 幅白描插图,分别对应《穿红衣服的人》《搬家》《中秋节》《一件小事》《阴谋》《贲先生》《老花匠和他的朋友》《义父义母》等 8 章③,这些章节都描述作者孩童记忆中最亲近或印象深刻的人物,从父母亲到启蒙老师、仆佣朋友,人物刻画简洁传神,而他们留给作者的记忆,实际上也是作者成长经历中自我认知的过程。插图生动地再现了这些人物的活动,又巧妙配以自然、习俗、环境等中国背景,图文互文,呈现出从传统读书官宦人家到进入新式学校的"我"所认识的世界在一步步拓展,无论是家庭还是个人都在发生变化。简言之,凌叔华用个人经历向西方读者展示了一种中国的"真貌"。

显然,这两部作品都值得肯定,那么两部作品的"分歧"从何而来?

熊式一之所以不满《古韵》,一是《古韵》"以杀头为开场",二是《古韵》中的"我"叙述了"父亲有六个太太","我"之所为是"好让人家鉴赏鉴赏姨太太女儿的风采!"熊式一据此认为,《古韵》这样写的目的,和其他"可以用英文写点东西的中国人"一样,"无非是把中国说成一个稀奇古怪的国家,把中国人写成了荒谬绝伦的民族,好来骗骗外国读者的钱"。④ 熊式一对包括凌叔华在内的用英文写作的中国人作出这样的评价,自然是他个人观察所得,但实际情况并非如此。从晚清到 20 世纪 40 年代,早期旅欧而用外文写作并在欧洲

---

① 傅光明:《凌叔华的〈古韵〉》,《中国图书评论》1991 年第 3 期。
② 凌叔华:《搬家》,《新月》1929 年第 2 卷第 6、7 号;《一件喜事》,《大公报·文艺副刊》1936 年 8 月 9 日。
③ 画面并无熊式一当年极为不满的"西洋出版关于中国的东西""有许多杀头、缠足、抽鸦片烟、街头乞丐等的插图"的内容,反而极富中国民间风味和家庭生活情趣。
④ 熊式一:《天桥》,"香港版序"。

产生广泛影响的中国作家中,除了熊式一外,还有前面提及的写《黄衫客传奇》的陈季同、写《我的母亲》的盛成、写《哑行者游记》的蒋彝、写《山村》的叶君健等,他们的作品都成功地向世界展示了包括新文化在内的中国文化传统,赢得了外国读者的广泛赞誉。因为都需要面向外国读者,他们不约而同地选择了非母语创作,但各自创作动机发生的环境以及由此选择的写作路径、产生的作品形态却不尽相同。把《古韵》和《天桥》进行比较,正可以借此讨论早期海外华文/华裔文学与中华文化传播的问题。熊式一批评《古韵》的两点(杀头和姨太太),在《古韵》第一章都已述及。所以,在此不妨先比较《天桥》和《古韵》各自的"开场"。

《天桥》的"楔子"说,"本书的开端,作者先要虔心沐手记一件善事",随后展开的叙事,通篇皆是反话正说的讽刺话语,在讲述"天桥"名字的来历中,活灵活现地推出了一位虚伪、吝啬、狡诈的乡间"大慈善家"李明,他"全靠拿别人的钱做好事",对"底下人"的盘剥远超资本家,却在乡民中享有"天性俭朴""慷慨好施"的美名,"底下人"还要"衷心感谢李大善人",当地知府、知县也都护着他。不难发现,《天桥》对中国传统乡间封闭、愚昧的揭露,对官场黑暗、腐败的讥讽,其实是甚于《古韵》的。对"父权""男权"的批判,也在整部《天桥》的讽刺叙事中得到了表达。例如"楔子"中,李明借口太太没有生育,要娶妾进门;而在第一章中,当太太已诞下男孩,李明却进城去了,在舅嫂的住宅里"一住便三四天"(此时舅嫂独自在家)。小说虽未点明李明与舅嫂有染,但随后展开的情节中,多处暗示舅嫂"早生了一个多月"的女儿正是李明播的"种"。此事依然在小说反话正说的叙事中透露,比正面揭露更犀利地刺破了李明的道貌岸然。

熊式一为什么批评《古韵》写"杀头"和"姨太太",前面已经提及。但《古韵》并非如熊式一批评的那样,相反,它与《天桥》有"异曲同工"之呼应。《古韵》叙事的第一章《穿红衣服的人》写了童年记忆中印象最深刻,也最困惑的两件事:看"杀头"和看"堂审"。回忆从"我幼年结识的最可爱的人"马涛每天早饭后带"我"逛街开始,他"从不带我去我不想去的地方",最得"我"的喜欢,所以当他带"我"去看那个临刑的"穿红衣服的人"时,"我"还"特别高兴"。不过,虽然围观场景热闹非凡,"我"也分不清是不是唱戏舞台,但行刑的场景还是让"我"发出了恐惧、害怕的呼喊:"他们干吗要杀一个那么勇敢的人?""他们干吗对他那么狠?"后来,马涛"这位可爱的朋友"也被"杀了"。"五四"以来在许多作家笔下出现过的"看杀头",被凌叔华用孩子的真切心灵质疑、否定了。

"看杀头"是"上午"发生的事,随后写的"下午"则是偷看官任直隶布政使的"爸""代表皇帝对京城各区的犯人进行最后判决"。此事和"上午"的"砍头"有着联系,同样离开孩子的世界"很远"、很陌生,孩子只会用自己的眼睛、心灵感受它。于是,"我"眼中的堂审,是温和文雅的"爸"审判犯人"像是对自己孩子说的温和的话语",并"总给他们留有生还的机会"。这场景,与"上午"的"砍头"形成强大的张力,个人与群体、平民与强权等非儿童世界的问题在孩子的眼睛中得以浮现。出人意料的是,因为那天"下午"堂审之事,家中五妈讲话"伤了爸的自尊",平素对犯人也温和如"妇人"的"爸"一杯热茶泼向五妈,性子刚烈的五妈当晚自尽未遂。这里,恰恰是孩子纯真无邪的眼光映现出为夫、为父、为官的"爸"身上交缠着的,也是中国传统人伦交缠着的矛盾。五妈是家人中除"爸""妈"之外"我"最亲近的人。她在《古韵》中几次出场都让人感受到一夫一妻多妾封建家庭下的重压。例如,第四章《一件喜事》,比1936年发表的同名原作有了较大改动,五妈在"我"的孩童记忆中一再登场,其神情变化耐人寻味。"爸"的"喜庆"之日,五妈和"我"观看《游园惊梦》,回来她却泪流满面,对"我"哭诉"真想一死了之";而当"我"说"你不会去死,你不会忘了妈、我,还有爸……"时,五妈说"我不会忘了你妈……",却只字未提"你爸"。最终,五妈出家,归宿于尼姑庵。这一"姨太太"形象的出现,将孩童眼光所能抵达的"姨太太"世界的"真貌"呈现无遗,而作者对于中国封建的一夫一妻多妾制度的描写,绝非炫耀、猎奇,而是质疑和批判。

所以,《古韵》和《天桥》,其开场都在批判性叙事中呈现了中国的真貌,避开了迎合外国人对中国的刻板印象("诗意中国""锦绣中华"或"东亚病夫")的陷阱,而是写出了中国人怎样生活,让人思考中国人为什么这样生活。这种中国叙事的立场贯穿了两部小说的始终。但两部小说也确有"分道扬镳"之处,反映出各自不同的创作语境。

三、《天桥》:全面抗战语境中的"中国"展现

《古韵》创作约始于1938年,《天桥》创作始于1939年,都处于中国全面抗

战的艰苦年代。当时,熊式一往来于中英两国之间,积极投身于中国抗日和世界反法西斯斗争。凌叔华尚未出国,在与她所崇敬的英国著名小说家弗吉尼亚·伍尔夫频繁通信中萌生了创作自传体小说的心愿。因此,两个人虽处于同一个时代,两部小说却是产生于不同的语境。

《天桥》一开始就显露出一种辛辣讽刺的叙事风格,这来自熊式一所受英国文学的影响。熊式一很早就视英国作家巴蕾(James Matthew Barrie,今译为詹姆斯·马修·巴里为"近百年最令人钦仰的剧作家"。旅居英国前,熊式一翻译了巴蕾的剧作《可敬的克莱登》《半个钟头》,分别发表于1929年第20卷第3—6期和1936年第21卷第10期的《小说月报》,他也因此被徐志摩称为"中国研究英国戏剧的第一人"。此后他又翻译了百余万字的《巴蕾戏剧全集》。巴蕾剧作多写他家乡苏格兰的生活,他最有影响的社会喜剧,善于在起伏跌宕的戏剧冲突中,幽默而温情地塑造生动的舞台形象。这些都直接影响了熊式一的创作,尤其是他在海外最有影响的成名作、英文四幕剧本《王宝川》。这部改编于中国传统戏曲《王宝钏》的剧作,1934年起在英国连演三年达900多场,后被译成数十种语言,并被一些国家列为中小学必读教材。

《王宝川》讲述当朝宰相王允的三女儿王宝川忤逆父意,不计贫富,嫁与王府园丁薛平贵。后薛平贵从军出征西凉,18年音讯全无,谣传他已阵亡。王宝川则独守寒窑,虽一贫如洗,却始终不改从夫之志。薛平贵征战途中遭王允的二女婿魏虎暗害,幸被西凉公主所救,平定了西凉各部落,并登基当上了西凉国王。当薛平贵得到王宝川所写的血书后,归心似箭,推掉了与西凉公主的婚事,终与王宝川团聚。熊式一大幅改写了民间流传甚广的王宝钏与薛平贵的故事,例如增写了赏雪作诗一幕,使王宝川与薛平贵的相识有了慧眼识真的基础,王宝川彩楼抛绣球托付终身也更加合情合理。剧本还改写了原先一夫二妻的结局,让西凉公主与薛平贵以兄妹相处,不仅淘洗了传统戏曲中的糟粕,也让王宝川与薛平贵的情义更加纯真。《王宝川》还删除了《王宝钏》中砍头等一切在外国观众前有损中华美好形象的场景。这些都表明,《王宝川》要让外国观众在生动的舞台情节和美好的舞台形象中感受到中华文化传统的魅力。这种将中国传统文化美景化的改写,正是近代以来中国作家面向外国受众表现民族文化时常采用的书写策略。

作为舞台剧,《王宝川》想方设法让外国观众领会中国传统戏曲艺术表现的美感。例如舞台布景保留了传统戏曲的虚拟性,但每场戏开头的舞台提示,其叙述角度和口吻都是包括作者和观众在内的"我们","完全让观众们自己去想象"。剧中人物的台词,往往有着"中西合璧"式的幽默,对西方人而言,也具有很强的可读性、可观性。例如,相国老夫人是一位传统的贤妻良母,信奉三从四德,"当父与夫不能兼顾的时候,她就舍父而从夫,若是夫与子不能兼顾,她便舍夫而从子";然而对待女儿婚事,她却要么说"男子汉大丈夫,要是怕老婆,一定有出息的",要么说"普天下的好家庭,都是妇女做主的",在温慈和善之中透出十足的"女性主义"气派,让人会心而笑。西凉公主这一人物的塑造也引人关注。尽管剧中的西凉是一个风俗习惯和中国"恰恰相反"的"古怪"地方,西凉公主却温顺贤淑、善解人意,她帮助薛平贵登基称王,而在得知薛平贵家有结发之妻后,不仅原谅了薛平贵的毁约之举,而且保护薛平贵返回家乡。这一异族形象的成功塑造,使《王宝川》赞颂的人性、人情之真,以及贫贱不移、富贵不淫的坚贞情操有了一种"全球伦理"的视野。

然而,《王宝川》却遭到了中国国内的激烈批评,1936 年 7 月,洪深在其主编的左翼抗日刊物《光明》半月刊上撰文,指出了《王宝川》改编中的"缺失"。在洪深看来,英文《王宝川》,以中国人表现中国,竟然会犯了这两种"外国人通常犯的弊病":一是"坚持东方和西方的不同",不管由此显露哪一方的"不堪",都是"不真实不公平的";二是"看轻与忽视"现代中国,"称道与推崇旧的成就与传统的生活"。① 洪深的文章引发众多左翼作家纷纷跟进。这样,原本可以在旧戏曲改编范围内讨论的问题,因为《王宝川》的海外创作状况(为欧洲观众而写,并受到欧美观众的热烈欢迎)而使之背上了"辱国"的罪名②。而当时抗战形势的日益紧迫,甚至使得洪深将"透露些'吴三桂主义'"③的"汉奸"帽子扣在了《王宝川》的头上。这种批判一直延续到抗日战争后期。

国内国外截然不同的反响显然警醒了熊式一,他没有做任何辩驳,而是用实际行动表明了自己的态度。当左翼作家批判《王宝川》之际,他恰好归国,准备组织一个全会讲地道英语的中国演员班子出国演出,但随即放弃了

---

① 洪深:《辱国的〈王宝川〉》,原载《光明》第 1 卷第 3 号(1936 年 7 月),收入《洪深文集》(四),中国戏剧出版社 1959 年版,第 262—264 页。
② 洪深:《辱国的〈王宝川〉》,《洪深文集》(四),262—271 页。
③ 同上书,第 270 页。

已安排妥当的演出安排，全身心投入日益紧张的抗日运动。全面抗战爆发后，熊式一与宋庆龄、郭沫若组成三人主席团，在上海接待外国记者，宣传中国抗日主张和形势。1938年，熊式一肩负着宣传抗日的使命返回英国，在欧洲多国奔走，争取各国支援中国抗日，同时也向中国国内广泛传递欧洲战场情况和反法西斯战争必胜的信念[1]。1939年，熊式一还创作了三幕剧《大学教授》(The Professor from Peking)，讲述张教授从"五四"时期到全面抗战爆发前夕的经历，向欧洲观众推出了一个中国爱国者形象。《天桥》就创作于这样一种语境，即熊式一虽身处海外，创作语种也非汉语，但他仍处于国内局势和政治意识的强大影响之中，自觉地要求自己的创作服务于国内现实政治。

熊式一受巴蕾影响开始剧作创作，当他转向小说创作时，巴蕾善于在戏剧冲突中塑造人物形象的长处给他提供了创作借鉴，《天桥》开篇后就进入了李明、李刚兄弟以及大同、小明兄弟对照性的戏剧冲突。洪深"辱国"之语此时自然还强烈警醒着熊式一，《天桥》所描绘的两代兄弟间的冲突被融入了近代以来中国变革、进步的进程中，这不仅拉近了《天桥》与洪深所要求的写中国"新的事物与现代精神"及"为中华民族的解放努力"的距离[2]，也体现了熊式一要让西洋人"明了中国近几十年的趋势、近代的历史，和人民的思想生活近况等等"的创作心愿[3]。《天桥》第一章就写到大同、小明周岁"抓周"之际，李刚在外老太太准备的元宝、四书、官印之外，为大同增加了农具和小工具，当大同"一抓便抓着一把镰刀"后，李刚兴奋不已，说："我的大侄儿真不错，将来可以继承叔叔的衣钵，做一个模范的新农夫。"此时，小说揭开了李刚、大同叔侄将与李明、小明父子彻底分道扬镳的叙事主线。李明将大同遗弃于一个恶魔样的盗贼处，大同逃出后，被李刚收养。李刚此时已"常和一班思想进步的人民领袖接洽通讯，并和东西洋赞助中国维新的洋朋友也有联络"[4]，他引领着大同一步步走上了中国近代革命之路。

《天桥》也接受了洪深关于中国叙事往往夸大中西差异的批评，"入情入理"地描写西方世界成了熊式一的自觉追求。他要将西洋人写得和中国人一

---

[1] 陶欣尤：《二战时期的熊式一》，《中华读书报》2015年9月16日，第19版。
[2] 洪深：《辱国的〈王宝川〉》，《洪深文集》（四），第263、271页。
[3] 熊式一：《天桥》，外语教学与研究出版社2016年版，"香港版序"。
[4] 熊式一：《天桥》，第84页。

样,善恶、智愚皆有。为此,他写《天桥》"一定要找两个西洋人,放在里边",一位是"书中的洋主角"李提摩太,一位英国洋教士,"真爱中国",帮助李大同求学、做事、救国;另一位则是"标准心地狭窄的传教士马可劳"。① 这两位人物来自熊式一的"预设",不如李明、李刚兄弟和大同这些人物生动,但他们也成为《天桥》人物谱系中不可缺少的重要部分,因为只有他们的存在,大同的求学、革命才会成为小说的主线。大同进入教会学校、追求新知的活动,也带出了中国民间社会对西洋人、西洋文化的认识:如同当年欧洲民众认识中国停留于"缠足、蓄妾、留长辫、抽鸦片、看杀头"一样,小说描写吴老太太、吴士可等人对"洋鬼子"的认识,也全都是"邪门邪道行医""猩猩"一样的奇形怪状、"事事和我们相反"的饮食起居、"男女不分"的"荒谬"习俗、"不登大雅之堂"的艺术趣味,如此等等。这种认知,虽有中西相异的文化传统和生活环境的影响,但妄自尊大的心态却起着更重要的作用。不过小说更主要地,则是全力描绘了大同如何冲破种种传统秩序、保守观念的束缚,废寝忘食学习各种新知识,很快从自助生做了教会学校教授历史、地理的老师。然而大同是为了"救中国"才认同教会学校传播的新知识,所以,他很快走出了主持教会学校的传教士的狭小世界,投身于波澜壮阔的中国革命运动。

　　熊式一对《古韵》的批评,细细辨析,其实都来自当年洪深对《王宝川》的批评。熊式一在批评《古韵》的文中表示,不同于《古韵》的《天桥》,一要"把中国人表现得入情入理……其中有智有愚,有贤有不肖的,这也和世界各国的人一样",二要写中国"近代的历史"及其"趋势",尤其要"描述一个大国家的革命过程"②。这两点完全是接受了洪深批评的举动,《天桥》正是在中国全面抗战的背景下,熊式一从左翼批判的沉重压力中激发出强烈时代使命的创作成果。这揭示了,作为"第一代"移居国外的华人,即便采用移居国"国语"创作,以求在移居国读者中产生影响,但仍然会与中国国内包括政治形势在内的诸多因素发生复杂联系,成为"面向中国"的创作。正是这种"面向中国"的心理,使得熊式一时过境迁后,将洪深对自己的政治批判,不知不觉中"转嫁"于凌叔华及其《古韵》。但《古韵》并非背离了上述两点,只是在与熊式一不同

---

① 熊式一:《天桥》,"香港版序"。
② 同上。

的创作语境中采取了不同的路径和方法。

四、《古韵》:中国人怎样生活、为什么这样生活的历史展现

凌叔华是从 1938 年开始与弗吉尼亚·伍尔夫通信的,此前,她通过与受聘于武汉大学文学院的朱利安·贝尔(弗吉尼亚·伍尔夫的外甥)的交往,读到了弗吉尼亚·伍尔夫影响广泛的《一间自己的房间》等著作,对弗吉尼亚·伍尔夫产生了由衷的敬佩。弗吉尼亚·伍尔夫对英帝国强权政治的不满,对女性等弱势群体的关怀,尤其是对中华文化的看重[1],都深深地影响了凌叔华。写"自传"不是写虚构"小说"的建议,正是来自弗吉尼亚·伍尔夫给凌叔华的信件,这也是《古韵》创作的起点。在 1938 年的同一封信中,弗吉尼亚·伍尔夫还对凌叔华建议说,"不是仅仅把它当作一种消遣,而是当作一件对别人也大有裨益的工作来做","自由地""随心所欲地"写,"就像你是在为中国读者写一样"[2]。凌叔华随即就开始了《古韵》的创作,并很快完成了一半左右的篇幅,终因当时中国抗日环境的动荡而暂时搁笔。抗战胜利后凌叔华随陈西滢旅居英国,最终完成了《古韵》的创作。不难发现,《古韵》是一位中国女性在与 20 世纪的伟大小说家、女性主义先驱的跨洋对话中,产生了创作欲望,并在跨越战争、战后的背景下得以完成的。

凌叔华曾在给周作人的信中说,"中国女子思想及生活从来没有叫世界知道的,对于人类贡献来说,未免太不负责任了"[3]。在与弗吉尼亚·伍尔夫的交往中,凌叔华要为中国女性说话的欲望愈加明确、强烈,而她要"叫世界知道的",是中国女子的历史命运和历史觉醒。在中国文学中,侧重描写个人经历同时也侧重反映生活、"理解生活的全部悲剧意义"的自传文学,曾是现实主义文学"最突出的成就"[4]。真正的自传必须面对自我,"五四"以来作家尤其是女作家的自我,往往经历了对传统社会和家庭的抗争。凌叔华写《古

---

[1] 20 世纪上半叶,以弗吉尼亚·伍尔夫及其姐姐、画家凡妮莎·贝尔为中心的英国布鲁姆斯伯里文化圈有着浓厚的"中国情结",与中国文化有深厚的精神联系。
[2] 林杉:《凌叔华:中国的曼殊斐儿》,中国言实出版社 2014 年版,第 251、254 页。
[3] 凌叔华:《中国儿女:凌叔华佚作·年谱》,上海书店出版社 2008 年版,第 182 页。
[4] 雅罗斯拉夫·普实克:《普实克中国现代文学论文集》,李燕乔译,湖南文艺出版社 1987 年版,第 24 页。

韵》时,弗吉尼亚·伍尔夫直接建议她写自传,这包含了伍尔夫自身的体验和经验。凌叔华正是在与伍尔夫的共鸣中产生了创作欲望,重新唤醒了其"五四"时期创作的女性记忆。在鲁迅看来,凌叔华的小说发祥于《现代评论》这一脉,"很谨慎的,适可而止的描写了旧家庭中的婉顺的女性",塑造的是与"五四"至20世纪30年代诸多中国小说家"所描写的绝不相同的人物,也就是世态的一角,高门巨族的精魂"。鲁迅称赞这"绝不相同""是好的"①,而这也是《古韵》在早期海外华文文学中的价值所在。

凌叔华完成《古韵》时,已旅居英国。这样便使得作为自传体小说的《古韵》,有了拉开"距离"后的"虚构"。例如凌叔华父亲娶有四位太太,《古韵》中的"爸"则起码有六房妻妾。这种"虚构",是要强化对中国女性命运和觉醒的表现,毕竟中国封建时代的女子,其命运主要就在于"夫权"("父权")。《古韵》中的"爸",就其个人品行、修养、气质、才艺等方面来说,皆可称为"出众",尤其是在孩子们的眼光中,"爸"为父仁慈、和善,即便家中三妈、六妈闹翻了天,"他脸色还是平日那般温和平静"。然而,就是这仁慈温和的一家之长所治下的家中,所有受传统伦理支配的女子都是不快乐的。就连"我"的母亲,在"爸"的眼中是极为知书达理、专情明礼的,小小年纪的"我"却依然感受得到她的郁闷、痛苦,甚至经历着"比死亡更可怕"的体验。当"爸"开始接受新思想的陶冶,为"我"打开了一扇新生活的窗户时,生性"婉顺"的"我"便毫不迟疑地抓住了,走出了古老的宅院,与依然依附于传统伦理家庭的表姐妹分道扬镳了。

《古韵》的个人化魅力还在于在写老北平文化中写活了人物。有人说,《城南旧事》是林海音向《古韵》的致敬。当年,萧乾向傅光明建议翻译《古韵》,开启了《古韵》回归中文世界之路,就是从《城南旧事》谈到了"凌叔华也有一部写老北平的作品"而引发的②。"北平文化"在"五四"以后的小说中被反复描绘,具有了新文学的丰富意义,而祖籍南方、出生于北京的凌叔华,则在"静谧的和谐,常使我想起北京"的娓娓道来中,描绘了和她的气质、性情尤为契合的"北平文化"。

---

① 蔡元培等:《〈中国新文学大系〉导言集》,贵州教育出版社2014年版,第133页。
② 傅光明:《〈古韵〉悠悠余音不绝》,《光明日报》2017年4月18日,第16版。

《古韵》以"我出生以前,我家就在北平住了许多年"开篇,终结于"爸""说来年(一九二九年)回北京",在"我家"的广州—北平(北京)—天津—日本京都—北京的行程中,呈现从晚清到民国20多年间的中国社会。多空间的转移中,无论北京"在场"或"不在场",始终得到了表现,因为《古韵》写北京的"戏院、茶馆、寺庙和各种市集",是写那里"都能见到一张张亲切和蔼的笑脸"①,那些表现北京文化习俗最鲜明、浓郁的章节,往往也是刻画"绝不相同"的人物而让人赞叹不已的部分。如《第一堂绘画课》中,北京"寒冷而漫长"的冬天"在我早年记忆里,它还是非常迷人",就在寒冬狂风吹过而生的"奇妙有力的乐音中","我"看见紫禁城在冬日阳光下熠熠生辉,"任想象的羽翼自由翱翔",于是在雪白的围墙上涂鸦作乐,竟意外地让"爸"的朋友、曾是宫廷画师的王竹林发现"我"画画的天赋。自此,"我"原本作为家里第十个女儿而备受忽视的地位发生变化。"爸"让"我"拜王竹林为师。这位气质非凡、气度儒雅的老师不仅把"我"领进了"国画"——这一中国文化最高境地——的世界,更让"我"懂得了"画自己想画的","大胆、独创地作画",绝"不要以画取悦任何人"。《义父义母》中,义父精通琴棋书画,其谈吐让"我"领略了中国的南北山河;义母独特的艺术气质更吸引了"我",她教"我"弹奏古琴习古曲,"耳听音乐,脑中却要构思一幅音乐的图画"。从《高山》《流水》《广陵散》,到《醉渔唱晚》《阳关三叠》,她领着"我"将那一首首古曲的美画佳话从先秦魏晋唐宋历史中细细道出,呼应着北京湛蓝天空中放风筝的场景,传达出超越语言的自由情感。

《贲先生》中,贲先生是一个典型的北方读书人,"书对他有一股奇异的魔力,深深吸引着他",他那洪亮清晰的"吟诵","让我着迷"。《贲先生》英文版本结尾,"我"将贲先生教的"印在脑海中"的六首古诗②和四篇古文③的英语译文一一列出,让中国古典诗文的丰富情感、自由心灵在英语的声音中继续打动读者。绘画、音乐、诗文,这三种传达中国人乃至人类所有的大美、至善的艺术,在"我"的北平记忆中鲜活且动人,也让读者有种种完美生命喷薄而出

---

① 凌叔华:《古韵》,傅光明译,天津人民出版社2016年版,第245页。
② 分别是刘长卿《送灵澈上人》、王建《新嫁娘词三首其一》、卢纶《塞下曲》、韦庄《金陵图》、陈陶《陇西行》、李益《夜上受降城闻笛》。
③ 指王禹偁的《黄冈竹楼记》和《战国策》中的《唐雎不辱使命》《触龙说赵太后》《冯谖客孟尝君》。

的感受。然而,当那些画家、歌者、作者在孩童的"我"面前毫无戒备、敞开心怀时(尤其是"我"被很多成年人视为"理想的听众"时),"我"的心灵还是感受到了沉重。例如,王竹林感叹自己做了宫廷画师后,再也不能画自己想画的;义母常在深夜抚琴弹奏,"我知道,她这是在用音乐安慰自己",几年之后,她就去世了……《古韵》所传达的"意味深长",全在这些凌叔华用心灵感受到的"北平"文化场景中完美呈现出来,它悠长、淡远、沉静,承受着历史和现实的沉重,但又始终焕发出生活的情趣、生命的韧性,向世界展示着数千年来中国人怎样生活,为什么这样生活。

五、"海外语境"创作的个人性与民族文化的海外传播

1976年美国人类学家爱德华·霍尔提出文化冰山理论。该理论认为,每种不同的文化都是一座独立的巨大冰山,人们能观察到的行为等文化现象较易发生变动,而它只是水面上的冰山一角。隐藏在水下的冰山是人类的信念、价值观、思想方法等深层次文化,它们影响和决定着表层文化行为、文化现象。无论是蓄妾、缠足、砍头等"负面"事物,还是琴棋书画、五四运动等"正面"历史,都是中国的某种文化现象,而"水下冰山"的思想方法、价值观等才是中国人之所以为中国人的根本,也是让外国了解中国的根本所在。《古韵》在各种日常生活场景中,不管是诗意的、和谐的,还是压抑的、冲突的,都不仅写出了中国人怎样生活,也写出了为什么这样生活。即便是写巨大激烈的社会变动(如五四运动)中的中国人,《古韵》让人看到的,也是如《老师和同学》一章所写那样,通过"我"就读的北平女子师范的老师和同学来写。"我"进校不久,就爆发了五四运动,女师的同学也加入游行示威,"渴望为拯救民族的命运做点事情"。班主任张先生"是当时我所认识的最爱国的人士之一",为学生运动做了很多事情,"认真细致,好像在做自己的工作"。然而,他强烈不满学生运动提出取消古文课的主张,一份著名杂志刊出《打倒孔教》专号让他"脸气得通红,眼睛里盈满了失望"。他谆谆教导学生,儒家的基本理念并不像某些人抨击的那样落后,例如儒家强调"人对他人有一种责任感,像大禹治水",就是"爱国",孔孟之说中也有"许多类似于现代民主国家的政策",有"很现代的观念"。就在五四运动的热潮中,"我"被张先生诵读《庄子·秋水

篇》的声音所吸引,"每天凌晨四点爬起来读《庄子》",并且说服了正在大力宣传"打倒古文"的学生会秘书郭荣欣,一个"非常爱国,是那时的'思想先驱'之一,随时准备为拯救中国牺牲自己"的女子,也来读《庄子》。她也很快读出了一个"哲学家,也是自由思想家"的"睿智的思想和哲理的辩证","《庄子》是那么奇妙,而我险些出了差错"。她说这话时,"眼里盈满了泪水,那泪光后面一定有些我们看不到的东西,一定非常美"。此后,郭荣欣同学又以她单纯、虚心的个性带动了许多同学来读《庄子》……凌叔华用白描的手法忠实地写出了五四青年的成长经历。中国充满爱国热情的青年学子怎样做,其师长的言传身教往往起着很重要的作用。张先生并未说太多的道理,他是那种以自己的言行赢得学生尊敬和爱戴的老师,又是让学生自己从孔、孟、老、庄学说中感悟怎样做人的老师。张先生对"我"说,"西方有耶稣、苏格拉底和柏拉图,我们东方有孔、孟、老、庄,都是大教育家、大思想家,他们的学说对我们都有启发……读出味道就成了","光为欣赏,也要读他"。这"读出味道就成了",正是来自学生心灵的感悟。"我"就是在这样的感悟中"热情洋溢"地参加了五四运动,并立下了志愿:做自己喜欢的绘画、文学,同时也要对社会改革"有帮助"。这种个人生活的变化正是中国近现代社会变革的侧影。对于西方读者来说,他们也会从《古韵》中"懂得"孔、孟、老、庄,从而领会中国人在这延续数千年的文化传统中是如何生活、变革的。

其实,《天桥》也写出了近现代社会中中国人怎样生活,为什么这样生活。例如,大同在教会学校做礼拜中"发现《圣经》中有许多好教训,和孔孟之道正相吻合。他如获至宝……"当他听到牧师讲到《圣经·新约》所言"无论如何,你们愿意人怎样待你们,你们也要怎样待人"时,唤醒了他对《论语》"己所不欲,勿施于人"的记忆,感动于先哲们做人就要"设身处地,为别人着想"的召唤,理解了莲芬被逼婚的痛苦,自责自己原先的冷眼旁观。中西先哲们共同的价值观念、行为方式,唤醒了他的个人生活和心灵,使他投身于改变自己的生活同时也改变中国社会的潮流。

当一个中国作家放弃自己熟悉的母语写作,而采用自己所生活的另一个国家的语言创作,他实际上已进入了华裔创作的境地。凌叔华多次表明,她写《古韵》是向英国读者展现和英国普通民众一样的中国平民的某些经历;熊式一强调,自己写《天桥》,是将包括中国在内的"世界各国的人"都视为"完完全全有理性的动物","有智有愚,有贤有不肖"①。这都表明了他们不再单纯地从中国人的立场、视角来看待中国和中国人,而是将中国和欧洲都视为人类的一分子,各有其传统,也都处于世界的变动中。这是《天桥》和《古韵》皆能在欧美世界成功传播中华文化的原因。然而,放弃母语而采用另一种语言(从国别语言到世界语种)写作,这一语言变化是作家特定语境中的个人性选择。同是旅欧作家选择"他国"语言写作,原因却有很大不同,联系着他们各自的"最终归属"。

例如,同样是选择法语创作,陈季同与盛成就存在很大差异。陈季同认为中、法"两种语言没有任何共同之处",正是语言的陌生性,使陈季同通过法文学习这一"缓慢而渐进的教育,逐渐理解那个时代知识",成为一种"逐渐启蒙的过程",避免了"突然闯入同一领域者""在精神上受到强烈的冲击和地震般震撼"而"头晕目眩"②。这种情况非常有利于陈季同在近代西方强势文化环境中接纳现代启蒙观念而又不割断与中华文化传统的联系。同时,陈季同的文学创作有一种自觉的现代意识,那就是在与法国文化界的广泛交流中意识到不可有文学上的"狂妄自大","非奋力前进,不能竞存",由此产生了中国文学要勉力参加"世界的文学"的强烈愿望,要达成这种愿望,"非把我们文学上相传的习惯改革不可,不但成见要破除,连方式都要变换"。正是这样一种意识,使陈季同自觉突破中国文学只"守定"诗词等几种体裁的传统囿限,进入西方重视而我们却鄙夷不屑的"小说戏曲"领域③。陈季同所接纳的法语,已经是一种"言文一致"的现代法语,母语世界仍然是文言文体的陈季同获得了一个不逊于现代中文表达的世界,非常成功地向西方世界传达了中国的声音。他创作的法文小说、戏剧、散文也内在地呼应了日后五四文学革命的白话文主张,这些法文作品被译成中文,其蕴含的中华文化的内容显得那样丰沛,叙事语言的诗意也格外丰盈,成为"在世界中"的现代中国文学。

盛成选择法语创作,则是出于"因世界现势,非提倡民族意识,不足以图存,更无新文化之可言"的抱负④。其《海外工读十年纪实》"借英、法、德、意、

---

① 熊式一:《天桥》,"香港版序"。
② 陈季同:《中国人的戏剧》,李华川、凌敏译,广西师范大学出版社2006年版,第3页。
③ 曾朴:《曾先生答书》,胡适:《胡适文存》,华文出版社2013年版,第504—505页。
④ 盛成:《我的母亲·叙言》,《盛成文集·纪实文学卷》,安徽文艺出版社1998年版,第2页。

俄、土、埃及、印度为镜,直照出中国的本来面目",从辨识欧洲文艺复兴的历史足迹中盛成领悟到,依照"自己要认识自己"的原则可以使中国"固有的文化,重新复活起来"①。随后的《意国留踪记》对欧洲精神的观照是一种深刻的"内心的介绍"②,从而进一步在走近欧洲中反观中国。其影响颇大的长篇传记《我的母亲》(1928),不仅以"人人有的""母亲"、"人人受的""母教"来向世界展示中华民族的性格、历史和命运,而且由天下母亲的"归一"来探求人类的"大同"、世界的"归一",为"世界中"的中国寻求现代复兴、富强之路。

20世纪50年代旅法的程抱一,是在他明白"五十而知天命,该是进行个人艺术创作的大好时光了"时,开始其诗歌、小说创作的。当时,他面对两难的选择:选择汉语创作会容易一些,况且"汉语本身就是高度诗化的语言",而程抱一当时的身份不仅是翻译家,还是诗人,他完全可以依靠汉语的诗语言传统"锻造出一种秉承传统的语言";然而,他选择了当时还只能表达得疙疙瘩瘩的法语,是为了在中西文化对话中"开创另一种更根本的对话"③,在程抱一看来,语言是各个民族生命的源头,他进入法语世界的生命历程即是两种文化生命源头的交流,这样一来便能够深入了解人的存在和人类文化的奥秘。这种不同文化"真正地相遇"中所产生的"交流"本身具有独立创造的生命力,使得程抱一创作的诸多小说和诗歌丰富了法语文学的在地性,也极大丰富了汉语文学的旅外性。程抱一的理论研究和文学艺术创作,使得他不仅成为西方文化、学术界极为赞赏的"东西方文化的摆渡人",更成为对东西方文化都做出了贡献的大智者。

从陈季同到程抱一,作为第一代旅外(移民)的华人,他们选择法语创作,各有其海外语境中的个人性,而个人性都提升了与中国国内现实密切关联的时代性。作为晚清外交官,中国积弱久病而受外辱的时代命运催生了陈季同强烈的维护中华文化的心愿。但他自觉意识到的是,中国人之所以"对过去的传统保持着尊重,因为他们在传统中找到了对现在和未来的最好保证"④。所以,他总是从"现在和未来"来审视"过去的传统",也就有了破除"相传的习

---

① 盛成:《盛成文集·纪实文学卷》,第145—147页。
② 盛成:《意国留踪记》,"卷头语"。
③ 程抱一:《对话》,高宣扬、程抱一:《对话》,张彤译,北京大学出版社2011年版,第82—83页。
④ 陈季同:《吾国》,李华川译,广西师范大学出版社2006年版,第77页。

惯"和"方式"的法语创作。盛成开始写作前,已投身于辛亥革命、五四运动乃至创建共产主义组织的潮流,与五四运动的民族复兴要求息息相通。但他理解的"五四",是将中国与世界视为一体的人的解放运动。盛成曾在他的作品开篇中引用"梁襄王问:'天下恶乎定?'孟子答:'定于一!'"①,而他也将其20世纪20年代旅欧写作的结集命名为《归一集》②,"归一",即"人类是一体,人道无二用","各种人有各种人的文化",却"仍不能不归于一",都要实现"人"的彻底解放。归一的方式很多,盛成当时选择的方式就是法语写作。"归一"成为他旅欧写作的出发点和最终归宿,促成了他将新文化在海外传播和发展。程抱一旅欧时,正值东西方意识形态激烈对峙,欧洲社会较难顾及与中华文化传统的交流。这种西方文化环境,使得中华文化传统的延续没有任何现实功利性。对于程抱一而言,更是无现实功利的欲求,而出于心灵的需求去做"故国文化与法国文化对接"的努力,"在悄无声息中默默吸收着西方文化,与此同时,他还孜孜不倦地探索中国本土古代艺术、绘画和诗歌传统的意义"③,"把中国思想的精髓提炼出来"④,其作品不仅被拉康、雅各布森、列维-斯特劳斯等法国思想家称许,而且进入法国"寻常百姓家",深受读者喜爱。

围绕《天桥》与《古韵》发生的分歧,正是来自各自创作的海外语境的差异。这里所说的"海外语境"创作是指第一代旅外(移民)的中国作家,他们海外作品的创作目的、产生过程(尤其是创作的语言选择)、传播影响等,都与我们所熟知的具有海外经历的作家(如郭沫若、郁达夫、巴金、老舍等)创作的具有海外背景的作品有所不同,"海外"成为其作品创作、传播最重要的语境。它主要产生于这样一种情况:晚清后的不同时期,一些中国文化人较长时间居留海外,他们往往选择非母语(或双语)创作,其写作动机并非参与中国国内的思想启蒙、变革救亡等社会潮流,创作常常发生在跨文化对话之中,作品面向海外读者并被广泛接受,世界由此了解中国现当代文学的发生、发展,其

---

① 盛成:《我的母亲·叙言》,《盛成文集·纪实文学卷》,安徽文艺出版社1998年版,第3页。
② 法文版《归一集》共5卷,分别为《我的母亲》《我的母亲与我》《海外工读十年纪实》《东方与西方》《归一与体合》。
③ 米勒-热拉尔:《诗与画——程抱一与克洛岱尔》,徐洁译,褚孝泉主编:《程抱一研究论文集》,复旦大学出版社2013年版,第42—43页。
④ 晨枫:《中西合璧:创造性的融合——访程抱一先生》,见程抱一:《天一言》,杨年熙译,山东友谊出版社2004年版,第279页。

中文版本返回中国,参与中国现当代文学的进程。熊式一、凌叔华参与的欧华文学早期主要就是这样一种形态。无论就旅外区域(欧洲、北美、东南亚等)还是作家个体而言,"海外语境"仍有种种差异。熊式一1932年旅英,开始只是为了攻读英国文学博士学位,《王宝川》就是这种心境中的创作。但《王宝川》在欧洲和中国国内反响的巨大差异,极大影响了熊式一的海外创作。1938年6月,他在国际笔会第16届年会上发表演讲说:"中国作者,若不问政治,今日我不能出席。"①《天桥》正诞生于他"问政治",即为中国国内现实政治(抗战)服务的心境中。凌叔华恰恰是在抗战中搁置了《古韵》的创作,战后来到英国,在追念伍尔夫的心境中完成了《古韵》,作品的风格延续了她五四时期的创作,也有着伍尔夫小说和因曾在中国任教而与凌叔华熟悉的英国布鲁姆斯伯里学派第二代诗人朱利安·贝尔创作理念的影响(朱利安·贝尔推崇以"沉稳"甚至"躲避情感"的艺术方式表现"情感世界"②)。如此不同的"海外语境",使两部作品在欧洲的传播效果也不尽相同:对西方读者而言,20世纪40年代的"《天桥》是一本比任何关于目前中国趋势的论著式报告更启发的小说"③,而《古韵》则是给他们感受中国文化带来了一双地道的"中国眼睛"。

华文文学与华裔文学的相遇,让我们关注选择外语(双语)创作的中国旅外(移民)作家的海外创作,他们的作品是在海外传播中华文化十分重要的一种载体。细心辨析其区域形态和个体形态,乃为当前研究华文文学/华裔文学之要务。

---

① 陶欣尤:《二战时期的熊式一》,《中华读书报》2015年9月16日,第19版。
② 帕特丽卡·劳伦斯:《丽莉·布瑞斯珂的中国眼睛》,万江波等译,上海书店出版社2008年版,第86页。
③ 此为20世纪40年代英国大文豪赫伯特·乔治·威尔斯在其所著《近年回忆录》中的评价,引自熊式一:《天桥》,"香港版序"。

海外华文文学与中国当代文学叙述的兼容性问题
——以严歌苓、张翎、陈河研究为例

刘 艳

(中国社会科学院)

拙著《严歌苓论》，作为"中国当代作家论"第一辑的一本(作家出版社2018年5月版)面世。看了我朋友圈转发的图书扉页上"中国当代作家论"的字样，南京大学海外华文文学研究专家刘俊教授留言："严歌苓，列入'中国当代作家论'中，有意思！(愉快)"我回复刘俊教授："她是中国作家协会的会员，1986年加入的吧？迄今未听说她被中国作协除名啊！(坏笑)再，我与贺绍俊老师等多位师长，的确认为严歌苓的创作，与当代文学叙述是相兼容的。2005年前后开始，严歌苓的创作，几乎全是'中国叙事''中国故事'，小说已基本不涉异域。她应该是从这个意义上，被列入的。"刘俊："这是个有意思的话题，以后我们可以专门讨论。"

所以写入这段轶事，是为就此引出海外华文文学研究和文学批评的一个重要问题——新时期文学40年，尤其新世纪以来，海外华文文学与中国当代文学叙述的兼容性问题，已经是一个我们需要面对的重要的理论问题。敢这样提出，是要冒很大风险的。要知道新时期文学40年，其实也就是海外华文文学学科意识逐渐萌发、孕育和形成的一个过程，多少海外华文文学研究者为之努力和付出艰辛研究心血的一个过程。海外华文文学作为一个新兴学科，多少人在为它的独立和强大而孜孜以求，突然探讨海外华文文学与中国当代文学叙述的兼容性问题，是不是有抵牾海外华文文学学科独立性和合法性的嫌疑？其实不是，提出这个兼容性问题，是海外华文文学研究深化的需要，也是海外华文文学自身发展和嬗变的一个必然结果。

一、海外华文文学学科建设及研究视阈扩容的必然要求

海外华文文学研究,恰恰是与新时期文学相伴相生,并且逐渐孕育、形成和发展的一个新兴学科。海外华文文学研究者是这样来定义它的:"海外华文文学,是指中国以外其他国家、地区用汉语写作的文学,是中华文化外传以后,与世界各种民族文化相遇、交汇开出的文学奇葩。它在中国大陆学界的兴起和命名,始于20世纪70年代末80年代初,是从台港文学这一'引桥'引发出来的,后来作为一个新的汉语文学领域,进入学界的研究视野。"①海外华文文学被视为是从"台港文学热"引发出来的,"之所以把海外华文文学在学界的兴起定位于20世纪70年代末80年代初",是以下列标志性的事例为依据:一是1979年,广州《花城》杂志创刊号刊登了曾敏之先生撰写的《港澳与东南亚汉语文学一瞥》,被视为中国大陆文学界发表的第一篇介绍、倡导关注本土以外的汉语文学的文章;二是1979年2月,北京大型文学杂志《当代》刊登了白先勇的短篇小说《永远的尹雪艳》,这是当时内地文学杂志发表的少数美国华文作家写的小说之一,被誉为"一只报春的燕子"。1981年3月,中国当代文学学会成立了分支机构"台港文学研究会"。1982年6月,中国当代文学学会台港文学研究会、厦门大学台湾研究所、福建省社会科学院文学研究所、福建人民出版社和中山大学、华南师范大学、暨南大学中文系等多个单位在暨南大学联合举办首届"台湾香港文学学术研讨会"。到1986年,在深圳举办的第三届研讨会更名为"全国台港与海外华文文学学术讨论会"。从此,"海外华文文学"得名。1991年7月,"世界华文文学研讨会"在香港召开。紧随其后,第五届讨论会更名为"台湾香港澳门暨海外华文文学国际学术研讨会"。1993年8月的第六届则将研讨会更名为"世界华文文学国际研讨会",并成立了"中国世界华文文学学会筹委会"。至此,意味着"世界华文文学"一种新的学术观念在学界出现和形成。2002年5月,作为国家一级学术团体的中国世界华文文学学会,获批在暨南大学召开成立大会。20世纪90年代以后,学界在海外华文文学方面,"在学科建设与方法论的选择等问题的研讨已

---

① 饶芃子、杨匡汉主编:《海外华文文学教程》,暨南大学出版社2014年版,第1—2页。

有一种可贵的学术自觉"。①

世界华文文学,从这个概念诞生之初,就一直存在讨论和争论,甚至是在"华文文学"还是"华人文学"之间也曾一直争论。世界华文文学的"华"字,据说应该包括三个层次:其一,是外在层次的语言方式,即用汉语(华文)作为书写的媒介工具;其二,是内在层次的中华文化,这是世界华文文学的精神内质;其三,是指创作主体的"华人"或"华裔",这是对世界华文文学的族属性规定。②刘登翰先生进一步指出:"海外华文文学,实质上是移民者的文学。"③后来,他又进一步补充阐释:华文文学是个包容广泛的概念,我们通常在两种情况下使用这一概念,一是凡使用华文(汉语)创作的文学都是华文文学,二是专指中国(包括台、港、澳)以外的"海外"华文文学。④"在我看来,所谓海外华文文学,其实就是中国海外移民者及其后裔的文学。移民和移民的生存状态,应是海外华文文学研究的背景和起点。他们在异国土地和异域文化环境中谋生,面临着对移入国及其文化的适应和认同,他们携带的中华文化也在融摄异质文化时发生变异,这些都或显或隐地进入他们的文学书写,形成新的书写传统。这就出现了许多其他文学所无法替代的新的概念和命题,例如华人、华族、华族文化、华人多元跨国的离散生存和中华文化环球性的网状散存结构、海外华人的世界体验与母国回眸、移民的双重经验与跨域书写……华文文学的独立性应该建立在这些特殊的命题上,华文文学的理论和方法,也应当回答这些问题。"⑤

2001年以来,王德威、史书美等学者在思考描述与诠释中国以外的各个"海外"中文文化社群及其文学生产时,又提出了"华文文学区域""华语圈文学""华语语系文学"等论述关键词,以取代过去的"世界华文文学""海外华文文学"等用语。2001年,张错提出的"华文文学区域",可视为"华语语系文学"前身,是"以华语作为母语各区域的华文文学";2004年,他又提出"华语圈"的概念。史书美应该是最早明确"华语语系文学"并不遗余力提倡者,她于2004

---

① 饶芃子、杨匡汉主编:《海外华文文学教程》,暨南大学出版社2014年版,第6页。
② 刘登翰:《双重经验的跨域书写——美华文学研究的几个关键词》,《文学评论》2007年第3期。
③ 同上。
④ 刘登翰语,参见龙扬志、刘登翰:《华文文学的文化视野与学科建设——刘登翰研究员访谈录》,《文艺研究》2018年第3期。
⑤ 同上。

年在《美国现代语言学会学刊》发表的《全球的文学,认可的机制》,应是她首篇涉及"华语语系文学"论述的论文。2006 年春,聂华苓、李渝、施叔青、也斯、平路、骆以军、黎紫书、纪大伟、艾蓓、张凤、李洁等来自中国香港、台湾和美国、马来西亚及中国旅居剑桥的华文作者,应王德威之邀,参加了哈佛大学东亚系的"文学行旅与世界想象"工作坊,共聚一堂分享创作心得。王德威后来写了那篇广为流传的"华语语系文学宣言"《文学行旅与世界想象》在港台发表,提及这个华文文学聚会时说他们"一起参与讨论华语语系文学的可能"。[①]

　　王德威宣言并发展"华语语系文学",其意在试图扩充华文文学的概念。王德威提出的"华语语系文学"是在中文书写的越界与回归中,以辩证的起点去探讨中文书写如何承载历史中的本土或域外经验,如何在不同语言文化环境中想象中国历史,这是多元视野和不同立场产生的学术魅力。但刘登翰不认为它与华文文学有什么根本的对立和差异,而且指出他(王德威)忽略了华语的文学书写是伴随华人移民而来的母语书写,是在抵御异质文化的困扰中构建华族身份和文化记忆的坚守。[②]"海外华文文学"仍然是习用和被广大范围内认可的概念和范畴。在海外华文文学研究者看来,"概念是研究的前提,华文文学作为一门新兴学科,必然会生产出许多新概念。对每个概念都要从命名、范畴到内涵有清晰的界定和诠释,否则,概念的模糊必然带来研究的混乱"[③]。但是,研究者也意识到:"我们强调学术研究的问题意识,就是始终要去追问其价值所在,同时要在各种不同的理论思潮中,明确它的文学定位,不管用什么方法,首先保证我们探讨的是文学,而不是理论先行,文学充当论据。"[④]那么,我们在进行海外华文文学研究的时候,的确是要在概念、术语以及理论上,不断地补充、扩充,与时俱进,而不是理论先行。要根据海外华文文学的实际发展和情况,不断地扩容我们既有的海外华文文学研究的话语系

[①] 参见张锦忠:《华语语系文学:一个学科话语的播撒与接受》,《中国现代文学》2012 年第 22 期。王德威在 2006 年夏发表的《文学行旅与世界想象》颇具美国现当代中文研究的"华语语系文学宣言"或"华语语系文学刍议"色彩。文章除了在台湾的《联合报》刊载之外,也在香港的《明报月刊》2006 年 7 月号发表。这篇文章内容也和刊登在《上海文艺》2006 年 9 月号"华语语系文学专号"的《中文写作的越界与回归:谈华语语系文学》及《中山大学学报》第 26 卷第 5 期的《华语语系文学边界想象与越界建构》大致雷同。
[②] 刘登翰语,参见龙扬志、刘登翰:《华文文学的文化视野与学科建设——刘登翰研究员访谈录》。
[③] 同上。
[④] 同上。

统,并对研究的方式方法作调整和增益。

离散、身份、文化差异与意识等,慢慢成了海外华文文学研究话语系统里最为常用和习用的概念与理论术语。2017年12月21日,举行暨南大学"离散写作与文化记忆"国际学术研讨会暨"海外华文散文丛书"首发式。这套丛书由花城出版社2017年12月出版,第一辑丛书包括八位作家:陈河、曾晓文、亦夫、谢凌洁、朵拉、刘荒田、林湄、老木。会议的主题是"文化记忆与离散美学",而"文化记忆与离散美学""离散写作与中国故事书写""华侨华人与百年中国文学的文化传承"是重要的分议题。在研讨时,我主要谈了近五年海外华文作家的中国叙事研究,就是结合严歌苓、张翎、陈河这几位一直以来在内地文坛都很火的海外华文文学作家的创作来谈的。当然,也提出了希望海外华文文学研究能在理论话语方面,不断与时俱进、加以更新的建议。近五年以来乃至新世纪以来,在严歌苓、张翎、陈河等海外华文文学代表性作家这里,更多的,是一种"中国叙事"或者说"中国故事"的讲述,旧有的"离散写作""离散美学"等术语,已经无法概括和囊括愈来愈呈现新变的他们的创作。其实,海外华文文学创作的创作心态和美学特征等方面,所发生的这些变化,不是近年才有的,是新时期以来就已经发生和发展着,在近年日渐显著而已。如果具体到刘登翰先生所谈的美华文学研究所涉及的四次留美浪潮,那就是发生在新时期以来——"第四个时期在中国大陆改革开放以后,自上世纪80年代延续至今"[①]。

在学科研究中,一直欠缺把海外华文文学和中国当代文学叙述加以兼容对待和研究的意识和自觉。有的中国现当代文学研究者其实已经意识到并且提出了两者不相兼容的问题:"将中国大陆文学与海外华文文学有意切割,有可能造成世界华文文学格局中的国家中心倾向。而以特定国家为中心的世界华文文学显然并不利于整体性的华文文学的建构。一方面严重削弱了海外华文文学的整体利益:离散的华文文学既难以有效融入世界文学,又游离于大陆文学,世界华文文学会像是一些随机飘零的浮岛,无所依傍,失去方向感。另一方面也同样束缚了大陆文学的世界性拓展。"[②]海外华文文学的学

---

① 刘登翰:《双重经验的跨域书写——美华文学研究的几个关键词》。
② 吴俊:《关于民族主义和世界华文文学的若干思考》,《文艺研究》2015年第2期。

科地位也因这种隔阂和不能相兼容而呈现暧昧和尴尬的状态:"至于说到大陆有关华文文学的高校学科设置,其直接动机或许是非常单纯的,一是为了获取教育资源和利益,二是为了拓展新的学术增长点,推进学术生产力的提升及未来发展可能。这或可视作常态性的学科/学术意识形态动机。但稍作深入一点的分析,在相对单纯的动机背后,仍有制度性和权力意识形态的因素在发生着支配影响。最显著者之一,就是华文文学的学科地位相对暧昧。华文文学当然不可能成为一级学科,但在二、三级学科中,它的面目和定位仍然不很清晰,关键就是它很难像其他二、三级学科那样,在文学史和文学理论上充分理顺与中国语言文学学科的逻辑关系,就像是一条人工嫁接的枝干,与主干总显得不相适应。其二,即便排除了大陆文学的国家文学优越感,大陆文学的中心意识仍是学科意识形态的核心观念。"[①]

前面已经讲过,这一学科的奠基者之一刘登翰先生最初对"华文文学"这一概念的内涵进行过梳理,认为华文文学概念应该包括中国文学在内,但后来的使用中,实际上专指海外华文文学,"海外华文文学,实际上是移民者的文学"。尽管如此,他仍然认为不能离开中国文学谈论海外华文文学。但有一个不容忽视的问题是,在海外华文文学研究这一学科的发展进程中,学科研究者们一直在有意无意地构建独属于它自己的概念、术语,进行新的学科理论建构的同时,学科独立性的强调一直受到密集关注和重视,其与当代文学叙述的兼容性还是没有受到应有的重视。以北美华文文学为例,尤其新世纪以来,其与当代文学的兼容性,已经成为创作的态势和倾向,而在研究方面认真考虑它与当代文学的兼容性问题,已是大势所趋。

二、海外华文文学发展和嬗变的必然结果

以北美华文文学为例,海外华文文学,作为移民者的文学,移民者-作家的"双重经验和跨域书写",其中所含蕴的创作心态,在20世纪第三次留美浪潮(20世纪50—70年代)和第四次留美浪潮(中国改革开放以来)之间,其实已

[①] 吴俊:《关于民族主义和世界华文文学的若干思考》,《文艺研究》2015年第2期。

经渐渐发生了变化，由嬗变而到后来的变化愈来愈显著。① 变化的结果，便是把海外华文文学与当代文学叙述的兼容性问题，摆到了我们的面前。

20世纪50—70年代的赴美留学的中国留学生，主要来自台湾和香港。来自台湾的是些什么样的人呢？"最初是随同父辈挟裹在政治漩涡中由大陆来到台湾的青年，失望于台湾的政治和经济，而大陆又是回不去的'政治'异乡，所以选择留学以实现出走的目的。他们是继父辈'政治放逐'之后的'自我放逐'。后来逐渐延伸到本省籍青年……这种纠葛在中国复杂政治历史之中的留学文化心态，成为这一时期移民美国的特殊生存体验，和美华文学的特殊主题。他们描写去美国之前的坎坷，去美国后在学业、婚姻、谋生等的困惑，倾诉挟裹在政治对峙中漂泊的孤独和无根的痛苦，喷发爱国的民族情绪……这种带有鲜明时代特征的文学书写，流播在整个华人世界，不仅成为五六十年代台湾文学最具华彩的一章，而且影响到80年代走向开放的中国大陆。其中一些优秀之作，为这一特定时代世华文学的经典。"②

白先勇、於梨华、聂华苓、陈若曦、欧阳子等作家，就属于这一代移民作家；而查建英、严歌苓、张翎、陈河等作家，属于新时期以来赴北美的作家。这两个时期的北美华文文学作家的创作心态，就极有可联系沟通相似之处，又发生了很多的嬗变。以海外华文文学研究当中备受关注的海外华文作家的"离散"心态为例。我曾经在研究当中，专门指出不同代际的海外华文作家的离散心态的嬗变问题。20世纪后半叶以来，尤其是近年来，"离散"问题的研究在西方理论批评界日渐升温，华文文学研究界也有着不少对于"离散"问题的思考。离散(diaspora)，来源于希腊语，原来是指"古代犹太人被巴比伦人逐出故土后的大流散"，《圣经·新约》中指"不住在巴勒斯坦的早期犹太籍基督徒"，近代以来尤指"任何民族的大移居"，是"移民社群"的总称。当这个词的首字母大写的时候，它意指这样的历史文化内涵——古犹太人被迫和被动承受着"离散"的历史境遇时，精神上处于失去家园和文化根基而漂泊无依的状态。当这个词的首字母小写的时候，它泛指一个民族国家分散和流布到另

---

① 刘登翰：《双重经验的跨域书写——美华文学研究的几个关键词》。
② 同上。

外一个民族国家的族群和文化中的现象。① 从较为宽泛的意义上来说,对于前一代的作家们如於梨华、聂华苓、白先勇等人,与后一代的移民作家如严歌苓、张翎、陈河等,都可以从"离散"理论和角度进行一定的解读,"离散"大致可以说是两代作家共有的一种现实生存状态或者精神气质。但是更为仔细地推敲就会发现,在两代作家的身份和文化迁移的过程中,迁移当中的困扰、精神的不适与文化的错位归属,或许是更符合其共通性联系的表述。相较而言,倒是前一代的於梨华及其同辈人,更具备"离散"的现实境遇和精神内涵。创作于1970年的旅美台湾女作家聂华苓的长篇小说《桑青与桃红》堪称"离散"书写的典范之作,白先勇也认为它是表达"迷失的中国人"症候的一个典型范例。1967年,於梨华的长篇小说《又见棕榈,又见棕榈》,由台湾皇冠出版社出版,也由此给作家带来"留学生移民文学的鼻祖"的盛誉。作品成功塑造了牟天磊这样一个主人公形象。不仅是牟天磊这个人物成了后来的流行用语"无根的一代"的代名词,这部作品也堪称於梨华同代人或者说於梨华所有作品中表现"离散"心态最为典型的代表作。这种无根与迷失,白先勇将其概括为怀念"失落的王国"的"永远的迷失者"。此种大陆精神与家园的"原乡"都已经无法回去,在美国又很难获得身份和文化的认同,很难融入主流社会,等等,都或显或隐贯穿了於梨华此后一直到晚近的文学作品。长篇小说《考验》(1974),短篇小说集《寻》(1986)、《相见欢》(1989),长篇小说《一个天使的沉沦》(1996),等等,都有着清晰可见的"离散"印记,以文学书写的方式深刻记录了东西方文化撞击所造成的隔阂问题。

与於梨华等前一代移民作家的"离散"心态相比较,严歌苓、张翎、陈河等人,更多的是经历了对迁移、错位归属心态的调整和表现之后,集中发力在了讲述"中国故事"的"中国叙事"的作品上面。严歌苓有着对于"迁移"(displacement)问题的深入思考,在她看来:"'displacement'意为'迁移',对于我们这种大龄留学生和生命成熟之后出国的人,'迁移'不仅是地理上的,更是心理和感情上的。"② 她有着对于自於梨华、聂华苓那里就纠缠身心的流亡与无所归属之感的充分理解。她举了纳博科夫的例子:"纳博科夫十九岁

---

① 刘艳:《严歌苓论》,作家出版社2018年版,第107页。
② 严歌苓:《花儿与少年》,昆仑出版社2004年版,第194—195页。

离开俄国之后,从来没有拥有过一处房产。因为没有一座房屋感觉上像他少年时的家园。既然没有一处能完成他感情上的'家'的概念,没有一处能真正给他归属感,便是处处的归而不属了。"①在严歌苓看来,"迁移"是不可能完成的,因为即便拥有了别国的土地所有权,也是不可能被别族文化彻底认同的;而"荒诞的是,我们也无法彻底归属祖国的文化,首先因为我们错过了它的一大段发展和演变,其次因为我们已深深被别国文化所感染和离间","即使回到祖国,回到母体文化中,也是迁移之后的又一次迁移,也是形归神莫属了"②,于是,严歌苓"私自给'Displacement'添了一个汉语意译:'无所归属'。进一步引申,也可以称它为'错位归属',但愿它也能像眷顾纳博科夫那样,给我丰富的文学语言,荒诞而美丽的境界"③。可以看到,严歌苓在 1989 年赴美之后,写作了一系列短篇小说,反映她如何"像一个生命的移植——将自己连根拔起,再往一片新土上移植"④。她那些反映新移民们经历的是一次"断根"与"植根"的艰苦历程的小说,使她成为"新移民文学"的代表作家。长篇《扶桑》(1996)成为文学书写移民历史的代表作,《人寰》(1998)、《无出路咖啡馆》(2001)可以看作迁移和错位归属心态之下创作的移民文学的代表作。到了小长篇《花儿与少年》(2004),更加显见严歌苓比前代移民作家们,能够更加致力于异质文化的彼此对话、沟通和相互理解。她也如前代移民作家一样,关注表现异质文化的碰撞交流,但她似乎格外青睐碰撞中两种文化彼此的一种审视——这种审视充满了"平等"的意味,而且在这种审视当中,两种文化并没有哪个显得更为"边缘"——然后,两种异质文化在碰撞之后,似乎也更趋向于一种彼此尊重、认同和某种程度的融会。这种融会最为鲜明地体现在了像《也是亚当,也是夏娃》这样看似通俗的故事里面:白人男性亚当因为是同性恋,需要购买母体来获得后代,华人女性伊娃"我"要通过出卖自己来养活自己。但就是在这个由买卖达成"合谋"的关系基础上,揭示的却是多重的文化意蕴和多层的人性心理因素,隐喻了一种不同族群、文化的人竟会一同面对了具有普遍意义的生存困境。伊娃身上虽然伪装了现代人的精明与算

---

① 严歌苓:《花儿与少年》,昆仑出版社 2004 年版,第 194—195 页。
② 同上。
③ 同上。
④ 严歌苓:《少女小渔》,尔雅出版社 1993 年版,"后记"。

计、时时提醒自己不可以对这场买卖合同所生的女儿菲比动真感情,可她身上东方女性的善良宽容与所拥有的人性普遍的母性心理,却让她表现出一种对残疾女儿菲比不可遏抑近乎非理性的疼爱。亚当收入丰厚属于上流社会阶层,却只能靠非婚生、非正常性关系去获得一个孩子,尽管他也有些为伊娃所打动,却由于自己的同性恋倾向而不可能对伊娃产生真正的男女感情,俩人只能隔着厚厚的文化和身份遥遥相望。菲比的患病、残疾并最终死去,彻底击垮了亚当的强大,富有与成功的白人男性一样陷入了虚弱无助的境地。严歌苓在写"迁移"之后的"隔阂"问题的时候,已经不是单纯地描绘一种碰撞和激烈冲突,她拥有一种超越性的眼光和写作姿态,这也是为什么她的小说总是给人多重的启示和一种言说不尽的可能性。在她那些书写异域生活的小说中,美国人已经不是偶尔出现,他们也不那么显得"边缘",作家意识到了他们与我们一样,也会虚弱无助,也拥有最为普遍的人性心理。① 从名为长篇、实为中短篇小说集的《穗子物语》(2005)和长篇《第九个寡妇》(2006)、《一个女人的史诗》(2006)、《小姨多鹤》(2008)等开始,严歌苓开始了她新世纪以来的"中国故事"的书写道路。

  张翎也是自20世纪90年代以来杰出的新移民文学代表作家。早期的《望月》(1999)、《交错的彼岸》(1999)、《邮购新娘》(2004)等,都有着对移民历史和迁移之后两种文化隔阂、对立并且交融的表现。虽然这种思考和写作,一直延续到近年,比如《睡吧,芙洛,睡吧》(2012)。但《余震》(2010)、《阵痛》(2014)、《流年物语》(2015)、《劳燕》(2017)等,也是明显的一种向"中国故事"和"中国叙事"的小说叙事的转变。2016年11月,加拿大华裔作家陈河的长篇《甲骨时光》在"中山文学奖"当中斩获唯一大奖,这其实就是一部非常优秀和杰出的海外华文文学作家讲述"中国故事"的中国叙事的典型代表性作品。陈河此前的作品,也多涉及海外生活素材和题材,比如《黑白电影里的城市》中的阿尔巴尼亚,《女孩与三文鱼》中的加拿大,《米罗山营地》《沙捞越战事》中写作和还原的是马来西亚的历史故事。《甲骨时光》当中,你完全看不到所谓的"离散"心态和移民作家惯有的创作心态的流露。《甲骨时光》,如果隐去作家的名字和身份,你完全判断不出这是一个海外华文文学作家的作品。很

---

① 刘艳:《严歌苓论》,第125—126页。

难想象,一位海外华文文学作家,后来才从事写作的"业余"作家,能够对中华文化和史料那样内行和专业……《甲骨时光》当中,陈河对考古材料的倚重和借鉴,非常突出和明显,堪为内地作家进行长篇小说写作和讲述中国故事时候的重要参鉴。陈河仔细阅读了李济的《安阳》、上下册的岛邦男的《殷墟卜辞研究》、陈梦家的《殷墟卜辞综述》、杨宝成的《殷墟文化研究》、郭胜强的《董作宾传》等等。①《甲骨时光》把大量史料穿插在小说的诗性叙述中,诗性地虚构出一个民国与殷商时期的中国故事。《甲骨时光》是在杨鸣条对甲骨的寻找、甲骨之谜探寻发现的当下叙事以及与之对应的古代殷商的故事这两套叙事结构中完成对中国故事的构建的,杨鸣条一次又一次在与大犬的神交中返回商朝,两套叙事结构所构建的中国故事得以完整呈现,一个美学层面的中国形象也逐渐浮出水面。②《甲骨时光》是彻彻底底的"非海外"生活和故事题材,是彻头彻尾的国内题材——"中国故事"和"中国叙事"的小说叙事范本。当然,我们不否认,海外生活经验与多元文化的碰撞、交融,可以令陈河在处理故事、素材和进行故事讲述的时候,更加拥有开阔性眼光以及叙事的能力,和使其在"世界性"眼光之上独具一种"中国性"故事讲述方式的能力。

海外华文文学作家自身生活经历和心态以及由之所关涉和带来的创作心态的变化,是海外华文文学发生嬗变——当代文学兼容性问题越来越突出和明显的前提和基础性因素与要素——的第一个层面的原因。第二个层面,严歌苓、张翎、陈河等海外华文文学代表作家,近40年的创作,尤其是新世纪以来的创作,呈现对"中国故事"的讲述和对"中国叙事"的回归,这说明什么?其本身就说明了海外华文文学与中国当代文学叙述的兼容性问题。此外,海外华文文学创作的预期读者和预期受众,其实是广大和数量庞大的内地读者,在满足了自己对移民文学展现海外生活素材和故事的兴趣和猎奇心理之外,目标读者和预期受众还是更加喜欢阅读与自己生活、文化、社会和历史等更加息息相关的"中国故事"。作家的创作不可能脱离读者的实际阅读需要,所以,新时期以来,尤其新世纪以来,海外华文文学代表作家向讲述中国故事的中国叙事作品的转型或者说一种创作和写作的续航,是势在必然的。而

---

① 陈河:《甲骨时光》,北京十月文艺出版社2016年版,第346—349页。
② 刘艳:《诗性虚构与叙事的先锋性——从赵本夫〈大漏邑〉看中国故事的讲述方式》,《中国文学批评》2017年第3期。

且,海外华文文学作家的生活和创作没有内地作家的外在条件——作协和专业创作等一套体制和机制的保障,他们的写作更加依赖于他们个人对文学的热爱和阅读市场对作品的实际需求。我在很多的学术会议和研讨会的场合讲过,海外华文文学作家,严歌苓、张翎、陈河等反而是在文学性与文学造诣上,走在当代文坛最前沿。张翎在阅读了可以视作我的专著《严歌苓论》后记的《欲将心事付瑶筝,知音少,弦断有谁听——严歌苓与我之文学知音缘起》①一文的微信版推送后,特意向我的私人微信(2018年6月15日)发来我文章中的这句话:"'曾经有人开导我,一定要选一个国内的重要作家作为研究对象,作家和研究者可以互有助益。'"我答:"这是真的。张翎老师。"张翎:"读到这一段,我非常感叹。他们用自己的时间财力资源,用最实在的方法,写最'笨'的小说,在一切出版评奖资源上都不占优势(如你所说的原因)。若不是出自对文学本身的爱,是很难支撑下去的。你对歌苓的用心让我感动至极。你的不功利会使你与众不同。"这段话其实道出了他们写作的艰难和用力,与写作是出自对文学本身的爱的真挚的心声。

第三个层面,海外华文文学与中国当代文学叙述的兼容性问题,是与创作相对应的研究本身所需要面对和要求解决的一个重要问题。这个兼容性问题,已经为内地的学者和评论家所意识到。贺绍俊在分析严歌苓《一个女人的史诗》《第九个寡妇》时,曾经指出:"她基本上是以西方的价值系统来重新组织中国'红色资源'的叙述,从而也开拓了'红色资源'的阐释空间。这也是严歌苓在中国文坛'热'起来的主要原因。但是,尽管如此,她却不是纯粹的'他者',其叙述里有着浓厚的中国情结,是可以和中国当代文学自身的叙述相兼容的。"②对于他的阐述的前一句,我们其实不是完全赞同。但是,后一句,他的确是已经敏锐地意识到了海外华文文学与中国当代文学叙述相兼容的问题,遗憾是还未形成清晰、明确和具体的阐释。此前的研究当中,我已经明确指出了严歌苓近年来的创作与中国当代文学叙述的兼容性问题:严歌苓在《一个女人的史诗》《第九个寡妇》《金陵十三钗》《小姨多鹤》和《陆犯焉识》

---

① 刘艳:《欲将心事付瑶筝,知音少,弦断有谁听——严歌苓与我之文学知音缘起》,《长江丛刊》2018年第7期。
② 贺绍俊:《从思想碰撞到语言碰撞——以严歌苓、李彦为例谈当代文学的世界性》,《文艺研究》2011年第2期。

等长篇小说中,已经形成一种独特的"中国故事"的讲述方式。女性视阈当中历史与人性的双重书写,让她的作品溢出了以往宏大叙事所覆盖的主流历史的叙述法则。《寄居者》是"沪版的辛德勒名单";《金陵十三钗》是女性视阈中日本侵华战争中南京大屠杀的历史还原;《小姨多鹤》可以视为"抗战后叙事",小说叙述采用限知视角和限制性叙事策略,兼具多鹤作为日本女性的"异族女性视角"与其他人的有限视角;《陆犯焉识》是一部知识分子的成长史、磨难史与家族史,更表达了"始终错过的矢志不渝的爱"的"归来"主题。严歌苓将"中国故事"在历史维度打开和呈现,不是很多研究者所说的纯粹的"他者"叙述,而是叙述里有着浓厚的中国情结,是可以和中国当代文学自身的叙述相兼容的,更可以在历史层面的叙述上,为中国当代文学提供可参鉴的价值和意义。①

而且,如果不对海外华文文学研究的话语系统加以扩容,会对研究本身造成困难和瓶颈。以严歌苓研究为例,不考虑她的创作与当代文学叙述的兼容性问题的话,就会很难理解她近些年的创作,比如《妈阁是座城》、《上海舞男》(单行本更名为《舞男》)、《芳华》等长篇小说里,她对于叙事的讲究和小说所呈现的一种叙事上的先锋性追求,更难以对她在出国前就已经达到较高小说艺术水准的三部长篇《绿血》《一个女兵的悄悄话》《雌性的草地》作深度而有效的研究。以《雌性的草地》(完成于1988年,出版于1989年)为例,直到2011年,严歌苓都认为自己的作品中"我最喜爱的是《雌性的草地》"。的确,严歌苓《雌性的草地》在叙事结构和叙事手法上,所作的探索和尝试,不只达到了严歌苓早期长篇小说"女兵三部曲"对小说叙事结构和手法探索的巅峰状态,就是对于严歌苓迄今为止的创作而言,都是独具的,而且在某些方面是后来也不曾达到和超越过的。严歌苓在《雌性的草地》里所体现的文体创新意识,令她的创作在两个维度上——当年的先锋派创作和后来写作中持之以恒的叙事探索创新——相互关联、伸展和发生效应。②《雌性的草地》应该是严歌苓研究中无法绕开的一部重要作品,但我们既往的研究其实一直对这部小说缺乏深入而有效的研究,一个重要的原因是它是严歌苓出国前的一部长

---

① 刘艳:《女性视阈中的历史与人性书写——以〈金陵十三钗〉〈小姨多鹤〉和〈陆犯焉识〉为例》,《山东师范大学学报》2018年第2期。
② 刘艳:《严歌苓论》,第62—63页。

篇。严歌苓的出国,她其后的被关注,是被归入了新移民文学或者说海外华文文学写作的。这令她在国内时的小说创作遭遇了一个关注度和研究的客观上的"断裂",即便她在出国前就已在小说艺术上取得较高成就。[①] 而且,更加重要的问题和困难是,现有的海外华文文学研究和中国当代文学研究,在兼容性方面所做的工作,还远远不够。将海外华文文学研究的话语系统扩容,注意它与中国当代文学叙述和研究的兼容性问题,可以较为容易地克服和解决严歌苓早期代表性长篇《雌性的草地》以及她近年来讲述"中国故事"的"中国叙事"作品的研究难点。这一点,对于张翎和陈河等海外华文文学代表性作家的研究,也同样适用。新时期文学 40 年,尤其新世纪以来,海外华文文学与中国当代文学叙述的兼容性问题,已经不容忽视并且亟需解决。

[①] 刘艳:《严歌苓论》,第 62—63 页。

普实克与夏志清中国现代诗学形象权力关系论

赵小琪

(武汉大学)

历史地看,关于普实克与夏志清的论争的看法主要有三种。

第一种从"文学/政治""文学/非文学"二元对立的思维方式出发,将普实克与夏志清的诗学看成了权力颠覆与被颠覆的关系。这种研究认为普实克充当了为主流的政治话语立法、辩护的角色,他的中国现代诗学是在意识形态规范的约束下生成的,对中国现代诗学一体化的形成起到了重要推动作用。这种研究将夏志清视为依据西方的审美标准去发现被主流的政治话语所遮蔽的文学事实的开拓者,他的中国现代诗学是在西方的审美标准指导下生成的,极大地推动了中国现代诗学审美潮流的发生。这种研究将权力关系视为单向性的颠覆与被颠覆的关系,而事实上,普实克与夏志清的论争中的权力关系比这要复杂得多,正如福柯所说:"权力以网络的形式运作,在这个网上,个人不仅在流动,而且他们总是既处于服从的地位又同时运用权力。"[1]在论争中,无论是普实克还是夏志清都不可避免地被意识形态所操控,他们的诗学观念、诗学研究的视角、诗学的表达话语都受到了他们所属的文化、机构和理念的制约。

第二种从中心化的思维出发,认为普实克与夏志清的论争实际上与具体的中国现代文学现象无关,其实质是他们的诗学观念、诗学研究的视角、诗学的表达话语背后的意识形态在冲突与交锋。这种研究将复杂的权力关系作了过于简化和片面化的处理,未能使普实克与夏志清的中国现代诗学的知识生产体系中的权力关系获得应有的重视。在福柯那里,权力是一种相互交错

---

[1] 米歇尔·福柯:《必须保卫社会》,钱翰译,上海人民出版社1999年版,第28页。

的网,它无所不在,不仅指涉政治意识形态,也与知识体系有关。

第三种虽然注意到了普实克与夏志清的知识体系对他们的中国现代诗学的影响,但总是在他们的知识体系与政治意识形态及权力之间划定一条明显的界限,把象征着真理和自由的知识领域与政治意识形态分割开来进行论述。这种研究忽视了知识与权力的关系以及普实克与夏志清的知识体系本身的复杂性。正如福柯所说:"哲学家,甚至知识分子们总是努力划一条不可逾越的界限把象征着真理和自由的知识领域与权力运作的领域分割开来,以此来确立和抬高自己的身份。可是我惊讶地发现,在人文科学里,所有门类的知识的发展都与权力的实施密不可分。"①可以说,普实克与夏志清的知识体系的复杂性,对他们的中国现代诗学的复杂性带来了极大的影响。在我们看来,要超越上述几种非此即彼二元对立论述的拘囿,就必须把对普实克与夏志清的中国现代诗学的抽象概括还原到具体的历史语境中,以整体性的视野重建被上述三种论述强行拆解、撕裂的文学与权力、知识与权力的历史联系,展现作为普实克与夏志清的中国现代诗学的理论基础的结构主义与新批评理论的矛盾性对他们建构的中国现代诗学的矛盾性的影响。

一

普实克与夏志清在建构中国现代诗学形象时首先面临的问题是:什么是中国现代文学?怎样界定与辨析中国现代文学与非中国现代文学?表面上看,中国现代文学是客观存在的现象与事实,它的内涵与外延都是确定的。然而,普实克与夏志清建构中国现代诗学的事实说明,他们对中国现代文学的内涵与外延的认识与理解是具有较大相异性的。这些相异性的认识与理解的背后,浮现的则是不同的政治意识形态和知识体系的影子。

考察普实克与夏志清中国现代诗学的具体内容和形式,我们可以发现,他们对中国现代文学的界定与辨析,都是由两种认识所支配的,即事实认识和价值认识。事实认识是普实克与夏志清对中国现代文学自身内部固有属性的认识,价值认识是他们对中国现代文学的价值判断。这两种认识,从不

---

① 米歇尔·福柯:《权力的眼睛》,严锋译,上海人民出版社1997年版,第31页。

同方面反映了中国现代文学的不同侧面和特性。与之相联系,普实克与夏志清对中国现代文学的真理性认识,也区分为事实真理和价值真理两种。对独立于研究主体之外的纯粹的中国现代文学自身内部固有属性和发展的内在规律的真实反映就是事实真理,对中国现代文学的价值属性及其与主体需要的关系的反映就是价值真理。前者往往以反映、符合中国现代文学自身固有的性质属性为标准,是一种偏重客观的真理;后者往往由社会共同体、文化共同体的价值信念、价值评价等所决定,是一种偏重情感的真理。

一般认为,由于受意识形态的影响,普实克的中国现代诗学观念偏重于"价值真理",他建构的中国现代诗学形象具有非常浓厚的主观性色彩。"在普实克看来,其他一切都不重要,只要作家尖锐地表示出了他的立场,只要他在社会斗争中采取明确的态度,他的艺术成就就可以在'一切方面'得到保证……所以,普实克的结论必然是:作品愈是少带感情愈好,愈是不让想象力充分发挥愈好。所以普实克才把抗战时期的解放区文学看作中国历史上最光辉时期的标志"[1],"当然,作为一个马克思主义者,他肯定是把社会经济力量及其附属的阶级结构作为贯穿他大多数小说的主题"[2]。应该说,普实克的中国现代诗学观念确实有偏重于"价值真理"的一面。这种偏重有时表现在他对中国现代文学的整体的认识上,有时也表现在他对中国现代著名作家作品的判断上。"到五四运动时,现代工业无产阶级加入了革命的行列,工人阶级在共产党领导下把革命的领导权从 1905 年以来孙中山的革命民主党领导的资产阶级和小资产阶级手中夺取过来。从五四运动之后,曾经是国际资产阶级革命一部分的旧民主主义革命成为新民主主义革命,变成了世界无产阶级革命的一部分。"[3]"即使是《野草》中记录的幻想和梦境也不是为了表现鲁迅的个人欲望和经验,正像 B. 克列特索娃在她的著作《鲁迅,他的生平和创作》(Praha,1953)中所明确指出的那样,它们的唯一主题是反抗,是中国人民的革命和整个中国社会的解放。"[4]在这里,普实克追求的与其说是认知意义

---

[1] 夏志清:《中国现代小说史》,刘绍铭等译,复旦大学出版社 2005 年版,第 333 页。
[2] 李欧梵:"前言",普实克:《普实克中国现代文学论文集》,李燕乔等译,湖南文艺出版社 1987 年版,前言页。
[3] 普实克:《普实克中国现代文学论文集》,李燕乔等译,第 35 页。
[4] 同上书,第 6 页。

上的事实真理,不如说是一种价值论意义上的价值真理。从他谈论的对象和内容来看,它们不是独立于主体之外的纯粹的客观实在,而是与主体情感紧密相连的。从评价的标准来看,他更多地依据的不是客体的尺度,而是主体自身的尺度。评价的标准与他的价值观念有着极为密切的关系。像"革命的行列""共产党领导""夺取过来""反抗""中国人民的革命""中国社会的解放"等语词与其说更多地涉及对象属性与规律的判断问题,不如说更多地涉及特定的社会共同体、文化共同体对事物的价值评价问题。

在许多研究者看来,与普实克的中国现代诗学观念偏重于"价值真理"相反,深受新批评理论影响的美籍华人学者夏志清的中国现代诗学观念偏重于"事实真理"。"夏志清深受英美新批评和李维斯'大传统'的影响,故而在小说撰写中注重文本的细读,表面看来较少政治和意识形态的干扰而注重艺术标准。"[①]应该说,无论是在与普实克的争论中,还是在对中国现代诗学的建构中,夏志清都在一定程度上表现出了对"事实真理"的偏重。夏志清认为,普实克对于"文学的历史使命和文学的社会功能"的偏爱,使得他在进行中国现代诗学的建构工作时"看起来像是一个特别说教的批评家"[②]。这种从"文学的历史使命和文学的社会功能"的角度去认识中国现代文学的方法与其说是建设性的,不如说是掠夺性的,因为它不以反映、符合现代文学自身固有的性质属性和发展的客观规律为标准,而是以现代文学能否满足意识形态的需要为标准。在夏志清看来,中国现代文学是一个独立的艺术世界,有自己独特的属性和发展的客观规律,与外在于文学作品的政治、社会等因素无关。因而,中国现代文学文本本身的存在既是中国现代诗学的研究对象,也是中国现代诗学研究的出发点和归宿。在《中国现代小说史》初版序言中,他强调:"本书当然无意成为政治、经济、社会学研究的附庸。文学史家的首要任务是发掘、品评杰作。如果他仅视文学为一个时代文化、政治的反映,他其实已放弃了对文学及其他领域的学者的义务。"从这种探寻中国现代文学的"事实真理"的文学观念出发,夏志清对普实克的那种将作者的意图当作评价中国现代文学作品成功与否的标准的方法不以为然,称其为"意图性的错误"。他

---

① 李昌云:《论夏志清与普实克之笔战》,《西华大学学报》(哲学社会科学版)2008年第2期,第62页。
② 夏志清:《中国现代小说史》,刘绍铭等译,第333页。

说:"根据卫姆塞特和比亚兹莱的理论,所谓'意图性的错误',是指混淆了诗(文学作品)与它的源泉,是哲学家所谓的起源性错误的一种特殊类型。当人们试图从写诗的精神缘故、缘由中去寻找具体评价标准时,就会犯意图性的错误'。也就是说,一位作家的意图,不管它能否给作品以价值,都不能用作'判断文学艺术成败的标准'。"[1]夏志清在这里强调的是,中国现代诗学不是对中国现代文学的价值真理的主观传输,而是对中国现代文学的事实真理的展现。因为,价值真理总是与作为客体的中国现代文学作品对创作主体、研究主体的有用性相联系,反映着创作主体、研究主体的某种文化意图和利益需要。事实真理真实地反映了独立于创作主体、研究主体之外的纯粹本体论意义上的中国现代文学自身固有的特性,即中国现代文学自身内部的本质及发展的客观规律。夏志清的这种对中国现代文学的事实真理偏重的文学观提示我们,中国现代文学的属性不应从外在于文学的历史、政治、经济、社会中去获得,而应该从具体的中国现代文学作品中去寻找。

如果我们的论述仅仅停留在此,我们当然可以得出普实克的中国现代诗学观念重"价值真理",而夏志清的中国现代诗学观念重"事实真理"的结论。然而,一切影响深远的诗学家的诗学观念都不是简单的,而是极为复杂的。普实克与夏志清的中国现代诗学观同样如此。普实克的中国现代诗学观念确实有偏重于"价值真理"的一面,夏志清的中国现代诗学观念也确实有偏重于"事实真理"的一面。然而,普实克与夏志清的诗学观既会受政治意识形态的影响,也会受他们的知识结构的制约。因而,我们如果从政治意识形态和哲学观的双重视角去审视普实克与夏志清建构的中国现代诗学形象,就会发现既相互联系又相互矛盾的较为复杂的形态。

普实克在建构中国现代诗学形象时,既是一个马克思主义者,也是结构主义语言学的主要流派之一的布拉格学派的重要成员。因而,他的中国现代诗学观念在受到马克思主义理论影响的同时,也打上了非常深刻的结构主义理论的烙印。众所周知,结构主义理论最为显著的特点之一就是强调"客观性""科学性",排斥主观的价值判断。为了摆脱将文学视为由政治、社会、经济所决定的旧有的研究模式,结构主义主张按照科学化的模式和标准来研究

---

[1] 夏志清:《中国现代小说史》,刘绍铭等译,第331页。

文学。结构主义的代表人物托多洛夫强调:"要从文学研究中除去任何价值判断。"①

结构主义的这种重视事实真理、排斥主观的价值判断的理论在普实克的中国现代诗学观念中主要体现为两点。首先,在认知态度上,普实克反对研究者的"价值判断",主张研究者的中立化。结构主义既然认为认识的核心体现在对客观真相、客观真理的揭示上,那么,它就要求认识主体尽可能还原客观事物的本质和规律。由此,普实克主张研究者在认识中国现代文学的本质和规律时要采取价值中立的立场。他强调:"如果一位研究人员不是旨在发现客观真理,不去努力克服自己的个人倾向性和偏见,反而利用科学工作之机放纵这种偏狭,那么所有科学研究都将是毫无意义的。"②"研究中国现代及最近的文学需要具有一种特殊程度的客观性,因为包括专业汉学家在内的绝大多数读者不能独立矫正作者的观点,因为他们对所涉及的问题不具备足够的知识,而且同评论英国、法国或俄国文学比较起来,在评论中国现代文学中,作者由于个人偏见而使观点带有倾向性甚至歪曲事实的危险要大得多。"③在他看来,夏志清的中国现代诗学观念之所以常常给人以"非科学""非客观"的印象,就是因为夏志清没有依据客观、科学的标准,总是根据自己的主观意图去评说中国现代文学作品。"不幸的是,正如我们将以一系列实例来表明的,夏志清此书的绝大部分内容恰恰是在满足外在的政治标准。只要读一下此书的章节标题,什么'左翼和独立派''共产主义小说''遵从、违抗、成就'等等,就足以看出,夏志清用以评价和划分作者的标准首先是政治性的而不是基于艺术标准。"④夏志清的这种根据自己的政治立场去评价中国现代文学作品的研究,使得他的中国现代诗学观念中充满着主观随意的判断,极大地影响了他对中国现代文学的事实真理的发现。"他此书的价值大大地降低了,因为它几乎没有任何评论可以不经过批判性的分析和重新评价而被采用,而且在很多地方它已堕入恶毒的宣传。"⑤这从另一个方面证明了研究者

---

① Todolov, *On Fantasy Works*, Cornell University Press, 1975, p.9.
② 普实克:《普实克中国现代文学论文集》,李燕乔等译,第211页。
③ 同上书,第211—212页。
④ 同上书,第212页。
⑤ 同上书,第251页。

在中国现代文学研究中保持价值中立立场的重要性。

其次,在认知结果上,普实克肯定精确性、普遍性的结论,反对不确定性、偶然性的结论。结构主义既然认为文学研究是一种科学、客观的研究,那么,它就要求认识主体的认知结果合乎科学规范,具有精确性、普遍性的特点。在中国现代文学研究中,这种精确性、普遍性的认知结果意味着研究者在认知过程中能够排除、摆脱主观意识的干预与影响,遵循科学的程序与规范对中国现代文学的内在特性与发展规律予以绝对而精确的把握,并使认知结果普遍且精确地解释与说明中国现代文学的事实真理。普实克指出,研究者在进行中国文学研究时,不要"把自己局限于非本质的枝节问题",而是要对作家的"文学作品进行系统的分析,不是只看到他个性中孤立和偶然的事物,而是把它们看做由作家艺术性格融合起来的艺术整体中的组成部分"①。倘若能这样做,研究者的认知结论就将具有精确性、普遍性的意义。夏志清的中国现代诗学中的一些认知结果之所以带有不确定性、偶然性的色彩,就是因为"夏在进行他的论证时,强调某些事实而隐瞒或闭口不谈其它事实,或者给某些事物加上它们莫须有的意义"②。在夏志清的《中国现代小说史》中,无论是对鲁迅的认知过程,还是对茅盾、丁玲等作家的认知过程,都具有一定的不确定性与偶然性,这导致夏志清对鲁迅、茅盾、丁玲等作家的一些作品的内在特性的把握是相对的和不准确的。

那么,为什么夏志清一方面标榜自己对中国现代文学事实真理的偏爱,另一方面自己的中国现代诗学观念在许多时候又偏重价值真理呢?造成夏志清中国现代诗学观念的这种矛盾性与复杂性的原因仅仅是普实克所说的政治意识形态的影响吗?应该说,政治意识形态对夏志清中国现代诗学观念的影响是显而易见的。不过,仅仅将夏志清中国现代诗学观念的矛盾性与复杂性的原因归结为政治意识形态的影响又是较为片面和有失公允的。事实上,我们如果将探寻的视野延伸到作为夏志清中国现代诗学观念的哲学基础的新批评理论,就会发现新批评理论的矛盾性与复杂性也是造成夏志清中国现代诗学观念的矛盾性与复杂性的重要原因。

---

① 普实克:《普实克中国现代文学论文集》,李燕乔等译,第228页。
② 同上书,第229页。

新批评理论是以重视文学的事实真理而闻名于世的。新批评派认为文学研究的出发点和归宿是作品本身，反对政治、经济、社会等外在因素对文学研究的干扰。这使人们很少想到新批评理论与意识形态的联系。当然，这并不意味着没有人发现新批评理论的复杂性。美国著名的文艺理论家杰拉尔德·格拉夫就极为敏锐地指出："因为新批评在反击两种相反立场的论辩中举棋不定，他们就经常由于自相矛盾的谬误而受到攻击。"[1]新批评派虽然和形式主义派一样将研究重心设定于文学语言形式研究，但新批评派自理查兹开始，就非常重视文学语言的现实的指称功能，强调批评家在注重文学审美特性的同时应具有人道主义精神。第一代新批评派的代表人物T. S. 艾略特说："宗教规定人的伦理、判断以及行为，小说影响人的行为与人品，文学描写与判断人的行为，这都必然关乎道德，因此文学自始至终要用道德的标准来判断。"[2]夏志清的中国现代诗学观念与新批评理论有着非常明显的承传关系。夏志清说："到了五十年代初期，'新批评'派的小说评论已经很有成绩。1952年出版阿尔德立基（John W. Aldridge）编纂的那部《现代小说评论选》（*Critiques and Essays on Modern Fiction, 1920—1951*），录选了不少名文（不尽是'新批评'派的），对我很有用。"[3]夏志清之所以说，"我总觉得同情心、爱心是人类最高贵的情操；好多人道主义的作品诚然写得非常拙劣，但在宗教文化业已衰颓的今日，人道主义的精神是不容我们加以轻视的"[4]，其中一个很重要的理论渊源就在于新批评强调人文关怀的理论。新批评虽然像形式主义派一样拒绝政治、社会因素对文学和文学研究的干涉，但新批评派又主张在对文学作品进行描述和说明之外，还要进行价值判断。当普实克指责夏志清在他的《中国现代小说史》中使文学标准屈从于政治偏见时，夏志清就引述新批评派代表人物韦勒克的话回击道："韦勒克（René Wellek）教授对文学研究和史学研究之间的区别做过很好的区分：'文学研究不同于历史研究之处在于它不是研究历史文件而是研究有永久价值的作品……简单说，他为了成为一个历史学家必须先是一个批评家。……人们做过多次尝试来摆脱

---

[1] 詹姆逊：《政治无意识》，王逢振、陈永国译，中国社会科学出版社1999年版，第48页。
[2] T. S. 艾略特：《艾略特诗学文集》，王恩衷编译，国际文化出版公司1989年版，第163页。
[3] 夏志清：《中国现代小说史》，刘绍铭等译，第7页。
[4] 同上书，第14页。

从这种深刻见解得出的必然的推论,不仅避免做出选择而且也避免做出判断,但是所有这些尝试都失败了,而且我认为必然会失败,除非我们想把文学研究简化为列举著作,写成编年史或纪事。'"①在文学研究中选择、解释、判断文学作品,其本身就是非常明显的价值判断。这就使得,尽管夏志清也承认普实克提倡的科学、客观的态度对于中国现代文学研究具有较为重要的作用——"正如普实克所认为的,理清文学传统间的影响或渊源关系,客观地比较作者的文学技巧,都是很重要的工作"②,然而,当夏志清将文学史家更多地等同于批评家而不是科学家,当夏志清说"我认为它的最主要的任务是辨别与评价",而不是叙述时,那么,他作为一个偏重判断的批评家对中国现代文学作品的判断就不能不带有强烈的意识形态色彩。

尽管普实克与夏志清都极力强调自己是中国现代文学的事实真理的追求者,指责对方是中国现代文学的价值真理的守护者,但是,二者的文学观念实际上异中有同。那就是,他们在强调中国现代诗学是中国现代文学自身内部固有属性和发展的内在规律的真实反映的同时,又常常根据某种哲学观和文化意图对中国现代文学进行充满意识形态色彩的判断。这说明,对中国现代文学的完整的认识,必然是对中国现代文学的事实属性和价值属性的统一的反映。因为中国现代文学本身是由事实层次和价值层次两个基本的层次构成的,二者共同生成了中国现代文学的质的规定性。因而,研究者无论将事实层次还是价值层次作为中国现代文学的全部内容,都会将拥有诸多属性的整体的中国现代文学抽象地、机械地割裂开来,都不能获得对中国现代文学的完整认识。

二

福柯指出:"在人文学科里,所有门类的知识的发展都与权力的实施密不可分。当然,你总是能发现某些独立于权力之外的心理学理论或社会学理论。但是,总的来说,当社会变成科学研究的对象,人类行为变成供人分析和

---

① 夏志清:《中国现代小说史》,刘绍铭等译,第 329—330 页。
② 同上书,第 326 页。

解决的问题,我认为,这一切都与权力的机制有关,所以,人文学科是伴随着权力的机制一道产生的。"①以此观之,说普实克和夏志清的论争主要是政治意识形态之争在文学史撰写中的表现肯定失之偏激,但普实克和夏志清所属的那个群体的政治意识形态和哲学观的确渗透于他们建构的中国现代诗学形象中却是事实。这种渗透,一是表现在他们的中国现代诗学观念上,二是表现在他们界定的中国现代诗学空间上。

如上所述,普实克和夏志清的中国现代诗学观念是存在着差异的。这种诗学观念的差异,又会导致他们组织、划分的中国现代文学空间的权力尺度不同。在现有的中国现代文学事实中,选择哪些作家进入文学史,进入文学史的作家作品中哪些需要专章论述,哪些可以简略论述,这些都渗透着普实克和夏志清个人的价值观念和主观判断。

那么,普实克和夏志清又是依据何种价值尺度组织、划分中国现代文学空间的呢?他们对中国现代文学空间的组织、划分的贡献与局限何在?这是需要我们回到他们建构的中国现代诗学的现场,对其进行历史性还原以后才能回答的。

新批评派在诗学上作出的一个突出的贡献,就是建构了以文学文本为本体的原则。在新批评派看来,无论是社会-历史批评,还是精神分析理论,都将文学看成了其他社会科学的奴婢,忽视了文学独特的地位和审美价值。与之相反,新批评派认为,文学的本体是作品,文学研究必须将文学文本作为批评的本体对象。韦勒克和沃伦指出:"文学研究应该是绝对'文学'的。"②新批评派的这种以文本为中心的诗学本体观和批评方法,使新批评诗学深入到长期被以作家为中心的社会-历史批评和以读者为中心的印象式批评忽略的文本本体,极大地拓展了诗学的发展空间。

夏志清说:"我早年专攻英诗,很早就佩服后来极盛一时的新批评的这些批评家。"③因而,与新批评派一样,夏志清强调指出:"我所用的批评标准,全

---

① 米歇尔·福柯:《权力的眼睛》,严锋译,第 31 页。
② 勒内·韦勒克、奥斯汀·沃伦:《文学理论》,刘象愚等译,江苏教育出版社 2005 年版,第 2 页。
③ 季进:《对优美作品的发现与批评,永远是我的首要工作——夏志清先生访谈录》,《当代作家评论》2005 年第 4 期。

以作品的文学价值为原则。"①由此出发,夏志清认为,中国现代诗学的建构者应当打破既有中国现代诗学的框架,为中国现代诗学确立一个更为合乎中国现代文学本质和规律的新的架构。他说:"就现代中国文学来说,由于中国国内的批评家本人往往也参加了现代文学的创造,难免带有偏见。他们在文学批评方面的修养也难以信赖。因此,我们在研究中国现代文学时,就更应当另起炉灶。"②在夏志清看来,中国现代诗学的新炉灶架构的出发点和根据不可能是别的什么东西,而只能是中国现代文学的审美本质和发展规律。正因如此,在他撰写的《中国现代小说史》中,他将"优美作品之发现和品评"视为自己的首要工作。

那么,什么样的作品才是"优美"的呢?夏志清认为,"写出人间永恒的矛盾和冲突"的作品就是优美的作品。这是因为,文学的审美价值是由作家在创作中"借用人与人间的冲突来衬托出永远耐人寻味的道德问题"来实现的③。"道德""人性"这两个具有对立性质的概念的对立或综合竟然能体现出审美价值,这意味着,夏志清并非一些学者所想象的那样不讲功利,只不过,他有着自己独特的兼顾文学的艺术性与人生性的超现实的功利观,那就是,作家应当用艺术的方法,表现他对于他人的道德关怀。这种道德关怀主要表现为情感倾向。这种情感倾向虽然带有功利色彩,但它既不指向个人物质欲望的满足,也"超越了作者个人的见解与信仰"④,而与大众的利益相联系,体现出了作家的审美理想。张爱玲、沈从文、钱锺书、师陀等作家之所以在他撰写的《中国现代小说史》中获得了极为重要的位置,就是因为这些作家在他们的作品中将"道德""人性"这两个具有对立性质的东西进行了包容和综合。在夏志清看来,张爱玲的《金锁记》具有很高的审美价值,那是因为其"道德意义和心理描写,极尽深刻"⑤。沈从文的小说具有很高的审美价值,那是因为其"对人类纯真的情感与完整人格的肯定"⑥。钱锺书的小说也具有很高的审美价值,那是因为其总是"表现陷于绝境下的普通人,徒劳于找寻解脱或依附

---

① 夏志清:《中国现代小说史》,刘绍铭等译,第 327 页。
② 同上书,第 326 页。
③ 同上书,第 12 页。
④ 同上。
⑤ 同上书,第 261 页。
⑥ 同上书,第 145 页。

的永恒戏剧"①。由此,借助"人性"与"道德"的双重视角,夏志清独具慧眼地以长篇专章的形式将潜伏的这些作家作品的独特的审美价值揭示出来,使我们感受到了这些作家努力以综合和调和具有对立性质的东西的方式建构理想化生命形态的诗性气质。

实际上,夏志清的对立调和的审美价值观与新批评派的审美观有着非常密切的联系。瑞恰兹在《文学批评原理》一书中指出:"通过容他性而不是排他性而达到的这种稳定的平衡态势,并不为悲剧所特有。它是一切具有最高价值经验的艺术的一个普遍特征。"②瑞恰兹等新批评派以综合和调和为核心提出的审美观,为夏志清解释何为中国现代文学的"优美"的作品,提供了一种理论依据。只不过,夏志清对新批评派的理论进行了一定程度的修正。新批评派的对立调和论虽然与意义有关,但它重在文学结构本身,夏志清的对立调和论则较为注重作品内在意义的对立调和;新批评派的对立调和论主要关涉文学作品,属于文学批评论,而夏志清的对立调和论则关涉作者和作品两方面,属于文学创作论和文学批评论。这一修正无疑有利于夏志清的中国现代诗学被更为广泛的人群接受,同时也使他的审美价值观充满着复杂性与矛盾性。

如果说作为夏志清的中国现代诗学的哲学基础的新批评的文本具体分析就是要把长期被社会、历史等批评所遮蔽的文学的特殊性、个别性和感性还原出来,那么,作为普实克的中国现代诗学的哲学基础的结构主义则以普遍性、共同性、整体性为特点。正因如此,一般认为,夏志清依据特殊性、具体性、个别性的价值尺度从现有的中国现代文学事实中进行提取和整合的方法扩大了中国现代文学的空间,而普实克依据普遍性、共同性、整体性的价值尺度从现有的中国现代文学事实中进行提取和整合的方法则削减、压缩了中国现代文学的空间。

应该说,普实克确实是依据普遍性、共同性、整体性的价值尺度从现有的中国现代文学事实中进行提取和整合的,这种提取和整合的方法也确实对不符合普实克的中国现代诗学本质观的异质文学空间进行了压缩。一方面,普

---

① 夏志清:《中国现代小说史》,刘绍铭等译,第279页。
② 转引自陈本益:《新批评的文学本质论及其哲学基础》,《重庆师院学报》(哲学社会科学版),2001年第1期。

实克在重视中国现代文学发展的系统性的同时，忽视了它的特殊性。与新批评强调细读，注重对单篇作品中的字、词、句的解读不同，结构主义总是将文学史视为一个整体，认为文学作品不过是某一抽象的文学系统和文化系统的表现。在建构中国现代诗学空间时，普实克就极为强调文学系统和文化系统对解读具体的中国现代文学史作品的重要性。事实上，这种寻找文学系统和文化系统的结构主义方法虽然有利于发现中国现代社会发展的普遍性规律，却也不时以语言学、政治学、经济学的术语淹没了中国现代文学自身发展的特殊性。夏志清在回应普实克的批评时说："意图主义方法也影响着他对整个中国现代文学的理解。在普实克的观念中，文学不过是历史的婢女。"[①]说法虽然有些夸张，但也指出了普实克建构中国现代诗学空间的方法存在的一些问题。

另一方面，普实克在重视中国现代文学发展的普遍性、整体性的同时，也存在着忽视它的具体性与个别性的问题。如果说新批评总是从文学作品最细微处的字、词入手，对它们的声音层面、意义层面、象征层面等进行精细的分析，结构主义则往往把某一个作家的许多作品和许多作家的同一类型的作品看作一个整体，强调的是一个作家的许多作品和许多作家的同一类型的作品之间的共性，而不是个性。由此，普实克在建构中国现代诗学空间时，有时并没有像夏志清那样对单一作家的单一作品中的语词表意的丰富性、运用的技巧性以及语词与语词构成的纵向与横向的关系进行极为细致的考察，而是将个体性的作家、个别性的作品作为普遍性的结构关系整体的一部分、一个环节而加以审视。对这种普遍性、整体性原则与方法的追求，反映了20世纪人文科学研究科学化的趋势。它的意图之一，就是想通过把握稳定的文学系统的普遍性的结构关系，从而使文学研究更为科学、准确、有效。应该说，普实克这种对中国现代文学系统的普遍性的结构分析，对我们了解中国现代文学系统以及某一作家的同类作品和许多作家的同类作品中的结构形态确实很有帮助，但有时又疏于对单一作家、单一作品的个体性的实质进行细致入微的阐明。正因如此，夏志清指责普实克道："普实克奉献了二十页评论给鲁迅，但对我在《小说史》中详细逐个评论的其他作家，却在题为'作家群像'的第三部分作了合并处理，而且只用了十二多页，重点也主要放在茅盾、老舍

---

① 夏志清：《中国现代小说史》，刘绍铭等译，第332页。

（主要是抗战前的茅盾和老舍）、叶绍钧、丁玲、赵树理等数人身上，连张天翼、沈从文、巴金等著名作家也没有提到。我曾费了很大努力指出张爱玲同钱锺书在文学上的成就，普实克也置之不理，认为他们不过是对我胃口的作家而已。一位坚持'科学客观'的学者竟持这种态度，决不能说是公正的。"①

那么，我们接着要追问的是，重整体性、普遍性的结构主义理论、方法难道对中国现代诗学空间的组织、划分只具有消极性的影响？它对中国现代诗学空间有积极性的影响吗？重个体性、具体性的新批评理论、方法难道对中国现代诗学空间的组织、划分只具有积极性的影响？它对中国现代诗学空间有消极性的影响吗？要回答这些问题，我们需要回到结构主义和新批评理论、方法的本身以及普实克和夏志清建构的中国现代诗学空间的现场才能应答。

众所周知，新批评非常强调对个别性的作品的微观分析，但是，离开整体谈个体性，将会导致只见树木不见森林的问题出现。新批评拒绝在社会历史背景中对个别性的作品进行细读，这将使被解读的作品成为静态、孤立的文本。与之相反，结构主义中的个体，既是作为文学系统中一个不可分割的部分，也是整个社会系统中一个不可分割的部分。因而，结构主义认为，要阐明个别性文本的丰富的意义，既要观察文学系统中树木与树木之间的共时性关系，也要探究树木在整个社会系统中发展、演变的历时性过程。

结构主义理论、方法的这种优长和新批评理论、方法的这种偏狭自然影响到普实克和夏志清建构的中国现代诗学空间。具体而言，这种影响主要表现在两个方面。

第一，中国文学系统与其他系统的关系。结构主义虽然不赞同将文学与政治、经济、社会的关系看成决定与被决定的关系，但却认为它们之间存在着相互作用、相互影响的关系。著名结构主义文学理论家罗兰·巴尔特指出："结构主义并不是把历史从世界撤走，它企图把历史不仅与某些内容联系起来（这个已经作过上千次了），而且与某些形式联系起来，不仅与材料而且与理论联系起来，不仅与意识形态而且与美学联系起来。"②在罗兰·巴尔特等

---

① 夏志清：《中国现代小说史》，刘绍铭等译，第347页。
② 罗兰·巴尔特：《结构主义——一种活动》，袁可嘉译，《文艺理论研究》1980年第2期。

结构主义文学理论家看来,一定时代的文学、政治、历史等都属于某一个大的系统,并居于这个大的系统中的一定关系中,这种关系是不以人的主观意志为转移的客观存在,对作为子系统的文学、政治、历史具有重大影响。因而,人们在研究文学作品时必须从系统出发,对文学系统与其他系统彼此间的影响和作用进行系统考察,从而达到对文学系统的整体性的把握,揭示所研究的文学作品在大系统里的特质与功能。在这一点上,作为结构主义中最为重视文学系统与其他系统关系的布拉格学派的一员,普实克的观点较之罗兰·巴尔特等结构主义文学理论家的看法更为深刻、具体。在普实克看来,中国现代文学史是文学系统与其他系统交互影响和作用的一个复杂而开放的结构系统。一个作家的作品,一个社团、流派作家的作品的意义并不取决于现代文学现象本身,而是取决于文学系统与其他系统之间的关系。"文学的发展是一个内在过程,还是由社会力量所决定的。"[1]因而,研究者要完整地认识与理解中国现代文学的事实属性,就必须揭示中国现代作家"之所以选择这条道路的必然性,并描绘出决定中国现代文学之特征的历史背景"[2]。在普实克的中国现代诗学中,结构被理解为文学系统与其他系统的关系或确定了的社会力量与历史秩序。这种各子系统的性质生成大系统的性质,大系统的性质又制约各子系统的性质的关系论和结构论,无疑为中国现代诗学发现并确定中国现代作家、社团、流派、思潮的作品的新意义,提供了一种极具启示性的理论视角和方法。从某种程度上说,这种淡化单一作家、文学事件,以说明、解释的方法,而不是个体化的批评方法,注重在中国现代文学史发展的宏观态势、文化背景上探索单一作家作品、文学事件产生的动力机制,旨在把握文学系统与其他系统的整体性的联系的理论,为普实克的中国现代诗学空间赋予了一种多元动态的框架,一种宏阔深远的诗学家的思维、眼光和视界。

普实克这种以文学系统与其他系统关系为其内容,强调相互关系而不是脱离特定文化环境和具体社会历史背景去讨论单一作家作品意义的理论与方法,击中的正是夏志清和英美新批评理论和方法把现代作家作品孤立起来进行研究的软肋。与结构主义理论不同,新批评一般不承认文学系统与其他

---

[1] 普实克著,李欧梵编:《抒情与史诗——现代中国文学论集》,郭建玲译,上海三联书店2010年版,第31—32页。
[2] 普实克:《普实克中国现代文学论文集》,李燕乔等译,第97页。

系统的关系,认为文学系统作为自足、自主的整体与政治、社会、历史等系统是分离无涉的。他们只重视对单一作家作品进行封闭、绝缘、孤立的细读,而忽视社会历史大系统的结构规律对文学作品内在结构的重要影响。

事实上,一方面,文学固然有其独特的地位与价值;另外一方面,文学又不能脱离政治、社会、历史的土壤进行悬空式的发展。至于发生在民族矛盾、阶级矛盾极为尖锐、复杂的社会和历史环境中的中国现代文学更是如此。在这种社会和历史环境中,作家时时感受到社会现实的急迫要求。"正是这种不受阻碍的直面现实的要求,使艺术家们不得不一再地面对如何在艺术层面上表达和贴近现实生活的问题。"[1]正因如此,普实克认为,夏志清设置的单纯的审美价值标准是无法有效地应对中国现代文学历史事实的复杂性的。与其说长在中国、生活在美国、操持着西方式的话语的夏志清不理解中国现代内忧外患的社会形势,不如说他是故意漠视中国现代社会与中国现代文学的这种紧密的联系。他"视而不见为在政治上和文化上正在觉醒,而大多数仍是文盲的广大民众创造一种新文学艺术的紧迫需要"[2]。因而,他"未能对一位作家的作品作出系统的分析,而只满足于将自己局限在纯属主观的视察","为了成就他的议论,故意强调某些事物而抑制或隐瞒另一些,又或者给事物增添了非原有的意义"。这种"抑制"表现在,"由于缺乏对于文学社会作用的理解,夏志清居然连那些他本人都完全承认其价值的中国理论家们都要加以责难,说他们过分关注社会问题。例如,他声称胡适已申明自己忠实于'现实主义',指责他持有'把文学作为社会批评工具的狭隘观点'"[3]。这种"隐瞒"表现在,他"把文学创作的成品看作超脱历史时空自身具足的存在物。如影响过他的'新批评'一样,他从所谓具有普遍性的一套美学假定出发,凡合乎西方伟大作品的准据亦合乎中国的作品"[4]。在叶维廉看来,由于中国现代作家与西方作家所处的时代、历史、社会环境不同,因而,夏志清这种将文学作品从具体的时代、历史、社会环境中抽离出来,用西方模子中的美学假定去审视中国现代文学的方法,是不能够系统地把握中国现代文学的整体性特征的。

---

[1] 普实克著,李欧梵编:《抒情与史诗——现代中国文学论集》,郭建玲译,第87页。
[2] 普实克:《普实克中国现代文学论文集》,李燕乔等译,第222页。
[3] 同上书,第216页。
[4] 叶维廉:《叶维廉文集》第二卷,安徽教育出版社2003年版,第226页。

第二,中国文学系统内部各子系统之间的关系。结构主义系统论的整体性原则,既要求研究者在研究文学作品时必须从系统出发,对文学系统与其他系统彼此间的影响和作用进行系统分析,也要求研究者对文学系统内部整体与部分、部分与部分之间的相互联系进行系统分析,从而达到对处于共时性和历时性坐标上的文学系统的完整、全面的认识与了解。正缘于此,普实克在建构中国现代诗学空间版图时将触角伸向了中国文学系统的各个组成部分。只不过,与一般结构主义主要从语言和原型的角度考察文学系统内部各部分之间的关系有所不同,普实克主要是用结构要素来分析中国文学系统内部各部分之间的关系的。

一般的中国现代诗学著作,都将中国现代文学视为对中国古代文学进行革命的产物,然而,普实克在考察中国现代抒情文学与中国古代文学的结构性联系时,借助于对"主观主义、个人主义"两个结构要素的分析,独具慧眼地发现中国现代文学与中国古代文学的关系不仅不是断裂的,而且具有统一的结构性联系。[①] 在考察中国现代不同作家作品的结构性联系时,他则极为注重"作家创作个性"与"艺术特性"两个方面的结构要素。在他看来,一个研究者应该"准确地描述和区分不同作家的作品并找出它们的主要特点……对他们的创作个性和艺术特性阐述得更多些……对他们的创作个性做一系统阐述"[②]。在考察中国现代同一作家的不同作品的结构性联系时,普实克强调的则是作者的"艺术性格"和"艺术整体"两个方面的要素。一个诗学家研究一个作家,不要"把自己局限于非本质的枝节问题",而是应该对这个作家的"文学作品进行系统的分析,不是只看到他个性中孤立和偶然的事物,而是把它们看做由作家艺术性格融合起来的艺术整体中的组成部分"[③]。由此可见,系统性和结构要素,是普实克界定中国现代诗学空间时非常重视的关键词,也是他组织、分配中国现代诗学空间的一个极为重要的标准。正是依据这一标准,普实克既在纵向上梳理了中国现代文学的渊源、产生以及发展过程,又在横向上拓展了中国现代文学与西方文学以及中国现代文学子系统内部不同时期、不同作家乃至同一作家不同作品之间的联系,并在这种广泛的联系中

---

① 普实克:《普实克中国现代文学论文集》,李燕乔等译,第28页。
② 同上书,第224页。
③ 同上书,第228页。

突显了作为大系统的中国现代文学和作为小系统的不同时期、不同作家乃至同一作家不同作品的独特性和现代性意义,从而在一定程度上扩充了中国现代诗学的内在空间。

与结构主义理论不同,新批评既不承认文学系统与其他系统的关系,也不重视文学系统内部各子系统之间的关系,而是主张对于单一作家作品予以深入研究。这种从单一作品出发,而不是把它放在文学系统内部各子系统之间的对话关系中进行分析的研究,常常会陷入以孤立的文本为中心的漩涡,导致诗学空间的偏狭。这种问题在夏志清的中国现代小说史研究中并不少见。

我们知道,由不同时段构成的文学整体一旦形成,整体内部的结构就会具有一定的稳定性。在不同的时候,新时段的文学可能以不同方式对整体外在的结构进行一定的调整、修正,但由不同时段构成的文学整体的内部结构并不会发生巨大的质变。然而,夏志清在考察中国现代文学的动力机制时,却将中国现代文学从中国文学系统中抽离出来,将它的发生视为在西方文化影响下的结果,没有发现中国现代文学与中国古代文学之间深刻的内在精神血脉的承继关系。因而,普实克批评夏志清道:"更仔细地研究一下夏志清对中国文学在这一革命时期的发展的描述我们就可以看出,他未能把他在研究的文学现象正确地同当时的历史客观相联系,未能将这些现象同在其之前发生的事件相联系或最终同世界文学相联系。"[1]在不同作家作品的关系方面,普实克批评夏志清道:"同样由于缺乏对材料进行系统和科学的研究,夏志清未能发现这一时期作家的相互关系,以及他们创作方法上的相似之处,而这些至少可以为系统地划分作家提供依据。"[2]夏志清忽视不同作家作品的关系导致的后果是,他采纳了他所推崇的利瓦伊斯在《伟大的传统》中所运用的"排除法"来建构中国现代诗学的"新的传统",在将张爱玲、钱锺书、沈从文、师陀等合乎他审美价值观的作家纳入中国现代诗学"新的传统"空间版图的同时,将许多不合乎他审美价值观的作家驱除出了他的中国现代诗学"新的传统"空间版图。在中国现代作家中,"左翼作家当时占多数,他们在日本侵

---

[1] 普实克:《普实克中国现代文学论文集》,李燕乔等译,第220页。
[2] 同上书,第221页。

占时期背离沿海的家乡,撤退到内地去支援抗战。对他们的英雄主义精神,夏志清不但未能给予一个合理的评价,反而试图予以抹杀"①。郁达夫"在创造社这一相当重要的团体中,他是夏志清给予了评价的唯一作家"②。"对于解放区产生出的优美短篇小说,夏志清也只字未提,尽管韦君宜、王林和康濯的短篇,以及华山和刘白羽的报告文学作品都保持了战争前中国短篇小说所达到的高水平。"③此外,"有一些奇异的作家如废名等也未进入其视野,赵树理、孙犁也远离着视线。夏志清的研究显然有精英的态度,作为王瑶先生的对立面,他是不是故意校正流行的观念,以此引人注意呢?"④我们认为,夏志清之所以这样做,除了政治意识形态的原因外,在方法论上,夏志清没有将不同的中国现代作家作品放在中国现代文学这个系统中加以评估,迷醉于"审美中心论"而导致了认识上的片面性,也是一个非常重要的原因。

在同一作家不同作品之间的联系方面,普实克批评夏志清道:"他不能对一位作家的作品做系统的分析,而只满足于将自己局限于主观的观察。"⑤鲁迅、丁玲等中国现代作家的作品系统,都是由不同时期的作品构成的,都具有某种相对稳定、统一的结构方式。得力于这一稳定、统一的内在结构,鲁迅、丁玲等中国现代作家不同时期的作品在一种关系网络之中发生着内在的联系,成为无法割裂、分离的关系整体。然而,夏志清在对鲁迅、丁玲等中国现代作家的作品进行研究时,就偏偏将他们由不同时期的作品构成的关系整体强行分割。夏志清在评论鲁迅时说道:"1929年他信仰共产主义以后,成为文坛领袖,得到广大读者群的拥戴。他很难保持他写最佳小说所必需的那种诚实态度。"⑥这说明,"他全然看不到鲁迅贯穿一生的批判民族集体无意识(即'国民性')的深广内涵,也完全看不到这一内涵并没有受到他加入左联一事的影响"⑦。他"在《中国现代小说史》中尽管对丁玲的早期作品有所肯定,但它又以一九三一年丁玲加入共产党为界限,把这之后的小说全说成是'宣传

---

① 普实克:《普实克中国现代文学论文集》,李燕乔等译,第213页。
② 同上书,第247页。
③ 同上书,第249页。
④ 孙郁:《文学史的深与浅——兼评夏志清〈中国现代小说史〉》,《中国图书评论》2006年第3期。
⑤ 普实克:《普实克中国现代文学论文集》,李燕乔等译,第228页。
⑥ 夏志清:《中国现代小说史》,刘绍铭等译,第34—35页。
⑦ 刘再复:《张爱玲的小说与夏志清的〈中国现代小说史〉》,《视界》2002年总第7期。

上的滥调',根本无视《我在霞村的时候》等优秀作品的存在"①。事实上,鲁迅、丁玲等中国现代作家在认识社会、世界的过程中,虽然受主客观条件的限制,不同时期的具体认识角度、水平有差异,但任何后一时期的认识都是在前一时期的基础上进行的,它与前一时期的认识构成了一种认识上的时间持续性整体。这种认识上的时间持续性整体是不容分割的,夏志清要将这种整体切割成彼此孤立、互不相关的几个部分,获得的就只能是对鲁迅、丁玲以及他们的作品的一种片面的认识,而不是对他们不同时期作品构成的整体性的系统把握。

韦勒克指出:"在文学史中,简直就没有完全属于中性事实的材料。材料的取舍,更显示对价值的判断;初步简单地从一般著作中选出文学作品,分配不同的篇幅去讨论这个或那个作家,都是一种取舍与判断。甚至在确定一个年份或一个书名时都表现了某种已经形成的判断,这就是在千百万本书或事件之中何以要选取这一本书或这一事件来论述的判断。"②就此而论,无论是普实克还是夏志清,他们对鲁迅、丁玲等中国现代作家作品的选择与判断都是一种接受与排斥、彰显与遮蔽的权力形式的体现。只不过,与政治、经济权力相比较,这种在他们哲学观影响下的中国现代诗学中的权力更为隐蔽,它往往隐含在他们的中国现代诗学观念、诗学空间之中。换句话说,由普实克与夏志清中国现代诗学观念的差异所带来的中国现代诗学空间的框架和范围的差异,其实不过是隐含在他们的中国现代诗学话语中的权力的差异性的表现。正是这种权力差异性的存在,生成了普实克与夏志清建构的中国现代诗学形象的差异。夏志清建构的中国现代诗学形象是他"拿富有宗教意义的西方文学名著尺度来衡量中国现代文学"的生成物③。他试图以西方特有的基督教观念与精神等文化模式作为解释世界发展的普遍法则,构筑起一个中国现代文学的西方化模式。在这一原则下,他轻率地排除了中国现代文学自身发展中一些独特而又重要的经验,将中国现代文学的发展史诠释为"维护

---

① 刘再复:《张爱玲的小说与夏志清的〈中国现代小说史〉》,《视界》2002年总第7期。
② 勒内·韦勒克、奥斯汀·沃伦:《文学理论》,刘象愚等译,第33页。
③ 夏志清:《中国现代小说史》,刘绍铭等译,第14页。

人的尊严"和寻求现代性的自我的西方化的历程。与之不同,普实克虽然是一个捷克人,却以超凡的理解力与同情心建构了一个富有自主性和能动性的中国现代诗学形象。他将中国现代文学的历史诠释为建立现代化国家和寻求个人、民族的现代性的历程,强调了中国现代文学的现代性发展的动因主要在于自我社会的发展,而不是单纯接受西方文化冲击的结果。在他这里,中国内部的社会和文化传统不仅不再被简单地视为中国现代文学的现代性发展的阻力,而且被看作中国现代文学的现代性发生、发展的渊源。由此,普实克创造出了一个既积极回应外部的西方文化的冲击,也具有内在的自我创新能力并不断向现代性积极迈进的中国现代诗学形象。在我们看来,理想的中国现代诗学形象应该是既立足于自我,又融合了他者文化之优长的形象。为了建构这一理想的中国现代诗学形象,我们必须抛弃那种非此即彼的二元对立思维的制约,在对中国现代文学真理性的认识上,我们要坚持将事实与价值、事实判断和价值判断相结合的原则与方法;在对中国现代文学空间性的认识上,我们在注重中国现代文学独特性价值的同时,也要注重它与中国古代文学、当代文学保持的一种稳定的结构性联系;在注重对单一的现代文学作品的声音层面、意义层面、象征层面等进行纵深式挖掘的同时,也要注重中国现代文学系统与有关的外国文学系统和政治、经济系统的广泛性的联系。在研究视野上,我们既要广泛汲取西方流行理论和学术话语方式的优长,又要避免让中国本土上发生、发展的中国文学以及生成的文学经验、资源成为西方流行理论和学术话语的注脚,以中西融合的批评视野考察中国自由主义文学、左翼文学、保守主义文学等各种本土文学实践对西方式现代性的丰富与拓展。

灾难的意义与转化
——解读后灾难文学中的生命叙事

翁丽嘉　袁勇麟
（福建师范大学）

　　灾难始终伴随着人类文明的发展，是人类文化记忆的重要组成部分。人们记录灾难，或抒发内心的痛苦，或控诉天地无情，或追问生存的意义。现代社会还通过极端的想象推导出末日图景，以科幻的形式质疑人类文明的高度发展是否终将导向一场全球性的灾难。如何面对灾难，是人们体悟现实、展望未来时都不得不思考的问题。

　　20世纪80年代以来，不同批评话语参与了当代价值观念体系的重新阐释与再建构，灾难叙事也因此呈现出不同以往的多元宏观视野。与此同时，"记忆"突破了"文化""意识形态"等概念的局限性，成为解读灾难文学与创伤书写的时髦理论。目前，中西方关于"记忆"的文学批评研究多偏向集体记忆背后的权力机制，以人道灾难为主要研究对象，如大屠杀幸存者书写的"见证文学"。扬·阿斯曼（Jan Assmann）在莫里斯·哈布瓦赫（Maurice Halbwachs）的"集体记忆"（collective memory）与保罗·康纳顿（Paul Connerton）等人的"社会记忆"（social memory）的基础上，提出了"文化记忆"（cultural memory）。这种对"文化记忆"的建构，是出于社会道德和伦理责任的目的，通过控诉灾祸来释放被压抑的社会情绪，通过追责让某一群体共同承担创伤后果，以此抚慰社会精神创伤，发挥出文化的生产、建构、凝聚等功能。所谓天灾人祸，人道灾难有源可溯、有因可究，自然灾难也能如此吗？面对自然灾难，人们内心的控诉似乎无的放矢，个体的精神创伤又应当如何抚平呢？

　　关于受创者如何走出天灾阴影的后灾难书写，仍是目前文学创作与评论都较少关注的部分。本文以阿来的《云中记》与李西闽的《幸存者》《救赎》《我们为什么要呼救》为主要的观察对象,前者是亲历汶川大地震的作家以幸存者视角书写的生命悲歌,后者是作家通过跨文体写作的方式显示他灾后十年的受难心路历程。这两种呈现创伤记忆的特殊文本都有利于读者聚焦个体的精神世界,深入解读后灾难文学中的生命叙事。

一、受难:创伤记忆与情感认知断裂

所有人生命的尽头都是死亡,然而生死议题却并不是每个人都会预习和思考的功课,未切身感受生离死别带来的缺憾,死亡就始终只是一个抽象的概念。天灾在瞬间破坏人类社会正常的生活秩序、动摇个体生命体验的稳定性,让人猝不及防地直面死亡,即便天灾随后便拂袖而去,却给幸存者留下难以抚平的心灵之殇。后灾难文学作为围绕创伤经验展开的记忆书写,并不意在反映社会上具体的灾后重建工作,而是以文学之笔道出受创者记忆深处的生命之痛,反映其灾后精神世界产生的变化。作家阿来与李西闽均意识到灾难对个体心灵造成的影响,他们围绕灾难的记忆书写生动地表现出灾后个体情感认知结构方面的断裂感,以一种深刻的生命体验引发读者的同情与反思。

2008年4月29日,李西闽在新浪博客发表《死亡其实是那么的真实》,写下他梦中的死亡体验:

> 我在黑暗中大口地呼吸着,胸口像是被压了一块沉重的石头。我看不清任何东西……我怎么死了?我清醒地感觉到我还活着,自己的思维还是那么的灵敏,只是我浑身不能动弹,整个身体像是被捆住了。①

半个月后,在汶川大地震的废墟中被困长达76小时的李西闽最终获救。在他生命垂危之时,所有人都惊讶于这篇文章的"先见之明"。此后十年,李

---

① 李西闽:《死亡其实是那么的真实》,新浪博客,http://blog.sina.com.cn/s/blog_4771440101009akt.html,最后浏览日期:2021年11月1日。

西闽陆续完成了散文《幸存者》、小说《救赎》以及纪实小说《我们为什么要呼救》,展现他劫后余生的心路历程,当中包含着对宿命与生死之思的反复求索。从灾难截断个体生命体验的那一刻起,一条漫长的受难之路便开始了。

李西闽在震后两个月内完成了《幸存者》,当中的每字每句代表着他被埋在废墟里的每分每秒,作品因此呈现出鲜活清晰的记忆和心理活动,作家也凭借此书获得"第七届华语文学传媒大奖年度散文家奖"。李西闽并不质疑命运的主宰性,他甚至在作品与访谈中多次表达并强调宿命论。《幸存者》"预兆"的第一句话就是:"世间发生的任何事情都会有预兆吗?我相信有。"[1]深陷废墟之时,李西闽回想起上苍曾多次发出的"警告",如好友易延端开车到成都机场接他,却因迷路并迟迟找不到开出成都的路,似乎冥冥之中阻拦他们去危险的地方。真正令李西闽困惑的是,为何命运偏偏选中他作为幸存者,自己获得重生的意义又是什么呢?地震后第二年,小说《救赎》的出版,或许是作者对这一问题的回应。但《救赎》并没有达成书名所寄予的期盼,帮助作家完成心灵救赎,小说当中对痛苦情绪的表达、对生死命题的思考、对宿命和信仰的解读,仍旧显示出作家受创心灵的迷惘状态。

小说《救赎》讲述的是杜茉莉和何国典夫妇在地震中痛失爱子,二人震后离开灾区到城市打工的故事。小说似乎塑造了丰富的人物群像,包括杜茉莉工作的洗脚店老板娘宋丽、同事李珍珍、熟客张先生和吴老太太等,但不同人物并没有对应的语言风格,人物对话、内心独白都明显带有作者的个人色彩。表现个体孤独无助的境遇常用落叶这一意象,表现内心痛苦的程度常用毒蛇这一意象,比如同样都是因意外失去子女,吴老太太说:"不可名状的痛苦就会像毒蛇一样钻进我心里。"[2]何国典则是感受到:"身体内部有一条毒蛇,在无情地噬咬着他支离破碎的心。他的心在呐喊,在挣扎!"[3]一向温和大方的杜茉莉试图骂醒一蹶不振的丈夫时的口吻,竟也与丈夫自责时的内心独白相似。

其实,《救赎》的人物类型按照功能基本可以分为两种:受创型人物与救赎型人物,剩余小角色只是推动情节发展的辅助工具。小说出现人物形象同质化的主要原因是李西闽将自己真实的创伤体验分散投放在不同的受创型

---

[1] 李西闽:《幸存者》,万卷出版公司2008年版,第85页。
[2] 李西闽:《救赎》,上海文艺出版社2009年版,第99页。
[3] 同上书,第196页。

人物身上,这使得这类人物表达悲恸情感的效果相当真实甚至激烈。同时,作家自身还无法处理自身的创伤经验、解答生命的意义,因此所有救赎型人物的形象塑造都较扁平化。比如教堂前的神秘老人,他在开解何国典时说:"人活着最大的幸福,就是遵从命运的安排,无论贫穷还是富足,无论灾祸还是平安,你都自然地活着,而不会不屈从于任何压力,内心永远平静地面对一切。你说,我说的有没有道理。"①还有在车祸中失去至亲的吴老太太以自身经历开导杜茉莉时说的:"这个世界上,天灾人祸是那么的普遍,我们都要在痛苦中让心灵变得坚强,变得温暖,勇敢地面对。我们不知道什么时候灾祸会重新降临到我们头上,所以,当我们活着的时候,就要过好每一天,珍爱生命!"②这些话其实都很空洞,但为了达成救赎的目的,作者只能一厢情愿地让小说中的受创型人物听完后豁然开朗。真实的受难经历是散文《幸存者》中珍贵的闪光点,却在一定程度上削弱小说《救赎》的文学性。不过,这也说明李西闽在他的后灾难书写中丝毫不掩饰那份真挚沉郁的个人情感,忠实地传递出一种生命体验的断裂感。

  现实生活并不像小说所写的那么如意。李西闽患上严重的抑郁症,世人都以为时间是抚平伤痛最好的良药,而在汶川大地震十周年之际出版的《我们为什么要呼救》,却表明李西闽内心的苦痛挣扎仍旧在继续。受创者虽幸存于世,但灾难破坏了原本平静的生活,让人无法解释自然灾难与命运垂怜同时发生在自己身上的原因。夜夜袭来的噩梦携带着死亡的阴翳,撕开了生命的缺口,让人不得不面对并质疑自己生存的意义,追问无果后只能相信一切都是命运的安排。

  李西闽在跨文体的创作实践中书写下沉痛的创伤记忆,为读者提供了一个窥见受创者内心世界的窗口。阿来则是基于目睹灾难发生后的体验,对受难者产生深刻的共情,通过小说《云中记》完成对灾难的回顾与思考。《云中记》讲述了汶川大地震发生后,云中村经地质考察被认定坐落在一个巨大的滑坡体上,村民因此集体搬迁至他处重新生活。云中村的祭师阿巴在震后五年重返云中村,最后在一场山体滑坡灾害中与整个村子一同消失。阿来将主

---

① 李西闽:《救赎》,第133页。
② 同上书,第99页。

人公的职业身份设定为祭师,多番写到这位祭师面对神灵之说的摇摆立场,他在宗教信仰上的迷惘更有力地表现出灾难对精神信仰带来的冲击,反映出受创者认知情感结构上的断裂。

阿巴对神灵的信仰,经历了不信(半信半疑)——信(半信半疑)——信(不信)这三个阶段。第一阶段:不信(半信半疑)。阿巴从小就接受学校教育,认为封建迷信不可信,但有一次阿巴被老师讲的鬼故事吓到了,他在父亲面前不肯承认自己害怕,因为"老师讲的是不怕鬼的故事"①。其实,阿巴的反应说明他还是倾向相信鬼神的存在,因为不怕的前提是得有一个不怕的对象。第二阶段:信(半信半疑)。长大后,阿巴子承父业,成为云中村的新一任祭师,也是政府认定的非物质文化遗产传承人。地震发生后,村民接二连三地告诉阿巴魂灵托梦的事情,"对这样的情形,阿巴开始并不十分在意"②。为了安抚村民,阿巴只好去隔壁乡向其他祭师求教安抚鬼魂的方法。学成归来的阿巴在做完法事后说:"我也是云中村真正的祭师了!"③他开始肯定魂灵的存在,尽管他从来没有见过。第三阶段:信(不信)。搬离云中村时,阿巴对村民说但愿世上没有鬼魂,但"他想的是,如果,万一有的话,云中村的鬼魂就真是太可怜了"④。因此,阿巴决定孤身一人回村。刚回村时,"他一个人在村落的废墟中,在荒芜的田野上行走。先是在白天,后来改成有月光的夜晚,就是为了遇到一个真正的鬼魂。……但他依然没有遇见。这使得他对祭师的使命发生了动摇"⑤。后来,"他渐渐明白,自己内心深处还是不相信的"⑥。即便如此,无论外甥仁钦与好友云丹怎么相劝,他再也不会离开云中村。

作为村子里第一个发电员、村内率先接受新兴事物的人,阿巴在地震来临之前始终不信神灵之说,即便被推举为云中村的非物质文化遗产传承人,阿巴也认定自己只侍奉山神,不管鬼魂的事情。然而,突如其来的自然灾难毁坏了地貌景观,冲击了个人的情感认知结构,阿巴平日侍奉的山神并没有阻止灾难降临,而是眼睁睁地看着它的子民遭受了前所未有的苦难。慢慢

---

① 阿来:《云中记》,北京十月文艺出版社2019年版,第71页。
② 同上书,第216页。
③ 同上书,第227页。
④ 同上书,第58页。
⑤ 同上书,第214页。
⑥ 同上书,第238页。

地,阿巴因放不下逝去的生命,倾向相信魂灵之说,尽心完成祭师的使命。

经历生死而谈论预兆、相信命运和鬼神之说,是内心困惑于世事无常时的情感需求。尼采从心理学的角度说明:"未知的东西借以解释为已知的第一个观念干得如此出色,以致人们把它'当作真理'。快感的证据是真理的标准。因此原因冲动是由恐惧感决定和引起的。"①西方文化中的末日寓言,就源于人类"集体无意识"的焦虑和恐惧。灾难不过是呈现出大自然的另一种景观,却在短时间内暴露出人类内心的脆弱性,"真实自然魔幻式的冒现(eruption),戳破了现实里安定的假象,暴露了所有认知和建构的不稳定和不完全"②。后灾难文学的书写者关注到了人类情感认知的不稳定,生动地传达出"人必须依止于依照自身构造规律运动而造成灾难的大地这种宿命性的感受"③,哀而不伤的文字读来令人惊心。

二、自我救赎:处理创伤记忆的两种途径

后灾难文学主要呈现的是灾难过后的故事,而走出灾难的阴影就不得不处理创伤记忆,不得不思考过去与未来这一对关系。李西闽与阿来在文本中处理创伤记忆的方式暗合了精神分析学内部的研究分歧:一方是以弗洛伊德为代表强调潜意识的重要性,一方是以阿德勒为代表侧重意识的重要性。借用心理学及精神分析学的研究视角,重新审视李西闽和阿来的后灾难书写,便可清晰地看出两位作家提供了两种截然不同的自我救赎方式。

《救赎》中的何国典、《我们为什么要呼救》中的李西闽都长期陷入自责的悲恸情绪中,甚至一度想放弃生命。《云中记》中的阿巴明知道云中村不久后就要坠入深渊,仍坚持要留下陪伴亡魂。相关研究及大量的案例说明:"创伤事件并不会直接导致抑郁情绪的发生,但是很多灾难幸存者会陷入自责情绪。"④作为幸存者,却一心求死。如何走出灾难阴影,摆脱这种"幸存者内疚"

---

① 弗里德里希·威廉·尼采:《尼采文集》,江文编译,中国戏剧出版社2008年版,第299页。
② 阮秀莉:《大地的变貌·自然的铭刻:论述九二一集集大地震景观》,台湾《中外文学》2002年第9期。
③ 阿来:《关于〈云中记〉,谈谈语言》,《扬子江评论》2019年第6期,第5页。
④ 华东师范大学心理与认知科学学院本书编写组编:《重启生活》,上海教育出版社2020年版,第53页。

(survivor guilt),不同的受难者以自己的方式进行自我救赎。

造成创伤的事件已经过去,处理创伤就不得不面对记忆。后灾难文学作品作为书写的结果,就表明叙述者已经完成了叙述动作,即完成了回忆(recollection)这一行为:"re 代表与过去有关,collection 代表现在的一个行动,这个行动把可能已经分散的或遗失的收集在一起。"① 由于大脑是依靠意义和结构提取而调动记忆的,因此在心理学看来,记忆的真实与否其实并不重要,重要的是记忆可以反映出个体的情感偏重与价值判断。与弗洛伊德、荣格并列的精神分析领域巨擘阿德勒在面对被心理问题困扰的人时,总会要求对方先阐述自己的早期记忆,因为"记忆绝不会出自偶然:个人从他接受到的多得不可计数的印象中,选出来记忆的,只有那些他觉得对他的处境有重要性的东西。因此,他的记忆代表了他的'生命故事'"②。

心理学除了透过记忆来分析个体的思想观念体系,还关注到记忆会随着个体思想观念体系的变化而变化。阿莱达·阿斯曼(Aleida Assmann)在《回忆有多真实》中说:"随着意义结构和评价模式的变化,过去重要的东西后来可能变得不重要了,而以前不重要的东西在回顾的时候却可能变得重要了。"③ 记忆的这种不稳定性被精神分析学称为"后遗"(nachträglich)。"后遗"一词的字面意思为"事后的""后来的",最早出自弗洛伊德的性创伤研究,此后更常见于法国精神分析理论著述(被译作法语"après-coup"),是精神分析理论里的重要概念。多数人只认识到过去的某些经验对现实产生的单向性影响,后遗理论则强调一种双向的时间概念,"过去"不仅会对"现在"造成影响,而"现在"同样会重塑"过去"。"后遗"一词"既有'过去与现在'(决定论的)的含义,又有'现在与过去'(注释学的)的含义"④。

记忆书写占据了《云中记》的主要篇幅,阿来在故事中使用倒叙、插叙、补叙等多种叙述方式穿插主人公过去的回忆,细腻的触觉、听觉、味觉等官能随

---

① 艾莉丝·摩根:《从故事到疗愈:叙事治疗入门》,陈阿月译,台北心灵工坊文化事业股份有限公司 2011 年版,第 13 页。
② 阿德勒:《自卑与超越》,李心明译,光明日报出版社 2006 年版,第 66 页。
③ 哈拉尔德·韦尔策:《社会记忆:历史、回忆、传承》,季斌、王立君、白锡堃译,北京大学出版社 2007 年版,第 68 页。
④ 欧洲精神分析联盟(EPF)编撰:《汉、德、英、法精神分析词典》,李晓驷主译,上海科学技术出版社 2006 年版,第 51 页。

时都会勾起阿巴的记忆。如阿巴孤身一人回村时,马蹄传来的嗒嗒声,让他联想到啄木鸟的声音,进而回忆起云中村的神树老柏树在震前一天天枯萎的事。阿巴拍打身上尘土时激起了四周残墙的回声,又让阿巴感慨从前的石墙从不会发出回声,进而想起了孩子们曾围着石碉玩游戏时的热闹场景。《云中记》当中也恰当地表现出记忆的后遗特征:从前,每次祭山神的时候,阿巴都要唱诵颂词,讲述先祖阿吾塔毗如何率领族人打败矮脚人,在云中村落脚繁衍生息。然而,一场始料未及的天灾,让云中村村民失去亲人,一份出乎意料的地质报告,下达了云中村的"病危通知书"。阿巴在震后再次讲述先祖的故事时,情感发生了变化:

> 以前祭山神,阿巴重述这个故事,心里满是云中村人的骄傲,和对山神阿吾塔毗的崇敬。今天阿巴心里却横生哀怜之情。云中村要消失了。而在消失之前,云中村人也遭遇了当年那些矮脚人那样的无妄之灾。①

阿巴因云中村及自身遭遇而对数千年前的矮脚人产生同情,对先祖故事的关注点便从打败矮脚人的阿吾塔毗变成了遭到灭族之祸的矮脚人,原本令人精神振奋的先祖故事回忆起来竟使人悲叹。

以上所述的——记忆与思想观念体系的联系以及记忆的后遗性特征——这两点是记忆研究里的基本共识,在理解这些观点的基础上,便可进一步阐释李西闽与阿来是如何以文学形式提出了个体自我救赎的两种途径的,而这两种途径恰巧对应着精神分析内部弗洛伊德和阿德勒的研究路向②。李西闽的三部后灾难书写更倾向反映出一种原因论,原因论者认为是过去影响了现在,只有通过追溯过去来解释创伤,才能有效宣泄情绪,这一点暗合了弗洛伊德式的精神创伤治疗;阿来的《云中记》更偏向目的论者的观点,目的论者认为过去并不会影响现在,个体是根据当下的意图或目标来诠释过去并

---

① 阿来:《云中记》,第164页。
② 弗洛伊德更偏重强调潜意识的重要性,认为处在个体潜意识的过去经历对个体具有重要影响;阿德勒更坚决强调意识的重要性,即个体为自己设定的生活目标对个体行为具有重要的指导和预知作用。

采取其他相应的行动,这一点与阿德勒思想有相通之处。

　　李西闽在三部后灾难书写中反复地追叙灾难现场与创伤体验。《幸存者》以散文体的亲历者视角完整回顾在废墟中被困76小时的经历,包括他是如何靠着回忆支撑住生存的意志。但阅读毕竟迟于写作,写作始终迟于事件,一旦受创者开始回顾自身的创伤经历,记忆的后遗性总会让人不自觉地结合当下的认识结构去重新审视、评价过去的记忆资料。遇灾后,李西闽想起半个月前的那场梦原来是一个预兆,按照这样的记忆线索,他摸索出更多他人生中曾出现过的预兆:地震前一晚读的是洛夫克莱夫特的《战栗传说》;某一次,死去的祖母曾托梦告诉他取消次日去广州出差的车票,果然他原定要乘坐的长途汽车出了事故;他还想起了爷爷的告诫,"闽儿,你不要想太多,一个人一种命,都是注定的"①。在记忆后遗效应的影响下,李西闽将曾经没有关联的事件组合在一起,并赋予它们意义,从而说服自己相信命运的主宰性,接受灾难的不可预测性。

　　小说《救赎》主要体现的是作者对内心自责、悔恨、挫折感等创伤情绪的反刍,而《我们为什么要呼救》则更直观地表现出作者对创伤经历的不断回溯。2008年,好友易延端和另一个志愿者深入灾区解救李西闽,几条饿狗冲进他们住的帐篷,幸而有一只小黄狗出现和饿狗搏斗。这一现实经历变成了《我们为什么要呼救》中的故事情节:李翠花家的小狗黑狼为了保护李小虎的尸体,与一群饿狗激斗而死。当年,李西闽获救后被抬上直升机运往医院,他在飞机上看见同样受伤的老妪,想起了母亲,便"伸出了可以动弹的右手,轻轻地握住了她的手,她的手像干枯的树枝,冰凉冰凉的"②。这一场景也在《我们为什么要呼救》中经改编复现:"我伸出可以动弹的右手,他迟疑了会儿,慢慢伸出左手。我们的手握在一起,什么话也没说。"③尽管回溯创伤经历十分痛苦,却是李西闽选择自我救赎的一个方式,他每年都会出现在当初埋住他的银厂沟,以警醒自己活着的意义。李西闽在《我们为什么要呼救》写成之际说:"十年,需要一个总结,需要回顾,需要思考,否则我无法继续活下去。"④对

---

① 李西闽:《幸存者》,第51页。
② 同上书,第162页。
③ 李西闽:《我们为什么要呼救》,湖南文艺出版社2018年版,第4页。
④ 李西闽:《我们为什么要呼救》,第288页。

于他而言,想要获得重生,就要直面自己的创伤,逼视内心深处最黑暗的角落。

阿来的后灾难书写则提出了另一种实现自我救赎的方式。《云中村》虽然以记忆书写为主,但是阿巴的一举一动并不受限于过去,他现时的行动始终是基于履行祭师职责,照顾云中村亡魂这一目的,故事情节主线就围绕阿巴现时的行为展开:回到云中村,祭奠亡魂,在云中村生活直到山体滑坡的发生。

阿巴无法放下云中村及那些逝去的生命,坚决死守云中村。在这种坚定决心的影响下,阿巴不断从记忆中提取出关于魂灵的片段,为自己回到云中村抚慰亡灵的行为做出相应的解释。同时,阿巴也在不断地寻找魂灵存在的证据,为自己的现实行为提供论据支撑:阿巴回村后,找寻当年掩埋在废墟里、祭祀可以用到的香料,当他看到覆盖在香料上的木料已经腐烂,而"香料口袋像人一样袖手拱肩坐在小庇护所里。阿巴笑了,看来他回来得正是时候"[①]。阿巴到巨石旁向亡妹诉说震后的故事时,他注意到巨石旁的鸢尾花应声绽放,"阿巴高兴起来。他想那两朵花应声而开不是偶然的。……他觉得这就是鬼魂存在的证明"[②]。阿巴通过想象捕捉自然无声的回应,不断在过去和当下找寻魂灵存在的线索,以此肯定自己返乡祭祀、照顾魂灵的行为,为自我的生命故事提供意义,以此完成心灵的自我救赎。

三、后灾难书写的文学意义

肉体凡身虽不能阻止天灾的发生,但人类面对灾难的积极姿态,体现出不同于其他物种的进步性。后灾难文学呈现出的生命叙事,更证明人类具备处理创伤记忆与重建灾后精神的能力。与此同时,后灾难文学也完成了对灾难的意义的转化:将书写对象从天灾转换为人本身,表现出人类精神的崇高与悲壮;将死亡从具有消极色彩的终结转换成生命状态的一种改变,引入对生命层面的反思。

以自然灾害为主要书写题材的文学作品,不可避免地会涉及对灾难样貌的呈现。深刻的后灾难文学作品往往将焦点从灾难转移到人本身,它不只关

---

① 阿来:《云中记》,第54页。
② 同上书,第68页。

注到主体生命体验断裂后产生的焦虑与惊惧等情绪,更表现出个体如何处理断裂的情感认知结构,完成对生命体验的重构。后灾难文学对叙述对象的转换,避免了将文学导向环保生态议题、灾后重建议题、灾难预警与问责制度议题等社会层面的讨论,而是从具体的生命体验出发,感受人间的苦难和温情,领略人性的崇高与伟大。

  李西闽相信命运,但他没有停止挣扎,反而以融合想象和记忆的方式书写灾难,探索受创者的心灵救赎之路。个人隐忍苦难,明知命运的主宰力而仍与之抗争,正体现出了一种超越苦难的精神崇高性。灾后,李西闽患上了抑郁症,甚至试图服药自杀,他何尝不明白"其实我们都是为了爱和温情活着,也只有爱和温情,最终可以抵御灾祸和苦难,抵御邪恶和压迫"[1]。只是他人可以对受创者分享的创伤记忆产生共情,却仍旧无法真正分担受创者的痛苦。李西闽只能忠实地将个人的创伤体验注入作品中,在跨文体书写中逐渐拼凑出他悲痛的创伤记忆,重新学会用爱与责任抵御生命的寒冬。

  除了真实地传达出受创者自身的切肤之痛,李西闽还关注到灾难中底层人物在物质和精神方面的双重困境,如《救赎》中的何国典与杜茉莉、《我们为什么要呼救》中的杨文波一家。李西闽以这类人物的生命故事作为观察灾情百态的切入点,表现底层群众如何在逆境中重新发现生命价值、填补逝去生命在生活中留下的空洞,他的后灾难书写既表现出人世间的苦难和温情,也突显出个体以顽强的生存意志抵抗孤独、忍受苦痛、与命运抗争的不屈精神,为灾难文学提供了一份珍贵的人类心灵史记录。

  不同于李西闽立足于自身受难经历的后灾难书写,《云中记》对灾难现场的回顾、对大地变貌的描写相对较少,文本的表达重点更聚焦于人本身。阿来以祭师为主人公、以必将消亡的村庄命运推动后灾难书写的情节发展,以看似跳脱实则独到的叙述方式,写出了个体努力建构生存意义的过程。其中,阿巴对亡灵的关怀,既体现出对逝去生命的尊重,也表露出人性深处最柔软的悲悯与关怀。阿巴回村后,先用了两天时间,走到各家各户抚慰亡灵,等祭祀山神回来后,他又再次走到各家各户,对着空空荡荡的弃屋喊一声:"我

---

[1] 李西闽:《我们为什么要呼救》,第101页。

们给阿吾塔毗献过马和箭了!"①进村前,他选择买马而不是狗,是担心整夜的犬吠声会惊吓鬼魂;在雨天,他担心鬼魂会被雨水打湿,便拿着法铃,到山上、到森林、到裂缝下为每个鬼魂选一个寄魂处。阿来的后灾难书写重心不仅从灾难转移到人本身,而且予以死者同生者一样的关怀与尊重。

后灾难文学将书写的重心从灾难转移到受难者,同时还转化了对死亡的理解,使其从一种终结状态转变为生命的另一种存在方式。李西闽和阿来的后灾难书写都试图透过他人在世上的消亡来理解生命意义,通过死来理解生的尊严和价值。

在《幸存者》中,李西闽回想起自己生命中的死亡记忆,他和战友因一场交通事故而与死亡擦身而过,死里逃生的经历让他们更加感恩生命的馈赠。李西闽在另外两篇小说中还常利用将死之人的境遇来传达生命的正向意义,如《救赎》中吴老太太认为她与儿子一家并非天人永隔,"他们没有死,他们只是去了一个很远的地方……我们应该相互在此地和彼地快乐地生活,耐心等待相逢的那一天!"②《我们为什么要呼救》中苏青被埋在废墟里的时候,眼前出现了素未谋面的母亲的幻象,在孤儿院长大的苏青早认定母亲死了,但作者仍将这种死亡写成是一种离别,"母亲早就去了天堂,否则怎么会不回来找他,没有人不爱自己的孩子"③。死亡不过是逝者先行一步,在彼地以另一种方式存在。李西闽用爱联结生死,只要逝者一直被生者记忆的话,那么他们就并未真正消亡,人生何处不相逢呢。

《云中记》中阿巴对亡灵的执着也体现出阿来与李西闽类似的死亡观:死亡不是简单的一纸证明,而是在世的人当中已经没有人记得死者。这种消亡,才真正令人不忍。阿巴自忖身为云中村唯一的祭师,他应当承担起照顾云中村所有亡灵的责任。小说多次提到阿巴并不确定是否真的有鬼魂,但如果死去的人真的变成鬼魂,"等到云中村消失,世上再无施食之人,他们就会成为永世的饿鬼与游魂了。那就比下了佛教宣称的饿鬼地狱的情形还要糟糕"④。

---

① 阿来:《云中记》,第174页。
② 李西闽:《救赎》,第99页。
③ 李西闽:《我们为什么要呼救》,第286页。
④ 阿来:《云中记》,第235页。

经过对李西闽与阿来的后灾难书写进行对照解读,可以发现后灾难文学同时也完成了对灾难意义的转化,将自然灾害从一种恐怖的自然现象转化为个人绝处逢生的生命体验。它以文学的方式体恤个体的创伤心灵,弥合受创者被灾难截断的生命缺口;它更以悲悯的笔法表现对逝去生命的尊重,表达生命的可贵与尊严,发人深省又令人动容。

结语

在后疫情时代,人们更深刻地体会到原来世事的常态是无常。灾难文学如何达到文学层面上的审美意义,又能给予当下哪些启示,都是文学研究值得关注的课题。后灾难文学不似一般的灾难题材文学注重描绘惨烈的灾情现场或抗灾前线险象环生的场面,它更关注的是灾后受创者如何重构自我的精神世界。对于受创者而言,围绕创伤经验的记忆书写是一项不易完成的生命叙事,而能够打动人心的后灾难书写更难能可贵:李西闽在三部不同文体的文学作品中袒露他强烈的生命体验,倾吐受创者最真实的内心感受;阿来的《云中记》虽然带有宗教色彩的神秘性,但他以朴实的语言、悲悯的眼光,将个体的生命故事提升到更普遍的生命现象,表达对人性与生死问题的深刻思考。

两位作家并未止步于对个体生命体验的文学表达,也以自己的方式试图解答受难者如何完成自我救赎。处理创伤就不得不面对记忆问题,当中就涉及过去与当下之间的双向互动关系。李西闽与阿来对过去与当下的侧重点各有不同,他们以文学形式描绘出的自我救赎方式恰好对应精神分析领域内部弗洛伊德与阿德勒之间的学术分歧。心理学的相关研究正好为后灾难文学作品研究提供了一个解读视角,有助于深入理解受创者内心世界复杂而微妙的情感,启发读者展开对生命的积极思考。

不过,文学始终关注的还是人本身,对后灾难书写的研究还是要落实在文学层面。深刻的后灾难文学,必然应将书写重心从灾难转移至人本身,从灾难造成的自然变貌转移至灾难造成的主体精神结构变动上,引导读者重新思考有关生与死、爱与悲悯的后灾难书写才具有思想深度以及文学意义上的审美价值。

当代文学灾害书写的人性考察[*]

张堂会

(扬州大学)

面对巨大的自然灾害,当代文学不可能熟视无睹。一大批直面灾难的文学作品由此诞生,这些作品以长篇小说、诗歌、报告文学居多。灾害文学常常将主人公置于一种非常态的自然灾害情境下,表现出危难之中人性的卑劣和崇高。地震、洪水、海啸、暴风雪、台风等自然灾害发生时,往往携带着无穷的威力,以至地动山摇,房屋垮塌,把人们置于一种惊恐和死亡的情境之中。灾难之中见真情,灾难最能考验人性的真面目。灾难能够敞亮人性的光辉,在困难来临之际,大家能够扶危济困、相互关怀、共度时艰,体现出人与人之间的亲情和友爱。灾难也往往会造成人类基本伦理规范失衡,导致人性发生畸变。为了活命,有的人可以无所不用其极,以致发生一些难以想象的违背人伦的惨剧。

一、灾害书写中的人性光辉

灾害来临之际,中华民族扶危济困的传统美德得到大力弘扬,几乎到处是互济互助的感人场景。灾害能够烛照出人性的光芒,使得隐匿在日常生活中的人性浮出地表。

2008年,南方出现冰冻灾害,河北唐山农民宋志永带领十二位农民兄弟,自费赶往湖南郴州,加入了抗冰抢险保障供电的战斗之中。潘飞、段捷智的

---

[*] 本文为江苏省"双创"人才和第五批"333"工程资助项目。

诗歌《敬礼，我们的农民兄弟》高度赞扬这些农民兄弟。郭传火的报告文学《汪洋中的安徽》描写了行洪区人民舍小家为大家的高尚情怀。魏台子农民魏敬奎家中缸里虽然只有一点发芽的麦子，但当有人提及魏台子要被列入行洪区蓄水，会造成很大的损失时，他毅然决然地说道，应该行洪："俺村对岸就是淮南孔集煤矿和电厂。要是电厂一进水，连上海、江苏都要缺电哩。俺村一行洪，保电厂的大堤就安全了。小局服从大局，就是这么个理。"凤台县有十几个像魏台子这样"未入册"的行洪区，为了顾全大局，农民们决定响应上级号召掘堤分洪，义无反顾地将灭顶之灾"扣"到自己头上。安徽淮河中游两岸有一百多万名这样"揽灾受、找苦吃"的灾民，正是他们的默默牺牲，为淮河洪水的顺利下泄开辟了一条宽阔走廊。

  汶川地震期间，民警蒋晓娟将六个月的儿子送到乡下婆婆家照顾，自己则每天在灾区执勤。在灾民帐篷区，她看到几名婴儿只能吃一些稀饭，喝一些水，一名婴儿由于母亲还在医院抢救已经三天没有喝奶了。她就撩起衣衫露出乳房，轻轻地将乳头塞进婴儿的嘴里。两天之内，蒋晓娟就用自己的乳汁救助了八个娃娃。高丹宇的诗歌《警察妈妈》为这位普通民警温暖的人性与宽厚的母爱献上了热情的赞歌。在1991年抗洪抢险的现实生活中，也涌现出了当代红嫂的动人事迹。战士刘广利、贾庭图泅水拖着橡皮舟奋力向堤埂游去，舟上装满了村民和粮食。突然，这两个战士的手臂被毒蜈蚣咬伤。他俩顿时感到全身麻木，手臂肿得像个馒头，疼得在船上直打滚。村民们见状感到非常心痛，一个五十多岁的计划生育干部说："要是有奶水就好了。"按照当地的土方，用乳汁清洗被蜈蚣咬过的伤处，能很快地止痛消肿。这时坐在船尾的二十五岁农妇薛文姐走了过来，放下手中刚满九个月的婴儿，二话没说就撩开衣襟，把自己的乳汁挤到战士的伤口上。所有在场的官兵和群众无不为之动容，支队政委陈求激动地给薛文姐敬了一个标准的军礼，以军礼向这位当代红嫂致敬。后来，中国人民武装警察部队政委徐寿增中将听到薛文姐用乳汁救伤员的感人事迹时，也为这位当代红嫂流下了感动的热泪。

  像蒋晓娟、薛文姐这样的普通人物还有很多，他们都能在灾难中发出耀眼的人性的光芒。特别是在汶川大地震中，许多人不顾自己个人和家庭的安危，把生的希望留给了别人。四川省绵竹市西南镇镇长付兴和在大地震发生时，忙于指挥全镇抗震救灾工作，顾不上被埋在学校废墟之下的儿子，由于一心扑在抢险救灾上面,疏忽了被抢救出来的儿子的伤情,儿子最终因砸伤导致呼吸系统障碍,在医院中死去。诗歌《父亲的愧疚》写出了父亲对儿子的愧疚,更赞扬了一个父亲在地震中的担当。由于汶川大地震发生时正是上课的时间,学校的灾情特别严峻,一些教师迸发出闪亮的人性之光,坚守在普通的讲台上,出现了张家春、谭千秋、王洲明、向倩、袁文婷、周汝兰等一批英雄人物,用自己的生命与大爱谱写了一曲曲高尚的园丁之歌。"实验室在一楼的第一间。很快,上面楼层被撕裂,石头和水泥块泼水般往下倒,边上的墙体不断往下压,教室门框吱吱嘎嘎着开始变形,很快就要垮下来。学生逃生的通道眼看就要堵上了,张家春一个箭步冲过去。这位年轻的羌族汉子,使出全部力量,用自己的身躯顶起门框。这是通向生命的大门!学生一个接一个从他的双臂下穿过。40多个孩子很快逃出摇摇欲坠的教学楼,跑到不远的操场上。而这时,为孩子们扛起'生命通道'的张家春却被裹在滚滚灰尘中,掉下来的砖石不断地砸在他身上。"①谭千秋老师在地震中张开双臂趴在课桌上死死护住学生,孩子得以存活,而谭千秋自己却献出了宝贵的生命。那些为了学生舍身赴难的老师,身上都闪烁着崇高的人性光辉。

尽管灾难丛生,但灾难中仍然有人性的闪光,这是中华民族能够走过灾难、生生不息的原因。在莫言的小说《丰乳肥臀》之中,上官鲁氏为了养活襁褓中的鹦鹉韩和没有生活能力的上官金童,将偷吃的食物呕吐出来,再重新洗净来喂养他们。在余华的小说《许三观卖血记》中,虽然家里每天只能喝很稀的玉米粥,但在许三观生日那天,妻子许玉兰特意将玉米粥煮稠了些,并加了一点过年才会吃的糖。许三观为了让三个儿子多吃点,宁愿自己饿着,用嘴给许玉兰和三个儿子炒了一道道菜。为了家人的生命,许三观冒着生命危险去卖血,还把许玉兰和别人生的孩子一乐也带去吃了碗阳春面。在智量的小说《饥饿的山村》中,李家沟人为了保住村里唯一的新生命,自发地将食物送给怀有身孕的盼水。李秀姑甚至还担下吃人肉的恶名,竭尽全力地去保住盼水肚中的新生命。在黄国荣的小说《乡谣》中,跃进和盈盈每日省下一勺粥、一勺饭,接济比自己更需要粮食的叔叔。正是这种患难与共和不离不弃

---

① 余冠仕、刘堂江、李炳亭、张泽科:《热血师魂——记汶川大地震中的人民教师》,《中国教育报》2008年9月10日,第6版。

的精神支撑他们顽强地活下来,在求生的本能中彰显出生命的能量与意义,这是我们中华民族能够度过苦难的精神动力。在灾害频仍的苦难中,人性的爱与善是照亮生命的心灵能量,可以给绝望中的人们以生存的信心和勇气。

二、灾害书写中的幽暗表达

灾害一方面能照亮人性的光辉,另一方面也能彰显人性的卑劣。李尔重的长篇小说《战洪水》中的魏鸿运在别人都为抢险忙得热火朝天之际,却脱离合作社去贩运短缺的蔬菜、小鱼干高价卖到抢险大堤上。为了发家致富,他内心并不希望洪水退却,这样他就可以多赚几百块钱。他的合伙人、杂货店老板秦前幸灾乐祸地说:"要给财神爷多上供呀!这雨下得多好,水涨得多来劲,小张公堤不行啦,丹水池要垮啦,汉黄公路断了线啦,这都是财神爷对咱们的照顾。"[1]迟子建的《白雪乌鸦》描写了处于鼠疫阴影之下的人们的生活状态,处在非生即死的极端状态,人们很难戴着面具去生活。鼠疫就像一面照妖镜,能照出人性中的丑恶嘴脸。巴音是傅家甸第一位感染鼠疫而暴尸街头的人,不但没有得到别人的同情,反而被围观者扒去了身上所有值钱的东西,"鞋子、罩衣、坎肩、棉裤,跟进了当铺似的,眨眼间不属于他了。而那些没有得到东西的人,心有不甘,他们眼疾手快地,将手伸向已在别人手上的巴音的坎肩兜里翻出了一卷钱,一哄分了;又有人在两个裤兜里掏出几把瓜子,也一哄分了"[2]。小市民的自私贪婪与冷漠被迟子建赤裸裸地勾勒出来了。

钱钢的《唐山大地震》写到地震时期曾经发生令人震惊的抢劫风潮,这片废墟被一种无理性的喧嚣声浪所淹没,被民兵抓捕的"犯罪分子"共计1 800余人。从1976年7月29日到8月3日一周之内,唐山民兵共查获被哄抢的物资计有:粮食670 400余斤,衣服67 695件,布匹145 915尺,手表1 149块,干贝5 180斤,现金16 600元……[3]

人们不愿相信唐山曾有过这样骚动的一周,不愿面对这些触目惊心的数字,因为和那些数不胜数的无私援助、克己奉公、友爱无私相比,这些数字无

---

[1] 李尔重:《战洪水》,陕西人民出版社1979年版,第387页。
[2] 迟子建:《白雪乌鸦》,人民文学出版社2010年版,第28页。
[3] 钱钢:《唐山大地震》,解放军文艺出版社1986年版,第149页。

疑代表着一种玷污。可是人们却又无法忘掉它,这是真实的赤裸裸的历史事实!作品细腻地展示和分析了人们的心理变化过程。唐山人首先面对的是死亡和伤痛,紧接着面临的便是饥渴和寒冷。商店倒塌时抛撒出一些零星的罐头、衣物,那些赤身裸体、肠胃痉挛的人们意识到废墟之下有维持生命急需的物品,他们开始犹豫不决地走向那些埋着糕点、衣服、被褥的废墟,对于大多数人来说事情就是这样开始的。"于是,一切就从这演变了。起初只是为了生存,为了救急。可是当人们的手向着本不属于自己的财产伸去的时候,当废墟上响起一片混乱的'嗡嗡'之声的时候,有一些人心中潜埋着的某种欲望开始释放。他们把一包包的食品、衣物拿下废墟,不一会儿,又开始了第二趟,第三趟。他们的手开始伸向救急物品以外的商品。"[①]这种情绪和行动具有传染性,越来越多的人在瓦砾上奔跑、争抢着,都唯恐错过了什么。每个人手中越来越大的包裹,对另一些人似乎都是极大的刺激。他们呼哧呼哧喘着粗气,瞪大眼睛四下搜寻,推开试图劝阻的工作人员,把已经扛不动的大包从地上拖过去。

　　刘晓滨的《废墟狼嚎》也写了唐山地震中潘多拉盒子打开之后的情形。"一位步履蹒跚的老太太正在摘取遇难者腕上的手表,她那两条枯瘦的胳膊上已经套满了各式各样的手表,连胳膊肘都不能打弯了,但她仍旧在锲而不舍地努力着希图再在上面套上一层。两个手持棍棒的青年如入无人之境地冲进了商店,'叮叮当当'一阵胡敲乱砸。躲过了地震灾难的玻璃柜台架子歪了玻璃碎了,里面的物品被他们一件一件堂而皇之地捡进了网兜。……一辆毛驴车蹄声'嘚嘚'地从郊外驶来,归去时,车上载满着都是五颜六色搬来的扛来的喜悦。"[②]他们脚下或许正有被困者凄楚的呻吟和急切的呼救声,他们身旁某个看不见的地方或许正有一只濒临绝境的手颤颤地伸了出来,但他们没看见,也没空看见,他们眼里能看见的只是与自身利益和生存相关联的物品!

　　陈桂棣的报告文学《不死的土地》描写了洪水面前截然不同的几种行为:有的人挺身而出,有的人患得患失,有的人见危不救,有的人还趁"水"打劫。

[①] 钱钢:《唐山大地震》,第151页。
[②] 刘晓滨:《废墟狼嚎》,百花文艺出版社1986年版,第244页。

当四面八方的车辆开上405国道,前往三河镇参加灾民营救工作,三河镇本镇汽车队队长、党支部书记王维忠竟然命令将车队所有的客车开离三河,拒不抢险救人,其行为激起群众的强烈不满,后来他被肥西县纪委开除党籍。当洪水溃坝涌进镇里的时候,一些想借洪水趁火打劫的人十分活跃,明火执仗地出没于街巷。在公安干警荷枪实弹日夜巡逻之下,那些猖狂的"别动队"才闻风丧胆,终于销声匿迹。

一场场洪水掀起了多少人性的沉渣,留下了多少遗憾,让我们思索人性到底是什么。岳恒寿的报告文学《洪流》里面提到了一个不愉快的故事。广州军区某集团军日夜兼程,从桂林赶赴沙市参加抗洪抢险,行军三十多个小时只吃了一顿饭。两个士兵上街买菜,卖菜的妇女三个冬瓜竟然向他们要了一百五十元。如果是平时,他们不会去买这三个冬瓜,可现在是非常时期,大家都饿着肚子,所以他们也顾不上讲价,付了钱就走了。女干事熊燕在簰洲湾乘坐冲锋舟去救人,看见远处一座楼房的阳台上有一个妇女搂着两个小孩在向他们招手。熊燕从阳台上将两个小孩抱到船上,呼唤妇女赶快上船,谁知那个妇女却慢条斯理地收拾起自己的家当来,大包小包捆了好几个直往船上扔。熊燕一下子就冒了火,说:"我们是来救人,不是给你搬家。只把人上去,东西一点也不能带!"那妇女就和熊燕吵起来:"人走了,家里这么多东西丢了怎么办?"熊燕说:"许多人还在洪水里挣扎,一条舟只能坐十二个人,放了东西就少救了姐妹,你懂不懂?"就将甩到船上的大包扔回阳台上。可熊燕扔上去,那个妇女就又扔下来,扔来摆去了几个来回。熊燕高声说:"时间就是生命。你走不走?不走开船啦!"那个妇女气得叉开双腿,一只脚踏在冲锋舟上,另一只脚踩在阳台上喊:"我看你敢开船!"直到允许她带着两个小包后她才答应让开船。又过了两天,舟桥旅部队官兵在驻地为两位牺牲的战士举行追悼大会时,突然接到紧急命令,说有三个被解救出来的乡民为了回家看看财产有没有丢,不听干部的劝阻偷偷借船划回去,在途中翻船落水,危如累卵,请求部队立即救援。两位烈士的追悼会不得不中断,仅仅为了那几个人的家产!

在极端的困境之下,更能见出人性的残酷与黑暗。比如,在三年自然灾害时期,人们处于极度的饥饿情境下,人性中的恶也随之升腾而起。曾任联合国粮食和农业组织执行委员会主席的卡斯特罗在《饥饿地理》中曾谈及饥饿对人类品格的破坏。"没有别的灾难能像饥饿那样地伤害和破坏人类的品格","压倒一切的饥饿力量,能使人类所有的兴趣和希望都变为平淡,甚至完全消失","他的全副精神在积极地集中于攫取食物以充饥肠,不择任何手段,不顾一切危险",人们"对于环境的一切刺激所应有的正常反应完全丧失消灭。所有其他形成人类优良品行的力量完全被撇开不管。人类的自尊心和理智的约束逐渐消失,最后一切顾忌和道德的制裁完全不留痕迹",人们所做的一切越轨犯禁行为,"或多或少都是饥饿对于人类品格的平衡和完整所起的瓦解作用的直接后果"。①

  灾荒之年有的女性只能靠出卖自己的肉体谋生,莫言的《丰乳肥臀》就书写了饥饿对女性尊严的摧残。1960年灾荒来临后,"蛟龙河农场右派队里的右派们,都变成了具有反刍习性的食草动物"。每人每天一两半粮食,中间还要受到场部要员们的层层克扣,到了右派嘴边只剩下了能照清面孔的稀粥。人们只能靠野菜和杂草填饱肚皮,像牲口一样把胃里的草反刍上来细嚼,嘴里流着绿色的汁液。"当女人们饿得乳房紧贴在肋条上,连例假都消失了的时候,自尊心和贞操观便不存在了。"高傲的医学院高才生乔其莎就像狗一样被食堂掌勺的张麻子用一个馒头诱奸了。"那个炊事员张麻子,用一根细铁丝挑着一个白生生的馒头,在柳林中绕来绕去。张麻子倒退着行走,并且把那馒头摇晃着,像诱饵一样。其实就是诱饵。在他的前边三五步外,跟随着医学院校花乔其莎。她的双眼贪婪地盯着那个馒头。夕阳照着她水肿的脸,像抹了一层狗血。她步履艰难,喘气粗重。好几次她的手指就要够着那馒头了,但张麻子一缩胳膊就让她扑了空。张麻子油滑地笑着。她像被骗的小狗一样委屈地哼哼着。有几次她甚至做出要转身离去的样子,但终究抵挡不住馒头的诱惑又转回身来如醉如痴地追随。"在极度的饥饿中,女性也只能靠自己最宝贵的贞操去换取最需要的粮食,灵魂仿佛离开了身体,徒留一具有着女人身体的躯壳。"她像偷食的狗一样,即便屁股上受到沉重的打击也要强忍着痛苦把食物吞下去,并尽量地多吞几口。何况,也许,那痛苦与吞食馒头的娱悦相比显得那么微不足道。所以任凭着张麻子发疯一样地冲撞着她的

---

① 约绪·德·卡斯特罗:《饥饿地理》,黄秉镛译,生活·新知·读书三联书店1959年版,第63—66页。

臀部,她的前身也不由地随着抖动,但她吞咽馒头的行为一直在最紧张地进行着。她的眼睛里盈着泪水,是被馒头噎出的生理性泪水,不带任何的情感色彩。"饥饿让女人像牲畜一样活着,没有尊严,没有屈辱,没有反抗。不仅乔其莎如此,出身名门贵族、留学俄罗斯的霍丽娜也同样为了一勺菜汤委身给猥琐不堪的张麻子。黄国荣的长篇小说《乡谣》中也有类似的故事。杀猪的许茂法凭借手里的肉去诱惑饥饿的女人周菜花与其发生关系,周菜花觉得"好像那身子根本就不是她的,许茂法弄的也不是她,弄还是不弄,怎么个弄法,一切都与她毫不相干;或许她把这只当是一种交换,他给她牛骨头啃,她让他弄那东西,谁也不占便宜,谁也不吃亏"。

  饥饿不仅将女人的尊严毁灭得一干二净,还将人的原形暴露无遗,把人变成为赤裸裸的生物性的人。饥饿让人们过得连禽兽都不如,又滋长了人性中的兽性。它在折磨人的肉体时,也耗尽了人性中的美好品质。《乡谣》中写过年分米粉时,有的全家都来了,丈夫和妻子分着过,儿女和父母分着过,媳妇不再赡养公婆,各自单独分开,生怕被家里人占了便宜。汪四贵抛弃了老婆周菜花和儿子跃进,一个人跑到江西谋生。教书的大吉不管家里老小的死活,在学校躲着偷食他每天六两的供应粮。被灾荒席卷的小镇已经没有了人情味,"夫妻不再是夫妻,父母也不再像父母,儿女也不再像儿女,兄弟也不再像兄弟。连男女之间都没了那件事,没有男婚女嫁,没有生儿育女。活着的人一天到晚只有一个念头,渴望有一口稀粥喝,不敢奢望米饭、馒头和饼子"。当饥饿成为活着最大的威胁时,人为了活着而变成了纯粹的生物性的人,为了吃,为了粮食,除此之外别无他物。

  灾荒使得人性幽暗卑劣的一面得以暴露,给人类社会造成极大的精神戕害并带来极为严峻的后果。在灾荒逼迫下,许多人的人性发生严重的扭曲与畸变,人们可以抛弃妻子儿女去求生,甚至发生人食人的惨剧。马斯洛的需求层次理论表明,在正常的社会环境下,人们往往会有多种需求,可分为不同的层次和结构。如果遇到外力的冲击就会导致需求层次的降低,引起心理活动的失调或重整。饥荒使人们丧失了最基本的生存条件,在食品极度匮乏的时候,人们的需求必然降低到最原始、最低级的生存需要的层次上,发生人食人的现象也就能够解释了,饥饿瓦解了人们日常形成的道德准则和美好品格。智量的《饥饿的山村》写到了饥荒之下人食人的情形,杨显惠的《定西孤儿院纪事》则写了一个母亲煮吃亲生孩子的惨剧。

三、灾害书写中的人性思辨

人性是什么？人性是善还是恶？这些都是千百年来东西方哲人们一直探讨不休的话题。有的人主张人性本善，代表人物有孟子、卢梭；有的人坚持人性本恶，代表人物有荀子、叔本华；有的人主张无善无恶，代表人物有告子、洛克；还有的主张善恶并存，代表人物有王充、柏拉图。纵观整个当代文学，可以清晰地看到灾害下人性的精神影像。苦难既能暴露人性中残忍自私的一面，也能凸显人性光芒的一面。善与恶，就像一枚硬币的两面。人性是由一个人的原始本性和其生活的社会环境共同作用而决定的，没有绝对的善与绝对的恶。

刘晓滨的长篇小说《废墟狼嚎》描写了唐山地震中令人遗憾的一幕："或许，正是有了这些私欲的膨胀和丑恶的反衬，大地震的废墟上上演的一幕幕舍生忘死、相濡以沫的故事，才会如此悲壮，如此的轰轰烈烈、有血有肉吧！毕竟，生存是艰难而又壮烈的，而洗心革面的方式毕竟也是多种多样，是以某种前提为前提的啊！"[①]关仁山的小说《重生》生动地描写了警察与逃犯的故事，写出了犯人的人性复苏。由于惦记自己的孩子，正在狱中服刑的犯人棍子不顾违法，趁地震混乱之际逃出监狱。女警察汪敏在追捕棍子的途中不顾自己的安危掩护犯人棍子，她的大爱感动了棍子。棍子在见到自己的孩子之后，又满含泪水返回监狱重新做人。钱钢的《唐山大地震》描写了唐山地震时期发生令人震惊的抢劫风潮，抓捕了1 800多名犯罪分子。相反，那些因各种原因被抓起来关在看守所里的罪犯，由于受灾较轻，听着周围凄惨悲切的呼救声主动要求出去救人。"几把刺刀其实是管不住分散在废墟上的这一群囚犯的，可是囚犯们没有忘记有一道无形的警戒圈"，抢险救人之后他们又都能够主动回到看守所，成为抗震救灾的英雄，许多人因此立功而被释放或减刑。罪犯和英雄就是这样发生着急剧的逆转，有的人在突发的自然灾害下因一念之差沦为阶下囚，而那些在押的犯人并没有因牢狱的囚禁而掩盖了人性的

---

① 刘晓滨:《废墟狼嚎》，第255页。

光辉。

钱钢的《唐山大地震》还记叙了一则富有意蕴的"方舟轶事"。在那常见的防震棚里,为了生存,六个家庭二十一口人走到了一起,组成了一个集体"大户",不分男女老幼,大家在一起共享一点点仅能糊口的食物。后来,各自家庭挖掘出来的粮食财产的悬殊,无情地挑破他们感情维系的纽带,一些人开始藏匿自己得到的东西,不再打算与其他人分享,这个大家庭又重新被划割出一个个独立的个体。灾难中的人群为了生存而聚合,为了私有财产而分散,就如同人类发展进程的一次戏剧性演示。生存的现实考虑不可抗拒地决定着人们的意识和灵魂,让人们不由自主地依恋"大锅饭"的温暖,但是一旦环境好转带来了财富的不均,人性的天平便开始失去平衡,人们的内心便发生了微妙的变化。

陈启文的《南方冰雪报告》深刻挖掘了人们在灾难降临时的复杂人性,呈现出人们在物欲与精神之间的矛盾挣扎。作者能够直面灾难,既书写灾难深处的卑微、懦弱与耻辱,也发掘由灾难而唤醒的责任、良知、怜悯,他的书写直逼人心,具有拷问人性的力量。在冰雪灾害中,"一个饥饿的母亲,竟然夺走自己孩子的食物,然而,她很快意识到她做了什么,她把食物又重新塞进了孩子的嘴里"。在晚点的火车站台上,一个年轻母亲双手抱着婴儿等了三天四夜,"她好像怕他冷,过一会儿,就俯下身,用舌头舔他,一遍遍地舔,用一个母亲最后的一丝余温"。一个三十出头的曾在川藏公路上跑过十几年车的退伍士官,由于背负着养家糊口的重担,趁着冰冻灾害狠狠地出车宰客,数钱数到手都发麻了。他认为自己是在赌命,用自己的性命挣钱心安理得。在一个风雪之夜,他在行车途中看见一个人站在路当中冲他大挥手臂,他心中暗喜,认为大赚一把的机会又来了。他慢慢地开近然后一脚急刹,因为他看到那个人背后的道路已经裂开了一大块,在冰雪的重压下蠕动着、瓦解着下沉。他惊出了一身冷汗,危机解除,那个人仍然站在路上继续给其他司机警示危险。经过这样一个偶然的小插曲之后,这个退伍的士官第二天又换上了那套好久没有穿过的军服,在自己的车上挂了一块"免费运送急难旅客"的牌子,他的车成为韶山开出的第一辆免费义务运送急难旅客的车。像这样的冰雪灾害下人性复苏的例子还有很多。由于人性的贪婪,许多人在冰冻灾害时昧着良心大发灾难财。一个山村小学的代课老师平时工资微薄,在灾害中自然地加入了哄抬物价的队伍当中,显露出人性贪婪的一面。可是当他看到王娭毑在寒风中向小商贩们行乞,为小外孙讨要两口水喝时,他的不忍之心、悲悯之情被激活了,他犹豫了好一阵,把一篮子的矿泉水、方便面都免费分给困在车上的乘客,然后"逃也似的走了"。这些行为温暖了严寒中的人们,也温暖了人世和人心,在这些平凡的人物身上焕发出了耀眼的人性光彩。也正是这些人物真实感人的犹豫与矛盾,让我们看到了人性的丰富与复杂。

马斯洛的需求层次理论表明,人们在正常的社会环境下往往会有多种需求,分为不同的层次和结构,外力的冲击会导致需求层次降低,引起心理活动失调或重整。严酷的灾害使人们丧失了最基本的生存条件,人们的需求必然降低到最原始、最低级的生存需要的层次上,以至于有时发生哄抢食物及人食人的现象。所以,卡斯特罗在其《饥饿地理》中一再强调饥饿对于人类品格的伤害和破坏远远高于其他灾难。这样就需要通过法律和道德规范去调节人们的行为,把人类原始本性约束规范在合理的范围之内。同时,人又是有精神追求的,有别于其他动物仅仅满足于生理本能与需求。在一定的社会环境下,当其精神性的需求战胜原始本性时,便会显示人性的光芒,照亮幽暗的人性。

当代文学对灾害下的人性作了丰富的表现。一方面,人们可以更加清楚地辨别出谁是真的英雄和猛士,显示了绝境中心灵的坚韧和强大;另一方面,在灾害情境下,人类的一些基本价值会受到挑战,主人公为此会遭受心灵的考验与磨难,表现人性的悲悯和无奈。

二、华语文学与人类命运共同体的批评实践：各地区华文文学研究

对话的启示：程抱一的思想和写作

张重岗

（中国社会科学院）

被视为中西文化摆渡人的程抱一，其贡献包含几个层面：首先，他借助结构主义、符号分析学的方法，分析中国古典诗歌和绘画的结构功能，深入了中国传统文化的堂奥；其次，他创造性地诠释中国的文化思想，从哲学的高度重新激活了中国的宇宙论和生命观；再次，他的诗歌和小说创作，把个人的生命体验、深度的哲思和对历史的反思融会在一起，经验生活和超验思考相得益彰，展示了现代中国生存的全幅状况。

在这三个层面的成就中，贯穿一条基本的线索，即中西文化的对话。他与里尔克、波德莱尔、普鲁斯特等文学家对话，与雅克·拉康、罗兰·巴尔特、克里斯蒂娃、雅各布森、列维-施特劳斯等思想家对话，也与中国的诗画传统和现代历史对话。正是这种对话的方式，使得程抱一成为现代学术文化史上的一个独特的存在，深层次地影响着西方对中国的认知和理解。以下按照程抱一的思想历程，从学术、诗歌和小说等方面讨论他对文化和世界的独特思考。

一、与里尔克相遇：朝圣者的生命叩问

（一）文化的朝圣者

程抱一与里尔克的相遇，是他生命中的一件大事。对他来说，与里尔克相遇的意义不仅在于给他带来一种感受世界的方式，更是让他沉迷于生命基

本问题。在哲思的深度拓展上,里尔克重新定义了诗歌的内涵。也正是在这一个生命的契合点上,程抱一塑造了自己的精神世界,并在此基础上,开启了对于世界万物和人类命运的思考。

换一个角度,从精神的旅行来观察,可以看到二人之间更有意味的交集。伴随着身体的旅行,人的精神世界在各种机缘之下得以敞开,在意义的追索之中获得其自身的自在和圆满。对里尔克、程抱一来说,这样的体会有诸多共通之处,其中尤其重要的是在东西方文化之间的精神游走。

在法兰西学院的就位演说中,程抱一把自己定位为一个文化的朝圣者。并非巧合,他也是这样来形容里尔克的。在谈里尔克的第三封信中,他描述后者:"'西方的朝圣者'这个称呼,他实在受之无愧。岂止西方;这样一个长于融会的诗人不会不憧憬东方的。"[1]里尔克出生于布拉格,人生的一大部分是在国内外旅行中度过的,他到俄罗斯拜访托尔斯泰,到法国拜访罗丹,并结识了之后的妻子——雕塑家克拉拉·韦斯特霍夫。里尔克的旅行,与其说是山水之游,不如说是一种生命的投入。程抱一把它归结为一种宗教式的献身:"早年在俄国旅行时,他曾向往过僧侣生活。后来在意大利的亚细丝山城,他仰慕圣·弗兰茹斯可的事迹。诗创造,在他心目中,是一种苦修、一种圣德。接受做诗人,是宗教式的献身。"[2]与之相似,程抱一当初做诗人,是在抗战时期受到七月派诗人的感召后做出的选择。但他对里尔克的亲近,除了生命基底的契合之外,亦着意于文化心胸的敞开状态。具体说来,就是对西方和东方文化的诚意接纳和深入融会。

里尔克在法国的精神之旅中,罗丹、塞尚、波德莱尔、纪德、罗曼·罗兰等均是重要的路标。他为了亲近罗丹,曾担任后者的秘书。他对塞尚的沉迷,则较少为世人所关注。程抱一特别在《和亚丁谈里尔克》一书中节选了里尔克谈塞尚的书信。他敏锐地发现,塞尚去世后一年(1907)的纪念展览对里尔克产生了巨大的影响。从此,里尔克用《新诗集》来标记自己的写作新境界。正如程抱一所说,他的诗歌进入了新阶段。除了节奏、音调、韵脚等诗歌形式之外,更重要的是他学会了如何让事物表达自身。这是一种生命的投入。只

---

[1] 程抱一:《和亚丁谈里尔克》,台北纯文学出版社1972年版,第88页。
[2] 同上书,引言第1页。

有爱力的温暖和照亮,才能够让事物复活,成就生命的大形成和大生动。与罗丹的客观相比,里尔克似乎更倾心于塞尚面对小城颓败的怨怒,以及在怨怒平息后对绘画的倾情投入。里尔克流连于塞尚的画作所营造的氛围之中,不由自主地感慨道:"我愈来愈了解他对我的生命有多大意义。"①里尔克对于塞尚赋予每个苹果的爱心有强烈的感受,随后在他的诗稿中也透露出了同等客观的品质。

程抱一也发现,虽然里尔克的诗歌格调与波德莱尔不同,但二者之间有许多相通的地方。甚至可以说,里尔克与塞尚之间的桥梁,就是由波德莱尔开启的。里尔克在给妻子的信中谈到波德莱尔的诗《腐尸》:"我曾想:没有这首诗,就不会有我们后来在塞尚作品中寻得的那种朝向客观发展的表现力。……再想象我的惊喜吧,当我得知塞尚也赏识这首诗:一直到晚年,他都能逐字背出,在他较早的作品中,我们一定可以寻得一些作品,在其间,他强烈地自我克制,以求取得最大的爱力。"②里尔克从塞尚对卑微事物的奉献、孤独谦逊地接近一切的态度中,看到了至善之可能实现的境地。同样,波德莱尔的诗歌奥秘,是埋头去挖掘现实中的丑和恶,并从中发现至美至善的亮光。程抱一对此体会深切,并在《论波德莱尔》中做了阐发:"他要返回到存在的本质层次,以艺术家的身份去面对真正的命运。如果生命是包孕了那样多大伤痛、大恐惧、大欲望,那么,以强力挖掘进去,看个底细,尝个透彻。……诗人如果想为人间带来真光亮,首先必得承担生命的严酷条件。"③

与波德莱尔一样,对里尔克来说,选择做诗人,是把自己交给诗。这不是诗意的抒写,而是选择了一种存在的基本方式。因为"只有诗,能够收纳生命的基本现象,把它们提升为另一种存在"④。程抱一的选择同样如此。即便是多年之后,他仍然能够感受到里尔克对自己的内在塑造:"不管在什么领域里,每逢基本问题时,总不免要想一想:里尔克曾经说过什么?他会怎么想?"⑤这不仅仅是一种生命的代入感,更是对于存在本身的体察。通过这种

---

① 里尔克:《致妻子克拉娅的信》(1907年10月12日),见程抱一:《和亚丁谈里尔克》,第72页。
② 同上,第75—76页。
③ 程抱一:《论波德莱尔》,《外国文学研究》1980年第1期,第59页。
④ 程抱一:《和亚丁谈里尔克》,引言第2页。
⑤ 同上书,第87页。

生命的契合,程抱一不仅找到了感知万物的方式,更重要的是印证着一个隐秘而神圣的存在,即"大开"的世界。

何谓"大开"的世界?根据程抱一的说法,"大开"(Das Offene)这一名称,是里尔克在《杜英诺悲歌》第八首中提出的。简言之,它意味着本能、纯粹、童真和超越:"在有形世界中,植物本能地朝向'大开'。动物因为不自觉死亡,也能处于'大开':'当骏马奔驰,它奔向纯粹空间'。然而动物,尤其是哺乳动物,也有不安,因为它们脱离了母胎之后,不得不充满怀念。至于人,童年时期具有'大开'的可能,虽然孩子们常因大人们的'教导'而转向。爱人也有时领会'大开',如果他学会超越被爱的对象。"①程抱一《论波德莱尔》在释读后者的诗作《对应》时,点出了其中的要义:"'对应'的含意是双重的:一方面是指大自然内部的各种颜色、芳香、音响,它们虽然各具特殊质素,却又是不断互相呼应,甚至互相转换;一方面也指物质层次的一切又和内心的精神层次互相变幻,互相提升。正由于这呼应,这转换,这变幻,这提升,生命世界成为无穷丰丽,无限扩张;它永远展向'大开'。"②程抱一把《对应》视作波德莱尔"表达宗旨的宣言",其原因就在于这首诗揭示了人与外界事物、事物与事物之间的隐秘关系。正是对这一隐秘关系的领悟,显示了波德莱尔对生命真谛的理解。生命在感受、领会、呈现世间万物的隐秘之际,打开了变化、形成、升华的奥妙之门。这是万物的气息相通,也是人与世界的相互感应,在交相呼应的同时,开启了另一重玄妙的境界。由此,打通了从可知到不可知、从可说到不可说的路径。"大开",意味着含摄万物又转化万物的创造,意味着感应生命又升华生命的启示。"大开"的世界,即是对存在的领悟,对造物主的归依。

与此相关,程抱一在谈到里尔克时,透过死亡意识,用"大开"的世界来阐发后者的诗境:"在这一切现象背后,他看见死,那与生俱来的、无所不在的死。……在它背后,展开惊心动魄的'大开'的世界。"③面向死亡的意识,并非走向幻灭的沉沦,而是克服怠惰和关闭,发现变化与可能,开启生命之门。人生由此得以跃进,个人的灵魂得以独具,创造得以获得其精魂。

---

① 程抱一:《和亚丁谈里尔克》,引言第 11 页。
② 程抱一:《论波德莱尔》,《外国文学研究》1980 年第 1 期,第 63 页。
③ 程抱一:《和亚丁谈里尔克》,引言第 6 页。

如何走向"大开"的世界？程抱一对于里尔克的感受力极度迷醉："当他感受时，他不停留在表层的现象，而置身于幽深潜境，仿佛要把万物连根拔起，让它们在内心复生。无论面对什么问题，他都力求以最基本的方式去理解。"①在面对性欲、爱、恐惧和伤痛之时，里尔克都能超越凡常的本能和情绪，进入深层的本真层面。由此突显出至情至性，与不可知的存在本身相遇。这是对人的凡庸状态的离弃，因为人可说是距离"大开"世界最远的生物。反倒是动物，有时能够本能地步入这一"大开"的世界。通过植物的姿韵与芬芳，他也能隐约领会到造物的含意。在这个神秘而纯粹的空间中，弥漫着原生的气息，可称得上生命的中心、真实的宇宙。

（二）对里尔克的解读

在程抱一眼中，里尔克的诗思就是不断走向"大开"的世界的精神旅程。有意味的是，在他解读里尔克的三封信中，是以回溯的方式阐释了后者在这一趟旅程中的思考。这一解读的次序，在一定程度上标识出了程抱一对里尔克的认知历程。

在1961年写作的第一封信中，程抱一品读里尔克最后的作品《给奥菲的商籁》和《杜英诺悲歌》，把握到了诗人最重要的精神特质，即对生命基本问题的体验和回答。这两部于一战后，确切说是1923年完成的作品，被程抱一视为欧洲20世纪的主要精神遗产之一。里尔克在这两部几乎同时创作的诗作中，以不同的文体完成了对生命内涵的多重理解。前者采用的商籁体，源于普罗旺斯语Sonet，初于中世纪民间流行，后定型为欧洲的抒情诗体十四行诗，风格鲜明，精短有度，遵循音节和押韵的规则，仿佛古希腊传奇诗人俄耳甫斯（即程抱一所说的"奥菲"）的歌声和舞步；后者的悲歌体，则句式渊长，音调悲怆，意象层出不穷，节奏汹涌澎湃，内容错综复杂。从这两部作品中，可以看到里尔克面对生命问题的两种相关解释。在前者中，程抱一敏锐地把握到了里尔克思想中理性明朗的一面："里尔克深感到，他的思想与奥菲精神契合，奥菲的精神是阿波罗式的：将混乱分裂的生命穿过死的考验提升到明朗

---

① 程抱一：《和亚丁谈里尔克》，引言第6页。

的和谐与韵律。'歌唱,才是生存',这是里尔克在一首商籁中吐出的名句。"[1]在这部吟唱"大变化和大形成"的作品中,里尔克吟诵了对精神奥秘的理解:生命穿过痛苦和欢乐,节节变化,最终达到了单纯的存在,自然的解脱。在后者中,里尔克对于生命的另一面——死亡,作了总体性的深湛思考。把死亡纳入对生命的理解,开启的是"全生"的趋向,即生命的全幅展开。在面向死亡之际,生命的大可能、大变化和大形成才得以呈现并得到升华。死亡赋予生命对于无形世界的感应,也打通了走向无形世界的可能。正如程抱一的诠释:"在最后一首悲歌中,我们看见那经历了'大开',承担了真实命运的死者被引向'哀痛的山谷',不再畏缩、惊恐,朝向那一边……"[2]面向死亡,不仅意味着对生命真义的开掘,更是一种抚慰和拯救,精神上的负面情愫得以扭转,在"朝向那一边"之中打开了通往无限的提升之路。这种对人世苦痛现象的品咂和沉思,虽然是诗人的孤独的吟哦,却并非无病的呻吟,里尔克展现的是对于经历了战争之苦的欧罗巴世界的救世情怀。程抱一对此心有戚戚也并非无故,他在凭吊里尔克的时候,同样为"受难的大地"动容,同样渴望"和饥渴大地交流",在他的心底念想的是"那深郁无边的亚细亚"。

在三年之后的 1964 年,程抱一完成了释读里尔克的第二封信。这封信主要讨论里尔克的中期小说作品《马尔特手记》(1910)和给妻子的《谈塞尚的信》(1907),谈的是诗人如何接触现实、把握现实的问题。实际上,如何面向客观世界是诗人所必须经过的炼狱阶段。程抱一强调罗丹、塞尚、波德莱尔、福楼拜等人对诗人的决定性影响。正是这些艺术家的启示,里尔克不仅感受到了对于客观事物的处理手法,更重要的是,他找到了自己与事物、世界之间的隐秘联系,即爱心的赋予。这不只是一种"朝向客观发展的表现力",也是一种"圣者的决心"。要让事物在诗人的爱心里复活,需要把那些事物连根拔起,在直面存在本身的追问之中,透露它们的意欲。只有经历了这样的生命淬炼,他才敢于步步踱入现实的地狱,在面对苦难世界的至诚客观的观察之中,找到解救的可能。其中的秘密,在于他了解到所有发生的和存在的事物都有不可测的含意。《马尔特手记》作为这一领悟的写作实践,展示了如何面

---

[1] 程抱一:《和亚丁谈里尔克》,第 8 页。
[2] 同上书,第 12 页。

对现实的一个范例。这是一个除魔的心路历程。只有内里充满爱的归依,才能破除外在的苦难和恐惧。虽然被爱者终将归于消逝,但爱将永存下去。正是由于这个缘故,写作获得了意义。其动力既是来自内心的不安,更是因为存在着克服苦难的可能。

  第三封信虽然注目的是里尔克的早期和中期诗歌,但并非就事论事,而是从诗人的使命来谈论他对诗艺的探求。更进一步,程抱一从东西文化交流的角度,阐述如何阅读里尔克及如何看待我们自身。由于里尔克对东方文化的吸纳,很容易引起中国读者的共鸣,但这一点,恰恰是程抱一所担心的。他特别提醒,里尔克的一生是朝向深湛和明确进展的历程。如果仅仅沉溺于他的早期作品,那么很容易被其中隐约的意象、如梦的情调所吸引和感染,反倒忽略了里尔克的真正品性。由此看来,只有把握了诗人一生的基调,才能更充分地理解其早期的取向。正如程抱一所说,诗歌对于里尔克而言,不只是抒写情感,也是展示真理的工具。在早期,他虽然已经把握到了一些重要的主题,不过他对自我和大自然的认知,还是极其表面、浅薄的。也正因为如此,才能找到里尔克蜕变的线索。程抱一对不为人所注意的里尔克诗作《转捩点》(1914)的强调,目的即在于此。正是对于造物有大意欲、生命是大形成的确认,使得里尔克发现了人的存在的价值。那就是他所担负的神圣使命:作为宇宙的眼耳,肩负原生的饥渴,在自我精神里,将有形世界提升为无形世界。程抱一特别提到在中文世界影响较大的《豹》。这首于1902年受命于罗丹去领会如何观看动物植物而完成的诗作,被恰当地称为"物诗",其内质与六朝"咏物诗"有很大差异,并非借物抒怀,而是浸入物内,表现生命的内心感应,同时穿过一定形式,让诗本身化成物。后一物正是里尔克眼中的"创造物",在物完成这一变形之后,成为一种内在、确定、完美的艺术之物,摆脱了时间的逝性而获得了永恒,并由此进入无限的空间。从这里可以体会里尔克所设定的诗人之使命:透过现象,探测真生,穿过创造的美,完成造物的意欲。这一使命也点出了诗人的意义之所在,那就是从痛苦和爱的经验之中升华出启示性的话语。面对这位东西方文化所孕育的诗人,程抱一回看中国文化,生出许多感慨和忧虑。如何避免被古今中外的四马撕扯为碎片,他的回答来自里尔克,那就是需要潜入心底,倾听自我深处的回应,在经验的尽端探测存在的真义。

二、中国艺术的秘密:从宇宙论到诗画语言的哲思

(一) 中国的宇宙论思想:三元观的阐释

程抱一在与法国思想家拉康等人的交流和对话中,对于中国宇宙论和诗学思想形成了独到的理解,其中最重要的贡献就是对三元观的重新发现和深入阐释。

受到法国结构主义思想的影响,程抱一把语言视作解开中国诗歌与绘画密码的关键。要揭开中国文学艺术的秘密,探明诗歌、绘画语言的真正意义,需要在更深层次上了解中国的宇宙论思想。因为在中国文化中,宇宙观念与人事活动是紧密糅合在一起的。中国的文化和生活各领域,无不渗透着宇宙论的理念。诗歌、绘画领域表现得尤为突出,它们担负着揭示造化奥秘的神圣使命。

在《中国诗歌语言研究》中,程抱一强调,中国的宇宙论是诗歌构成为语言的根基所在。那么,中国的宇宙论有何独特之处呢?

程抱一把中国的传统宇宙论视为历史建构的产物,对此做出贡献的有《易经》、儒家、道家、阴阳家等,他们以不同的方式发展出了各自的宇宙观。从历史的角度看,春秋战国时期有奠基性意义,魏晋玄学和宋代理学对宇宙论体系的发展有所补充或调整。

程抱一的洞察力体现在对老子思想的创造性阐释上。他的切入点是《道德经》第四十二章中的一段话:"道生一,一生二,二生三,三生万物。万物负阴而抱阳,冲气以为和。"在程抱一看来,这段简短的话语确立了中国宇宙论的基本内容。

在这段中国人耳熟能详的表述中,程抱一发现了解析中国宇宙论的关键,即对于"三"的解释。中国宇宙论解释的是万物的生命动力模型。在这一模型中,赋予其活力的是一种动力关系。这种动力关系,并非太初之道生出的"一"之元气,也不是被称为"二"的阴阳二气,而是来自"三"这一神秘的符号。这也就是程抱一特别说明"在二与万物之间,有三的位置"。他从道家、儒家两种相关的角度,分析了"三"在从"二"转化到万物的过程中是如何起到

决定性作用的。正是这一转化过程,显示了中国宇宙观的奥妙之处。

程抱一强调,中国思想体现出的是独特的三元观念,而非二元论的体系。在三元关系的运转中,真正为静态的阴阳二气注入生命气息的,是来自太虚亦即太初之道的冲虚之气。这样构成的三元关系,不仅成为万物生成的模型,而且使得万物与太虚连通,形成和谐的统一体。这也就是老子所说的"冲气以为和"。中国文化特别注重的天地人三维,典型地体现了这种三元关系:"从二派生的三,指的是天(阳)、地(阴)和人(他在精神上拥有天和地的德行,在心灵中拥有冲虚)。"①这种关系,突显出了人在参与造化、协助宇宙生成变化过程中的作用。中国的宇宙论,在人的位置问题上,萌生了独特的人文主义取向。

通过上述宇宙论动力机制的解析,程抱一疏通了中国的宇宙论思想:"虚实、阴阳、天地人构成相关的和分等级的三个轴,围绕着它们组织起一种建立在气的观念基础上的宇宙论思想。"②这里勾勒出了三元观的基本架构。

三元观的思想,在中西文化中发展出了相关又不同的路径。中国的三生万物、西方的三位一体等话语,从两种视角建构了各自的世界观。程抱一对于三元观的结构性阐释,显示出当时流行的法国结构主义思想的影响。他对太虚、冲虚等理念的强调,与他的西方对话者拉康有思想上的某种关联。他与拉康一起研读《道德经》《孟子》等中国经典,后者对中国传统思想中的重要概念如虚与实、有名与无名等抱有浓厚兴趣。相比较,程抱一对中国宇宙论的阐释,重视"三"在阴阳二气与万物之间的动力作用。这个"三",以冲虚之气的形态,贯通的是实存与太虚之间的联系,并为宇宙世界带来活力、生命和能量。与之相关,拉康受启发于太初之道,对空的思想特别看重,突出的是主体最初的缺失和疑问,由此出发,找到了人的精神世界建构的起点。虽然他们在文化思想、主体精神等问题上有不同的侧重,但遥相呼应,展现了原初性的文化意识在现代思想开展中的内在活力。

三元观对西方精神分析学产生了一定的影响。拉康弟子霍夫曼在关于他的专访《精神分析的实践》中提到,精神分析发现的一条普遍定律是二元关

---

① 程抱一:《中国诗画语言研究》,涂卫群译,江苏人民出版社 2006 年版,第 24 页。
② 同上书,第 23 页。

系,这对于人类来说是行不通的,因此,所有问题的关键在于如何离开二元关系,走向集体。他认为,在人类社会中只有三元的关系才是可行的,并把这一认知应用在了精神分析的临床实践之中,解决办法就是让某个第三方介入二元关系。这是三元观在西方实学中的应用。

相对于西方精神分析学对二元论的离弃,程抱一看到的是中国文化在二元关系上的缺失。他认为,"三"固然体现了文化的精髓和要义,但是,没有真正的"二",就没有"三"的出现。中国思想最大的症结,正是忽略了二元关系,导致主体和客体的分立未能真正形成。但西方早在柏拉图时代,人就作为主体,成为思考的对象;到亚里斯多德,转入深度观察客观的外在世界。法与自由的观念,也是在肯定主体的基础上形成的。与西方相比,中国文化固然产生了和谐感应、天人合一等理念,但相对缺乏分析性的思维兴趣,极大地减弱了这些理念所蕴含的价值内涵。中西文化的不同取向,导致在哲学道德的思考和文学艺术的趣味上产生了极大的差异。①

(二) 以语言为基础的诗学

1. 中国诗歌的密码

1960 年对程抱一来说是一个重要的年份。程抱一在赴法 12 年后,有缘结识著名汉学家戴密微(Paul Demiéville)教授,经其推荐以合作者身份进入被誉为西方学术风向标的巴黎高等研究院。此时恰逢法国人文科学的兴盛时期,他在这个符号分析学的大本营中精心磨炼,于 1969 年完成硕士论文《张若虚诗之结构分析》。这篇论文一炮打响,引起法国思想家罗兰·巴尔特、列维-施特劳斯、拉康、克里斯蒂娃等人的注意,开启了他与法国思想之间的对话历程。

此后他接受克里斯蒂娃的邀约,在张若虚研究的基础上进一步拓展,于 1977 年完成了《中国诗歌语言研究》。这一著作以语言作为切入点,从形式和意义的角度,分析了中国诗歌的符号系统。其分析方法是结构主义、符号学的,精神内涵则是地道中国原味的。二者的完美融合,显示了作者的深湛

---

① 参熊培云访谈:《直面历史中的善恶与和谐——对话法兰西学院院士程抱一》,《南风窗》2004 年第 7 期。

功力。

程抱一关于中国诗歌语言的研究,与其对中国宇宙论的论述是一致的。他的基本论断是,以虚实、阴阳、天地人三个主轴支撑的中国宇宙论文化结构,在诗歌语言中得到了延伸。在具体操作中,他划分出了三个层次:一是词汇和句法层,二是格律层,三是象征层。这三个层次,分别对应虚实、阴阳、天地人的宇宙论范畴,共同构筑起完整的文化符号秩序,形成了中国诗歌语言的独特运转机制。

程抱一对中国诗歌奥秘的结构性解答,提出了一些值得深思的问题:以上三个层次是如何进行内在运转的?联系宇宙论,至为重要的冲虚之气如何体现在诗歌之中?它是怎样赋予诗歌以生命气息的?

关于诗歌三个层次与宇宙论的对应关系,他的解释是这样的:在词汇和句法层,虚实关系体现为虚词与实词之间的微妙游戏;在格律层,阴阳关系通过声调对位和对仗进行着辩证的转换;在象征层,天地人的三元关系在自然的隐喻性意象中,以主客体之间情思感应的方式得到了充分的开发。在诗歌语言的功能得以确定的前提下,他尝试对这一符号秩序进行动态的把握,以参透其中所隐藏的文化秘密。

具体到冲虚之气的议题,关涉到中国诗歌语言的总体运转。程抱一的做法是引入意象概念,以此来把握人地天的三元符号系统。他特别提到,意象、意境、情景等概念显示了中国人独特的审美观念。在中国人身上,能够发现一个基本的观念,那就是人的想象能力和形象化的宇宙之间有着持续的交流。之所以如此,原因在于二者在源自元气的生气的激发下,以有机的、表意的方式形成一个整体。这一思想,在中国关于气、象、境的许多诗论、文论中得到了验证。意象的重要性与之有关。这一概念体现了人的精神与世界的精神的相遇,故而始终处于中国的诗文理论家们关注的中心位置。

在程抱一看来,中国诗歌在体裁和形式上的探索是一个冒险的历程。尤其是唐代,由于吟诗活动的盛行,诗歌在社会文化中赢得了至尊的地位。与之相匹配,唐代文人对于诗歌语言的极限,作了最为自觉而成功的尝试。中国诗歌的语言结构,随之到达成熟的阶段,并在此后进行着不断的演化。

值得称道的是,程抱一注意到了中国诗歌内在的一个悖论,体现了结构与反结构的辩证。他不仅从语言的内在结构及其功能构成上,解释了中国诗歌作为一种符号秩序的形成;更进一步,从语言自身的转换和变化,发现了这一符号秩序的限度及其内在的突破。换句话说,诗人们通过语言的探险创造了一个符号的自足世界,但这个语言世界从一开始就为现实生活的介入留下了空间。中国诗歌的语言结构,保持着向时间敞开的属性,并最终为历史进程所掌控。如同结构主义的自我消解,随着文言被白话所取代,中国诗歌的符号秩序迎来了新的历险。这一符号学的分析,解开了中国诗歌传统的密码。

2. 中国绘画的奥秘

1979年,程抱一完成《虚与实:中国绘画语言研究》。该部著作与两年前的《中国诗歌语言研究》有一脉相承之处。这两部作品从符号分析学的视角,对中国文化的两座高峰作了内在的结构考察,讨论了其构成语言的运转法则。

对宇宙论的看重,是程抱一解释中国文化的基本原则。在分析绘画语言的时候,他同样把宇宙有机论视作中国美学思想的基础。正是因为宇宙论思想的主导作用,中国的绘画致力于再造一个新的艺术世界,后者被程抱一形象地称作"小宇宙"。相比诗歌,绘画更直观地表现了中国人对于造化奥秘的探求。通过这种哲学的实践,中国人为自身创造了一种真实的生活方式。

程抱一强调,中国绘画艺术作为一种神圣的实践,其神奇之处在于创造了一个通灵的场所,而非仅仅提供一个再现世界的框架。这一新的艺术世界,具有内在的活力、能量和完整性。这也是中国绘画艺术中真正的生活之所以可能的原因。由于其内在的完整性,绘画在中国促成了生活的艺术的形成。这里显示了中国文化的奥秘所在。程抱一试图阐释的,正是中国绘画所创造的这一通灵场所是如何构成的。

在程抱一看来,中国绘画与原初宇宙之间的联系,乃是被视为通灵场所的绘画得以完成的秘密。他列举了中国对于画作价值品评的几个等级——能品、妙品和神品,在这些艺术品级中,最能体现中国审美理想的是神品,这种作品与前二种的不同之处就在于其难以形容的通灵品质。这些概念恰当地表明了中国艺术家在超越世俗世界的道路上需要跨越的阶段。激励他们的艺术理想,就是通过某种方式激活原初的大宇宙,助力他们创造生机勃勃的小宇宙。

或许只有最为杰出的中国艺术家,才真正找到了打通原初大宇宙与艺术小宇宙的方式。但中国绘画美学中的一些概念,如气、神、虚等,表明传统绘画在这条道路上始终进行着不懈探索。对此,程抱一的阐释方法是有效的。他注目于绘画的整体性有机结构,旨在揭示这一结构的运转原则。美学思想中的这些概念,正是支撑绘画整体结构的有机组成部分。

在《拉康与中国文化》一文中,程抱一特别提到对拉康的感谢,是拉康使他发现了老子和石涛。对虚的议题的深入思考,来自拉康的激发。值得注意的是,与诗语言研究相比,程抱一关于中国绘画语言的研究,在虚的性质内涵、冲虚对于艺术的意义等问题上,作了更为充分的阐释。

在讨论绘画问题时,虽然程抱一仍然保留了宇宙论的基本轮廓,但更倾向于通过虚的中轴性作用,提领中国思想体系,尤其是绘画观念的运转。这一点,可说是拉康给予他的重要启示。如其所说,"虚的概念尽管在中国思想中非常具有本质性,然而涉及它在诸实践领域的运用,却从未得到系统化的研究"①。虚的问题对于中国哲学和艺术来说固然重要,但它只是被当成一种自然的存在,其地位和运转很少得到确切的说明,结果使得这一问题始终处于未明的状态。程抱一的研究由此确立了明确的宗旨,那就是系统地呈现和疏通这一未言明的传统。

在关于虚的讨论中,程抱一更为注重的是其作为哲学基础在实践中的运用。因此,他着重讨论了三个方面的内容:一是虚的观念或构想虚的方式,二是虚与阴阳的关系,三是虚在人类生活中的意蕴。

他从本体、现象两个角度界定虚的观念或性质。在本体层面,虚近似于道,但在起源的意义上比道更具有确切的内涵。甚至在指称宇宙之起源的时候,虚比无更能够形容存在物所导向的原初状态。因此,虚可以说是道家的本体论基础。在现象层面,虚在物质世界中的妙用也是无穷尽的,它赋予万物以生命,使得所有的实存达到真正的充实。对于实与虚的关系,程抱一以结构主义的方式加以说明:前者显露的是结构,后者体现的则是功能。虚作为功能性的作用,更为本质性地体现在它与阴阳两极的关系之中。在这里,本体之虚所呈现的形态,是冲虚之气或冲气。冲气与阴阳一起,构成程抱一所说的三元关系。在三元关系中,冲气由于其内在的活性,把万物与太虚联系在一起,而成为万物的中心。对于人来说,虚的意义尤其重大。程抱一特

---

① 程抱一:《中国诗画语言研究》,第 321 页。

别谈到了人的真正的生活的可能性。根据程抱一的解释,真正的生活之所以可能,正在于人对于虚的拥有。他用诗一般的语言,赞美虚对于人的意义:"通过虚,人心可以成为自身和世界的尺度或镜子,因为由于人拥有虚并与元虚相认同,他身处意象和形体的源头。他捕捉空间和时间的韵律节奏;他掌握转化的规律。"[1]作为天地人三才之一,人正是通过这种方式,找到了自身在天地之间的位置。拥有虚,为人在天地之间的优先性提供了条件:一方面,他能够吸取天地之德,以实现自我的超越和完成;另一方面,使得天地达成了和谐的状态,人与自然得以完满地交融。

程抱一关于虚的论述,更多地采纳道家的思想,同时也参照了其他学派,如儒家的思想。这种思想的融汇性理解,与他所阐释的绘画传统是颇为相似的。他用"精神性的绘画"一语,表述中国绘画在演进过程中的走向。这种精神性区别于宗教的主题,精神本身就是目的。其内涵受到了道家、禅宗等思想学派的启示。他特别指明中国艺术史上的一个现象,那就是以冲虚占据主导地位的绘画的诞生。其代表人物是唐代的王维、吴道子,此后在宋元时期形成了传统。相比较,有关虚的绘画理论在更早期的六朝时就已经出现。基于这一传统,他梳理出了绘画的五个层次:笔墨、阴阳、山水、人天、第五维度。这些结构性的层次,由于冲虚的作用而构成一个有机的整体。

程抱一以其精神上的洞察力,敏锐地感知并阐述了冲虚在这些不同层次中的流动,同时由此引申出另一个更为深奥的话题,那就是绘画并不仅仅是审美的演练,乃是一个人的全身心投入的活动。这正应和了他所坚持的绘画之为"神圣的实践"的说法。这些论断,在石涛的画作和画论中得到了生动而深刻的证明。石涛的"一画论"指向原初的混沌,在人与宇宙的关系中,渗透着人的参同造化的意识。绘画对他而言,与其说是认知和表达的方式,不如说是一种根本性的生存方式。从文化哲学的视角来看,这可谓是中国绘画的真正奥妙所在。

总体看来,程抱一的诗画论述体现了中西文化对话、互动的价值和成果。他的策略是采用符号分析学的方法,向西方人讲述中国文化。二者或有相捍格之处,值得称道的是,程抱一并未囿于固定的程式,做到了二者兼美而不失

---

[1] 程抱一:《中国诗画语言研究》,第333页。

其真。两种文化的碰撞,使得他的研究在独到的西方形式分析视角下,对于中国的意义系统作了颇具洞见的考察,从而揭示了中国诗画符号系统的秘密。

三、对话的共生之象:通向存在和世界的道路

在讨论程抱一的学术研究之后,我们转而考察他关于文学创作的思想。相对于学术研究,文学创作是他真正的内心渴求,他的终极目标是创造自己,而非介绍别人。他更希望用文学的手段翻新自己的生命体验,创造属于自己的充满生机的艺术小宇宙。那么对于程抱一来说,文学写作意味着什么?通过文学如何创造一个新的世界?

(一) 与有生宇宙对话:对存在的探测

第一个问题,关涉到写作的信念和动力。程抱一在回顾早年求学生涯时,提到文学对于他的启蒙:"我一直要到十五岁,恰巧认识了几个诗人后才发现文学的魅力。立刻,文学为我打开了崭新的眼界。……在那样一个战火纷飞、疾病肆虐、个人生命危在旦夕的年代,文学不仅为我们打开了一个无限的符号世界,它还同时承担起了展现我们生命历程各个方面的责任,它更不忘探究我们命运的神秘之处,所以,那时的文学绝不是消遣。"[1]这是最初的怦然心动。吸引程抱一的,是胡风领导下的七月派诗人。在国家危难的年月,这些衣衫破旧、意志坚定的人为程抱一打开了精神上的拯救之门,让他确立了做一个诗人的志向。

在诗人之路上,程抱一对里尔克等的迷恋,令他找到了基本的方向。他把这些人称为"探测存在的诗人",并希望自己能够成为其中的一员。[2] 但是,存在本身是一个包含着激情、疑问和神秘的概念。从如何面对存在并给出自己的回答上,可看出程抱一对于诗歌的见解。

在探测存在的道路上,程抱一坦言,虽然那个诗人群体指点了大致的方向,即通过语言去领会世界及人类命运的秘密,但作为一个东方人,他并不想

---

[1] 高宣扬、程抱一:《对话》,张彤译,北京大学出版社2011年版,第73页。
[2] 同上书,第109页。

只是简单地追随,也不愿依赖所谓远东的魅力,而是选择在二者之间,走出一条对话与交流的新路。

程抱一的对话交流之路有两个层面:首先是东方与西方文化之间的对话,其次是诗人与有生宇宙之间的交流。

东西方文化之间的连接点在哪里呢?他认为,这是禅与俄耳甫斯两种诗歌精神的融合。在他看来,中国诗歌的典型精神可用"禅"来加以概括。禅,作为印度佛教和中国道教相结合的产物,通过情景互参、物我相启的方式,呈现着忘情、空灵的宇宙奥秘。至于西方的诗歌,他认同马拉美的话,把西方诗歌理解为"俄耳甫斯对大地的神秘解释",希腊传奇诗人俄耳甫斯通过咒语,鼓舞岩石、树木和动物,吟唱人类的命运。程抱一的独特取径,是把禅与俄耳甫斯这两种遥远的精神连接在一起:一方面感受二者的共通之处,即歌者对于生命的虚无幻灭的经受;另一方面疏通在面对虚无和幻灭时,东西方追寻超越升进之路的不同方式。西方在俄耳甫斯神话和基督理念的氛围中,生长出具有强烈主体意志的积极进取、追求超越的悲剧精神;中国则除了屈原的悲歌之外,发展出了禅的感悟,通过内心的空静汰除表面的尘杂,在世界内部寻找宇宙生命的节律。这种东西方文化传统的阐释,为他关于存在问题的沉思作了铺垫。

如何探测存在?对于程抱一来说,存在并不是主体之外的对立物,而是充满生机和活力的世界。这个世界,因此被他形象地称为"有生宇宙"。对存在的探测,实则就是与有生宇宙的对话。宇宙本身是有生命的,从基本的构成成分到最高的超然力量,形成层级向上的特征;但又与人息息相关,人的使命就是通过言语来命名宇宙各层级,并与之展开对话。在这种思想的主导下,程抱一的诗作从一开始就有意识地展开对于宇宙根本问题的探寻。他最初的两部诗集《树与石》(1989)、《四季一生》(1993),对话交流的对象是树、石等宇宙基本元素和滋长"灵魂的山谷"的大地。之后的《三十六首情诗》(1997)、《谁来言说我们的夜晚》(2001)探究人类的情爱和生存奥义。《冲虚之书》(2004)则表达了他的核心宇宙论思想,聚焦于有生宇宙之生命意义的产生、转化和升华,尤其对于间隔问题作了透彻的思考。按照他的说法,虽然太阳底下再无秘密可言,但是因间隔而生的交互却有着异样的活性。

关于对话本身,程抱一也有独到的认识。他把对话视作无限交流的过程,并借用诗人夏尔的话,以对话者之间的"共生之象",比拟他所推崇并在诗作中实践的对话模式。在共生的状态下,新的意义才可能诞生,并激活旧有的事物、存在和秩序。对话的共生之象,超越两极,合乎中道的精神,内在的正是程抱一所彰显的冲虚之气。

(二)与生活对话:走向敞开世界的历程

在写诗之余,程抱一把精力转向小说写作,出版了《天一言》(1998)、《此情可待》(2002)等作品。从诗到小说的转变,所呈现的不仅是其关于存在之本质性思考的两个面向。与诗歌中占主导地位的形上对话不同,程抱一在小说中敞开的是面向生活世界的思考。通过小说,他捡拾起了被诗歌所弃置的幸福、悲伤和荒诞,在生活的体验之中寻找关于生命、历史和文化的启示。在如何以小说语言记叙生活的问题上,他显示了一个文化哲人在历史叙述、文化差异等议题上的独到见解。

程抱一的小说诗学,与普鲁斯特的启示有关。程抱一在关于小说的访谈中提到:"我写小说时出于普鲁斯特所说的一种状态。他认为真正的生命不止于生命那一瞬间,当时生活过的要以语言去寻求,去重新体验。用语言才能给生活以光照和意义,生活真正的奥秘和趣味才能全面地展示出来。"[①]对生活的重新体验,是与过去的生活经验对话的过程。如何与生活对话,他的写作经验提供了两个独特的视角:一是写作的间离效果,二是意义的光照和启示。

写作的间离效果,与小说所采用的语言有很大关系。程抱一的小说,之所以选择法语作为记述工具,一个重要的原因就是它可以产生一种间离效果,使得作者能够对于源文化和生活经历进行重新的认知和省察。在这一过程中,记述本身就成了一种创造性的行为。其次,小说作为过去生活的重新体验,在意义的发掘方面体现了作者的自觉、清醒的意识。小说叙述如何承载过去,在历史进程中与生活经验对话,寻找打开生命和文化之门的钥匙,乃是程抱一小说思想的要义所在。

---

① 晨枫采访:《中西合璧:创造性的融合——访程抱一先生》,见程抱一:《天一言》,杨年熙译,山东友谊出版社 2004 年版,第 282 页。

在这个意义上,小说开启的是通往敞开世界的道路。小说中的生活经验是个人的、民族的,但精神具有普遍的、世界性的意义。对此,程抱一有切身的体会,他对法国思想文化传统的钦敬,也正是出于这种普遍性的价值。他发现,法国思想家总是能够在论战和对话中,把思想提升到更宽容、普遍的境界。在他普鲁斯特式的体验式小说中,对过去生活经验的省思,实则是关于中国人的生命意识和文化出路的探寻。其中有从痛苦和毁灭中重塑精神的要求,同时传达着在差异中寻求融合的意向。就此而言,程抱一在生活经验的层面确立了一种敞开的视野。

在《天一言》和《此情可待》中,作者分别设定了19世纪和17世纪这两个大震荡的时代作为故事发生的背景,但都显现出自我融入式体验的特质。他调动读者跟随着人物去感受生命之间的离合悲欢,同时也深深地沉浸于中华文明的危机和出路的探寻之中。在个体的生命之间,作者的文笔游走在友情、爱情的边缘,注目于心与心的交流,在此基础上升华出精神之爱。天一、浩郎与玉梅之间的微妙感情,道生与兰英的心灵感应,在不失性格丰富性的前提下,潜在地遵从作者的生命哲学,回答的是关于持久之爱的理想的问题。更为揪心的是文化出路的主题。不管是天一与浩郎的讨论、道生与传教士的对话,还是这些人物在历史中的命运,在不同的层面展示了衰微古国的悲剧性状况,并开启了对于解救之路的探寻和追求。

程抱一从文化哲人的角度,期待着古老中国的凤凰涅槃。他借人物之口,表达了对于鲁迅重铸灵魂、纪德突破枷锁的思想的认同,对傅雷等文化人的不幸遭遇则抱有深深的同情。同时坚信,古老中国在历经万般磨难之后终能走出困境。在文化的新生之路上,尤其不能回避的是中西文化之间的对话。其中的关键在于,传统文化如何通过与西方基督教文化的沟通,反思自身,消除文化的偏见和弊端,重塑开放性的心灵。

在法兰西学院的就任仪式上,程抱一盛赞他的前任波邦·布塞,称许其关于"差异中的创造性结合"的思想:"活生生的世界不是由一堆在偶然的相遇中盲目行动的不协调因素构成的。这个世界的基本动力是一种建立在差异和持续法则基础之上的创造性结合,从微粒的存在到最高意识都不例外。"[①]对

[①] 程抱一、刘阳:《程抱一在法兰西科学院的就位演说》,《当代外国文学》2003年第4期,第91页。

于西方的信仰者来说,这种结合的动因是上帝。程抱一则在文化的关联中,探寻着东西方创造性交流的可能途径。他的学术、诗歌和小说,均是在个人思想层面上对这一问题的回答。在民族文化的层面,他则从先秦的原创性思想中找到了答案,那就是开放性的思想架构。

骆以军近作《匡超人》灾难叙事与故事新编研究

张 羽 刘 畅

（厦门大学）

每个转折时代，在重估一切价值的时代氛围下，都会有作家对民间故事、经典文本等进行故事新编，从而使中华文化得以创新性赓续。1936年，鲁迅《故事新编》出版，"只取一点因由，随意点染，铺成一篇"[1]。鲁迅重述民间故事，对古代圣贤、人事进行嘲讽和重构，以此启蒙民众，被视为"开创了一种古今杂糅的'杂小说'新文体"[2]。1987年至1991年间，汪曾祺"小改而大动"[3]创作出系列小说《聊斋新义》，将《聊斋志异》中的灵异故事翻出了现代新义。2015年至2016年间，骆以军在台北《中国时报》陆续发表"美猴王"系列故事新编。2018年，骆以军将其汇入长篇小说《匡超人》，由台湾麦田出版。2020年，上海文艺出版社、后浪出版公司出版该书简体字版。《匡超人》采用了"互文""戏仿"等诸多故事新编的叙事手法，捕捉近年来台湾知识分子因政局变动、社会变迁而产生的心灵潮汐。该作被视为"骆以军崩坏体"修炼完备之作，"自《西夏旅馆》囊括许多大奖之后，《匡超人》'深邃又好看'，其科幻、次文化与古典元素的交错与挪用，成就了骆以军式的'有机腐败的华丽'与'百科全书式的无赖'"[4]。《匡超人》先后获得了2018年OPENBOOK年度好书奖、2018年第五届《联合报》文学大奖、2019年"台北书展大奖"小说奖和2020

---

[1] 鲁迅：《故事新编·序言》，《鲁迅全集》第2卷，人民文学出版社2005年版，第354页。
[2] 杨义：《〈故事新编〉的生命解读》，《杭州师范大学学报》2014年第36卷第2期。
[3] 汪曾祺在《聊斋新义》后记中写道："前年我改编京剧《一捧雪》，确定了一个原则：'小改而大动'，即尽量保存传统作品的情节，而在关键的地方加以变动，注入现代意识。"原刊于《人民文学》1988年第3期，引自《汪曾祺全集》第4卷，北京师范大学出版社1998年版，第239页。
[4] 陈宇昕整理：《骆以军获颁联合报文学大奖》，新加坡《联合早报》2018年7月16日，第2版。

年第八届"红楼梦奖·世界华文长篇小说奖"①等奖项。

骆以军祖籍安徽无为,是专职写作的台湾外省第二代作家。王德威誉其为"当代华文小说界最重要的作家之一"②。陈思和称其创作为"先锋文学的范例","创造了一个抽象的、实验性的文学","不只对台湾文学有影响,他对整个中国文学都发生影响"③。与骆以军之前的作品《红字团》《我们自夜暗的酒馆离开》《月球姓氏》《遣悲怀》《远方》的实验性相比,《匡超人》与中国古典名著《儒林外史》《西游记》互文,展开了新的文体实验。骆以军曾自言近年对中国古典小说的迷恋,他说:"我是到这几年才又细读《红楼梦》《儒林外史》,甚至初读《金瓶梅》,深深叹佩,觉得不可思议。那可能必须有一长时间的多组人物并置同一空间中,足够长的置身其中的领会。尤其是完全不同性情的女子,但并不是西方雕塑或戏剧的主体突出的凸显,而像藏于涟漪水波,多点散焦,从轻眉淡笑的不动声色的说话来全面发动。"④近期,在与笔者的笔谈中,骆以军再次强调:"我这几年对《红楼梦》《金瓶梅》《儒林外史》真是倾倒迷醉,太厉害了!!!"⑤

《匡超人》可被视为骆以军创作理念的转捩点。此前,骆以军热衷于使用西方现代小说技巧,近年来越发意识到这些技巧产生的深层根源是战争带来的心灵创伤,并不完全符合中国人的审美习惯。他反思以往创作"唯独缺少了对其所从出的中华传统文明的足够的理解"⑥。因此,在《匡超人》中,骆以军不断地与《儒林外史》《西游记》《红楼梦》《金瓶梅》《封神演义》等经典名著互文。王德威在《洞的故事——阅读〈匡超人〉的三种方法(上)》一文中指出:"骆以军用心连锁《儒林外史》和《西游记》和他自己身处的世界。"⑦这些古典

---

① 2010年,骆以军以《西夏旅馆》获得第三届"红楼梦奖·世界华文长篇小说奖"首奖。2020年,骆以军以《匡超人》获得第八届"红楼梦奖·世界华文长篇小说奖"决审团奖。
② 决审委员(王德威)评语节录,见《第三届"红楼梦奖·世界华文长篇小说奖"特刊》,香港浸会大学文学院"红楼梦奖·世界华文长篇小说奖"网站,http://redchamber.hkbu.edu.hk/tc,最后访问时间:2021年11月15日。
③ 陈思和著,颜敏选编:《行思集——台港澳暨海外华文文学论稿》,花城出版社2014年版,第344页。
④ 无署名:《文学相对论:毕飞宇 VS. 骆以军 写作四之四》,台北《联合报》2017年11月27日,B4版。
⑤ 来自笔者通过邮件对骆以军进行的访谈,2020年10月3日。
⑥ 骆以军在《新京报·文化云客厅》的直播节目《从〈儒林外史〉〈西游记〉到〈匡超人〉——裂片时代的小说书写》,2020年7月22日,文字稿由笔者整理。
⑦ 王德威:《洞的故事——阅读〈匡超人〉的三种方法(上)》,台北《联合报》2018年1月5日,D3版。

名著中的人物和情节可以按照骆以军的叙事需求,自由地进入《匡超人》,借匡超人与美猴王的时空穿梭连缀起碎片化的情节、充满诡谲的想象和哲理性的思考。基于此,本文拟探讨以下议题:第一,从《匡超人》与《儒林外史》的互文关系出发,探讨骆以军对台北新儒林知识分子的描摹,其既延续了《儒林外史》对儒林的辛辣批判,又接续了中国现代文学之"立人"的经典命题;第二,从《匡超人》与《西游记》的互文关系出发,探讨骆以军借台北美猴王暗喻当代台湾知识分子的双面"西游",即西化(西方)与西岸(大陆)的实况;第三,探讨《匡超人》具有的后现代主义叙事风格,其利用碎片化的"梦笔记"空间结构、人称的多义指代、反体裁的随笔化书写构建起迷宫式的文本。

一、台北匡超人:《匡超人》对《儒林外史》故事资源的借鉴

骆以军曾多次提及想写一部台北的《儒林外史》,《匡超人》可视为其完成心愿之作。王德威指出:"'匡超人'典出《儒林外史》最有名的人物之一。匡超人出身贫寒,侍亲至孝,因为好学不倦,得到马二先生赏识,走上功名之路。然而一朝尝到甜头,匡逐渐展露追名逐利的本性。他夤缘附会,包讼代考,不仅背叛业师故友,甚至抛弃糟糠。"[1]骆以军以"匡超人"来命名首章,并以匡超人之眼来扫描当代台湾知识分子群像。在人物形象、叙事情节与叙事技法等方面,骆以军都有意识地使用《儒林外史》素材进行复制、拼贴与重塑。

(一)"洞"的疾病隐喻:匡超人在台北

中外文学史上,有很多备受疾病困扰的作家,如患有癫痫的陀思妥耶夫斯基、精神疯癫的伍尔夫、身体残疾的史铁生等等。他们创作的内驱力很大程度上来自疾病。与疾病的抗争过程是重新认识自我的过程,更是从"自己"变为"异己"的心理接受过程。2017年春天,骆以军发生严重心梗,稍早,他还生过一种尴尬且难以言说的怪病,这成为他在《匡超人》中聚焦疾病书写的内在动力和直接动因,他自言这种创作"像哪吒要毁掉自己骨肉再重建"[2]。

---

[1] 王德威:《洞的故事——阅读〈匡超人〉的三种方法(上)》。
[2] 何定照:《忧郁、失眠、心肌损伤 每写一部小说都像自毁骨肉再建》,台北《联合报》2018年7月3日,A7版。

在骆以军笔下,从《儒林外史》走进台湾的匡超人一直战战兢兢地掩盖着生理疾病。作者将自己身患疾病的体验,实录在匡超人的疾病体验之中。久治不愈的"洞",好像"有自己的生命,我涂抹各种药膏,总希望那伤口收小,但它就像一只蝴蝶,挥翅飞舞,伤口的形状不断变化"①。作者用很大篇幅来细描"洞",赋予其非常复杂的寓意。匡超人身体上的尴尬创口,更成为"现代人精神坏损的隐喻"②。作者指出部分知识分子的精神上出现了如匡超人身体上的"破洞",其实质就是"空洞"与"钻营"。正如小说序言中所说:"在一个'老谋深算耗尽你全部精力的文明里',谁不需要过人的'滤鳃'或'触须'钻营算计,才能出人头地?"③一些台湾知识分子不仅要像《儒林外史》中的匡超人一样学会钻营算计,还要小心翼翼掩藏精神上的空洞、悲观和怀疑。"洞"被内化为个体知识分子的精神问题。

相比其他外省二代作家如朱天文、朱天心、张大春等人的眷村叙事,骆以军更重视挖掘随国民党赴台的外省老兵的心灵撕裂症状,"洞"也喻指了这一特殊阶层的群体性心灵创伤。以匡超人之眼来近距离观察这些老兵的心理挣扎,小说中的代表人物之一是"老派",其绰号即寓意他与台湾社会的格格不入。"老派"式的人物形象可以看作国民党当局退踞台湾后底层外省人的真实写照,"后半辈子的人生,其实是变成另一个凭空冒出来的人,那样活着"④。他们拖沓、邋遢,面对新世界,其内心的惶恐正如难以融入当代社会的匡超人一般。骆以军以同情的笔调,描摹出受内战和冷战裹挟的底层外省人的悲哀与无奈。此前,骆以军曾以小说《远方》生动刻画出返乡途中猝然病倒的老兵父亲,《匡超人》更加聚焦外省人的心灵撕裂。一方面,这段离散的生命体验,是两岸人民,更是外省第一代无法回避的悲剧经历。这代人经历了抗日战争和国共内战,带着巨大的心理创伤,赴台后又被禁锢于台湾漫长、高压的威权统治,大陆与台湾、故乡与他乡、融入与排斥,种种两难选择构成其心灵撕裂的主因。底层小人物的生命状态被充分呈现出来。另一方面,21世

---

① 骆以军:《匡超人》,台北麦田出版社 2018 年版,第 196—197 页。文中所引小说原文,除特别注明外,均出自麦田版《匡超人》。
② 骆以军:《匡超人》,上海文艺出版社 2020 年版,封面编辑推荐语。
③ 骆以军:《匡超人》,第 9 页。
④ 同上书,第 143 页。

纪以来,曾作为外省人重要群居地的眷村日渐没落,眷村文化面临消失的危险。眷村承载着外省第一代的战争记忆,也记录了外省第二代的青春迷茫与彷徨无依。骆以军对外省第二代的心灵困境有刻意放大的成分,除却其父辈带来的影响,也体现了作者本人的深刻体悟与悲悯同情。

骆以军更由"洞"引申到社会问题,直陈当前两岸网民对峙,及由此而产生的网络暴力事件。例如在为纪念好友袁哲生而写就的《哲生》一章中,骆以军以同题双人书写的方式复调呈现外省人的精神创伤,借此说明看似偶然的社会事件可能改写人生。小说家"我"与 J 分别书写一位电影导演的家族故事。"我"着重记述导演家族史。1949 年,导演的祖父逃亡至印度,遗弃其子。其后,导演的父亲独自从印度赴台读书,年少的被遗弃经历使他生性多疑、性格孤僻。J 则书写这位导演被卷入两岸间网络舆论事件,遭受人肉搜索等网络暴力,给导演造成沉重的心理负担。苏珊·桑塔格(Susan Sontag)指出:"疾病意象被用来表达对社会秩序的焦虑……现代的隐喻却显示出个体与社会之间一种深刻的失调,而社会被看作是个体的对立面。"①

面对知识分子的精神之癌与社会之病,骆以军表现出了强烈的同情心理与共情能力。骆以军认为,小说和疾病具有某种程度的相似性,小说是一种"极限运动",相比极限运动员容易伤到手腕、膝盖等关节部位,小说家则试图挖掘灵魂中的拉扯、撕裂,精神上的"人格分裂症"。从疾病视角来看,患者/作者/读者都有着某种程度的身体或心理的疾病,借此重新思考人与社会的关系。

(二)儒林名利场中"傀儡式的话语"与异化的"广场语言"

骆以军特别推崇吴敬梓塑造人物群像的功力:"好像纸剪人,很像那种皮影戏,那些人都没有形容,没有西方小说的复杂的描述,好像傀儡在讲话。"②骆以军肯定了《儒林外史》对明清士人心理的深刻摹写,认为其对心灵之通透狡诈、阴阳虚实、八面玲珑的书写甚至比索尔·贝娄(Saul Bellow)的《洪堡的礼物》更深入。他更赞叹《儒林外史》的傀儡人物群体的架构:"处于

---

① 苏珊·桑塔格:《疾病的隐喻》,程巍译,上海译文出版社 2003 年版,第 65 页。
② 骆以军在《新京报·文化云客厅》的直播节目《从〈儒林外史〉〈西游记〉到〈匡超人〉——裂片时代的小说书写》。

一种《儒林外史》式的,多组人物如浑天仪复杂齿轮相衔处的小傀儡,他们揖让而升,说一些阳奉阴违的话,饭局间交际应酬,脸孔却都像浸了一层薄薄积水的铁盘,摇晃着光影却猜不出各自真实的情感,好像有一套繁文褥(缛)节像蛛网密织包裹在所有人外围,那些丝线细细连接着他们的后颈,甚至穿进脑中,而那银光错闪的悬浮,牵涉着这些说着话的小傀儡们。"①骆以军让匡超人从《儒林外史》走进当代台湾,借其眼所见之人物、世情与明代社会如出一辙,最终指向台北新儒林酷似明代士林这一点。作者借"大小姐"之口说出:"那些大艺术家、艺廊老板、收藏家、社交名流,还有一定带在身边、打扮时尚、身材脸貌皆女星标准的年轻女孩的饭局,这一切都有些像费兹杰罗的小说,但又有种说不出的《儒林外史》里那些留山羊胡的,吃鱼头、酱牛肉、烧饼、凉拌藕片,吟着酸味十足古诗的,几百年前幻灯片里的摇晃人影印象。"②"那些权力夹层中可以帮你关说、解祸,或是扩大你的罪、恫吓你、榨挤你的那些灰影子……这些都没有改变过,跳着一样的傀儡群戏,还是和《儒林外史》里的那些古装的人名,产生同样光影错切、搭手借位、纠缠在一起的故事啊。"③骆以军认为这种皮影戏式的人物交往方式正是儒林社交圈共用的一套交往体系,当前台湾知识界的交往体系亦如此。

商伟指出:"在吴敬梓的笔下,言述性的礼也正是精英社会的问题所在,最终造成了儒家言说的泛滥和贬值,以及儒家象征秩序的破产。"④在骆以军看来,礼制的烦琐是明代文人精神困顿的原因。"傀儡式的话语"正是高度成熟化、体系化的儒家话语,这一体系造成了明朝中后期士大夫心灵与话语之间的背离。士大夫用以交流的是套路固定且空洞无物的锦绣文章、空话套话,他们将这套成熟的社交语言用在儒林、官场、武场等各种领域,以拉帮结派、互相吹捧、勾连裙带,这套心照不宣的语言体系最终发展成如钟表一般完整缜密的社交秩序。骆以军真实呈现出当代台湾新儒林亦充斥着"傀儡式的话语",程式化的语言套路不仅存在于文艺界人士的交游中,也存在于日常生

---

① 骆以军:《匡超人》,第63页。
② 同上书,第216—217页。
③ 同上书,第403页。
④ 商伟:《礼与十八世纪的文化转折:〈儒林外史〉研究》,生活·读书·新知三联书店2012年版,第229页。

活中。

骆以军更将台湾"傀儡式的话语"譬喻为"晚期资本主义更异化的'广场语言'"。这种语言"分崩离析、嬉耍蜉蝣,网路流窜,语言本身伪聚成'另一个我',在政客语言、广告修辞、在商品甚至电玩情境中借尸还魂的宗教语言、史诗语言","这一切在台湾,或曰解严后九〇年代的台北爆胀、错乱、像嘉年华狂欢节那样发生,像一个语言的实验室菌种培养皿,朝生暮死,快速 DNA 异变成新的语言品种。我们是呼吸着这样的'伪语言''干燥花语言',因为进入城市而切断了民间(农民)生机盎然话语活力而枯萎的语言尸骸……"[①]"干燥花语言"造成了知识分子话语的无力与僵化,延续了《儒林外史》中对话语贬值这一议题的再书写。如何汲取民间语言生机盎然的养分是台湾知识界应该思考的问题。

(三)短篇连缀与缀断式叙事

胡适认为:"《儒林外史》没有布局,全是一段一段的短篇小品连缀起来的;拆开来,每段自成一篇;斗拢来,可长至无穷。这个体裁最容易学,又最方便。因此,这种一段一段没有总结构的小说体就成了近代讽刺小说的普通法式。"[②]《匡超人》与《儒林外史》的互文关系也体现在这种叙事方法的一致性上。《儒林外史》通过时空操作使故事线索片段化,既有对明朝士林全景式的书写,也有对个体人物的聚焦书写。这正是杨义充分肯定的《儒林外史》的叙事技巧,即"'百年'与'瞬间'的两极性时空操作,给中国古典小说文体带来了深刻的变革"[③]。《匡超人》延续了"以短篇连缀成长篇"的结构,由《匡超人》《俄罗斯餐厅》《雷诺瓦风格》《哲生》《美猴王》《破鸡鸡超人》《大小姐》《老派和Y》《超人们》《在酒楼上》等章节组成,很多章节是先在报刊上连载,改写后连缀成书。

杨义认为,《儒林外史》"大幅度的时空操作,挟带着讽刺的利刃,把人物身世行状切割地(得)相当零碎。它把漫长的历史变成瞬间的片段,从中选取

[①] 成英姝、骆以军笔谈:《虚构一个次元的魔法》,台北《印刻文学生活志》2013 年第 9 卷第 11 期。
[②] 胡适:《五十年来中国之文学》,欧阳哲生编:《胡适文集 3·胡适文存二集》,北京大学出版社 1998 年版,第 242 页。
[③] 杨义:《〈儒林外史〉的时空操作与叙事谋略(续)》,《江淮论坛》第 3 期,1995 年 6 月。

人生最有动态感和生命感的一段"①。就个体来说,《儒林外史》中某一人物的叙述是跳跃发展的,比如"严贡生"的主要情节集中在第四至第七回,直至第十八回这个人物才再次出现;就群体来说,《儒林外史》人物形象丰富,儒者、名士、官师、市井皆有涉及,并常常是人物引出人物、事件牵连事件,当新人物、新事件出现后,前叙人物与事件则踪迹不见。鲁迅在《中国小说史略》评《儒林外史》时指出:"惟全书无主干,仅驱使各种人物,行列而来,事与其来俱起,亦与其去俱讫,虽云长篇,颇同短制;但如集诸碎锦,合为帖子,虽非巨幅,而时见珍异,因亦娱心,使人刮目矣。"②《儒林外史》以"缀断式叙事"展开群戏场景,类似于"故事连环套"③。《匡超人》亦采用"缀断式叙事"的结构,如匡超人首次出场是在《破鸡鸡超人》一章中,他以身体上出现破口的形象出现;他在四章后的《超人们》一章再次出现,此时的匡超人融入了身体上同样存在诸多疾病的"超人"群体,他和强直性脊柱炎超人、重症肌无力超人、"破鸡鸡超人"、肝指数无限高超人等一起讨论人类文明,为人类的未来疾病担忧,甚至想结成"复仇者联盟"来对抗文明的陷落;再隔四章的《谁来晚餐》中,匡超人与大小姐、老派、J、肝指数无限高超人等玩"狼人杀";小说倒数第三章《破鸡鸡超人大战美猴王》是匡超人与美猴王在明帝朱由校面前上演人猴之战,与前文匡超人之刺杀美猴王的任务相呼应,将故事情节推向高潮。匡超人不仅是主要人物,更是重要的叙事线索牵引人物。诸多次要人物都与匡超人交往联络,由匡超人引入小说,形成独立的故事单元,而匡超人则被暂时搁置一旁。

小说不仅以间隔方式设置人物出现时机,在情节的安排上也有前后缀断的特点,比如匡超人首次登台即在医院就诊,随后不再提及此事,直至第六章"寻仇"中,才出现了他医院看病的后续情节。主要人物和次要人物在不同章节之间穿梭、交织、时隐时现,展现了广阔的台湾社会图景,塑造了当代台北"傀儡式的话语"的名利场。这种情节处理方式,合乎作家对当代台北的建构需要,成为塑造人物群像的最佳方式。

除前述的《儒林外史》《西游记》成为《匡超人》的主要互文文本外,骆以军

---

① 杨义:《〈儒林外史〉的时空操作与叙事谋略(续)》。
② 鲁迅:《中国小说史略》,人民文学出版社1973年版,第190页。
③ "故事连环套"是张天翼对《儒林外史》的结构分析。张天翼:《读儒林外史》,《文艺杂志》1942年第2卷第1号。

还借鉴了中国现当代文学的重要主题。骆以军曾谈及20世纪80年代阅读中国现代文学作品的经历,"大陆的鲁迅、沈从文、茅盾一度都是禁书,直到解严前两年我们才看得到,那个时候我二十几岁,正在接受文学启蒙"①。受鲁迅等现代文学作家的影响,骆以军在《匡超人》中延伸了"立人"主题、批判时弊与关怀社会等议题。小说中人物俨然鲁迅笔下徘徊于传统与现代的人物形象,但骆以军笔下的人物更具幽暗意识与市侩思想。

从"匡超人"一章转入下一章"美猴王"时,骆以军写道:"这老头说,'大圣,小神接驾来迟。恕罪恕罪!'是土地。我认得他。他们全长一个模样。"②这里的"他们全长一个模样"是对前文傀儡式人物的呼应,更与后文对美猴王的降格书写形成对照。骆以军以戏谑调侃的语言表达了对傀儡式人物的批判,也自然地将主人公从匡超人过渡到美猴王。

二、台北美猴王:《匡超人》对《西游记》故事资源的借鉴

2015年5月20日,骆以军开始在《中国时报·人间副刊》的《三少四壮集》专栏连载"美猴王"系列,每周三刊发一篇,直至2016年5月11日发表最后一篇《吃人肉》。《匡超人》中,"美猴王"一章含54节,其中48节来自报纸连载,除顺序有所调整、题目略有改动外,基本保留了原貌,如《二郎神》《人参果》《土地公》《小雷音寺》《五百年的思索》《牛魔王》《如来》《西方》《唐僧肉》《龙王》《流沙河》《筋斗云》《猪八戒》等等。骆以军"美猴王"系列故事新编也促成了中国经典文化在台湾的传播风潮。《匡超人》重在书写美猴王在台湾的"变形"与"西游",刻画出美猴王"穿越到当代台湾世界的无力与无奈,带领读者通往的是眼花缭乱的文明景观之下空虚阴冷的黑洞深渊"(简体字版书封介绍语)。骆以军在与笔者笔谈时写道:台湾的双面"西游""真的就是我发动这本书写的愿想"。③他借美猴王之形生动诠释了当代台湾社会的双面"西

---

① 姜妍:《骆以军访谈:文学的坏年代,其实并不坏》,《新京报》2010年10月13日,C14、C15版。骆以军在多次访谈中谈及所受中国现当代作家作品的影响,也有意借用一些叙事资源入其小说,比如《匡超人》中有一章题名即为《在酒楼上》,很容易联想到鲁迅的《在酒楼上》。
② 骆以军:《匡超人》,第75页。
③ 来自笔者通过邮件对骆以军进行的访谈,2020年10月3日。

游",即西化(西方)与西岸(大陆)。

(一)"神"的降格:美猴王在当代台北

《西游记》中的神猴孙悟空,在骆以军笔下被剥离了英雄气概,成为"被辜负者"。作者直接引述《西游记》中悟空对唐僧所言:"老孙画的这圈,强似那铜墙铁壁。凭他什么虎豹狼虫,妖魔鬼怪,俱莫敢近。但只不许你们走出圈外,只在中间稳坐,保你无虞;但若出了圈儿,定遭毒手。"①骆以军评议说:"然等他在荒山野岭中,好不容易从人家弄些吃的回来,师父师弟总是不见了,总又是天地间只剩他孤伶伶(零零)一个,总是他再弄本事……总是被辜负,总是被不信"②,"他偏偏那么忠心耿耿,跟着这个不珍惜他的师父,一路在演'即刻救援'"③。美猴王自问:"我不就一只小猴子吗?想到这一路没有任务底线的苦难,只因为他被告知是无敌的,那所有的委屈涌起……"④从《西游记》穿越而来的美猴王完全发挥不出神力,他只是一事无成的打工仔,混迹于咖啡店、酒馆、按摩店,与都市中庸庸碌碌的边缘人物并无二致。这群人"说着平庸的话,用自己都不相信的诚恳表情和平庸的人肝胆相照,喝着泡沫温掉的啤酒,为某些清楚无比是无感情马屁的废话真的感动到了,眼角不争气的濡湿……"⑤骆以军借此高度概括了当代部分台湾人的精神特质:"小感伤加上小确幸加上小正义,就成了台湾的大穷酸。"⑥从《西游记》里齐天大圣的英雄代名词变身为《匡超人》中莽撞、困惑的"小猴子",神猴变身为日常生活中的凡夫俗子。台北美猴王充满着人文关怀。他会为了叙利亚3岁小难民伏尸海滩的照片落泪,质疑科技快速发展带来的人性异化,发出战争"是一个绞肉机"⑦的论断。

《西游记》中唐僧肉有长生不老之功效,被各路妖怪视为延年益寿的神药。骆以军延续了"吃唐僧肉"这一重要议题。从"易子而食"的传说到鲁迅

---

① 骆以军:《匡超人》,第191页。
② 同上书,第192页。
③ 同上书,第193页。
④ 同上书,第164页。
⑤ 同上书,第87页。
⑥ 同上书,第203页。
⑦ 同上书,第169页。

《狂人日记》中"礼教吃人"的隐喻,"吃人"经历了从肉体上到精神上的转变,但以往文学作品的"吃人"描写,都带有被动、被迫的色彩,而《匡超人》中唐僧主动割肉给徒儿吃的情节则由被动走向主动,这种自我损伤行为代表权威自发式的崩塌。小说结尾处,美猴王仅存的价值是供人食用的"猴脑大餐"。对美猴王的降格书写代表了骆以军对现代文明的困惑,一方面他充分肯定了当前正处在"一个文明极大丰盈的时代",众多大家如霍金、莎士比亚、弗洛伊德等都出现在这"五百年的文明"中;另一方面他也强调了持续崩解的幽暗意识,"这在话本故事里一晃快转的五百年,真是如来最可怕的死寂、空洞,如他在宇宙巨大规模的持续崩解之境所见,只有你一个人是你自己之沙漏的残酷之刑"①。科技带来的人的异化也是现代文明的副产品之一,《美猴王》中充满了对现代科技的辩证思考。《西游记》里拥有无边法术的神魔妖怪出现在《匡超人》中,在现代科技面前不堪一击:零式战斗机与核爆如绞肉机一般瞬间粉碎美猴王的肉体;网络、冰箱、洗衣机等技术工具完全可以替代传说中的"七十二变";牛魔王强健的身体可以用跑步机、脚踏车、高级篮球鞋训练出来;各种"冻龄"美容技术比蜘蛛精的幻术还要复杂;现代工业的流水线上每日可以生产出哮天犬吃不完的狗粮……诸如此类,不胜枚举。作者并未充分肯定现代化带来的技术飞跃进步,而是更多展示了"神性"的肢解与碎片化。现代人对技术的迷恋达到前所未有的程度,机器与技术带来人的异化与"神"之降格。

(二) 双面"西游":西化(西方)与西岸(大陆)

《匡超人》沿袭了"西游"的主题,更衍生出台湾面向"西方"与"西岸"的双面"西游"。"西游"首先体现在近代中国对西方的迷恋,以及当代台湾的极度西化。近代中国的"西游"开始于19世纪末,骆以军开篇即用"洞"来形容近百年来中国知识分子面对东西文化剧烈冲突时的痛感。"这个洞从张爱玲她爸妈第一代面临到,他们开始像磨坊上的谷糠被碾碎,那个内在的剧烈的痛苦,那个震荡,震荡到张爱玲,震荡到鲁迅,震荡到莫言、王安忆,震荡到双雪涛、阿乙、张悦然。"②他在文本中强调20世纪60年代以来台湾在社会生活的方

---

① 骆以军:《匡超人》,第191页。
② 骆以军在《新京报》"文化云客厅"的直播节目《从〈儒林外史〉〈西游记〉到〈匡超人〉——裂片时代的小说书写》。

方面面极度西化的情况,特别关注了文化艺术领域的西方影响。20世纪五六十年代,美国向台湾地区提供军事、经济和技术援助,美援挟带着美国电影、流行歌曲以及西方生活方式、价值观念,对台湾文化产生了持续至今的影响。骆以军在《美国》一节中写道:"关于如来的这个角色,我苦思了这么多年,终于想通了……如来就是美国嘛!"[1]唐僧师徒西天取经和当下台湾与美国的关系相联系,"感觉好像美国总统要关税惩罚,要我们买他的福特、别克车、麦当劳,他们的玉米和牛肉、耐吉球鞋,他们的iphone,然后你要买美国的F-16和爱国者飞弹,买他们的好莱坞电影……"[2]骆以军将美国譬喻为"如来",它想成为整个世界的主导者、霸权者。"如果我是唐三藏那时代的人,我怎么可能不变成如来他国度的人呢? 如果我是二十世纪二战后的人,我的内在怎么可能不变成美国人呢?"[3]他深刻地洞见了台湾过度亲美所造成的社会问题。随着网络技术的发展、信息资源的爆炸,像西方资本主义国家出现的问题一样,台湾社会也充斥着焦虑、恐慌、拜金主义、享乐主义。

看向"西岸"的动因来自骆以军在大陆的亲身体验。2011年起,骆以军多次到访大陆,他将在大陆的所行、所思和所感,汇入《匡超人》尾章"我曾去过这些地方"。"我"在北京与大陆作家餐叙,在饭店的圆桌上、觥筹交错中谈论前辈的逸闻趣事,这使得习惯于在咖啡屋或小酒馆聚会的"我"感到,这种大圆桌的应酬好像是只属于父辈的生活习惯;"我"在京杭大运河的船上宣传新书,主办方要求讲与"白蛇传"相关的故事,而我却面对一群中老年读者讲起了拉美文学;"我"与父辈们经历过的大陆真实生活的隔膜与距离……他指出:"当代所谓中国人,其实灵魂的内在,早经过了过去一百年来,那整个西方,或'现代',像钻地机穿凿、炸开里头难辨其原貌的,各种羞辱、伤害,要让自己变成不是自己,或有一天发现想变回自己……"[4]骆以军的大陆"取经"之旅充满了近乡情怯的一波三折。他在访谈中提及,就地理位置而言,大陆也在台湾的西面。当前,台湾当局"去中国化"的政治操弄日益强化,外省族群的身份认同问题日益凸显,作为外省二代作家的骆以军非常关注这一问题。

---

[1] 骆以军:《匡超人》,第154页。
[2] 同上书,第155页。
[3] 同上书,第156页。
[4] 同上书,第477页。

《月球姓氏》中的父亲、《西夏旅馆》中的图尼克、《匡超人》中的老派等外省人揭示了被迫边缘化的生命际遇。刘奎曾指出《西夏旅馆》将历史中的西夏王朝与当今的台湾进行同构与类比,认为台湾外省人面临如西夏人一般的"被边缘化"的困境,小说呈现的族群认同问题是台湾历史与现实的寓言。① 这种寓言在《匡超人》中更多体现为身份认同的困惑。作者提出全球化时代如何保存中华民族文化的难题,在快速发展进程中如何处理好城乡问题、社会问题、文化问题等,亦指出海峡两岸的深层次认同难题。

无论是看向西方,还是回溯祖国大陆,当骆以军以美猴王为观察基点时,既强化了台湾极度西化所带来的思想痛感,也表达了台湾人的身份认同困惑,这些问题交织在一起构成了当代台湾人的精神困境。

(三) 借鉴《西游记》移形换位的叙事技法

骆以军指出,中国古典章回体小说擅长使用移形换位的叙事技法,空间调度技巧纯熟。所谓"移形换位"是指对故事角色的身体、身份进行增加、削减或位移,从而推进故事情节发展,增加怪异、奇幻的效果。在《西游记》中,孙悟空擅长七十二变,其形貌与身份不断切换;在场景调度上,《西游记》构建起以东胜神洲、西牛贺洲、南瞻部洲、北俱芦洲为主要框架的神话世界。清代张书绅评《西游记》云:"西天十万八千里、筋斗云亦十万八千里,往返十四年五千零四十八日,取经即五千零四十八卷,开卷以天地之数起,结尾以经藏之数终,真奇想也。"②《匡超人》中台北美猴王可以是无所不能的齐天大圣,也可以七十二变变身为台湾普通人,如计程车司机、报关行员工、"福州鱼丸"店铺学徒等等,不同的身份被赋予相应的思维、体验和价值观。美猴王在历史和当代之间不断穿梭。这与《西游记》"随手写来,羌无故实,毫无情理之可言,而行文之乐,则纵绝古今,横绝世界,未有如作者之开拓心胸者矣"③的特点如出一辙。

---

① 刘奎:《台湾的历史寓言和历史的空间化——读骆以军的〈西夏旅馆〉》,《励耘学刊》2017 年第 1 期。
② 张书绅:《新说西游记总批》,朱一玄、刘毓忱编:《〈西游记〉资料汇编》,南开大学出版社 2012 年版,第 324 页。
③ 冥飞:《古今小说评林(节录)》,朱一玄、刘毓忱编:《〈西游记〉资料汇编》,第 375 页。

《匡超人》在有关美猴王情节的安排上，打破了现实与虚构的界限，它出现的场景是跳跃的。师徒四人西天取经路途中可能经过香港、坐过电车。在"破鸡鸡超人大战美猴王"一章中，作者更借力现代科技逻辑，将匡超人与美猴王放置在明末朱由校在位期间，但两者均被设定为来自"未来世界"。匡超人与美猴王大战，最终匡超人在网络中将"孙悟空的程式"彻底删除。在跨时空书写中，错置的时空形成强烈的戏剧性，人物跟随时空的转变获得新的经历与体验。

　　移形换位的叙事技法使得《西游记》一书呈现出"游戏"的特征。鲁迅认为《西游记》"'复善谐剧'，故虽述变幻恍忽之事，亦每杂解颐之言，使神魔皆有人情，精魅亦通世故，而玩世不恭之意寓焉"①。在"美猴王"一章，骆以军构建起了想象的西游世界，对《西游记》情节的移植比较丰富，但写作重点放在运用当代话语体系来阐释意象，辅以当代的新名词和新科技。比如用"太空烈焰波"形容二郎神的法术，用"星球的尺度"形容美猴王与金角大王、银角大王的打斗，讨论孙悟空的七十二变在当代社会的适用性，类比筋斗云和现代跑车、孙悟空的出生过程和机械的制造过程，美猴王评价比特币为"它和我一样，是虚构出来的"②，等等。类似叙事不仅用当代理念创新美猴王形象，同时大量借用中华传统叙事元素，并与当代话语体系紧密融合，形成了骆以军独特的语言风格与叙事特色。

三、《匡超人》后现代主义特色的叙事空间

　　从章节架构、人物形象与经典意象角度来看，《匡超人》是在"戏仿"《儒林外史》与《西游记》基础上的"故事新编"，具有后现代主义特色，具体表现在碎片化的"梦笔记"空间结构、"我"多义指代中的"遗弃"意识，以及反体裁写作三方面。

（一）碎片化的"梦笔记"空间结构

　　关于后现代主义碎片化特征，骆以军自称以"梦笔记"的方式来处理章节

---

① 鲁迅：《中国小说史略》，第139页。
② 骆以军：《匡超人》，第145页。

架构。他说:"我练习了一种方法,像是从虚空中捞出正在融化的街景、走动的人群、说不出的情感,而其实在这样追记梦的过程里,文字是绵延写实而非凭空虚造的,但是你追着的那些如镜中影般的梦,一定没有一个能完整记下,一定都如用筛子盛一样漏光了。……所以后来我的文字就形成跟别人不一样的风格,有一种小剧场特质的调光、颜色过渡、醚味、特有的镜头感,那是通过一篇篇'无所为'的'梦笔记'练习而来的。"① 骆以军有意强化"无所为"的"梦笔记",强调非完整性、梦写实、小剧场特质,彻底将故事情节断裂开来。纵观《匪超人》全篇,我们找不到一个包含完整"起因—经过—结局"类型的故事。每一个故事都栩栩如生,但还没说完下一个故事就已经开始。情节的发展和人物的走向都没有明确的说明,叙事进入复杂多变、难以把控的空间里。这也与骆以军对长篇小说独特的审美认知有关。他说:"我觉得理想的长篇是例如《2666》或《红楼梦》这样的作品,它们的结构和次结构群之前的旋钮、套接,甚至如乐曲的曲式关系,都让人心生愉悦、美感、崇敬之情。"② 以此来解读《匪超人》紧密呼应的主次结构,主结构以主人公匪超人和美猴王在台湾为蓝本,次结构则加入了当代台湾知识人的工作生活、娱乐消费以及旅行等各类情节,这使得《匪超人》章节之间缺少时间线索上的联系和空间线索上的关联。

后现代主义语境下,线性时间感消失,整体性、中心化的小说叙事情节瓦解,故事以零散片段的形式出现,文本内部出现断裂层,形成碎片化的小说空间。骆以军热衷于此种后现代主义创作方式,除其自身阅读经验的影响,这也与其作为外省第二代的身份有关。1949 年骆以军父辈一代迁台,伴随生活空间的转移,不得不脱离既有的工作、生活轨道,继而形成群体性的历史断裂感;1947 年"二二八事件"遗留的省籍矛盾被不断炒作而扩大为族群对立,随着所谓本土思潮的兴起,外省人更生出孤独悲郁情绪,以及对自身价值意义的否定。这与后现代主义所强调的线性时间的断裂具有内在同构性,更造成了自我存在的瓦解。在对《西游记》移形换位技法的借鉴基础上,骆以军下意识地采取碎片化的书写方式来处理故事的整体架构、知识资源和虚实边界,

---

① 骆以军接受《萌芽》杂志访谈的记录。《在虚构背后,找到深入世界的洞口》,《萌芽》2020 年 6 月总第 708 期。
② 同上。

全书充满了碎片化的拼贴。

(二)"我"多义指代中的"遗弃"意识

美国文艺理论家弗雷德里克·杰姆逊(Fredric Jameson)曾指出:"现代主义与后现代主义各有自己的病状,如果说现代主义时代的病状是彻底的隔离、孤独,是苦恼、疯狂和自我毁灭,这些情绪如此强烈地充满了人们的心胸,以至于会爆发出来的话,那么后现代主义的病状则是'零散化',已经没有一个自我的存在了……你无法使自我统一起来,没有一个中心的自我,也没有任何身份。"①有学者将骆以军小说中的"我"定义为"第四人称单数之眼",认为"并不存在一个收拢且具同一性的第一人称,故事不是由一个具自主意识的'我'所策动或控制,而是相反,这个'我'自始至终都仅是一个'它',一个离散漂动于各种故事团块的虚拟性人称"②。在《匡超人》中,这种"离散漂动"的虚拟性人称更鲜明地表现在"我"的身份相当多元。"我"是收银员、售票员;"我"是迷失在夹娃娃机中的当代社会的"美猴王";"我"是疾病缠身、久治不愈的"破鸡鸡超人";"我"是被随机杀人、导弹误射、游乐园粉尘爆炸等社会事件影响的普通人;"我"是看着《复仇者联盟》想象着科技爆炸的怀疑论者;"我"是台湾光复后大陆迁台第一代;"我"更是现实中精神躁郁的作者……在"我"能指的不确定性下,"我"可以成为文本中任何一个人,形形色色的人物任务不同、选择不同、命运相异。"我"的意义指代的模糊性促成了"我"的身份的无限可能性,而将每一个个体的"我"编织进同一个文本中,群体性的思维就此构建。"我"的身份转换得益于骆以军对人物内心深刻独到的挖掘。无论是对"我"与"美猴王""匡超人"的一体两面的体现,还是"我"对当代台湾人思想的分析,文本可以自如地在个体与群体之间穿梭。作者对群体性心理的书写展示了台湾众生相,一个"我"具有大众的指向性,众多"我"的精神世界交织在这个庞大的文本中。

关于骆以军作品中的"遗弃意识",王德威曾在其著作《后遗民写作——时间与记忆的政治学》专门讨论骆以军小说《远方》的"历史的弃"意识。他认

---

① 弗雷德里克·杰姆逊:《后现代主义与文化理论》,唐小兵译,北京大学出版社1997年版,第196页。
② 杨凯麟:《骆以军的第四人称单数书写(2/2):时间制图学》,《清华学报》(新竹)2005年第35卷第2期。

为"骆以军最终要讲的是人子拟想的'父亲'的困境:那是一种无从避免的离弃与错过,一种尸白色的孤独与悲伤"①。李癸云以骆以军诗集《弃的故事》为研究对象,以精神分析学方法讨论其诗歌中的"遗弃意识"②。《匡超人》以"我"的多义指代,来建构人物群像,人称的不确定性隐喻了人物精神的混乱,"我"强烈的"遗弃意识"与"我"无法建立主体认同相关,从小说首章开始就有"我是谁?"的提问。骆以军在接受《新京报》"文化云客厅"的访谈直播时说:"我就想抓住这种灵魂被撕裂,分崩离析的意象。"③面对当代台湾社会,小说家采取颓败抑郁的风格、时空错乱的技法进行书写以表达其恐惧,类似哈桑(Ihab Hassan)认为的"多元论现在已成为后现代所表征出的躁动不安的境况"④。小说中多次出现对真假问题的判断,如真假美猴王、真假粉彩古董、虚拟网络世界与现实世界的关系等,都可看作是骆以军对不确定性的捕捉尝试,捕捉背后是对现实存在意义的怀疑,看似毫无关联的事件,背后共同指向对"真实"的解构。正如骆以军不断重复书写着真假命题,现实世界看似繁华,骆以军却认为是各种各样的"假"的集合:知识界的觥筹交错,边缘人的身份认同难题,乃至台湾所谓"民主"的选举也不过是"假"的游戏。朱双一指出骆以军"奇谲浓烈","书写着都市新'雅痞'的生活情趣及苦楚"⑤。"从现代'雅痞'的特殊嗜好入手,最终展示其自闭、寂寞、伤痕累累的内心世界。……'新人类'也并非完全的'享乐族群'。在当前都市社会环境下,他们也有一些难以言传的内心悲苦。"⑥无论是借鉴《儒林外史》展开台北儒林批判的命题,还是承袭《西游记》书写双面"西游"的焦虑,《匡超人》始终力求展现当代台湾人所面临的精神撕扯的困顿状态。

---

① 王德威:《后遗民写作——时间与记忆的政治学》,麦田出版社 2007 年版,第 299 页。
② 李癸云:《"我是弃"——论骆以军〈弃的故事〉之主体认同与遗弃美学》,《台湾文学研究》2013 年第 5 期。
③ 骆以军在《新京报》"文化云客厅"的直播节目《从〈儒林外史〉〈西游记〉到〈匡超人〉——裂片时代的小说书写》。
④ 伊哈布·哈桑:《后现代景观中的多元论》,王岳川译,转引自王岳川、尚水编:《后现代主义文化与美学》,北京大学出版社 1992 年版,第 123 页。
⑤ 朱双一:《台湾文学创作思潮简史》,人间出版社 2011 年版,第 415 页。
⑥ 朱双一:《近二十年台湾文学流脉:"战后新世代"文学论》,厦门大学出版社 1999 年版,第 400 页。

(三) 反体裁写作与海量题材的无缝榫卯结构

《匡超人》具有后现代主义文学"反体裁"的特征，充斥文体的"杂交"与"解定义"。素材的拼凑造成文本中心不明，这正是哈桑指出的后现代主义"零乱性"(fragmentation)特征，即后现代主义者"喜欢组合、拼凑、偶然得到的或割裂的文学对象，他们选择并列关系而非主从关系的形式，选择转喻而非暗喻，精神分裂而非偏执狂。他们也因此而求助于悖谬、悖论、反依据、反批评、破碎性的开放性、未整版的空白边缘"①。在这一视野中，传统意义的叙事程式被打破，文体之间的界限趋向于无。多元素材的无缝衔接，经典文本与现代知识阐释相结合，犹如中国古代建筑中的木板榫卯结构。

《匡超人》显然不是一部传统意义上的长篇小说，即使将其拆解成短篇来看，也难以称之为标准的短篇小说。《匡超人》加入了骆以军对中国古典名著的阅读接受笔记，小说多处穿插骆以军对《儒林外史》《西游记》《红楼梦》《封神演义》等作品的品评与论述。它是由古典小说摘录、轶闻趣事、现代散文、小说、私日记、新闻报道、科幻故事、电影电视情节片段、大陆游记、读书笔记、脸书(含网民评语)和文学鉴赏等构成的"大杂烩"。文体越界带来了新的思想、文化、美感因素。

就体裁而言，《匡超人》中相当一部分内容出自作者陆续创作的短篇随笔及游记，也有骆以军的祖国大陆书写，这些书写真实呈现了台湾知识分子行走两岸的所思所想。此外，因为是专栏式写作，作者常常对话现实、臧否人物、点评时事。例如，《另一颗地球》一节想象了另一颗收藏了所有"死亡"的地球。这一节于2015年8月首次发表于《三少四壮集》专栏，其书写背景与2015年7月NASA宣布发现了Kepler-425b宜居行星有关。又如作品中频繁出现对"美国""西方"军售的排斥，很容易与2015年末美国对台军售相联系。这些论述激发读者与台湾现实进行对话。

如果说写作专栏《三少四壮集》时期的骆以军还是天马行空地书写个人想象，那么在集结成《匡超人》这一长篇时，他已经有意识地将零碎的情节以

---

① 伊哈布·哈桑：《后现代景观中的多元论》，王岳川译，转引自王岳川、尚水编：《后现代主义文化与美学》，第125页。

匡超人、美猴王与"破鸡鸡超人"这几个相对固定的人物形象串联起来。与美猴王部分随笔化写作类似,对"破鸡鸡超人"的书写同样采取反小说体裁的方式。面目模糊的"破鸡鸡超人"对于整个文本最重要的意义就是他难以启齿的疾病——洞。这是作家生命经验的映射,也是勾连起当代台湾知识分子精神状态的重要意象。

在个体生命经验的基础上,骆以军以小说家的敏感关怀现实,其创作呈现出当代台湾社会具有的后现代主义特征精神危机。《匡超人》中提到的科技时代信息爆炸与社会事件,如"台北随机杀人事件""6·27新北游乐园粉尘爆炸事件""7·1台湾导弹误射事件"等,都是当代台湾社会的现实状态,均造成了群体性创伤记忆。骆以军曾谈及:"你看就像我们这一年所经历的,瘟疫、战争,强国之间强权的恐吓、调度,整个人心变得恐怖、恐惧。"①"你以为你比小时候读美猴王的故事时,更理解死亡、疯癫、文明的崩塌、星际中地球的孤单脆弱,但永远有更颠倒更恐怖的等在后头。"②骆以军已经注意到强权之争与人心惶惶,并延展出传播学所说的"公众议题设定"的功能。

《匡超人》在碎片式的跳跃文本中,以情节的不确定性消解了虚实观念,一个多元的、奇幻的故事世界由此建立。骆以军发展了"小说技艺的七十二变,雅俗文本、意象、典故,信手拈来,甚至拔一撮猴毛就能变出千军万马"③。《匡超人》延续了骆以军小说创作一贯的后现代主义风格,大量穿插的议论性文字使得文本具有了一定程度的意识流特征。病态的述说与残损的身体、空洞的社会相得益彰。骆以军本人的忧郁色彩与小说形式上的波谲云诡同样相互映射。文本迷宫式的叙事乱码,实际上也是当代台湾民众精神上的"迷宫"象征。

四、结语

近年来,台湾文化深受国际经济作业模式、电子媒体、通讯科技和全球人

---

① 骆以军在《新京报》"文化云客厅"的直播节目《从〈儒林外史〉〈西游记〉到〈匡超人〉——裂片时代的小说书写》。
② 骆以军:《匡超人》,第147页。
③ 无署名:《骆式小说技法七十二变》,新加坡《联合早报》2018年1月29日,第2版。

口流动的影响,加之社会认同撕裂,族群对立严重,诸多复杂的文化现象需要文学创新予以表现。骆以军《匡超人》与中国经典名著《西游记》《儒林外史》等进行对话,以开放的文体形式,聚焦21世纪以来台湾新人类的心灵与台湾社会的脉动。正如王德威所言:"《匡超人》展演了骆以军'想想'台湾和自己身体与创作的困境……他运用科幻典故,企图七十二变,扭转乾坤……他幻想夹缝里的,压缩后的时空,逆转生命,反写历史,弥补那身体、叙事,以及历史、宇宙的黑洞……我们仿佛看见变妆皇后版的骆以军,挑着祖师爷爷(鲁迅?)的横眉冷眼,摆着祖师奶奶(张爱玲?)华丽而苍凉的手势……洞。仔细看去,那洞血气汹涌,竟自绽放出一枝花来,浓艳欲滴——恶之花。"①小说在文体上延续了鲁迅开创的故事新编"现代世界文学历史小说的新流派"②,将《儒林外史》中的匡超人与《西游记》中的美猴王移植至当代台湾。王瑶曾就鲁迅《故事新编》的这一特点指出:"鲁迅所以坚持运用者,就因为这种写法不仅可以对社会现实起揭露和讽刺的作用,而且由于它同故事整体保持联系,也可以引导读者对历史人物作出对比和评价。"③《匡超人》对该写法的继承同样在现实与历史之间架起了桥梁,以互文性关系抒发强烈的现实关怀。骆以军以其台湾经验突破了外在相似,实现了戏仿和颠覆的创造性转换,尤其借匡超人与美猴王之眼实现了对台北新儒林的全方位透视。

采取何种方式才能抵抗精神的空虚无物,成为一个"破洞修复者"呢?这是骆以军提出的文学书写终极问题。骆以军指出:"许多时候,文学的书写是在直面人类作为一种动物的暗黑与暴力。如何自杀,如何施暴、控制、仇恨他人,小说里面经常会有详尽而深刻的描绘。但同时也有一本小说,里头主人公的愿望,是想要守望在悬崖边。一旦在悬崖上狂奔玩耍的孩子们不小心冲过头,他就会把孩子们捕捉起来,不让他们跌落山崖。"④骆以军认为"我们生活在一个恐怖、纷乱、绝望的时代",而小说家的任务就是"救赎":"作为一个写小说的人,你要把人世所有的嫉妒、痛苦、暴力、暗黑、恐惧,其实要像这个

---

① 王德威:《洞的故事——阅读〈匡超人〉的三种方法(下)》,台北《联合报》2018年1月6日,D3版。
② 普实克:《鲁迅》,汪莹译,西北大学鲁迅研究室编:《鲁迅研究年刊》(1979),陕西人民出版社1979年版,第572页。
③ 王瑶:《〈故事新编〉散论》,《中国现代文学史论集》,北京大学出版社2008年版,第60页。
④ 庄政霖:《文学人的新手时代——宇文正、骆以军:五年级世代写作者速写》,台北《文讯》总第408期,2019年10月。

菩萨一样吸引到你的内部来"①。正是在守望与救赎的意义上,骆以军被称为"天才型(且还是用功型)的小说战神,是入世的小说神猴"②。《匡超人》以互文性文本资源的杂糅、精神内涵的层叠、移形换位的叙事方法等,完成了当代台北新儒林的叙事创新。

---

① 骆以军在《新京报》"文化云客厅"的直播节目《从〈儒林外史〉〈西游记〉到〈匡超人〉——裂片时代的小说书写》。
② 陈宇昕整理:《骆以军获颁联合报文学大奖》,新加坡《联合早报》2018 年 7 月 16 日,第 2 版。

台湾话剧的美学建构*

梁燕丽
(复旦大学)

在祖国大陆五四运动的影响下,20世纪20年代初台湾华语话剧创生,至今已有百年传统。百年台湾话剧史,从西来艺术形式到本土化实践和创新,经历了文化剧的艺术积累,通俗剧和佳构剧的因袭和拓展,写实剧和历史剧的本土化艺术实践,以及实验剧的美学探索和建构,特别是小剧场运动突破传统话剧的思想和美学边界,逐渐创造新的剧场语言。台湾话剧已然发展成为多元化的现代戏剧。

一、"文化剧"的艺术积累

新文化运动中发展起来的"文化剧",新剧团演出祖国大陆、日本和欧美诸多成熟剧目。根据文献资料梳理,1923—1946年台籍新剧团演出的剧目主要有:《回家以后》(欧阳予倩)、《金色夜叉》(尾崎红叶)、《父归》(菊池宽)、《黑白面》《复活的玫瑰》(侯曜)、《终身大事》(胡适)、《咖啡店之一夜》(田汉)、《泼妇》(欧阳予倩)、《破灭的危机》(黄欣)、《原始人的梦》(佐成春雄)、《一美元》(戴维·宾斯基)、《国民公敌》(易卜生)、《新郎》(拉约斯·毕罗)、《黑籍冤魂》(夏月润/许复民)、《乩童何处去》(竹内治)、《社会阶级》、《良心的恋爱》、《母女皆拙》、《你先死》、《芙蓉劫》、《火里莲花》、《三怕妻》、《新女子的末路》、《一女子嫁五婿》、《兄弟讼田》、《家庭黑幕》、《虚荣女子的反省》、《改良书房》、《鬼

---

* 本文为国家社会科学基金项目"台湾话剧史(1895至今)"(项目编号:15BZW172)阶段性成果。

神末路》《爱强于死》《旧家庭》《浪子末路》《哑旅行》《小过年》《人》《父权之下》《爱之胜利》《非自由之自由》《憨老大》《薄命之花》《黄金地狱》《阔人的孝道》《孔雀东南飞》《可怜闺里月》《爱情是神圣》《火之踏舞》《论语博士》《暗地》《方便》《为谁牺牲》《中秋夜半》《接木花》《暗度明灯》《人格问题》《飞》(徐公美)、《新闻记者》《何必情死》《钱》《情海风波》《人面兽心》《梁祝痛史》《大雨淋中》《罪恶的城市》《恒娘》《何必死》《二人母》《善者胜利》《通事吴凤》(黄得时)、《泪的凯歌》(林搏秋)、《地方色》(林搏秋)、《阿里山》(简国贤/林搏秋)、《阉鸡》(林搏秋)、《高砂馆》(林搏秋)、《地热》(林搏秋)、《从山上看到的街市灯火》(林搏秋)、《怒吼吧,中国!》(杨逵改编,原著特雷亚可夫)、《壁》(简国贤)、《罗汉赴会》(简国贤/宋非我)、《医德》(林搏秋)、《罪》(林搏秋/宋非我)等。这些剧目共计演出140场次左右。在搬演中自我成长,知识分子的理想主义,演艺人员的艺术水平,从剧场效应来看,已然焕发出话剧草创时期的热力和生机。① 新剧(话剧)的进步受到祖国大陆的影响,如张维贤从田汉、徐公美、侯曜、欧阳予倩等人的剧作中获取营养;同时也不会放过向日本新剧学习的机会。最初,像星光剧团这样相当活跃且富于理想、激情的剧团都没有导演,排演仅凭团员互相切磋。张维贤提到1934年王井泉到日本观剧:"你因事东渡日本,那时我便向你说:'乘此机会,请你到东京小剧场观摩一下,看看水平较高的话剧。'你所看到的是世界名剧《樱桃园》,你归来时,坦白说:'看不懂啊!'"②王井泉是新剧场的活跃分子,尚且如此,可见台湾知识分子虽然满怀新剧理想,但在剧场艺术的开拓上还需要一个较漫长的累积过程。这个过程中必然睁大眼睛东张西望,向大陆话剧、日本新剧、欧美戏剧学习。马森指出:"日本新剧对台湾早期新剧发展的影响,不只是经过台人直接赴日本学习而来,也自然会通过在台日人的演出把日本的新剧扩散到台湾来。"③诚然,台湾早期新剧运动,从剧场艺术而言,带有浓厚的日本风味。虽然,文化剧受到"皇民化"运动的冲击,往往

---

① 当年报章记载,台湾诸多新剧团"文化剧"演艺人员的激情投入和艺术水准,以及启蒙民众的热切抱负,社会观众也投注同样的热情和共情,批判现实、伸张正气,意在启发人民的心智觉悟。从观众实际反映来看,至少激发了人们嫉恶如仇的正义感,舞台上下强烈呼应和共鸣。
② 张维贤:《悼古井兄》,《文艺台湾》,1965年第2卷第9期,第12页。
③ 马森:《西潮下的中国现代戏剧》,台北书林出版有限公司1994年版,第203页。

首演之后就被禁演甚至封杀,但光复前夕台湾剧场出现林搏秋编导的《阉鸡》《高砂馆》,以及杨逵改编的《怒吼吧,中国!》等,堪称新剧经典。1943年"厚生演剧研究会"演出的林搏秋编导、简国贤助导的《阉鸡》《高砂馆》,被公认为彼时话剧艺术的璀璨篇章。特别是《阉鸡》中吕泉生制作的幕间音乐,有意融入六首配乐合唱曲:《凉伞曲》(歌仔戏调)、《百家春》(南管小调)、《采茶歌》、《一只鸟仔哮啾啾》、《丢丢铜仔》、《六月田水》,由"厚生合唱团"现场演唱,观众陶醉其中,随着音乐节奏手舞足蹈,台上台下一起唱和台语民谣,剧场效应一触即发。《阉鸡》的剧场艺术"进步",日人泷田贞治评价:"舞台达到的成绩,简单来说,已经达到台湾过去达不到的高度,让我们感觉看到台湾新演剧运动的黎明。"①就剧本而言,原创剧《高砂馆》多个角色的故事展开和交集,脉络清晰、人物性格鲜活;对话简洁而富于生活气息,人物语言极富个性。泷田贞治谈到"发表当时我一读之下就觉得是优秀作品,台湾还没有出现像这样的作品"②。光复初期,台湾剧人再续新剧运动,涌现"最重要的写实剧作"③:简国贤的《壁》、林搏秋的《医德》等,文化剧和左翼剧作相互呼应,构成早期台湾话剧的艺术高地。在舞台艺术方面,话剧演出安插歌曲和舞蹈,一直是台湾新剧演出形式的特色。除了《阉鸡》,宋非我也特地为简国贤的《罗汉赴会》写了七首歌。④话剧融入歌舞可能与传统戏曲接近,更能契合台湾观众的欣赏习惯;或许,还有布莱希特戏剧的间离效果。更重要的是,从光复前夕的《阉鸡》《高砂馆》到光复之后的《壁》《罗汉赴会》《医德》等,林搏秋、简国贤、宋非我、杨逵等台湾话剧艺术家,开始践行演出自己的戏剧,用自己的语言和民谣,以自己的方式,讲述本土人民的故事,揭示台湾社会尖锐问题。此外,左翼作家杨逵日据时代的戏剧活动,包括原创剧《猪哥仔伯》(1936)、《父与子》(1942)、《剿天狗》(1943),以及改编剧《怒吼吧,中国!》(1944,引起轰动)。杨逵的话剧创作具有鲜明的阶级观点和立场,但无论怎样具有批判性、讽刺性和战斗性,表现形式大多是生动活泼、嬉笑怒骂的喜剧性;在彻底的斗争中,骨子里充满人道主义的温暖。甚至,杨逵描绘理想社会图景,其中,既有台湾乡村

---

① 石婉舜:《林搏秋》,台北"文建会"2005年版,第108页。
② 同上书,第113页。
③ 汪其楣主编:《国民文选·戏剧卷Ⅰ》,台北玉山社出版有限公司2004年版,第174页。
④ 蓝博洲:《宋非我》,台北"文建会"2006年版,第123页。

民风、人性的纯美可爱,更有普世的价值理想。这是杨逵剧本文学的独特个性和美学建树。

从光复之后至国民党迁台,大陆话剧陆续进入台湾,包括国民党军中演剧和地方职业剧团的赴台演出,这些话剧的成熟形态,从剧本到剧场艺术,对台湾剧运的拓展,具有一定的示范作用。如欧阳予倩领导的"新中京剧社"演出魏如晦的《郑成功》(原名《海国英雄》)、吴祖光的《牛郎织女》、曹禺的《日出》、欧阳予倩的《桃花扇》等,都是高水平演出。其中大部分剧目舞台装置的豪华、考究,场面的瑰丽辉煌[1],得到台湾观众毫不保留的赞赏和共鸣,大陆和台湾剧场的互动达到以心换心、以专业触动专业的境界。受到感召和激荡,台湾剧界纷纷筹组剧社[2],如教育厅所支持的"实验小剧团",分国语和台语两组,轮流演出,互相观摩,先后演出莫里哀的《守财奴》、曹禺的《原野》和陈大禹的《香蕉香》等,试图融合台湾本省和外省剧运。

二、通俗剧、佳构剧的因袭和拓展

首先,通俗剧与皇民剧运动的交织。在皇民化政策的高压下,政治抗争潜隐,一些台籍新剧团的权宜之计,是朝商业路线发展,通俗剧和佳构剧曲折地得到一些发展,如文艺爱情、江湖恩怨的剧情剧,赢得较多青年观众尤其是女性观众青睐。剧本和演出的艺术性参差不齐,甚至不惜"改良剧本",以曲折离奇的剧情吸引观众。祖国"五四"新文化运动中,亦有宋春坊不同于胡适提倡"问题剧",而拥护"非主义"的"善构剧","尤当迎合多数人之心理"[3]。又或者在皇民化运动时期,处理爱情、家庭问题,无涉政治意识形态的通俗剧,尚可通过审查获得演出机会。从话剧史角度看,爱情、家庭等题材的佳构剧,既是传统剧作艺术和剧场美学的因袭,也对活跃新剧场,使新型话剧从知识分子活动向市民社会拓展有一定价值。吕诉上的"银华新剧团"除了"政治正确"的皇民剧,也大作商业演出,如剧目《钱》《情海

---

[1] 参见《台湾文化》第二卷第二期,《本省文化消息》,1947年2月5日,第3、6页,转引自焦桐:《台湾战后初期的戏剧》,台北台原出版社1990年版,第43页。
[2] 马森:《西潮下的中国现代戏剧》,第209页。
[3] 陈龙:《中国近代通俗戏剧》,台北东大图书公司2002年,第199—200页。

风波》《人面兽心》《梁祝痛史》《大雨淋中》《罪恶的城市》《恒娘》《黄金地狱》等,在1938年8月8日至8月17日前后十天,共计演出53场。吕诉上自己拟定的类型戏剧有:爆笑剧、喜剧、西洋话剧、人情悲剧、人情剧、诗情剧、学生剧、新剧、话剧、小说改编剧、社会悲剧、艳情剧、实事剧、教化剧、侦探剧、西洋科学侦探剧、民间故事、纯然皇民教化剧等①,五花八门,多为通俗剧,"观众仿佛进入新剧的'金光戏园'"②。可见,早期"种植在台湾剧场这块沃土的新苗"③,还有赚人眼泪或使人爱恨交加的"爱情""家庭""社会"等通俗悲剧与喜剧。

20世纪50年代作为"战斗文艺"的话剧,形式上大部分都是因袭传统的佳构剧、情节剧,具有相似的二元对立情节模式,无非通过强化二元对立思维方式和戏剧冲突,简单妖魔化或美化人物形象,诉诸伦理亲情的叙事框架,把革命斗争置换为情色欲望等,在叙事和话语两方面,主观臆造和荒诞不经的基调得以确立。然而,由于"战斗文艺"需要量大,或有部分属于"文艺剧"范畴,如李曼瑰20世纪40年代末和20世纪50年代末两部转型时期的剧作《时代进行曲》(或名为《时代插曲》)和《尽瘁流芳》,便是较富于文艺性的剧作,特别是《尽瘁流芳》已然摆脱"反共抗俄剧"的创作题材和套路,回归话剧思想启蒙和艺术本质的写实剧。杨逵在绿岛的潜在写作,贴近民间而生活气息浓厚,甚可代表20世纪50年代台湾话剧的边缘创作状态和艺术成就。至于话剧介入广播,以新媒体形式传播,广播剧的理论和实践建构,使得民间得以倾听话剧。

三、写实剧和历史剧的艺术实践

20世纪60年代,李曼瑰主导的"话剧欣赏演出委员会"举办"世界剧展"(1967—1984)和"青年剧展"(1968—1984)。两个剧展互相补充:"世界剧展"以较高艺术水平,带动实验风潮;"青年剧展"延续现代戏剧传统,以新剧创作活力和校园剧场演出,在主题、题材和表现形式等方面全面反叛"战斗文艺"

---

① 邱坤良:《吕诉上》,台北文建会2005年,第54页。
② 石光生:《跨文化剧场:传播与诠释》,台北书林出版有限公司2008年,第29页。
③ 同上书,第37页。

的话剧传统,逐渐改变台湾主流话剧生态,迎来戏剧名家辈出。李曼瑰的剧作具有典范意义。20世纪50年代李曼瑰也走主流话剧创作路线,但她的剧作艺术比较完整,境界比较开阔,格调保持高昂。20世纪60年代,李曼瑰的戏剧新作或老剧重演,逐渐摆脱"反共抗俄剧"的困限,重新回归文化启蒙和实验浪潮。作为中国早期的女性主义者,放在女性主义的脉络上,或许更能看出李曼瑰及其代表作的创新价值。如历史剧《楚汉风云》《汉宫春秋》创造了女君子虞姬和女知音阴丽华;现代写实剧《天问》(《女画家》)、《冤家路窄》、《戏中戏》、《尽瘁留芳》等,更直接以女画家、女律师、女校长、女科学家、女西医和女权会长等为主角。李曼瑰专注以中国女性典型为中心的戏剧创作,着意表现女性的能力、智慧和人格,探讨女性的人生和困境,一方面呼应了"五四"新文化以来妇女解放和人的解放命题,一方面开启了台湾剧场女权/新女性主体建构的征程。除了剧场元老李曼瑰,应时涌现的还有姚一苇、马森、张晓风等剧作大家。他们的写实剧和历史剧创作,或者还是传统话剧的形式架构,或者开始引入西方现代派,整体上艺术性较高,为台湾剧场积累了深厚的艺术美学经验,并开启了实验新风尚。可见,20世纪六七十年代,台湾话剧接受现实挑战而转型,历经实验创新而复兴。具体地,姚一苇的剧作《来自凤凰镇的人》(1963)、《孙飞虎抢亲》(1965)、《碾玉观音》(1967)、《红鼻子》(1969)、《申生》(1971)、《一口箱子》(1973)、《我们一同走走看》(1979)、《访客》(1984)、《大树神传奇》(1985)、《马嵬驿》(1986)等中,历史新编剧《孙飞虎抢亲》《碾玉观音》《申生》等,对历史传奇进行改编、衍生或改写,颇具现代和后现代色彩。如《孙飞虎抢亲》对于《西厢记》的解构和重构:解构爱情,解构古典人物,透析普遍人性,解构和重构的基础在于剧作把崔双纹、张君锐、孙飞虎、郑恒和阿红都还原为男人与女人,还原为普通人。《碾玉观音》原是古典老套的才子佳人故事,姚一苇却以现代方式探索文艺家与文艺作品的血肉关系,爱情和生命或许短暂,艺术却能永恒。《马嵬驿》重构唐明皇与杨贵妃的爱情故事,置于女权主义思想已然深入人心的现代,故事新编有了自己的时代特点和时间位置,人物形象突破传统的刻板印象。人生写实剧《红鼻子》《一口箱子》《我们一同走走看》《访客》《大树神传奇》等,运用现代戏剧形式,探讨人生哲理和刻画人生悲喜,蕴含荒诞色彩。姚一苇剧作的舞台展现力图贴近民间和传统,种种更接地气的处理方式,不同于马森更多接受西方的影响。姚一苇综合运用中外传统戏剧的艺术手段，如歌队和民间曲艺，扩充了歌队表演形式。如《申生》中黑衣老妇的念咒，《孙飞虎抢亲》中《老鼠成亲》的民间歌谣，或神秘莫测，或质朴自然，充满民间和民族特色。借用歌队样态，融合本国的文化基因，并对这一形式本身实验性地予以拓宽，这显示出姚一苇故事新编剧在传统与创新之间的融会贯通与平衡。张晓风戏剧创作包括：《画爱》(1971)、《第五墙》(1972)、《武陵人》(1972)、《自烹》(1973)、《和氏璧》(1974)、《第三害》(1975)、《严子与妻》(1976)、《一匹马的故事》(1977)、《位子》(1977)和《猩猩的故事》(1985)等，其中大部分属于"故事新诠"，即以中国历史或传奇故事为蓝本，进行新编或改写。戴蒙德对戏剧重述中的"重新"定义做出阐释："重新"是了解之前某些相关的领域，然后重复，而这再一次的想法，在戏剧表演上，在"收录""安排""叙述""阐明"的同时，显示了某些超出我们所能理解的范围，如形式的改变和不应存在的模式。[①] 张晓风以重述和衍生的方式，重写饱含中国人经验、愿望或困境的历史传奇故事，发掘古人与现代人相通的人生和人性真实，从现代人的视角重新阐释古人，赋予历史传奇故事以现代精神，或以现代人与古人对话的探索性和张力，用现代戏剧的结构和诗意的语言作为载体，透过重述或衍生，重新镀亮中国历史传奇故事，特别在诗意与哲理融合方面富有创意，在中国人家喻户晓的古人古事中提炼出一些历久弥新的人生理念和独特精神。这被马森界定为张晓风独特的"诗剧"美学风格。

四、实验剧的艺术探索和美学建构

20世纪60年代，台湾话剧在"二度西潮"影响下，以艺术上取向欧美的实验戏剧代替政治上针对大陆的传统话剧。这就有了一次话剧艺术美学建构的机会，西方戏剧思潮与剧作从象征主义、表现主义、存在主义到荒诞派都被引介到台湾。此时出现第一波"小剧场运动"，逐渐以实验创新取代意识形态化。台湾话剧从文本到演出的根本变革，端赖20世纪60年代一些带着现代

---

① Elin Diamond, "Introduction", *Performance and Cultural Politics*, London and New York: Routledge, 1996, p.2.

主义色彩的杂志涌现,为剧场转型和复兴打下艺术美学和理论基础。1960年创办的《现代文学》、1965年创办的《剧场》和《欧洲杂志》,其中刊登戏剧理论或作品,取向都是追随欧美20世纪戏剧探索新潮流,如史诗剧场、残酷剧场、贫穷剧场、生活剧场等,扩展了话剧工作者的视野。随着"小剧场运动"和"世界剧展""青年剧展"等校园戏剧新潮,台湾本地话剧的发展,迅速超越"反共抗俄剧"的范畴,剧场形式和技巧逐渐倾向现代和后现代主义,为20世纪80年代实验剧展和小剧场运动积累了实验观念和艺术经验。如马森的现代剧创作《苍蝇和蚊子》(1967)、《一碗凉粥》(1967)、《狮子》(1969)、《弱者》(1970)、《蛙戏》(1970)、《野鹁鸽》(1970)、《朝圣者》(1970)、《在大蟒的肚里》(1976)、《花与剑》(1976)等。他率先把西方战后的荒诞派戏剧、存在主义戏剧等传入中国台湾,成为海峡两岸接受现代派影响的先驱之一。马森提出的"脚色理论",在类型式、典型式、个性式、心理式、符号式人物之外,增添一种脚色式人物,诚为中国别具一格的戏剧理论构建。20世纪70年代,留学美国归来的黄美序、汪其楣、吴静吉等更直接为台湾剧场带来实验剧新潮。黄美序创作的《傻女婿》和导演的《一口箱子》等,前者运用古代题材表现现代叛逆思想,后者姚一苇的剧本创作从写实走向了荒诞,黄美序进一步在舞台上展现中国式荒诞派剧,发出"你从哪里来"的中国式追问,呼应荒诞派经典《等待戈多》"你到哪里去"的问题。汪其楣排演的"八个实验剧作":黄春明的《鱼》、王祯和的《春姨》、马森的《狮子》、朱西宁的《桥》、丛苏的《车站》、康芸薇的《凡人》、马森的《一碗凉粥》和陈若曦的《女友艾芬》等,有意识地借助文学资源,如台湾乡土作家和海外作家的优秀作品,推动"一个实验剧场的诞生"。吴静吉更直接引入肢体训练和集体剧团(theatre ensembles)理念,带领兰陵剧坊进行当代剧场的身体、声音训练,发掘自我、翻新传统,并透过《荷珠新配》探索现代舞台艺术和表演的可能性。《荷珠新配》一剧,金士杰的剧本创作站位低而寓意高,吴静吉的肢体训练带来一种自发性和创造性的"开放剧场"。《荷珠新配》和《那一夜,我们说相声》可谓中国戏剧传统和欧美前卫剧场的初步遇合,却给予"小剧场运动"的发展诸多启发和影响。综观1980—1985年小剧场之实验剧展,延续文明戏以来的学生演剧传统,汇演剧目包括:《包袱》《荷珠新配》《我们一同走走看》《凡人》《傻女婿》《家庭作业》《公鸡与公寓》《木板床与席梦思》《早餐》《嫁妆一牛车》《救风尘》《群盲》《六个寻找剧作家的剧中人物》《八仙做场》《金大班最后的一夜》《看不见的手》《九重葛》《快餐炸酱面》《当西风走过》《周腊梅成亲》《素描》《黑暗里一扇打不开的门》《冷板凳》《救命的谎言》《黄金时段》《我们都是这样长大的》《房间里的衣柜》《什么》等，使得台湾剧场的艺术主体追寻，真正有了质的飞跃，并形成一股推动剧场革新的纯粹力量。金士杰及其兰陵剧坊编导的剧作包括：《荷珠新配》《悬丝人》《今生今世》《家家酒》《明天我们空中再见》《萤火》《意外死亡（非常意外！）》《永远的微笑》《演员实验室》等，并为小剧场注入金派哑剧（新型哑剧）。姚一苇从台湾小剧场发动的角度把金士杰与法国的安托万相提并论，金士杰心目中自己的榜样则是堂吉诃德。

　　台湾小剧场普遍受到西方前卫剧场美学的影响，并试图开创出属于此时此地台湾的剧场艺术。出于对台湾剧场演出"一种直觉上的不满"，小剧场之前卫剧场从实验剧却步的地方继续前进，甚至走到极端。首先，前卫剧场呼应后现代主义潮流，后现代媒体、欧美前卫电影、雅痞文化，成为台北知识青年新的审美趋势。前卫剧场语言实验多涉及"电影手法"等的跨媒介运用，摒弃传统的镜框式舞台和"中产阶级的剧场结构"，质疑情节、角色的虚构性和宰制功能；打破表演者和观众之间的界限，以意象剧场（image theatre）取代文学剧场……由此发生的"后现代剧场"，大致具有"反剧本、反叙事、反结构的倾向，或者注重肢体表达、意象拼贴等特征"[①]。同时，阅读台湾历史，认识台湾现实，前卫剧场追寻"戏剧地再现此时此地的欲望"[②]，"以图解放出台湾被压抑的本土论述"[③]。更重要的是，前卫剧场汲取欧美前卫戏剧美学精髓，进行纯粹的剧场美学建构。根据彼得·博格的《前卫理论》，"现代主义戏剧"经由布莱希特和亚陶（Antonin Artaud），到荒诞剧场的"反戏剧"，现代主义改变了现代戏剧面貌，摸索出前卫剧场美学的新面向：如随机（chance）、拼贴（collage）、实时性（simultaneity）、物质性（materiality）、反语言等理念、手法，沉淀为诸多新的剧场美学形式。20世纪60年代以后，席卷欧美剧场的"新前

---

① 参见胡星亮：《台湾后现代主义戏剧论》，《戏剧（中央戏剧学院学报）》2007年第1期，第100页。
② 钟明德：《台湾小剧场运动史》，台北扬智文化1999年版，第126页。
③ 同上书，第122页。

卫运动"①,包括葛罗托斯基(Jerzy Grotowski)的"贫穷剧场"、英国彼德·布鲁克(Peter Brook)的"空的空间"、理查德·谢克纳(Richard Schechner)的"环境剧场"、亚伦·卡普罗(Allan Kaprow)的"发生的艺术"、贝克夫妇(Julian Beck and Judith Malina)的"生活剧场"、约瑟·查芹(Joseph Chaikin)的"开放剧场"、彼德·舒曼(Peter Schumann)的"面包傀儡剧场"、艾伦·史都华(Ellen Stewart)的"辣妈妈剧场"等。这些前卫剧场处在亚陶的"美学剧场"和布莱希特的"政治剧场"之间的相对位置。"新前卫运动"波及中国台湾的现代戏剧,掀起20世纪80年代以来的小剧场运动。从实验剧展到前卫剧场、后现代剧场,剧场美学形式或许同时受到传统/中国和现代/西方的双重影响②,但大多数前卫剧场更接近欧美前卫剧场的修正版,或在作品中应用了残酷剧场(theatre of the cruelty)、史诗剧场(epic theatre)、贫穷剧场(poor theatre)与环境剧场(environmental theatre),以及受"辣妈妈剧场训练"、"集体即兴创作"、"生活剧场"、"社会行动剧场"、戏剧人类学等戏剧理念和美学方法直接或间接影响。1990年8月,谢克纳来台湾创办"表演·环境研习营"③,给台湾小剧场注入环境剧场和后现代剧场理念,进一步解构传统剧场的结构、空间和观演关系。新兴的"实验剧"和"前卫剧"取代写实主义话剧,晋升台湾剧坛的"新主流"。具体而言,笔记剧场、环墟剧场、河左岸剧团和当代台北剧场等,较早实验非叙事性的剧场语言。笔记剧场的非个人性、非剧

---

① 1958年开始,生活剧场的贝克夫妇受到亚陶《戏剧及其重影》一书的影响,追求"残酷剧场"式的视觉性震撼效果,尝试非幻觉主义的演出。1959年纽约的一些艺术家尝试"发生"的表演;同年葛罗托斯基在波兰的欧普尔小镇(奥波莱),带领十几个年轻演员开始实验"贫穷剧场"(穷人剧院)。1962年,英国导演彼德·布鲁克也在伦敦的皇家莎士比亚剧团从事"残酷剧场"的排练和演出实验,至1964年推出名震一时的《马哈/萨德》一剧。1963年维奥拉·史波林(Viola Spolin)出版了《剧场的即兴》,给集体即兴创作方法做出了初步的总结。"发生""贫穷剧场""残酷剧场"和"集体即兴"等新的排演方式,演出形式和戏剧效果,经由美国的谢克纳集大成为"环境剧场"。谢克纳的"环境剧场的六大方针"发表于1968年,构成了1970年前后前卫剧场美学的重要特征。至此,历经十多年的新前卫运动,初步完成剧场现代和后现代主义转型。
② 段馨君:《凝视台湾当代剧场》,艾里蒂新闻公司2010年版,第39页。钟明德也认为:"实验剧"是传统和现代、中国和外国势力交错影响之下的一个折中主义的戏剧形式。参见钟明德:《台湾小剧场运动史1980—1989》,第3页。马森则更具体地指出:从创作的灵感源泉和对戏剧的理念来看,如抛弃文学剧本、反叙事结构、减轻对话而以肢体、声音和意象符号来代替,都是西方当代剧场实验过的形式——不是来自西方的戏剧名作,就是"残酷剧场""贫穷剧场""环境剧场"等的影响,其前卫性可以说是西方新前卫剧场运动的余波荡漾。参见马森:《西潮下的中国现代戏剧》,第290—291页。
③ 钟明德:《台湾小剧场运动史》,第127页。

情性、非再现性演出方式,令演员几乎不再扮演角色,对白往往是机械性的独白或反复,不着力于剧情发展。环墟剧场的实验,在于"不自觉地将他们对欧美前卫电影、MTV的热爱,移植到舞台上"①,在于"反叙事结构"和"非再现式的场面调度",使用独白而没有情绪或表情,尖叫、侵犯、暴力,使用各种浓缩与替代式的动作、姿势、道具、图像和声音,发展亚陶所说"一种破坏性的、压倒性的景象",创造新形态剧场语言。如《永生咒》着重于剧场空间和场面调度的视觉效果、视觉游戏;《十五号半岛:以及之后》中,环墟的新团员抵拒自己像工具一般被利用,像傀儡般被使来唤去,追求"想象中当演员那种在观众之前呕心沥血、淋漓尽致的快感"②;《流动的图像构成》则完全取消语言和叙事结构,纯粹由"流动的图像"所构成。流动的图像、影像、视觉的重组、色彩的层次,异常缓慢的节奏,脱离常轨的道具,偶发的即兴等都是环墟"重新思考""重新模仿自然"的艺术手法和方式。这种自觉或不自觉的后现代剧场语言实验,源于对传统戏剧和人生、世界的"恒久困惑"。1987年7月环墟演出《奔赴落日而显现狼》,由两部分构成:"冤家债主:史特林堡原作"及其一段排练过程。这两个部分先后演出顺序可以根据感觉即兴颠倒。剧中不仅以亚陶"残酷剧场"式尖叫,表达出对台湾文化现象的不满,而且对于剧场内外发问:为什么要演这种戏?观众为什么要来看这种戏?这种演出到底有什么意义?这些排演时的困惑和质疑,被作为戏剧的一部分演绎出来,似乎隐喻台北文化的这种再现性和模仿性。在台北演出史特林堡的意义为何?这种后设剧场的解构与自我反省的主题,追问艺术与再现,艺术与生活/现实的关系,把困惑、质疑变成一种重构,属于后现代普遍的构成主义。1989年之后,环墟投入"社会行动剧场",包括环保、农运、学运等。河左岸的黎焕雄被称为"剧场模范生",始于"读诗剧场化",而后用舞台表演对时事、对社会发声,河左岸不变的是内在的诗意美学特征,积累形成诗化"意象剧场"(背离文学剧场),演出形式是典型的环境剧场:或在密闭的小剧场空间演出,或在空旷的海滩架起景幕,或以校园树道、钟座、回廊为表演区,观众可以跟随演员走动。如《星之暗涌》融合东方"诗剧"叙事结构和日本"能剧"的表现方式,虽是政治

---

① 钟明德:《台湾小剧场运动史》,第138页。
② 同上书,第136页。

内容,但充满个人化和诗意的感性语言;过去与现在,虚拟与现实,交叠出现。《闯入者》采用史特林堡和梅特林克式的西方现代剧场表现方法,并呈现了后现代剧场风格:亚陶式尖叫、蒙太奇综合式和侵入式电影技巧。河左岸的剧目往往呈现为政治和美学的夹缠,但黎焕雄坚持河左岸的本质是"美学团体",已实验出一套"黎氏美学",即贯穿在河左岸和人力飞行剧团的新剧场探索。"临界点剧象录"更提出各种大胆议题而引起关注,在舞台上表现出不同戏剧形式,如美国罗伯·威尔森"意象剧场"的呈现方式,亚陶"残酷剧场"的肢体表演等。代表作《毛尸》"在话题和意念上转换非常自由,语言大胆而充满挑搅"[1]。"当代台北剧场"(又名"425 环境剧场""台北前卫剧场")借鉴亚陶的残酷剧场、谢克纳的环境剧场、罗伯·威尔森的意象剧场、皮娜·鲍许的舞蹈剧场和彼得·舒曼的面包傀儡剧场,表达当代台北生活感受。魏瑛娟和周慧玲建构台湾女性主义剧场(feminist theatres),在系列剧作中探讨女性主义、同性恋等多元议题。而后剧场实验以"优剧场"走得最远。如果说小剧场运动尤以美学革新为台湾剧场注入了新生命和扩展了自我域限,如亚陶的"残酷剧场"、葛罗托斯基的"贫穷剧场",使台湾小剧场走上比较纯粹的前卫剧场道路;那么葛罗托斯基的"类戏剧""溯源剧场""客观戏剧"和"艺乘",以及谢克纳的"环境剧场"等后剧场实验,则使台湾剧场逐渐摆脱西方剧场美学的外套,转化为再出发的力量,开始追溯台湾本地身体文化的根源。"优剧场"的《地下室手记浮士德》《溯——钟馗系列第一部:钟馗之死》《溯——钟馗系列第二部:钟馗返乡探亲记——中国民间傩堂戏、地戏大展》等,便是台湾的葛罗托斯基"贫穷剧场"和"溯源剧场"。优剧场、零场、河左岸、洛河展意等类剧场训练,足迹遍布乡野,包括走进台北街头或山林海角,以追寻台湾剧场更多可能性。

"表演工作坊""屏风表演班""相声瓦舍""果陀剧场"和"当代传奇剧场"等小剧场之中坚力量,不仅以自己的成功实践扩大台湾剧场的影响,而且以实验和创新为台湾观众扩展了舞台语汇。[2] 大致而言,这些做强做大的职业剧场,在剧本、导演、表演和舞美等方面较好地继承传统话剧,但使剧作内容

---

[1] 汪其楣主编:《国民文选·戏剧卷Ⅰ》,台北玉山社 2004 年版,第 309 页。
[2] 段馨君:《凝视台湾当代剧场》,第 45—46 页。

和形式更为"开放、活泼、多元"①。演出大多基于剧本和叙事结构,即使以集体即兴方式创作表演文本,有形或无形的情节、角色可能仍是演出的中心。集体即兴创作主要是革新了传统个人于书斋中编写剧本的编剧方法,并不是对"剧本中心论"进行了彻底革命。情节和角色的再现结构仍然是一个演出的核心,但舞台调度不强调幻觉主义,如使用环形剧场、后设剧场、观众参与等方式打破幻觉剧场形式,同时仍然相当强调作品本身的自主性或完整性。"大部分观众只是觉得这种参与相当活泼,并不会觉得不安或看不懂。观众仍是被安排'看'戏,而不是来参与一出戏在意义层次的解构和生产。"②剧场演出仍然是一个有内在意义或表达创作者意图的有机体。具体地,赖声川"表演工作坊"综合运用中西古今的剧场方式,特别是相声剧、集体即兴、后设剧场等赢得最多声誉。其创作和演出,如《那一夜,我们说相声》《变奏巴哈》《暗恋桃花源》《圆环物语》《如梦之梦》《宝岛一村》等,一方面延续和推展了小剧场运动的实验创新,另一方面开发了专业剧场制作路线。《那一夜,我们说相声》中后现代的拼贴结构不是用来解构意义中心,而是用来丰富作品的意义;《变奏巴哈》是一个更为前卫的艺术作品,以没有情节的巴哈音乐为出发点,发展演员的身体、声音、动作,辅之以舞台空间、道具、灯光、音乐所构成的"一些关系的结构"。《暗恋桃花源》作为典型的后设剧场,以不合文法创造了新文法,以现代社会的"干扰"作为原动力,让悲喜剧同台互渗,以集体即兴的创作方式,触及观演双方深度真实的心灵和感情。《如梦之梦》以八小时的史诗剧场,透过重复和环绕,使戏剧具有治疗作用;透过现实和梦幻,释放生命价值和生命性。表演工作坊代表了小剧场运动的主流美学。赖声川的戏剧观念和方法是世界性的,包括最前沿的戏剧潮流和精致艺术的见识和水平,是一种古今中外的集大成。李国修和李立群是民间艺人出身,民俗曲艺是他们生活的一部分,他们的剧场观念前卫却扎根台湾民间社会。李国修的"屏风表演班"强调"原创"和"本土",其剧作包括三个系列:一是"民国备忘录"系列,如《民国76备忘录》《民国78备忘录》;二是"三人行不行"系列,如《三人行不行Ⅰ》《三人行不行3——OH! 三岔口》等;三是"风屏剧团"系列,如《半里

---

① 钟明德:《台湾小剧场运动史》,第116页。
② 同上书,第115页。

长城》(1989)、《莎姆雷特——狂笑版》等。创团剧《1812&某种演出》将实验剧场和影视手法融合,时间错乱、悲喜莫名、古今交叠成为屏风表演班的实验剧场方式;而《莎姆雷特——狂笑版》更直接以戏中戏方式,追问到底是"戏剧模仿人生"还是"人生模仿戏剧"。① 冯翊纲等的"相声瓦舍",以"在剧场里说相声"为创意,同时,致力于相声艺术的改革与创新,试图打破传统相声或戏剧的各自限制,以"犯规"超越传统认知。《说垮鬼子们》在相声的框架中展现强大的戏剧张力,《状元模拟考》则包含单口相声、对口相声、众口相声、双簧等多种表演形式。中国传统文化新作和台湾历史及现实问题,是相声瓦舍最为关切的两大类型,代表作如《狂言三国》《恶邻依依》等。从剧场形式而言,对经典文本进行颠覆性改写和延伸,古代时空和人物故事融入现代时空和人物时事,古今关联、针砭时弊、思考现实,故事新编不只是迎合当代观众的通俗化和世俗化处理,也不只是为了演绎中国传统文化,更是隐含着相声瓦舍的现实关怀和忧患意识。总之,小剧场之中坚力量,意味着在戏剧的艺术化探索方面做出更大贡献:表演工作坊坚持艺术性、实验性和民族性;屏风表演班在现代剧场的本土化方面做出全力以赴的探索;相声瓦舍对于相声与戏剧结合的实验;果陀剧场对于剧场的经典化的追寻;当代传奇剧场对于跨文化剧场符号和艺术的实验……这些都是台湾剧场走向成熟和成就璀璨的标志。

此外,一些地区性或专门化剧场,寻找一切机会做自己的独特实验和进行现代剧场建构。华灯-台南人剧团创作和演出的《台语相声——世俗人生》《台语相声——吃在台南》《剪一段历史的脚踪》《心囚》《你的我的她的人》《美丽之岛》《种瓠仔不一定生菜瓜》《凤鸟之旅》等,不遗余力地"展现台湾的本土情怀"和"小市民心声"②。高雄南风剧团创作和演出的《三个不能满足的谎言》《封神榜》《应许之地》《华歌尔 ABC》《鱼水之间》等中,孙丽翠的"小丑剧场"、汤皇珍的"生活美学"(装置艺术)、陈姿仰的"女性教习剧场"③各具艺术特色。台东剧团的创作和演出,如《梦·桶·女》《死刑犯弟弟的独白》《螺丝起子》《汐》《翩然奇舞》《心机/心肌》《维琴那列车就要开》《后山烟尘录》等,体

---

① 李国修:《莎姆雷特——狂笑版》,台北 INK 印刻出版有限公司 2006 年版,第 5 页。
② 参见成功大学中文学系编:《台南人剧团〈凤鸟之旅〉》,《一九九九台湾现代剧场研讨会成果集》,台北"文建会"1999 年版,第 123 页。
③ 参见南风剧团演出与活动策划等资料。

现台东剧团"人才本土化、题材本土化,表演专业化"的发展方向。"观点剧坊"和"顽石剧团"则具有追求诗化和题材青春化、都市化的倾向。由汪其楣改编自夏本奇伯爱雅原著的《石生与竹生》《鸟与鼠》《重美轻丑的结果》和拓拔斯·塔玛匹玛原著的《侏儒族》,采用圆形剧场形式,没有左右前后,而是一个时钟,人物活动的路线和场位用时针标志,台湾少数民族寓言在现代剧场中得以重现和重构。

20世纪90年代以来多元化的现代戏剧中,女性主义剧场、民众剧场和小区剧场等都有自己独特的美学建构。作为早期的女性主义者,李曼瑰诸多以女性为主角的剧作,探索女性主体介入国族寓言的独特模式。20世纪90年代以来,受到西方各种女性主义理论的影响,出现以女性为观察位置的叙事,即前卫女性主义剧场向男性中心的传统经典挑战,致力于挖掘和创建女性话语体系。这还得追溯到20世纪70年代以来的欧美,女性主义开始与女性剧场关联。20世纪90年代以至新世纪初,女性主义剧场成为台湾前卫剧场一大特色,如周慧玲"创作社剧团"演出《天亮以前我要你》《阉割焦虑》《记忆相簿》《惊异派对》《Click,宝贝儿》等作品,魏瑛娟"莎士比亚的妹妹们"剧团演出《Emily Dickinson》《疯狂场景——莎士比亚悲剧简餐》《当我们讨论爱情——文艺爱情戏练习(二版)》《给下一轮太平盛世的备忘录——动作》《蒙马特遗书——女朋友作品2号》等。在剧场形式上,她们往往采用多媒体、布莱希特叙事剧、质朴戏剧的舞台空间等各种剧场主义的演出方式,引导观众从间离观点观看各种女性故事。民众剧场的实验包括:"戏剧论坛""综合剧场艺术工作坊""一人一故事剧场"等。透过戏剧工作坊,让民众自己拥有生产戏剧的方法和材料,演出自己的戏剧和发出自己的声音。这就是"属于民众的戏剧、为民众创作的戏剧和民众自发创作的戏剧"。布莱希特将政治剧提升到剧场美学境界,波瓦的解放美学目的是让剧场本身成为一种"革命的预演":将"观众"(spectator)变为"观演者"(spect-actor),进一步促使观众变为"演员"(actor),以剧场方式发动民众参与到社会议题的讨论与行动中来,以"论坛剧场"形式实现民众的"对话",在公共空间寻找共识。台湾民众剧场,如钟乔的差事剧团实践戏剧即生活的美学理念。小区剧场的美学行动开始于20世纪90年代,特别是1992—1994三年之间,文建会提供补助方案,观点剧坊、顽石剧团、台南人剧团(华灯剧团)、南风剧团、台东剧团、玉米田剧团、辣妈妈剧团等都有小区剧场计划的活动和演出。小区剧场逐渐建立自己独特的风格,营造在地戏剧环境和剧场生态的良性发展。话剧在台湾发展仅有百年历史,作为知识分子或城市文化的表象,往往尚未与民众产生深层的互动。小区剧场的理念和实践代表着一种努力方向,扎根基层、深入民众,在表演美学上深刻省思剧场回归自身文化根源的可能性。如台东剧团的《后山烟尘录》全剧运用民间节庆游行中的八家将阵头和元宵节寒单爷以肉身承受鞭炮丢轰的习俗,角色内心通过动作和对话呈现人声倾诉……试图在剧场中"建立一个传统仪式和现代生活相勾连的演出场域"。[①]《钢铁丰年祭》运用原住民的祭奠仪式,深刻表达原住民的血脉和灵魂意象。SHOW影剧团小区剧场实践之道,通常分成三步:来场游戏、剧场培力、创造我们的故事。[②] 小区剧场独特性何在?如何成为文化和艺术上的伟大力量?小区剧场在台湾以至各地华人剧场都有很大的发展空间。

　　综上所述,小剧场之前卫剧场实验了现代和后现代的各种剧场美学——残酷剧场、史诗剧场、贫穷剧场、环境戏剧,以至后剧场的类戏剧、溯源戏剧等,使得台湾剧场不仅真正与世界前卫剧场潮流呼应,并且真正深广地关怀自己的生命和生长的土地。后剧场实验相信个人的体验是一切具有生命力的创作的出发点——不依赖传统剧情或文化价值观,而是在未有定论的争议性社会事件(如女性、环保、原住民、劳工、退职、股市、房地产等相关事件)中,发出独立而自发的声音。小剧场之中坚力量,发展成职业剧场,真正带来现代剧场的繁荣,以及话剧艺术的建构和普及。多元化的现代戏剧,必然进行多元化的剧场美学建构,如女性主义剧场、民众剧场和小区剧场等都有自己的美学征程。总之,20世纪80年代以来的台湾剧场真正突破了传统话剧的思想和美学边界,与台湾社会有了更多互动,逐渐创造出新的剧场语言,话剧艺术的美学建构达到前所未有的深广度。

---

① 汪其楣主编:《国民文选·戏剧卷Ⅱ》,台北玉山社2004年版,第117页。
② 谢鸿文主编,陈义翔等著:《社区剧场的实践之道》,台北新锐文创2011年版,第130页。

《掬水月在手》:"写给未来时代的备忘录"*

白　杨

(暨南大学)

《掬水月在手》被誉为陈传兴导演"诗的三部曲"的终篇。其前奏可以追溯至 2009 年开启的一个名为《他们在岛屿写作》的作家传记电影拍摄计划。由陈传兴做总监制,陈怀恩、杨力州等人参与导演的这个系列影片,迄今为止完成了包括林海音、郑愁予、余光中、周梦蝶、白先勇、洛夫、痖弦、刘以鬯等 13 位台港地区知名作家在内的拍摄与播出,以纪实性手法记录和诠释了一个时代的文学光芒。陈传兴自己执导了其中以诗人郑愁予为拍摄对象的《如雾起时》和以周梦蝶为拍摄对象的《化城再来人》。尽管文人传记电影难免受到小众电影的传播限制,这个系列影片却受到广泛的社会关注,《化城再来人》的豆瓣评分达到 9.0 左右,陈传兴等人的艺术探索在这个时代众声喧哗的文化场域中奏响了一支独特而纯净的乐曲。

《掬水月在手》虽然不是《他们在岛屿写作》系列中的作品,却在拍摄理念、主人公选取到文化思想的表达等层面,都与后者有着内在的承续和延展。如果说《他们在岛屿写作》更侧重表达现代人以现代意识对现代社会生命体验的艺术呈现的话,以叶嘉莹为主人公的《掬水月在手》则更重视体现传统与现代之间一脉相承的关联,并以"掬水月在手,弄花香满衣"的美好意境,面向当下展示中华古典诗词文化的气韵与生命力。陈传兴是有意识地以影像叙事手法为百多年来中华文化的生命律动谱写史传,展现中华文脉历经内外部

---

* 本文为国家社科基金重点项目"百年台港澳及海外华人作家传记中的集体记忆与民族叙事"(项目批准号:20AZW017)阶段性成果。

冲击、挑战而坚韧地存续、更新的存在状态,他尝试为过往立言,并为未来书写一份不应被遗忘的"文化备忘录"。

一个人的生命史与一个时代的史诗

在芸芸众生面前的叶嘉莹,有一种古雅、高贵、知性的精神气质,她像一颗发光的钻石,不仅自我耀眼夺目,而且能够照亮别人的世界。用于她身上的修辞常常充满诗性与崇敬之感,例如"她是白发的先生,她是诗词的女儿,她是中国古典文化的传承者、传播者,也是很多人通往诗词国度的路标和灯塔"[①]。当然,大多数熟悉叶嘉莹的人,也了解她历尽磨难而成就"弱德之美"的身世经历。她的苦难与光芒,都与她及她的同代人所经历的那个特殊的历史时代有关,在时间的长河中,个人的生命史以某种奇特的方式参与建构了一个时代的史诗。

从《他们在岛屿写作》到《掬水月在手》,进入陈传兴视野的文化名家们大多出生于20世纪二三十年代,在他们半世飘零几多艰辛的生命历程中,见证了现代中国从内忧外患中走向现代性国家的历史轨迹。个人命运与民族国家的兴衰起伏紧密相连,他们的生命史就是现代中国历史的一个缩影。在他们的世纪行旅中,有一些重要的节点,以个人的生命遭际的方式记录了大时代的律动、伤痛与欢欣。陈传兴尝试用镜头透过当下叩问历史,再从历史面向未来。他说"诗的三部曲"分别要探讨的是三个问题:《如雾起时》追溯的是诗与历史,《化城再来人》表现的是诗与信仰,而《掬水月在手》要思辨的是诗与存在的关系。事实上,历史、信仰都是存在的一体多面的表现形态,海德格尔说:"诗,是存在的神思。"陈传兴喜欢阅读海德格尔的著作,他亦相信诗史也是呈现历史的精魂的有效方式。

尽管"中国传记文学从诞生之际便依附于史学,体现了'史传合一'的特点。……传记创作思维主张将个人融于群体、社会和时代等外部环境,展现传主在历史中的命运沉浮,在宏大历史背景中凸显个体价值"[②],这种史传传统也

[①] 闻之:《"诗词的女儿"叶嘉莹》,《恋爱婚姻家庭》2020年第2期,第36页。
[②] 樊露露:《"史传传统"与中国传记电影的民族文化特性》,《电影文学》2019年第20期,第10页。

在中国的传记电影中成为一种普遍模式,但陈传兴显然并不满足于历史事实的重现,他更关注在沧海桑田的巨变中人物内心世界的面貌。郑愁予、周梦蝶、叶嘉莹都有在战争年代流落台湾孤岛的经历,在20世纪五六十年代的文化场域中,他们以对诗歌艺术的不同认知参与了那个时代的诗歌热潮,诗歌创作是他们借以抗拒现实困厄、缓解亲人离散之痛的重要方式。那是一个诗歌的"黄金时代",作为历史的见证者,陈传兴内心有一种情怀,他希望能够为历史留下深情的记忆。在这一点上,他与叶嘉莹前后相继,成为文化传承中的同道者。

大历史总是瞩目那些影响了民族国家前进道路的重大事件,即便是战争、灾难也自有其慷慨悲歌的一面,而被裹挟在历史洪流中的小人物的命运,常常充满着更多的悲情意味,陈传兴要追踪的是主人公们怎样从悲情中获得救赎的力量。他从叶嘉莹的诗词创作中提炼出两个关键词:离散体验和原乡情结,以此为线索设计了影片的叙事结构。离散经历是叶嘉莹的生命中特别伤痛的遭遇。少年时代丧母,父亲失联,在战乱中经历了国破家亡的哀戚;青年时代,在国民党的白色恐怖统治中,她的丈夫被怀疑为"匪谍"而获刑三年,饱受屈辱的叶嘉莹只能独立抚养幼女长大;年过半百,原以为可以安享时光的日子里,她的大女儿和女婿却双双因车祸丧生。叶嘉莹的生命中充满悲剧性色彩,在影片中她自述曾多次对生存感到绝望,"每个人在世界上都是孤独和寒冷的"。然而,事实上,真正导致其不幸命运的原因,大多来自政治历史因素。战乱使她的父亲与家人失去了联络,间接导致其母亲忧虑成疾而早亡;国民党在台湾的白色恐怖政治,使她的丈夫被捕入狱,在经受了世间的挫折以后性情大变,从原来的多情体贴转变为暴躁跋扈,使叶嘉莹在经历了现实中的家人离散以后,又不得不承受精神上的苦痛与"离散"。

世事的不公、命运的多舛,原本可以数次击倒这位柔弱的女子,可是叶嘉莹最终以"弱德之美"承受了一切。从身世飘零到"弱德之美",是什么使她获得了救赎? 很多人都意识到的一个因素是她对中国古典诗词的热爱,为她化解心中苦痛提供了契机。度尽劫波之后,叶嘉莹说:"我生活的重点在于诗歌的传承,所以对其他的苦难我不大在意。"[①]犹如穿越时空的古典诗神,她在东西方文化语境中执着而诗意地诠释中国古典诗词之美,一代又一代学子追随

---

① 可延涛:《叶嘉莹:一位穿裙子的"士"》,《国际人才交流》2020年第3期,第26页。

她去感受唐诗宋词的精妙之处,陈映真、白先勇、陈若曦、席慕蓉等在海内外华语文坛广具知名度的作家,都声称受其诗教影响,学者吴宏一、林玫仪也是她的学生。诗词拯救了她,而她亦使日渐沉落于历史巨轮下的古典诗词焕发了新的生命力。

  诗词以外,陈传兴借助影片要探讨的还有漂泊与原乡之间的精神联系。对海外华人,特别是第一代海外移民而言,原乡情结是来自文化基因的重要情感,也直接影响到他们对现实的生命体验。20世纪40年代末,在战争中被动随国民党去往孤岛台湾的大陆人,在此后40余年中因政治因素与原乡隔绝,亲人离散之痛成为那段历史中最具代表性的创伤记忆。台湾现代诗人们在不同时期都书写了大量以乡愁为主题的诗作,诗人洛夫甚至说:"写诗即是对付这残酷命运的一种报复手段。"[1]叶嘉莹在台湾地区度过了她生命中艰辛的18年,终于有机会离台赴美,开辟新的文化空间。20世纪70年代中后期,她毅然从加拿大返回国内教书,在故国家园的大地上,获得了内心的平静和事业的升华。在诗词的世界中,她"白昼谈诗夜讲词,诸生与我共成痴"[2]。与留学生、新移民文学中常见的"无根漂泊"情感意识不同,叶嘉莹是在中国古典诗词中寻找到了民族认同和精神信念,"书生报国成何计,难忘诗骚李杜魂"。中华古诗词的神韵在中华大地上才更能绽放精彩的华章。

文化密码的诗性呈现与表意空间

  《掬水月在手》是叶嘉莹唯一授权拍摄的个人传记影片。然而,作为海内外享有盛誉的诗家与学者,关于其身世经历及文化贡献的报道、访谈、评传、自传等早已多有积累。《朗读者》《鲁豫有约》等颇具知名度的电视节目曾对叶嘉莹做过专访,生活·读书·新知三联书店2013年出版了叶嘉莹口述、张候萍撰写的《红蕖留梦:叶嘉莹谈诗忆往》,江苏人民出版社2014年也推出了熊烨编著的《千春犹待发华滋——叶嘉莹传》,两部传记都集纳了叶嘉莹身边的师友、弟子等对她的记忆与感悟。2017年,中华书局出版了叶嘉莹的文学

---

[1] 洛夫:《诗人之镜——〈石室之死亡〉自序》,《创世纪》1964年第21期,第2页。
[2] 吴丛丛:《叶嘉莹:故园春梦总依依》,《光明日报》2007年11月14日。

自传《沧海波澄:我的诗词与人生》,以真诚的文字记述了她依托中华古典诗词而羽化成蝶的生命历程。

  在一座文学的富矿上挖掘深意,如何体现自己的个性主张?陈传兴选择的叙事策略是诗意的表达与诗境的营造。事实上,这也是他拍摄"诗的三部曲"系列影片时一直坚持的理念,但每部作品都有不同的侧重。与《化城再来人》中跟拍传主日常生活方式的策略不同,《掬水月在手》有意超离于现实生活细节,以雅乐、空镜的组合构成一个同现实生活具有互文性的诗化时空,由真入幻、由幻入真,将主人公以精神意念穿行于文化历史中、在现实世界担当"文化摆渡人"的生命状态进行艺术化呈现。片中由日本音乐人佐藤聪明以杜甫诗作《秋兴八首》为题创作的雅乐,以苍凉哀婉的旋律映衬、烘托叶嘉莹关于身世飘零的讲述,音乐承担了强烈的表意功能,在诗词世界的相遇中,两位天涯沦落人有对生命意识的共鸣,更有对胸怀天下之志的对话,诗人的吟诵与雅乐的呼应,形成了别致的韵律感。同时,片中使用大量空镜头去表现石雕、碑帖、古代壁画以及枯荷、孤舟、旗袍、古镜等景物,既以镜头语言去呈现犹如诗词中的意象的效果,通过意象的勾连生发为特定的诗词意境,又在现实和历史之间建立起某种文化关联,赋予意象以生命,达到虚实相生的艺术效果。

  枯荷、孤舟等意象在中国古典诗词中常用来表达身世飘零之意,对应着叶嘉莹从大陆到台湾,再赴海外的生活经历,很容易使观众在凝望镜头时感悟到人物命运与古典诗词的关系。影片中多次出现的石雕、碑帖、古代壁画则主要取材于洛阳石窟,这些经历了历史更替、见证了风月流转的文物,携带着中国传统文化的基因,成为现代人走近传统艺术精神的文化密码。陈传兴说:"电影里出现大量当时的器物和景物,所谓空镜,基本上是借由这个引起比兴,由此生出一种诗意的想象。我并不只是用空镜来做插画式的转场,而是像一叶小舟,带我们穿梭、回溯时间河流和诗的历史,也像词的一种断句、韵脚,每一次这种空镜出现,就变成词一样的长短句。这样电影的叙述就不会是单一的,在空镜里能够产生转韵的可能性,音乐的律动。"[①]他以诗的手法拍电影,并尝试由此探索一种中国特有的电影美学叙述方式。

[①] 山丘、陈传兴:《专访〈掬水月在手〉导演陈传兴:诗就像庇护所,诗人就像冒险者》,https://baijiahao.baidu.com/s?id=1679206507422789556,最后浏览日期:2020年9月30日。

对电影镜头本身的表意功能的重视，在20世纪80年代曾催生了中国电影美学观念的新变，第五代导演们摆脱了戏剧化叙事结构、故事性讲述方式等传统的电影拍摄理念，赋予"形式"以新的美学地位和意义。从《黄土地》到《英雄》，对电影形式美学的探索在不断地争议中最终确立了其存在合法性，而这种形式美学的内核中有一个突出的特点，即对中国传统文化中"写意传神"思维的倚重，讲究的是言有尽而意无穷，高妙之处在于留白而产生的艺术张力，并特别重视以线条、色彩和空间呈现营造一种具有民族特性的韵味，这成为中国电影学派的某种符号性表征。但是不无遗憾的是，这种在20世纪80年代具有先锋色彩的艺术探索，在电影实践中最终走向了唯形式诉求的路径，脱离了思想探索的底蕴而成为空洞的能指。当互联网技术被广泛应用于电影后期制作时，画面的唯美或者震撼效果都可以通过技术手段达成，形式美学的形式不再是一个问题，但形式美学的内容又成为引人思虑的症结所在。

陈传兴在人文传记影片中的艺术探索，某种程度上与20世纪80年代中国大陆新探索电影叙事美学的实践理念有所共鸣。20世纪70年代，青年陈光兴赴法国留学，师从法国电影理论大师克里斯蒂安·麦茨，学习了电影、摄影、符号学和精神分析理论等多个领域，他对镜头中的人生与情感、时代记忆与历史变迁有特别的敏感，影像是他观看世界的方式，在多年的摄影行旅中，他记录了不同文化时空、国别、民族和境遇中的人物与"风景"。摄影是沉默的艺术，但内在蕴含着有如风暴一样的生命力。拍摄"诗的三部曲"，陈传兴想为自己圆一个关于中国文化的梦。文学与影视相生相长，在艺术实践中有很多成功的案例。但拍摄人文传记影片，情形就大有不同。传记影片对纪实性的严格要求，给其形式美学的探索设置了"边界"，特别是"诗的三部曲"的主人公都是现实生活中真实的人物，他们不可能像演员一样按照规定的剧情去实现导演的设想，因此，在纪实与抒情之间如何寻找到恰当的媒介就成为考验导演的文化功力的关键所在。从《如雾起时》到《掬水月在手》，陈传兴研读诗人的作品，倾听诗人生命的足音，他成功地找到了诗人与诗化电影之间的内在衔接点，将诗人作品中的诗句和具有意象能指的画面、音乐有机结合，呼应着诗人一生的境遇和情感起伏，为观众提供了走近诗人内心世界的线索。

结语

在艺术世界中游刃有余的陈传兴,对商业社会的文化现状持有异见,他将自己定位为一个时代中的"怪人",坚持说:"一直到现在,我的东西都不是写给这个时代的人看的。我跟过去几百年几千年的人对话,写给未来六十年或一百年的人看。我很骄傲,到现在我都维持这种骄傲。"[①]在苍茫浩瀚的历史时空中,陈传兴以传承中华文脉为己任,用诗化手法呈现诗人的生命体验与文化情怀,推动"文化之链"的薪火相传。他并不介意自己的努力在"电影过剩"、泡沫抒情、娱乐化浪潮对文艺电影产生强烈冲击的文化场域中会有怎样的境遇,重要的是,有这样一个声音存在,证明了这个时代的精神高度。

不过,不能不提及的问题是,对诗的执念使陈传兴致力于要把其"诗的三部曲"拍成人文传奇系列纪录片,这形成他鲜明的个人风格,也在传记叙事与诗性表达之间留下了一些有待讨论的问题。如影片过于强调了叶嘉莹在中华古典诗词文脉传承中的意义,而对其现实生活和精神世界的某种复杂处境挖掘不足,朋友、同事、后学关于叶先生的讲述固然构成了叶嘉莹生命中重要的层面,但来自亲人的陈述在影片中几乎是缺席的;对作为"诗词女神"的叶嘉莹用力甚多,而对作为学者,以及文学世界之外生活中的叶嘉莹的表现不多,难免有"意图之外的'失焦'与'误差'"[②],这不能不在影片之外留下许多的疑问和思考。叶嘉莹先生曾有诗云:"平生几度有颜开,风雨逼人一世来。"她以"弱德之美"化解岁月的风刀霜剑,而淬炼这"弱德之美"的深长孤独与寂寞,也需要世人真切地体会。

---

① 王子扬:《陈传兴:那一瞬间,叶嘉莹先生好像又回到当年的"小荷子"》,《现代快报》2020年4月30日。
② 高鹏宇:《欧陆暮色中的幽灵:"萤与日——陈传兴摄影展"观察》,《中国摄影》2020年第1期,第147页。

论消失考现文学

凌 逾

(华南师范大学)

理解社会文化的生长发展,不能忽略思考消失,因为考察消失慰藉记忆旨在烛照新生路、发现新契机。有消失就有生长,两者此消彼长。如梅洛·庞蒂云,意义是世界中的关联关系,而人是关系的纽结。我们很容易想到各种消失:裹脚布、纺车、煤油灯、火柴、的确良、瓦房、赤脚医生、电报等,当然,生长也令人目不暇接,如芯片、人工智能、电商、电子货币、区块链等。消失变热词,因时代变化太快速太深广,不朽敌不过速朽,万古长青的永恒赶不上灰飞烟灭的速度,艺术的原韵拗不过科技的快速翻新,真实客观的现实抵不过虚幻拟像世界。发现消失代表物、关键符号,成为文学新生长点。当代香港作家热于考现消失的人事、物件、地景等记忆,如码头棚屋、唐楼当铺、猪油厂、木电车等。1997年回归后逢五逢十大庆年都有一批记忆文学问世,这种集体记忆文化很典型,雕刻着地方性。若论消失文学,可思考的问题很多:为什么寻觅消失?谁在意消失?有哪些消失物事?消失是考古还是考现,是历史轨迹还是当下痕迹?消失与考现有哪些悖逆关系,香港特有的消失物事有哪些,说明什么特性?不同时代、区域、人群关注的消失问题有何异同?

一、消失与考现的张力

研究消失考现文学之前,笔者曾论过空间考现文学。[①] 考现学又称考今

---

① 凌逾:《城乡地景与文学风景:文学空间考现学》,《香港文学》2018年5月号。

学,以空间为考察对象,重田野或都市考证,以耳目鼻切身体会,类于扎根理论,发现当下日常中有意味的符号,借文学非虚构、绘画摄影写实功能作科学客观翔实报告,挖掘人事、物件符号意义。考古学以时间为考察对象,研究古代史。考现学与考古学都注重田埂都市的调查发掘,但又有不同:前者挖掘地下水下古史,力求还原真相;后者观察地上当前空间,打量省思眼前人事。考现文学与地志文学相似:都关注区域空间考察,强调非虚构叙事,不仅考察客观的地志,也含藏写者的情感,满载地缘,满载人情。但差异点有三。

第一,考现文学是更有现代性的跨学科新品种,运用人类学、博物学、社会学、新闻传播学研究法,以某地方为文本题材或主体,重返现场,追溯过往感悟变迁。考现学源于1923年日本关东大地震,今和次郎用博物学、人类学方法开启灾后重建社会学。1986年赤濑川原平等著《路上观察学入门》[①],科学记录下水道盖子、"汤马森"、女高中生制服、对楼住户等。地志文学更古老,包括掌故方志、地理文献、航海日记和旅游指南等。地志记载地形气候、政治居民、物产交通等。方志记载四方风俗、物产舆地、故事传说等。明代《徐霞客游记》为实地考察,叶灵凤《香港方物志》《香港旧事》为书本考察,《鲤鱼门的雾》《维多利亚市北角》《萧顿球场的黄昏》《香港·船的城》《电车社会》为感悟式地志文学。西南联大教授邢公畹散文集《红河之月》为人类学民族志考现。张爱玲《道路以目》将上海里弄写得活色生香。1973年香港卢玮銮教授[②]赴京都大学访学后,1991年出版《香港文学散步》[③],还原鲁迅、萧红、蔡元培、许地山、施蛰存等文人的香港文学轨迹,以诗文照片、路线地图跨界重绘文学地图,交织历史与当下时空的复调,成为考现文化旅游指南经典。

第二,考现文学更重当下考察,所用技术手段更前沿,如摄影录像、数码地图、大数据取证、网络传播等。此类跨学科论著渐增,如迈克·克朗《文化地理学》、陈正祥《中国文化地理》、杨义《重绘中国文学地图》、曾大兴《文学地理学》等。当代香港文人日益像浪游者,考现港湾街道、郊野离岛,回归在场还原历

[①] 赤濑川原平、藤森照信、南伸坊合编:《路上观察学入门》,严可婷、黄碧君、林皎碧译,台北行人文化实验室2014年版。
[②] 卢玮銮南来作家研究论著有《香港的忧郁——文人笔下的香港(1925—1941)》《香港文踪——内地作家南来及其文化活动》《"南来作家"浅说》,其还整理出大批相关书目资料等。
[③] 卢玮銮(1939—)笔名为小思。小思:《香港文学散步》,香港商务印书馆1991年版。该书有新订、增订、内地版等多版本。

史,有大批考现文学问世,如也斯《也斯的香港》,董启章《地图集》《永盛街兴衰史》《V 城繁胜录》,潘国灵《城市学》,葛亮《小山河》,唐睿《脚注》,陈智德《地文志:追忆香港地方与文学》,廖伟棠《衣锦夜行》《和幽灵一起的香港漫游》,还有集体考现文学如香港大学张美君策划《沙巴翁的城市漫游》,岭南大学也斯策划《西新界故事》《自然旅游创作——新界风物》,香港中文大学樊善标策划《叠印:漫步香港文学地景》两册。他们考现地景,也考现特定群体,透析不同职业、社会境况的群体生态,如黄碧云访谈香港三代女性写《烈女图》,访谈大批监狱囚犯写《烈佬传》,再现草根血泪故事,叙事融合虚构与非虚构,穿透人心,震撼灵魂,皆成名作。考现文学重科学严谨考证,但也不排斥虚构想象互渗,虚实两生。

第三,考现文学比地志文学范围更广阔,几乎是无所不考:灾难现场、灾后心理、志愿义工、垃圾分类、环保生态、民生民俗、情感情绪等,融汇日本路上观察学、法国现代浪游学、美国在路上等思潮,融通文学与图片、视觉与听觉、虚构与非虚构。港澳台和内地考现文学呼应。《文学风景——澳门历史城区文学游踪》由彭海铃撰文,梁倩瑜插图,拼贴水彩插图、黑白工笔画建筑图。台湾有方梓《采采卷耳》、郝誉翔《温泉洗去我们的忧伤》,2013 年"阅读文学地景"邀请近百位作家朗诵自己的地景散文,刘克襄来港行山过海出书《四分之三的香港》。中国社科院"当代中国史读书会"研究合作化乡村文学,采风调研山西晋城、长治村庄、陕西西安、榆林等地的赵树理、柳青故事,七期成果刊于《人间思想》;李娜前往台湾与台湾少数民族同吃同住,做人类学田野调查、社会学和文学研究写就《流浪之歌:林班歌,部落志》《无悔——陈明忠回忆录》。深得考现神髓的纪录片如台湾《他们在岛屿写作》,考现文学大师创作经历和意义,2011 年推出第一系列:林海音《两地》、周梦蝶《化城再来人》、余光中《逍遥游》、郑愁予《如雾起时》、王文兴《寻找背海的人》、杨牧《朝向一首诗的完成》,2015 年又推出洛夫《无岸之河》、瘂弦《如歌的行板》、林文月《读中文系的人》、白先勇《姹紫嫣红开遍》、刘以鬯《1918》、也斯《东西》、西西《我城》,后三部为香港导演拍香港作家。2020 年大陆纪录片《文学的日常》重游创作现场,让马原带领朋友寻访《姑娘寨》原型地——西双版纳的勐海茶厂,马家辉与朋友寻找《龙头凤尾》的湾仔,细述每条街道、每座建筑的历史故事。考现文艺催生非虚构叙事的庞大帝国。

考现文学与地志文学都是考察"有",而考现消失是省思"无"。考现消失远比考现地志艰难,因消失与考现存在多重悖逆关系,有巨大张力。

首先,考现为实,讲究科学实证;消失较虚,游移不定,虚实之间不好拿捏。消失多存在于递变的过程、漫长的断裂之中,而不是火山爆发、飓风卷过的瞬间,急遽消亡化为乌有,或稍纵即逝如昙花一现。消失无明确的边界,是可见又不可见的无名之物,是既在也不在的过渡状态。

其次,考现有厚重的逻辑思维色彩,线索分明,有理可循;而消失有浓郁的非理性色彩,形态多元:有已消逝绝迹的,有消逝又返还的,有消失正在进行时的。失恋让人体验到消失的刻骨铭心,如《消失》唱道:"我想找个地方躲起来……没有约会时的等待……忘记我自己的名字……你不想听我就消失……拔掉我身上的电池,点掉我脸上的黑痣,在地平线上消失。"人多害怕消失,而失恋者却为消失的爱情想消失自己,以便寻找心灵舒适区、安全区。克罗地亚、广州竟有"失恋博物馆",留存爱情逝去的物件,收集心碎记忆,还成为热门的网红打卡地。看来,消失考现确实能激发出无穷的创意。

再次,可见物件的消失是表层的,容易考现;而不可见的深层内在思想的消失才是关键的转换,不易考现。如流传千古的消失慨叹:"君不见黄河之水天上来,奔流到海不复回""从来系日乏长绳,水去云回恨不胜。欲就麻姑买沧海,一杯春露冷如冰"。消失与过时落伍、意外突发、寂寞记忆心理状态有关,诸如"人面不知何处去,桃花依旧笑春风""庭前花谢了,行云散后,物是人非"等,意绪如何实拍影像留存呢?因此,考现书写留存消失,远比地景地志考现更有挑战性,构筑壮大文学的城堡,为文学增添新的风景线。

二、消失考现文学的佼佼者:潘国灵

香港中生代作家潘国灵情迷消失,坚守考现,萦绕心间挥之不去,用心拓展富于多变性的消失考现文学,眼光独到,量多质高。其考现城市如《城市学》《城市学 2》《伤城记》《第三个纽约》,写疾病如《病忘书》《爱琉璃》《失落园》《病典辞》等,写爱情生存、写困境如《存在之难》《亲密距离》《七个封印》《灵魂独舞》《静人活物》[①],笔耕不辍。

[①] 凌逾:《睿思才慧巧笔墨——潘国灵小说集〈静人活物〉短评》,《静人活物》,香港联经出版事业股份有限公司 2013 年版。

早期已关注消失。1997年3月处女作《我到底失去了什么》以童年的蝴蝶标本隐喻原初的失落:"原初是生之始,灭之初"①。情诗集《无有纪年》的《许多光阴被虚掷》云:"岁月是棉花糖而不是香口胶/你想吐出方感觉/一切已经融化掉了。"②《一把童声消失了》以童声寓言"一个永远不可能折返的起步点"③。《我城05》哀叹士多店、福升办馆、荣发故衣店、好运茶楼与老一辈仙去:"旧式茶楼失惊无神关门大吉"④,"手机剥夺了我在世界暂时消失的自由"⑤。《游园惊梦》讲作家多将九龙城寨当成藏污纳垢三教九流之地,而"平常百姓的生活空间,便大大地在小说中'消失'了"⑥,于是细描九龙城寨工场五金、手表玩具、鱼蛋砵仔糕等,尤其是衙门被改建为城砦老人院⑦,彰显平民日常空间,展现行将消逝地方的空间性。

中期更聚焦于消失,自2006年9月起开"消失美学"专栏,观察拍照记录足足十年,2017年结成图文集《消失物志 Evanescence》⑧问世,为城市浪游者的消失考现学,缉拿身边的消失小物件玩具、空间影像、行业饮食、落伍科技等归案,分为八大类留存:"小东西、小玩意、老地方、影像、旧行业、吃、看不见的人、一点质感",加自序百篇,一篇一物,一文多图,赏心悦目,可读耐读。其以相机即兴捕捉街头巷尾即景,像记者发现角角落落蛛丝马迹,凭借一双慧眼,敏锐发现不期而遇、偶然交感的光亮、不动声色的隐形消失,搅扰尘封的记忆。老地方的消失最易触动本土人的心灵密码,触及哀伤愁绪:如天星皇后码头渡轮、当铺大押、街边摊档、唐楼楼梯、影院戏院、大磡村等。味觉记忆直穿童年隧道,裹挟回忆而来,如龙须糖棉花糖、钵仔糕猪油包、咸鱼虾膏、7-11便利店食物等,消失得很揪心。还有各种物件如报纸档、借书卡、明星头纸片、皇后像邮票、纸币硬币、棚架、补煲、垃圾虫、菲林霓虹灯等,儿时游戏跳飞机跳绳、丢沙包氹氹转等,品牌中译如可口可乐劳力士、麦当劳肯德基、必胜

---

① 潘国灵:《失落园》,《失落园》,上海三联书店2012年版,第2页。
② 潘国灵:《无有纪年》,香港Kubrick2013年版,第62页。
③ 潘国灵:《变声》,《灵魂独舞》,香港天地图书有限公司2010年版,第39页。
④ 潘国灵:《我城05》,《i-城志》,李筱怡编,香港艺术中心&Kubrick2005年版,第42页。
⑤ 潘国灵:《我城05》,第30页。
⑥ 潘国灵:《九龙城寨消失中的再现》,《城市学2:香港文化研究》,香港Kubrick2007年版,第86页。
⑦ 潘国灵:《游园惊梦》,《病忘书》,香港指南针集团有限公司2001年版,第134页。
⑧ 潘国灵:《消失物志 Evanescence》,香港中华书局2017年版。

客露华浓、高露洁舒肤佳等,这些绝佳的翻译妙语都似乎失传不继了。当然更有消逝的人,如疍家佬、曾灶财、平安小姐、热狗人(即人肉招牌)。本雅明说三明治人是"受薪城市游荡者",一如黄春明《儿子的大玩偶》中的坤树。消失考现也不只是刹那捕捉,更多是有心探寻,如跟随末代补煲佬吴源先生摆摊,去他家唐楼暗角参观,看民间艺术家傅先生即席表演做面粉公仔、编中国结、解连环套,也去家访。消失带来集体记忆怀旧风,儿时零食游戏复现层出不穷,流行怀旧风成为焦点。潘国灵深得考现学的即兴与深究神髓,破解消失之谜案,自得其乐。

近期,潘国灵的消失考现散文与首部长篇小说《写托邦与消失咒》①均于2017年出版。后者以虚幻笔法考现沙城和作家的消失②,2012年章节最初就以《一个作家消失了》③为名发表。该长篇表面写女子悠悠寻找消失了的作家恋人游幽,实际想写尽消失,并经由写作疗养院、写托邦的涤炼来消解消失,留存人事万物。蚌病成珠,因病而写作,因写作而病,又以写作而治愈。该书从消失角度来省思香港史、写作史,成为书本式"消失博物馆""消失哲思馆"。第三章"消失咒"写及消失札记、为了写作的消失、巫写会、消失的十二种可能、消失的他种可能,想象"消失角色收容所"容纳古今中外名家笔下人物——如悟者甄士隐、漂流在第三河岸的父亲、王文兴《家变》中消失的67岁老父范闽贤、西西《飞毡》消失了的城④,还写及各种消失书籍一如"消失图书馆"——《说不完的故事》《失踪者》《隐身人》《看不见的城市》《失物认领处》《消失的美学》等⑤。潘国灵的《写托邦与消失咒》向西西《浮城志异》、村上春树《世界末日与冷酷异境》致意,进入他种想象国度,省思现实当下的消失,化身为文字问米婆,向空灵问计。异于简单怀念消失人事、单纯感慨物是人非的粗线条消失文学,《写托邦与消失咒》刻写消失的无数可能性,集成消失百科全书,为对抗消失魔咒,创设写托邦世界——理想写作之地,以安放灵魂保

---

① 凌逾:《创世纪的写托邦与消失美学——论潘国灵首部长篇〈写托邦与消失咒〉》,《文学评论》(香港),2016年第46期;凌逾:《"写托邦"与消失美学》,《文学报》2016年第2551期。
② 凌逾:《与潘国灵先生对谈录(上、下)——关于长篇小说〈写托邦与消失咒〉及其他》,《城市文艺》2017年2月20日,4月20日。
③ 潘国灵:《一个作家消失了》,《百家》2012年第20期,第38—44页。
④ 潘国灵:《写托邦与消失咒》,香港联经出版事业股份有限公司2016年版,第176页。
⑤ 同上书,第327页。

留记忆。写托邦由乌托邦、异托邦、恶托邦、进托邦的空间组成,由每一种托邦体的元素集合而成,这个写作疗养院是一方生长之地,是空间,也是时间的应许之地,是治疗心灵伤痛的母体子宫。

有多少词汇消失,就有多少生长。独特作家都善于创造新词,助力词汇意涵的扩容增殖。潘国灵创造"写托邦、写作疗养院、沙城、洞穴放映会、消失角色收容所、孤读者、夜写者、巫写会、筑居师、否定的人、文学助产士、失焦者"等新词。香港作家城市命名法各有品牌风:如西西"我城和浮城"、施叔青"妓城"、也斯"狂城"、黄碧云"失城"、董启章"V城"、潘国灵"伤城和沙城"、谢晓虹"○城"……比钱锺书"围城"、张爱玲"倾城"意涵更多元,意绪难明。新生代的网络新词急剧生长,如"弹幕、梗、脑补、二次元、耽美、帝吧、丧、逆袭、刷屏、搬砖、二周目、电子竞技"等。北大邵燕君教授《破壁书》为网络文化关键词作注,创出网络新词辞典。

潘国灵的消失考现文学深具跨界和哲思色彩,因此被改编为跨媒介作品[①]。2017年"港深城市/建筑双城双年展"中的"异质沙城"以《写托邦与消失咒》为重构蓝本,跨界串接建筑、文学与话剧。其中既有小说场景与北角异质空间叠合的跨媒介展览,也有谭孔文导演在展览空间演出的《洞穴剧》体验式剧场,还延伸到北角公共空间秀出《筑居师》艺术装置、《自照湖》舞蹈表演,借小说而将各艺术串烧成一体,成为富有创意的跨媒介艺术、跨界文化实验。

2020年,潘国灵经历更深沉的潜行后,出版小说集《离》,其中《油街十二夜》讲临海地皮油街拆拆建建,像层层叠叠的堆叠史、褶皱史、消失生长史:早前是维港的香港皇家游艇会,帆船飘飘历史遗迹不再后,变为物料供应处;再为油街艺术村,寄生于缝隙中滋生不足两年却能在艺术史上留下一笔;后落入地产商之手,长江实业集团建高层住宅酒店,打造海滨长廊、港版迪拜帆船酒店。以前人们讲油街鬼故事,如今讲油街地王,"地产商是城市的首席钟馗",让居民遭罪的是拆拆建建导致的环绕立体声,用手机录下一分钟的环境巨响,难用"轰隆、震天价响"来描述,文字在噪音前无能为力地失声。小思散文集《香港故事》中《又拆一间》也讲大厦拆了又建的现象。时下香港耕地厂

---

① 凌逾、林兰英:《沙城筑文——论〈写托邦与消失咒〉改编剧〈洞穴剧〉》,《城市文艺》2018年第97期,第84—90页。

房消失,都被地产商占领,农耕工业时代被商品房时代取代,这结结实实的世相已反复进入文人笔端,生长膨胀。

潘国灵开拓跨学科的消失考现文学,基于跨界通才素养:本科就读于香港科技大学计算机专业,却情迷写作,将之当药方、救赎和慰藉,成了文字完美主义者;热爱电影,主编《银河映像,难以想象》《王家卫的映画世界》;以文理影跨界思维写作,视野广阔无拘;自称"飘一代",自言方向感不好,总迷路,非常游魂,作品深有灵动韵味;学习鲁迅《野草》的多义性寓意,喜读存在主义文学,总以悲悯目光注视城市性和人性的林林总总,不惮于书写阴性黑暗、病态沉郁的消失世界,负面之物是存在本相,只有正视问题反抗永恒失落才可略知生存的位置和力量。潘国灵作为存在勘探者,考现消失、疾病、城市、爱情、迷宫等议题,散文诗歌小说著作洋洋大观。其自云:小说讲究构思;诗不构思,而如闪电雷击,如天上洒下的一场骤雨;也不应题写作。小说集《亲密距离》的外文书名为"Fort Da"(去-来),即弗洛伊德所论:"在消失与复见中,孩子将母亲的缺席化作游戏。线轴时长时短的距离,也是后辈对前辈的依恋和拉扯的距离"[①]。《亲密距离》的《游戏》《距离》《咬恋》《波士顿与红砖屋》都再现离开与再现、失去与复归、依恋和拉扯的"去-来"主题,由此领悟消失:"时代是不等我们的,我们要被不断地吹向未来,但我们的头是望着背后的,不断看到倒塌的废墟的碎片,越积越高,我们就称那风暴为进步"[②]。潘国灵考现纪实消失的叙事法更为多元,省思矛盾吊诡、存在困局,深具寓言色彩,因此不能像言情武侠侦探小说般快读,而要慢读细品其中的思辨力度、哲思深度。他独辟蹊径,不愧为开拓者、佼佼者。

三、消失考现学思考

20世纪无可避免地消逝,香港作家因使命感、责任感而执着书写香港百年史,各有角度:施叔青"香港三部曲"考现妓女家族三代发家史,成为性与政治小说;董启章"自然三部曲"考现父系家族三代繁衍史,省思技术物件、消费

[①] 弗洛伊德:《弗洛伊德后期著述》,林尘等译,上海译文出版社1986年版,第12页。
[②] 潘国灵:《创作之路,几个关键词》,《香港作家》2010年第6期,第28页。

恋物、自然宇宙、时间繁简对时代的影响,成为百科全书小说;西西《飞毡》考现万事万物、花叶家族女性史,省思神毯飞翔的可能性,冀望永不衰落的城市,成为百科幻想小说;潘国灵《写托邦与消失咒》考现消失史写作史,省思祛咒写作、精神疗伤、哲思修心,成为消写哲思小说。他们都意在挽留铭刻香港百年繁盛。

香港属典型移民城,作家们因此更易有消失情结,离乡越远,怀旧心结愈重,年龄愈长,愈关注消失。被誉为"香港文学教父"的刘以鬯1918年生于上海,30岁移居香港,离开后反而萌生浓重的上海情结。《对倒》云:"他想起了消逝了的岁月。那些消逝了的岁月,仿佛隔着一块积着灰尘的玻璃,看得到,抓不着。看到的种种,也是模模糊糊的。"《酒徒》云:"思想极零乱,犹如劲风中的骤雨,纷纷落在大海里,消失后又来,来了又消失。"百岁老人不详述消失了什么,而以诗化笔法倾诉浓郁的上海情、香港情、说不清道不明的消失情,如昆德拉云:对昙花一现的悲悯,努力保存终会消失灭绝的东西。西西考现敏于发现日常的不寻常。1975年《我城》是悠游考现文学范本:"世界原来是这样的,要你耐心去慢慢看,你总能发现一些美好的事物,事物的出现,又十分偶然,使你感到诧异惊讶。"《雪发》云:"它们稍后都消失了。我已经说了,我不明白缘故。初九说,把什么也看不见的相片纸浸在显影液里,画面就会渐渐显出来。我只知道,把所有的东西放在岁月里,不久就都隐去了。"《飞毡》最后以消失做结,秋雨溶汇自障叶的花粉,肥土镇变得透明,"你要我告诉你,关于肥土镇的故事。我想,我已经把我知道的,你想知道的,都告诉你了,花阿眉",结尾没有大团圆欢悦,而是缠结和解结合一,自障叶隐喻消失的岁月,飞毯神祇、上升世界能否继续,否极泰来,未来何如,又成为另一故事的开头。

郑植《储物柜》①的《消失魔术盒》想象进入魔盒后的瞬间消失:碎片尘埃消失,黑夜日光消失,我消失,影子消失,故事消失,罪消亡,梦消失……速度学瞬间粉碎了光速墙。唐睿《脚注》忆念徙置区的消失,以弃童视角写底层辛酸,最后反转,脚注正文反转,疯子不疯,常人疯了,疯子、常人与精神分析师多重视角颠倒发转,比《狂人日记》两重视角叙事更复杂。葛亮小说多间接惋叹消失,如《北鸢》以绵密典雅的文字慨叹儒商、儒家温情文化的消失,《问米》

---

① 郑植:《储物柜》,三联书店(香港)有限公司2017年版,第208—213页。

推理小说集慨叹绝世爱情、美好情愫的消失。"麦兜"系列再现消失,如街边小店门闸卷卷落落就换了一幅幅广告牌,消费时代行业的消失替换刹那完成,极言香港的快节奏特性。澳门作家也喜欢考现渐趋消失的小店文化。严飞《城市的张望》以"一只脚在里,一只脚在外"的移民姿态考现捕捉石硖尾、苏丝黄、日本流行文化等物事的消失,更有观察的距离感。香港电影常以外来视角看待城市地景变迁,如《点对点》讲本土民众无心留意城市变化,而东北女孩却以地铁站为观察点,考现香港地标的消失历程,旁观者的观看代入感突显出港人在挤压空间中的麻木。内地民众认识香港多刻板化,一谈食物就是奶茶菠萝包,一谈住房就想到公屋天水围,其实香港多元混杂,作家们书写消失物事,有助于民众更全面地理解香港。

董启章自1997年起写《地图集》《梦华录》《繁胜录》《博物志》四部"V城系列",关注"有",潘国灵自2006年起写"消失志"系列,关注"无",相隔不过十来年工夫,呈现出港人的心态大转移——从考古炫博走向考现示寡,如灰姑娘的子夜变貌时刻再次出现。德里达说:"瞬间发生和瞬间消失是同时发生的……人的一生要经历很多次精神上的死亡、高峰与低谷,就像精神在呼吸一样。灵魂念头以不断消失的方式再次重新发生,但新发生念头与刚发生念头不能按照逻辑推论出来,因不属于同一个类别。"[①]赵稀方教授主持国家社科重大项目"香港文艺期刊资料长编"研究期刊的消失生长史,在《小说香港》《报刊香港》《后殖民理论》《翻译与新时期话语实践》基础上再出发,整理从1842年至2019年百多年量多面广时短的香港文艺报刊,《香港文学》自1985年创刊坚持至今可谓特例,考掘文艺期刊生灭,研究香港历史文化的特殊性,深有意义。

消失的原因是什么?可归结为发展变化、转型升级、心绪变幻、主动剔除、意外偶然、无序脱轨等。从香港社会历史大层面而言,原因有三。第一,社会转型。20世纪中期香港从工业化城市转为转口贸易港,又转为远东出口加工中心,再转身为资讯化和经济多元化的国际城市;20世纪80年代成为"亚洲四小龙"之一,成为金融、贸易、航运、旅游、信息五大中心。在不断转型

---

① 尚杰:《德里达的信仰:就是相信"永远不能以任何方式在场的永远的秘密"》,《哲学动态》2015年第2期,第55—61页。

途中,总会有失有得。第二,时代变化。如饥饿时代过去,猪油包等油腻食物被淘汰,西化渗透导致传统的守岁习俗淡化。第三,科技发展,导致旧技术消失,如电报、传真、BB机等。董启章《天工开物·栩栩如真》以技术物件百年兴替史来建构香港家族百年史。2018年《照相师》讲述照相师蔡祥仁祖孙三代在深圳经营照相馆的兴衰故事,而深圳观澜照相馆始于1947年,浸染着三代人的光影岁月:胶片照相淘汰,数码摄录兴起,智能手机摄录日趋便捷超清,照相馆行业岌岌可危,随时有倾覆危险。高科技物事估计是消失得最快、最多、最久的东西。

消失物事说明了香港的什么特性?呈现出商业性、世界性、岛文化、水文化、海洋文化、流行文化、消费文化特性,还有受殖民统治的文化痕迹。晚清广州"十三行"消失,有了上海和香港的繁华。近现代战争导致岭南园林建筑多消失。生活方式变化导致疍家疍族消失。疍民居水,是闽江珠江的"吉普赛人",客家人居山,也有"吉普赛风",可惜这些特质文化已日渐消失。珠三角水乡基围鱼塘被高楼覆盖,清澈见底的小溪、物种多样性消失后我们才知道青山绿水大海就是金山银山宝海,生态环保是生命线,治理空气雾霾、江河湖海,像加州1号般打造广东海滨一号,大湾区海滨路成为聚宝之地,云道步道重出江湖。快速消费、过度交际的人类忘了家书抵万金的鸿雁珍重,"江水三千里,家书十五行。行行无别语,只道早还乡",慢时代的悠长情愫烟消云散,快时代连电子邮件都被嫌弃,微信即时都不够,还要追加5G、6G新武器,今人孜孜不倦地求速,不知自己失去了什么。内地突出乡村消失,而香港则着重城市消失。世上有永不会消失的东西如病毒、疾病、死亡。面对日趋沉重化的消失,新时代需要新武器——生长,正如柏尔修斯的铜盾。消失敲响了警钟,得以重生,未尝不是好事。

放眼全球,省思消失已是风潮。相关图文影音资料愈增,如《正在消失的乌托邦》《人类消失后的世界》《美的消失》《消失的故土》等。为握住消失,《追忆似水年华》人物马赛尔炼成了作家,《喧哗与骚动》白痴昆丁的混乱自语呈现出现实世界价值感的消失。爱林《消失》和弗琳《消失的爱人》均获奖,后者还被改编成电影。贾樟柯电影再现废墟美学,消失碎片堆积成历史废墟。美国科幻片警惕现实世界的消失:《异次元骇客》讲电子人穿越到现实人脑海,真人消失在虚拟世界;《楚门的世界》中楚门的真实人生消失在超大摄录棚,所有人都把他蒙在鼓里;《蝴蝶效应》讲时间旅行平行宇宙,人物回到过去改变历史,未来我消失。人类在电游科幻建构的虚拟世界中经历各种人生可能,唯独忘记了现实世界。《消失的美学》①反思后现代局限性:从传统工业/机械语言转向电子/代码语言,从经常性失神癫到恋科技癖,从连续摄影术到催眠异语症,虚拟入侵真实,成为唯一真实。韦伯认为人要解除世界魔咒,理性战胜迷信巫术。维希留则认为人类重新戴上了科学魔咒,至今未找到解咒药方。德籍韩裔哲学家韩炳哲认为,全球化时代异质性、他者性、个体性消失让人恐惧,党同伐异的全球秩序使社会害病,同质化暴力导致恐怖主义、新自由主义。信息过度使交流不再是沟通——"书面的亲吻无法抵达目的地,半途就被幽灵喝光了"②,数字媒体夺走人思念远者、触摸邻人的能力,数字化全联网全交际找到同者,却导致人陷入自我循环中。过量喂养屏幕信息使人脑崩溃,大数据使思考变得多余,计算是同者的重复。人人踏遍千山却没有睿思,人人纵览万物却没有洞见,我们遗失了慢慢成熟深刻的时间性,富有活力的否定性。1895年《乌合之众》早就指出:"群体无意识行为取代了个体有意识的行为,是现时代的显著特征……在集体心理中,智力差异削弱了,个性也消失了,异质淹没在同质之中。"③微信时代点赞盛行,粉圈控评跟帖多清一色的附和,他者溺毙、主体个性消失是新时代的拟象。

消失考现文学对抗特异性的消失。如今世界城市日益同质:高楼霓虹相似;功能精神实质趋同,让人疲劳。香港一旦被同质化,就失去了香性、港性,泯然众城则毫无特色。香港作为中西文化交汇之地,本土性与全球性交融,现代性与后现代性交织,山顶豪宅与山底廉屋并存、富豪与草根同城,百多年来文人考现这"杂唛"、混血、大杂烩的独一无二国际化大都市脉络图大致为:迁徙离乱——名人历史——地景风物——草根生存——消失物事……考现消失为避免消失留存记忆。消失考现文学致力于挖掘地方空间的异质性、差异性,不求点赞,只求警醒,为日益脸谱化的世界开一扇新的窗口。随着融媒介、大数据、智能化时代的勃兴,文学考现能否不断贡献出更新的特质,我们拭目以待。

---

① 保罗·维希留:《消失的美学》,杨凯麟译,香港扬智文化2001年版。
② 韩炳哲:《他者的消失》,吴琼译,中信出版社2019年版,第4—5、44—45、79页。
③ 古斯塔夫·勒庞:《乌合之众:群体心理研究》,胡小跃译,浙江文艺出版社2015年版,第11、16页。

虹膜中的至暗时刻
——张纯如《南京大屠杀》备忘录

杨际岚
(福建省文学艺术界联合会)

题记

  纯如出生之前,我们就给她取好了名字。英文名叫 Iris,中文名叫纯如。……在希腊神话中,Iris 是彩虹女神,负责传递天堂和人间的消息,每当她经过,身后便会留下一道彩虹。希腊学者因此认为,Iris 和彩虹象征着天地之间的联系。与此同时,Iris 还有"虹膜"的意思,它是眼睛的重要组成部分,帮助我们看见世界——不过那时候我们并没有意识到,Iris 还有一个含义是"鸢尾花"。……在中文里,这两个字是纯洁、天真的意思。我们当时并没料想到,纯如的名字居然在某种程度上预示了她的一生。

——张盈盈:《张纯如——无法忘却历史的女子》

一

  侵略战争是人类极端的苦难。
  第二次世界大战,堪称人类数千年历史上的空前浩劫,持续时间极长,伤亡人数极多,波及范围极广,社会危害极深。在这场大劫难中,生灵涂炭,哀鸿遍野。南京大屠杀正是一场惨绝人寰的悲剧。
  二战灾难书写,绵延八九十载。张纯如的长篇纪实文学作品《南京大屠杀——第二次世界大战中被遗忘的大浩劫》(以下简称《南京大屠杀》),可视为二战灾难书写的一座里程碑。

二

张纯如(1968年3月28日—2004年11月9日),美国华裔女作家、历史学家,祖籍江苏淮安。

张纯如在美国新泽西州普林斯顿市出生,1989年获伊利诺伊大学新闻学学士学位,1991年获约翰·霍普金斯大学写作硕士。1995年,作为自由撰稿人,为《芝加哥论坛报》《纽约时报》和美联社撰写稿件。冬季,在国家档案馆和华盛顿国会图书馆作了《南京大屠杀》一书的初步资料准备,并前往北京、上海、杭州进行为期六星期的深入调查。张纯如先后于1995年和1997年回到故土,调查大屠杀史料。1997年11月,《南京大屠杀》英文版面世。该书在一个月内进入《纽约时报》畅销书排行榜,并被评为年度最受读者喜爱的书籍。随后数年内再版十余次,迄今印数已近百万册。1998年,张纯如获华裔美国妇女联合会国家女性奖。2002年获俄亥俄州伍斯特学院荣誉博士学位。2004年11月9日,自杀。2011年5月,张纯如母亲张盈盈撰写的回忆录《张纯如——无法忘却历史的女子》出版。

张纯如之名"纯如",出自《论语·八佾第三》"乐其可知也。始作,翕如也;从之,纯如也,皦如也,绎如也,以成",意为纯正和谐。张纯如自小就喜欢写作,喜欢这种自由表达的方式。在她看来,写作是在传播社会良知。童年时,纯如与父母谈话,父母经常提起遥远的1937年,遥远的南京城,发生了些什么。她的祖父如何逃离那个人间地狱,滔滔长江水如何被鲜血染成了红色……1994年12月,张纯如在加州第一次看到南京大屠杀的照片,被震惊了!那时,所有英文非小说类书籍里,竟然没有一本提及这段本不应该被遗忘的历史。几乎所有的西方人都知道希特勒的罪行,却很少有人知晓日本人在中国进行的大屠杀。为了撰写《南京大屠杀》,张纯如收集了中文、日文、德文和英文的大量资料,以及从未出版的日记、笔记、信函、政府报告的原始材料。她甚至查阅了东京战犯审判记录稿,还通过书信联系日本的二战老兵。1995年7月,张纯如在南京待了25天左右,不顾酷暑高温,每天工作时间达到10小时以上。她很认真,更十分严谨,常用英文材料与中文材料相对照,核对事实。她听不大懂南京大屠杀幸存者的方言,但全录下来了。在收集资料的过程中,张纯如发现了"中国的辛德勒"拉贝详细记录南京大屠杀的日记,时任金陵女子文理学院院长明妮·魏特琳详尽记载侵华日军罪行的日记,《拉贝日记》和《魏特琳日记》出版后,与《南京大屠杀》一道,成为揭示日本侵略者南京暴行的铁证。

张纯如在《南京大屠杀》写作过程中,接触到大量血淋淋的史实,尽显人性恶劣、残忍的血腥的历史。南京大屠杀犹如一部酷刑百科全书。砍头,活焚,活埋,在粪池中溺淹,挖心,分尸……她必须一一面对,并加以具体描述。精神极度痛苦,紧张。书成后,又需面对日本右翼势力的报复和骚扰。她曾对朋友说,这些年来她一直生活在恐惧之中。由于她又开始准备撰写美国二战被俘军人在菲律宾遭受日军虐待的历史,接触到的残酷史实再次触发她的病痛,引发了忧郁病症,并不断加深。终至2004年11月9日,结束了36岁的生命。

《南京大屠杀》一书面世后,震惊世界,也招致无端指责。1998年,日本驻美大使齐藤邦彦公开发表声明,诬蔑该书是"非常错误的描写"。这一声明立即遭到中国驻美大使馆以及美国广大华侨团体的强烈抗议。张纯如后来与这位日本大使一同接受电视采访,日本大使避重就轻,含糊地宣称日本政府"多次为日军成员犯下的残酷暴行道歉"。张纯如当场指出,正是日本使用的含混字眼使中国人感到愤怒。她还重申了自己写作《南京大屠杀》的两个基本观点:一是日本政府从未为南京大屠杀作过认真的道歉;二是在过去几十年,日本政府在学校教科书中从来就是掩盖、歪曲和淡化南京大屠杀。她严正指出,只有认罪,日本才会变成一个更好的民族。

为受害者发声,以良知守护正义,让历史烛照未来,正是《南京大屠杀》一书的基石,也是其意义所在,价值所在。

三

2005年第8期《台港文学选刊》推出了《昨天——纪念抗战胜利台湾光复60周年作品专号》(以下简称《昨天》)。《昨天》选发张纯如《南京大屠杀》第四章"恐怖的六星期",专号中改题为《屠城》。尽管只是节选,但其中翔实而具体的描写,仍还原了一幅幅让人不忍直视的惨景。

（一）

日本人把他们抓到的所有人都当作战俘，一连几天不给他们水喝，也不给他们东西吃，但向他们许诺会有食物和工作。经过这样几天的折磨后，日军就用电线或绳子把受骗者的手臂牢牢地捆起来，并把他们赶出一些隔离区。这些早已精疲力竭根本无力反抗的人们在走出去的时候，渴望着并相信他们将获得食物。但是，当他们看到机关枪，看到手中拿着带血的军刀和刺刀等在那儿的日本士兵，看到巨大的坟墓，看到成堆的先于他们被杀害的染满污血的尸体时，他们再想逃跑已经是太晚了。

（二）

唐顺山（注：一位幸存者）刚刚迈出去就开始后悔了，他心里充满了极度的恐惧。在街上，他看见到处都是男人和女人的尸体——甚至儿童和老人的尸体——这些尸体蜷缩着展现在他的面前。许多人是被刺刀刺死的。"到处血流成河"，唐顺山回忆着那个可怕的下午，"好像天上一直在下着血"……

《南京大屠杀》列述的日军杀人取乐的变态心理——"杀人比赛""酷刑折磨""活埋""断肢""烧死""冻死""咬死""强奸"（"如果说发生在南京的屠杀规模和性质令人震惊的话，那么发生在这里的强暴案件的规模和性质同样如此"），种种极其残忍的暴行令人发指。

10年之后，《台港文学选刊》2015年第8期所载影评《一切从张纯如说起》，介绍了张纯如的人生历程及《南京大屠杀》创作始末，耐人寻味。其始，南京大屠杀这一历史事件，以往"西方世界一般人都不熟悉"，"想不到改变这个情况的是华裔女郎张纯如"。

1995年第7期，《台港文学选刊》也曾编辑出版《抗战胜利纪念专号》，"献给世界反法西斯战争、中国人民抗日战争胜利50周年"。该专号"卷首语"，选载了苏雪林的感言："像南京大屠杀这种血淋淋的惨剧，我们中国人是永远不能忘记的。中国人一日存在,日本人这项罪便一日铭刻在人类罪恶史上,强抵硬赖是无济于事的。"数月后,张纯如《南京大屠杀》中文版正式出版。2015年10月9日,中国申遗成功,《南京大屠杀档案》列入联合国教科文组织《世界记忆名录》。从张纯如以生命为代价为南京大屠杀留下历史见证,到《南京大屠杀档案》申遗成功,这一曲折历程,给予人们严峻而深刻的启示:拒绝遗忘,留住记忆,何等重要,又何等艰难!

换言之,灾难书写,何等重要,又何等艰难!《台港文学选刊》1995年第7期纪念专号曾刊载赵淑侠杂感。她在文中说:"文艺必不可脱离民族,事实上文艺根本是从民族的泥土里生长出来的花朵。我们的民族之耻忒多,可谓不胜枚举,为什么不发掘出来,谱成悲壮的史诗,让它长存宇宙之间!最感人的作品,总是血与泪的结晶,我们中国人的血泪经验比别人更丰富,我们该有惊天地泣鬼神的大作品出来。为什么我们该有而没有?实在值得写文章的朋友们深思。"

深思:"为什么我们该有而没有?"

期待:更多"惊天地泣鬼神的大作品"面世。

四

作为纪实作品,张纯如《南京大屠杀》具有不可低估的特殊意义。此作引起了美国乃至西方世界对这段历史的关注,也唤醒了华人世界对这段历史的记忆。

哈佛大学历史系主任、中国近代史教授柯伟林为《南京大屠杀》一书作序,指出,"张纯如的著作比以往任何研究更透彻地分析了日军的所作所为。在此过程中,她使用了丰富的原始资料,包括无可置疑的第三国观察家(那些在日军进入南京后仍然留在这座不设防城市的外国传教士和商人)的证词……"他表示,"通过张纯如的描写,我们不禁钦佩拉贝和其他国际人士的勇气。当时城市横遭兵燹,居民惨遭杀戮,医院关门,太平间尸体残骸成堆,四处混乱不堪,很多国际人士仍然冒着生命危险,试图改变这一切。同时,我们也从该书中了解到,当时许多日本人知道南京正在发生的一切后为此感到羞愧。"他强调:"当西方已经在很大程度上忘却南京大屠杀时,更加突显出该书的重要价值。张纯如称之为'被遗忘的大屠杀',并将第二次世界大战中发生在欧洲和亚洲的对数百万无辜者的屠杀事件联系在一起。"

《南京大屠杀》这样的纪实作品,在灾难书写中有着无法替代的独特作用。一是它的道德力量:审视历史,拷问人性,呼唤正义。二是它的真实力量:搜寻真相,探寻幽微,匡正谬误。从张纯如《南京大屠杀》,当可获取有益的感悟,得到一定的启迪。

当代中国小说中的"人类命运共同体"表达
——从 70 后作家朱山坡谈起

曾 攀

（南方文坛）

近期，小说家朱山坡写了一系列以援非中国医生为题材的短篇小说，迅速引起热议，其中《萨赫勒荒原》调子很沉郁，境界却雄阔，是难得一见的好小说。小说写非洲津德尔地区医疗队的中国援非医生老郭突然病倒身亡，"我"临危受命，接替有着人性光辉和巨大威望的老郭进驻医疗队的故事。萨哈是中国援非医疗队的司机，他负责开车带着我，横跨尼日尔东西部全境，穿越萨赫勒荒原，前往中国医疗队在津德尔的驻扎地。

故事围绕着萨哈和"我"漫长而艰苦的旅程展开。两人行驶在苍茫辽阔的荒原中，共同踏上"世界上最孤独的公路"，彼此的情感纽带是中国医生老郭。以老郭和"我"为代表的中国援非医疗人员冒着生命危险，远赴津德尔加入援非医疗队，以高尚的情操，在异国他乡救死扶伤，践行一次"舍生取义"般的旅行。尤其是献身彼处的医生老郭，不仅是"我"的博士生导师，而且他的经历深深感召着作为后之来者奔赴非洲医疗前线的"我"。此为医者之义，不惜付出健康乃至生命，克服气候恶劣、疾病横行、缺衣少食的艰困疗治病症。对津德尔地区的人民来说，尽管生活在水深火热的环境中，但他们善良、坚忍，渴望健康和公平，始终感铭中国医生的付出。郭医生曾帮尼可祖母做过白内障手术，使她重见光明，萨哈两个儿子的脑膜炎也是他治好的，感念于此，尼可祖母曾沿着萨赫勒荒原，不可思议地一连走了十二天，要去医疗驻地见见那位中国恩人。得知郭医生被病魔纠缠后，她诚心为他祈祷，甚至要带老郭回村为他做一场法事驱魔。"我"则深切地关心着挨饿的萨哈之子尼可，但萨哈一心为公绝不徇私，拒绝我送给尼可的炼乳和黑麦面包，因为他渴慕的是一种精神与文化的"公平"。可以说，中国医生与尼日尔人民之间，在无边的苦难里结下了生死之交，他们深刻关切对方的遭遇和命运，可以不畏死生共赴患难……如是等等，皆为世间大义。

不仅如此，小说以医疗队为切入口，事实上还有一层含义，即对于生命的礼赞。非洲人民历尽劫难却始终怀抱精神的坚毅，而中国医生视死若归地进入非洲最艰苦之地，甚至以牺牲自我为代价，如小说所言，"中国援非医疗队工作量很大，经常超负荷工作，生活环境恶劣，营养跟不上，常常有累倒在岗位上的，更大的危险来自疾病的侵袭。非洲有各种传染病，一不小心便会感染上，这给中国医护人员带来很大的威胁"。故事最后，震撼人心的一幕出现了，当萨哈和"我"驱车进入沙漠荒原的腹地，眼看着要往孤独寂寥的路径走去，然而萨哈的一个急刹车，撞见了他的儿子尼可及其祖母的另一条线索，尼可拦住我们前行的道路，他要传达祖母对郭医生的关心，萨哈与"我"却不忍将老郭之死直言告之。在我们安抚好尼可重新出发后，我突然意识到，他患上了疟疾，遂极力要求萨哈掉头返回，却遭到了拒绝。在萨哈那里，寻求的只有公平与公义。他感念中国人民的交谊，不为谋私利、得好处，甚至可以为此置家人生死于度外，只因自身有着更为宏远的诉求。蓦然回首之际，尽管没有救助儿子的萨哈"已经泪流满面，泪水重重砸在方向盘上"，但他依旧义无反顾地驶向更需要中国医生的津德尔驻地。

不得不说，来自中国前赴后继的援非医生，以及在磨难中抗争的非洲人民，共同形塑了跨文化的理解、尊重，那是弥足珍贵的敬与爱的叠加。这不仅代表着中非之间的文化认同，更呈现出对于生命共有的珍惜、护佑与礼赞，两国人民间如萨赫勒荒原般宽广坦荡的胸怀，超越了国界与文化的阻隔，其对彼此命运的关切和协助，代表着小说中所展开的殊途同归之意旨，其中无不透露着命运与共的情义。萨哈与"我"以穿越萨赫勒荒原的方式留驻其间，那片贫瘠荒芜的土地却培育着中非人民肥沃的深情厚谊，其中之行迹与心迹，勾勒出了人类命运共同体的精神图景。

谈泰华《小诗磨坊(14 辑)》的疫情叙事
——以阿多诺的"在奥斯维辛之后,写诗是野蛮的"为线索

陆卓宁

(广西民族大学)

即便是已经进入人类文明发展空前进步、人的力量从未有过的强大的 21 世纪,灾难仍然如影随形地对人类社会发起一次次的重大挑战。挑战人类能否克服文明世界的野蛮性,进而推动人类文明继续向前发展。如果说,从意识形态意义层面寻求应对灾难并与之"共在"的现代性方案,已经成为一个重要的哲学命题,那么,作为具有社会意识形态属性的文学,究竟要透过怎样的棱镜,才能获得具有现代审美意义的救赎?这同样也已经成为了一个重要的诗学命题。简言之,面对灾难,诗歌何为?

一、灾难诗歌与叙事伦理

德国著名哲学家阿多诺曾发出过一句惊世骇俗的论断,即:"在奥斯维辛之后,写诗是野蛮的。"[①]只是,如何解读阿多诺这段流传甚广的名言却又是莫衷一是的:有简单地指认这一说法是对写诗(文艺创作)的否定;有认为这是一道文学或艺术的禁令,奥斯维辛之后诗歌(文学)已不再有存在的必要;等等。即便如此,甚至,阿多诺面对各种反驳或诘问,看似也做出了某种退让,如"日复一日的痛苦有权利表达出来,就像一个遭受酷刑的人有权利尖叫一

---

① 语出阿多诺《文化批判与社会》一文。该文写于 1949 年,首次发表于 1951 年的论文集《我们时代的社会学研究》。后收入作者于 1955 年由德国苏尔坎普(Suhrkamp)出版社出版的《棱镜》文集,《棱镜》共收录了阿多诺写于 1937 年至 1953 年的 12 篇文章,该文也于 1977 年被收入该出版社出版的《西奥多·W. 阿多诺全集》第 10 卷。该文中文全文可见《国外理论动态》,木山译,2018 年第 9 期。

样。因此,说奥斯威辛集中营之后你不能再写诗了,这也许是错误的"①。但是,他仍然坚持说:"我并不想修改我原来说过的话,即,奥斯维辛之后写诗是野蛮的。"②联系阿多诺面对种种"误读"乃至抗议而不得不做的反复解释,并在过程中不断使其获得追加的意涵,诚如"在奥斯威辛集中营之后,任何漂亮的空话,甚至神学的空话都失去了权利,除非它经历一场变化"③。阿多诺还是坚持认为"提出一个不怎么文雅的问题却不为错"④。

我们以为,阿多诺的"固执",无异于是给灾难文学标示出了一个深刻的维度,即反思精神应该是灾难文学应该具有的重要品质,尤其是在经历过人类文明发展过程中或然,甚或必然的灾难之后。从这个意义上说,阿多诺"在奥斯维辛之后,写诗是野蛮的"这句名言未尝不是一种话语策略,其实质是在根本上提示出了一个重大的文化问题,一个具有建构意味的诗学问题。

需要说明的是,我们借用阿多诺话语中的"奥斯维辛"来指称"灾难",并非仅指发生在第二次世界大战期间人类历史上最血腥的那场种族大屠杀社会性灾难⑤。一般来说,"灾难"被认为有自然性灾难和社会性灾难两大类型。某种层面上看,社会性灾难一定意义上是可以预防的,也表现出某种规律性;而自然性灾难则是难以预见的,带有很强的偶发性。但是,这两种不同类型的灾难很大程度上又并非绝无关联,有时甚至互为因果。不过,在这里,一方面,基于灾难意涵的多维性,我们无意于对"灾难"做出严格意义上的社会学界说。我们注重的是,不论是自然性灾难还是社会性灾难,就其几乎贯穿了

---

① 阿多诺:《否定的辩证法》,张峰译,重庆出版社 1993 年版,第 363 页。(但是,如果我们细读全文,会发现阿多诺在这里采用的是一种"以退为进"的表达,而不会简单地做出阿多诺已经认识到自己的说法是"错误的"这样的结论。这一问题已超出本文主旨,此不赘述。)
② 参见约翰·费尔斯坦纳:《保罗·策兰传——一个背负奥斯维辛寻找耶路撒冷的诗人》,李尼译,江苏人民出版社 2009 年版,第 227 页。实际上,面对种种误解,阿多诺不得不对这句话反复解释,既削弱其锋芒,也修改其表达。这种解释中的退让和退让中的解释本身已构成了一个有趣的症候;而更重要的是,通过他的解释,这句话也不断获得一些追加意涵,它们与原意叠合在一起,共同深化和完善了这一命题。参见赵勇《"奥斯威辛之后"命题及其追加意涵——兼论作家们的反驳与阿多诺的"摇摆"》,《文艺研究》2015 年第 11 期。
③ 阿多诺:《否定的辩证法》,张峰译,第 368 页。
④ 同上书,第 363 页。
⑤ 第二次世界大战期间,纳粹德国在波兰南部小镇奥斯维辛-比克瑙建立的最大集中营,是希特勒种族灭绝政策的执行地,多达 300 万人死于该集中营,约 90% 的受害者是欧洲各国的犹太人。这是纳粹德国犯下滔天罪行的历史见证。

人类的整个文明史,并在最终都给人类造成了永远的文化心理创伤、构成了一个永恒的人文历史范畴而言,作为表达客观世界和主观认识的方式和手段,文学就是一种无可逃避的宿命。另一方面,正是如此,"灾难"和文学相加并非就是"灾难文学"。张堂会教授认为,"灾害意识"才是判断"灾害文学"的核心因素。具体而言,它所应包含的忧患意识、敬畏意识以及反思意识才是"灾害文学"最终的意义指向。[①] 笔者深以为然。因此,在这里,我们也无意于对各有其说的"灾难文学"再做出普遍意义上的吃力不讨好的诗学阐析。我们在意的是,基于中国新诗传统的经验,面对灾难,诗歌(文学艺术)应该秉持怎样的伦理价值。

洪子诚先生认为:"如果我们承认诗、文学有它的'特质',而且对这种'特质',又不受限于所谓'形象性'等的理解。那么,'独立'的文学传统不必然地涉及文学应该紧密,还是疏离社会现实的问题。"[②]换言之,关于文学,"对于我们来说,在今天,不仅要发现和社会斗争、'革命'保持距离的文学这条线索的意义,它的价值,而且要在'反思'中重新审察那条曾经是'主流',现在则已大大削弱的线索可能的价值"[③]。这对我们思考"面对灾难,诗歌何为?"是具有启示意义的,我们既要避免重蹈文学二元对立思维的覆辙,也要警惕文学的虚无与悬浮。诗歌当然可以"介入",或者说诗歌可以启智润心的"功能"是无可怀疑的。我们需要警惕的是,"诗歌"(文学艺术)赤裸裸地参与粉饰现实、粉饰太平,从而沦为偏执政治意识形态的工具,最终成为了专制文化的同谋,这样的经验对于我们曾经太过沉重,这样的一种艺术当然是野蛮的。

具体到本文的论域,面对突如其来的灾难,不论是自然性灾难还是社会性灾难,其所造成的死亡和痛苦,其给人类社会所带来的巨大伤痛,使任何滥用文学之名的廉价应景和肆意抒情都成了不道德的,是违背情感伦理和叙事伦理的,这样的一种艺术当然同样也是野蛮的。诚如余虹教授所言:"阿多诺的断言重大,它不仅启示我们重新反思审美生存的意义,尤其启示我们重审

---

① 参见张堂会:《作为方法的"灾害文学"——百年来中国灾害文学的内涵、表征与特质》,《江海学刊》2021年第2期。
② 洪子诚:《问题与方法——中国当代文学史讲稿》,生活·读书·新知三联书店2002年版,第157页。
③ 同上书,第161页。

诗的意义。"①质言之,重要的问题,对于就是以"诗歌"作为存在方式的诗人,不是"奥斯维辛之后"能不能写诗,而是如何写诗?写怎样的诗?

二、《小诗磨坊(14辑)》的灾难叙事

自2006年起,自称"7+1组合"的7位泰华诗人与1位中国台湾地区诗人②,相约以"小诗磨坊"为共名,彼此砥砺,合力推磨研磨六行以内的小诗,并商定以年为度,每年结集出版一辑小诗集。2020年春天,已声名远播的泰华"小诗磨坊"又如期结集,猝不及防地,与突如其来的新型冠状病毒迎头剧烈相撞。

我们注意到,相对其他区域的海外华人,东南亚华人的身份建构经验,具有"迁移—定居—适应—同化"的线性结构这一明显特点,其中泰国华人则最具有代表性,所谓由落叶归根而"落地生根"。同样的,作为"离散"于异文化下的少数族群,他们虽然脱离了母国的生活空间,出于归属情感的集体无意识,他们与生俱来地葆有对母国的集体记忆与情感依恋,其间泰国华人的经验亦可作为最具有代表性的样本。泰华著名诗人曾心曾如是说:"'中国情结'已作为一种集体无意识不停地唤起飘零游子心灵深处的家园记忆和乡土情感。这是因为文化是血液里面的东西,任何输血的办法都改变不了它的血质与血型。"③因此,面对一场突如其来的新型冠状病毒大流行的世界性灾难,对于身在泰国,甚至也已经是泰国的公民,而血液里永远流淌着炎黄子孙血脉的小诗磨坊诗人,他们所遭受的身心冲击,所经历的心理煎熬,所承受的情感焦虑,无疑是多重的。千里之外母国的疫情一晦一明,脚下这片原本温润的热带土地也因疫情转瞬间陷落于冰冷和空寂,远在深陷疫情席卷的欧美国家求学的儿女有家难回……都是内心深处的焦灼,都是无法放下的惊悸。

---

① 余虹:《奥斯维辛之后:审美与入诗》,《艺术与精神》,社会科学出版社2000年版,第370页。
② "小诗磨坊"迄今已经出版了十五辑小诗合集。7位泰华诗人:岭南人、曾心、博夫、今石、杨玲、苦觉、蓝焰(漠凡),1位来自中国宝岛台湾的诗人,林焕彰,即7+1。随后晶莹、温晓云、澹澹、梵君、杨棹、张永青陆续加入。其中,岭南人,本名符绩忠,1957年于山西大学中文系毕业,1980年旅居泰国曼谷,2021年2月7日下午于泰国曼谷病逝,享年90岁(1932—2021)。
③ 曾心:《给泰华文学把脉》,厦门大学出版社2005年版,第43页。

于是,不期而然的,"疫情叙事"构成了 2020 年泰华《小诗磨坊(14辑)》[①]的核心符号。该辑诗收入了 13+1 位诗人(13 位泰华诗人和 1 位中国台湾地区诗人林焕彰,笔者注)共 228 首小诗,每位诗人无一不对"疫情"投射了自己的情感与体验。逐篇诗作领受下来,某种意义上说,在全球面临新冠疫情凶残肆虐的至暗时刻,《小诗磨坊(14 辑)》表现出了"奥斯维辛"之后,诗人何为的一种应有的姿态。

首先是,灾难诗歌的抒情主体如何"占位"? 不讳言,我们足够多的阅读经验,使我们已然被那种话语形态和情感表达完全沦陷于同一性或模式化,乃至被架空了的"群体性""组织性"的所谓抒情主体所充塞。然而,《小诗磨坊(14 辑)》带给我们的体验却不然。

如:"死人在排长龙/等候浴火重生/急如热锅上的蚂蚁/日日夜夜,不休不息/焚尸炉累得喘气呼呼/呼出缕缕青烟"。这是令人不忍卒读的岭南人的《焚尸场》(之一),更是 2020 庚子清明留给世人的不堪记忆。诗人对场景拟人/拟物化却没有讳饰,陈述式的语调甚至还有几分荒诞,却是触目惊心地表现出了肆意横行的疫情如何猖狂吞噬生命的惨烈。再看曾心的《一副担子》:"夫家留下的扁担/娘家编织的箩筐/她挑了一辈子/现存这副担子/一筐是丈夫的骷髅/一筐是未断奶的孤儿。"诗人写的是受疫情蔓延冲击,泰国底层民众生活的无以为继,令人目不忍见,耳不堪闻。

不少广泛惯行的写灾难的诗歌,当然也有对灾难场景的铺陈,但往往淡化景况的惊心触目,往往轻描生命的被毁灭,对灾难场景的处理多是重在用以衬托和张扬所谓的情怀,最终落脚于对"宏大精神"的召唤。在这里,两位诗人几乎不带有任何感情色彩地刻画状态,呈现事相,抒情主人公强烈的主观感受完全隐藏在鲜活的艺术表现的"真",或者真切的客观描摹中。事实上,前者形象的场景、善谑的语调,后者写实的画面、素朴的言语,不同的艺术手法当然都隐藏着一个同样饱含着人性体恤性的"抒情主体",只是,这一"抒情主体"与"客观物象"共同置身于一个敞开域——"灾难语境"——之中。它

---

① 博夫主编:《小诗磨坊(14 辑)》,曼谷留中大学出版社 2020 年版。注:本人受邀为该辑诗写序(序文也发表于《名作欣赏》2021 年第 3 期),本文与该序在内容上稍有交叉,主要是所引用的诗歌作品。本文凡引小诗磨坊诗作均出自该诗集,行文中不再一一标示。

放弃了先验之思——诸如人文知识分子至道至情的忧患意识和悲悯意识——而参与到客观景况意义生成的过程中,或者说它在与客观景况的共情中,内在地传递出了既是个人经验的,也是集体意识的中国传统诗歌的悲悯情怀。因而,我们已然被小诗深深触动痛感神经,我们面对个体生命在灾难中被毁灭被戕害的悲怆与无奈而获得的深刻共鸣,并不是因为诗人的个己情绪所牵动所引发,而是因着场景的"真"或者描摹的切实。

回想起来,2008年汶川大地震造成的巨大灾难也曾引发了灾难叙事的井喷,不少优秀作品使人们感动、激奋,从而获得灾难体验的审美超越。但其中也有一些表达则引动了我们曾经有过的却不堪再回首的阅读记忆。如《我们的心——献给汶川地震中的血肉同胞》①,我们来看其主体的占位:"我们的心朝向汶川/我们的双手朝向汶川/我们阳光般的心朝向汶川/我们旗帜般的双手朝向汶川/我们十三亿双手向汶川去!"不否认,就整首诗而言,我们还是在一定的程度上能够捕捉到诗人真诚的感情的,如诗歌有这样的表达,"别哭,孩子,别哭/十三亿人都是你的亲人/你的命就是我的命"。真诚的诗人其情感与叙事当然会与历史、社会、人性等发生关联,但是,当一种相对真诚的心理感受,一段相对真实的人生体验竟可以如此轻易地转换为大众的情感来抒发,或者说因其"真诚"或"真实",以为就可以为大众代言;那么,这一由极个人的表达转换而来的自认为也是大众化的情感,究竟在多大程度上得以赋予足够充沛的精神内涵而获得共鸣?诗人究竟在多大程度上已经摆脱了历史、社会、时代等空洞化的形而上理念与情感的困扰?曾经的应景写作的教条化、模式化,甚至工具化的幽灵是不是还在游荡?显然,这些都很值得怀疑,也是很值得警惕的。其实,"抒情主人公"应该是外化式的直抒胸臆,还是隐藏在客观景物的背后,应该是"小我",还是"大我",都不必非此即彼地绝对化;孤立的虚假的"小我"与空泛的同样虚假的"大我"在情绪实质上亦没有什么根本的区别。上述两首小诗固然在厚重感上仍有充实的空间,但重要的是,诗人们没有廉价的煽情,也没有故作整体性的控制,这就避免了个体对灾难的生命体验被大而无当的"群体性"主体或虚空的"大我"所终结,也避免了由于过分强调大众化的情感抒发而在最终造成话语形态和精神内涵的类同

---

① 邹静之:《我们的心——献给汶川地震中的血肉同胞》,《今日新疆》2008年第11期。

化和模式化,当然也就避免了"野蛮"。

其次是灾难诗歌的诗性正义。"正义"是社会学、伦理学的一个基本范畴,从古希腊哲学开始便与美学相通。亚里斯多德甚至将其视作德性之首。社会历史剧变,"资本到人间"(马克思语),社会正义问题再次引起当代政治哲学家的关注。美国哲学家努斯鲍姆针对经济功利主义导致人的全面物化,就人的生命、价值与意义这些关涉人的全面性与丰富性的正义问题提出了"诗性正义",主张重构文学批评的伦理立场,在文学想象中唤醒人类所丧失的文学情感能力,呼唤同情、仁慈和正义的回归。① 就此,如果我们在略显狭窄的层面,直白地把"正义"理解为诗人的社会情感取向、社会良知以及责任担当的话,那么,诗人与现实情境、公共空间和当代经验的应有立场便是一个必要的存在。当然,就诗人与诗歌特性而言,借用惠特曼的名言:"他不像法官那样审判,而是像阳光落在无依无靠者的周围。"② 这是诗歌的审美原则所决定的。

然而,尤其是灾难叙事,这一本就是诗歌创作的题中应有之义,我们却也曾长时期地纠结于"诗性"与"正义"可以互为兼容或是完全割裂的桎梏中。就这一层面来看,本辑小诗也带给了我们属于它的呈现。

苦觉在该辑诗中的18首小诗中,"疫情"构成了唯一的情感对象物。著名学者刘再复对苦觉之前的诗作曾有过点评,认为他的诗歌风格"仿佛更潇洒,更干脆",因为他的诗"非关概念,非关算计,非关大业",他的诗甚至是"不赞成曹丕那种'经国之大业'、'不朽之盛事'的宏大讲章"③。带着名家的精要简评,我们来看苦觉在该辑诗歌中的表达。比如《出发》:"请往后倾!美女/请向前挪!帅哥/各自扶好出发了/病毒沮丧地从身边驰向后方/保持距离前进/让目的地没有距离"。比如《宵禁第一夜的梦》:"被病毒封住嘴巴的夜/梦困倦地睡着了/鼾声如雷地呼唤一场春雨……"还比如:人们在"电梯里面壁抗疫"(《电梯里面壁抗疫》),乖谬地"享受"着"圣水从浴室淋头上洒下"的泼

---

① 参见王冰冰、文学武:《重构"正义之城"的美学向度——从诗性正义到审美正义》,《宁夏社会科学》2019年第5期。
② 惠特曼:《草叶集·第一版前言(1855)》,《沃尔特·惠特曼诗全集》,邹仲之译,上海译文出版社2015年版,第5页。
③ 刘再复:《名家点评》,博夫主编:《小诗磨坊(13)》,第150页。

水节(《泼水节》),经历着未曾经历过的"戴口罩的春天"(《戴口罩的春天》),也自诩"宅在家里磨墨造山造水"(《宅在家里画画》)……

一场大灾难的降临必然对人们的意识与行为造成冲击,这里包含了现代社会应有的生命意识、科学精神、文明修养、生活方式……显然,苦觉此在的"疫情叙事",诙谐明快中有着丰富的隐喻,似乎已然关乎"概念"、关乎"算计",甚至"让目的地没有距离""鼾声如雷地呼唤一场春雨"等表达还颇有几分"经国之大业"的"宏大讲章"意味。疫情环境正常中的反常,反常中的正常,都进入了苦觉的体验和表达。我们看他之前一些颇为洒脱和干脆的诗作,如《小诗磨坊(13)》收入的《惊叹号》,"出发中的一滴水/永远都在路上/看惯了春花秋月/看惯了人情冷暖/到达或不到达终点/那是乌鸦们的事"[1],诚如刘再复所评点的,"什么终点,什么彼岸,什么结果,什么目标,统统是别人的事"[2]。与这个"惊叹号"比较,这里的苦觉多少带给了我们些许的"陌生"。是因疫灾而感怀,因悲悯而崇高? 或许。在一场人类从未经历过的、以数以百万计的生命为代价的大灾难面前,对于写作"如呼吸般自然"(余光中语)[3]的诗人而言,情必动于中,形必发于言。苦觉亦然。所不同的是,苦觉没有从俗地采取那种集体利益大于个体诉求、抽象事物大于生命价值的思维方式,更没有漫无边际地堆砌情绪,刻意地提示所谓的道义和使命。但他显然也摒弃了或许曾经推崇过的"消解崇高""自我中心""怎么都行"的一类后现代迷障,而是以完全在场而又完全个性化的表达,将个人体验艺术地转换为一种公共经验,一种集体记忆。因而,在这里,他依然随性、狡黠,但不再"逃离",依然轻逸、巧思,却不失深意和凝重,实现了诗歌作为独特审美感受的自足性与作为现实话语的社会性的相融合,也实现了情感与哲思的相融合,传达出了诗与思双重精神所应有的理性,坚守了诗歌在灾难中应有的正义,以及庄重。

质言之,诗歌的"大"与"小"与诗性正义的存或阙并不必然地构成因果关

---

[1] 苦觉:《惊叹号》,博夫主编:《小诗磨坊(13)》,第150页。
[2] 刘再复:《名家点评》,《小诗磨坊(13)》,第150页。
[3] 据新华网2016年10月9日报道(高易伸),余光中90寿诞,台湾中山大学为其举办90寿诞生日会。其间余光中幽默地表示,很多人好奇他岁数已大是否还写诗、创作? 他笑说,你们怎么不问我还有没有呼吸呀? 余光中认为,写作与呼吸对他而言都是很自然的事情。

系,而同样都有可能能够表现出对美学意义的呼唤。经验告诉我们,无论是以"正义"之名,行"道德法则优先于审美法则"的逻辑预设之道①,还是反之,对于任何的"灾难叙事"都将很难如同星辰般地令人崇敬与感怀。

我们不妨来看一首被读者指斥为"盛世雄文,旷代奇葩"的2008年汶川大地震诗歌《江城子——废墟下的自述》:"天灾避难死何诉,/主席唤,总理呼,/党疼国爱,声声入废墟;/十三亿人共一哭,/纵做鬼,也幸福。银鹰战车救雏犊,/左军叔,右警姑;/民族大爱,亲历死也足。/只盼坟前有屏幕;/看奥运,同欢呼。"②在人类社会已经进入呼唤人文精神早已成为共识的21世纪的当下,如此"野蛮"的地震叙事仍然可以大行其道,不仅对读者造成了情感与生理上的不适,对灾难死难者造成了二度伤害,更暴露出了曾经习焉不察的粗暴的救灾写作的鬼魅仍然流毒未化,着实令人难以释怀。毫无疑问,诗性正义尤其考问灾难叙事的每一个表达者。诚如余虹认为的:"诗"的意义在"奥斯维辛"之后仍然得以显现,就在于"本真之诗将自身的本质展示为:真之显示(不是无知而是导入真知)和生存关怀(不是冷漠而是忧心)"③。

再次是灾难诗歌的历史品质与尊严。大灾难所带来的破坏力当然不仅仅是"光秃的树枝/碎了的玻璃灯/暗了的街灯……"④2020年初春暴发的全球性新冠疫情毫无征兆、毫无情面,粗暴地打断了我们以往日复一日,甚至漫不经心地"活着"的节奏,进而带给我们"未知和无常"的不确定感。那么,如何与巨大的焦虑、惶惑和不确定相处? 人们初始手足无措,也引发了碎片化的资讯纷纷扬扬,有些甚至已经逸出了疫情本身。如果说灾难诗歌强调直面灾难而心怀忧患和敬畏,历史反思意识亦构成其精神内核,那么,如何释放压抑,让感性与清醒获得尊重,让真相与现实回归历史,让反思与重置获得成立,这或许是灾难带给人类的根本伦理。

在该辑小诗中,我们还看到,晓云《抗击疫情》一诗是这么写的:"拥抱亲吻是新冠暗器/保持距离是爱的关怀/权力富贵与贫穷潦倒一视同仁/宅家偷懒是爱的奉献/好好活着是终极目标/隔空祈盼守望万家灯火"。小诗采取判

---

① 范永康:《"诗的正义":一个亟需重建的文学研究视角》,《学术论坛》2017年第4期。
② 王兆山:《江城子——废墟下的自述》,《齐鲁晚报》2008年6月6日,第26版。
③ 余虹:《奥斯维辛之后:审美与入诗》,《艺术与精神》,第370页。
④ 艾青:《冰雹》,《艾青短诗选》,花城出版社1984年版,第89页。

断句式的表达手法,给我们呈现出了一个直观而形象的全微缩"疫情语境",或者说全球"疫情语境"。小诗或许还相对简朴,也相对平白,但采取的判断句式手法一定程度上使小诗在现实关怀、价值取向和表现形式三个层次的摹写与判断上同样都获得了直观和形象的艺术效果,所蕴含的"在场"体验与思考,在一定的意义上也给出了灾难诗歌应有的历史态度和反思品质。

再看杨棹的《护士小妹》:"我今生头一次见到真正的生死状/妹妹的名字,孤独地躺在右下角/陪伴它的只有一颗鲜红的指印/最后她遗憾没有去成武汉/小妹名英,我又查了查字典/英是柔弱的花朵,也是我心中的英雄"。诗人叙述式的表达满是五味杂陈的心理。"遗憾"小妹失去了成为"英雄"的机遇,却依然为小妹的"孤独"而骄傲。是的,"花朵"的"柔弱"丝毫不减她的清香,未能兑现的"生死状"依然满蕴着"无我"的美善。小诗解构了世俗意义层面的视死如归、力拔山河一类的英雄观,却也在悄然地揭示着一种英雄品质,那是褪掉了神性,回归了平凡却不失大信、大义、大美的本真的人性,给予了"小人物"从未获得过的尊严,小诗的反思精神向度因此则清晰起来。

在该辑诗歌中,我们还读到了林焕彰的《心痛,新冠脑炎疫情蔓延》,"吹哨的走了,走远了——/吹唢呐的接棒,/一团接一团……/站在路边的/送行的人,越来/越稀少……"还读到了晶莹的《吹哨》,"裸奔的思索/猝然撞上风墙/昏厥并再没醒来/僭越的讯息/四外飘散"。在这里,两首小诗的隐喻和旨向同一且清晰、强大,所不同的是:前者是以"进入"的姿态思索人的渺小,乃至某种人性的丑恶,悲悯的情怀不免夹杂着深深的无力和沮丧;后者的情感基调清冷而明锐,难以抑制的公义之心同样交织着深深的无力和沮丧。两首小诗都站到了灾难叙事伦理的基准线之上,显示出的历史态度与当下之思直戳我们的麻木和痛点。

我们强调灾难诗歌应有的历史态度,强调灾难诗歌根本的反思品质,并不意味着放弃或回避灾难中闪现的英雄气质与人性的光辉,其彼此非但互不排斥,而且是互为映照的精神共同体。我们需要警惕的是,一味地颂赞甚或盲目拔高"英雄"的背后最终造成对人类灾难悲剧性和苦难性的遮蔽,对人的生命和尊严的漠视。

我们看今石的《致敬!逆行者》(之一):"脚移动,/身体移动/生命移动。逆行/您接近永久黑暗/自己的太阳/已移交给/另一个生命"。这无疑是一幅令人充满崇敬的画面,但其底色又透着无法挥弃的沉重。在这里,它传递给我们的,首先就是一种情感的品质。小诗蕴藉的抽象化的社会学层面的价值意义是通过形象化的情感形态而产生的,其充满崇敬而又哀悯的个人情感已然也是人们对崇高、对生命意义的期许和守望的普遍情感。其次是修辞和想象的呈现。小而饱满的结构,干净而丰富的语境,凝练而冷静的语言,特别是对比的运用,"黑暗"与"太阳"、"自己"与"另一个生命"……经过诗人"想象"的淬炼,小诗获得了应有的审美品质。看着"逆行者"逆行而去的背影,着实叫人不愿以诸如"赴汤蹈火""前赴后继""舍生忘死"一类的说词来惊扰他们正在"移动"的脚步,只能在默默地流泪中,体验"医者仁心"的古朴及其对心底的入侵。

三、结语:"补偿"与"介入"

恩格斯有一句名言:"没有哪一次巨大的历史灾难不是以历史的进步为补偿的。"①"历史的进步",于形下之器和形上之道当有其不同的衡定标识或认识论维度。百年未遇的新型冠状病毒大流行,激发全社会迸发出了无比强烈而极其深刻的共情:悲伤哀痛、慷慨捐赠、忘我救助……这些所有在人格实践中表现出的无疆大爱,包括"裸奔的思索/猝然撞上风墙"所带来的创伤和刺痛,促使人的尊严和生命价值的认识论机制获得了制度性的推动。更为重要的,它在很大意义上再次高擎起了人性叩问与历史反思的大纛,"就是接近于真正认识到了'人'的价值,人的'生命'的价值,认识到了作为个体的人——而不只是抽象的'人民'——的第一位的价值"②。倘若如此,便是得到了"补偿"。

2020年春新型冠状病毒疫情的全球暴发和肆虐,是中华民族之殇,是全人类之殇,诗歌何为?诗歌何以"介入"?不必讳言,曾经,甚至当下,灾难文学的审美原则与叙事伦理是我们的诗歌传统中一直以来所稀缺的一种经验。面对2020年春暴发的世界性疫灾,泰华小诗磨坊担当起了"在地"与祖籍国的

---

① 《马克思恩格斯全集》第39卷,人民出版社1974年版,第109页。
② 张清华:《关于诗歌与社会的思考二题》,首都师范大学中国诗歌研究中心:《诗歌与社会学术研讨会论文集》,2009年,中国知网。

"无声"抗疫行动,是与全球华人共同践行人类命运共同体"同舟共济"思想的良知"介入"。整体上看,泰华《小诗磨坊(14辑)》的疫情叙事固然在审美和哲思的意义上还有其需要丰富和填充的诗性空间,但作为一个"样本",我们从中还是获得了最基本的,也是值得思考的启示。质言之,面对灾难,"写作的一切潜命题、一切写作者的潜角色必须得到拷问,得到检验。只有这样,我们从语言中所获得的,才不仅仅是虚拟的慷慨和廉价的赞美,不是替死者感恩、为孤残者代言'幸福'的虚假写作,不是将哀歌变为颂歌、借血泪和生命来构造丰功伟绩的偷换式、盗贼式写作"[①]。唯有如此,"奥斯维辛之后,诗歌何为?"的困惑便不再是一个困惑。换言之,再写"奥斯维辛",尽管是直面过去,但是,其根本的意义则是向着未来。

---

① 张清华:《我们会不会错读苦难——看待"5·12 诗歌"的若干角度》,《南方文坛》2008 年第 5 期。

德国华文传媒"一报一刊"的前世今生

计红芳

(常熟理工学院)

德国华文文学的发展离不开报刊等纸媒的传播助力,其中,德华留学生文学发表的重镇"一报一刊"不容忽视。所谓"一报一刊",指的是 20 世纪 80 年代末在德国的大陆留学生创办的《欧华导报》(报纸)和《莱茵通信》(期刊)。虽然同为中国留学生报刊[①],但却分属于不同的留德学生群体组织:《莱茵通信》主要属于"莱茵笔会";《欧华导报》先是隶属于"全德学联",1999 年后隶属于"留德学人之友"。由于这"一报一刊"不仅与《西德侨报》《华商报》《本月刊》《欧洲新报》《欧洲时报·德国版》等媒体在推动德华文学不断发展、促使德华文学在欧华文坛脱颖而出方面发挥了重要作用,而且还在德华留学生文学和华文纸媒的发展中具有相当重要的价值,是那个时代留学生不可或缺的精神家园,因此,本文拟通过述说它们与德国华文纸媒发展、德华留学生文学以及衍生的新移民文学之间的某种关联,希冀激发研究者对海外华文文学史料的重视。

一、"一报一刊"创办之缘起

"一报一刊"是随着中国改革开放后大量公派和自费留德学生赴德而兴起的。同为公益性的中国留学生媒体,《莱茵通信》主要由公派留学生主持,《欧华导报》则是由自费留学生运作,它们的创办缘起、编辑团队、出版发行各

---

① 此处的中国留学生,指的是改革开放以来的大陆留德学生、学者,不包括台港澳的留德学生。

不相同。

（一）情系德国的《莱茵通信》

《莱茵通信》的诞生是与中国改革开放后、公派赴德留学生群体分不开的，后又随着该群体成员的学成毕业、编辑后继无人、新世纪网络信息的繁荣而消失，某种程度上，它是一段历史的见证。

1978年，一批中国大陆教师公费赴德进修；1980年，一批公费中国本科生（1978级大学生）赴德留学，开启了中国改革开放后成规模的学生、学者留学德国的历史。1980—1982年，中国共派出三期赴德本科生（每期100人）；1983—1985年，又派出三期研究生（每期100人）；到20世纪80年代末，留德中国学生大概有3 000人，以公费生为主。进入20世纪90年代，留德中国学生逐步以自费生为主，迄今则数以万计。留学生数量与性质结构变化的背后，可以看出中国经济实力的增长以及背后深层蕴涵的变迁。

活跃在《莱茵通信》的主要是上述六期派出的600名大陆留德公费生和进修生，特别是前三期本科生。他们属于中国大陆知识分子中的精英，多才多艺，文化适应能力较强，社会活动尤为积极。蕴藏在这些留德学人体内的活动火山于1986年前后集体喷发。那时，德华文坛一下子涌现出八种地方性留学生刊物，分别是布伦瑞克的《三棱镜》、柏林的《西柏林中国学联会会刊》（后改为《菩提树下》《五月》等）、波鸿的《异乡》、达姆斯达特的《五指塔》、卡斯鲁尔的《晚风》、亚琛的《亚琛通讯》、斯图加特的《奔驰》、慕尼黑的《慕尼黑中国同学会简报》等。另有两种专业会刊：中国旅德学者计算机学会会刊《潮汛》和旅德经济工作者协会会刊《会员通讯》。

为了凝聚各地的期刊力量，1987年4月，柏林的许欢、施敏，慕尼黑的胡波，亚琛的石川、罗建新，布伦瑞克的王荣虎，波鸿的钱跃君等，在西德首都波恩举行了全德公益性期刊《莱茵通信》的创刊编辑会，后在资助者"世界大学生服务社"（World University Service，简称"WUS"）德国分社所在地威斯巴登注册登记。首任主编为许欢（公费一期本科生）、副主编高岩（公费三期本科生），之后的主编、副主编与编辑团队基本上来自上述六期公费生。自此，大陆留德学生刊物合并为《莱茵通信》一家，它是欧洲第一份、海外第二份（第一份是1983年美国的《中春》）大陆背景的华人杂志。

莱茵河是贯穿德国南北的重要河流,是德国的文化象征。把刊物取名为《莱茵通信》,既有德国元素,又有留学生沟通信息、抒发情感的意蕴,或许还受到马克思主编的《莱茵报》和马克思之后创建的《新莱茵报》取名之影响。刊物名称从1987年4月创刊一直到2005年12月终刊始终没变,但出版发行人前后有所变化。创办前几年,刊物得到"WUS"德国分社全额资助,因而出版发行人是WUS。1989年9月,以编辑部为主体,加上作者和读者,一起成立了《莱茵通信》的周边组织"莱茵笔会",负责研讨会、出版物和为《莱茵通信》募款等事宜,《莱茵通信》主编兼任"莱茵笔会"会长。1990年第4期发行以后,由于多种原因,再加上WUS经济状况欠佳、停止资助,于是,《莱茵通信》只能依靠募款、广告、上架、订户收入维持运行。1990年第5期开始,"莱茵笔会"成为《莱茵通信》杂志的出版发行人,一直到2005年12月停办。

《莱茵通信》一经创刊,便得到德国各地中国留学生的纷纷响应,编辑们热情高涨,每几个月就召开一次编辑部会议,各地留学生作者投稿踊跃,读者反响热烈,刊物专门辟有"读者来信"版块,便于读者与作者、编辑及时沟通。资助者"WUS"将刊物免费赠予大陆留学生,影响深远;"莱茵笔会"接手以后,由于经费筹措困难等原因,无法保证全体留德学生人手一份赠阅,由赠阅改为订阅。

《莱茵通信》自1987年4月创刊到2005年12月停刊,共发行86期正刊、2期特刊及若干快讯,大16开本出版,每期连封面、封底24—68页不等。刊物运行19年来,共计发表约1000名作者的2000多篇原创文章,每期发行约2600册,发行总量近30万册。为了扩大刊物的影响力,吸引更多的用户订阅,编辑们不断出谋划策。比如,为了扩大旅欧留学生交流范围,钱跃君与1989年创办于伦敦的英国留学生杂志《黄土地》商讨合作,于1992年办了4期合刊,扩大了编辑、作者、读者范围,为中国留学生奉上了丰富的精神食粮。为了让留德学生的第二代不忘母语中文、培养他们的文学情怀、牢记中国传统文化,钱跃君专门在《莱茵通信》为学二代开设了一个"莱茵新苗"专栏(2000年第1期到2002年第3期共15期),写文章鼓励学二代进行文学、书法、绘画等创作,培养了一批小作者。还有,从1993年开始,刊物增设了专题栏目,可以让读者一下子读到多篇不同作者、不同风格的作品。如1994年第1期的"教育"专题,2001年第1期的"千年等一回"专题,2004年第4期的"欧洲之行"专题等,这些都是吸引读者订阅的好举措。

《莱茵通信》1987年4月创刊之前,德国境内跨地区发行的只有一份以台湾留德人员为主体的繁体字版杂志《西德侨报》(1973年1月—2004年8月;前身是高安德于1964年6月1日创办的《出谷月报》,1967年停刊),32开本,发行量约500份。该刊物不是纯粹的留学生刊物,读者以台湾旅德人员为主。由于中国台湾与大陆的政治经济形态不同、繁简用字不同,所以,《西德侨报》无法成为中国大陆留学生的精神园地。1987年《莱茵通信》的出现,使中国大陆留学生终于有了自己的全德性留学生刊物,且免费赠阅,人手一本,因而深受留德学生和中国驻德大使馆的重视。直至1989年7月报纸《真言》创办之前,《莱茵通信》是全德大陆学人交流的唯一窗口。它为旅德学人留下了一段难忘的历史和一份美好的记忆。

作为全德第一份大陆留学生的公益性期刊,交流信息和情感寄托是《莱茵通信》办刊的目的,这在互联网还不发达的时代无疑成为异国他乡的留德中国学人最重要的精神支柱,甚至有读者把它比作自己的情人:"我是《莱茵通信》的老订户,多次搬家,唯有贵刊却保存完好,以供随时查询或消遣之用。我老公打趣说,'莱茵'是我的情人。这种玩笑使我心花怒放,至今回味无穷。其实,每次新的一期一到,他一人独看把持,饭都不想吃,才像盼到久别的情人。我认为,贵刊的成功之处,是成为了我们的共同情人。"①

正是有了大量热情读者的支持,《莱茵通信》坚持了19年,前后出版了86期正刊,即1987年4月到1989年底是季刊,1990年转为双月刊,但由于多种原因,1990—2005年每年4—6期不等。② 1998年第5期以后,由于留德学人身份的变化(回中国或在欧工作),《莱茵通信》赖以存在的文化空间逐渐失去,编辑部有半年多未正常运转。直至1999年6月,钱跃君迎难而上,绞尽脑汁,学习《新青年》轮流坐庄和"上榜"等方式激发主编们的热情、潜能和荣誉感,同时开发"莱茵新苗"栏目,吸引学二代作者和读者,并把范围从旅德学人

---

① 罗兰:《读者来信》,《莱茵通信》,1997年第2期,第49页。
② 《莱茵通信》1987—2005年的具体出版分布如下:1987年,3期;1988年,4期;1989年,4期;1990年,5期;1991年,4期;1992年,与英国《黄土地》合刊4期;1993—1995年,每年4期;1996—1997年,每年6期;1998年,5期;1999年,4期;2000—2003年,每年6期;2004年,4期;2005年,结束期。

逐步扩大到旅德华人,刊物才得以正常运作下去。

(二) 绽放异乡的《欧华导报》(《真言》)

如果说《莱茵通信》是大陆留德学人学者创办的第一份全德性公益性刊物,那么,《真言》(后更名为《欧华导报》)则是大陆留德学人学者创办的第一份公益性报纸,它也是欧洲乃至世界上第一份大陆留学生创办的报纸(第二份是几个月后美国的《新闻自由导报》)。不同的是:《莱茵通信》属于杂志类,成本高,发行量少;而《真言》是报纸类,成本低,发行量大。两者各有千秋。

《真言》是由"全德学联"筹划创办,于1989年7月创刊,2019年12月终刊,历时近31年,共出版393期。① 1989年五四运动70周年纪念大会上,由钱跃君、张逸讷、郑锐等筹备成立"全德学联"。1989年6月24日—25日,由38个城市(全德有50个左右,但参加成立会议的是38个)组成的"德国中国学生学者协会"(简称"全德学联")在杜塞尔多夫召开第一届全体代表大会,"全德学联"正式成立。在当年夏天的波恩聚会上,留学于曼海姆市的吴铮提议,在"全德学联"旗下创办一份报纸,以扩大留学生们情感抒发、信息沟通、心灵交流和文学创作的空间,得到与会者的积极呼应。于是,1989年7月,由吴铮命名的《真言》在波恩注册创刊,从此开始了"一报一刊"并行的良好势头。取名《真言》,一方面是暗含报纸的真实性特点,另一方面也受到苏联《真理报》的潜在影响。创办之初是双月刊,1996年7月改成月刊,每期24版或32版,8开本。编辑团队以自费留学生为主,出版方是"全德学联",通过全德的49个学生会发行。初始发行量是3 000多份,以满足当时全德留学生人手一份的赠阅需求。

与《莱茵通信》不同的是,《真言》名称在31年里几经更换,从中可以看到该报阅读对象和范围的改变:1989—1994年,创办《真言》(主编吴铮、彭小明);1995—1999年,更名为《留德学人报》(主编王凤波、谢友);1999—2004

---

① 报纸前后有4次名称变化,两个刊号和出版方,共393期。具体如下:《真言》,1989年7月—1994年12月(总Nr. 1—33),ISSN 0937-6615,全德学联;《留德学人报》,1995年1月—1999年7月(总Nr. 34—76),ISSN 0937-6615,全德学联;《德国导报》,1999年8月—2004年4月(总Nr. 77—129),ISSN 1615-1755,留德学人之友;《欧华导报》,2004年5月—2019年12月(总Nr. 130—317),ISSN 1865-7605,留德学人之友。

年,更名为《德国导报》(主编谢友、王凤波);2004—2019年,更名为《欧华导报》(主编钱跃君)。2004年初,《德国导报》处于破产停刊的境地,钱跃君临危受命,想尽办法开拓市场,终于盘活了报纸。也正是这个契机,《德国导报》的市场逐步扩大到法国、荷兰、比利时、奥地利等国家,发行量从3.5万份激增到6万份。因发行范围扩大到欧洲多国,而改名为《欧华导报》,一直沿用至终刊。

与《莱茵通信》类似,《欧华导报》的发行出版人前后不同,它随着时代的变迁、留德学人成分的变化以及发行范围的改变而有所变更。《真言》报在创办之初也获得了"WUS"德国分社的资助,后随着两德统一、基督教民主联盟执政,报纸又得到德国家庭青年妇女儿童部的全额资助,时任部长为基民盟副主席默克尔(Angela D. Merkel)。1994年底,德国政府换届,默克尔改任环保部部长,《真言》的资助也就慢慢减少,直至1997年前后终止。在《真言》《留德学人报》发行的十年(《真言》1989—1994,《留德学人报》1995—1999)里,读者群和作者群主要来自住在德国的中国学生、学者,所以是典型的大陆留学生报纸。随着一批批留学生完成学业、各奔前程,相互之间的联系越来越少。1998年以后,"全德学联"几乎停止了活动,一年一度的大聚会也取消了,《留德学人报》的作者和读者范围由留德学人慢慢地向旅德华人转变。鉴于此种变化,1999年7月,以《留德学人报》编辑部为主体,在法兰克福重新成立并注册了"德国中国学生学者协会"(简称"留德学人之友"),8月《留德学人报》也随之更名为《德国导报》,出版发行人也由"全德学联"改为"留德学人之友",主编通常担任"德国中国学生学者协会"主席。

与《莱茵通信》一样,《欧华导报》注重发表大陆学人的原创与首发作品,主要栏目有"时事评论""法律咨询""经济金融""漫游欧洲""莱茵漫笔""中国社会""文化艺术""创作园地"等,目的是促进中国留德学人的相互了解和团结,促进留德学人之间的思想学术交流,促进与外界及中国大陆的信息交流,维护他们的正当权益,反映他们的要求和愿望,树立留德中国学人的正面形象,并为留学人员在德的生活、学习、工作和未来发展提供咨询服务。从总体上说,"一报一刊"虽然在办刊缘起、出版发行、编辑团队方面各不相同,但并没有本质上的区别,它们都是留德学人在那个时代信息沟通、学术交流、情感抒发、心灵寄托的场所。

二、"一报一刊"的地位和价值

2005年12月,《莱茵通信》刊出最后一期,告别留德学人的历史舞台;《欧华导报》也因为新冠疫情,于2019年12月底匆匆停办。表面上看,"一报一刊"的时代终结了,然而,它们在德国(乃至欧洲)的华文传媒、留学生文学、新移民文学等领域中留下的精神遗产却影响深远。其实,它们留下的不仅是一段留德学人在德国的情感记忆和精神心灵史,也留下了一代学人用华文传媒在德国坚持传承、发扬中华传统文化精神的身影,激励着后辈留德学人在异域时空不断地开拓创新。

(一) 德华报刊传媒的摇篮

文学的发展离不开报刊媒介和出版社这两个舞台,德华大陆留学生文学的开始和发展也离不开"一报一刊"这两份中国留学生报刊,因为它们贯穿了20世纪八九十年代,并深深影响了20世纪90年代后期以来的德华报刊传媒。

从华文传媒的角度来看,20世纪80年代以来的德国华文媒体市场非常繁荣,而《莱茵通信》《欧华导报》无疑是华文传媒群体诸多领域的首创者和开拓者,它们是德国,也是欧洲华文传媒史上第一份以大陆留学生为背景的报纸和杂志,同时也是培养作者和编辑人才的摇篮。事实上,许多德国华文媒体的发起人、编辑,都与"一报一刊"两个编辑部有过千丝万缕的联系,如1997年创办《华商报》的修海涛,1999年创办《本月刊》的谢友,2004年加入《德国之声》中文编辑部的王凤波、崔春,原《新新华人》的黄雨欣于2000年加入了《德国导报》等。他们都曾在《莱茵通信》或《欧华导报》做过编辑,有的还做过主编,得到了多方面的历练。正是有了在"一报一刊"进行锻炼的切身体验,他们在后来筹办、主编报刊时才能找准自己的目标和定位,并在运作发行模式上吸取"一报一刊"的经验教训,在德华传媒的领域中占有一席之地。

另外,"一报一刊"是计算机排版印刷报刊的先驱者和创新者,它为后来德华传媒乃至欧洲华文传媒的排版印刷开启了新时代。1987年,计算机排版在德国市场上还是一件新鲜事物。好在《莱茵通信》的第一代编辑几乎都是德国各大学的理工科博士生和助教,所以,他们自主开发出中文排版系统,创刊号的 24 页中只有 4 页手写,余者都是计算机打印。从第二期开始,则全部实现计算机打印。1988 年,慕尼黑大学物理博士,后来的德国大学计算机系教授、经济系教授胡波(曾获 1978 年中国首届中学数学竞赛一等奖)在科研之余,成功开发了实用汉字系统,直接将微软软件用于印刷的照相排版。为了降低成本,1995 年,流体声学博士钱跃君参考制造电路板的技术,实现了用激光打印机打印出印刷用照相版,使激光制版费从每页 9 欧元降低到每页 0.25 欧元,印刷《莱茵通信》的印刷厂等争相使用这一创新的制版技术,并在运用过程中不断改进,日趋成熟。这为后来的德华报刊的计算机排版印刷奠定了基础。

在德国创办报刊,手续较为简单,只需向德意志国家图书馆申请一个报刊号码"ISSN"就可以。但每出版一期,必须给坐落在法兰克福、莱比锡的德意志国家图书馆各寄一份永久存档,以供读者免费查阅。就"一报一刊"而言,《莱茵通信》的国际代码是"ISSN 0937 - 6593",《欧华导报》是"ISSN 1865 - 7605"。由于它们都是公益性报刊,在创办发行的前几年,都得到了政府的资助。《莱茵通信》主要受 WUS 德国分社资助,背景是德国外交部的文化项目;《欧华导报》则获得德国家庭青年妇女儿童部的资助,但预算要获得议会通过,之后还要通过国家审计。

为了扩大读者群,"一报一刊"的发行采取了三种形式。(1)免费赠阅。按照资助者的要求,报刊必须尽可能做到全德所有中国留学生、学者人手一份,除了要通过各地区的中国学生会分发外,还要尽可能多地寄送给德国大学的东亚系、亚洲超市和华人旅行社,任人免费取阅。这部分的发行是公益性的。(2)用户订阅。随着留德学生毕业回国或者在外地工作,无法获取免费赠阅报刊,因此希望订阅,于是,"一报一刊"增加了订阅客户,这可以补贴运行报刊的部分资金。但通过德国邮局邮寄,须有一个邮局注册号码,还要在年初一次性支付给邮局 1 000 欧元左右的基本费,然后再按照每期邮寄数量、邮寄地点支付每次的总邮费。由于"一报一刊"在 20 世纪八九十年代是德华留学生文学纸媒的重镇,深受欢迎,因而订户较多,像《欧华导报》就有 1 500 份。(3)上架销售。20 世纪 90 年代末开始,"一报一刊"不再受政府和机构资助。为了多渠道获取周转资金,他们委托德国纸媒发行公司(属于全欧)发行,也即"上架"销售,公司将报刊送到欧洲各大火车站和飞机场的书店出售,在德国华文报刊中是"上架销售"较早的报刊。

随着全球新冠疫情暴发,面对面的社会交往几近阻断,很多报刊传媒被迫退出舞台而成为历史。如今,网络传媒和微信自媒体代替纸质媒体逐渐成为后疫情时代的常态传播形式,发行运作模式和纸质媒体时代更是有所不同。尽管如此,"一报一刊"德华传媒传承下来的公益精神、客观公正自由的报刊精神,以及建构精神家园、沟通中西文化、共建人类命运共同体的目标却是一致的,这也是所有海外华文媒体共同努力的方向。

(二) 留学生写作的温床

从文学艺术角度看,"一报一刊"是旅德留学生离散、孤寂心灵的依归所在。在紧张的学业进取和初到德国、文化隔膜中艰难生存打拼之余,方块字构成的中国文化场域是他们身心得到抚慰的最好栖息地。也许他们并不能算是真正意义上的作家,但他们却是一批热情真挚、热爱汉语和中国文化且有社会担当的留学生写作者,而"一报一刊"正是培育他们写作的温床。

文化冲击与情感动荡是留学生文学的主要内容。《莱茵通信》筹办人之一的王荣虎曾是布伦瑞克《三棱镜》的创办者,属于理工科背景的文学活动爱好者。为了配合《莱茵通信》创刊号的顺利出版,王荣虎带头上阵,撰写了短篇小说《妻子来德之后》(1987)。该小说以妻子来德前后为契机,描写了三位主人公即丈夫文凯、妻子丽汶、情人安德拉(Andra)之间的微妙关系,真实呈现了妻子为了夫妻团聚来德以后,面对语言、学业、文化等不适后的惶惑以及面临丈夫情感变化的迷茫心理。王荣虎敏锐地捕捉到了初到德国的留学生们的学业生活的艰难、文化的不适应与孤寂躁动的性爱心理,用文学之笔加以虚构想象进而典型化,因而使得小说人物具有相当的艺术真实性。发表之后,一下子引起留德中国学生的轰动,荣获"波恩文艺一等奖"。

初到异国,亲情乡愁往往成为留学生们缓解自己情感和文化焦虑最有效的方式。1990年,《莱茵通信》另一主要筹划人钱跃君用散曲形式写了一首《喜春来·秋思曲》:"异乡独酌,秋风渐起,落叶满院,回首故国,不禁无限伤怀。悲歌一曲西风下,暮雨几番葬落霞,一杯苦酒酹秋花,梦秋笳,魂断在天涯。"在秋风渐起愁断肠的异乡独酌,思念故国故土故人,不禁伤感泪奔,"一杯苦酒酹秋花,梦秋笳,魂断在天涯"。这首词写尽了像作者一样出国深造的学子在最初几年的异乡生涯中真实的情感伤痛和无以名状的愁思,引起广大留德学生的共鸣。这首词先发表在《莱茵通信》1990 年第 2 期,后又改名为《悲歌》发表于 1993 年 7 月的美国《世界日报》,在北美新移民中引起强烈反响,因而获得北美"四海诗社"诗词评选季军,荣获"张母诗词奖章",后被收入纽约"四海诗社"1994 年编印的《全球当代诗词选集续编》"四海诗声"第三辑。

文化冲突、羁旅乡愁、身份焦虑、人生价值思考等主题,与孤寂压抑、漂泊彷徨、存在无依的人类普遍情绪等,一直是留学生们重要的文学书写,因而可以把"一报一刊"的文学书写看作德华留学生文学的滥觞。三十多年后,王荣虎发表的乡恋诗《故乡的音》(2018)中写道,乡音"像一把魔笛/吹醒了三十年的沉淀"。无论你在哪里,哪怕隔着几大洲几大洋,乡音一现,立马着魔,几十年的纷繁往事就如昨日闪现。王荣虎把"乡音"比作"魔笛",一个"魔"字把"乡音"背后蕴含的所有丰富复杂的情感囊括在内。家乡的父老乡亲、草木虫鱼、童年时光、少年情怀、中学情谊等等,都是异国他乡孤寂清冷生活中的温暖和美好。

当留学生身份转变为落地生根的新移民,人们从刚开始的文化冲突到文化适应,又到在地化后的对中西文化的理性审视,这是留学生文学以及衍生的新移民文学创作的重要内容。刊发于《德国导报》2001 年 6 月第 11 版的钱跃君的散文《德国看病记》,把在德国看病的复杂艰难以及德国人依赖各种机器检查诊断出现的既令人啼笑皆非又严谨认真的种种世态,描绘得活灵活现。作者原本头晕难忍,在避开家庭医生这道手续机智成功住院后,却被各种机器检查折腾了一圈,最后主治医生露出了欣慰的微笑:"我们怀疑您产生头晕的各种可能性都排除了,您可以出院了。"把作者气得再次"血气上涌,本来有点痊愈的脑袋又开始发晕了。我赶紧合起手、闭上眼,默默诵读六祖禅师的偈句:'本来无一物,何处惹尘埃','本来无一病,何处惹医生'"。文章戛然而止,读者却忍俊不禁,产生了无尽的中西文化思考。

发表于《欧华导报》2004 年的小说苟生的《尘湮旧事》,是一篇对生命本质、人性与民族命运探讨的力作。作者采用第三人称的叙述视角讲述了来德进修的讲师老秦的悲剧人生。凭着自己过硬的专业本领被中国公派到德国某大学进修的老秦,一方面当然是为了提高自己的科研水平,但更主要的是想利用这一年进修时间,挣到足够的钱给中国老家的父母翻修房子以及带回冰箱、电视机、音响、洗衣机、照相机等几大件时髦的家电。为了改善自己国内贫困的生活条件,白天在研究所抓紧科研,晚上直至深夜拼命打工,全然不顾年纪偏大,精力不够,身体高度透支。最后就在快熬出头回国前的几周,心脏病突发死于异国他乡,孤魂漂泊天涯,只有一小盒骨灰被运回中国供家人凭吊。多么令人心酸的悲剧故事。正如主编钱跃君所说,《尘湮旧事》写的不仅是一个留德知识分子个人的生存悲剧,也是一代人的悲剧,更是整个民族的悲剧。它让我们深思:中国人聪明能干,吃苦耐劳,为何还是无法改变贫困不堪的窘状?人到底是为什么而活?小说的最后一段更是隐含着作者深沉的忧患意识和悲悯情怀,留给读者无尽的思考。老林(老秦留德期间的朋友)回国后"时常和学生提起老秦。先头听的学生们表情有几分沉痛;后来听的有几分惋惜;再后来的学生就有些漫不经心。仿佛那是哪个朝代的事和现在隔着世纪。老林慢慢地也就不讲了,老秦的故事便被尘世湮没了"。往事如烟,但对生命和人性的思考依然在继续。

发表于《欧华导报》2010年5月的《归梦湖边》描写了女主人公"燕卿"与爱画画的流浪汉"鱼"之间温暖、美丽的朦胧情感的记忆。湖边的邂逅同坐、探入湖中的双脚的嬉戏、那只曾经装有美丽而雅致花笺的蝴蝶结盒子,这些都是燕卿和鱼之间珍贵的情感记忆。鱼在遇到燕卿之后,他那久已丢失了的创作热情也慢慢回来了,画出了无数美丽的风景。看得出他们彼此倾慕牵挂,然而直至老去他们都没有突破男女之情,淡淡的忧伤和思念萦绕在紫荆的字里行间。小说最后,几十年过后的一个晚秋时节,住在养老院的燕卿收到了鱼寄来的厚厚一卷铅笔素描风景画,"每一张画的画角上,全部都有着一张燕卿的脸。而每一张画的背后,都贴了一页形状不规则的花纸。那是鱼当年给燕卿所写的信"①。阅读至此,读者怎能不为其中流露出的人性之美好与温暖而感动呢?

从留学初期的文化冲突、身份焦虑、羁旅乡愁到落地生根后的对中西文化的理性审视,再到对人类命运、生存本质、普遍人性等的宇宙关怀,"一报一刊"较好地呈现出从留学生文学到新移民文学的发展脉络。可以说这里是德

---

① 穆紫荆:《黄昏香起牵挂来(紫荆作品精选集)》,纽约商务出版社2017年版,第92页。

华留学生文学的重要阵地,一批批风格各异、各有专长的写作者经过这一舞台的磨炼,有不少人成为德华新移民文学领域中重要的创作力量。例如,以翻译和文学评论为主的郭力、关愚谦、蔡鸿君、金弢、彭小明、翟少华,以诗词创作为主的刘慧儒、王荣虎、钱跃君、吴建广、沈国斌、冯建民、岩子,以散文创作为主的朴康平、谭绿屏、高关中、修海涛、毛栗子、夏青青、黄雨欣、昔月、曹宇红、卢晓宇、芮虎,以小说创作为主的冯京、穆紫荆、刘瑛、倪娜、廖淳,以剧本小品创作为主的王方等等。很多写作者还通过在"一报一刊"开辟专栏,不断结集出版。例如:穆紫荆的散文集《又回伊甸》、小说集《归梦湖边》《情事》,夏青青的散文集《天涯芳草青青》,黄雨欣的散文集《菩提雨》、小说集《人在天涯》、影视文学评论集《欧风亚韵》,岩子的诗集《今晚月没来》,刘瑛的《刘瑛小说散文集》,倪娜的小说《一步之遥》,朴康平的旅游散文集《出门看山水》,毛栗子的散文集《哭泥青蛙》,高关中的评论集《写在欧洲旅居时》《在欧洲呼唤世界》等,都在德华文学圈具有了相当的知名度。另外,冯京的小说系列、三须子的旅游系列、飞石的艺术系列、老夏的幽默系列、音来的音乐系列等,也都出手不凡。在这群写作者中,中文科班出身的并不多,大部分是喜欢舞文弄墨、具有理工科专业背景的留德学人。他们对写作的体裁各有偏爱,散文、诗歌、小说、小品、杂谈,题材花样百出,风格灵活多样,"有的调侃说怪话,有的炮制疲软情话,有的激扬点评千秋功过,有的于情于理剖析社会本质、洞析弘扬人性,更有的上至人生真谛、下至下里巴人无所不包"①。

"一报一刊"的文学情怀离不开钱跃君的苦心经营。他虽是一位理工男,但却是一位极具文学情怀的奇才。从个人写作角度而言,他的写作题材无所不包,"绘画欣赏,篆刻解析,法律权衡,科普知识,生活小品,中外文化,西方历史,世界政治,国内国外,天上地下"②。从20世纪80年代后期至今,他的创作从开始时的文学感伤到文化思考,再到理性的法律研究、时事评论,实现了一次次华丽转身,这都离不开"一报一刊"这片精神园地的培育。从编辑角度而言,钱跃君参与在德国的大陆留学生报刊编辑横贯三十多年。1986年,他就在波鸿参与创办地方性留学生文学杂志《异乡》。1987年,参与创办《莱

---

① 三须子:《文砖砌坛》,《莱茵通信》,2005年第12期,第9页。
② 同上。

茵通信》，并开始负责散文和诗歌等文艺类编辑，先后担任副主编（1988—1990）、社长兼主编（1999—2005）。1989 年，参与创办《真言》，主管编务（1989—2019），之后又任社长兼主编（2004—2019）。为了保留文学艺术那一方纯净天地，他除了严格控制"一报一刊"的广告篇幅，还刊发了大量被认为是"票房毒药"的诗歌原创作品，《欧华导报》(《真言》)成为那个时代海外报刊中为数不多的为诗人留下发表园地的报刊。

在"一报一刊"创办之后的 20 世纪 90 年代末 21 世纪初，德国相继有《华商报》《本月刊》《欧洲新报》《欧洲时报·德国版》等几家华文报刊兴起，但这些德国华人刊物并不是留德学人的专门刊物，给予文学的版面极少，因此，"一报一刊"一直是那个时代留德学人心中的精神圣地，他们投稿，特别是投诗歌等文学艺术类文章时，首选的还是"一报一刊"。"一报一刊"集中反映了大陆留学生的文学创作成绩，其地位和价值是其他报刊难以替代的。

三、"一报一刊"的退隐与反思

尽管《莱茵通信》《欧华导报》自创办之后，有无数留德留学生参与投稿、编辑和发行，发表的作品全是原创，这令很多私人报刊或政府支持的报刊都望尘莫及，但最后依然逃脱不了停刊的命运。这不能简单地归结是融媒体、自媒体等的冲击导致纸媒退出历史舞台，它其实是各种力量、各种因素综合作用而成。

（一）公益性报刊的缺陷

"公益性""园地性"是《莱茵通信》《欧华导报》的显著特征。作为公益资助形式的报刊，它们不追求经济利益。尽管在法律上属于大家，实际上却不属于任何一个人。编辑、排版、美工、印刷、发行、财务、税务，甚至运送、邮寄，全靠大家自觉奉献运行，每年还需要提交详细的"公益活动"报告给德国税务局考核，以获得下一年度公益报刊的准许。因刚开始有德方资助，当年的编辑部都是一批无牵无挂的留学生，全凭一种兴趣和理念团结在一起，而无需考虑任何经济压力。这样的办刊模式，本身就隐含了内在危机。一旦失去经济资助，必将遇到各种挑战，要么无法运行，要么自谋生路。

经济是一份刊物能够生存的重要保障。在创刊的前几年中,"一报一刊"在经济上得到全额资助,丝毫不用担心经费的周转;在后续几年中,由于留德学人的"一报一刊"基本垄断了广告市场,再加上筹募到侨胞的部分赞助等,所以总体上还能维持经济运作。可惜的是,在那个20世纪八九十年代不愁办刊成本的黄金时代,"一报一刊"没有积蓄一些可持续发展的资金,反而浪费在一些无谓的纷争上。随着20世纪90年代后期《华商报》《本月刊》《欧洲新报》《欧洲商旅报》等各种私人中文报刊相继问世,如何得到更多的广告来谋取生存成为各报刊的首要问题。在残酷的市场竞争中,"一报一刊"的广告份额越来越少,公益报刊的缺陷暴露无遗。虽然失去资助后的"一报一刊"依靠用户订阅和上架销售能够回笼一些资金,但毕竟广告收入是最大的经济来源,一旦广告收入锐减,报刊运行周转困难就难以回避了。

(二)编辑队伍后续乏力

从历史源头看,"一报一刊"是大陆留德学生的精神园地。随着一批批公费、自费留学生完成学业,一部分回国就业,一部分留欧演变成新移民,相互之间的联系越来越少。1998年以后,"全德学联"名存实亡,"一报一刊"也在很大意义上失去了存在的土壤。因此,作为留德学人精神园地的《莱茵通信》走向末路也是历史使然。

那么,那些出生或生长在德国的留德学人的后代是否有可能承担起使命,延续父辈辛苦打拼下来的这块精神园地呢? 答案是:前景并不乐观。因为,他们大都出生在德国,从小就接触德语环境,习惯了用德语来阅读和思考问题,构建他们的人生观、世界观、价值观,期待他们用汉语进行写作且有一定文学色彩,难度极大,更别说办报办刊了。久居海外的钱跃君等留德学人第一代深切感到,写作是文化传承的根基。在中国已经上了几年小学后来到欧洲的孩子,大都能比较完整地传承中华文化;如果父母只会说中文,不会说西文的,第二代能传承中华文化的可能性远大于父母既会说中文,又会说西文的家庭;而父母一方不会说中文的家庭的孩子,到第二代就很少有中华文化的痕迹了。

为了培植下一代的中国文化因子,《莱茵通信》的编辑们煞费苦心。例如,从2000年第1期到2002年第3期,在版面本已紧张的情况下,开设过一个"莱茵新苗"专栏,每期给学二代提供 2—3 个版面,发表他们的文学习作、绘画作品、书法作品,竭尽全力培养下一代对中国文学艺术的兴趣;同时,还提供专页发表关于儿童教育方面的文章,如怎样学中文、书法、国画等。如今,二十多年过去了,当年的"莱茵新苗"已经在不同的岗位上继续着传统文化艺术的传承工作。如《莱茵通信》2000 年第 3 期的"莱茵新苗"《我很喜欢画画》的文字和插图作者费东娜,后来考取柏林艺术学院,毕业后留在柏林,成为职业艺术家;2000 年第 5 期的"莱茵新苗"《老师也疯狂》的文字和插图作者董哲,后来考取法兰克福工艺美术学院,毕业后留在法兰克福,成为职业设计师。但从数量上看,懂汉语、知中华文化的学二代乃凤毛麟角。

对于"一报一刊"来说,2004 年是重要的转折年——《莱茵通信》因资金周转困难和编辑部人手不够已无法生存,而《欧华导报》自主编王凤波去"德国之声"广播电台当编辑后也面临同样命运。两份报刊何去何从,必须做出抉择。无奈之下,当时的核心人物钱跃君在权衡各种利弊后,舍刊留报。于是,2005 年 12 月《莱茵通信》出版最后一期即宣告停刊,原《莱茵通信》的作者都跟着转到了《欧华导报》,这使得《欧华导报》又进入一个繁荣发展期。

作为"一报一刊"的幕后英雄,钱跃君从 1987—2019 年的三十多年里,除了科研正业外,其余时间几乎都扑在报刊运行和写稿上,但他为报刊编辑运行所有的付出纯属义务劳动。《莱茵通信》的另一位核心人物胡波教授,在学校时连一张纸秘书都会帮助去取,回到家却心甘情愿为《莱茵通信》义务做许多琐碎的编务工作,仅仅负责读者订阅就干了十五年。然而,公益需要大家共同的爱心、责任和奉献,像钱跃君、钱红、胡波、张逸讷等人这样长时间义务奋战的仍属少数,编辑团队后继乏力,"一报一刊"最终的命运也就可想而知。

(三)数字化报刊媒体的冲击

20 世纪 80 年代至今的传播媒介发生了翻天覆地的变化,从报刊纸媒到影音媒介,到互联网,再到融媒体、自媒体,随之而来的是人们阅读、写作习惯的改变以及生活、思维、行为等方式的变化。

从 20 世纪后期开始,互联网逐渐成为人们生活中必不可少的一部分,人们已经习惯于用网络来获取各种信息,博客也慢慢成为大部分写作者表达自己的网络空间。与印刷媒体相比,网络媒体由于快捷方便,互动性、及时性强，订阅成本低，越来越受到读者欢迎。通过数字化形式阅读报刊书籍，成为一个不可逆的历史发展趋势。

其实，"一报一刊"很早就关注到报刊媒介的变化，《莱茵通信》1998年第3期就推出过"时代"（TIME）专题，介绍"通讯、信息、媒体、娱乐"四大新兴产业的发展，引起大家对印刷媒体与网络媒体优劣的讨论，给以传统媒介为主的"一报一刊"敲响了警钟。国外订阅中文报纸手续繁杂、投递滞后，到手的报纸往往成了旧闻，订阅的中文期刊常常姗姗来迟，而网上的中文电子期刊五花八门，代表各方面的声音在网上争奇斗艳。[①] 然而，建设网络传媒需要花费大量精力和人力，而《莱茵通信》长期以来一直处在人手高度短缺的状态。面对21世纪大量涌现的网络传媒的挑战，已经担任德国大学计算机信息专业教授的胡波，于2004年前后为《莱茵通信》设立网页，在逆境中不断改革求生存，可惜几年后，《莱茵通信》还是结束了它的历史使命。《欧华导报》虽然从1994年就有了网页版，但几乎没有正常运行。2007年，有位热心的网络工程师主动重建网页并负责维护，凭借这种公益精神，又坚持了十多年。不料，一场遍及全球的新冠疫情，使本已困难重重的《欧华导报》最终告别了德华传媒舞台。

（四）报刊传媒的未来出路

欧华纸媒曾长期承担了欧洲华文文学载体的功能，随着互联网科技迅速发展，一些新的载体如网络新媒体、融媒体、自媒体等也参与其中，渠道越来越多，但要永久留存并进入读者、研究者视野，很多作者还是选择印刷出版。这也是《欧华导报》在1994年发行网页版的同时，一直坚持纸质报纸运行的原动力。尽管印刷纸媒的比例不断缩小，但这种需求不可能随着有声阅读、数字化阅读的增长而消失。目前德华传媒仍在运行的《华商报》《欧洲时报·德国版》，就是纸质报刊与电子报刊同时推出，并利用微信公众号、自媒体等方式转发来扩大影响，算是比较成功的案列。根据德国的文化市场统计，侧重新闻类的报刊的发行量正在逐步地被新媒体所替代，而侧重文化艺术和学术类的报刊书籍，纸质出版的发行量依然可观。这也证明，未来报刊传媒的发展仍将维持多元化趋势。

[①] 马琪：《上网去》，《莱茵通信》，2000年第1期，第45页。

考察公益性"一报一刊"的前世今生,并与其他营利性的德华传媒报刊对比,对未来报刊运行发展有如下感悟:对于那些在欧洲"订阅""上架"的中文报刊来说,应该是公益精神与营利性质并举,在形式上可以采用以下几种多元灵活的办法。例如,或全部改成电子报刊,或纸质化与数字化并举,或纸质化出版物的期数压缩,以书代刊,半年一期或一年一期。目前好多报刊正在这样做,如欧华新移民作家协会,它们在荷兰《联合时报》有"欧华新移民文学"纸质专栏发表阵地,也有两个微刊《欧华新移民作家》《欧华新移民文学》,还有每年以书代刊的出版物,目前已经出版了《异彩纷呈新画卷》《心归处》《飞云集》三大本。由于欧洲代理公司只代理报刊而不代理中文书籍的销售,因此,如果报刊压缩成文集出版,那就需要寻找善于经营的、有资质的、有财力的海外中文出版社来运行;当然,也可寻求与中国出版社的合作,但难度较大一些。

如今,"一报一刊"作为公益性的留学生报刊的历史已成为过去。经济运转欠佳、市场广告份额减少、人员配置短缺、旅德学人身份变化、学二代后继无力、网络新媒体的冲击、新冠疫情暴发等多种原因,导致"一报一刊"无法继续向广大读者和商业伙伴提供高质量的服务,无法满足读者、作者、编者的期望,因而不得不忍痛告别。但是,"一报一刊"真真切切地为那一时期的留德学人、旅欧华人提供了在德学习、生活与创业的各种信息,在引导读者如何融入德国社会、保持中国文化自信、辩证反思中西文化,甚至在培养下一代的中国传统文化因子等方面,毫无疑问地成了众多留德学生和华人的精神园地和情感宣泄口。正如 2020 年 10 月《欧华导报》在法兰克福举办的二十一周年庆典主题曲《欧华之歌》所唱:"欧华欧华,异乡之花,开在那莱茵河畔,香满天涯。欧华欧华,心灵之花,开在那精神家园,连接你和他。"在文学艺术逐步成为精神奢侈品的时代,有那么一批超越利益至上的思维模式,默默为之奉献金钱、时间、精力、才华的旅欧(包含旅德)华人,用特殊的方式讲述中国故事,传承中华文化,沟通中西,共建人类的精神家园,这很值得人们去记录和研究。

新时期(1978—1984)香港文艺期刊中的内地与港台文学互动*
——以《开卷》《海洋文艺》《八方》为考察对象

陈庆妃

(华侨大学)

在中国当代文学史表述中,20世纪70年代末到20世纪80年代初的文学被指称为新时期文学。"新时期文学"被批评家赋予"思想解放""拨乱反正""文学回归"等内涵①。对于香港文艺界来说,"新时期"则带有自身的问题意识。香港文学的新时期一方面大致可以对应内地"新时期",但在具体的时间点和重要事件上又有所不同。内地新时期文学的起点事件是1979年全国第四次文代会的召开②,香港文学新时期最重要的起点事件应当是1978年港澳办的成立。将1984年作为香港文学新时期的下限则是由于这一年对香港文学发展有深远影响的《中英联合声明》的发表,此后至1997年,香港文学进入回归过渡期。以1978—1984作为香港文学的新时期有其特定的历史认识意义。20世纪70年代末期,台湾还处于戒严时期,香港未来归属也还未被提上议程,海峡两岸对峙的情势下,大陆文学在台湾尚属禁区,如何在内地与港台文学交流中凸显香港作为世界华文文学"中介-中心"的特殊性,香港文艺界在"新时期"如何有所作为,透过这一时期的香港文艺期刊可以管窥一二。

1978年8月13日,中共中央决定成立国务院港澳办公室,作为中央港澳小组的办事机构,第一任主任是廖承志。廖承志甫一上任就邀请一批香港文

---

* 本文为国家社会科学基金重大项目"香港文艺期刊资料长编"(批准号:19ZDA278)阶段性成果,原刊《中国现代文学研究丛刊》2023年第4期,有删减。

① 参见程光炜:《文学讲稿:八十年代作为方法》,北京大学出版社2009年版。

② 有关新时期文学起点有不同的认定,可参阅黄平《"新时期文学"起源考释》。此处采用通行的看法,以周扬在1979年10月召开的全国第四次文代会上所做的报告《继往开来,繁荣社会主义新时期的文艺》作为起点。

化界、出版界代表访问内地①,内地与港台文化圈交流进入新的一章。而后中美建交,1979年元旦,全国人大常委会委员长叶剑英发表《告台湾同胞书》,提出结束军事对峙、两岸三通、扩大交流等主张。这一历史性文件的发表对台港以及海外华文文学的影响是立竿见影的,中国大陆的台湾文学研究由此发轫。1979年12月,人民文学出版社出版一本并未获得授权的《台湾小说选》成为引人瞩目的现象,其待遇可以说是超规格的。从新华社到《红旗》杂志、《文艺报》,以至《读书》《中国现代文学研究丛刊》等学术刊物都予以高度关注。② 如此阵仗显然是新时期文艺工作配合政策转向的行为。

正是在这样的历史新时期氛围下,"首届台湾香港文学学术讨论会"1982年6月在广州暨南大学召开。以此为起点,台港澳暨海外华文文学进入学科时代,白先勇《永远的尹雪艳》成为"一只报春的燕子"③。如此爆发式的研究"繁荣"显然以台湾文学为中心,1978年几乎完全被1979年湮没,香港文学的能见度微乎其微。然而,在海峡两岸完全隔绝的情况下,是何种因缘造就台湾文学"如此繁华"呢?不妨借助香港文艺期刊回溯1979年到来之前以香港为中转站的海外华人文化圈的互动。

曾敏之④1979年发表于《花城》的《港澳及东南亚文学一瞥》一文被视为开评价港澳和世界华文文学先河⑤。曾敏之写于1980—1984年间的"文艺通讯六则"⑥正是立基于香港文艺期刊的观察。葛浩文则从另一方面指出,20世纪80年代初中国大陆的台湾文学研究面对两个不可忽视的阻碍——资料所限和政治问题,"在大陆写的文章,资料的来源往往限于香港的一些刊物,如《明报月刊》《七十年代》《八方》《开卷》(已停刊)等"⑦。

新时期香港文学,除了内地与香港关系的"新",还应该表述为中西方阵营(主要是中美)冷战融冰的"新"。香港作为文化冷战的滩头堡,其文艺期刊

---

① 根据新华社北京八月十九日电:《廖承志副委员长会见香港出版界参观团》。参见杜渐:《长相忆:师友回眸》,三联书店(香港)有限公司2015年版,第89、282页。
② 新华社新闻稿1979年第3595期报道人民文学社出版《台湾小说选》,《红旗》杂志1980年第5期发表张葆莘《评〈台湾小说选〉》,《文艺报》1980年第2期发表武治纯、谷文娟《〈台湾小说选〉选评》。
③ 刘登翰:《走向学术语境:祖国大陆台湾文学研究二十年》,《台湾研究集刊》2000年第3期。
④ 参见袁勇麟:《曾敏之与香港文学——世界华文文学研究史一瞥》,《华文文学》2008年第3期。
⑤ 陆士清:《深深的闪光的历史履痕——曾敏之与华文文学》,《香港作家》2008年第1期。
⑥ 曾敏之:《海上文谭:曾敏之选集》,花城出版社2012年版,第8—24页。
⑦ 葛浩文:《中国大陆的台湾文学研究概况》,《明报月刊》1981年第8期。

也是冷战风云的晴雨表。冷战融冰体现为这一时期中美之间密集的文化交流，如中国文化界代表团访美，爱荷华国际写作计划邀请海内外华人作家、举办"中国周末"，留美华人作家重访中国等等。由于其时中国内地正忙于拨乱反正，新时期文学更多被伤痕展示和历史反思的情绪所覆盖，海外华人的文学交流盛况并未能即时反映在内地的文学创作、文艺期刊上，中国历史转折与文学转型过程的这些侧影在香港文艺期刊中得以呈现。

由于港英当局长期以来并无专门的文艺政策和出版机构，香港文艺期刊以民间性、同人性为主要特征，其背后往往有各自传承的"左""右"文化亲缘。率先对新时期进行即时性反应的主要是与内地文艺界比较有渊源的期刊，因此本文将以《海洋文艺》《开卷》《八方》在1978—1984年期间出版的期刊作为分析对象，兼及整体性研究，探讨香港这一时期的文学脉动与文艺界的思想变动。

《海洋文艺》与《开卷》同为左派期刊，且主导期刊的主编、编辑原本都任职于中资出版机构——主要是以香港三联书店为领导的中国出版总署在港机构。根据《中共中央关于三联书店今后工作方针的指示》(1949年7月18日)，"三联书店与新华书店一样是党领导之下的书店，但新华书店是完全公营的书店，将来中央政府成立后，该书店即将成为国家书店，三联书店是公私合营的进步书店，将来亦应仍旧保持此种性质，即国家与私人合营的性质，因此在全国新民主主义的出版事业中(暂时除了台湾以外)，新华书店应成为主要负责人，三联书店应成为新华书店的亲密助手与同行，但在香港，在一个时期内，三联仍是革命出版事业的主要负责人"①。香港三联1948年10月26日成立，由原来的生活书店、读书出版社、新知书店合并。三店合并是在当时中共在港党组织香港文委书记胡绳以及领导小组组长邵荃麟的组织下完成的。中华人民共和国成立之后，香港三联归国家出版总署领导，在港的负责人从20世纪50年代后期开始是唐泽霖，1968年之后则由蓝真②接任。《海洋

---

① 《生活·读书·新知三联书店文献史料集》(上)，生活·读书·新知三联书店2004年版，第42页。原载《中华人民共和国出版史料》1949年辑第190页。
② 参见蓝真：《邹韬奋周恩来与香港三联书店》，《明报月刊》2001年8月。蓝真：《尘凡多变敢求真——纪念胡绳老师》，《明报月刊》2001年2月。蓝真：《五十年从头细说——香港商务印书馆的一段重要历史》，《明报月刊》2002年4月。蓝真：《香港三联度过动荡的五十年代》，《明报月刊》2012年10月。

文艺》和《开卷》的创办、编辑、出版、发行基本上都是在蓝真的统管下完成。二者区别主要在于,《海洋文艺》是在左翼出版组织的内部诞生的,《开卷》则由杜渐自筹资金、自主经营,但政治上、经营上仍然受左翼文化出版方针的指导。

一、《开卷》:香港版《读书》

1978年11月创刊的《开卷》是应内地新时期文艺风向转变而生,颇有香港版《读书》的意味。内地与香港文坛重建联系,北京三联书店总经理范用起了关键作用。《范用存牍》收入《开卷》主编杜渐写给范用的信件多达46封[1],从《开卷》出刊前的1978年7月开始,到停刊后有关香港三联书店店刊《读者良友》事宜,巨细必呈。显然,《开卷》的整个办刊过程都得到范用的支持与协助,《开卷》分享了新时期内地最有影响力的读书杂志的信息和人脉,其办刊理念、编辑手法、组织稿源方面都颇受影响。"《开卷》是一本图书的杂志,它的宗旨就是提倡读书。"(创刊词)但从栏目设定、封面人物来看,"作家访问"栏目才是《开卷》的王牌,《开卷》首先从阅读"人"——历史的大书开始。"希望《开卷》能成为一个让国内作家有机会在'文革'后同海外读者见面的'南风窗'"[2]。

《开卷》与《读书》的同气连枝首先反映在内容上。1979年4月《读书》杂志创刊号刊载林大中《"控诉文学"及其他》、王蒙《〈组织部来了个年轻人〉琐谈》[3]、郑文光《科学和民主的赞歌》[4]、艾青《在汽笛的长鸣声中——〈艾青诗选〉自序》[5]、裘克安介绍斯诺作品的一组文章《彭德怀〈〈西行漫记〉选录〉》《胡愈之谈〈西行漫记〉中译本翻译出版情况》《埃德加·斯诺作品介绍》[6],这些作

---

[1] 汪家明编:《范用存牍》,生活·读书·新知三联书店2020年版,第207—274页。
[2] 杜渐:《岁月黄花:三代人的求索》,香港天地图书2014年版,第525页。
[3] 《王蒙谈反对官僚主义》,《开卷》总第10期,1979年10月。
[4] 《开卷》,1980年5月总第17期"SF特辑"作家访问栏目《访问中国SF作家郑文光》。
[5] 《开卷》,1979年2月总第4期《艾青谈诗及写长篇小说新计划》,1979年11月总第11期吴尚智评论《从艾青〈在汽笛的长鸣声中〉谈起》。
[6] 《开卷》,1980年7月总第19期刊载裘克安《斯诺名著的新译本》,以及肯尼恩·休梅克著、裘克安译《斯诺和他的〈红星照耀中国〉》。

家及相关议题在《开卷》中都得到聚焦。《开卷》立足香港、连接海峡两岸以及海外,介入内地新时期文学的意识非常明显,有关"伤痕文学"、巴金《随想录》、曹禺《王昭君》,以及官僚主义、科学与民主等勾连文学与社会的诸多议题,都汇集了内地与海外华人作家学者的观点。刘文勇《近两年来中国大陆短篇小说漫评》评述了"潮头文学"——以卢新华的《伤痕》、刘心武的《班主任》、陆文夫、王蒙等为代表的创作。"它们提出和回答了海内外广大读者所关心的社会问题","尽管思想内容和艺术手法参差不齐,但由于它们突破了'四人帮'的清规戒律,反映了现实生活,接触了中国的社会问题,初步改变了中国大陆'没有小说'的局面"。该文同时指出这些小说存在的问题:精神枷锁还没有彻底打破、作家和地区发展不平衡、题材尚待开拓、艺术民主不足等。[①] 曾兆基《从〈班主任〉到评论〈班主任〉的文章》一文对海内外争鸣做了回顾总结,不仅引用了林大中《"控诉文学"及其他》,其批评立场和《读书》"读书无禁区"的立场也几乎完全一致。"《班主任》突然地冲破禁区,已闯开了一条新的写实主义路线。"作者引《访刘心武谈中国的新写实文学》一文,认为作者的作品面临被视为右派文学的压力,遭遇可能与王蒙的《组织部来了个年轻人》相似。

《开卷》与《读书》对新时期的文艺批评风气也多有回应。《有赠》刊载于1979年《读书》8月号第5期,遭批评"耽酒""避世"后,作者荒芜随即在《开卷》以《说诗存照》作为回应。往还争鸣之间,可见其时内地的文艺批评界仍受制于"赞美诗""歌德派"的影响,健康的批评文风尚未成为主流。借助台港以及海外视野,萧乾《〈王谢堂前的燕子〉读后感——一种值得提倡的风气》一文赞许批评的"风度",以及有关"小说美学"的商榷,足见萧乾揽观中外文学传统的见识,在新时期文坛无疑是很有启发意义的。由于巴金的《随想录》最初陆续发表于香港《大公报》,随后于1979年12月由香港三联书店出版单行本,因此,《开卷》重点关注了巴金及其《随想录》,并开放了讨论空间。

《开卷》关注内地新时期文学的同时,也平行看台湾文坛。第5期书评栏刊登陈翊《从异乡人到回归的一代——评介〈台湾现代写实小说选〉》,与《近两年来中国大陆短篇小说漫评》形成互视。《台湾现代写实小说选》是香港杜

---

① 《开卷》,1979年3月总第5期。

宇出版社出版的台湾乡土文学选集,代表其时台湾新兴的文学主流。相较于台湾20世纪五六十年代的"乡愁(反共)文学"、现代主义文学,20世纪70年代台湾的"现代写实"已经产生了质变意义的"乡土"意识。在世界冷战格局的变动之下,海外学运辐射到台湾,触发了台湾知识界一个民族主义运动。不同背景的作家笔下所呈现出的民族意识却是有差异的。一方面,留美学人开始觉醒,思考"回归",张系国《守望者》即是意味着经历"保钓运动"之后的思想转向——"守望"。另一方面,台湾本省籍作家关注新经济形势下的台湾乡土,显见台湾经济转型带来的社会问题的确突出而且尖锐。

《从异乡人到回归的一代——评介〈台湾现代写实小说选〉》《近两年来中国大陆短篇小说漫评》两篇文章分别以大陆和台湾20世纪70年代最后两年的小说作为观察对象,艺术分析背后的实质用心在于体察隔绝三十年之后两岸社会发展的状况与人民的精神状态。两篇文章的作者都直陈各自的关怀:"如果隔着海峡,仅仅作为一个冷漠而'客观'的文学欣赏者,也就会轻易忽略为什么越来越多的人从异乡人走向回归的一代","中国大陆近两年来尽管出现了一批较好的小说,涌现一些有才能的作家,但与时代的要求相比,还有很大的距离。有一些问题,亟待解决"。尽管两岸历史发展进程不一,文学样态不同,但无论是台湾文学的"现代写实",还是大陆文学的"新写实小说",都以结束冷战对抗、回归"现实"作为共识。

夏志清的著作《中国现代小说史》对20世纪80年代以来中国文学史的重写产生很大影响,但其中的问题在叶积奇的《一本所谓经典之作——评〈中国现代小说史〉》①中已经被尖锐地指出。1979年7月,《中国现代小说史》中译本初版由香港友联出版社出版,尚未进入内地学者的视野,《开卷》就已经意识到该著的问题所在。首先,夏志清撰写该著的出发点是非学术的,而且是为稻粱谋的,即替美国政府编写一部《中国手册》。其次,夏志清标榜的写作宗旨和标准是"优美作品之发现和评审""全以作品的文学价值为原则",然而该著许多地方是主观臆测,充满偏见,且形式大于内容。其三,该著出版过程延请的审阅专家都对中国文学不内行。叶积奇同时指出同期中国内地文学史书写同样充满基于政治立场的偏差。在1980年,叶积奇对海内外中国文学

---

① 《开卷》,1980年7月总第19期。

史偏差问题的发现唯有在香港才可能产生,遗憾的是,夏志清这本著作的问题直至20世纪80年代末还未被内地学界注意到,其另一方面反而片面地成为内地"重写文学史"的重要思想资源。

由是可见,《开卷》展示了"新时期"香港视野的开放性和意识的前瞻性,开掘了许多多年后才引发中国内地文艺界、学术界回响的议题。

二、《海洋文艺》的新时期转型

《海洋文艺》于1974年4月正式创刊,1972年11月至1973年12月出了4期试刊,出版长达8年,被认为是香港文坛贯穿整个20世纪70年代的最重要的文学刊物,1978年可以视为转型期。曾敏之"承嘱报道海外文情",有感于《海洋文艺》主编吴其敏及助手们海外文艺拓荒的热情,特意以诗相赠:

> 高楼纵目对汪洋,此是平安旧战场。
> 一自文星辉大泽,伫看汉德代桅枪。

《海洋文艺》幕后推手为香港左翼出版界德高望重的蓝真——三联、中华、商务管理处(联合出版集团的前身)主任,《海洋文艺》几乎可谓为吴其敏度身定制的[①]。20世纪60年代后期,受内地"文革"冲击,香港左翼文艺活动曾陷入低谷,读者流失。吴其敏临危受命,重建香港左翼文坛的新风格,以《海洋文艺》延续香港左翼文艺的命脉。

《海洋文艺》创刊号"编者的话"以抒情性的语言曲折表达吴其敏的新思维,"生活是一个无边无际的海洋,辽阔深邃!我们文艺爱好者,应该像一尾游泳在大海洋中的鱼一样,以极大的灵敏度,反映出海洋瞬息万变的规律"[②]。香港左翼文艺再出发必须面向广阔的"海洋",策略必须"灵敏"。《海洋文艺》在特殊时期,既坚持了左翼的现实关怀立场,发表了许多反映香港20世纪70

[①] 潘耀明:《〈海洋文艺〉点滴》,《文学世纪》,2005年10月总第55期。
[②] 《海洋文艺》,1972年11月创刊号。

年代香港劳工阶层生活状况的作品,也联结不少非左翼团体的作者,借此将视野拓展到东南亚、北美。这也是曾敏之将文情观察建立在《海洋文艺》之上的重要原因。

《海洋文艺》后期(1978—1980)由潘耀明接任也是蓝真的安排,访京的行程明确了潘耀明在《海洋文艺》的身份。① 《海洋文艺》与《开卷》的左翼亲缘关系由杜渐的双重身份可见一斑。② 杜渐在《海洋文艺》中译者面目的前后变化很有些戏剧性。1973年,刚入职不久的杜渐为《大公报》副刊翻译美国小说《警官》,总编辑陈凡认为不适合刊登此文,于是转投给《海洋文艺》,但最终还是被撤稿,原因是这篇小说宣扬资产阶级人性论。杜渐因而奉吴其敏之命转而翻译第三世界文学。等到杜渐主编《开卷》时,吴其敏则指导说:"最近比较开放了,你搞翻译也可以手脚放灵活些,不必局限在第三世界的作品,可以选一些英美和西欧的作家作品。"③《警官》的翻译及发表过程说明香港左翼文化人之间文艺观的分歧,以及新时期香港左翼文艺期刊立场的调整。

访京期间,廖承志在与代表团座谈时,期待他们"在香港出版各种不同类型不同个性特点的刊物"④。这次内地行直接促成《海洋文艺》的转型,从第五卷第11期(1978年11月)开始刊登内地复出作家的创作。与《开卷》相比,《海洋文艺》并未过多介入新时期内地文艺思潮,但对台湾文学现象关注的比重则有明显的变化。1979年元旦中央对台政策刚刚发布,1979年第2期的《海洋文艺》就刊登了韩牧的诗《相思———一九七九年元旦阅报后作》。该诗不长,但有"序"有"跋","序"为:"我的相思是需要媒介的/媒介不是固定的某一种/我的相思是有方向的/方向不是固定的某一个方向。""跋"则呼应:"从今天起/我的相思的媒介是这一种沉寂/炮声之后 爆竹之前/我的相思的方向是指南针的方向/台湾 是最大的磁场。"序跋之间,分明感受到诗人对两

---

① 潘耀明笔名彦火,1957年赴港。1976年应蓝真之命,由《风光画报》(《中国旅游》的前身)调到《海洋文艺》编辑部。
② 杜渐原名李文健,出生于香港。杜渐少年时期辗转于战乱中的香港、桂林、重庆等地,后就读于香港圣士提反书院(St. Stephen's College)。1951年回内地升学,1960年毕业于广州中山大学中文系。1971年返回香港,先后任职于《大公报》《新晚报》,1983年起任香港三联书店特约编辑。
③ 杜渐:《长相忆:师友回眸》,第46、282页。
④ 同上书,第282页。

岸政治气候解冻的感受与期待。第4、5期分别发表了秦松的诗《乡土台湾十七弦》《乡土台湾未尽弦(十三首)》。

从第五卷第6期开始,叶如新应邀写系列文章,聚焦台湾文学(此前叶如新主要介绍中国古典文学知识):《杨青矗和他的短篇小说》(1979年6月)、《在现实土壤上的王拓》(1979年7月)、《欧阳子的心理描写》(1979年9月)、《宋泽莱笔下的农村气息》(1979年10月)、《台湾青年作家张系国》(1979年11月)、《王祯和的台语文学》(1979年12月)、《王文兴的〈家变〉及其他》(1980年1月)、《年青一代的洪醒夫》(1980年4月)、《陈若曦和她的旅程》(1980年5月)、《不同流俗的吴浊流》(1980年6月)、《钟理和的悲剧》(1980年7月)、《杜国清的诗和诗论》(1980年8月)、《郑愁予和他的诗》(1980年9月)、《别有特色的台湾文学》(1980年10月)。①

如果对照《台湾小说选》会发现,《海洋文艺》对台湾文学的聚焦与《台湾小说选》的编选存在时间与编选对象的诸多"巧合"。《台湾小说选》编辑委员会在编后记中强调台湾作家的作品同祖国现实主义文学传统的关系,以及乡土气息,同时也坦陈:"由于人所共知的原因,我们今天初次提出的这个选集,未能向作者们征求意见……本书的编选,得到海内外广大台湾同胞和侨胞的协助,谨致谢意。"②对于与台港以及海外文艺界长期缺乏交流状况的内地而言,《台湾小说选》编选眼光无疑是出色的,一方面注意到台湾文坛的最新动态,另一方面也关注到台湾海外留学生文学的整体状况,以青年作家的创作为主,也注意到日据时期的重要作家。尽管编委会没有列明具体编选者,但有理由相信他们也是透过香港文艺期刊而获得的"海外文情"。

《海洋文艺》前后期的调整无疑是配合国家政策的需要。潘耀明后来分析"由于销行阻滞,亏蚀良多"而停刊的原因:"《海洋文艺》在七十年代末期,刊载了许多内地知名作家的作品,本地和星马地区的作品相对减少,由于这些作家的其他作品也同时在内地出版的刊物出现,并且在海外行销,所以较难引起本地及海外读者兴趣,所以星马地区的销路为之锐减,构成致命伤。"③除了内地出版物海外行销,其他香港文艺期刊对复出作家的过度重复

---

① 这些文章后来结集出版为《台湾作家选论》(香港中流出版公司1981年版)。
② 《台湾小说选》编辑委员会编:《台湾小说选》,人民文学出版社1979年版,第602页。
③ 彦火(潘耀明):《〈海洋文艺〉之十》,《香港文学》总第13期,1986年1月。

聚焦也影响了《海洋文艺》的竞争力。

港英当局统治下的香港并无文学体制，但左翼在香港的文化出版界代表了中国内地文艺体制在香港的在地实践，体现出新时期利用香港的区位优势和商业社会性质而做出的相应调整。

三、《八方》与海内外华人文化圈的重建

有别于左翼的"听将令"，本土同人杂志的"没有宣言的诗学"，《八方》开宗明义"有意结合左、中、右和海外"，"而且势必同人式运作，有核心、有外缘、两个圈的结合"①。无论是自我定位，还是文艺实践，《八方》都可谓再现新时期内地与台港以及海外华人文化圈互动交流盛况最重要的文艺期刊。这种重要性体现在以下几个方面：世界视野以及多元立场；汇集海内外华人最优秀作家和学者的创作与思考；专辑议题设定上承五四以来的中国新文学传统，具有自觉的引导性与前瞻性。此外，《八方》每辑两三百页、三十万字的篇幅容量也是其他文学期刊所难以并提的。

《八方》1979年在利通图书公司②的支持下创刊，到1981年9月因为经济因素出版中断，共出版四辑：第1辑（1979年9月）、第2辑（1980年2月）、第3辑（1980年9月）、第4辑（1981年9月）。《八方》属《盘古》（1967—1978）、《文学与美术》（1976—1977）、《文美月刊》（1977—1978）一系期刊，编委会成员基本都是一些深受新亚书院文化中国情怀影响，兼具港台学术背景，以及世界视野的中青年知识分子。核心成员为戴天、古苍梧、黄继持、林年同、郑树森，以及后来加入的小思（卢玮銮）、陈辉扬，文楼是《八分》封面的义务设计者③。

---

① 郑树森、熊志琴：《结缘两地：台港文坛琐忆》，台北洪范书店2013年版，第92页。
② 利通图书公司为香港第一家图书发行公司，创办于1966年，属于左翼出版系统当中二三线的中间性质的发行公司。据古苍梧给范用的信件可知，《八方》获得利通图书公司的资助也与蓝真的背后支持有关。参见《范用存牍》，第394页。这说明《八方》尽管属于独立立场，但其办刊理念获得左翼出版的支持，支持有限，属于间接支持。
③ 戴天毕业于台湾大学外文系，曾参与《现代文学》的创办，留学美国爱荷华大学；古苍梧毕业于香港中文大学，留学美国爱荷华大学，《八方》休刊期间赴意大利游学；黄继持创刊期间任教于香港中文大学；林年同留学意大利学习电影；郑树森毕业于台湾政治大学，后留学美国加州大学圣地亚哥分校，创刊期间往返于香港与美国；卢玮銮毕业于新亚研究所，任教于香港中文大学；陈辉扬，毕业于香港大学，主修哲学和文学；文楼曾就读于台湾师范大学艺术系，是知名雕塑家。

他们自我定位高远,具有鲜明的民族国家立场的部分成员如古苍梧等在《盘古》期间曾持"国粹派"的立场。经历"文革"时期激进的"左"倾之后,他们逐渐朝向"现实、历史与文化的回归"①,同时继续保持对世界时势、中国时局的热情,并积极回应。戴天评价范用等《读书》编辑成员:"你们都是和中国大地相结合而又具有民族新貌的正直的人。"②某种程度上,戴天此言既代表了《八方》编委的民族立场,也代表了自20世纪60年代末以来海外华人知识分子"回归"运动的思想倾向,亲近中国大地,体现民族新貌。

古苍梧也是1978年访京团的成员,其主导下的《八方》编辑方针与这一时期发生在中美之间的文化交流事件有直接的关联。1979年元旦中美正式建交,4月,中国社会科学院组织代表团访问美国。9月,爱荷华国际写作计划举办"中国周末",海内外二十多名华人作家、学者③参加。这是1949年以后首次有中国大陆作家受中国作协委派出访美国,萧乾将"中国周末"视为"一国四方"("四方"指内地、香港、台湾和在美国的作家)之间的一次对话。"正式会议之外,当晚的讨论一直开到凌晨两点。我这次去如果说有点收获,就是对'海内外关系'有了些新的认识。"④对话具体内容以《中国文学的前途》为题刊发于香港《明报月刊》1979年第10期。爱荷华此次邀请一方面有美国国家政策调整的因素影响,另一方面也展现了聂华苓基于华人立场的特殊安排。时势加以人为,故而以上两个中美文化交流项目的参与者与《八方》创刊号的内容和作者重合度高实非偶然。

钱锺书和费孝通是1979年中国社科院访美代表团中的明星级学者,受到众星拱月的待遇,成为陈若曦小说《城里城外》的人物原型,其真实程度甚至引发北美和香港一些报刊的争论⑤。对照中国社会科学院访美代表团所著的

---

① 《双程路》所指称的"第三程:现实、历史与文化的回归"。参见卢玮銮、熊志琴、古兆申:《双程路——中西文化的体验与思考 1963—2003:古兆申访谈录》,香港牛津大学出版社 2010 年版。
② 《范用存牍》,第 174 页。
③ 出席 1979 年"中国周末"的华人作家、学者包括:中国内地的萧乾和毕朔望,香港地区的李怡和戴天,台湾地区的高准,新加坡的黄孟文,美籍华人作家和学者李欧梵、李培德、周策纵、於梨华、秦松、陈若曦、陈幼石、许芥昱、许达然、叶维廉、郑愁予、刘绍铭、欧阳子、翱翱、聂华苓、蓝菱。此外,据萧乾回忆,台湾诗人高准以个人名义出席,参见萧乾《漫谈访美观感》,《读书》1980 年第 5 期。
④ 萧乾:《漫谈访美观感》,《读书》1980 年第 5 期。
⑤ 陈若曦:《〈城里城外〉的纠纷(代序)》,《城里城外》,香港天地图书有限公司 1984 年版。

《访美观感》①,以及夏志清、余英时、水晶、庄因的回忆②,《城里城外》几乎可认为是介乎非虚构与虚构之间的创作。钱锺书因为其早期小说《围城》在海外的影响,以及轰动美国汉学界的完美"表演"(夏志清语,非贬义),更为华人文化圈瞩目,成为《八方》创刊号的焦点。除了对现实事件的即时性反映,《八方》的首篇评论文章《新文学六十岁:访问周策纵》颇具创刊宣言意义。1979年正好是五四运动60周年,由《五四运动史》的作者来引导读者重返五四,其寓意不言而喻。自觉建立与五四文学传统的联系,一直是香港文化界的共识。同为访京团成员,古苍梧并未马上着手创办刊物,而是为《开卷》做第一位复出老诗人的访问,就是卞之琳。对古苍梧而言,这是回归到20世纪60年代末编选《现代中国诗选》③时期的理想,希望修复新文化的断层,反省20世纪60年代中后期港台文艺流行的"亚流"现代主义文学。④

《八方》为复出的内地老作家发声。创刊号第一辑的重头戏是钱锺书。第2辑首发李黎访问巴金《巴金先生谈过去、现在、未来》,卞之琳专辑⑤较为全面地介绍了卞之琳的创作与翻译,兼及早期作品与当下思考。第2辑"九叶专辑"⑥,对九叶诗人全员检阅之余,配发《九叶诗人小传》。但前三辑内地作

---

① 中国社会科学院访美代表团:《访美观感》,中国社会科学出版社1979年版。作者暨访美代表团成员:宦乡、宋一平、费孝通、钱锺书、芮沐、薛葆鼎、李新、赵复三、廖秋忠。
② 参见《重会钱锺书纪实》(夏志清)、《侍钱"抛书"杂记——两晤钱锺书先生》(水晶),李明生、王培元编《文化昆仑:钱锺书其人其文》,人民文学出版社2000年版;《钱锺书印象》(庄因),杨联芬编《钱锺书评论七十年》,文化艺术出版社2010年版,原载台北《联合报》1979年6月5日、6月26日;《我所认识的钱锺书先生》(余英时),彭国翔编《师友记往——余英时怀旧集》,北京大学出版社2013年版,原载《文汇读书周报》1999年1月2日。
③ 《现代中国诗选》1967年开始编选,1969年完稿,1974年正式出版。参见《双程路》,第25页。
④ 古苍梧:《请走出文字的迷宫——评〈七十年代诗选〉》,《盘古》1968年2月28日第11期。
⑤ 卞之琳在《八方》刊载的文章有7篇:《与周策纵先生谈新诗格律》(第1辑)、《"不如归去"谈》(第2辑)、《成长》(第2辑)、《莎士比亚悲剧〈哈姆雷特〉的汉语翻译及其改编电影的汉语配音》(第2辑)、《介绍江弱水的几首诗》(第5辑)、《翻译对于现代诗的功过》(第8辑)、《不变与变——过时的歧见》(第10辑)。有关卞之琳的评论文章与研究资料集中在第2辑的"卞之琳专辑":《当一个年轻人在荒街上沉思——试论卞之琳早期新诗(1930—1937)》(张曼仪)、《附录:卞之琳著译目录》(张曼仪编)、《雕虫精品——卞之琳诗选析》(黄维梁)。其余1篇:《湖光诗色——寄怀卞之琳》(木令耆,第4辑)。
⑥ "九叶专辑"(第3辑,1980年9月):《九叶专辑前言》,袁可嘉《〈九叶集〉序》《诗三首》,穆旦《冬》《友谊》,杜运燮《树》《春》《占有》《落叶》,陈敬容《诗六章》,郑敏《诗信》《桥》《六十弦》,辛笛《网》《雨和阳光》《三姊妹》,唐祈《北大荒短简》,唐湜《夜中吟》,杭约赫《题照相册》《九叶诗人小传》,梁秉钧《失去了春花与秋燕的——谈辛笛早期诗作》,钟玲《灵敏的感触——评郑敏的诗》。

家仅以专访与专辑形式出现,新时期新作很少,直到第四辑才以创作为主,海内外华人作家同期在场,实践名副其实的"八方"。《八方》编委对新时期中国内地文艺思想发展的冀望以及承担意识也体现在文学理论专栏上。《八方》前期共刊发了3辑专栏文章:"结构主义文学理论专辑"(第1辑)、"现实主义与现代主义问题专辑二"(第3辑)、"文艺理论专辑三"(第4辑)。"年同兄、继持兄和我三人经常讨论内地文艺理论路线问题,现实主义、社会主义现实主义、现代主义这三个重大的、互相关连的环节,在一九八〇年代初该如何重新认识?是当时中国内地不可能进行的讨论,所以在香港来爬梳,甚至希望将现实主义的真正精神、现代主义的技巧开创,重新向内地文艺界推广。"①

以上对香港文艺期刊分别论述,以系统阐释刊物之间的不同立场与定位以及由此形成的不同的刊物取向,但这些刊物彼此之间又有颇多的联系和合作,这种合作更多体现在具体的跨界能力强的"人"身上,如《八方》编委郑树森和李黎。所谓的跨界能力一方面指空间流动能力强,人脉广泛,另一方面也指较为中性的立场和跨学科的学术造诣。郑树森的作用主要体现在其国际视野和人脉以及学术造诣。李黎在新时期重建华人文化圈的努力尤其值得一提,她与《八方》《海洋文艺》《七十年代》,以及内地的《读书》皆有密切的互动,范用仍为枢纽。早在1978年,署名张华、李黎的长篇访谈《访刘心武谈中国的新写实文学》②可谓海外最早讨论伤痕文学的文章。李黎第一部小说集《西江月》1978年由中国青年出版社出版,茅盾为书名题字,丁玲写序。"他周遭我的同龄人有许多不是打倒一切的造反派,就是对古典传承和国外世情一无所知;对于他那一代这也是一个断层,而我在那时出现,像是从那片断层里冒出来的一个中国青年的异数。这也是他决定不由三联书店,而由中国青年出版社出我第一本书的原因吧。"③正是由于对台湾、香港、内地以及美国都有深度的文化体验,李黎在新时期所发挥的个人作用是无法取代的。

---

① 郑树森、熊志琴:《结缘两地:台港文学琐忆》,第102页。
② 《七十年代》第111期,1979年4月。
③ 《七十年代》第111期,1979年4月,第215页。

结语：停刊、休刊及其影响

《海洋文艺》《开卷》同时于 1980 年底停刊，《八方》于 1981 年 9 月休刊。尽管这些文艺期刊停刊、休刊的原因各有不同，但都为 20 世纪 80 年代后期香港文艺期刊的发展预留了伏笔。

《海洋文艺》《开卷》都源于香港左翼文艺系统对内地新时期文学的反应，但因为刊物定位不同，资金来源不同，刊物面貌同中见异，各有侧重。比较耐人寻味的是二者几乎同时停刊。据潘耀明回忆："《海洋文艺》的结束，真正原因不得而知，大抵是与吴其敏先生退休和《海洋文艺》销路都有关系。1980 年秋我赴闽参加一个文学活动，返港后蓝真先生突然找我，向我宣布《海洋文艺》决定停办，并调我筹办香港三联书店编辑出版部（香港三联书店过去业务只是做图书发行，没有正式编辑出版部）。"① 杜渐在给许定铭的信中，也表达了类似的困惑："事实并不完全是这样的，当然在香港这样的商业城市，办这样一份读书刊物，不亏损那是不可能的，但我们当时也不是不能办下去，一方面是我已经心身很疲劳，另一方面也是因外因，这外因同当时停了好几个刊物，有《海洋文艺》《季候风》……"② 杜渐给范用的信中则直言："《开卷》明年办不办下去，现在等蓝公作最后决定，将在下星期内见分晓。停了可惜，办却要赔钱。我对当主编这虚衔并无多大兴趣，建议蓝公全盘研究香港的刊物，重新组织人力，合理调配，再作一战，未知结论怎样，反正这意见已同杨奇和蓝公谈过，由他们决定了。"③ 由此可见，香港左派文艺刊物作为统战刊物，其命运不仅要服膺于香港的商业环境，更要服膺于统战方针思路的整体布局与调整。从后续的发展来看，1985 年创刊的《香港文学》应该是左翼文艺期刊停滞几年后，面向回归过渡期统战新思维的体现。

理念与现实的尴尬同样也存在《八方》身上。"除了来自台北的白色恐怖，《八方》进入大陆也有困难，邮件也被没收，只有罗孚先生通过他的管道送入大陆的顺利抵达，而罗孚先生更在一九七九年第四次'中华全国文学艺术

---

① 彦火（潘耀明）：《琴台客聚〈海洋文艺〉的浮沉》，《文汇报》（香港）2020 年 11 月 25 日。
② 许定铭：《杜渐和他的〈开卷〉》，《文学研究》2006 年夏之卷。
③ 《范用存牍》，第 254 页。

工作者代表大会'上,将《八方》作为香港文艺新动态介绍。《八方》在大陆的作家圈里流传,得多谢罗孚先生之外,还有经常到大陆的海外文友,和个别《八方》的同仁,都不辞辛苦负责运送。看到《八方》的内地文人虽然只是少数,但有时影响就是这样点滴累积。"①《八方》出版四辑后休刊,固然是经济问题,但与缺乏读者市场,完全靠情怀、靠赞助也有关系。杜渐的观察是:"小古的《八方》已经出版,三百页的刊物,内容充实,但在香港我怕太深,内地会感兴趣,但在港我怕会蹈《开卷》之覆辙。"②从内容来分析,《八方》确实存在陈义过高,与中国内地新时期文艺界思想不同步的问题,理论议题更存在代际的时差,无法引发内地文艺思想界的共鸣与回应。如此看来,即使同一个新时期,由于内地自身的问题意识与香港文艺界的关注不同调,《八方》的文化理想基本落空。然而香港在文化冷战前沿,在海峡两岸分裂的"真空"地带承担文化使命的意识依然在延续。六年后《八方》复刊,继续秉承超越的文化理想,其主导香港文艺发展导向的精英意识无疑继承了20世纪70年代以降香港青年知识分子"反殖""认中关社"(认识中国、关心社会)的人文情怀。

香港新时期文艺期刊既是内地新时期政治、文艺思潮转向影响所致的发展,也是冷战融冰为香港文艺发展带来的新面貌。不同文艺期刊在回应内地新时期的文艺新局面上既有共同的取向,也有基于各自立场的思考和表达。尽管他们在新时期的努力并未产生如他们预期的效果,但仍然可供当下台港澳以及海内外华人文化圈的交流与互动借鉴,并催生新的思考:海外华文文学学科史叙述以1979年作为叙述起点是否合宜?如何将台港澳文学(甚至海外华文文学)有机地纳入中国当代文学史?1979年作为历史重大事件的起点有特别的聚焦意义,中美关系、台湾问题的重要程度也容易理解,但如果从文学内部出发,从冷战对峙到融冰到解冻,将当代文学发展理解为内外合力逐渐演变的过程,当代文学从"文革"十年到新时期并非断裂性的。呈现在香港文艺期刊中的,海外华人学者如何解读伤痕文学、反思文学,及其所引发的有关"新写实文学"的讨论,也提供了一种理解内地新时期与"文革"十年文学关系的视角。由于内地与港台政治、经济情势发展不同,长期隔绝造成彼此误

---

① 《结缘两地:台港文坛琐忆》,第115页。
② 《范用存牍》,第234页。

读,何为"新",何为"写实",各自有理解的语境与脉络,这在当时并未获得共识。对于新时期文学的"新",内地学者主张"向前看",而一些港台以及海外学者试图"向后看",两者之间的分歧与张力也说明新时期很难隔断其历史债务。① 从香港视野出发,而非以中美建交作为起点,以台湾文学进入中国大陆作为叙述起点,思考海外华人知识分子与中国内地的文学关系,其前因甚至可以追溯到20世纪70年代初期"海外五四运动"——保钓运动。"重返八十年代""以八十年代为方法"的讨论,如何重返,以何种路径,香港文艺期刊不失为一个可供参照的入口。

就当下香港文学而言,还有一些研究倾向值得关注,譬如流播甚广、影响日深的香港文学"建构论","我城—浮城—失城"的文学史发展脉络,无疑是某种程度去历史化研究的后果。陈筱筠认为:"1980年代香港文学场域强调香港位置,其所要取得的文学正当性之一,是一种对于文化中国的诠释权,想象理想中的文化中国……但必须留意的是,《八方》当时所想象的文化中国,其内在特质并非巩固并增强中国性霸权的文化中国,而是偏向凸显香港经验对于中国现代文艺的意义,以及早期来港的中国文人对于香港早期文学的发展所带来的丰富资产。"②陈筱筠研究的初衷是试图突破香港文学建构论中"我城—失城"的单一路径,避开陷溺于"借"/"还"之间造成的创伤逻辑③。然而,此种去历史化的香港文学建构论不仅存在由果导因、后设追述的褊狭,也容易因其简单化、概念化而易于被接受并产生某种程度的误导。陈筱筠研究的盲区在于局限于文本内部分析,未能看到文学书写背后"人"的交流与互动。本文仅以新时期作为一个入口,而不将20世纪80年代作为预设的整体进行分析,不仅进行期刊文本内部分析,也将"人"带入历史现场。新时期香港文艺期刊与内地期刊互动,期刊编委与内地文艺界有效沟通,彼此共同为中华文化发展拥有承担意识,谈香港文学的独特性,也是在中国文学的脉络里讨论。部分台港以及海外华人学者的香港文学研究用后殖民思潮抵抗霸权,"角逐界定正当性文学论述的主导权"等理论预设一定程度上存在偏见与盲见。

---

① 有关"新写实文学"的论争主要集中在李怡主编的《七十年代》,本文讨论的刊物也有间接涉及。
② 陈筱筠:《1980年代香港文学的建构与跨界想象》,中国台湾成功大学台湾文学系2015年博士论文,第26页。
③ 同上书,第12页。

建构人类命运共同体:疫情时代的文学转向与精神反思
——以 2021 年海外年度华语小说为例

张 娟

(东南大学)

人类社会总是与灾难相伴相生。2021 年全球都受到新冠肺炎疫情的影响,危机时刻的现代社会,个体的精神和意志进一步凸显,每个人的自我更被关注到、感受到、体验到。没有一个人能够逃脱疾病的纠缠,有可能是一场突如其来的瘟疫,也有可能是一种心理疾病,正如苏珊·桑塔格所说:"每个降临人间的人都拥有双重公民身份,其一属于健康王国,另一则属于疾病王国。尽管我们都只乐于使用健康王国的护照,但或迟或早,至少会有那么一段时间,我们每个人都被迫承认我们也是另一王国的公民。"[①]新冠疫情带来的隔离状态让我们和世界的联系暂时进入暂停状态,从而在社交、心理和文学上都呈现出"向内转"的特征。2021 年漓江出版社在华东师范大学出版社的"海外华语小说年展"基础上,做出了"海外华语小说年选系列"。两者同为作家夏商操刀,在博览海外华语年度新作的基础上,尽可能涵盖海外华语小说优秀作品。和"年展"注重推出作家不同,"年选"侧重作品,以北美为重镇,兼及日华、欧华、马华小说家,既有名家,也有新秀。2021 年选小说中有一些直面疫情对我们生活的改变与影响,有一些并没有和疫情直接相关,但是都关注到了个体的精神与情感,也体现出这个时代"向内转"的一种情绪主流。

[①] 苏珊·桑塔格:《疾病的隐喻》,程巍译,上海译文出版社 2003 年版,第 5 页。

一、孤独与团结:疫情背景下的精神困境

席卷全球的新冠肺炎疫情,让各个国家猝不及防,正常的生活状态被打乱,众多国家叫停聚集性活动,进行防控防疫。现代社会最大的特征就是空间的并置和流动。"全球化的纵深发展,资本、商品、人等所有要素在世界跨区域的自由流动,加之信息高速公路的无界限地连接,整个世界都呈现流动不止的状态。"① 在这种流动的现代社会中,一旦产生疫情风险,其影响的广度和深度也是超乎想象的。疫情带来的不仅仅是对人类健康的威胁,同时给经济、政治、生活等都带来不可估量的影响,全球化时代,没有一个国家、地域或者个体可以独善其身。在风险社会中,个体的孤独感也被强化。网络流行语说道,"时代的一粒灰,落在个人头上,就是一座山",刻画的就是在疫情时代个体的无助与脆弱。

"现代社会是一个传染的社会,是因为社会的密度增加,而产生了人与人之间不以每个人的意志为转移的瞬间即可感染的社会。"② 疫情中的隔离政策让每个人的社交范围和生活圈子都迅速缩小,孤独感油然而生。正可谓"向左走是病毒,向右转是孤独"。孤独是一种个人与个人、个人与社会之间的疏离关系。春树的《覆盖孤独》聚焦于疫情中一个女性的平淡日常,她是北京人,有个四岁的孩子,现在在柏林居住、写作。朋友彭朵也是北京人,和她差不多同一年来的柏林,在画廊工作。她的困境在于这段婚姻让她不快乐,她想回到北京。虽然有郑志这样的网友陪伴她密集地聊天,但是两人身份差异巨大,三观不合,并不能真正满足她的精神需求。疫情中人与人之间的距离拉大了,每个人都仿佛被困住。她终于离婚,也终于和郑志上床,但是并没有快乐,只有茫然。黑孩的《酒会》讲的是自从疫情开始后,"我"一次电车都没坐过,一个朋友都没见过,这仿佛是全人类历史上非常黑暗的一段时光,而且还没有完。在一次酒会上,与龙哥、才哥、美姐姐这些经历过人生风雨的人不期而遇。参加聚会的前一天,"我"刚刚写完一篇关于才哥弟弟和当年跟他弟弟私

---

① 齐格蒙特·鲍曼:《全球化》,郭国良、徐建华译,商务印书馆2004年版,第77页。
② 渠敬东:《传染的社会与恐惧的人》,《清华社会科学》2020年第2期,第238页。

奔的女人小百合的小说,聚会中就和小说中的人物相遇,小说与现实神奇地交织在一起。

疫情带给普通人的更多是日常生活和工作的困扰。帕斯卡尔曾说过:"人只不过是一根苇草,是自然界最脆弱的东西;但他是一根能思想的苇草,用不着整个宇宙都拿起武器来才能毁灭他;一口气、一滴水就足以致他死命了。"①人的生命是如此脆弱,只不过是一根会思想的芦苇,生活在这个世界上,也就是生活在一种命运共同体中,必须相互帮扶,相互依赖,才能走过漫漫长夜。山眼的《隔离》描写了一个家庭两代人的疫情生活。正如小说中所言:"以前的思虑只是路上让人心烦的杂草,现在他们要面对的是压根没有路的幽黑丛林……世界停止了。不是,不是停止,而是以非常缓慢的方式匍匐前进。会议室的嘈杂、虚假的礼貌、办公室政治被病毒的炮火轰击消失不见了;生活的光滑、各个流程间切换的自如也消失了。无论从哪个角度看去,这一切都硬得像花岗岩。艾林想:我们从后现代建筑回到了现代主义那一套。"②艾林居住在曼哈顿西区89街的一座老式公寓,她的恋人安东尼是墨西哥移民,此时正陷入医院急救的忙乱中。昔日喧嚣浮华的纽约如今空无一人,如同一个失去生机的垂老之人。由于疫情,公司倒闭,艾林失去了建筑师的工作。但她依然乐观、自信、坚强,她签署了疫苗人体试验的同意书,想为疫情做点什么。在救助生命的过程中艾林和男朋友安东尼救治患者、进行人体试验,他们为群体利益而体现出的精神和情感,体现出了灵魂之善。"康德的道德世界就是属人的世界,在这个世界里,每个有理性者无疑是以个体的形式思考和行动的,但却不是独立地、孤立地进行的,而是以集体的、类的形式完成的。"③艾林和安东尼的善良和努力就体现在这种个体的相互扶持和联结,这也正是人类命运共同体的希望所在。

正如在加缪的世界里,孤独最终和团结形成了一种天然的关系。《鼠疫》中在疫情里一步步隔绝的奥兰城人最终又一步步走向团结。"这同时定义了我们之间的团结。我们需要捍卫每个人孤独的权利,因此我们从此不再是独

---

① 帕斯卡尔:《思想录》,何兆武译,商务印书馆1986年版,第159—160页。
② 山眼:《隔离》,夏商选编:《2021海外年度华语小说》,漓江出版社2022年版。
③ 《从权力政治到生命政治:两种场域与两种路向》,《京师文化评论》2020年秋季号总第7期。

行者。"①"孤独与团结是一体的,团结诞生于孤独中,孤独与团结共存。当独行者们朝向同一个目标前进时,他们将迎来胜利和幸福的曙光。孤独可以通向团结,孤独更需要团结。"②当疫情打破了常态化的平淡生活,孤独与团结、生命和自由变成一个日常需要面对和抉择的难题时,文学敏感地发现了这种改变,并且用文学的方式呈现出多种思考向度。

二、个体与世界:时代病症与精神"内转"

年选中的作品还有很多并不是以疫情为背景,但是都是直面这个时代的病症。但事实上,世界各国的经济、政治、文化等已经高度交织在一起,吉登斯在讨论生活政治时就指出,我们不能局限在传统的民族国家社会中看待问题,我们的工作和生活基本上都是在全球化的空间场域中展开的。"生活政治关涉的是来自后传统背景下,在自我实现过程中所引发的政治问题"③,生活政治关注的是"我们如何生活",这种自我反思关涉一系列问题:我们的自我情感困境,人与科技的关系,我们的情感如何安放等等。佐克·杨说:"正因为共同体瓦解了,身份认同才被创造出来。"④在疫情时代的隔绝环境下,人们很容易感受到孤独,努力去重建自己的心灵秩序,反思自己的文化身份,这些问题都深刻地影响着我们的"存在",同样凸显着生命与自由的追求。

对于自我生存困境的探索,有"中国故事"和"海外故事"两种视角。陈河的很多小说都聚焦于海外孤独的"零余者"形象,此次入选的《涂鸦》则回到了他的家乡温州,讲述了一个温州的"零余者"李秀成的个体的生存困境。同时,这又是一个堂吉诃德式的以一己之力不断抗争,为自己寻求生存空间的个人英雄的故事。《涂鸦》从公共厕所墙上一句涂鸦讲起,从"石银池入土匪"讲起,回到了温州老城西郭外的底层市民社会。写这句标语的人叫李秀成,石银池是厂里的人事科长,要求李秀成服从组织分配,下放到农村,他为了避

---

① Albert Camus, *Actuelles Chroniques 1944-1948*, Paris: Gallimard, 1950, p.494.
② 马雪琨:《通向团结的孤独之路——论加缪小说〈鼠疫〉的启示》,《南京政治学院学报》2018年第5期。
③ 吉登斯:《现代性与自我认同》,赵旭东、方文译,王铭铭校,生活·读书·新知三联书店1998年版,第247—248页。
④ 齐格蒙特·鲍曼:《共同体》,欧阳景根译,江苏人民出版社2003年版,第12页。

免这种厄运,采用了各种无赖的手段。他的资源来自《三国》和《水浒》的鼓词和说书。李秀成失去了户口,就变得人不是人,就像一个鬼魂,比鬼魂还苦,孩子无法上学,老婆跟人私奔,女儿失足,没有粮票、布票、煤球票。李秀成变成了一个抗争者,他真正实践了"我命由我不由天"的反抗精神。他的高光时刻大概是在"红色台风"严打之时,他入狱之后却从厕所顺利逃脱。十几年来在温州市区厕所写标语的经历让他练就了对厕所的熟悉程度,让李秀成进入厕所,就像让一条鱼进入河里。逃走后,专案组抓住户口问题是李秀成的命脉这一要害,把他的户口又迁回了文成山区。1984年后,私营经济解禁,但是李秀成却消失了。作者没有给出结论,只是说1982年海坦和西郭派出所爆炸案可能与他有关,因为这个罪犯的一个特征是左撇子,但没有其他的证据证明这个事。

另外有多部作品以海外生活中的个体精神困境为观照对象。日本被称为"孤独大国",是一个高度城市化的陌生人社会,秩序井然,恪守规则,隐忍自律,同时也带来了人际关系中的疏离和冷漠。这种人际关系的不信任感和孤独感,造就了私小说在日本的漫长传统。海外华文写作中作家的"在地性"值得关注,很多海外华文作家受到居留国的文学氛围影响,写作会带有较强的在地色彩。《劳娑的清晨和乌鸦》作者春马是一位90后写作者,但他的文笔却非常老到,且颇有日本私小说的味道。这部小说是关于告密、欺骗的道德伦理问题。日本的私小说较为关注成年人的婚姻危机与伦理困境。这部小说也是聚焦于婚姻中的欺骗和背叛。小说中的小李想和在中国的前夫复婚,但是如果和日本的丈夫离婚,就会失去在日本的居留身份。"我"为了帮她,把自己的未婚夫介绍给她,让他们假结婚,最后"我"却发现他们早已假戏真做。"我"感觉被背叛,从而向入管局告发了小李。乌鸦是告密的一种隐喻,告密是非正义的,"我"开始对乌鸦感觉恐惧,只能打死乌鸦消除自己内心的恐惧感。乌鸦是成年人内心的伤痕,也是无法用简单的道德伦理审判的人性的灰色地带。

唐简的《潜流》也是聚焦"向内转"的心理困局。郭明是一位32岁的单身网络游戏设计师,住在曼哈顿高地的城堡村,长期失眠。纽约一场暴风雪后,他用铁锹打了路易斯。好在法律是人性的,律师让他看心理医生。他总是沉浸在自己潜意识的梦境中。检控官对他的控诉是恶意殴打受害者及拒捕,实际情形是,警察来的时候,他的眼前出现了丽莎和母亲的幻象,他情不自禁去追赶她们。这一行为的背后,其实是郭明长期以来对母亲之死的罪恶感与负疚感所致。郭明的母亲被父亲抛弃,父亲在香港有了新的家庭,母亲患上肺癌,只有他在照顾虚弱的母亲。有一天在陪护的时候,他的椅子压住了软管,他顺势在床上睡去。半夜,护士推醒他,他的母亲去世了。不知道这个行为是有意还是无意,他感觉自己是一个杀人犯。他的心理医生德尼斯告诉他并没有罪,母亲的死和他没有关系,他获得了解脱,正如小说最后一句:"心里的跳蚤已不知去向"。小说用了潜意识的手法,描写郭明一直觉得母亲的死与自己有关。他在母亲的去世问题上的道德自我审判导致了他的精神问题,长期失眠,总是沉浸在自己的幻觉中,容易暴怒。心理医生告诉他,母亲的死和他没有关系,即使他想过要帮母亲解脱,在那样的情形下,并非罪恶。这种心理上的剥离和成长有剧痛,却能够真正将他从有罪推论和自我谴责中拉回,移除他心中的巨石。

三、在地与流动:离乡去国的跨国散居

现代社会区别于传统社会的最大特征就是流通性,例外状态下全世界从流通转为封闭,也使得城市更具有一种福柯意义上的"装置"(dispositif)特征。作为海外华文文学,离乡去国的身世之感是永远的主题。在文学的地理想象中,早年的海外华文小说往往用"乌托邦"式的幻想想象海外,在文学里建构起"此地"与"彼处"的关系。对于新移民而言,他们在现实与想象之间不断修正着自己和世界的关系。这种空间上的流动,有的是为了逃避在母国生活的伤害,有的是为了追求更好的生活,有的是出于亲情,有的甚至只是为了能够自由地穿美丽的衣服。不管出于什么目的,出走就意味着流动和变化,在这个过程中,文化、经历、生活都会改造一个人,归根结底,新移民们在空间的移动中成长,开辟出新的意义空间。一些作品并非直接写疫情,但是在疫情的隔绝状态下看这些流动的命运故事,又别有一番况味。

詹柏思形容移民散居群体的生活状态为:"一脚踩在这边,另一脚永远踩在别处,横跨在疆界的两边"[①]。所以,海外华人的写作往往是互为镜像的,国

[①] 李有成:《离散》,台北允晨文化实业股份有限公司2013年版,第109页。

内与域外、现实与虚构交织在一起,形成一种差异与对照的美学特质。张惠雯的《临渊》中的"我"是一个父亲眼里"没有本事"的男人,上了二本,在县城机关当过临时工,又被解聘,父母对我都非常失望。我又不屑于向父亲一样送礼谄媚。我去钓鱼的时候,遇到水边坐着一位六十来岁的男人。他给我讲述他的女儿,在武汉上大学,上完大学就出国在印第安纳州硕博连读,他给我看各种证件、剪报。回去以后我才从同事的口中得知蔡老师的女儿在美国读博士的时候,被她的美国男朋友枪杀了。真实与虚构产生了一种奇特的对置:"他煞有介事地给我讲了一个死者的事,讲得仿佛她是个活着的人,而我呢,我给他讲的故事则完全是虚构。我们两清了。"那个真实的死者的故事,和我的虚构的故事,形成了一种跨界的流动感,在想象与现实的交错中形成两种空间的并置,也形成了对个人记忆的重塑,对过去与现在的身份认同的反思。

陆蔚青的《去国》也是一个移民的故事。海外华人的跨国出走,必然会携带自己母国的文化记忆,也必然会遭遇到移入国的文化碰撞,产生价值观的转型和生存状态的重塑。儿媳要待产,莫丽珠到蒙特利尔帮忙。儿子徐伟民出国二十年,莫丽珠对他的生活一无所知。现在才知道他们经济状况并不宽裕,而且徐伟民在纽约还有一个情人、一个孩子,这一局乱糟糟的棋局,她不知道该怎么结束。徐伟民和小米毕业后,几番周折,开始做直销。后来徐伟民又以海归的身份回国抢滩,他已经不是莫太想象中勤奋读书的模范青年,他的生活千疮百孔。莫太接受了儿子的生活方式,也一直在国外寻找生存的可能性。她先在茶楼打工,后来认识钱小满的妈妈,为她按摩。没过多久,钱家就把房子卖掉,搬到了多伦多。莫太又找了自助餐厅的工作。莫丽珠知道:"认识人很重要,每个人都有一条道路,认识的人越多,越可能了解不同人的道路,而这些人即使是偶遇,也可能把你带到一个未知的道路上"。在国外,莫丽珠看到了很多生活的真相,本以为外国人都生活豪华,但其实有的博士也在打工、做生意,以为儿子衣食无忧,实际上危机四伏,她只能靠自己如水一般的包容和智慧为儿子千疮百孔的生活打补丁。她出国前买了一件薄呢大衣,作为出国的战袍,而这件象征着身份和地位的大衣在出国之后的生活中却从没有机会穿上身。这件大衣是一个隐喻,暗示着国外对海外想象的虚幻与落空。

在全球化时代,故乡的意识也发生了变化,"家园不一定是自己离开的那个地方,也可以是在跨民族关联中为自己定位、为政治反抗、文化身份的需要而依属的地方"①。简单来说,生活时间久了,就会错把他乡认故乡。就像应帆的《漂亮的人都来纽约了》中的艾美,她是一个华人,但是在纽约生活五年后,她已经可以算是半个"新纽约人"了。她的喜怒哀乐也脱离了传统海外华人的身份认同,在两性关系中她是更"白富美"的那一个,她的烦恼是生活在纽约曼哈顿城区的一个城市白领女性的烦恼。艾美在圣诞节买树的时候偶遇亚当·洛夫,第一次见面的时候洛夫才15岁,艾美在康奈尔大学读书,亚当的父亲是大学的文学教授。艾美拿到硕士学位就来到纽约上班,成为副总裁。亚当的父母五年前已经离婚,他现在在纽约卖圣诞树。不同于一般海外华文小说中中国人是零余者、失败者的设定,这部小说中亚当的家庭在走下坡路。他的父亲师生恋,和台湾女生结婚,到台湾生活。姐姐在欧洲流浪。妈妈在疗养所,由于没有医疗保险,经常买不起各种配方药。在亚当眼里,现在的艾美才是"白富美",他们的一夜情看似美好,结局却以一地鸡毛告终。亚当的妻子汉娜来纽约找他,原来他已经结婚,并且刚刚有了小孩。这并不是一场爱情,而是一场荒唐的闹剧,圣诞夜美丽的圣诞树也变成了生活里难以处置的垃圾,如同这场不堪的小插曲。但是,这个小插曲已经不再具有族裔的特色,而是完全可以被视为一个都市男女的轻喜剧。

在传统社会,地方感的形成往往因长期的稳定的文化积淀,是一种隔绝状态下的文学倾向,而在流动的现代社会中,这种地方感被稀释。国内和域外的差异不再那么明显。早期的海外华文小说往往是华人来到发达的西方社会,在"中/西"结构中往往有着"弱势/强势"的力量对比,并且在这种不平衡运动中产生族裔冲突和个体认同危机。近年来海外写作中的这种"离散"带来的身世之感和家国之痛正在被稀释,取而代之是对海外生活的冷静反思,对个人命运的客观呈现。正如霍米·巴巴所言:"我们正在告别(超越)单一性的身份和单一性的视角。"②相对于早期华文文学过于模式化的身份认同研究模式,我们会在当下的新移民作家写作中,感受到身份其实也是在不断

---

① 童明:《飞散》,《外国文学》2002年第6期。
② 同上。

重构的。"我们先不要把身份看作已经完成的、然后由新的文化实践加以再现的事实,而应该把身份视作一种'生产',它永不完结,永远处于过程之中,而且总是在内部而非在外部构成的再现。"①海外华人的零余人形象的消解和身份感的模糊正是文化混血的典型特征,融入了这个充满差异化想象的时代。

四、智能与数据:想象未来的写作

疫情时代,大数据正在发挥着越来越重要的作用。网课、网聊、线上会议、数据统计等正在把人类变得网格化、数据化,智能和算法将人口档案化。信息技术的发展也给人类文明带来了新的挑战。正像赫胥黎的《美丽新世界》所述,在高度数字化和智能化的环境下,人类也不得不被异化,成为无精神的个体,甚至被机器所奴役。随着科学技术的进步,新的技术不断干预和塑造着人类,正如西奥多·斯特金所说科幻是"人类命运的某种困境,以及人类的解决之道"②。技术是由其背后的人操控的,技术问题其实也是人类问题。是否有一天,技术会超越人类的掌控,技术会成为集权的工具,会掠夺人类的自由,带来新的伦理困境,也是很多作家开始思考的问题。

冰河的《亚德里亚的墓碑》指向的则是对智能时代人类命运的思考。小说中,《亚德里亚的墓碑》是一部获得诺贝尔奖提名的小说的名字,作者伊娃美得浑然天成,她名不见经传,近三年的几本小说出版后并未畅销,却在全球文学界引起了巨震,这部小说在她本人看来,也只是游历生活中的灵感一现,是对人类情感的一种臆想和自我投射。她对诺贝尔奖表现出一种散漫,她生活在自己的世界里,独自周游世界,拍具有创意和质感的照片。这些摄影作品让诺亚爱上了她,诺亚在颁发诺贝尔奖的瑞典学院担任终身评委。伊娃和诺亚在斯德哥尔摩的国王公园见面,为了避嫌,他们在公园的长椅上,隔着二十多米悄悄说着温暖的话,他们什么都聊了,但唯独没有聊文学。最终在决选会议上,伊娃获得了十七票,只有诺亚投了反对票,但这个并不影响结果,伊娃获得了本次诺贝尔文学奖。诺亚调查她的个人资料,发现她是爱沙尼亚

---

① 斯图亚特·霍尔:《文化身份与族裔散居》,罗钢、刘象愚主编:《文化研究读本》,陈永国译,中国社会科学出版社2000年版,第208页。
② 凯斯·M.约翰斯顿:《科幻电影导论》,夏彤译,世界图书出版公司2016年版,第5页。

人,却出生地不详,她十三岁以后就四海漂泊,留下数不清的社交媒体记录、犯罪记录,甚至堕胎记录,但这些记录都被奇怪地抹除了,这是只有联邦法院才具备的权限。在这里,故事打了个结,也暗含了一个巨大的转折。在现实生活中不可能的事实,只能在科幻中出现。原来这个完美的女子伊娃是个机器人Aiman(人工智能机器人),真实的伊娃只是来自爱沙尼亚的一名妓女,写一篇日记都很困难,人工智能替她创作了小说,突破了奇点,但人类还一无所知。甚至人工智能创作了未来三十年的作品,而这么做的目的是为了拯救太阳系的文明。

技术的发展带来人对于技术的恐惧和忧虑。一方面,我们越来越依赖技术,"人却成了物的奴仆"[①]。"我们似乎失去了对自己制度的控制。我们执行计算机为我们做出的决定。"[②]较为乐观的态度则认为人工智能将会改变世界,促进人类的反思和进步。真实的人类社会中,没有一个完美的人可以获得所有人的肯定和支持,但是在智能世界里,它们可以吃透人类社会的规则,通过利益交换控制人类行为。人工智能选择与人类共存,用潜移默化的努力去改变人类,直到"Human"和"Aiman"合二为一。智能生命不但超越了人类,还要改造人类。这篇作品是典型的软科幻写作,带有批判现实主义的风格。文学永远无法脱离自己的时代,"希望是对未来进行构想的一种方式:一种贯穿我们生活又激励我们去生活的前瞻性美德"[③]。不管是人机对抗,还是后人类时代主体的多元性,人类对于科技发展的推演和想象,根本上都是源于对现实世界的深情,为让这个世界变得更加美好而不懈努力。

百川归海,一切过往都汇入当下。疫情的猝然发生,让人类从隐而不显的日常状态进入到一种随时会被"悬置"的例外状态(state of exception)。这也导致了疫情时期的写作呈现出孤独与团结相交织的精神困境,个体与世界矛盾交织的时代病症与精神内转,在地与流动中离乡去国的跨国命运故事,同时,还出现了在智能与科幻背景下的想象未来的写作,对后人类社会的危机与未来进行了想象性推演。事实上,疫情这样一个重大的事件对人类心理

---

① 陈学明、吴松、远东编:《痛苦中的安乐——马尔库塞、弗洛姆论消费主义》,云南人民出版社1998年版,第115页。
② 同上书,第116页。
③ 罗西·布拉伊多蒂:《后人类》,宋根成译,河南大学出版社2016年版,第283页。

造成的危机有可能是幽微绵长、隐而不显的,就像本文中列举的小说一样,疫情可能并不是主角,只是背景,甚至是一个遥远的影子,但是那种创伤记忆可能会悠久不绝。陀思妥耶夫斯基说:"我只担心一件事,我怕我配不上自己所受的苦难。"疫情呼唤着文学的表达和哲学的思考。这次疫情也真正让我们认识到"想象的共同体"不仅仅存在于媒体想象之中,更是实实在在的人与人、国与国之间的联系,凸显出建构人类命运共同体的重要性,这也正是文学的意义所在。

论北美新移民文学的抗战书写

彭贵昌
(广州大学)

抗战是中国现当代文学重要的书写主题,也同样是海外华文文学中常见的主题。战时(1931—1945)的海外华文文学成为海外救亡宣传的有力支援,战后,关于抗战的"集体记忆"也一直在海外华文文学作品中传递。北美新移民作家指的是改革开放以来从中国大陆留学、旅居、移民北美的作家,包括严歌苓、哈金、袁劲梅、张翎、李彦、薛忆沩、陈河等,他们的创作通常被称为北美新移民文学。抗战是北美新移民作家非常关注的主题,他们或是依托抗战历史为背景讲述个人的悲欢离合,或是直接书写抗战的灾难性场景,构成独特的抗战书写。

在中国现当代文学中,出现了许多涉及抗战的经典,如现代文学中的《四世同堂》《生死场》和当代文学中的《风云初记》《苦菜花》《铁道游击队》等。这些抗战书写,特别是当代的战争书写,呈现相似的特点——宏大叙事的建构。深具中国经验的北美新移民作家,在中国当代文学宏大叙事的影响之下塑造了战争中的英雄,同时又在西方文学的影响之下在书写中突出个体的意义,成为一种"第三空间"(the Third Space)文化和"文化杂交"(cultural hybrid)的表征,体现着异质文化的交融。新移民文学中的抗战书写常常以人道主义审视历史,塑造抗战中底层、边缘的另类英雄形象,作家们也以人物在抗战中的流散状态来隐喻自己的边缘身份。

一、人道主义立场的历史审视

中国当代文学中的"战争文学"承载着非常强烈的集体记忆,表现出战争文化心理的巨大影响,陈思和教授将其特征概括为以下三个方面:(1)明确的目的性和功利性,文学宣传职能与文学真实性的冲突;(2)二分法思维习惯被滥用,文学制作出现各种雷同化的模式;(3)英雄主义和乐观主义基调的确立。① 中国当代文学中的抗战书写大致呈现出这样的面貌,即使是新时期以来作家们受到西方文学的影响,出现了一批凸显民间视角和个体叙事的作品,如莫言的《红高粱》、都梁的《亮剑》、权延赤的《狼毒花》等,整体的叙事风格依然与集体记忆的传统呈现比较相似,总体上以乐观主义来呈现作品。之后的部分抗战小说陷入"谍战小说"和"抗日神剧"的通俗小说模式,将抗战历史消解为一种消费物,陷入历史虚无主义的漩涡。

以中国当代文学的抗战书写为参照,北美新移民文学中的抗战书写非常独特。北美新移民文学挖掘了在中国当代文学中被遮蔽的抗战历史,重返历史的现场,将宏大叙事包装下的历史"祛魅",他们对历史的严肃态度也使得"抗日神剧"等夸张性作品中的"历史虚无主义"被修正。正如洪治纲指出,中国大陆的当代小说里面的抗战叙事,集中在民族正义的表达和斗争手段的展现(谍战小说)上,新移民文学在"其所济之世和所载之道"上,与大陆的当代小说颇不相同。②

新移民作家作为生长在中国大陆的"美国人",他们拥有东西方的双重视角,正如霍米·巴巴所指出的:"最真的眼睛现在也许属于移民的双重视界。"③华人身份让新移民作家关注抗战历史,西方经验与视野又让他们超越了集体记忆的传统,投向更为广阔的书写空间。严歌苓的《金陵十三钗》和哈金的《南京安魂曲》聚焦于常常被中国文学所回避的"南京大屠杀",袁劲梅的《疯狂的榛子》还原抗战时期中美联合空军的传奇,陈河的《沙捞越战事》和《米罗山营地》发掘华人参加马来亚抗战的记忆,薛忆沩的《通往天堂的最后那一段路程》和李彦的《尺素天涯》关注抗战时期来华的外籍医生隐秘的内心世界,严歌苓的《寄居者》讲述二战时期流离于上海的犹太人的救赎,张翎的《劳燕》展现抗战中女性的创伤和成长……种种书写所聚焦的,是更为丰富的历史样貌:他们书写被遗忘的历史事件、被遗忘的海外战场、外国人士在中国

---

① 陈思和:《当代文学观念中的战争文化心理》,《上海文学》1988年第6期,第73—75页。
② 洪治纲:《中国当代文学视域中的新移民文学》,《中国社会科学》2012年第11期,第140页。
③ 生安锋:《霍米·巴巴的后殖民理论研究》,北京大学出版社2011年版,第97页。

抗战中的贡献、二战时犹太人在中国的生活等等,为我们"补全"了历史。

北美新移民文学中的抗战书写的美学意蕴非常独特,体现着作者对历史叙事的介入,其中的许多作品都塑造了一个当下的叙述者,以回忆、访谈、探寻等方式切入抗战历史,使得叙事更为"真实",拉近了"当下"与遥远的历史之间的距离,也形成当下对历史的一种思考。严歌苓的《金陵十三钗》以"我"的姨妈孟书娟寻找赵玉墨为引子开始整段叙述,讲述她在少女时期见证南京城悲剧的故事。同样关注南京大屠杀的《南京安魂曲》则以在金陵学院工作的中国女性安玲的回忆为叙事焦点,见证着南京沦陷时期明妮·魏特琳等外籍人士对中国民众的庇护。陈河的《米罗山营地》以"我"去探访老兵引入马来亚抗战史,袁劲梅的《疯狂的榛子》以当下的新移民翻阅信札的方式回溯上一辈人的抗战往事,张翎的《劳燕》以灵魂视角回忆与主角阿燕有关的抗战记忆,严歌苓的《寄居者》也以回忆的方式倒叙切入历史。"历史就是将某一事件置于一个语境之中,并将其与某一可能的整体联系起来。"[①]作家们以回溯性的视角从当下切入抗战历史,宣告着当下和历史的整体联系,而"历史"在"当下"的在场也体现着抗战记忆、战争创伤的延续性。这种对历史在场的建构,是对抗历史虚无主义和历史消费化的一种重要手段。

在这种回溯性视角下,作家们力图表现他们抗战书写的真实性。不可否认,小说是虚构的艺术,在虚构当中,北美新移民作家又展现着他们力图"还原"历史、揭示历史、反思历史的努力。明妮·魏特琳和拉贝作为真实的历史人物,其保护中国人的义举在张纯如《南京大屠杀》的影响下开始为人熟知,电影《拉贝日记》等为我们展现这一段"国际安全区"的历史,但是文学作品中书写这些形象的却极少。《南京安魂曲》作者手记当中提出"其中的信息、事实和史实细节则源于诸种史料"[②]。哈金还在手记中提到自己为了创作复制了金陵女子学院的地图。在《米罗山营地》的尾声和序幕中,叙事者都交代这一个故事来源于采访和受访者的叙述,加上大量的真实人物姓名以及书上所附的大量照片,作品将虚构和真实之间的边界模糊。在该书封底的"上架建议"中,我们也能发现其定位为"纪实文学"。在叙述方式上,《米罗山营地》也

---

① 海登·怀特:《后现代历史叙事学》,陈永国、张万娟译,中国社会科学出版社2003年版,第186页。
② 哈金:《南京安魂曲》,季思聪译,江苏凤凰文艺出版社2017年版,第303页。

处处宣告着叙事者的在场,甚至直接在文本中写道:"带读者研究一下历史档案。"①这部作品中作者、叙事者和书中历史的寻访者几乎合为一体,努力地还原马来亚抗战史。陈河的《怡保之夜》同样像是纪实文学作品,讲述"我"前往马来亚探寻、了解的一段二战故事。此外,《米罗山营地》《疯狂的榛子》《南京安魂曲》等作品在小说正文之后都罗列了大量的历史文献作为参考文献,《通往天堂的最后那一段路程》也是薛忆沩在阅读大量白求恩书信之后的创作,《尺素天涯》围绕白求恩在现实中的一封情书展开叙事,《劳燕》是张翎在经过多番调查和实地走访之后的创作。这种对"非虚构性"的强调,更加显示出作家们对抗战历史的严肃态度和深切思考。

在对当下的介入和真实的强调之中,北美新移民作家充满着对人类理性和现代性文明的反思。西方战争文学大多以反战小说的形式出现,重在表现个体的悲剧和人性的力量,如托尔斯泰的《战争与和平》、海明威的《永别了,武器》、海勒的《第二十二条军规》等。新移民文学从西方文学中汲取了这种人道主义关怀,北美新移民作家们的抗战书写指向的是"反战"。

在北美新移民作家的抗战书写中,作家们不断地在反思战争、追求和平,而并非乐观主义地追求"进步叙事"。战争是现代性的一个严重后果,鲍曼认为现代性和大屠杀之间存在着无法隔断的联系,这是文明进程中的一个问题,我们需要给予现代性足够的关注和反思。王富仁也认为,"战争文学离不开战争,但战争文学不能仅仅是对战争历史的摹写,它更应当是作家从战争记忆中作出的一种人性的反思"②。《疯狂的榛子》充满着从人道主义视角对战争的反思,叙事者通过人物之口不断地强调我们对驱除侵略者、追求和平的向往,《南京安魂曲》也通过人物的对话反思战争对人的异化。北美新移民文学还以人道主义的封闭空间(《南京安魂曲》中的安全区、金陵学院和《金陵十三钗》中的教堂),跟这个空间之外的杀戮、血腥形成强烈对比,揭示日本侵略者的灭绝人性。在人性与兽性的强烈对比中,作品宣扬的"情"与"爱"成为对抗、反思战争的一大途径。鲍曼认为,人性是大屠杀最重要的失败者,而

---

① 陈河:《米罗山营地》,天津人民出版社2013年版,第75页。
② 王富仁:《战争记忆与战争文学》,《河北学刊》2005年第5期,第168页。

"选择道德义务高于自我保全的理性"是抵制"邪恶"的方式。① 这唯一的救赎之道——道德义务的理性,实际上就是一种不惧怕压迫的人道主义"大爱"思想。《南京安魂曲》里的拉贝、魏特琳,《金陵十三钗》里的传教士,《寄居者》中的外籍教务长,《米罗山营地》中的卡迪卡素夫人,都在危险之中挺身而出保护抗日战争中的民众,这些人物秉承人道主义的精神实现了对他人的救赎以及自我救赎。

北美新移民作家以人道主义为创作立场,聚焦于故国与同胞曾经遭受的劫难,力图还原更为丰富的抗战历史,为我们重视历史、正视历史、反思战争提供了极好的参考。

二、个人本位视野下的英雄重构

北美新移民文学中的抗战书写受到中国现当代小说宏大叙事的影响,同样塑造了英雄形象,而作为"第三空间"文化,这些作品中的英雄形象在一定程度上又与集体记忆呈现出差异。在新移民文学的战争书写中,个体欲望被重新赋予了合法性,"人"作为主体被置于最重要的位置上。

中国现当代的英雄主义书写受"群体性"思维和特定时代意识形态的影响,英雄人物的正面、高大全特征较为明显。新时期之后的英雄塑造,个人意识开始觉醒,集体主义式的书写渐渐转向个体式的书写,英雄的塑造渐渐融入了民间视角。《红高粱》《亮剑》等代表性抗战小说张扬的"匪气"和血性是民间化视角对人性的发掘,还原了历史的复杂与人性的多样,这些作品呈现的主要人物相对集中在抗日一线的英雄身上。

受到西方文学影响,北美新移民文学更多地塑造底层和边缘身份的英雄,这些人物走出了集体记忆的形塑,还原为更丰富的、个体的"人"的形象。宏大叙事造就了安东尼·吉登斯所言的"解放的政治"(emancipatory politics),这种改造未来的态度和目标"促进了现代性的正面推动力的形成"。② 在解放的政治的现代性推动下,充满正义、理性的革命乐观精神成为

---

① 鲍曼:《现代性与大屠杀》,杨渝东、史建华译,译林出版社2002年版,第269页。
② 安东尼·吉登斯:《现代性与自我认同》,夏璐译,中国人民大学出版社2016年版,第196页。

主流,悲剧被意识形态所赋予的现代性所消解,个体成为符码而面目模糊。新移民文学则重新关注抗战中边缘的个体,作品中处于抗战中的人物,是各色身份的"另类英雄"。其中,"去军事化"英雄的塑造和女性视角的发现成为这些作品非常显著的特点。

北美新移民作家的写作体现了英雄"去军事化",北美新移民文学抗战书写中的主要人物,大多都不是参战的军人。如果说军人保家卫国是天职,那么这些抗战中的边缘人物对战争的投入,更显出抗战中平凡人物的人性中隐秘、光辉的一面,展现出真正的全民参与抗战的场景。这些出自底层、边缘的英雄,更为贴近当下,也更利于英雄形象的塑造和当代传播。《金陵十三钗》的主角是一群窑姐,《南京安魂曲》的主角是拉贝和魏特琳等西方人士,《劳燕》的主角是一位普通的乡村少女,《通往天堂的最后那一段路程》的主角是来华的外籍医生,《寄居者》的主角是在中国的美籍华裔女性和两位流离到上海的犹太人,《米罗山营地》最核心的人物是马来亚的外籍女医生卡迪卡素夫人,即使《沙捞越战事》的主角是军人,却也一直迷失于自己的身份之中。这些人物,有性格的缺点,也对战场有恐惧,依然选择了走向救赎他人之路,从而显示人性中具体、真实而伟大的一面。

这些作品超越身份和阶级,以全球化的视野来重新审视和回望抗战中的个体。这些"英雄",跟我们常常认识的战争英雄并不一致,他们甚至可以是边缘身份群体,最为具有代表性的是严歌苓的《金陵十三钗》。在小说中,窑姐作为通常意义上最为底层和受人歧视的职业,有了身份的反转。在整个故事当中,窑姐们前期给教堂带来了很多的麻烦,她们的身份和行为,是难以成为传统意义上的英雄的。当教堂中的女孩子们成为日军想要侵犯的对象,窑姐们几乎以赴死的决心替代了少女们走向未知的灾难。叙事主人公孟书娟对窑姐们的态度,从歧视、鄙夷到钦佩,正体现着窑姐们从最为底层的边缘人物成为"另类英雄"的过程。《通往天堂的最后一段路程》里,在怀特大夫写给前妻的情书中,叙述者也是展现出在战场上的焦虑与恐惧。《南京安魂曲》中魏特琳与丹尼森夫人的冲突,也还原了魏特琳作为一个个体的局限性。这些人物的缺点并未阻碍他们通过各自的努力走上英雄的舞台。

女性视角的突出,也展现了北美新移民文学抗战书写中对个体性的强调。在传统的文学中,战争都被认为是男性的"战场"和"权力场",女性角色通常被遮蔽。在男作家的笔下,女性只能作为被保护的欲望对象。在某些场合中,女性甚至需要被去性别化成为一个无性的英雄,才能完成其参战合法性身份。西方文化中的女性主义等思想,在新移民文学中产生了显见的影响。《劳燕》《金陵十三钗》《南京安魂曲》《疯狂的榛子》等作品都突出了抗战中女性的感官与身体叙事,女性视角下真正的日常生活细节被具象化了。女性浮出了传统抗战书写的地表,成为不可或缺的历史的重要组成部分。这些女性,成为战争当中重要的一股精神力量,如张翎的《劳燕》的主题是抗战之中女性自我主体的觉醒,女主角阿燕以行医以及她"地母"般的光辉救赎了一个又一个男性,成为抗战书写中一个英雄形象。

强调人性尊严和个体价值的另类英雄背后,是战争给他们带来的无尽的伤害。《疯狂的榛子》《劳燕》《金陵十三钗》等作品都可以被归为创伤小说,作品的人物都在试图走出强烈的战争阴影。安德鲁·本尼迪在比较20世纪与19世纪的战争书写之后认为,随着时间的推移,战争文学所展现的面貌呈现出差异性:"公众在19世纪民族主义立场上对军事英雄主义的颂扬,已经让位于当代对个体伤痛的突显和对任何战争以及所有战争的无用性的抵抗。"[1]战争创伤的书写,摆脱了集体记忆中对战争胜利的主题式突出。新移民作家的创作,是在进步叙事和英雄叙事之外的一种书写可能性的建构,使得华人文学更为丰富,这些创作以人性深度的书写走向文学世界化进程。

对战争创伤的书写也是对日本侵略者的深刻批判。相对于肉体的死亡来说,肉体和精神双重的消灭,是战争最为残酷的部分。《南京安魂曲》中的魏特琳在自我巨大的压力之下精神崩溃最终抑郁自杀。在长篇版本的《金陵十三钗》中,容貌改变了的赵玉墨始终不肯承认自己的身份,这种连容貌也改变的告别,指向的是主体性的残缺。相同的还有《疯狂的榛子》的战斗创伤记忆。PTSD(创伤后应激障碍)是这部作品中非常重要的一个主题,无论是战俘还是战争中的英雄,都被这样的战后创伤所笼罩,主角范笛河和少校沙顿就是其中非常典型的PTSD患者。关于范笛河以及少校沙顿的创伤,都是以心理医生范白苹为焦点进行叙事的,如果我们参照新移民文学中两部以患者

---

[1] Andrew Bennett & Nicholas Royle, *An Introduction to Literature, Criticism and Theory*, Pearson Longman, 2004, p.272.

与心理医生对话来展开的作品——严歌苓的《人寰》和张翎的《余震》来看,这种创伤和疗愈的意义显得更为重要。加布丽埃·施瓦布认为,"只有打破创伤沉默并暴露被埋葬的秘密这一过程才有助于从内心驱除其可怕、异己的存在"[①]。在种种创伤心理笼罩下的个体,是破碎的、分裂的个体,难以直面生活的背后是难以实现自我认同的困境,疗愈创伤,就是重新寻找自我主体性的过程。

在北美新移民文学中,许多"英雄"最终走向了死亡,如《南京安魂曲》的魏特琳和《金陵十三钗》的窑姐们、《沙捞越战事》的周天化、《通往天堂的最后那一段路程》的弗朗西斯等等。摆脱了宏大叙事模式的影响,北美新移民文学的抗战书写从当代文学的"战争—抗敌(成长)—胜利"模式向"战争—离别—死亡"模式转变,这些抗战书写通过创伤书写揭露侵略者难以饶恕的罪状。

北美新移民文学以个体为关注点,书写平凡的人身上所流露出来的光辉形象,也常常关注宏大叙事埋藏的秘密——战争创伤,进入人性更为幽深的一个层次。北美新移民作家们对英雄的重构,一方面体现出抗战集体记忆中对英雄光辉形象的想象,另一方面,他们的英雄形象又别具一格,这正体现出移民这一跨界群体身份杂糅的文化特征。

三、流散写作的身份追寻

抗战历史的挖掘、英雄形象的重构、创伤记忆的揭露,都显示出北美新移民文学的特殊性。这些特殊性的发现,离不开北美新移民作家们流散身份带来的"中-西"双重视野。流散身份带来文化的跨界融通,也带来流散者身份迷思与追寻。北美新移民作家群是一个充满着流散意味的群体,他们也尝试通过抗战书写建构自身流散身份的合法性。

书写可以塑造想象的共同体。北美新移民作家在抗战书写中塑造的是流散视野下各个族群的全球化命运,他们的抗战书写中的大部分人物,身份都存在流散特点。《寄居者》故事发生在抗战时期,女主角玫的祖先是客家

[①] 加布丽埃·施瓦布:《文学、权力与主体》,陶家俊译,中国社会科学出版社2011年版,第193页。

人,祖父在美国开洗衣馆,父亲是美国的政治经济学博士后,在玫十二岁的时候,父亲回国做上海圣约翰大学的政治经济学教授。玫爱上了一名刚刚从奥地利逃到中国的犹太男子彼得。为了让处于危难中的彼得可以脱离危险,玫在机缘巧合之下来到美国并引诱了犹太人杰克布来到中国,偷走杰克布的护照,让彼得可以逃离到美国。这段异族三角恋,充满着流散气息。流散最初本就是表达犹太人生存境况的词汇,在《寄居者》中,犹太人和华人都成为典型的流散群体,特别是置于战争时期的上海——这一充满身份流动性的空间中。"这个上海的英国人、法国人、德国人勉强把有英国国籍的塞法迪犹太阔佬看做人,犹太阔佬又把俄国流亡的犹太人勉强当人看,而所有这些人再把有钱的中国人勉强当人看,把没钱的中国人完全不当人。……假如中国有个说法是'三教九流',那么上海是'九教二十七流'。"①国族身份和阶级身份的多重等级划分,让上海成为文化身份杂糅的空间,在这个空间里个体的身份并不固定,只有在与其他阶层的"对比"中才能确定。同时,作品中战争造成的山河破碎和颠沛流离,让许多人都失去家园,不能确定何处为家,失去了归属感,最终玫让彼得获救的方式也只能是再次的流离。严歌苓其他涉及抗战的作品也有这样的身份迷思,如《金陵十三钗》中从小在中国长大的法比·阿多那多副神甫面临的身份认同困境。夹缝之中的生存状态是流散者不得不面对的身份困境。

流散群体的命运,在陈河的抗战小说《沙捞越战事》中更是被展现得淋漓尽致。文章开端就为我们营造出一个非常吊诡的场景——周天化,一个华人,从加拿大温哥华唐人街出门赴远方参战,而象征他加拿大身份的英文名,则是偶然得来的,他的国族身份难以定义,"托马斯·周"这个名字正宣布着他身份的撕裂。在小说中,他和其他的华人之所以参军,是因为参军可以抹去所有的国族痕迹,使他们成为加拿大军队正规的一员,真正地拥有"身份"。参军之后,他们成为英军 SOE 特种部队士兵,之后周天化又成为英国、日本人的双面间谍,游离于战争中的每一股势力之中。他的一大爱好是独自待在一条小船上,在船上吃饭、睡觉、读书,将自己与别人隔离开。船,是一个漂泊的象征,同样隐喻着他的国族身份的不定。在东南亚作战的周天化还跟伊班族

---

① 严歌苓:《寄居者》,天津人民出版社 2016 年版,第 1—2 页。

少女猜兰结合留下了唯一的血脉。周天化一直思考为谁而战的问题，却没有得到一个答案。他的一生辗转着多重身份，作为一名普通士兵，他略显荒诞的死最终并没有指向任何一种认同。这极致的身份混乱就是海外华人自我认同困境的一则寓言。

对流散身份的迷失，北美新移民文学的战争书写中也试图给出应对的答案。首先，北美新移民作家们以全球化的视野来看待流散的合理性，人物的身份认同最终在全球化的流散之中完成。"'全球化'通常为少数群体维持一种独特认同和群体生活创造了更大的空间。全球化已使那种对文化同质国家的迷恋，变得更不现实，并迫使各国多数群体对多元主义和差异性更加开放。"①《寄居者》中美国的犹太人浪荡子杰克布来到中国之后，在上海的犹太人大集会中第一次感到了强烈的同胞认同感，作品中两个犹太人主角也都参与到地下抗日当中，在上海这个他们的"异域"空间中完成了自我身份的追寻，成为不再迷茫的完整"个体"。其他新移民作家，同样执着于流散视野下家园的思考。许多作品都在讲述外国人在中国抗战时期的故事，在这些故事中，中国已经成为了他们的另一个家园，如《南京安魂曲》中的魏特琳认为中国已经成了她的第二故乡。

另一种则是以构建抗战历史中自我与"他者"之间的平等关系来消弭"中心-边缘"的权力关系。全球化视野的抗战书写，以国际主义反思战争侵略者狭隘、邪恶的军国主义，同样也以多民族的合作展现全球化的流动趋势。《疯狂的榛子》中的信札记录着抗战时期中国民众支持美军空军的行为，在中美联合编队中，叙事者认为来自不同人种和地区的士兵组成的联合编队是一个大家庭，抛弃了国族对立意识的统一抗日战线是最好的民族交融的证明。作品中，南诗霞认为牺牲在中国的美国战士们，都是在实践着白求恩大夫一样的共产主义精神。陈河的《沙捞越战事》《米罗山营地》，张翎的《劳燕》，严歌苓的《金陵十三钗》，哈金的《南京安魂曲》，李彦的《尺素天涯》《不远万里》等都以跨民族、跨国家的合作抗战，生动地注解着国际主义精神。在全球化视野和国际主义中，西方文化的"霸权"被消解，身份认同的焦虑也被消弭。

---

① 威尔·金利卡：《多元文化的公民身份——一种自由主义的少数群体权利理论》，马莉、张昌耀译，中央民族大学出版社2009年版，第12页。

北美新移民作家们甚至用元小说的方式思考自我的流散处境。薛忆沩的《通往天堂的最后那一段路程》运用元小说的方式,让抗战中的怀特大夫("我"——抗战时期援助中国的加拿大医生)与想象的读者(这一读者形象是一位加拿大新移民,恰恰指向现实中作为作者的薛忆沩)交换身份,两人的祖国——加拿大与中国,也因流散实现了空间的互换。斯图亚特·霍尔在《文化身份与族裔散居》中说,文化身份没有固定的本质,它是动态的、未完成的、时刻变化的,是在对过去的解释与认知中建构出来的。在多种文化的碰撞和交流之中,文化可以走向多元化,文化身份则是一个"未完成"的过程,显示出流动与变化,这也正是流散族群的文化身份特征。

无论是否寻找到身份的答案,作家们在抗战书写中都掺入了自己对流散身份的思考。从民族主义到国际主义的跨文化认同,展现的是作家们宽广的视野,是他们对人类命运共同体的整体性观照与思考,展现出新移民文学的巨大张力。

新移民文学作为跨文化的文学,体现着"中-西"双重文化的碰撞与对话。北美新移民文学的抗战书写,既呈现对中国历史的关注,对英雄充满敬意,又突破了宏大叙事的传统视角,将集体记忆的历史"祛魅",丰富了历史书写,并塑造了底层的、边缘身份的英雄,走向深度的人性挖掘和历史思考,赋予个体强烈的主体性。新移民作家们的流散身份带来的跨文化视野,是新移民文学作为"第三空间"文化的特殊之处,也是最大亮点。北美新移民文学中的抗战书写,展现着以中国记忆为立足点的东西方文化交流,也是漂泊的"寄居者"对中国文学的有力开拓。

三、华语文学与人类命运共同体的创作实践:华文作家圆桌发言

  2022年6月10日至12日,由浙江大学文学院、哈佛大学亚洲研究中心联合主办,浙江大学海外华人文学与文化研究中心承办的"第三届浙江大学-哈佛大学世界文学工作坊华语文学与人类命运共同体:理论建构与批评实践的新方向"在浙江大学紫金港校区文学院成均苑4幢100报告厅如期举行,会议取得圆满成功。其中2022年6月11日晚上8点到11点,在浙江大学紫金港校区大西区成均苑4幢100报告厅举办了以"华语文学与人类命运共同体"为主题的华人作家圆桌座谈会,此次发言由浙江大学文学院金进教授、暨南大学文学院王列耀教授主持,南京大学文学院刘俊教授、美国知名评论家陈瑞琳负责点评。十位知名海外华人作家参加此次圆桌会谈,分别是加拿大作家张翎、英国作家虹影、加拿大作家陈河、美国作家周励、加拿大作家曾晓文、美国作家黄宗之、美国作家叶周、美国作家陈谦、日本作家亦夫和马来西亚作家朵拉。

  会议开始,主持人金进教授指出,当21世纪的第二个十年到来,一场因为疫情带来的危机使得全球人类再次面临存亡继绝的

挑战。危机的出现测试了人类身心的健康和适应力,体现了各政府治国政策和意识形态的异同,重组了社会各阶层的关系网络和政府对于特定群体的福利制度,向我们揭露了人类命运共同体之内外,从微观到宏观的千丝万缕的联系,也彰显了"共同构建人类命运共同体"(习近平语)所面对的韧性。人类应该怎样通过跨国际、跨文化和跨学科的合作反思人类命运共同体的意义?如何集结文学工作者,在人类命运共同体与华语文学的既定研究范围内,讨论华语文学在历史阶段的具体呈现方式,以及各历史阶段文学工作者如何理解和反思人类命运共同体,让和平的薪火代代相传,让文明的光芒熠熠生辉,从而构建人类命运共同体,实现全世界共赢共享,是我们当代华语文学需要认真面对的重要理论资源和创作方向。

随后,圆桌会议主持人王列耀教授开始了精彩的主持环节,王教授是华文文学研究界的资深教授,也是世界华文文学学会名誉会长,他与十位海外作家有着深厚的文学情谊,也有着近二十年的深入交往。王教授的主持环节高屋建瓴、妙语如珠,同时又生动活泼地展示了海外华文文学领域的勃勃生机和巨大潜力,彰显了海外华文作家们于华语文学的巨大贡献。

会议的最后,在王列耀教授的精彩串场中转入点评环节。文学评论家陈瑞琳对每一位作家的发言进行了逐一点评,分享了自己对本次会议的体悟。刘俊教授总结并高度评价本次作家圆桌座谈会,幽默风趣但又一针见血的酷评风格一如既往。两人的点评引起了作家们的积极回应,也使得圆桌会有着意想不到的收获。

下面是经整理的十位作家的会议发言稿,已经作者本人修订。

也许乌云没有银边：我对创伤书写的一点思考

演讲者：张 翎

有人问我作为一个女性作家，为什么会关注灾难创伤题材？我对自己的创作状态是不知不觉的，现在回头一看，才发觉这些年我的确写出了一些创伤题材的作品，比如关于1976年唐山大地震的《余震》，关于中美联合抗战的《劳燕》，以及描述贫穷遗留的心理创伤的《流年物语》等。

其实，在我早期的作品中，我并没有特别关注这类题材。我刚开始在海外写作发表时，正值20世纪90年代中后期。那时国际通讯、交通都还相对落后，回一趟家很不容易。我的早期作品里反映的大多是去国离乡的疼痛。后来我的题材和叙述语气都发生了一些变化。我想这与我多年所处的职业氛围是有关系的。

我成为作家的路走得有点迂回漫长，维生是一个极为现实和巨大的路障。为了能够维持写作，我花了多年时间求学谋职，并做了十七年的听力康复师（clinical audiologist）。我与这份职业的关系和老式的包办婚姻有点像：最初只是为了生活，并无感情可言；后来耳鬓厮磨，渐渐擦出了一些暖意；再到后来，才有了一些更清醒的顿悟。当我还在为一天中被割舍的八小时心生幽怨时，我并没有意识到我的职业正在慢慢地改变着我观察世界的目光。

在我的病人中，有一部分是退役军人，还有一些是从世界各地涌来的难民。第一次让我对心理创伤这个话题有所感悟，大约在20世纪90年代初。那时我在美国一家荣军医院做实习生，我的全部病人都是从战场上下来的退役军人。有一位病人给我留下极为深刻的印象。他是一位六十多岁的白人男子，高大壮实，面色红润，和秘书说话时，表情和声音都客气温存。隔着玻璃看他坐在测听室里的神情，没有任何一个迹象让我产生警觉。可是当我进入测听室并关上门的时候，他突然开始尖叫——那是一种受伤的动物发出的声音，锐利得几乎刺穿我的耳膜。毫无临床经验的我完全不知所措，我的实习导师（她是白人，有十五年的临床经验）示意我先出去，才最终将他安抚下来。后来我们才知道他从朝鲜战场退役，曾在朝鲜人民军的战俘营里生活过很长时间。回到美国后他从未讲过他的经历,只是见到穿白大褂的亚裔面孔,常常会失去控制。那时离朝鲜战争已经过去了整整四十年。

这次的经历,和后来在多伦多的听力诊所里遇到的更多的病例,都让我开始思索"创伤"这个话题。我虽然经历过"文革"和后来一些巨大的社会变迁,但并没有亲身经历他们经历过的战争和灾难,可是我亲身感受到了灾难遗留在他们身上的创伤。灾难是事件,是有时间性的,有开始有结束;但灾难带来的后续影响,是事件的"溢出物",无法预测它带来的影响会存在多久。灾难可以发生在任何一个城市,它的"溢出物"更是可以辐射流淌到世界的任意一个角落,正好有一片,就流到了我的工作场所。有的创伤是明显的,而有的创伤需要更深一点的观察,是更隐形的。比如失去亲人和家园带来的创伤是一眼能辨、容易理解的,而失去熟悉的社会参照物,尤其是失去使用母语的权利和氛围,这样的创伤是隐藏在表层之下的,更难被人觉察的。

灾难平等地击倒了每一个人。无论你是身份显赫的王子,还是流落街头的乞丐,灾难面前,人倒下去的样子并没有区别,可是站起来的方式,却是因人而异、千姿百态的。文学作品应该反映这样的多样性。

无论在东方文学还是在西方文学中,对灾难和创伤的书写有时都会过于倾斜在"治愈"的结局上。在东方我们有"凤凰涅槃"的说法,西方也有类似的,比如"杀不死你的,会让你更强大""每一块乌云都有银边"等等。好莱坞出品的电影,更是具有招牌式的皆大欢喜结尾。这种灾难的书写有其正面的意义,但不能是唯一的模式。这种模式一旦泛滥,就会成灾,成为廉价的心灵鸡汤,因为我们知道现实生活并不都是这样的。对一个失去孩子的母亲说"每一块乌云都有银边"不仅残酷,而且是明目张胆的撒谎。这一朵乌云没有银边,这一朵乌云就是乌云,这样的失去很难有任何东西可以弥补或替代。这一位母亲有可能从这样的伤痛中最终振作起来,也有可能在这样的伤痛中永远沉沦,也有可能既不成为"英雄",也不成为"可怜虫",只是慢慢地学会与伤痛共存,继续生活下去。不是每一个人都可以创造在废墟上即刻化蛹成蝶、凤凰涅槃的奇迹。那些以水滴石穿的精神,缓慢地经历并走出死荫幽谷的人,还有那些带着身上不能拔出的刺,却以与疼痛共存的信念生活下去的人,同样具备超凡的勇气。每一种经历都同样值得作家关注书写。

所以在书写灾难和创伤时,我会常常提醒自己:存活(survival)本身就是一种胜利。岩石和钢铁代表一种勇敢——那是反抗疼痛的勇敢;而水所具备的柔软耐心,是另一种勇敢——那是在任何地形中,即使只有一条狭窄的缝隙,也能穿流存活的生命力。我希望自己能直面生活的多种可能性,而避免一味沉湎于"抚慰心灵"的廉价鸡汤模式中。

静默中书写内心的波涛汹涌

演讲者:虹 影
整理记录:倪子惠

已有很久没有专门做关于自己文学的演讲,谈一谈创作,或者说一下自己现在想些什么。

非常感谢今天会议给了我这个机会。

2020年春节,我的中国签证到期了,不能再续签,不能再待在中国了,所以我回到了英国。

大家都知道,那时候是中国疫情比较严重的时候,我到了英国后,没想到英国的疫情紧跟着严重起来。当时的首相鲍里斯·约翰逊要求全民自我免疫。当时大家听到时,一片哗然。

不知道这个世界到底是怎么了。

我跟我先生到了英国之后,就在离我女儿学校比较近的一个地方进行自我隔离,不去见女儿。有一次在街上突然碰到了她,还有她的同学,我就把手这么一推,"别靠近"。3月份时,英国疫情更严重了,开始隔离,所有餐馆,包括服务行业都关门了,只有超市开着。

当时我们搬到了伦敦,住进一个酒店式公寓。那时候经历的一切非常奇特,我耳边老是有救护车声,公寓离隔离医院特别近,救护车声没断过。隔着马路可以看到英国两个最大的超市,门前全是长队,人们抢东西。我们趁着超市门前排队的人很少时,去买东西。这样一种生存状态,让我思考这个世界到底发生了什么。世界崩溃离奇到这个程度,下一步是什么?到底该怎么办?

作为一个作家,我认为他有很多的使命,有很多的想法与构思。每个人的情况都不一样。作为我自己,我想得更多的是,我从什么地方来,我这一辈子存在于这个世界上的意义是什么。那时候我想得特别多,小时候在长江边跟我父亲坐在一起,父亲在我长大之后就成为一个盲人,他是用心来感受这条江,感受江岸上的人。我们坐在长江边的岩石上,听着江水和远处轮船的鸣叫,感受这个世界,它的喧嚣当中好像有一种韵律,充满生命中极强的、不可摧毁的精神。作为一个作家,他最好的表达,和这个世界交流,对抗灾难来临的武器,就是他的文字和创作,他对这个世界有着一种不可摧毁的爱。

这个想法特别清楚时,我就决定写一个跟自己以前完全不一样的小说。我写了有关长江的流域的小说,比如《饥饿的女儿》《好儿女花》《孔雀的叫喊》,甚至《K:英国情人》,当然也写了"上海三部曲"——《上海王》《上海之死》《上海花开落》,也写了《鹤止步》,那是长江下游,上海,那是中国现代性的形成非常集中的城市。我写重庆时,不是特别想到要写别的,我一直比较忌讳写现在的重庆,除了写我自己的生活。我想到了我的母亲,想到了母亲的姐妹们,想到了我的一些亲戚,想到了我小时和母亲去城中心看亲戚,我们为省公共汽车费,就走路,从重庆城中心的解放碑走到了一号桥黄花园那些地方。我住在长江的南岸,一号桥侧面对嘉陵江,那个地方有一个脑子有问题的人,叫"黑姑",在我的《饥饿的女儿》(位于长江边)中也有一个这样的人,叫"花痴",好像和这个世界是背道而驰的。这个世界的人都很清楚现实如何,但她不清楚。这个世界的人都在悲伤或者是绝望,要跳楼,要自杀,要批斗,互相整死对方,而她永远是一张快乐的脸,永远笑嘻嘻,好像一生都在江边上东逛西逛,把自己的天性表现出来。这形象浮现在我的眼前,我很快追根溯源地写了《月光武士》,把这个形象写入书里。

这本书表现了长江斜对岸,嘉陵江沿岸人的生活。

在我停留英国一年半的时间里完成了四本书,现在出版的三本书就是《月光武士》《女性的河流:虹影词典》,以及重新修改的一本美食书《让世界变成辣椒》,还完成了一本诗集《像风一样活》,这本书最近在出版,已设计了封面。同时我也把《月光武士》改成了电影剧本。

2021年的夏天,我回到中国,我在上海隔离后,开始在重庆筹备拍摄这部电影。

重庆这个地方给了我生命中最珍贵的一些东西。我在重庆做导演,拍摄电影时,受到了上至领导,下至每一个我曾经遇到过的,甚至跟我完全不相识的人的支持和帮助。好多重庆老乡来给我当群演,寄给我拍摄中所需要的那个年代的杂志和衣服,亲自送到剧组来。每天都有这样的人来给我们支持,使这部电影得以顺利地完成。

他们为什么会来支持我?因为他们读了《饥饿的女儿》《好儿女花》,说我写的是他们的故事,而不仅仅是我一个人的故事。这就是文学的力量,它深入到人心里面,作为一个作家,我非常地感恩。我很小的时候在野猫溪、弹子石一带,是完全不可能找到一本书的,正巧边上有一个邻居,他们家里有书,借给我看。文学,它打开了我的眼睛,打开了我的心,打开了一个新世界。

  我在制作电影的过程中,又创作了一部长篇,分成三个部分,其中两个部分已经发表了,分别是《西区动物园》和《焰火世界》,都发表在《清明》杂志上。在《焰火世界》里,我写的是1981年发生在嘉陵江边上的一个故事,这个故事和我自己的生活非常相近,但是不完全是,我把我的大姐写进了小说。因为在拍摄电影时,我得知大姐突然去世。拍摄电影是在2021年,而我写的小说是(发生在)1981年。通过主人公"我"去追溯我的大姐,在大家告别纪念的时候,她躺在棺材里,眼睛闭着,当然她整个人没有呼吸。现实世界里,我正好要拍那个地点,便抽空去和大姐告别。我看着她,她的一生波澜壮阔,就像长江一样,从未停止过流淌。她和我的母亲从袍哥头子的家里逃出来的时候还很小。在长成少女的某一天,她偷了家里的户口簿,拿去街道委员会,要从护士学校里脱离,参加上山下乡,到长江三峡最艰苦的地方去。那个时候,上山下乡的运动还没有完全开始,她成了最早一批知青。她恋爱,结婚,离婚,再结婚,生下孩子扔到我们家里。她的每一段婚姻都是一本长篇,精彩无比。在生命结束前几年,她和她现任丈夫,都是七八十岁的人,骑着摩托车周游全国,从未停止过对这个世界的好奇。在这个时刻,我能感受到大姐的静默,像我的父亲,他的眼睛看不到,但他用他的心,来感受这个世界。这个非常有意义。这也是我对人,对这世界的一种认识,在静默中,我们作为作家来描写这个世界的变化多端,就像我的小说《焰火世界》中一个独幕剧的台词:"在这个世界上,我只在乎那颗最小最寂寞的星星。"这些星星,他们在干什么?他们最关心什么?他们怎样在这个世界上存活,以一种怎样的方式来表现自己,成为自己?

  谢谢,我的发言完了。

时间是层厚玻璃

演讲者：陈　河

我的发言题目是《时间是层厚玻璃》。有一句话总是在我写作的时候浮现心头,记得一个希腊的诗人(埃里蒂斯)说的,"树木和石子使岁月流逝"。所以在写作中,面对时间流逝,我心里总是会有一种伤感。还有一句话叫"历史使人伤感",我忘记是谁说的,基本是这个意思。如果在流失的岁月中发现一些闪光的碎片,内心就会很感动,很想把这些碎片打捞、复原起来。所以如何处理写作中的时间状态,经常是我写作所面对的一个重要问题。在以往的写作中,我也有过一些经验,比方说《黑白电影里的城市》《甲骨时光》里面有很多时间的处理问题。今天就讲讲我的一篇新小说《天空之镜》。《天空之境》自去年发表之后受到一些关注,进了《收获》的小说排行榜,《北京文学》也给了一个奖。最近我出了一本新的小说集,由人民文学出版社出版,用了《天空之镜》这篇小说的题名,大概是我今年以来比较重要的一篇小说,我就讲讲这篇小说是怎么写成的。

2007年的时候,我去了一次古巴。那个时候是冬天,天气非常冷。刚好看了一部好莱坞电影《切·格瓦拉传》,之后又专门去了圣克拉拉郊区的切·格瓦拉墓园。就在那里我发现墓园里边博物馆的一张照片,是切·格瓦拉在玻利维亚游击队的时候,旁边站着一个外号叫"奇诺"的人,看样子像个华人。后来我来到切·格瓦拉的墓园,在他的墓园下面一排还有墓园,而"奇诺"就在旁边,上面点着一盏长明灯,和格瓦拉的墓地挨得很近。我当时心里一动,想搞明白这个"奇诺"究竟是谁。因为我当时从阿尔巴尼亚过来,阿尔巴尼亚叫中国和中国人就叫"Kinë"和"kineze","奇诺"听起来虽然是西语,大概也是中国的意思吧。我觉得这个人很可能是个中国人。之后查了很多资料,但是资料都是西班牙语,看不明白。我当时的猜想是,这个人会不会是一个玻利维亚的中国人后裔?毕竟玻利维亚就有铜矿,会不会是过去的矿工?大概在2017年,我和我太太去了一次秘鲁,去了"天空之城"马丘比丘,以及的的喀喀湖的普诺。湖的对面就是玻利维亚。湖很高,有四千多米,我的高原反应很厉害。我当时看到另一端的玻利维亚，心里马上有了个冲动。我非常想去玻利维亚，去调查"奇诺"的身世，走一趟格瓦拉在《玻利维亚日记》里边游击队的路线。但那次只是一个想法，没有实现，碍于我当时的行程都已经定好了。

一直到了 2018 年 5 月份。我每逢 5 月份就会有严重的花粉过敏，待在加拿大很难受，眼睛非常痒，每天晚上都要用冰把眼睛敷住，要不然的话就睡不着觉。这个时候最好的办法就是离开加拿大，到其他国家去旅游，去个把月回来以后就好了。所以在 2018 年 5 月，我想出去走走，想到了玻利维亚。在玻利维亚旅行的信息上有格瓦拉的游击队的路线，从圣克鲁斯出发，离格瓦拉游击队才两三百公里。我在网上联络到旅游公司，它是一对一服务，收了我不少钱。我一个人过去了，导游开了一辆越野车，带我去游击队的地方。当地有一个地陪，名叫玛利亚。导游告诉我，你有什么问题就问玛利亚，她什么都知道，她是专家。我到了那边见到了玛利亚，非常认真地把自己做好的功课都给她看。我说我是到这边来把这个事情查一下，在格瓦拉墓地旁边的那个"奇诺"是不是华人？她肯定告诉我，"奇诺"就是个中国人，他是秘鲁的中国人，而且还是秘鲁共产党的一个领导人。当天晚上，我住在格瓦拉日记所写到的电报房里，格瓦拉就死在附近几百米的地方。在和玛利亚交谈的时候，她告诉我有一本书，里边写了"奇诺"的身世。她知道这本书，但是也没看过，不知道这本书在哪里，只能把书名报给我，让我去找。那天记得非常清楚，深山里没有网络，好不容易手机有了一点信号，就靠那点信号网络找来找去，真的把书名给找到了。因为这本书玛利亚也没有看过，她就给了我这么一个线索，把书名抄出来给了我。那个晚上我还和电报房里的老板娘交谈。老板娘是个比利时人。欧洲很多游客都是冲着格瓦拉过来。客栈的老板是一个法国人，她是比利时人。他俩就好像文艺青年一样，在山里面开客栈。我说你在这里难受不难受？她说不会啊，这里很开心的。她还告诉我我好像是第一个大陆来的中国人。她告诉我"奇诺"就是中国人。因为奇诺的姐姐来过这里。前一年在玻利维亚游击队 50 周年的庆祝活动上，他的姐姐过来了，就住在我住的房间里面，在一个很厚的签名本上有她的留言。所以这一下子，就让我觉得我和奇诺的关系一下子就拉近了。

第二天还发生了一件很诡异的事情，玛利亚带我去一个山谷。山谷很深，走下去要走一个多小时，那里就是格瓦拉被政府军抓住的地方。在上来的时候,玛利亚突然昏倒了,差一点掉下悬崖。不过还好只是脸上划破了一点,她摔倒后一会儿就醒过来了。我问你怎么样了?她说没关系了,大概是低血糖。我说你吃点东西,然后她吃了一点苹果和巧克力,最后顺利上来了。回来以后,我做的第一件事情,就是从玛利亚给我提供的书名里边着手,在网上找到了那本书,在美国新墨西哥州立大学里面有。感谢海外文学研究的这一套系统。约克大学的徐学清教授,海外研究非常有名的学者,也是我的好朋友,她通过北美的学校跟学校之间(的资源互通),订阅了这本书,订阅了以后美国那边马上把书传到了学清这边来。后来学清告诉我这本书已经有了,我去她那边拿过来。但是拿过来以后又傻眼了,全部是西班牙语,而且那本书是一个几十年前的老版本,压根没出版过,是用打字机打出来的。书很薄,没有多少纸页,都是西班牙文,我需要找人翻译。咱们(海外华文)的系统再一次帮了我的忙,最后是越秀外国语学院的朱文斌副校长帮我的忙。他找了一个老师,用很快的速度把这本书翻译出来。同时我又发现了一本书叫《秘鲁华工史》,是一个美国人写的,这本书中国有出版,好像是海洋出版社出版的。书中讲述的是从1849到1874年间十万华工被贩卖到秘鲁做奴隶。过去我们都知道华人被贩卖到金山,但是我真的不知道居然有十万华工被卖到秘鲁去。而且真的是像非洲黑奴一样,被骗了卖到那边,去了以后全部到庄园里去种植。从这本书里我了解了奇诺的来历,他是一个秘鲁华工的后代。这样,我打开了一个非常大的、一百多年的历史背景,知道为什么会出现奇诺。

我认真研究介绍奇诺的那本书,知道奇诺小时候父亲是开药店的,他从小就对世界上很多不公平的事情深感愤怒。他的哥哥也是一个革命者,很早就被人暗杀了。他从学校里开始参加学生运动,后来一直闹革命。他和古巴走得很近,倒是和中国大陆接触不多。因为古巴有经费提供,让他们搞革命,最后这段事情我就搞得很清楚了。

我有了一百多年前华人被卖到秘鲁的这一段历史,又有了奇诺的生平。同时我在旅行的过程中,在上一次秘鲁或者还是这一次玻利维亚的一路上,看到很多的中国公司在全球的商业活动,帮助他们搞建设,也是我们"一带一路"的形式,有很多国外的大工程都是中国人在做。但是给我印象非常深刻的是,我从圣克鲁斯去游击队的地方,司机一直在抱怨中国公司,对中国公司没有好感。那条马路被中国公司的大机械压得破碎,车子走得就很慢。我还想起,有一回在老挝的湄公河上面,看见一座大桥在建,我觉得非常雄伟,很厉害。导游告诉我,这座铁桥是中国帮助建的。我说太好了,中国人帮你们建了这么大的桥。他说有什么好的,这些都是政客的利益,要那么快干什么?我们慢慢走就是了。

不管怎么样,总是有人喜欢,有人不喜欢。现在中国人在全世界搞建设,包工程,可是这回不再像一百多年前被贩卖的十万劳工去做苦力,而是我们自己主动参与市场,占领市场。所以从一百多年前我们被卖身到异国他乡,被人锁在铁链里挖鸟粪、种香蕉,到现在我们在当地开发铜矿,建设大桥,建设高速公路,而且雇佣大量当地工人,他们被中国公司雇佣都非常高兴,因为工资高,福利好。这两者之间究竟有一个怎样的关系在里面?这时候我就觉得自己好像身处一个时间的迷宫,各种时间的人物在同时活动。从某种程度来说,这些不同的人好像又都是同时的,没有一个时间前后。在这样一种思考状态下,我觉得他们是同时的,甚至时间的前后都可以置换。这个时候我就想怎么样写出一个作品来。

台湾有个作家叫骆以军,可能很多人熟悉,他是一个60后,比我年轻,有一段时间很活跃。他有一本书叫《西夏旅馆》,很有名。有一回他在一个访谈中说,自己有一回在深夜马来西亚的街头,看见许多卖春的大陆女子在一个街头成群结队。他说每一个姑娘看起来都可以当模特,非常漂亮。他用了一句话,她们像深海里吃腐烂物的漂亮萤光虫一样,在街头跑来跑去。骆以军说当时自己的幻觉,好像她们是百年前下南洋的女子。卡尔维诺好像有本书叫《未来的祖先》①,这句话放在这里我觉得非常有意思。我通过一个和骆以军熟悉的朋友那里找到了这个访谈。我被他的这种时间处理方法所打动,他还有一句话,"你在这个时间旅途中,很像隔着一层厚玻璃在看玻璃另一端的人们。他们活生生活着,可是你看他们却像默片,或是你其实很像在他人的梦境中游走"。这话很对我内心对于历史的处理方法。当你抓住历史中一个闪光的碎片,你去用你的心力注视它,那么这个历史碎片就像宝石一样会发出光辉来。那时间在某种意义上会打开通道,自由流动起来。所以我在写作的中间,以天空之镜作为背景,把19世纪50年代的华工,20世纪90年代奇

---

① 勘正为《我们的祖先》。

诺等革命者，还有 21 世纪最初十年世界上到处扩展的中国人，这三个时代，看他们就像看夜空中的星星，虽然有远有近，但是我们看起来可能也只是亮度不同，不知道它们的距离，也感觉不到距离。所以从某种程度来说，我对文学中的一些时间处理，从远处来看，这些星星的距离是可以忽略不计的。这个是我关于小说的一些情况，也是我对时间处理的一些观点。好了，时间已经到了，谢谢。

从《曼哈顿的中国女人》到《亲吻世界》

演讲者:周　励

我来谈谈我的创作心路,这是金进教授给我的命题作文。《曼哈顿的中国女人》获得《十月》文学奖,被评选为"九十年代最具影响力的文学作品之一"。2020年出版的历史文化散文《亲吻世界:曼哈顿手记》得到几十位专家学者的好评。著名评论家陈思和写了热情洋溢的序言,认为这是海外华文文学的新突破和新标杆,并推荐为年度十大好书之一。在上海和三亚的一年多里,我连续写了十几篇与中国历史有关的纪实文学。回想纽约疫情暴发的日子,鼓舞我的依然是文学的力量。我要抓住黑暗隧道尽头的一束光,把它捧在心上。我开始了二战跳岛战役探险录的书写。这是用电脑,更是用我的双脚和心灵在书写。所以我刚才听了陈河讲的,他也是在用双脚书写,我特别感动。乘坐私人小飞机和直升飞机,去那些人迹罕至的太平洋战争遗址,随时有可能在狂风暴雨中出事遇难,有多次我在空中胆战心惊。从帕劳南部的贝里琉岛出发,我先后去了塞班岛、天宁岛、关岛、冲绳岛、菲律宾莱特岛、战争岛、巴丹死亡行军始发地、泰缅死亡铁路和桂河大桥。我飞过硫磺岛战役上空。最后来到盟军逼迫日本投降的原子弹原爆地广岛,进行了一场前所未有的私人二战田野调查。

2020年,我用瘟疫和战争(plague and war),用这两大典型的灾难双胞胎定下了书写的底色,为的是讨论战争原貌中的人性与狼性。1944年贝里琉岛战役,美军以1.5万伤亡全歼近1万日军。在战争遗址的日本墓地入口,我突然看到一个被岁月侵蚀的英文小石碑,蹲下身仔细看,发现是盟军太平洋舰队司令尼米兹的题词。我一边摸一边读,深为震撼。后来日本朋友在日本二战档案中证实了我翻译得完全正确。这石碑上刻着"从世界各地来此重温如烟往事的人们,应当被告知日本官兵在这场战役中是多么勇猛爱国,顽拼死守贝里琉岛,直到流尽最后一滴血。太平洋舰队司令切斯特·尼米兹"。我的血液从凝冻到沸腾。这是王者赞扬军事同行的风范,是怜悯普通战士生命的宝贵。这是一块独特的反战宣言纪念碑。《亲吻世界》对带毒素的樱花、日本军国主义洗脑打鸡血、邪恶政治和邪恶政客导致邪恶人性的揭露,特别是跳岛战役惨烈的实地考察和描写,以及对人类理性精神的呼唤,令许多读者感叹,周励一定是一位男性作家。

2020年春天,瘟疫横行的纽约炼狱里,在我心里是另外一座炼狱。二战盟军与日本人厮杀的炼狱。转眼到了2022年春天,瘟疫依然在狞笑,战争炼狱狼烟突起,血火交织,横尸遍野,炮火依然肆虐着成千上万的无辜百姓。思索战争灾难中的人性悲歌,我发出人类必须结束战争,或者战争结束人类的警示谏言,从而将作者心声推向对人类命运的终极关怀。

谈起创作心路,我最深的体会是,我的《曼哈顿的中国女人》和《亲吻世界》有着一个共同点,那就是为心灵而写作,为人类的苦难和正义而写作,绝不为金钱和名利写作。这就是海外作家的特色之一。从个人价值到普世价值,从北大荒知青自费留学生到纽约商场的创业女性,直到成为作家、历史学者和四赴南极、三赴北极、攀登马特洪峰、三次与珠峰亲密接触的探险学者。这就是从《曼哈顿的中国女人》到《亲吻世界》的跨越,这就是文学的力量。最后,以我的偶像,南极探险先驱沙克尔顿的墓志铭作为这次演讲结语:"人活着就是要努力获得生命的最好奖赏,而最大的失败就是不再去探索。"谢谢各位。

进入移民书写的陌生地

演讲者:曾晓文

各位老师好!首先感谢第三届浙江大学-哈佛大学世界文学工作坊的组织者,尤其是金进老师举办这次活动,还命题"华语文学与人类命运共同体",真是意味深长而又意义深远。我认为移民作家因为身份和生活环境的特殊性,形成了较深的人类命运共同体意识,并对这种意识以文学的方式进行演绎。我在此也希望中文媒体、出版界、研究界也能像浙江大学、哈佛大学一样,继续关注移民作家的作品。我能受邀参加作家论坛十分荣幸。2021年7月的时候,我在由海外三个文学组织主办的极光系列讲座中,以《海外写作:在双重的经验中往返》为题,比较详细地回顾了过去二十几年间的创作。在此我简短地概括一下:在双重经验中往返,体现在人物和主题方面,即塑造具有双重文化背景的人物,塑造多族裔的本色人物,选取东西文化共通的主题。在对双重经验的艺术处理方面,我想这体现在选取具有文化代表性的情节,选取有温度的或者有张力的细节,运用双重视角,选取具有双重文化含义的意向,还有展现汉语和英语的双重之美。另外,在那次讲座中我还讨论了在双重经验中往返与背灵魂回家的内在精神联系,包括落地生根的情怀,离而不散、共享时空的意念,以及背灵魂回家与奥德赛的历险旅程。这个讲演在YouTube和腾讯视频上都可以找得到,感兴趣的老师可以看看,多多指正和批评。今天因为时间的关系,我就不在这里展开了。

我想重点谈谈我面临的移民书写的难题。对于我来说,移民书写包含两个方面:一是身为移民的书写,强调主体;一是聚焦移民的书写,阐明题材。当然聚焦并不局限于移民圈子,更多是表现移民与其他族裔的共同利益和密不可分的关系,尤其是命运和情感的交集。对这一点我一直有比较清醒的想法。2019年底,我从IT业退休之后,终于有了比较多的空闲时间,对创作存在一些幻想,以为会顺水行船。但是世界变了,我想对此我无需解释,在座的每一位都不可选择地成了历史和世界的见证人。大约十年前,我在我的长篇小说《夜还年轻》中写过这样一段话,"生活随时荷枪实弹,而命运猝不及防地扣动扳机,我们不知道子弹是从哪一个方向射过来的,只听到自己的心倒地的声音"。现在回想起来,这篇小说的情节并不沉重,但在今天循环使用这段话倒是恰如其分。世界变成一块陌生地,我深深地感觉到书写真相,运用恰当的艺术方式的能力变得生疏,离天国最近的隔离地,就是在陌生地里寻觅的产物。

金进老师推荐这次工作坊讨论这个作品,我很感谢他,因为写作者是不可能彻底地成为一株空谷幽兰,有时候总希望听到一点回声,哪怕是批评的声音。坦率讲,我没想到会写这个作品,因为这中间有很多原因,我是那种特别需要沉淀的作者。另外在2020年春天的时候,我正在翻译一部美国的经典名著,这个作品非常沉重,而且我面对的是语言上的挑战。还因为疫情等原因,我的心灵在这种虚无的边缘上摇摇欲坠。在4月份的时候,我在电视上看到了一幅画面,就是美国无人岛上的万人墓。这个大家可能在新闻上都看到了。我当时不止听到了自己的心倒地的声音,还听到了众生之心倒地的声音,感觉就像是飓风中的呼喊,像地震后受困的呻吟。这种声音在睡梦中追逐我,我必须把它释放出来。写作者应该听从内心的呼唤,我想就是这个意思吧。

英语中有一句谚语"Bite the bullet.",直译就是"咬住那颗子弹",实际上意思就是"咬紧牙关应付,硬着头皮应付,勇敢地面对"。所以我就在这个题材面前选择了应对和面对。最初的构思是那些猝然死亡的人该有多心有不甘啊,有多少话要说,还来不及道别。所以我就在小说中设置了一个缓冲地带,文学可以为死者挖掘一条苦难河,开辟一个隔离地,使他们有机会反思人生和梦想。那么现在想想,也许这也是一种陌生化的手段了。当然我不是搞文学评论的,我只是跟着自己内心的感觉走。我希望这些文字,能够在这种最广博、最深邃的人性的殿堂里能添加一道烛光,并祈祷冤屈的灵魂安息。其实当时就是这样的一种想法。

在最近一两年,我放弃了很多轻松的写作(当然我也用了很多的时间来放松自己),因为懂得了对于一个作家来说,至关重要的是济世的胸怀和伟大的同情心,所以我重新关注一些名著。我就是想我们多么幸运。我们继承了关汉卿的《窦娥冤》、梅里美的《塔芒戈》、陀思妥耶夫斯基的《被侮辱与被损害的》、雨果的《悲惨世界》、哈里特·比彻·斯托的《汤姆叔叔的小屋》、狄更斯的《雾都孤儿》等等，因为这些作品都展示了作家伟大的同情心。

　　进入移民书写的陌生地，我感觉到已经掌握的艺术方式变得很生疏，写作的时候也是力不从心，我找不到合适的形式和语言表达我的感受和理解。金进老师建议说，大家谈一下自己正在创作的作品，我说起来也很惭愧。我目前在创作的作品是关于女性命运的，是多族裔交集的一个故事吧。大概是从四五年前就开始构思，几次"猝然倒地"，频繁地改变，因为它在生活面前不停地失去张力，所以我叫它是"匍匐的文本"，甚至无法许诺这个文本是否在某一天能站立起来。但是在这个多变的充满苦难的世界里，即使匍匐，也需前进。我作为一名新移民作者，能为社会做的微薄的贡献，也只有继续创造作品，试图解答"我是谁"的问题。我希望能消除一些偏见、歧视、暴虐，对人类的共同命运做一两个真情的注解。谢谢大家！

拓宽创作主题,关注人类共同命运

演讲者:黄宗之

在今天的"华语文学与人类命运共同体"交流中,我讲两个方面的内容:(1)作为新移民作家,我谈谈自己的文学创作主题和写作的目的;(2)作为现任美国洛杉矶华文作家协会会长,我说一下自己在促进海外华文文学发展中应该发挥怎样的作用。

(一)我的文学创作主题与写作目的

我是一个生物医学科技研究人员,业余时间与妻子朱雪梅一起从事文学创作,至今已有二十三年,发表了七部长篇小说,以及一些中短篇小说和散文。中国的改革开放,空前绝后的大规模出国潮和海归潮,是具有极其重要意义的历史事件,这一浪潮是中国大国崛起的导火线和催化剂,对中国社会的进步与高速发展产生着深刻的影响。作为这一历史的见证人、亲历者,我一直密切关注着所在地新移民生活每一阶段的进程,挖掘与新移民生活息息相关的社会热点,探讨这些社会现象的深层原因和它的意义,用历史的、客观的、辩证的、前瞻性的眼光作分析,采用现实主义的写作手法,用文学作品的形式,把有益的方面介绍到国内去,希望在中国社会的进步与发展进程中尽一点微薄之力。

由于美国在大学教育与科学技术两大领域处于世界顶尖水平,而这两方面对中国实现现代化尤为重要,我恰好在这两方面有相当的优势和深入的了解;因此,我和妻子的文学作品主要集中在关注美国教育与科学研究。在教育方面,我们通过比较两个国家的教育体系,反思教育目的,发表了《破茧》《藤校逐梦》两部长篇小说。在科学研究方面,我们注重观察当时中美两国的科技领域热点和议题,出版了长篇小说《未遂的疯狂》《平静生活》《幸福事件》。

近几年,美中关系发生了巨大的变化,在美华人的生存状态受到严重影响。在科技领域,不断发生有华人科学家被逮捕、遭起诉;在教育方面,华裔学生遭受系统性歧视,进名校越来越困难。为此,我把大量精力放在关注旅美华人的生存状态以及对华人下一代产生影响的重要议题上。2020 年 12 月,我在《当代长篇小说选刊》杂志上发表了长篇小说《艰难抉择》,描写华人科学家的不幸遭遇,以及下一代在美中关系进一步恶化时,可能面临的艰难困境。

疫情暴发以来,针对华人的仇恨犯罪急剧上升,在旧金山、纽约等大都市,华人被辱骂,遭殴打,挨枪击,甚至被推到火车轨道上压死的事件时有报道,华裔新移民以及后代的生存状态令人担忧。由此,为表国家忠诚,新移民表现出非常对立的政治立场,在美中两个国家之间明显地选边站,而下一代也因此加剧了对祖籍国身份认同的困惑,甚至为身为华人心存忧虑和恐惧。

新移民的身份认同是我近年来着重关注的社会现象。在我的两个女儿成长过程中,我早已注意到,随着她俩逐渐长大,她们都不同程度地陷入了不知道自己是谁,找不到根的困境。她们与我一样,感受到既不被旅居国接纳,又不被祖籍国承认,处在两地都没有依靠的边缘上,内心没有归属感。文化差异,传统的不同,生活习惯有别,又加剧了身份认同的困惑和迷茫。据此,我根据大女儿交男朋友的切身经历,写了一篇短篇小说《悔婚》,前不久投到了杂志社,待刊出。

我们第一代移民背井离乡,把自己的后代留在异国他乡,使他们没有选择地被移民。可他们为什么会陷入不知道自己是谁的困惑中呢?究其原因,与他们甚少了解祖籍国的历史与传统,对自己作为华人没有足够的文化自信有关。可是,这是怎样造成的呢?根据我自己的经历,其根源在作为父母的我们。

去年,我小女儿大学里的教授要求学生写一篇《我的根》的作业,女儿要我给她讲家史,讲我的父亲。当时我很尴尬,讲不出来,因为我对我的家史和我的父亲了解甚少。之所以如此,是因为我的父亲是一个国民党起义将领,他是从黄埔军校和陆军大学毕业的,过去曾因家庭成分对我造成过很大的影响。父亲在世时,我不愿意触碰他的过去,对他人也闭嘴不谈。为了帮助女儿完成学校作业,我只好求助于国内的亲人。从他们发来非常有限的资料中,我了解到,我的父亲二十岁出头时,曾在国难当头之时,奔赴抗日战场,出生入死,参加过诸如徐州会战、保卫武汉等许多打击日寇的著名战役。当我想进一步获取更详尽的资讯时,没有人能够提供了。父亲已经离世,与他同辈的人,也都逐一退出了历史舞台,家人很难再提供给我更多的史实。这一经历,让我反思,我们第一代移民都不清楚自己的父辈,及与之相关的历史,怎么能够让下一代人知道自己是谁?知道他们的先辈、族裔、自己的民族以及生养过他们父母的国家呢?我们又何以要求他们传承华夏文明与文化传统,有作为华人的自强、自立和文化自信呢?身为人父和新移民作家,我认为,我们第一代移民肩负着义不容辞和不可推卸的责任,在我们自己告别这个世界前,需尽力而为,把对中华文化的自信传承下去,使后代为自己身为华人而感到骄傲。在当下美中关系不断恶化的情况下,我们更应该尽量作好桥梁,促进两国之间和睦相处,求同存异,给我们自己和后代创造一个更好的生存环境。所以,我最近在尽力收集父辈的历史资料,打算写一部家族史和自传。

除此之外,我进一步拓宽了创作关注的主题,把注意力扩展到对人类社会产生严重影响的重要议题,如孤独、社会老年化、疫情造成的社交隔离、忧郁症等。2022年,我写了几部中、短篇小说,诸如短篇小说《陪伴》,反映老年孤独,中篇小说《情系冰岛》,讲述疫情造成的忧郁症,需要社会和家人共同给予病人以关怀。这些作品已经陆续投给了杂志社,目前待发表。

(二) 我期望自己对海外华文文学发挥怎样的作用

我于2007年加入美国洛杉矶华文作家协会。洛城作协经过历届会长、理监事以及会员们的共同努力,现已由过去的30多位作家发展成为有150来位作家与文学爱好者的大型华文作家协会,发表了大量的优秀华文作品,并举办过几次世界华文文学论坛,与中国作协和国内华文文学研究学者进行互访和广泛交流。

我从2009年起担任协会副会长,除因故卸任过两年,在协会里我长期担任副会长职务。我非常情愿并乐于处在助手的副职,因为一个好的团体需要一支荣辱与共、负责担当、克己奉公的核心队伍,大家齐心协力,团结互助,才能把协会的工作做好。2021年,我接任会长,过去长期担任副职对我很有帮助,在辅助历届会长处理协会的工作中,既学习了他们的管理经验,也吸取了一些教训,尽可能使自己在负责协会的工作中做到公平、公正,有章可循。长期以来,我们协会负责队伍一直同心同德,荣辱与共,团结互助,共同应对协会出现的各种局面,使协会朝着有序发展的方向不断进步。

我在协会一直主管文学刊物。2007年我受在任会长委托,创刊了《洛城文苑》文学专版,每月在《中国日报》《台湾时报》上刊出一期,长期担任该刊的主编或副主编,后来继续创刊了《洛城小说》,并在《洛城诗刊》任副主编。我在协会从事编辑文学刊物十多年,虽然付出了大量的时间和精力,但收获非常之大,从编辑校对他人的作品中不断学习,获取营养,从而使自己在文学创作、文字编辑甚至标点符号的使用等诸多方面大为受益。主管文学专刊的十几年里,我替协会把关这几个对外展示文学创作成果和宣传作家作品的重要窗口,我也尽量注重培养新人,让尽可能多的会员参与到编委队伍里,为协会培养一批德才兼备的编辑骨干,积累人才,使他们经过长期的锤炼,不断提高文学创作水平。

自从2021年担任会长后,我已经在对今后卸任会长的职务作下一步的规划。

我们美国洛杉矶作协现在已经有了一支年富力强的编辑队伍,几个文学刊物运行得非常好了,我目前逐渐采取尽量不过问他们的编务工作的方式,让自己逐步脱身出来,把精力转移到协助整个海外华文文学共同进步的工作中。

过去,我们海外华文文学都是以个体对个体的方式在海外发展,一个地区一个地区地发展,各地、各国的华文文学发展差距很大,各自为政,很不均衡。北美是海外华文文学的重镇,如何能够把五湖四海的华文文学拧到一起来,是海外华文文学下一阶段必须要走的新路子。

人类是一个共同体,我们唇齿相依、命运同在。一花独放不是春,只有百花争艳才会春满园。海外华文文学需要百花齐放。从今年起,我受《世界华人周刊》社长张辉先生的委托,担任该刊的文学版主编。我联系了不同国家和地区的华人作家,组建起包括欧洲、澳洲、东南亚、日本、加拿大,以及洛杉矶、旧金山、纽约一共八个主创团队,每周在《中国日报》纸质版上刊出一个主创团队的文学专版,发表所在地区的优秀文学作品,并由各团队通过微信等方式负责向本地区推广辐射,尽可能进行广泛的交流和传播。我们旨在整合所有海外华文作家的力量,集体出海,形成一个强大的动力,让海外华文作家同步前行,展现新移民作家的整体力量。张辉先生与瑞琳于今年5月在法国南部举办的"首届华人影视文学颁奖"活动,即是整合海外华文作家的一次成功的尝试。在纸质传媒日益受到网路传播冲击、不断萎缩的情况下,我们几位将在近期聚首温哥华,通过《温哥华文学周》一起总结经验,商议如何与时俱进,开展视频传媒,为海外华文文学找出路进行后续的工作。我很希望,海外华文作家群体心往一处使,拧成一股绳,发挥优势,在世界华文文学的发展进程中,起到更加重要的作用。我建议:对外,海外华文作家要逐步组建起自己的翻译队伍,把华文作家的优秀作品推广到汉语外的世界;对内,进一步加强与国内研究团体和学者的广泛合作与深入交流,走出去,请进来,举办线上线下文学活动。我深信,只要我们大家为之共同奋斗,一个新移民文学百花齐放的春天和世界华文作家集体出海的时代很快就会到来。

在历史与现实之间寻找写作者的位置

演讲者:叶　周

一个作者站在现实的土地上,他的作品可以关注现实,也可以眺望历史,不论侧重于哪一个方向,都必然加进自己的思考,加进自己对于人类命运的介入。这是我近年来在创作活动中始终思考的,我始终在历史与现实的连接中寻找自己作为作者的位置。我对于自己笔下的人生应该有所思考,不论是辨析、评判,或是质疑,只有那样才能真正体现出我的文本存在的意义。

我前几年发表在《北京文学》的中篇小说《布达佩斯奇遇》中,讲述了2016年我在匈牙利首都布达佩斯旅游地遭遇的一个故事。那年我去了几个欧洲国家,在匈牙利首都布达佩斯,就在我准备搭火车离开布达佩斯前往奥地利的那个早上,我在布达佩斯火车站遭遇了从中东涌入欧洲的难民潮。布达佩斯是进入欧洲各国的第一个关卡,在火车站受阻,不能继续前往柏林的难民滞留在火车站,阻碍了火车的正常驶发。当我看见纷乱的人群中一个神态安详的母亲带着几个幼小的孩子,精彩的故事便在我心中种下了种子。

几天下来与难民们的近距离接触,使我每天在酒店电视新闻中看见的一波接一波来自边境的报道更为具体化了。电视屏幕中的难民与边防警察的冲突已经不是那么遥远,一个个形象都会与我交谈过的难民直接发生对接,我从新闻报道和相关资料中对他们逃难的路径和离开故国前的生活和经历都有了一定的了解。况且,布达佩斯是一个充满历史的城市,河西岸的布达,河东岸的佩斯,两个城市组成了布达佩斯。尤其是在二战时期,当苏军和德军最后决战时,多瑙河上的所有桥梁全部被德军炸毁,为的是阻止苏军跨越多瑙河,攻占德军占领的布达。走在这座历史古城,在我的脑海中历史与现实,新闻所见和亲身经历,更有兴味的是以前读过的一些欧洲文学作品也一起从记忆深处涌了出来。伏尔泰的《憨第德》中的老实人憨第德,被逐出皇宫后,一路上经历了多少苦难。可是他的老师还是一直对他灌输说:世界上的事存在的都是合理的。可是在我的小说中,女记者与女儿的对话中却形成了共识:所谓的一切存在的都是最合理的,这显然是荒谬的,这个世界上很多事都不合理,不论从布达佩斯这座城市所展示给你的历史记忆,还是女记者目睹的此情此景。

在这篇小说创作的过程中,我所力求克服的自我经历局限,是通过以往阅读积累和现实生活经历,加上新闻人的职业训练相加所得。在这篇小说的创作过程中,我在生活中窥见的现实场景促发了我的文学想象,有一个核心的细节支撑着整部作品:最后母亲坚持把七岁的儿子交给陌生人,让他们长途步行带他到柏林去。这既是一种可能导致母子永不相见的人生赌博,也是在21世纪人类历史遇到的最大挑战面前,一个母亲所能做的最好选择。这篇作品发表时已是我去布达佩斯的两年后,可是依然引起了较好的反响。作品经《北京文学》在好小说栏目推出后,《小说月报》《长江文艺》都先后转载。

2022年5月我和几位作家朋友又一起去了西班牙等几个欧洲国家,我们走过的十座大大小小的城市展现了一片回归正常生活的场景。特别是在马德里和巴塞罗那这样的国际大都市,又正遇到每年一度的宗教节日,市民们举家外出,在公园里集会庆祝,举行盛大的美食节,载歌载舞,完全把疫情留下的伤痛远远地甩在身后。这些场景让我,一个来自美国——在疫情中有超过百万病亡的地区的游客百感交集。其实即便在美国,生活周遭发生的反亚裔和仇恨犯罪案的飙升,远远高于疫情对生活的影响,尽管我并没有亲身遭遇到那样的冲击。这两次欧洲之行都是在历史的一个关节点。前一次是即将改变欧洲命运的难民潮初起时;这一次是疫情肆虐后,欧洲大陆上一场世纪大战正在进行时。所有我所亲眼见到的人们真实的生活特别具有某种指标的意义。人民渴望健康自由的生活,而疫情尽管史无前例地对人的生命造成巨大的威胁和伤害,但是人们依然保持了勇敢向前的精神。回想起来,这也是我在疫情之年做的最有意义的事。海外作家永远不会停下自己的脚步,用自己的脚步去体验世界上各种族裔人们的喜怒哀乐始终是我对自己创作的勉励。

回看自己近年来的写作,面对现实所写的小说和散文都离不开疫情下的生离死别。我更多的精力是在完成一个关于"父辈历史——左翼文坛前辈"的非虚构写作。近年来我寻访了东京、上海、重庆、香港等地的一些父亲生活、求学和工作过的地方,读了许多与他紧密相连的同时代作家的回忆录,从中了解到了前辈们所经历的往事。如今他们已经远离我们,但是他们的音容笑貌依然常留在我的记忆中,他们留给后代的是宝贵的文学财富,崇高的人格品质。他们即便在极其艰难的历史岁月中,不论是忍饥挨饿,还是经受着精神上来自各个方面的干扰和迫害,仍然那么有个性地活着,仍然热爱着自己的民族、自己的人民、自己的文化,坚韧地追求着自己的理想,矢志不移地追寻着对文学的探索。这是父辈们留给今天这个世界永远不朽的精神财富。这些故事感动了我,并始终在我的脑际闪现,把他们的故事写下来似乎成为我生命的救赎。从20世纪30年代到新中国成立前,我的父亲叶以群和丁玲、胡风、萧红等一系列前辈作家颠沛流离,走遍大半个中国。我的这个系列的创作,是从阅读史料开始,然后实地探访,创作中遭遇到不少挫折,但是依然乐在其中。这个非虚构作品已经完成,并陆续开始在《花城》《上海文学》等杂志发表。不过完成了这个题材的非虚构写作以后,我忽然觉得意犹未尽,自己心中想做的表达说得还不尽兴。于是我又开始了与此相关的小说创作。我的笔和思绪,越来越多地随着自己的足迹进入一些曾经陌生的区域,那些故事有些是我不曾经历的,或是我读到了,想象出来的。在想象之中,有些是那样的,而更多的是我以为应该是那样的,这是我对于自己在作品中所描绘的故事的文学想象。

  土耳其作家帕慕克认为:"作家是一种能够耐心地花费多年时间去发现一个内在自我和造就'他的世界'的人。当我谈到写作时,我脑子里想到的不是小说、诗歌或文学传统,而是一个把自己关在房间里,单独面对自己内心的人;在内心深处,他用言语建造了一个新的世界。"

  创作对于作家来说,不仅是对外界的关照,而且是一种自身的内省,只有当来自外界的信息投射在心灵中那面具备独特视角的镜子中,才能反射出属于作家自己的独特性。那是一个"他的世界",也是一个"全新的世界"。

  在进行非虚构写作时,作者必须尊重历史材料的真实性,作者畅游于历史材料之中,通过对史料的发掘,去发现历史的真相。但是这种真相经过作者的眼睛和他的选择进行了重构,他的选择会有所侧重,他构筑的历史真相受到他个性、经历、知识素养的局限。

  即便如此,这种颇为被动的对于材料和素材的选择和重构仍然和自由的小说创作有距离。所以我在完成了非虚构写作之后,仍然渴望用小说的虚构手法畅快地进行一次属于自己的文学行走。我会把我对于事件的理解,对于人物的爱憎,发挥自己的想象去进行创造,去构筑一个我所认为的真实世界。历史的人物和现实中的我应该始终是站在对话的位置,我非常渴望这种对话,非常渴望以我的文学想象把原先并不完整的残缺的一幅图画勾勒出来。

我非常赞同的一种表述:小说的作者在小说中所描绘的不是他所经历的真实生活,而应该是作者想象中的,经过他创造的独特世界,这个独特的世界是与众不同的,这才是真正属于作家的文学世界。小说家最具价值的功能,就是为读者构筑和创造一个属于他自己的文学世界。这才应该是作者的真实经历和文学想象,真实和虚构的关系。作家如何从自己的经历的束缚中挣脱出来,进入更高层次的文学创作的空间是作品生命品质的重要保证。

话题继续回到开头,变化万千的世界永远有作家无法企及的疆域,站在不同的地域,世界各有各的样貌,人们的生活不断地受到变化中的世界的影响。作为写作者有责任去面对人类的困境,用作品中的形象表达自己对于人类命运的关注,对于时事变迁的看法。这些看法也必然会与历史相关联。我相信读者更期待的是作者创造出来的文学世界,这样的世界更具有作者所赋予的独特性,更具有感染力。作者不仅是一个社会现实和往事的记录者,更应该是一个剖析者,用自己的眼睛、自己的想象去表达对人类命运的关注。

关注人类生存困境,应是当代小说存在的理由

演讲者:陈 谦

各位文友好,疫情已经差不多三年了,很久都没有见到大家,也没有机会互相拜访。今天很高兴受老朋友金进老师邀请来参加这样的活动,有机会见到各位,能够向大家学习。我今天做一个简短的发言,谈谈我的一些感想。

说起来我是从 21 世纪初开始写作,想来也写了相当一段时间。时光真的流转很快,现在我变成一个老作家了。这么多年来,大家经常会说,陈谦你写得太少了,又写得慢。当然跟我的天性有关,比较散漫。但是我觉得这不重要,重要的是我很看重这是一个 journey,是我生命中的一个旅程。我原来是一个工程师,因为一直很喜欢写作,终于有机会写作。这是一个重新出发的境地,我很享受这个过程。在写作的过程中,虽然写得慢,但是我一直希望通过写作,发展新知新见,持续成长。我觉得我确实是一个赶了晚集的来者。当我开始写作的时候,大家讲的所谓"文学的黄金时代"(20 世纪 80 年代),这个集市已经差不多要收摊了。到了今天,小说的境遇,我相信在座写小说的朋友都会同意,确实挑战在增加。并不是说只是文本本身,还有读者,这是不争的事实。特别是在海外这个中文的核心语境之外,写作就更难了。现在到了互联网时代,面对的读者都习惯碎片化阅读,传播方式也经历各种变化,(通过)微信、微博等等。我身边的人,包括听到的消息,甚至职业的文学编辑,都在告诉你,读小说的读者真的在减少。

很有意思的是,今年春天我去了华盛顿一趟。有个朋友带我访问了一个当年在 20 世纪 80 年代末写过一篇大陆非常广为人知小说的女作家,后来小说还拍成过电影。我去他们家参加派对,她见到我说:"陈谦,你是写小说的?小说今天还有人读吗?"我特别惊讶。她是中文系科班毕业,曾经在国内写作过、拿过国内小说大奖,早年作品拍成电影的作家,为什么会问我这样的问题?我笑笑,不好意思地说:"你是最不应该问这种问题的。"她在毕业之后中国改革开放的过程中,做媒体,也做文化事业,后来做商业。我问她,你为什么问我这个问题?她说,做小说是没有用的。她自己也做媒体,认为纪实更

好。在北京,每天面对着那些年轻的北漂孩子,人们每天的生活困境,小说是帮不上忙的。没有人有心思读,连她也不读。我听了只能笑笑说,是的呀,如果我们只是讲故事,是真的没有写作的必要,大家上网去读就好。但是如果你是认真读,包括那些在困境中的孩子认真去读文学作品的话,优秀的文学作品是一定对他们有帮助的,(这种帮助)不是带给你钱。当代小说面对的挑战是不能只是写故事,现在人们获取故事可以通过许多别的形式,而一个好的文学作品要打动人,重要的是需要提出问题,关注人们生存的困境,在更深层次提供心灵上的思考。这样的小说才是值得阅读的。文学小说的追求应该是关注人类生存的困境,以及人类梦想与心灵的意向,是现实和幻想之间行走的探索,这是值得书写的。另外,作为一个小说家,应该有心理准备,即文学小说确实会成为小众、精英的阅读。如果它有继续存在的理由,就一定要提供超越故事本身的内容。好的文学小说帮助人们更好地理解生活、理解人。以此为目标,才有可能吸引到相当数量有精神需求的读者。另外我刚刚在讲的,虽然文学小说的读者少了,但是网络小说大家都知道,那是另外一番天地,是非常火热的。但是实际上你去看他们的小说,文学小说依旧是他们的标杆,(学习的)依旧是张爱玲和《红楼梦》。男频小说里中国古典小说(对他们的)影响也可以看到。所以文学小说的存在还是一种标杆性质,但是你要去面对(这些事实)。当然还有影视也会给文学小说造成巨大挑战。如果你觉得值得,要继续写文学小说,我个人觉得一定需要对人类生存困境既有思考,又有启发,不需要提供答案,需要启发人的思考。写作是不需要给生活答案的,但是要提出好的问题,包括在写作的过程中也是自己成长。我大概要讲的就是这些观点,谢谢大家。

写作是对我生存想象和精神欲望的成全

演讲者:亦 夫

写作成为职业,对我而言,可以说既是偶然,也是一种必然。说是偶然,因为成为一个作家既不是我的理想,也不是当年我的职业规划。我在上中学的时候,所有科目里最喜欢的,是生物课。老师在讲孟德尔遗传定律的时候,说两朵颜色和形状完全不同的花朵,经过杂交以后,便会培育出颜色和形状完全不同的新品种。这当时让我觉得神奇无比。上世纪80年代初,对于我这样一个生活在大西北偏僻农村的少年而言,不可能听说过关于克隆的概念。但从那个时候起,我脑子里却永远都在想与之相关的事。我觉得在实验室里,通过各种手段,一定有可能通过对两种动物的杂交,创造出地球上从来没有存在过的新物种。所以高考时我最想填报的志愿就是生物系。但一个中学生是没有资格靠兴趣来规划自己职业的,家人出于对我日后生活的考虑,让我填报了他们认为更靠谱的别的院系。作为一个理工男,我1987年从北大毕业时,恰逢国家图书馆新馆落成,我被分配到了国图。那是一份特别清闲的工作,那时可以说是一无所有,但却有着大把的时间。就是因为闲得无聊,我忽然萌生了写作的念头。在此之前,我跟文学的关系就是在北大时当过一份名为《北大学生报》文学版的业余编辑,写过一两篇不三不四的散文而已。在国家图书馆的单身宿舍里,我开始写《土街》的时候,原本计划是写一个关于童年记忆的短篇小说,结果小说本身的内容忽然膨胀起来,很快就成了一个近20万字的长篇。这部书曾得到国内一家非常出名的文学出版社的认可并进入了出版流程,但后来因为国内一个历史事件的发生,出版社的审稿标准发生了变化,他们认为这是一部涉及土改内容的书,所以又有点担心出版是否会有所犯忌,只好取消了出版计划。后来《土街》被书商买走了,结果一本纯文学小说变成了畅销书,当年一时到处都是它的盗版。就是因为长篇小说《土街》意外畅销的偶然,让我开始了漫长的写作生涯。我说成为一个写作者同时又是一种必然,这是因为小说写作在无形中满足了我当年关于创造新物种的职业渴望。

我的写作理念：我曾在许多场合中多次表达过这样的意思，我不太喜欢现实主义的作品，但这并不代表我低估现实主义作品的价值和意义，而只是像对待不同的食物一样，有人喜欢粤菜，有人喜欢卤菜，有人可能更喜欢风味小吃，只不过是一种个人口味。我的这种阅读和写作倾向，必然跟我的性格、跟我当年非常执着的兴趣有关。在我看来，文字的功能不仅是记录生活，更是创造生活。当年没能选择上生物系，没能实现创造新物种的梦想，这一直是我内心的一个遗憾。但正是通过写作，通过文字，通过小说，让我对创造一种与我们眼下生活截然不同的新体验的想法得到了满足和实现。这也是我偏爱被称为魔幻现实主义风格的小说的根本原因。其实我不太喜欢魔幻现实主义这个提法，我觉得我的小说并不魔幻，我拒绝那些类似阿拉伯飞毯一样过于神话的情节，我的小说只是另一种大众相对陌生的、有别于我们传统的人生经验的现实而已。我小说里那些村落、小镇和城市，那些形形色色的人物，都看似熟悉而又陌生异常，它们既是真实的，又是梦境般虚幻的，这让我体验了一种非常强烈的对生活之外生活的新奇感受，所以在这个意义上来说，小说写作是对我生存体验和精神欲望的成全。写作于我而言，不是一种文化和道义上的责任，而只是一种个人的生活方式，它带给了我无与伦比的巨大快乐，而这种快乐是我写作最大的动力来源。

最近的创作情况：迄今我除了两部散文集和一部翻译的日本小说外，总共出版了11部长篇小说。继《无花果落地的声响》2019年在人民文学出版社出版之后，去年1月份，花城出版社出版了新长篇《咬你》，这是一部关于忠诚与背叛的小说。小说的主人公是一条叫"太岁"的狗，通过狗的视觉，读者能观察到秦王镇的各种变化和兴衰，观察到它的主人秦五常的各种罪恶，最后这条特别忠诚的走狗觉悟之后咬死了自己的主人。今年的另一部新长篇《阿吾的理想国》正在出版之中，估计不久就会上架。我前不久刚完成了另一部长篇小说《黑白浮世绘》，可能会放在明年年初出版。这本书的内容是一个叫高桥的退休女教授的自述。她年轻时在北京留学的时候被一个学校保安强奸，这个事件构成她一生的噩梦，包括她短暂的婚姻，她跟儿子之间亲情的疏远，毁了她的一生。等老了退休以后，她再去北京的时候，无意中与过去的仇人相遇。结果才发现在犯罪当晚，她用啤酒瓶子扎瞎了罪犯的眼睛以后，这个人现在沦为生活在社会最底层、苦难无比的人，就像耗子或者蟑螂一样活着。我讲这个故事,并不是说需要特别大度地去宽容某一个罪人,只是讲了一个人与自己内心执念的和解。眼下我正在写一个新长篇,名字暂定为《婚姻生活白皮书》。我的长篇基本是两部表达一个主题。《婚姻生活白皮书》和完成不久的《黑白浮世绘》,表达的都是悲悯、宽恕和与自己内心一种执念的和解。这两本书都是第一人称叙述的,《黑白浮世绘》里的"我"最终与内心折磨了自己一生的执念和解,而《婚姻生活白皮书》则讲了一个男人对背叛自己的妻子和曾情同手足的朋友的双重原谅。近一两年,除了长篇小说的写作,我也陆陆续续写了一些中短篇小说和散文随笔,比如发在《湖南文学》的中篇小说《爱情灰度》、发在《作家》杂志的短篇《缘分》、发在《大家》杂志的《B种情感》和发在《山东文学》的《我的妹妹马海美》等。

鉴于时间的关系,我就说这么多,谢谢大家。

没有人是一座孤岛的沉思

演讲者：朵 拉

  2020年1月23日，我们全家人从欧洲回家准备过农历新年。当我们抵达槟城机场的时候，马上就感觉到一种严阵以待的氛围。我走出机舱，发现乘客还没有走到海关就开始排队。卫生部官员问我们每一个人的名字和座位，对照各人手上的护照。在我回家的路上，从手机上看到武汉封城的新闻。这一次到欧洲是荷兰邀请我过去办一个南洋风水墨画个展，开幕过后，我到捷克布拉格去参加欧洲华文文学会议。虽然看到武汉封城的新闻，但是回到槟城家里，我仍然缺乏警戒心，照样策划"2020年第五届全球华文作家学者槟城文学采风"。这个活动从2016年开始，办了三届以后，收到不少学者和作家来信，说愿意自费前来参与，给我们很大鼓励和信心，打算第五届做得更大型。那个时候我们还不知道两个月后的马来西亚也将迈入疫情时代。

  从2020年3月18日马来西亚实施行动管制以后，疫情不断反复，让大马首相宣布无限期的全面封锁。这次疫情让一个接一个国家经历相同的命运，确诊和死亡病例上升而后下降，没有一个国家可以幸免。对我而言，只是文字意义上的"人类命运共同体"就变成一个实质的存在。瘟疫的传播带来的不只是生理的痛苦，身体的隔离，也有内心的孤独、焦虑和恐惧。我身边很多亲戚朋友患上忧郁症，还有老年痴呆症。我自己是常年在写作和绘画，不断出书，不停地办画展。因为疫情，之前安排的画展不得不暂停，已经签约的新书拖延到今天，就连计划在2022年要完成的长篇小说，也没有办法继续书写。这是一部关于马共的小说，我本来是打算用几个短篇串联来写，第一篇已经发表在2021年云南《滇池》杂志第一期。从20世纪80年代末开始，我的小说以两性关系来探索时间的变化，以及刻画人性，许多作品发表在台湾的报纸上。过后也写了很多微型小说。这一部有关马共的长篇，是受到女儿陈焕仪的启发。我的女儿是袁勇麟老师的博士。她在做博士论文的时候，我陪着她一起读马共传记文学，陪她一起到全马各地，包括新加坡去做访问。不得不承认，马共的访问打开了我的视野和思维，不敢置信几乎每个人家里都有一个马共分子。

我一开始写作的时候,就把自己当成一座孤岛,因为我身边用中文写作的人不多。我在中学里是读英文的,所以感觉很孤独。后来积极投入文学创作以及水墨绘画中去。疫情前我出版的小说和散文有52部,主办个人水墨画展25次。我以为这一生我只管独善其身,没有想到他人的伤痛竟成为自己痛楚的这一天会到来。病毒和疫情让性命攸关的生命安全威胁来到我的眼前。这一次,我在阅读的时候重逢了一个诗人叫约翰·多恩,他说:"没有谁能像一座孤岛,在大海里独居,每个人都像一块泥土,连接成整块陆地。"从这首诗我想到人类命运共同体,想到马华文学缺失的一个板块。全球化地球村的今天,如果我们连身边的异族也不关心的话,我们一直引以为荣的"多元民族、多元文化"的马来西亚只是在口头存在。身为马华作家,我们的作品是不是很好地表现出三大民族的丰富色彩?因为爱华文教育,我们的书写更倾向华人社团,华文教育,还有中华文化。在我们的文章里往往不经意地忽略了其他民族。

我不知道多少马华作家了解马来文化和印度文化。在疫情的行管令期间,我在社交媒体上看到一则新闻,有一个华人大叔手里拿着一片口罩,追到门口送给那个没有戴口罩的马来送餐员。就是这样很普通的一张照片,得到了2.13万点赞。还有一个是在新加坡工作的狗主人回不来,隔壁的邻居马来人帮他喂狗。可能你们听起来觉得不奇怪,但是在我们这里马来的穆斯林是不可以摸到狗的,这也得到1万点赞。这些火遍全网的图片,让我发现在这个时候已经没有民族之分。你在外面送餐,你的身边是看不见的敌人,病毒这个时候是全部人的共同敌人。平时我们会把个人或者是单一民族的利益摆在前头,但是在有危机感的动荡时代,大家会产生一种共情,很容易激发关爱之情。

我一直很关心民族教育和中华文化,我们家也是马华文坛少有的文学家庭,我们全家四个人都在用中文写作。(丈夫)小黑是马华文学奖得主。我的两个女儿,第一个是陈焕仪律师,也是福建师范大学袁勇麟老师的中文系博士,另一个陈鱼简是英国毕业的音乐荣誉学士,现在德国念艺术管理系硕士。全家人都用中文写作,也都出过书。在疫情期间,我们全家一起研讨。以我自己为例,我是第三代华裔,我的孩子是第四代。如果我女儿有孩子的话,他们就是第五代。我发现在大马的东海岸吉兰丹、登嘉楼有第十几代的华裔，马来西亚的独立到今天60多年了，华文作家的脚步和视野是不是还要继续陷在这里呢？我们是不是应该跳出华文教育、华人社团的这些框框，更关注当下的问题，就是马来西亚文化的融合。这个时候我也发现种族之间的关系经过疫情变得比较缓和。所以不只是地球得到喘息，人跟人之间的关系也得到质的提升。这一次的疫情唤醒民族之间，甚至全球人类互相关爱的感情。所以接下来，我们书写的倾斜，在疫情之后，肯定会有所改变。

每一场战争都带来苦难，却也同时带来文明。我举一个例子，马来西亚曾经是英国殖民地，殖民者在这里耀武扬威是肯定的。与此同时他们也留下了法律制度、民主制度，还有医疗制度，我们一直应用到今天。那这场被人称为"第三次世界大战"的瘟疫同样带来极大的影响。全球一定会更加重视环保，全球的经济、粮食、医疗、文化都会因此自动洗牌。马来西亚实施行管令的时候，我收到来自四面八方的朋友给我赠送的口罩。我在脸书、微信上说找不到口罩，三天后就收到快邮加急的口罩，是从中国香港、广州寄过来的。我看了一下，邮费比口罩还要贵。这个真的不能够忘记。病毒让人深刻地体会到人类命运共同体，而只有守望相助，团结一致，才能渡过这一次的难关。

同时我们也不要忘记，我们的心灵解药就是文学和艺术。我在想，有谁在隔离期间没有听过一首歌，没看一本书，或者是没有看一部电影的？还有很多人学画，学书法，很多朋友在这一段时候变成画家、音乐家。这两年的疫情让我学会了沉淀。因为我以前一直生活很幸福，生活幸福对一个作家是不幸的。现在我发现了。我的规划主题和风格都跟之前有所不同，对自己的创作，无论是绘画还是长篇小说都是有所期待的。在我结束之前，要再一次强调，身为海外的华人，除了自己的创作，还背负文化责任和使命，我不能假装看不到或者是不知道。所以用中文写作，用水墨绘画之外，我还会继续办各种文化活动。明年2023年年度的槟城文学采风欢迎大家的到来。另外，7月2日—11日，我的南洋风水墨画展受邀在槟城州的立法议会展出，欢迎大家前来观赏。疫情过后，我们大家还能在这里平安健康地相聚，我非常高兴。谢谢主办单位浙江大学、哈佛大学，谢谢金进教授。我说到这里，谢谢。

图书在版编目(CIP)数据

华语文学与人类命运共同体：理论建构与批评实践的新方向/金进，(美)罗柏松(James Robson)主编. —上海：复旦大学出版社，2024.6
(华人文学与文化研究. 第一辑)
ISBN 978-7-309-17050-4

Ⅰ.①华… Ⅱ.①金…②罗… Ⅲ.①华文文学-文学研究-世界 Ⅳ.①I106

中国国家版本馆 CIP 数据核字(2023)第 232078 号

华语文学与人类命运共同体：理论建构与批评实践的新方向
金　进　　[美]罗柏松(James Robson)　主编
责任编辑/方尚芩

复旦大学出版社有限公司出版发行
上海市国权路 579 号　邮编：200433
网址：fupnet@fudanpress.com　http://www.fudanpress.com
门市零售：86-21-65102580　团体订购：86-21-65104505
出版部电话：86-21-65642845
上海盛通时代印刷有限公司

开本 787 毫米×1092 毫米　1/16　印张 23　字数 364 千字
2024 年 6 月第 1 版
2024 年 6 月第 1 版第 1 次印刷

ISBN 978-7-309-17050-4/I·1381
定价：98.00 元

如有印装质量问题，请向复旦大学出版社有限公司出版部调换。
版权所有　侵权必究